天下商帮

（大结局）

龙在宇
作品

CNS PUBLISHING & MEDIA
湖南文艺出版社
HUNAN LITERATURE AND ART PUBLISHING HOUSE
博集天卷
CS-BOOKY

图书在版编目（CIP）数据

天下商帮：大结局 / 龙在宇著 .—长沙：湖南文艺出版社，2020.4

ISBN 978-7-5404-8744-7

Ⅰ. ①天… Ⅱ. ①龙… Ⅲ. ①长篇小说—中国—当代 Ⅳ. ①I247.5

中国版本图书馆 CIP 数据核字（2020）第 041646 号

上架建议：畅销·历史小说

TIANXIA SHANGBANG：DA JIEJU

天下商帮：大结局

作　　者：龙在宇
出 版 人：曾赛丰
责任编辑：丁丽丹
监　　制：于向勇
策划编辑：徐　娅
文字编辑：郑　荃
营销编辑：刘晓晨　王　凤
封面设计：VIOLET
版式设计：潘雪琴
内文排版：麦莫瑞
出　　版：湖南文艺出版社
（长沙市雨花区东二环一段 508 号　邮编：410014）
网　　址：www.hnwy.net
印　　刷：河北鹏润印刷有限公司
经　　销：新华书店
开　　本：700mm × 1000mm　1/16
字　　数：409 千字
印　　张：27
版　　次：2020 年 4 月第 1 版
印　　次：2020 年 4 月第 1 次印刷
书　　号：ISBN 978-7-5404-8744-7
定　　价：52.00 元

若有质量问题，请致电质量监督电话：010-59096394
团购电话：010-59320018

目录

天下商帮

第一章 俄国商团

1. 多伦会盟的阅兵场上，索额图谎报“西北大捷” 002

2. 一条不为人知的京羊道，成了山陕商帮的救命稻草 006

3. 一个重臣的生死荣辱，岂是贪不贪几两银子能够决定的 013

4. 生意人有两种，一种胆子越做越小，一种胆子越做越大 020

5. 苏某只知卖东西，纵然想卖国，也没那本事 027

6. 托里尔想空手套白狼，我就让他空手而归 033

第二章 以官压商

1. 当家不闹事 044

2. 不斩马谡，罪责就该诸葛亮来担了 051

3. 小小的归化城门懒得去轰，我们撞开的是京师大门 057

4. 女本柔弱，为商则刚 063

5. 人是英雄钱是胆 070

第 三 章

何为天下

1. 三个伙计干五个人的活，领四个人的工钱　078

2. 一幅绘制于明代的《坤舆万国全图》，在蒙元亨面前展开　086

3. 不产丝的山西潞安却能织出天下三大名绸之一　094

4. 事不过三，康熙要第三次御驾亲征　100

5. 如今是锦上添花，将来没准能雪中送炭　105

第 四 章

高粱霸盘

1. 文知雪为五百斤的巨银取名“没奈何”　112

2. 高粱霸盘的生意，关键在一个霸字　119

3. 一代枭雄暴毙阵前　123

4. 要救人于水火，就得先让人陷入水深火热之中　129

5. 答应盛宇峰，不过委屈文知雪一人；让岳江南得逞，就是让家族蒙羞　134

6. 岳江南左右逢源，靠的是挟洋自重，如今洋人却成了泥菩萨　138

第五章

南风正暖

1. 生意不熟不做，关键在于里面的细枝末节 144

2. 文知雪质疑司马迁编故事，蒙元亨却从《史记》中发现蜀身毒道 149

3. 千年前张骞没能走到身毒，今日就让我蒙元亨试试 154

4. 世上的药只能治病，哪救得了命 160

5. 吴三桂此生的败笔，就是没能战死山海关 164

6. 中华开海，这可是百年一遇的壮举 173

第六章

海运之争

1. 康熙南巡前，想起了蒙元亨 180

2. 开海还是禁海？山陕商帮与徽商意见相左，太子党与八爷党也杠上了 186

3. 天下商帮齐聚江宁之际，岳江南的船在海上翻了 192

4. 古往今来，有四位商界前辈，他们的进退去留足以警醒后世 200

5. 朝廷党争之下，蒙元亨连沉默的机会都没有 205

6. 这世上的病最难装，有人装不像，有人又弄假成真 210

7. 平遥城里没有一条断头路，商人永远要为自己留退路 215

第七章

初涉铜务

1. 天下的铜，一大半在云南　222

2. 今日，我打算不问鬼神问苍生　228

3. 他们既是刀口上舔血的悍匪，也是经验丰富的矿工　233

4. 哪有杀了宋江、卢俊义，却让李逵、燕青为朝廷效命的道理　238

5. 东家手下养那么多人，不仅要帮东家做好事，还要替东家做坏事　244

6. 摩天岭上，退路已成绝路，生日变了祭日　251

7. 三藩余孽竟靠“宰白鸭”脱身　255

第八章

乌蒙磅礴

1. 水至清则无鱼，铜至纯则无用，天下事竟是一个道理　266

2. 我生平最恨被人要挟　272

3. 镖打鸳鸯　277

4. 只要是买卖，就能还价　283

5. 明知地下水太多，还把第一座矿厂设在九龙塘　290

6. 众人担心的状况还是发生了，一场矿难袭来　295

7. 主帅无须事必躬亲，只需懂得选将之道　302

8. 皇商来到昆明，要做别人做不了的生意　309

第九章

权臣末路

1. 铜矿生意这一局，人人都在玩螳螂捕蝉，黄雀在后，岳江南却要做最后的黄雀　316

2. 年羹尧眼里的杀气，只有胡国英能读懂　323

3. 京师将有巨变　333

4. 索额图诚本朝第一罪人也　340

5. 从一桩假案牵扯出无数真案　346

6. 寂寞离亭掩，江山此夜寒　350

7. 救急不救穷，借银子也是一桩生意　356

第十章

帝国铜荒

1. 失了势，是龙得盘着，是虎得卧着；势一来，便要龙腾虎跃　366

2. 改铸青钱　374

3. 趁岳江南手头没有现银，发动一场挤兑　381

4. 先干掉一家小钱庄，才能让挤兑风潮更凶猛　387

5. 岳江南明白，不守住潼关，长安势必不保，故而提出四大钱庄互保　391

6. 八爷号称“八贤王”，要得这个“贤”字，就得大手大脚花银子　399

7. 银铜之事乃国之命脉，朝廷绝不容操于商人之手　405

8. 小商人惦记把生意做大，大商人却琢磨把生意做小　409

尾声　417

第一章

俄国商团

1. 多伦会盟的阅兵场上，索额图谎报“西北大捷”

太阳西下，晚霞为多伦草原抹上了一层层粉红的胭脂，持续数日的喧闹暂时停止。白日里奔驰的骏马回到棚内，士卒们忙着喂食草料，只待明日再展英姿。那些五颜六色、象征着满洲八旗与蒙古各部落的战旗飘扬在空中，夜风呼啸而过，战旗猎猎作响。

距离乌兰布通血战已过去一年，康熙再一次亲率大军踏上蒙古草原。与一年前不同，辽阔的草原不再有血腥厮杀，有的只是一场盛大的庆典。

自明代起，蒙古便分为三大部，是为漠南蒙古、漠北蒙古与漠西蒙古。女真人崛起于白山黑水后，与蒙古各部的征伐博弈持续了上百年。努尔哈赤、皇太极父子用铁骑弯刀降伏了漠南蒙古，还让出身漠南的蒙古女子大玉儿成为大清帝国显赫无双的孝庄太后。

与漠南蒙古不同，实力强大的漠西蒙古素来视清廷为仇敌，漠西蒙古准噶尔部的领袖噶尔丹大汗将逐鹿中原，与康熙争夺天下当作毕生志业。漠北蒙古各部夹在大清与准噶尔之间，既左右为难，又两面逢源。

一年前的乌兰布通血战，重新划分了蒙古草原的势力版图。噶尔丹仓皇败逃，大清气势如虹。康熙趁热打铁，挥师北上，邀约蒙古各部王公会盟。

这便是历史上著名的多伦会盟，亦称七溪会盟。自此，漠北蒙古各部臣服，广袤的外蒙古地区纳入大清版图，延续上千年的蒙古高原游牧骑兵对中原王朝的威胁宣告解除。

会盟已持续了三日。第一日，内大臣索额图宣读谕旨；第二日，康熙着朝服在御营升座，鼓乐齐鸣，蒙古王公上前行三跪九叩礼；第三日，康熙召见三十余位蒙古亲贵并赐宴，分封众人爵位。三日之内，八旗禁军佩带武器肃立，蒙古王公中尽是山呼万岁之声。康熙的御营前还站立着四头蒙古人极少见过的大象。大象是清廷特意从北京带来的，装饰华丽，寓意祥和。

经过一夜休整，曙光再次照耀草原。到了第四日，才是整个会盟的重头戏——大阅。数万清军列阵以待，接受检阅。这些曾平定三藩、收复台湾，又在乌兰布通击溃噶尔丹的雄师劲旅，英姿勃发，不可一世，让刚归顺的蒙古王公们慑服于大清帝国的赫赫武功。

大阅开始，康熙头戴镶有貂皮的头盔，佩带挎刀和弓箭，先骑马绕场一周，亲自拉弓射箭，接着率众人纵马从中间通过受阅军队，登上一座小山包，在此处安设御帐。紧接着，号角声大作，所有骑兵大呼前进，万马奔腾，势如破竹。骑兵操演结束，紧接着便是汉军火器营的火炮齐射。蒙古王公早就听说清军的红衣大炮厉害，在乌兰布通轰得噶尔丹狼狈不堪。此刻，许多人从椅子上站起来，打算一睹为快。

恰在此时，一名身着官服的兵部主事气喘吁吁地奔向御帐，口中大呼："西北大捷！西北大捷！"

"来得正是时候！"康熙一拍御椅，站了起来。

太监赶紧将奏折递上，康熙扫了一眼，面露微笑，声音洪亮地说道："刚收到军情奏报，八旗健儿西征途中又打了一场漂亮仗，在杭爱山大败准噶尔部。噶尔丹丢盔弃甲，逃到沙漠戈壁去了。"

车臣汗过去与噶尔丹眉来眼去，交道颇多，如今归顺大清，正急着表态效忠，于是赶紧说道："这一年来，陛下可替噶尔丹搬过好几回家了。他再这样东躲西藏，怕是无立足之地。"

车臣汗言毕，帐内响起一阵笑声。康熙点了点头，道："螳臂当车，不自量力，难怪有这般结局。"他重新坐回椅子上，抬了抬手，道："操演继续。"

康熙一声令下，火器营万炮齐发，火光冲天，声震原野。蒙古王公一个个瞪大了眼，悚惧不已。炮声停下好一阵子，众人才回过神，伸出大拇指赞道："神武也！"康熙坐在椅子上，自是面色平静，一副王者气派。

大阅结束，康熙回到御营，见营内只有索额图一位大臣，便拿出奏折晃了晃，问：“这份折子你看过了吧？”

索额图赶紧答道：“上午陛下正检阅三军，奏折先送到了奴才这里。”

康熙面色严峻，道：“让兵部主事嚷嚷什么西北大捷，也是你的主意喽？”

索额图双腿发软，跪倒在地道：“奴才自作主张，请陛下恕罪。”

“起来吧。”康熙语气冷淡，“自作主张的事，你又不是头一回做。再说今日当着那么多人的面，不喊大捷又能怎么办？难不成告诉大伙，咱们排兵布阵大半年，结果功亏一篑？”

康熙没有追究今日之事，但又说自作主张不是头一回，分明是在敲打自己，索额图哪敢起身，跪在地上一个劲地叩头。

康熙没有理会索额图，站起身在营内踱步。“这些日子，朕一直盼着西北捷报，没承想到头来竟是一场空。到底怎么回事？为了打这一仗，朕调动了十万大军，耗费粮草无数。不是说噶尔丹精锐尽失，已成惊弓之鸟了吗，为何还让他溜了？”

康熙转过身，见索额图仍跪在地上，不禁吼了起来：“还跪着干吗！起来回话！”这吼声虽大，却无先前的阴沉之气。索额图松了口气，站起身答道：“让噶尔丹侥幸逃脱，都是奴才部署失当。”

“侥幸？”康熙又拿起奏折，厉声说道，“人家可不是侥幸，而是硬生生撕开了一道口子。费扬古折子里不敢明说的事，朕替他说了吧。咱们忙活好几月，总算将噶尔丹困在山谷中，可惜他奋力一搏，杀开一条血路。一仗下来，噶尔丹折了五千人马，费扬古却死伤一万有余。”

“陛下圣明！”索额图后背不禁冒出冷汗。清代虽废除了明代监军之制，但皇家对于兵权的掌控绝无丝毫松懈。很显然，在正式军报之外，还有人向皇上密报战况。如今主持西北战事的费扬古可是皇上最信赖的大将，连他都尚且如此，遑论他人！

索额图整理了一下思绪，说道：“此战让噶尔丹讨了便宜，奴才以为有两层原因。其一，当初在乌兰布通，咱们好整以暇，噶尔丹却劳师远征，如今主客易位，噶尔丹反倒是以逸待劳了；其二，费扬古将军过于轻敌，须知噶尔丹虽元气大伤，但底子仍在，准噶尔铁甲骑兵的战力绝不逊于我八旗劲旅。”

康熙坐回椅子上，说道：“百足之虫，死而不僵，对噶尔丹务必斩草除根。他一旦缓过气来，不仅会为祸草原，更是我大清的心腹大患。”

康熙冷笑一声，接着说：“参加多伦会盟的这些蒙古王公看似臣服大清，心头却活泛得很。只有彻底剿灭噶尔丹，他们才会死心塌地跟着朕，否则只会长出数不清的墙头草。”

索额图说：“奴才这就拟旨，让费扬古重整旗鼓，不取下噶尔丹的人头，绝不班师回朝。”

康熙点了点头，说：“跟费扬古明说，若能剿灭噶尔丹，他便是大清的功臣；若是放虎归山，他便是千古罪人，万死难辞其咎。”顿了顿，康熙又说：“费扬古在折子上说，西征大军粮饷充足，只是火药急缺。咱们也得想法子，替他解了后顾之忧。”

“奴才正在加紧办，上个月已给前线送去了三十门红衣大炮。”索额图说，“只是费扬古来信说，追歼噶尔丹讲究兵贵神速，有时骑兵一昼夜就追出上百里。大炮重达千斤，运输不便，往往派不上用场。他现在急需的是短小精悍的火药枪。”

“没错，此战咱们正吃了这个亏。”康熙又拿起奏折，“红衣大炮运不上去，倒是准噶尔骑兵装备了上千条火药枪。”

索额图说：“奴才已派人去澳门，向西洋人采购火药枪。另外，俄国商队不日将抵达归化，到时亦可向俄人采购。”

康熙眉头一皱，道：“噶尔丹的火药枪，据说是几年前从俄人那里买的？”

“正是。”索额图答道，“不过俄人最为势利，乌兰布通一战，他们见噶尔丹大势已去，不会再同他沆瀣一气。奴才已派徽商岳江南赴俄，专司采办军火事宜。”

“俄人狡诈，不可轻信，但签《尼布楚条约》时，你同他们打过交道，也算知己知彼。具体的事，放手去办吧。”康熙微闭双眼，示意索额图退下。

2. 一条不为人知的京羊道，成了山陕商帮的救命稻草

距离多伦草原千里之遥的归化城，坐落在黄河、大黑河冲积而成的平原上，北枕巍峨起伏的大青山，南与鄂尔多斯高原隔黄河相望。这座后来叫作呼和浩特的城市，从明代起便是蒙古草原商业贸易中心。多伦会盟进行得如火如荼之时，归化城内亦是人声鼎沸，一片繁华。不同的是，驰骋在多伦草原上的皆是文臣武将、满蒙亲贵，而归化城里汇集着天下商帮，他们操着各地口音，或推大车，或牵骆驼，让这座塞外名城拥挤不堪。

归化城南边的一座小院，是文盛合设在当地的分号。文盛合东家、帮办西征粮饷总商文知雪，自打半个月前来到归化，便一直住在院里。今日她起了个大早，带着两个丫鬟在城中漫步。

文知雪性情内敛，加之大家闺秀出身，不喜欢抛头露面。但接掌文盛合后，她却有了逛街的习惯，每到一地，总会带着人去闹市漫步，还与贩夫走卒攀谈几句。后来，伙计们都明白了，东家并非闲逛，而是到街上去探究百业气象、市井生意。

走了一上午，众人都有些疲累了。文知雪指着不远处的一家涮肉坊，说："中午去吃涮羊肉。"

丫鬟有些诧异，说道："东家，你可从不吃羊肉。"

文知雪笑了笑，说："入乡随俗嘛。我听说这家老羊倌涮肉坊是归化城中最有名的，吃饭还得排队。"

中午时分，这家店的生意异常火爆。丫鬟好不容易找到一张空桌子，小二赶

紧过来收拾，接着又端上热气腾腾的炭火铜锅与两盘新鲜羊肉。

“东家，总算找到你了。”丫鬟正要动筷子，一名伙计急匆匆地跑进来。

“什么事？”文知雪问。

伙计凑到跟前，低声说：“索相派人从多伦赶来，上午刚到。”

听说索额图遣人到来，文知雪岂敢怠慢，急忙赶回分号。进了前屋，她欠身行礼道：“辛苦上官了，不知索相有何差遣？”

所谓宰相门人七品官，面对文知雪，来人跷着二郎腿，不紧不慢地掏出一封信，道：“索相只说让我送信，该交代的事都写在信里。”

文知雪拆开信，认真读起来。信不长，片刻就读完了。放下信，她笑吟吟地说：“你瞧我，光顾着看信，却忘了礼数。上官请移步，我让人略备了薄酒。”

对方却起身告辞道：“别费那工夫！索相有吩咐，信送到即刻折返。我还要回去复命。”

文知雪连忙追上去，说：“上官公务在身，我不便久留。但上千里路程，上官奔波劳累，连口水都喝不上，我实在问心有愧。”顿了顿，她又说：“商号里别的没有，各地特产倒不缺。这样吧，我让人收拾一篮子货，烦请上官带上。”

一炷香工夫，篮子便备好。文知雪亲手递上篮子道：“茯茶本是咱们泾阳特产，这两盒茯茶乃文盛合自制，选料上乘。另外两样是金华火腿与苏州檀香扇，我半年前去江南采办茶叶，顺道捎回来的。”

篮子里有四样东西，文知雪只说了三样，还有一个蓝色布袋却没提。与官府中人打交道久了，文知雪对各种官场陋规了然于心。她平素以出手阔绰著称，今日对索府中人更得高看一眼。布袋里装着五十两银子，已是寻常人家一年劳作的收入。

来人用手一拎篮子便知轻重，心想外面说文盛合的女东家礼数周到，当真名不虚传。他再三谢过，转身告辞。

索额图的信使刚走，文盛合的另一位东家盛宇峰与管家宋元河便走了进来。盛宇峰没来得及落座，就问道：“索相派人过来，有什么事？”

“你们自个儿看吧。”文知雪将信递过去，说道，“头一桩是催促西征粮饷，第二桩是说俄国商团将抵达归化，索相让我好生接洽，把双方通商的事办好。”

盛宇峰放下信，面色沉重，道：“知雪乃帮办粮饷总商，保障军需本是分内之事。与俄国人通商赚银子，咱们更巴不得。但两件事凑到一块儿，却很棘手。”

宋元河说：“中俄通商互惠，当初还是东家给索相献的策。近日归化拥入这么多商人，也都是因为听说俄国商团将至，指望凑过来分一杯羹。”

“但麻烦也在这儿。”宋元河接着说，“连年打仗，整个草原被噶尔丹蹂躏得满目疮痍。如今放眼塞外，就归化这么一座像样的城池。西征粮草在此囤积，各地商人又挤过来，简直乱成一锅粥。”

“不是一锅粥，而是锅里都煮煳了。”盛宇峰接过话茬道，“归化城里乱糟糟的还不打紧，最要命的是从北京到归化的官道。西征大军的粮草、各家商号的货物，全挤在道上，已是水泄不通。”

盛宇峰两手一摊，继续说：“粮草运不来归化，如何供应西征大军？咱们采办的丝绸、茶叶堵在半道上，拿什么同俄国人做生意？”

宋元河说：“官道堵得不成样子，听说兵部打算让商号的货物就地停运，待西征粮草运送完毕，商队方可上路。”

“我也听说了，公文大概这几日就会到。”盛宇峰显得忧心忡忡。

文知雪默默听着，隔了一会儿才重新开口道：“把粮草与通商的事都办好，确实两难，但再难也得去做。听老辈人讲，俄国疆域广阔，不亚于大清，俄人对丝绸、瓷器爱不释手，尤其对茶叶喜爱到了痴迷的地步。如今噶尔丹败逃，多伦会盟令蒙古各部臣服，被阻绝多年的商路畅通在即，这是千载难逢的商机。中俄通商乃我向索相献的策，开门第一桩生意，无论如何都不能搞砸。”

“要不请索相打个招呼，特准文盛合的货走官道？”盛宇峰想到了一招。

文知雪摇了摇头，说：“归化城的难处，索相是清楚的，否则犯不着写信来。让索相打招呼，岂不又把难题扔了回去？”

文知雪沉吟一阵，又轻握住拳头，仿佛在自言自语：“索相是让我想出法子，解了眼前的两难。”顿了顿，她又加重语气，逐字逐句地说道：“索相寄望甚重，而我也一定能有办法！”

“有什么法子？”盛宇峰追问。

文知雪松开拳头说："船到桥头自然直，法子终究会想出来。大家还没吃饭吧？走，正好一块儿去老羊倌。"

盛宇峰与宋元河不免惊讶，道："你不是不吃羊肉吗？"

文知雪还是那句回答："入乡随俗。"

初春的归化寒气袭人，老羊倌涮肉馆内人声鼎沸，人满为患。与前几日来时不同，今日文知雪提早订了楼上的包间。小二端上铜锅，木炭在锅内点着，火苗摇曳，整间屋子有了暖意。

如今在归化城里的山陕商帮的东家、掌柜，今日全到了，一共十来人。文知雪不吃羊肉的习惯并未变，桌上的几碟清炒蔬菜是专为她准备的。

众人的胃口似乎不大好，唯有盛宇峰连涮了好几片羊肉，美滋滋地放入口中，嚼得津津有味。他招呼道："桌上这么多菜，干吗不吃？"

德盛魁茶庄的韩东家摇头道："没胃口呀！兵部行文已经到了，所有商号货物就地停运，官道只能运军需粮草。"

另一位东家也叹了口气，说："眼瞅着俄国商团就要到归化了，原以为能好好赚一笔，不承想碰上这档子事。"

盛宇峰放下筷子，说："听说俄国商团来了近千人，运货的马车在草原上绵延好几里地。这可是一桩大买卖！用咱们的茶叶、丝绸换俄人手中的皮毛，再把这些皮毛运回关内，立刻能赚上好几倍。"

韩东家苦笑道："好酒好菜是没错，可惜缺了胃口，无福消受。我的茶叶全堵在路上，拿什么和俄国人做买卖？"

文知雪拿起筷子，帮韩东家涮了一片肉，说道："肉都到嘴边了，哪有不吃的道理？"

韩东家两眼盯着文知雪说："文东家是不是有什么法子？"

旁边立刻有人附和："中俄通商是文东家给索相献的策，你神通广大，能否请朝廷网开一面，让大伙的货走官道？"

文知雪淡淡一笑，道："官道原本狭窄，运送大军粮草已不堪重负。别说我没那个本事，即便朝廷开恩，让大伙的货挤上去，也照样寸步难行。"

“可惜呀！”听文知雪这般说，坐在对角位子上的绸缎庄吴掌柜唉声叹气道。

“大路朝天，各走一边。官道走不了，未必没有其他道可走。”文知雪不紧不慢地说。

“什么意思？”众人瞪大了眼。

“答案就在诸位面前的餐盘中。”文知雪抿了一口茶，缓缓道来，“前些日子，我在归化街头闲逛，听说老羊倌涮肉坊生意挺好，便来凑凑热闹，还和店家聊了几句。店家说，涮肉坊在归化开了几十年，日日爆满，分店早开到京城去了。店家还说，蒙古草原最适合放牧羊群，出产的羊肉鲜美无比，京城有名的涮肉坊，一年四季皆从草原进货。”

“当时我便觉得奇怪，”文知雪接着说，“京师每日不知得消耗多少羊肉，可我来归化途中，却没见过一只羊。难不成是将羊羔屠宰后切成片，再包裹好运往京师？听我一问，店家笑了，说照这法子，羊肉运到京师早就发臭了。草原上的羊，全是活蹦乱跳被赶到京郊，屠宰后即刻运入城内的。”

“这就怪了。”桌上有人说道，“咱们来归化，和文东家一样走的官道，的确没见着一只活羊。难不成这些羊都插上翅膀，飞去北京了？”

文知雪又说：“其实在官道之外，还有一条从归化通往京师的路，是专门用来驱赶羊群进京的。这条路外人自是不知，本地羊倌却大多清楚，还把它叫作京羊道。”

文知雪兴高采烈地聊起了京羊道：从归化到北京的官道，几乎是沿着长城外沿行进，京羊道却是在草原上开辟出的一条道路，一路水草丰美，适合驱赶羊群。

盛宇峰接过话茬说：“我派人实地勘察过，京羊道虽绕了些，但只要有熟悉道路的羊倌带路，一路还算好走，拉货的大车也能通过。”

听说了这条京羊道，桌上的人个个眼中放光。吴掌柜一巴掌拍在桌上，说：“这可是一根救命稻草！”

“诸位有胃口了吧？”盛宇峰笑着问道。

“当然！”吴掌柜笑道，“今天要把桌上的羊肉吃光，日后还要把俄国人的货吞个干净。”

在座的人果然胃口大开，盘中羊肉被一扫而空，宋元河忙着让小二加菜。众人又举起酒杯，大赞文知雪。韩东家敬酒时说：“文盛合不愧为山陕商帮的翘楚，不仅银子最多，更难得的是从不吃独食，有好处总惦记大伙。从前在泾阳，由文老东家领着咱们，如今到了归化与老毛子打交道，知雪东家便是主心骨，我们要唯她马首是瞻。”

文知雪破例喝下一满杯酒，说道：“文盛合有今日，承蒙各位关照。山陕商帮能称雄商界，全因咱们携手并肩，不分彼此。若仅存一己之私，商帮便散了。没了商帮，谁家的生意都不好做。”

“说得好！”众人拍掌叫好。

盛宇峰说：“知雪说了，山陕商帮是一家人。既然是一家人，就得讲究亲疏内外。京羊道的事，切莫对外声张，咱们悄悄把货运了。”

韩东家放下酒杯，说：“文东家实言相告，是没把大伙当外人。谁要是走漏了风声，就是吃里爬外。”

“对！”有人附和说，“如今归化城拥入这么多商人，光徽商南蛮子就有好几十个。一旦走漏消息，京羊道就得堵成一锅粥。”

还有人说：“除了山陕商帮中人，谁也甭想知道。北边原是咱们的地盘，朝廷西征，又是大家出力最多。好不容易有了赚钱机会，外人想来分一杯羹，凭什么！”

见众人嚷嚷得差不多了，吴掌柜放下筷子，搓着手掌说道：“听说蒙元亨也到归化了。”

吴掌柜这么一说，气氛立刻有些尴尬，众人的目光不约而同地投向文知雪。盛宇峰抢着说道：“老吴，你哪壶不开提哪壶！”

吴掌柜本想解释几句，可话到嘴边又咽回去，只是摇头苦笑。隔了一会儿，文知雪才缓缓开口道：“没错，蒙元亨乃关中子弟，他父亲蒙顺还是文盛合的老掌柜。不过，自他当日在泾阳帮着外人跟咱们作对起，他便不再是商帮中人。后来他与我等一起帮办西征粮草，那是奉朝廷之命，而非商帮所邀。”

文知雪又说：“大伙都知道，文盛合与蒙元亨势不两立，只不过筹办西征粮草乃军国大事，个人恩怨当退居其次。如今京羊道之事，我不会告诉他。各位若是有意相告，我悉听尊便。”

说这番话时，文知雪看似面色坚毅，心中却五味杂陈，自己与蒙元亨之间，真是剪不断理还乱：爱的是他，恨的也是他；斗的是他，救的还是他……

见文知雪把话说到这个份儿上，众人便不再自讨没趣。但提起蒙元亨，许多人还是充满好奇，有人嘀咕道：“蒙元亨这小子一天到晚独来独往，不知道在干些什么。就说乌兰布通大战吧，大伙都出钱出力，为何皇上单独召见了他，但后来论功行赏时，又没见他的名字？”

蒙元亨以身作饵，诱使噶尔丹东进之事，当初是绝密，如今知道的人也寥寥可数。文知雪还是几个月前在京城拜见索额图时，才知道整件事的来龙去脉。索额图还告诉她，那日皇上召见蒙元亨，蒙元亨恳请皇上法外开恩，赦免父亲蒙顺。皇上答应了，并说功过相抵，蒙元亨在乌兰布通的功勋也不予表彰。

这些内情，文知雪不能对外泄露。听人们议论蒙元亨，她只是沉默不语。有人见文知雪脸上似有不悦之色，认为不宜再说下去，赶紧岔开话题道：“论功行赏怎么轮得上蒙元亨？别忘了，文东家才是总商。对文东家的功绩，朝廷可是大大褒奖了一番的。”

3. 一个重臣的生死荣辱，岂是贪不贪几两银子能够决定的

初春的雪花飘洒而下，白茫茫的大地却并不干净，些许野草已在白雪遮压下露出绿芽。蒙元亨裹着一件厚厚的棉袄，站在寒风凛冽的归化城外，身旁的蒙应瑞与周琪，脸蛋早冻得红扑扑的。

一连数日，蒙元亨总是一大早就出城去，直到日暮时分才悻悻返回。今日申时已至，太阳渐渐西沉，蒙元亨脸上难掩失望之色。

有路过的商人认识蒙元亨，同他打招呼道："蒙东家，回去吧。官道不让通行，所有货都停运了。"蒙元亨只是轻摇着头，依旧凝望远方。

蒙应瑞打了个喷嚏，鼻涕跟着流了出来。蒙元亨抱起儿子，问道："冷吗？"

见应瑞点了点头，蒙元亨心中泛起一阵酸楚。这孩子多可怜呀，小小年纪就失去了母亲。雇来的用人虽说尽心尽责，但哪比得上亲娘。周琪说道："蒙大哥，今天看来是不会到了，咱们先回吧。应瑞毕竟年纪小，别把他冻着了。"

蒙元亨点了点头，将儿子抱上马去。正当他踩住马镫时，远处出现了一辆马车。蒙元亨又仔细瞧了瞧，赶紧拉过周琪，欣喜问道："快看，赶马车的是不是罗兵？"

周琪放眼望去，顿时欢快地跳起来，说道："没错，是罗大哥！"

蒙元亨跃身上马，左手抱住儿子，右手拉住缰绳，飞奔出去。周琪年纪虽轻，却学会了骑马，她猛抽马鞭，紧跟在后面。

罗兵也看到了蒙元亨，索性将马车停下，高喊道："元亨，我们回来了！"

奔至车前，蒙元亨跳下马，激动地盯住车帘，嘴里说不出话来。帘布掀开，一个头发花白的老者探出身来，眼里含着泪水，口中唤道："我的儿啊！"

蒙元亨双膝跪在雪地上，连磕了好几个头，道："爹，孩儿不孝，让您受苦了！"

罗兵车中所载的正是蒙顺与周弘毅。康熙答应蒙元亨功过相抵后，蒙元亨夙愿得偿，激动不已。然而，从流放之地归来，跋山涉水，路途艰险，他实在放心不下，便让罗兵远赴关外，亲自迎回二人。

蒙顺颤巍巍地走下车，抱住蒙元亨，老泪纵横地道："我一直以为自己会死在流放之地，真不敢相信咱们父子还有再见面的一天。"

见蒙应瑞呆呆地站在一旁，蒙顺揉了揉眼，问道："这是我孙子吗？"

蒙元亨拉过应瑞，说："傻小子，还不快叫爷爷。"

孩子还没来得及张口，蒙顺就一把将他抱住，说："瞧这模样，真是我蒙家子孙！"

罗兵搀扶着周弘毅从马车上下来，周琪几步上前，拉住父亲的手，哽咽道："爹，你总算回来了。"

周弘毅拍了几下女儿的肩膀，又抚摸起她的头发，感慨道："爹都快认不出你了，咱们琪儿变漂亮了。"

周弘毅原本就有腿疾，当初在索额图相府就被称作跛子师爷，受尽磨难后，腿脚愈发不灵便，走路也要拄着木棍了。此刻，他却扔掉木棍，坚持着走到蒙元亨面前，弯下腰，深深鞠了一躬，说道："都怪我这腿不争气，没法跪谢恩人。"

蒙元亨赶紧扶起周弘毅，说："周叔叔，你这是干什么！"

蒙顺父子、周弘毅父女均是分别多年，有一肚子话要说。罗兵提醒道："要说话，有的是机会。刚奔波了几千里地，别站在雪地里，还是赶紧进城吧。"

"对！快进城！"蒙元亨、周琪搀扶着父亲，重新上了马车。

一连好几日，蒙元亨在客栈里细心侍奉父亲。蒙顺与儿孙相见，尽情享受着这份几乎未敢奢望的天伦之乐。周琪还给父亲和蒙老爷子置办了崭新的衣服。

跟着蒙元亨来归化的，还有瑞成祥商号的好几名伙计。这几日，他们见东家好不容易骨肉团聚，便没来打搅他。不过，商场形势瞬息万变，有件事已到了非禀报不可的时候。见今日酉时已过，东家陪着蒙老爷子与周先生用过了餐，一名伙计便敲开了蒙元亨的房门。

“什么事？”蒙元亨脸颊绯红，伸了个懒腰。这几日陪着父亲与周弘毅，自己喝酒虽不算多，但每顿之后却有些微醺之感。

“东家，”伙计端上茶，毕恭毕敬地道，“今日归化城中都传遍了，说俄国商团五日后便要抵达。”

蒙元亨点了点头，说：“这事我知道了。”他端起茶抿了一口，又说：“咱们的货都堵在半道上，即便俄国人到了，生意也还是没法做。”

伙计说：“咱们的货被堵在半道上，可别人的货已经运到归化了。”

蒙元亨手一抖，将茶杯放到桌上，说：“兵部不是发了文，说官道上只能运输西征粮草吗？”

伙计摇着头说：“我们也百思不得其解，公文上白纸黑字地写着，可有人就把货运到了。”

“谁的货到了？”蒙元亨问。

伙计答道：“文盛合的茶叶全到了，另外山陕商帮其他几家商号的货也到了。”

蒙元亨重新端起茶杯，说道：“这些个茶叶、丝绸、瓷器，自个儿长不出翅膀，不可能飞到归化。既然没走官道，自然是走了其他道。”

伙计连忙点头道：“我这就去打听，一定要弄清楚他们走的是哪条道。”

两人正说着，敲门声响起，周弘毅推门走了进来。蒙元亨起身道：“周叔叔，有什么事你吩咐我过去便是，何必自己走一遭。”

“病依几杖犹能出，老爱风光未忍违。”历经磨难，周弘毅添了无数白发，胸中才情却未减，他举起手中竹杖，随口吟出陆游的诗，“你替我请了郎中，腿脚好多了。前日琪儿又给我买了竹杖，靠着它走路无大碍。”

蒙元亨吩咐伙计给周弘毅上茶，接着挥了挥手，说：“先下去吧。就按方才所说，去打探清楚。”

见蒙元亨脸色有些严峻，周弘毅问道："怎么了，生意上遇到事情了？"

蒙元亨说起货物被阻之事，周弘毅听罢，说道："你说得没错，这些货不可能飞到归化，文知雪一定走了一条不为外人所知的小径。"停顿了一下，他又说："山陕商帮经营北方商路多年，毕竟人地两熟。这几日我在归化遇见几位徽商老友，也是叫苦不迭，说城中稍微像样的库房早被人家抢下。货运不来当然发愁，货到了一样为难。"

蒙元亨苦笑道："无论陕商、晋商、徽商，再难也能抱团取暖。可像我这样的，却只能凭一己之力。在徽商眼中，我是陕西人；在山陕商帮眼中，我也不是自家人。"

"这些门户之见为祸不浅。"周弘毅摆了摆手，说道，"商者无疆，天下的生意，天下人皆可做。结成商帮的初衷只是互帮互助，让出远门的商贾彼此有个照应，如今却搞成各帮之间泾渭分明，实在大谬。"

"是啊。"蒙元亨说道，"山陕商帮向来把北边视为自己的地盘，这一次更摆明了不想让外人染指。"

言及此处，蒙元亨的思绪不禁飞回泾阳。当初，文善达统率整个山陕商帮全力绞杀西进的徽商岳江南，一幕幕血雨腥风的场面犹在眼前。可惜到头来，文善达呕血而亡，岳江南仓皇夜奔，究竟谁才是赢家？他不禁感慨道："但愿归化不要成为下一个泾阳。"

周弘毅两手扶着竹杖，说道："你提到泾阳之事，我正要说一个人。"

"谁？"蒙元亨问。

"岳江南。"周弘毅一字一顿地说道，表情凝重。

"你说他呀。"蒙元亨淡淡说了一句。一想起妻子与妹妹的惨死之状，他便对此人深恶痛绝。然而，毕竟岳江南乃周弘毅忘年好友，蒙元亨不愿提及。

"正是此人。"周弘毅眉头紧锁，说道，"我听琪儿说，岳江南自称与我有旧，甚至听闻周家蒙难，不惜千里驰援。然而，我根本不认识此人，更谈不上和他有半分交情。"

蒙元亨大吃一惊，道："这……这怎么可能？"

"有什么不可能，世上从不缺这等鬼话连篇之辈。"周弘毅缓缓说道，"都说穷在路边无人问，富在深山有远亲，当时我被充军流放，岳江南却不远千里找上门，确实不合情理。不过，将前后的事串起来，也没什么想不通，他不是与我攀交情，而是与你攀交情。”

蒙元亨顿时明白了，岳江南编出弥天大谎，实则是要笼络或者说利用自己。这当真是一个为达目的不择手段的阴险之徒！枉你纸扇轻摇，满腹诗书，那些圣贤之书都读到狗肚子里去了吗？其实，岳江南根本不认识周弘毅，更犯不着千里来寻什么故人之女，他只不过是从泾阳变局中嗅到了机会，于是杜撰出一套说辞，赶着来火中取栗。

当年受索额图倒台之事牵连，蒙顺蒙冤被流放，蒙元亨满腔义愤，想着替父报仇。蒙顺毕竟当过多年的文盛合掌柜，而蒙元亨因为在京师智斗乌日乐，被外界传得神乎其神，说他年纪轻轻便与蒙古王公交情深厚。岳江南欲打破山陕商帮对棉布商路的把持，蒙元亨无疑是一把利器。

“我自诩精明，没想到却被岳江南骗了这么多年。”蒙元亨缓缓吐出这句话，双拳不自觉地攥紧。

周弘毅沉吟了一会儿，说道：“岳江南虽心术不正，但似这等沉机默运、暗藏心机，却也非比常人。乌兰布通一战之后，岳江南大难不死，反获朝廷重用，日后恐怕还少不了同此人打交道，不可不防呀！”

“多谢周叔叔今日点拨，元亨定当牢记。”蒙元亨双手抱拳道。接着，他又说：“你提到日后，我正有事相询。”

“请说。”周弘毅微笑点头。

蒙元亨说：“周叔叔虽历经磨难，却正当盛年，不知接下来有何打算？”

周弘毅说：“当日遭难，万念俱灰，心想生入玉门关已无指望，没想到得贤侄搭救，竟有重返中土之日。半年前接到朝廷恩旨时，我也收到了索相的亲笔信，他邀我去京师，说是相府若有不便，可单辟一处地方供我父女起居。”

顿了顿，周弘毅又说：“索相来信后面还附着菊儿姑娘的一段话，她也希望我带着琪儿去京城团聚。”周弘毅说话素来不紧不慢，唯独说到这一段，情绪有些激动。他已知菊儿身世，不想当年令索相神魂颠倒的红颜知己，竟是自己亡妻的妹妹。十年一觉扬州梦，周弘毅怀念妻子，更忆起了当年在江南水乡的青葱岁月。

蒙元亨心中有些失落，但仍点头笑道："分别多年，是该团聚了。"蒙元亨素来仰慕周弘毅的学识，今日本欲将这等大才留在身边，但人各有志，岂可强留。

"非也。"周弘毅摆手说，"京城我会去，却不会久留，逗留个把月吧，便南归扬州。"

周弘毅又说："此番归来蒙朝廷大赦，之前种种一笔勾销。扬州才是我的家，我自然要回家去。未来还是继承祖业，踏踏实实做个生意人吧。"

蒙元亨终于明白了，周弘毅不仅才高八斗，更出身徽商巨富之家，像他这种人，岂是寄人篱下之辈？当初投入索额图幕府，实在是有不得已的苦衷，如今沉冤尽洗，重获自由，自要振翅独飞。所幸延揽周弘毅的话没说出口，否则当真自讨没趣。人家连相府幕僚都看不上，又岂会留在这里？

蒙元亨说："扬州盐商富甲天下，周家当年便是盐商中的翘楚。周叔叔此番南下，必会宏图大展。"停顿了一下，他又说："我做了这么多年生意，深知第一笔银子最难赚。小侄如今也算略有积蓄，周叔叔若不嫌弃，尽管开口。"

周弘毅抱拳道："心领了。周家在江南还有几处田产，好生筹划，应能应付过来。若真有周转不灵，再向你求助。"

蒙元亨点了点头，又问："周叔叔打算何时动身？周琪呢，也跟你一块儿回去？"

周弘毅说："在归化已休整好些日子了，冬去春来，天气也暖和了，我想这几日便启程。周琪自然得带上，弥补一下这些年对她的亏欠。"

蒙元亨虽有不舍，却知天下没有不散的筵席。周弘毅接着说："分别之前，还有一事想对你说。"

蒙元亨身子前倾，只听周弘毅说道："来归化的路上经过草原，我见到一位蒙古将军。当初在相府时，我与此人有过数面之缘，也算是认识，便聊了起来。他对当今圣上赞不绝口，认为圣上的文治武功不逊于秦皇汉武，更难得的是教子有方，大清的阿哥们一个个青出于蓝。"

周弘毅继续说："圣上亲赴多伦召见蒙古各部王公，随行的就有好几位阿哥。演武场上，八旗劲旅威风盖世，这些阿哥更是龙精虎猛，骑射之技震惊四座。"

蒙元亨若有所思道："周叔叔的意思是？"

周弘毅语调一扬，声音却压得很低："你也是熟读史册之人，当知萧墙之祸。秦始皇之后，胡亥矫诏继位，第一件事就是赐死兄长扶苏，接着又杀死二三十个兄弟姊妹。还有唐代玄武门之变，明成祖朱棣的两个儿子朱高炽与朱高煦之间的夺嫡之争，可都是班班可考，触目惊心……"

屋内沉寂片刻，周弘毅又说："当今太子是不是李建成，哪位阿哥会成为李世民，所有事都言之过早，咱们这些外人更是雾里看花。但有一个你我都认识的人，与夺嫡之事牵连甚深。"

蒙元亨不自觉地说："你说索相？"

周弘毅点了点头，说："我之所以婉拒索相，执意南归，一来是要重振家业，二来更是要远离是非之地。当今太子的生母赫舍里皇后，正是索相的亲侄女。所有人都知道，太子是索相最大的靠山，索相一党更是太子在朝中的奥援。"

"有件事想向你打听。"周弘毅说，"索相精明且霸道，过往亦有贪名，不过听说他复出之后收敛了不少，好些人挖空心思送上银子，全被拒之门外。不知真假？"

蒙元亨说："这些说法流传很广，我也听说了。"

周弘毅叹了口气，说："一个重臣的生死荣辱，岂是贪不贪几两银子能够决定的。当初天下谁人不知索相贪腐，皇上要整顿朝纲，便拿他开刀，但风声一过，照样享受荣华富贵。皇家富有四海，不在乎底下人贪几两银子，他们看重的是江山大统。一旦卷入夺嫡之争，罪行可比贪腐重百倍。"

周弘毅加重语气道："索相当年能风云再起，只因太子地位无忧。日后太子若像朱高炽那样有惊无险地继承大统，索相自是新朝第一功臣；若太子不幸做了李建成，索相立刻便有灭门之祸。"

蒙元亨参与帮办西征粮饷，是索额图亲自授意的，外人都知道他与索府关系匪浅。听闻周弘毅这番话，再想到血雨腥风不绝于史，蒙元亨不禁背脊骨发凉，隔了一会儿才说道："谢周叔叔指点迷津。"

周弘毅抿了一口茶，说："今日这些话或许是先见之明，或许不过是杞人忧天，但无论如何已犯大忌，天知地知，你知我知。"

4. 生意人有两种，一种胆子越做越小，一种胆子越做越大

周弘毅明日便要动身，蒙元亨摆下酒宴为他饯行。桌上尽是祝福寄望之语，唯独周琪闷闷不乐，别人敬她酒时，她眼泪都快掉下来了。罗兵安慰道：“妹子，咱们相处这么久，知道你舍不得。别担心，一有空我就去扬州看你。”

这一说，周琪竟钻进罗兵怀中，大哭起来。罗兵拍着她的肩膀说：“今日就这样，将来出嫁时，还不得哭成个泪人。”

周琪哭得更起劲了，还拿手捶打起罗兵。“不得无礼！”周弘毅阻止道。

“没事。这小手打人不疼，我就喜欢她直来直去的脾气。”罗兵笑呵呵地说。

“琪儿，叫你住手听见没有！这么大的人了，还不懂规矩！”周弘毅素来疼爱女儿，今日却板起面孔教训道。

周琪好不容易坐直身子，周弘毅递过手帕道：“还不赶紧擦了。”

周琪脾气倔得很，她没接手帕，嘴里哼道：“日日盼父亲归来，没想到一回来就欺负我。”

蒙元亨插话说：“周叔叔疼你还来不及，哪会欺负你？罗大哥说得没错，往后我们都会抽空去扬州看望你的。”

“关你什么事！谁要你多嘴！”周琪脸颊绯红，竟对蒙元亨吼了起来。

“好，我不说了。你也别光哭，吃点东西吧。”蒙元亨给周琪夹了一筷子菜。周琪瞪了蒙元亨一眼，眼泪又止不住了。

周弘毅在一旁叹息，表情有些苦涩。蒙顺劝道：“琪儿跟着他们好些年，一时分开，难免不舍。她要哭就让她哭嘛，哭出来还好受些。”

“老哥说得是。”周弘毅点头称是，心中却有一股难以言说的愁绪。父女连心，尽管分别日久，但最懂周琪心事的，还是他这个父亲。更何况周弘毅当年乃扬州四少之一，腰缠万贯，风流倜傥，令多少如花似玉的女子为之倾倒。对于男女之间的情事，他无疑比别人更敏感。

与周琪相处数日，周弘毅心中可谓一喜一忧，喜的是女儿出落成亭亭玉立的美少女，忧的是二八芳华正是情窦初开的年纪，女儿似乎已对一人情有独钟。周弘毅暗自揣度，女儿大概已经爱上了多年来相伴身边，对自己关怀有加的蒙大哥。父女长谈时，周琪讲起这些年来的经历，或高亢激昂，或悲愤交加，唯独说到蒙元亨时，竟有一股羞涩之情。夜深人静时，周琪还会捧着蒙元亨写给自己的信，暗暗发呆。

周弘毅明白，蒙元亨文武双全，是一个光明磊落的奇男子，这些年照顾周琪如兄如父。一个性格倔强又缺少父爱的女孩长大成人时，难免会对曾给予她倚靠的男人产生特别的情愫。但是，两人毕竟相差十多岁，在一起真的会幸福吗？周琪尚年轻，未来的路还长，究竟是情动一时，抑或是缘定一生？所有问题都没有答案。

这种事情既不好阻止，更不能挑明。最好的办法便是让两人分开，彼此天各一方，那时女儿心中刚萌生的爱情之芽或许会渐渐枯萎。当父亲的，只能做这么多了。周弘毅之所以急着启程，既是因为归心似箭，更是因为藏着这份心思。

“听说从归化到京城的官道，近来水泄不通。反正也不急这一时半刻，要不你们就在归化再待一阵子？”蒙顺关切地说。

“不必了。”周弘毅说，“我已打听清楚，虽然商号的大车上不了官道，但行人路过却没问题。我与琪儿骑上快马，少则半月，多则二十天就能赶到京师。”

蒙元亨虽不知周琪心事，但见她始终闷闷不乐，便说：“周叔叔与索相有约，自然不便耽搁。你在京城还要逗留个把月，难免有许多应酬，没空陪琪儿，要不让琪儿在归化再待上一阵子？一个月后，我派人送她去京师。”

“好啊！京城一点意思都没有。”周琪第一回有了笑脸。

“不行！”周弘毅断然拒绝，“贤侄在归化有生意，哪能麻烦你的人送来送去？此去京师，我不光是向索相谢恩，也要见一见菊儿姑娘。她前日专门捎信过来，说西安一别，有阵子没见琪儿了。”

见女儿嘟着嘴颇为不悦，周弘毅加重语气说：“菊姑可是你的亲姨娘，难道你不该去陪陪她？”

蒙顺点头说：“拉住姨娘手，闻见母亲香。弘毅如此安排，也有道理。”周琪仍怅然不乐，但众人顾不上她，纷纷向周弘毅敬酒。

第二日，蒙元亨送周弘毅父女出城，又安排一名伙计随行，要他一路照顾二人去京师。蒙元亨一直站在旷野中挥手告别，直到周弘毅一行消失在视线里，才转身折返。正要进城时，见城墙周围列队站着官兵，还有人大声吆喝，让行人在路旁回避。蒙元亨下马打听，才知道是俄国商团到了，归化的文官武将都出城相迎。之前伙计有报，说俄国商团五日之后将抵达，如今才第四日，看来人家是提前到了。

蒙元亨又听周围人议论，说俄国商团已在城外十里处扎下大营，今日进城的是洋东家、洋掌柜们。蒙元亨知道，俄商并无东家、掌柜之说，主事之人似乎叫“经理”。此番来大清的商团，还有团长与副团长各一人。百姓不晓这些，以洋东家、洋掌柜来称呼，倒也贴切。

然而蒙元亨又不解，近来归化城中商贾云集，客栈、库房异常紧张，纵使这样，官府依旧划出驿馆与场地，专供俄国商团使用，放着城中的好房子不住，俄国人干吗在荒郊野外扎营？

这时，一列马队出现在城门前。领头的是一个褐色头发、蓝色眼珠的洋人，瞧着年纪不过三十岁左右。蒙元亨心中暗想，此人莫非就是俄商团长，竟这般年轻！

再往后一瞧，蒙元亨更吃了一惊。在年轻洋人身后，是一个穿着灰色长马褂、披着貂皮、留着长辫子的清国人。此人自己再熟悉不过，正是苏定河。

听说岳江南被派去俄国采购军火，苏定河也一道去了。俄国首都距清国万里之遥，没个三五年回不来，这才不过一年光景，苏定河怎么就随俄国商团一同归来了？

欢迎仪式结束后，俄商与苏定河进入城中。围观人群渐渐散去，蒙元亨牵上自己的马，朝城内走去。盼了多时的俄国商团终于抵达，本是令人高兴的事，蒙元亨却高兴不起来。或许是见到苏定河的缘故，他心中竟升起一股不祥之感。

因为有心事，蒙元亨走得很慢，回到客栈，已是日暮时分。不一会儿，路上传来马蹄声，道路两旁又起一阵嘈杂声。俄国商团的人与归化官员会见完毕，要赶回自家营帐，官兵正忙着清道。

归化城外的俄商营地杀牛宰羊，载歌载舞。营内驻扎着近千人，他们肤色各异，语言不同，有黄皮肤的蒙古人、汉人，那些白皮肤、蓝眼珠的也不全是俄国人，有不少来自西欧各国。

经过几千里的长途跋涉，穿越西伯利亚荒野与蒙古草原，终于抵达归化城下，所有人都兴高采烈。他们拿出各种乐器，既有东方传统的二胡、笛子，蒙古的马头琴，也有俄国的三角琴，大家尽情弹奏，放声高歌。

苏定河手里捏着一只刚烤熟的羊腿，走进营帐，他身后还跟着一个“舌头”。所谓“舌头”，便是翻译。那时草原民众以“长着三条舌头”来形容那些能说俄语、蒙语与汉语的人。苏定河在草原行商多年，蒙语大概能听懂，但与俄国人交流，却要倚赖“舌头”。

苏定河在营帐内坐下，大声说道：“小托，把你的药水拿出来。今晚冷飕飕的，得喝点烈性东西才行。”

小托便是今日进归化城时走在最前面的年轻人小托里尔，他是俄商副团长，团长是他哥哥托里尔。托里尔是兄弟二人的姓，苏定河素以大托、小托相称。

小托里尔笑着说：“老苏，你怎么也要喝药水，当初不是说闻见那味便想吐吗？”

苏定河嘿嘿笑起来，道：“那味是不咋的，不过喝习惯了，又有点舍不得。”

两人口中的“药水”，实则是产自俄国的烈性酒，也就是后来众所周知的伏特加。多年以前，俄国僧人制造出一种用于消毒伤口的液体，对于刀剑创伤效果奇佳。有人不经意间喝了这种液体，顿觉芬芳爽口，便以“药水”来称呼这种液体，也就是伏特加。

小托里尔给苏定河斟满一杯“药水”，说：“听岳东家说，清国有句话叫入乡随俗。刚到俄国时，我与你一样，也喝不惯这玩意，没想到待久了，竟渐渐离不开它了。”

苏定河满饮一杯，大呼过瘾，接着说道：“人逢喜事精神爽，赶上今日的大好事，岂能无酒！”

“是啊！”小托里尔也手舞足蹈，“商团刚过库伦，就听说北京到归化的官道堵上了，我的心便揪起来，咱们准备的这场好戏，别到时没人捧场。没想到你们清国商人太聪明，不知用了什么法子，竟帮咱们解了难题。”

苏定河大口啃着羊腿，说：“文知雪这婆娘向来鬼主意多，不过这一回，她是聪明反被聪明误。”此言一出，两人又大笑起来。

文知雪借助京羊道，将货物抢运至归化，为何苏定河却嘲笑她聪明反被聪明误？这话还得从头说起。

托里尔兄弟并非俄国人，而是来自亚平宁半岛上的水城威尼斯，家族世代经商。俄国沙皇彼得大帝早年游历西欧诸国，托里尔兄弟的父亲还在自家城堡热情款待过少年沙皇。可惜天有不测风云，等到托里尔兄弟接掌家业时，家族生意一落千丈，两人为了躲避债主，只好远遁俄国。

初来俄国的几年，托里尔兄弟过得并不顺心，几次三番求见，竟连彼得大帝的面都没见上。在天寒地冻的莫斯科，他们只能与一帮哥萨克流浪汉厮混在一起。

此时沙俄开疆拓土，势力扩张到远东西伯利亚地区，一个称得上托里尔狐朋狗友的哥萨克流浪汉仗着心狠手辣，几年时间便摇身一变成了沙俄将军。兄弟俩合计着，与其在帝国首都寄人篱下，不如去数千里之遥的蛮荒之地闯荡一番。

靠着与将军的关系，托里尔经营起西伯利亚狐皮生意，勉强站稳了脚跟。托里尔不是小富即安之人，他渴望干一番惊天动地的大事，恢复家族荣光。此刻，与西伯利亚毗邻的蒙古草原上的漫天烽火吸引了他的目光。得知噶尔丹兵败如山倒，通往清国商路的障碍被清除，他敏锐地意识到其中商机，开始摩拳擦掌，跃跃欲试。

恰在这时，托里尔遇见了从清国北上的岳江南与苏定河。几番接触之后，两方决定携起手来，干一票大买卖。

托里尔认为，沙俄向来垂涎东方帝国的财富，对于同清国通商兴致勃勃，消息传回之后，沙俄政府一定会派遣商团奔赴北京。不过，这种由官方主导的商团，民间商人获利有限，不如自己先拉起一个商团，即刻前往大清，抢先吃下第一只螃蟹。托里尔也知清国讲究名正言顺，为了获取一个名分，他请沙俄将军写了一封亲笔信来引荐。

岳江南也在一旁献计，说清国官吏并不知晓沙俄情状，更弄不大清楚将军的亲笔信与官府公文究竟有何不同，只要有了这封亲笔信，就能瞒天过海。

果不其然，岳江南将情况奏报后，朝廷也分辨不清托里尔商团究竟是何来路。朝廷选择了一个看似两全其美的办法，商团不必进京面圣，也不得进入长城以内，只在归化与清国商人进行贸易。

得到清廷谕旨，托里尔与岳江南喜不自禁。但此刻，另一个难题又横亘在面前。噶尔丹大败，岳江南之前的银子赔了个精光。托里尔虽凭借皮毛买卖在西伯利亚小有斩获，但要和财雄势大的清国富商做生意，还差得老远。

生意人有两种，一种胆子越做越小，一种胆子越做越大。有人在商海沉浮日久，知道其中风险莫测，宁可谨小慎微，也绝不贪大冒险，自家有十两银子，便老老实实做八两银子的生意；还有人天生就爱富贵险中求，身上揣着一两银子，就敢做十两银子的买卖，让他们步步为营、久久为功，无异于痴人说梦。

偏偏托里尔与岳江南正是后一类人。他们都出身巨富之家，经历过人生起落，甚至同样为了躲避债主，不得已远离故土，四海漂泊。在他们的人生信条中，家大业大不如胆子大，只要有银子，什么龙潭虎穴都敢闯。

托里尔打起了空手套白狼的算盘，他一面向俄国商人传信，说自己手里有一大批清国茶叶，一面率商队南行，打算凭三寸不烂之舌说服清国商人先把茶叶交给自己，银子暂且拖上一段时间再给。如此买空卖空，定能大赚一笔。

岳江南又出谋划策，说清国商人个个精明，任你说得天花乱坠也无济于事，不如学一学东方的先贤诸葛亮，唱一出空城计。于是，托里尔的商队刚进入草原就四处放风，说备齐了上百车货物，期待与清国商人做一单大买卖。这样做正是为了让清国商人将茶叶运到归化，日后即便他们发现俄商两手空空，自家茶叶毕竟已运到，再运回又得耗费人力、物力。届时，没准清国商人能接受托里尔的条件。

聊起这些往事，苏定河与小托里尔笑得合不拢嘴。苏定河说：“当初不敢进城，就怕被人发现咱们带的是空箱子，现在不用担心了，他们的货先运到了。”

小托里尔点头说：“这真是上帝眷顾，官道被阻都没能拦住咱们发财。这天寒地冻的，谁愿意蹲在野外，明日咱们就进城去，舒舒服服地住驿馆。”

小托里尔又喝了一口“药水”，缓缓说道：“西方有句谚语，谁笑到最后，才笑得最好。岳东家也说过，行百里者半九十。虽说咱们的计划成功了大半，但最终如何说服那些清国商人，还是个问题。”

苏定河思忖了一下，说：“明日进城后，对方便会知道中计，这时最怕他们一致对外，只能用分化瓦解的手段。归化的茶叶大多在山陕商帮手中，山陕商帮又以文盛合为首，只要说服文盛合接受，其他人就翻不起浪。”

小托里尔说：“今日在归化的官署中，我见到了文知雪东家，她不仅光彩照人，看上去也异常精明，恐怕不是好对付的角色。”

苏定河冷笑一声，道：“文盛合里不还有个‘盛’嘛！我有办法。”

5. 苏某只知卖东西，纵然想卖国，也没那本事

归化城中的一家小酒馆内，木桌上摆着几样小菜，桌旁的炉子上蹿出火苗，将一壶茶煮得呼呼作响。苏定河穿着一件旧薄棉袄，头上戴着一顶鼻烟色毡帽。见盛宇峰来到酒馆，他站起身，摘掉帽子，热情地挥着手。

待盛宇峰走近，苏定河抱拳道："盛东家，咱们有些日子没见了。"

盛宇峰鼻孔里一哼，说道："老苏，一段日子没见，你怎么越发不长进？"

被年轻许多的盛宇峰奚落，苏定河并不介意，呵呵笑道："你还是这般快人快语。"

"你且说说，我怎么个不长进法？"待盛宇峰坐下，苏定河殷勤地倒上热茶。

盛宇峰的话语越发尖刻："你这不是明知故问嘛！你本是关中人士，却投靠外人，与徽州奸商岳江南搅和到一块儿。到头来如何？在泾阳一败涂地，仓皇夜奔，有家归不得。"

提及这些往事，苏定河心头简直在滴血，但他强忍住，挤出笑容摆手道："昔日的荒唐事不提也罢。"

盛宇峰却不肯轻饶，又说："岳江南虽不是东西，但好歹还是我炎黄子孙。如今你倒好，竟甘为异族效力，为虎作伥，算计自己同胞。我就不懂了，这汉奸卖国贼当起来就这般舒坦吗？"

"言重了。"苏定河咀嚼着口里的菜，不紧不慢地说，"苏某只知卖东西，纵然想卖国，也没那本事。与外国人做生意就是汉奸？简直荒谬！没错，我与俄商合伙做生意，但归化城里那么多商人，不都想着与俄国人做生意，难不成都是

汉奸！如今中俄通商，可是朝廷应允的。”

苏定河接着说：“你说我为虎作伥，实不敢当，要说狐假虎威，我倒认账。若不是借着俄国人放饵，估计连见盛东家一面都难。”苏定河叹了口气，又说：“过去几十年，俄国人与我素无冤仇，没损过我半根汗毛，倒是那些同乡故旧更似豺狼虎豹，咬得我遍体鳞伤。”

“还没见过你这般不要脸的！”盛宇峰气不打一处来，“做生意要讲究规矩，一张皮毛换七担茶叶，这历来是草原上的规矩。你们倒好，竟痴心妄想，用一张皮毛换二十担茶叶。”

“我们是这样打算的，却不是痴心妄想。”苏定河微笑着说，“一来人家俄商确有难处，还请大家体谅。你大概也知道，商团运来的皮毛就这么多，真照着一张皮毛换七担茶叶交易，也拿不出足够的皮毛。二来你们的茶叶采自关内，好不容易运到归化，若不卖给我们，再拉回关内，光运费就要亏一大笔。”

苏定河又说：“我也知道，这趟生意你们赚不到银子，但一回生二回熟嘛，凡事当看长远，托里尔把茶叶运回俄国赚了钱，下次交易时保证会把价格抬上来。”

“这不是做生意，而是招摇撞骗！”盛宇峰的火更大了，“我们的货箱里装的是实实在在的茶叶，你们却拖着空箱子走了几千里。商团的影子还没见到，消息便传得满天飞，说什么俄国人拉来了数百车皮毛。先把大伙骗到归化，再丢出一个城下之盟，这手段忒下作！”

苏定河摇头说：“《孙子兵法》里说，兵者，诡道也。商场上不正是尔虞我诈，计谋百出。自己不慎中计，只能怪学艺不精，怨不得别人。当年在泾阳，我与岳江南也上了文知雪的当。到头来怎么办？还不是摸摸鼻子，自己认栽。”

盛宇峰说：“我们是轻信大意，但你们的诡计也没那么容易得逞。实话告诉你，想用一张皮毛换二十担茶叶，门儿都没有！茶叶亏在自家手里，我们认栽，但你们的皮毛也是不远千里运来的，难道就不怕亏？”

“对了嘛，这才是生意的谈法。”苏定河说，“方才盛东家一会儿扯什么汉奸卖国贼，一会儿数落鄙人不长进，都是气话。怎么把事情谈拢，让双方都赚钱，才是生意人的本分。”

盛宇峰冷笑道：“像这般空手套白狼，怕是永远谈不拢。”

苏定河嬉皮笑脸地道："俄商的货是不多，但中国有句老话，千里送鹅毛，礼轻情意重，人家大老远跑一趟，诚意可是足足的。"

自打发觉俄国商团没带多少货，自己着了洋人的道，盛宇峰就满腔怒火，今日见到苏定河，更是怒不可遏。但一句"千里送鹅毛"却让盛宇峰把嘴里的茶都喷出来了，能令人气到发笑，只能说苏定河耍泼皮无赖的功夫已炉火纯青。

盛宇峰忍不住骂道："你不该做生意，该去京城天桥说书！"

苏定河敛住笑容，说："事情很简单，俄商想与大清商人做生意，更犯不着千里跋涉来戏弄谁。问题的关键是，托里尔囊中羞涩，一时拿不出太多皮毛。但人家是有诚意的，尤其对文盛合，更愿以诚相待。"

苏定河又说："这次运来的貂皮、松鼠皮、红狐皮，全是好东西，运回关内都能卖个好价钱。文盛合乃山陕商帮的翘楚，在俄商心中自是分量不同。商团副团长小托里尔已经答应，可以为文盛合破例，私下就照一张皮毛换七担茶叶的规矩交易。条件只有一个，此事不可声张，咱们一致对外宣称，文盛合接受了俄商的条件。"

盛宇峰哈哈大笑，道："说你苏定河是汉奸，当真不冤枉。咱们老祖宗的计策，你倒是对外人倾囊相授，先是学诸葛亮唱空城计，接着又效仿战国时期的张仪，妄图用连横之策分化瓦解山陕商帮，各个击破。"

苏定河说："爹死娘嫁人，各人顾各人。这单生意，文盛合可是赚大发了，盛东家别辜负我一番美意。"

"赚大发？"盛宇峰不屑道，"如今归化城中的茶叶，十之八九在山陕商帮手中，商帮之中，文盛合一家又独占三成。你们以利相诱，目的不外乎瓦解山陕商帮。一旦我答应了你，文盛合或许能捡到一点小便宜，却会使得人心惶惶。剩下的茶叶，你们尽可以用一张皮毛换二十担茶叶的价格来收购。你说说，到底谁赚大发？"

盛宇峰起身道："我劝你收起这些鬼把戏，咱们还是真刀真枪地商场上见吧。"

见盛宇峰要离开，苏定河说："别着急嘛！咱们既是谈生意，也是故人相见，生意谈不拢，还能叙旧嘛。"

盛宇峰斩钉截铁地道："你我之间无旧可叙！"

“未必吧。”苏定河说，“当初在泾阳，盛东家可帮了我们大忙。没有你，棉花大战怕是另一番结局，文善达也未必会吐血而亡。”

盛宇峰心头一震，道：“你这些胡言乱语，我实在听不懂。”

苏定河笑了笑，说：“盛东家莫急，且听鄙人话一话当年。”他端起茶抿了一口，接着说道：“棉花大战进行得如火如荼之际，蒙元亨谎称泾阳仓库已满，将之前收购的棉花提前起运。实际上，他是得知因西北战事，水路运输即将被阻断，才忙着抢运棉花。”

苏定河升高语调，继续说：“蒙元亨这一招实在够阴，连老狐狸文善达都被蒙在鼓里。但是，世上还有明白人。譬如你盛东家，就抽出大半天时间，遍访泾阳城中仓库，还去渭河码头找来好几位船老大，详细询问历年的运价。有你这火眼金睛的人，按说蒙元亨的诡计早该被识破，但可惜的是，你将这一切隐瞒不报，眼睁睁地看着文善达跳进火坑。”

苏定河摇头叹息道：“可怜文善达一世精明，却败在自己人手中。”

“放屁！”盛宇峰头上青筋暴突，满脸通红，“姓苏的，你真以为自己在天桥说书，编些莫名其妙的故事！”

苏定河气定神闲地说：“若想人不知，除非己莫为。当初咱们都在泾阳，世上哪有不透风的墙。渭河码头的一位船老大，长年替苏杭布庄运输棉布，与岳东家素有交情。后来在茶余饭后的闲聊中，他道出了这件事。岳江南何等精明，立即觉出其中有异，又找来多人询问，才坐实了这件事。”

盛宇峰心中最深的秘密竟被外人窥见，难免惊慌失措。但他决心继续把谎撒下去，便道：“简直是笑话！谁不知道，文叔父待我恩重如山，蒙元亨与我势不两立，说我帮着外人对付文叔父，鬼才信。”

“鬼信不信我不晓得，但有人心中却藏着鬼。”苏定河早知道盛宇峰会用这一招，自己是有备而来，“若是之前，我也不信会有这等事。大敌当前，哪有胳膊肘朝外拐的道理？但别忘了，当年咱们还合作过一段日子，与文小姐都打过交道。问世间情为何物，盛东家对文小姐的那番深情，连我们外人看了都感动不已。”

苏定河身子往前一倾，竖起大拇指说：“有了这层关系，所有事就都解释得通了。盛老弟高明啊，与其打败蒙元亨，让文知雪对他怜爱有加，不如让蒙元亨干掉文知雪的老爹，两人从此恩断义绝。”

“胡……胡说……胡说八道！”盛宇峰当真慌了。

苏定河露出得意的笑容，道：“当然，这些只是咱们的揣测，还算不得数。不过文知雪是公认的女诸葛，不妨将来龙去脉说给她听，看她如何决断。她会认为在下胡编乱造呢，还是言之在理？”

“你究竟想干什么？”盛宇峰直视着苏定河，目光却虚弱无力。他此生最在乎的人就是文知雪，当初隐瞒不报，的确是想借此让文知雪挥剑斩情丝，与蒙元亨再无瓜葛。但他没料到，文善达会因此一病不起，直至丢了性命。大错铸成，无可挽回。他简直不敢想象，一旦东窗事发，自己将如何面对文知雪。

苏定河将杯中酒一饮而尽，说：“刚才我说了，今日既是谈生意，也是叙旧。”

“卑鄙！”盛宇峰从牙缝里挤出这两个字。

苏定河阴沉着脸说：“想一想你们当年是如何对待我与岳江南的，这两个字实在受之有愧。”

盛宇峰脖子一拧，道：“你逼我也没用，无论如何，我都不会做有负文知雪的事！”

“这话说得好，不愧是有情有义的真男儿。”苏定河给盛宇峰斟上酒，说，“文盛合是文家的，也是你们盛家的，我若让你做对不起文知雪的事，那真是自讨没趣。可方才在下所言，实在是利人利己呀！俄商与文盛合各取所需，其他那些个商号，管它死活作甚！”

苏定河又说：“盛老弟年轻有为，前途无量，切莫被那些虚名所误。什么山陕商帮亲如一家，那都是屁话！老子也是陕西人，这么多年来孤苦无依，怎么没人拿我当一家人？还有，文盛合当年遭遇险境，泾阳的东家们上门逼债，可曾手软过？现在瞧着文知雪风光，又忙着凑过来，真他妈叫人恶心！这回咱们联起手来，赚一赚这帮家伙的银子，有何不可？”

盛宇峰皱着眉头，语气却没有之前强硬，他道：“文盛合由知雪做主，她不会答应。”

“世上无难事，只怕有心人。”苏定河说，“文盛合有两个东家，她文知雪是东家，你盛老弟一样是东家，凭什么做不得主！”

盛宇峰将手一摊，道：“你这是强人所难。”

苏定河笑着说：“我来归化也有一个多月了，为何现在才约盛老弟？就是不想强人所难。”

盛宇峰瞥了苏定河一眼，说：“你又在玩什么花招？”

苏定河说：“喀尔喀蒙古的一位王爷过五十大寿，草原上可得热闹一番。文家与喀尔喀蒙古素有交道，文知雪还要亲赴寿筵。从归化到喀尔喀部，来回怎么也得一个多月，这段时间，文盛合不都得听盛东家的。”

盛宇峰面色煞白，道：“你倒是肯下功夫，连这些事都打听得一清二楚。”旋即，他又摇头说：“知雪回到归化，若是知道我背着她答应了你们，我是没法交代的。”

“你背着她干的事还少吗？”苏定河有些不耐烦，接着又缓和了一下语气，“再说这件事是替文盛合赚银子呀，一张皮毛换七担茶叶，这可是仅对文盛合开出的条件，其他人想都别想。”

“这些银子，是用出卖商帮换来的。”盛宇峰依旧不肯就范。

苏定河有些急了，说道：“盛老弟，你不能好处一个人占吧，既要情场得意，又要商场发财，还把假仁假义挂在嘴边。”

盛宇峰沉吟了一会儿，说：“好处不嫌多。一张皮毛换五担茶叶，这事或许还有的谈。”

苏定河恶狠狠地说：“你这是得寸进尺！”

盛宇峰说：“得寸进尺的是你们。不要以为信口雌黄编出一段故事，就能要挟我。你不就想看在下的笑话吗？只是生意做不成，不知那时你还笑不笑得出来。”

6. 托里尔想空手套白狼，我就让他空手而归

“妈的，这就叫搬起石头砸自己的脚！”罗兵推开客栈房门，口中骂骂咧咧，脸上却笑开了花。

蒙元亨问道：“怎么，泾阳的东家们撑不住了？”

“撑得住才怪。”罗兵坐到凳子上，自个儿倒了一杯茶，“盛宇峰答应了俄国商团的条件，一张皮毛换二十担茶叶。文盛合历来是山陕商帮的主心骨，如今主心骨认㞞了，其他人还能怎么办？”

罗兵又说：“俄国人还放出消息，说这一趟带来的皮毛在与文盛合交易时用得差不多了，接下来再用茶叶换皮毛，估计只能一张皮毛换二十二担茶叶。”

蒙元亨冷笑道：“打蛇随棍上，俄国人倒会趁势杀价。”

罗兵今日打探消息，在归化城里跑了好几圈，又累又渴。他连着灌了两杯茶下去，才又说道：“谁让他们傻乎乎地把茶叶运到归化，等着被人宰。开始还嚷嚷着一致对外，结果文盛合第一个开溜。这一来，俄国人更加有恃无恐。”

说到这里，罗兵又咧开嘴。“今天我才弄明白，山陕商帮能把茶叶运来，是走了草原上的一条路，好像叫京羊道。这条路过去都是羊倌走的，外人很少知道。有人存心防着咱们，没透出一点风声。现在倒好，咱们的茶叶大多还在关内，反而因祸得福。”

“不对呀！”蒙元亨摇头说，“盛宇峰不至于如此糊涂，为何要单独接受俄国人的条件？再说一张皮毛换二十担茶叶，对文盛合来说也算不得好价钱。”

罗兵哈哈大笑，道：“所以呀，盛宇峰的十八代祖宗早让山陕商帮那伙人骂

了个遍。还有人说，一张皮毛换二十担茶叶，只是对外的讲法，鬼才知道盛宇峰私下里怎么和老毛子谈的。”

蒙元亨思忖了一下，说：“果真如此，盛宇峰就太不地道了。”

罗兵笑得更开心了，道：“老子就喜欢看他们狗咬狗一嘴毛的样。”

蒙元亨用手指在茶杯口上画着圈，陷入了沉思。隔了一会儿，他才缓缓说道：“咱们不能光看热闹，该出手时也得出手。”

罗兵有些诧异，道：“怎么出手？”

蒙元亨已有主意，语气坚定地说：“如今山陕商帮已是一盘散沙，我不妨站出来，重新把人聚拢，接着同俄国人斗下去。”

“凭什么？”茶到嘴边，罗兵又把茶杯放了下来，“他们当初可是防贼似的防着咱们。”

罗兵又说：“元亨，山陕商帮从没拿你当自己人，你也不爱同他们搅和在一起，今天怎么了，倒替那帮家伙操心？”

蒙元亨说：“没错，我一直以为商者无疆，商人做生意，门户之见不宜过重。商场自有商场的规矩，只要一切照规矩来，也没必要护着谁。”

“不过，”蒙元亨话锋一转，“这回俄国人先坏了规矩，连哄带骗让大家来到归化，他们却买空卖空，狮子大开口。这哪是做生意，分明是使诈术！中俄通商是大买卖，日后两边商人少不了打交道，因此这第一桩生意，务必把规矩立起来，不能让人家把大清商人看扁了。”

蒙元亨眉头微皱，接着说：“你知道吗，俄国商团中还有一个咱们的老熟人。”

“知道。”罗兵答道，“苏定河嘛，大伙都骂他是假洋鬼子。”

“苏定河不是随岳江南北上采购军火去了吗，怎么会出现在归化？”蒙元亨又问。

罗兵稍微一愣，说道：“苏定河这种三姓家奴，有奶便是娘，他与岳江南分道扬镳，投靠俄国人，也没什么奇怪的。”

蒙元亨思忖了一下，说：“这种可能不是没有，但会不会这个俄国商团背后原本就有岳江南的影子？”

罗兵警觉起来，说道：“之前我还没往这一层去想。”

蒙元亨说：“中俄通商对双方来说都是头一遭，按说我们不清楚对方情形，俄国人也不知道咱们底细，但几个回合下来，分明是敌在暗，我在明。对方阵中似乎有高人，而且此人的路数像极了岳江南。”

罗兵一巴掌拍在桌上，说：“如果是岳江南这个王八蛋使坏，那咱们一定要斗到底！”一提到岳江南，罗兵就想起罗世英与蒙佩文死在乌兰布通的惨状，顿时怒不可遏。

蒙元亨问：“山陕商帮的各位东家如今何在？”

罗兵说：“听说他们正聚在西商会馆商讨对策。”

蒙元亨站起身说：“来归化有段日子了，还从未去过西商会馆，今天咱们便走一遭。”

此刻的西商会馆里已经吵翻天。德盛魁茶庄的韩东家面红耳赤，大声说道：“昨晚苏定河登门，我也很意外，但我并未同他谈生意，更没答应任何条件。”

有人反唇相讥：“你们谈过什么，我怎么知道？盛宇峰也是和苏定河吃过一顿饭，就把咱们卖了。”

韩东家忽地站起来，说：“老子可以赌咒发誓！”

“得了吧！”旁边又有人说，“这年头，谁还信这套。”

自从盛宇峰答应了俄国商团的条件，原本铁板一块的山陕商帮顿时四分五裂。苏定河更是见缝插针，一会儿约这个东家吃饭，一会儿登门拜访那个掌柜。商帮中人愈发猜忌重重，今日聚会原本是商议对策，不想彼此先骂开了。

这时，见蒙元亨与罗兵走了进来，所有人不免诧异，争吵之声也停了下来。隔了一阵子，有人说道：“蒙东家此刻来，是看我等笑话的吧。”

此言一出，堂内又是一阵骚动。蒙元亨却笑起来，说道：“真看笑话，那也是五十步笑百步。没错，在下的茶叶没全运来归化，但我放着关内好好的生意不做，跑到天寒地冻的归化城，一待就是几个月，要说上当，我也上了老毛子与苏定河的当。”

一提这事，又有人跳脚大骂：“苏定河那个挨千刀的假洋鬼子，真是咱们陕西人中的败类！”

还有人骂道：“盛宇峰也不是好东西，背地里与俄商勾结，把咱们全卖了！”

骂声此起彼伏，还是吴掌柜理智一点，他挥了挥手，说：“你们骂得再凶也于事无补，蒙东家既然来了，必有所赐教，大伙不妨听听他的。”

所有人的目光都投向蒙元亨。蒙元亨拱了拱手，说：“赐教不敢当，但有些话当真不吐不快。俄国人之所以如此嚣张，一来是吃定了大伙的茶叶已运到归化，再运回关内，必亏无疑；二来是盘算着各个击破。在这个关口，大伙越是猜忌，才越中了人家的计。”

吴掌柜说：“道理咱们都懂，但如今的困境究竟怎么解？”

蒙元亨说：“俄商整日拉这个打那个，分化瓦解山陕商帮。咱们大可以其人之道还治其人之身，为何要在一棵树上吊死？”

韩东家与人吵了大半天，口干舌燥的，正要喝口茶润润嗓子，听见蒙元亨的话，又把茶杯放下，道：“蒙东家这话什么意思，我怎么听不大明白？做生意的，自然不愿意在一棵树上吊死。可如今归化城里，除了托里尔，就没别的俄商，我们上哪儿找其他树？”

“是呀，老韩说得没错……”众人纷纷附和。

蒙元亨说：“大清的商人，无论陕商、晋商、徽商，谁不是四海漂泊，千里行商，为何如今仅把目光投在一座归化城上？一年前，朝廷大败噶尔丹，通往俄国的商路已经打通。来而不往非礼也，托里尔能来，咱们凭什么不能去？到了俄国，有的是人想要咱们的茶叶，哪有托里尔的戏唱！”

“去俄国……”众人立刻议论起来。有人说：“自从噶尔丹作乱，草原上战火纷飞，这条商路便没人走过。”也有人鼓起勇气说：“《尼布楚条约》写得清楚，并未禁止大清商人赴俄。人家能来，咱们凭什么不能去！”更多的人忧心忡忡道：“虽说噶尔丹被撵跑了，但草原商路依旧艰险呀！”

吴掌柜摇着头说：“行走万里商路岂那般容易？说句没志气的话，答应俄商的条件，大不了这单生意小赔收场，若真要拉着货去俄国，万一有个闪失，才是亏个底朝天。鄙号小本经营，冒不起这个险。”

“是呀！”一听吴掌柜的话，不少人唉声叹气道。

蒙元亨说："吴掌柜的担心不无道理，此去俄国路途遥远，千里走单骑断然行不通，唯一的办法就是大伙抱成团。咱们也组成一个商团，去闯一闯龙潭虎穴。"

蒙元亨语气高亢地继续说："有句话叫作退一步海阔天空，但此时我以为，进一步才能海阔天空。退回关内，铁定亏本，更让俄国人看扁了咱们；死守归化，只能坐以待毙，任由别人杀价；进军俄国，或能开辟一片新天地。"

蒙元亨话音刚落，韩东家便缓缓说道："组成商团万里远行可不是闹着玩的，那得需要多少骆驼、马匹，雇多少保镖，还有拉货的大车、护卫的兵器、沿途的向导……哪一样不得花银子？以在座各位的本钱，怕是有心无力。"

韩东家又叹了口气，接着说："为何商帮需要领头之人？皆因在这种时候，得由一个财力、威望足够的人领着大伙一起干。可惜呀！"

众人都明白，韩东家在埋怨文盛合。山陕商帮中，以文盛合的实力最为雄厚，可惜这个带头大哥如今第一个逃跑，当真令人寒心。

蒙元亨接过话说："韩东家这话在理。众人拾柴火焰高，商团阵容越盛，胜算便越大，而且还得推举一个主事之人。"

韩东家追问："谁来当主事之人？"

蒙元亨说："主事之人首在服众，应由众人推举，不是谁想当就能当的。但在下今日前来，倒有毛遂自荐之意。"

蒙元亨过去同山陕商帮有颇多恩怨纠葛，他这番态度大为出人意料，堂内不少人窃窃私语。

说了这么一阵子，蒙元亨始终站着。吴掌柜给蒙元亨让座，还吩咐人上茶。接着，吴掌柜说道："蒙东家说得好，主事之人首在服众。韩东家说得更明白，主事者得是财力、威望足够之人。"

蒙元亨明白这话的意思，微笑着说："鄙号瑞成祥虽比不得各位东家的商号财大气粗，但也不妨打肿脸充胖子，先把商团的各项开支垫着。将来茶叶卖出去了，再说分成的事。"

"蒙东家客气了。"韩东家说，"要说瑞成祥比文盛合还有钱，那是骗人。不过比起咱们几个，你的家底却厚实许多。这些年瑞成祥独霸川藏茶马商道，每日进的银子像流水似的哗哗响。”

“韩东家抬举，愧不敢当。”蒙元亨的确已非昔日吴下阿蒙，他一边客套，一边端起茶抿了一口。

吴掌柜追问：“蒙东家此言当真？”

“君子一言，驷马难追！”蒙元亨斩钉截铁地道，“只要把事情谈定，我立马写信飞传京师，让关内运银子过来。”

“好！”众人纷纷竖起大拇指，“蒙东家豪气！”

“不对呀！”一旁的罗兵拍着桌子，大声说道。

罗兵的粗喉咙惊着了不少人，有人回过神来，连忙问：“罗兄弟，哪里不对？”

罗兵摸着脑袋说：“从京师到归化的官道至今堵着，瑞成祥纵有银子，也运不过来呀！”

蒙元亨知道罗兵对山陕商帮隐瞒京羊道之事耿耿于怀，故意来挑理。他瞪了罗兵一眼，说：“别哪壶不开提哪壶，银子我自会想办法运来。”

周围的人尴尬地笑起来，接着有人赔罪说：“京羊道是文知雪找到的，她不让我们说，我们也没办法。”

又有人说：“蒙东家何许人也，当年一个人独赴漠北，开辟蒙古商路，接着又千里西进，复兴茶马古道。京羊道那点雕虫小技，在你面前不值一提。”

“对喽！”附和的人越来越多，“这次由蒙东家领头，算是找对了人。他能走通蒙古商路、茶马古道，就一定能开辟通往俄国的商路。”

“通往俄国的商路绵延万里，非蒙古商路与茶马古道可比，蒙东家有此心是好事，就怕到时力不从心。”门外传来一个声音。接着，大门被推开，众人顿时惊诧不已。

站在门口的正是文知雪，她脚蹬长靴，身上披一件淡蓝色披风，手上握着马鞭。文知雪抬脚往堂内走，肩膀顺势一抖，披风向下滑落。身后的丫鬟伸出手稳稳接住披风，动作麻利地折叠好。文知雪右手举起马鞭，一旁的段运鹏又赶紧接过。

尽管堂内的人对文盛合憋着一肚子火，但文知雪平日里一言九鼎的气场仍在，见她走进来，立刻有人让座。文知雪也不客气，坐到椅子上，笑着说：“今天倒是好日子，难得人到得这么齐，连蒙东家这样的稀客也舍得来咱们西商会馆。”

蒙元亨没有搭话，旁边却有人问道：“文东家不是去给喀尔喀的王爷祝寿了吗，为何这么快就回来了？”

文知雪说：“听说归化城闹出了点小动静，赶回来瞅瞅。”

“动静是有，却一点不小。”韩东家憋了好几日火，总算逮着机会了，“你知不知道，文盛合与老毛子勾结，把大伙都卖了！”

在韩东家之后，又有几人跳出来质问。待众人说完，文知雪指了指段运鹏，说：“这一趟去给喀尔喀的王爷祝寿，原本要逗留些时日，小段飞马来报，说归化城里出了事，我立刻马不停蹄地赶回来。听说大伙都在西商会馆，我连商号都没回，先直奔这儿。”

文知雪又说：“我还没见到盛宇峰，具体怎么回事，此刻说不清。但有一点可以向诸位保证，文盛合绝不会单独与俄商议和，更不会出卖山陕商帮。”

吴掌柜说：“听这意思，盛宇峰与俄国人勾结的事，文东家不知道？”

文知雪瞥了吴掌柜一眼，道：“待我了解清楚一切之后，会给各位一个交代。”

“怕是等不了！”吴掌柜摆手道，“如今文盛合的茶叶正一车车地拉去俄国人的驿馆。大难临头各自飞，咱们也得自己找活路。”

文知雪笑了笑，说：“看来吴掌柜是急着与蒙东家一道去闯北边的商路。”

吴掌柜没好气地说：“这都是叫人给逼出来的！”

“好气魄！”文知雪拉高音调说，“俄国人能来归化，咱们为什么不能去他们那儿？要去俄国，文盛合也算一个！”

“蒙东家，文盛合要来，你不会不答应吧？”文知雪口中在说蒙元亨，眼睛却盯着别处。

不待蒙元亨作答，文知雪又站起身说道：“俄国商团包藏祸心，欺人太甚。咱们坐困归化，只有死路一条。大清商人组成商团远赴俄国之事，我早就想过，不料蒙东家今日先说了。”

韩东家狐疑地看着文知雪，说：“文东家这是马后炮吧？”

文知雪摇头笑道：“要说马后炮，当真抬举了，我不过是一枚过河小卒，替各位探探路。”

大伙更疑惑了，什么叫探路？难不成文知雪已先行一步？罗兵忍不住问道："什么意思？把话说清楚。"

文知雪对商帮里的东家、掌柜说话还算客气，对罗兵却没有好脸色，她道："你的急脾气怎么还没改？该说的我自然会说，你急什么！"

文知雪扭过头，接着说："归化城里火烧眉毛了，我却奔波几百里去给喀尔喀蒙古的王爷祝寿，而且不瞒诸位，我与这位王爷并无交道，借着祝寿之机由老友引见，才第一次见面。"

顿了顿，文知雪又说："这位王爷也并非什么实权人物，前些日子朝廷在多伦举行会盟，陛下册封蒙古各部王公，他并未在其中。"

"不过，"文知雪话锋一转，"此人有一个特别之处。当年噶尔丹突袭喀尔喀蒙古，该部落的亲贵大多南下越过长城，寻求朝廷庇护。唯独这位王爷仓皇之中北上俄国，在西伯利亚待了好些日子。"

听到这里，众人总算明白过来，文知雪祝寿是假，探路为实。自打有了北上之意，蒙元亨便急于打听沿途信息，他不禁问道："这位王爷在俄国多年，自然知道些情形吧？"

文知雪面朝众人，不疾不徐地说："这位王爷在俄国多年，交游广阔，知道不少情形。比如托里尔兄弟，王爷便与他们打过交道。据王爷说，托里尔并非俄人，乃是从西欧逃债去的俄国。"

这下屋里炸开了锅，有人说："弄了半天，托里尔还不是正宗老毛子！"也有人笑道："敢情托里尔与苏定河一样，都是假洋鬼子！"

文知雪抿了一口茶，接着说："知己知彼，百战不殆——此乃商场箴言。这回与俄国商团打交道，咱们处处被动，究其原因，就在于两眼一抹黑，完全不清楚对手情形。"

"幸亏见到了这位王爷，"文知雪微笑着说，"好多事才总算理出些头绪。王爷深谙俄国内情，他说从西伯利亚去俄国首都路途遥远，大清派出信使不过是去年的事，俄方绝无可能在这么短的时间内就派出官方商团抵达归化。据王爷估计，托里尔大概是买通了西伯利亚的将军，随便给自己弄了个头衔，拉大旗作虎皮。"

“什么?！”有人吃惊不已，“不仅托里尔是个假老毛子，连这商团也是假的？”

文知雪说：“不能说人家是假的，只不过非俄国沙皇派遣，而是民间商人自发组成的。”

“不光咱们被骗了，连……连……”韩东家话说到一半，又咽了回去。众人明白他的意思，朝廷素来重农抑商，可归化官吏却对俄国商团礼数周到，自然是把人家当成了外邦使臣。看来不仅商人上了托里尔的当，连官老爷们也被骗得够呛。只不过大清商人畏惧官府，韩东家不敢把话讲明。

文知雪说：“无论托里尔是沙皇派遣的，还是一般商人，只要他规规矩矩做生意，咱们都以礼相待。但他却自以为聪明，把天下人当傻子玩，那就得好好治一治他。”

“对！得让这王八蛋知道厉害！”众人已群情激愤。

文知雪说：“托里尔玩的是空手套白狼，咱们就让他空手而归。大清商团浩浩荡荡地开赴俄国，直接与那里的商人做生意。”

听了文知雪的话，所有人都来了信心。蒙元亨点头说：“文东家这番话鞭辟入里，为今之计，只有大伙齐心，组成商团北上。”

文知雪依旧没理蒙元亨，继续说道：“方才我问蒙东家，文盛合可否加入商团，他没有答话，想必是瞧不上。这样也好，大路朝天，各走一边。瑞成祥能组起一个商团，文盛合也能另起炉灶，再组一个商团。各位要加入哪一边，悉听尊便。”

刚才分明是文知雪抢着说话，压根没让蒙元亨回答，此刻却倒打一耙，还说要另起炉灶。罗兵气不过，正要理论，蒙元亨却将他拉住。当年的恩怨情仇已成过往，毕竟自己的父亲安然归来，文善达却死在泾阳那场惨烈无比的棉花商战中，加上在乌兰布通的救命之恩，蒙元亨不愿与文知雪杠上。

吴掌柜出来打圆场，说道：“大家都是从泾阳出来的，不应有什么解不开的结。再说大敌当前，更得捐弃前嫌。文盛合与瑞成祥若能精诚合作，咱们的胜算便又添几分，所有人心中也更有底气。”

“对呀！”“吴掌柜这话在理。”众人齐声附和。

文知雪冷冷一笑，说："吴掌柜说了，大伙都是从泾阳出来的，那么之前的事应该清楚，不需要我再啰唆。文盛合与瑞成祥断无精诚合作之可能。"

"谁想同你合作！"罗兵终于忍不住了，开口道，"我就不明白了，你拿什么来合作？文盛合的茶叶都让盛宇峰卖给俄国人了，你的仓房里还有货吗？货都没有，组什么商团，合作个屁！"

罗兵这话虽粗鲁，却问到了点子上。是呀，如今文盛合还有茶叶吗？没了茶叶，还奢谈什么商团？商帮中人你看着我，我瞅着你，堂内陷入沉寂。

文知雪站起身，说："方才说了，我大老远赶回归化，第一站就到了这儿，还没见过其他人。待我问过盛宇峰，自会给诸位一个交代。"说完，文知雪转身便走。段运鹏忙推开门，丫鬟把披风打开，披在东家肩上。

第二章

以官压商

1. 当家不闹事

连日来，文盛合归化分号门前车水马龙，俄商运来的皮毛与正待运出的茶叶混在一起，所有人忙得不可开交。见文知雪策马而至，伙计们既惊诧又欢喜。

“东家，你怎么回来了？”一名伙计问道。

“茶叶都运走了吗？”文知雪焦急地问。

又一名伙计答道：“西边仓房的茶叶运得差不多了，东边仓房的明日运。”

好歹仓房里还有一半茶叶，文知雪松了口气，接着命令道：“都给我停下！”

伙计说：“盛东家吩咐过，无论如何，西边仓房的茶叶今天都得运完。”

执掌文盛合以来，文知雪的脾气变了不少，如今她正在气头上，竟吼了起来：“叫你们停下，听不懂吗?！”

文知雪跳下马，怒气冲冲地朝里走。段运鹏招呼众人停下，又拍了拍刚挨了训的伙计，说：“没见东家心里有火吗，哪来那么多废话？”

盛宇峰正在清点账册，看到文知雪走进来，先愣了一下，接着说道：“你……你怎么回来了？”

文知雪没好气地说：“再不回来，文盛合就让你掏空了！”

“你在说什么呢。”盛宇峰嘿嘿笑起来，他在文知雪面前永远是一副好脾气。但扭过头，盛宇峰盯住老管家宋元河，目光中尽是怒火。

宋元河倒没闪躲，说：“是我让小段去报的信。”

“老宋，你在搞什么名堂！”盛宇峰把火撒到宋元河头上。

“宋叔叔做得没错。”文知雪说，“临行时我对他说过，商号内有事，即让小段飞马来报。”

盛宇峰脸色平静，默默将桌上的账册收拢在一起，接着又端起茶抿了一口。

“你倒是说话呀！”文知雪难得发这么大的火，声音连屋外都听得清清楚楚。

盛宇峰放下茶杯，朝宋元河、段运鹏挥了挥手，说：“你们出去吧，我有话同知雪讲。”

宋元河派人通风报信虽在意料之外，但盛宇峰明白，这事文知雪迟早会知道，因此必得准备一番说辞。他当然不能如实相告，但谎话也得说得像模像样，不至于有太多破绽。冥思苦想了许久，他勉强编出了一番说辞。

“你去草原后，苏定河约我见过一次面，我与他的确达成了默契。另外，将此事瞒着你，也是我的主意。”盛宇峰把这番说辞搬了出来。

“到底怎么回事？”文知雪追问。

盛宇峰说：“与俄国商团的生意是以货易货，就是用茶叶换皮毛。你知道苏定河开出的价码是多少吗？”

文知雪懒得回答，盛宇峰只好自问自答：“一张皮毛换二十担茶叶。俄国人与苏定河的心真够黑的，这分明是吃定咱们将茶叶运到归化，已落入他们的陷阱。”

文知雪这才开口说：“知道这是陷阱，你还答应了？”

盛宇峰摇头说：“苏定河的算盘，难道我会不清楚？我再怎么糊涂，也不会答应他的条件。”

文知雪眉头皱得更紧，她道：“莫非真如外界所说，文盛合与俄商交易，并非一张皮毛换二十担茶叶？”

盛宇峰装出得意之色，说道：“若真照这个价，我还有脸坐在这儿吗？”他翻出一本账册，递给文知雪道：“你看看吧，这是我记下的，连老宋都不知道。”

文知雪翻阅账册，脸色越发凝重。看完后，她将账册撂在一边，质问道：“一张皮毛换五担茶叶，这就是你做的好买卖？”

盛宇峰绞尽脑汁也只能想到这番说辞，如今当然要强撑到底，他说：“这样的买卖，难道不好吗？一担茶叶的市价，在关内不过一两多银子，到了归化，算上耗损与运费，顶多二两银子。五担茶叶就是十两银子，却换回一张上好的皮毛。俄国人运来的貂皮、狐皮可是好东西，拉回关内，一张能卖二三十两银子。”

“糊涂！”文知雪说，“你只算了一担茶叶值二两银子，却忘了商场中的信誉值多少银子；商帮团结对外与一盘散沙，中间又差了多少银子！”

这些个道理，盛宇峰并非不懂，可惜被人家捏了短处，只能假装糊涂。眼见文知雪步步紧逼，他只能说：“我猜到你会这样，所以故意瞒着你。你这人心太软，关键时刻总顾及商帮同人，下不去手。既是这样，恶人就由我来当吧。”

盛宇峰接着说：“归化这一仗，对手占了先机。与其陷入苦战，事倍功半，不如及早脱身，重整旗鼓。苏定河开出的条件不低，为何不见好就收？”

顿了顿，盛宇峰又说：“人家对文盛合开出这么好的条件，当然有所图。他们看中文盛合在商帮内的地位，指望抛出重饵，诱人上钩。这些我不是不懂，但想来想去，饵是文盛合在吃，上钩的却是其他鱼。商人算各家的账，这账咱们不亏。”

“别说了！”文知雪说，“我看你是真糊涂，利欲熏心，与外人勾结，坑骗咱们山陕商帮！”

“做生意不就是为个‘利’字！”为了掩饰自己心虚，盛宇峰说话也强硬起来，“知雪，你怎么就放不下那些虚名？什么山陕商帮亲如兄弟，什么唯文盛合马首是瞻，全都是骗人的鬼话！你那么聪明，怎么识不破呢？当初在棉花大战中失利，商帮中人上门逼债，可曾拿咱们当过兄弟？”

盛宇峰缓和了一下语气，又说：“商人重利，哪个不是大难临头各自飞？咱们赚银子就好，管其他人做什么。”

文知雪冷冷地看着盛宇峰，道：“这番话从你口中说出，当真匪夷所思。”

盛宇峰反驳道：“别光说大道理。你就说，这买卖咱们是不是赚了？”

文知雪叹了口气，说：“你不想听大道理，我便不说那些大道理。你口口声声提银子，我就给你算一算这买卖究竟是赚是赔。没错，仅论这单生意，文盛合是赚了，但赔出去的是信誉。文盛合失了信誉无法服众，山陕商帮顿时群龙无首，彼此猜忌。这正是别人求之不得的！中俄通商是长远大计，绝非一锤子买卖，下一回俄国商团再来，你认为其他东家会如何做？俄国人会不会再给文盛合开出优厚条件？说到底，你是舍大求小，愚不可及！”

文知雪继续说：“文盛合当初落难，其他人落井下石不假，但说商帮团结一文不值，却大错特错。这种话，尤其不应出自文盛合东家之口。何谓团结？团结不是亲如兄弟，而是一群人中只有一个龙头老大，其他人都听老大的话。我口口声声呼吁团结，只因文盛合是这个老大。”

“扪心自问，做老大没有甜头吗？棉布商路的银子，文盛合为何赚得最多？泾阳的总商，凭什么是文盛合的东家来当？你说，这些是不是利？所有这一切，不正因为文盛合是老大，把所有人团结在自己旗下嘛。都说当家不闹事，其他人不要团结情有可原，身为当家人，竟然不要团结，岂非蠢到家?！”文知雪越说越来气。

盛宇峰没想到文知雪竟把话讲得如此直白而深刻，当真发人深省。文知雪坐回椅子上，说：“你不要团结，好啊，有人巴不得。今日在西商会馆，蒙元亨正在收拢人心，想让大伙团结在他麾下。”

“他在做梦！”一提到蒙元亨，盛宇峰就气不打一处来。

文知雪瞥了他一眼，说：“人家之所以敢做梦，还不是因为你干的好事！”

戏演到这里，谎话说了这么多，盛宇峰自觉差不多了，也该收回来了。他低着头，叹道：“当初我没想到这么多，只想着让文盛合赚上一笔，赶紧从这个泥潭里脱身。”

文知雪语气冷淡地说：“大错已铸成，你说怎么办吧？”

“我……我……唉！知雪，你说怎么办？”盛宇峰看上去左支右绌，心里却感到有些轻松。先造成既成事实，再编一套说辞糊弄过去，自己的目的总算达到了。

“你出去吧，我想一个人静一会儿。”文知雪说。

屋里就剩下文知雪一人，她坐在椅子上纹丝不动，脑中却思绪万千。盛宇峰究竟是怎么了，苏定河给他灌了什么迷魂汤，竟让他做出如此愚蠢荒唐的事情？当真只为了银子？别人或许不知，文知雪却清楚不过，盛宇峰从不在乎银子，只对自己言听计从。执意干出文知雪会极力反对之事，甚至不惜刻意隐瞒，实在令人想不通。

文知雪轻叹一口气，没再细究下去。自己身上不仅承受着盛宇峰的一片深情，更承载着商号的千斤重担。她早已不是那个天真烂漫的少女，而是文盛合的东家，是山陕商帮众望所归的领袖，收拾如今的烂摊子，远比儿女情长更重要！

当务之急是中止与俄国人的交易，一旦交易完成，仓房里没了茶叶，就当真来不及了。但是，两边可是白纸黑字地立有契约，盛宇峰乃文盛合东家之一，他签下契约，怎能翻脸不认？

文知雪找出盛宇峰与苏定河所签契约，捧在手上反复读，希望找出其中破绽。然而越读下去，越绝望。苏定河毕竟是久经商场之辈，老奸巨猾，他写的这份契约，当真滴水不漏。

整整一个时辰，文知雪时而坐在椅子上，时而焦躁地踱步，却始终找不出破解之策。眼看天色渐暗，她的心情更加烦闷。这时，房门被推开，段运鹏端着一碗面条走了进来，说道："东家，吃点东西吧。"

文知雪心烦意乱，对谁都没有好脸色，她瞪了段运鹏一眼，道："出去！"

段运鹏早就有挨骂的准备，并没去计较，只是将碗放在桌上，说："我这就出去，不打搅你。面条放在这儿，你趁热吃了吧。"

"我不吃，端出去！"文知雪以命令的口吻说。

段运鹏疼惜文知雪的身体，竟顶嘴道："有天大的事也得吃饭！东家，大伙都在吃晚饭了，你却连午饭还没吃，这么下去可不行。"

文知雪更来气了，正要发火教训人，却突然想到了什么。她绕过桌子，瞟了一眼碗中的面条，又盯着段运鹏，问道："你说大伙在吃晚饭了？"

段运鹏点头说："是呀！可东家午饭还没吃。"

"吃饭也有先后次序，一个人先吃午饭，再吃晚饭，对吧？"文知雪若有所思地说。

段运鹏有些疑惑，说："当然。"

"你出去吧，"文知雪说，"这面条我马上吃。"

屋内又只剩文知雪一人，她吃了一口面条，便放下筷子。吃饭有先后次序，做买卖也讲究先来后到，与其挖空心思寻找契约上的破绽，不如釜底抽薪，让契约成为一张废纸。

文盛相合，财源广进，晋商文家与陕商盛家的合作，历来是山陕商帮中的一段佳话。然而，天下大势，分久必合，合久必分，若是文盛两家分开，局面是否会大不相同？一旦分家，盛宇峰就只能代表他自己，无法代表文盛合。

当然，若依先来后到，即便此刻与盛宇峰分家，也无法扭转形势，毕竟盛宇峰与苏定河签约在前。然而，玄机正在这先后之间。文知雪回到桌前，铺纸研墨，接着提起笔，飞快地写好一纸契约。站起身，她又把契约扫过一遍，再缓缓签下自己的名字。落款时日，则是一个月之前。

这纸分家契约，若是落款在一个月前，也就意味着早在一个月前，盛宇峰便不再是文盛合东家之一，他与苏定河达成任何协议，都只是一己所为，与商号无关。苏定河费尽心机炮制出的那份契约，顿时成为一纸空文。

“来人！”文知雪低头盯着分家契约，眉头紧锁。

下人应声而入，听候东家吩咐。文知雪抬起头说：“去把盛东家请来。”

“慢！”下人刚要出门，又被文知雪叫住。下人回过身，一脸茫然。文知雪挥了挥手，重新坐回椅子上，说：“让我再想想。”

文知雪早就告诉自己，大敌当前，一切私情杂念都要抛在脑后，可到了决断时刻，还是绕不开儿女情长。有了这份分家契约，文盛合是脱困了，可盛宇峰怎么办？

当年父亲文善达与盛宇峰之父盛寺山创建文盛合，两人义结金兰，携手并肩，一同走过商海中的惊涛骇浪。自己从父亲手中接过文盛合，不仅是接下这份家业，更是要担起父辈的承诺与责任。父亲与盛叔叔若九泉有知，会如何看待今日的选择？让文盛分家，是他们所乐见的吗？

文知雪在屋内踱步，一幕幕往事在脑海中浮现。她无法忘记父亲临死前那悲愤却又饱含希望的眼神，那眼神中有着英雄末路、四面楚歌的悲怆，更有着重整河山待后生的殷殷期许。在父亲眼中，文盛合比天还大，为了文盛合，父亲筚路蓝缕、呕心沥血，甚至不惜舍弃与蒙顺的手足之情，还把自己最心爱的女儿推上一条前途叵测的险途。盛叔叔与父亲一样，也是一位英雄豪杰，为了文盛合，把自己的命都搭上了。当年他病死在蒙古，尸首无法运回故里，只能掩埋于异乡的荒草之中。时隔多年，文知雪亲赴蒙古，希望凭吊盛叔叔，只见碧草连天，连坟冢都找不到了。

望着坟冢所在的方位，文知雪吟了两句诗，一句是“醉卧沙场君莫笑，古来征战几人回”，另一句是“可怜荒垄穷泉骨，曾有惊天动地文”。前者赞美为国征战的将军，后者感怀妙手文章的诗仙，然而在文知雪心中，借这两句诗歌咏盛寺山也很贴切。只可惜文豪武将能流芳千古，商人却被人瞧不起，更不会有谁来写诗纪念。千山万水，商路漫漫；千辛万苦，甘之如饴。这是商帮儿女的宿命，也是商帮中人无怨无悔的选择。

想到这些，文知雪渐渐明白了，只要是为了文盛合的事业，自己做出任何决定，父亲与盛叔叔都会体谅。今日的局面，已是合则两害，分则两利。只有分开，才能让父辈的基业长青。

文知雪捧起分家契约，心中仍有一丝犹豫。没错，此时分家对得起父亲，也对得起盛叔叔，可盛宇峰会怎么想？文盛两家是世交，盛宇峰更是对自己一往情深。文知雪纵然对盛宇峰没有爱慕之心，也有兄妹之情。当初在棉花商战中大败，文盛合风雨飘摇，盛宇峰大可以离开，但他坚定地留下来，力撑危局。此刻抛弃他，当真好吗？文知雪陷入天人交战。

夜已深，文知雪的屋内连蜡烛都没点，漆黑一片。宋元河与段运鹏来到屋外，见里面没有动静，便问道：“东家在里面吗？”

一直守在门外的下人点头说：“在里面，一直没出来过。”

宋元河又说：“东家是不是困了，在里面休息了？”

下人弄不清楚，只是摇头。段运鹏叫来一个丫鬟，说：“你进去看看。”

丫鬟正要敲门，屋内传来文知雪的声音：“都进来吧，我还没睡。”

众人托着烛台走了进去，只见桌上的面条几乎未动，文知雪坐在椅子上，双目盯着屋顶。

“你怎么还没吃东西？”段运鹏有些急了。

文知雪站起身，眼中射出坚毅的光，说道：“去，请盛东家过来。”

2. 不斩马谡，罪责就该诸葛亮来担了

两日过后，归化西商会馆中，山陕商帮的东家、掌柜再次齐聚一堂。像这种聚会，蒙元亨通常是不愿来的，但今日例外，多位东家盛情相邀，他准时来到会馆。

大局未定，所有人都忧心忡忡，但文知雪走进来时，一路同人打招呼，笑容可掬，看上去颇为轻松。

寒暄过后，众人落座，文知雪直奔主题道："想必诸位都知道了，自打我回来，文盛合与俄国商团的交易便已中止。"

"文东家果然言出必行。"有人称赞道。但也有人说："白纸黑字地签有契约，怕不是一句话就能中止的。我可听说老毛子嚷着要报官，请官府出面。"

"天要下雨，娘要嫁人，他们要干什么，我管不了。"文知雪笑了笑，说，"我既然叫停这桩生意，就自有我的道理。官府出面，也得按道理评判，不会听信一面之词。"

文知雪挥了挥手，继续说："那几个人不说也罢。今日请大伙来，还有另一件事。"顿了顿，她又说："两日前我说过会给大伙一个交代，今日我便要兑现承诺。"

众人都打起精神，盛宇峰望着文知雪，既心虚，眼中也有着期待。文知雪避开盛宇峰的目光，双手握住椅子扶手，对段运鹏说："把分家契约拿出来。"

文知雪声音不大，坐在一旁的盛宇峰却听得清楚，他先是错愕不已，接着从椅子上跳起来，道："什么分家契约？"

文知雪将椅子扶手握得更紧，缓缓说道："小段，按我说的做。"

"知雪，你这是干什么？之前你可不是这么说的！"盛宇峰站在文知雪面前，怒气冲冲地道。

文知雪低着头，不敢正视盛宇峰。片刻之后，她终于狠下心，抬头看着对方道："盛东家，好聚好散，咱们之前不都说好了吗？"

盛宇峰彻底愣住了。段运鹏拿出分家契约，让众人传阅。文知雪大声说道："盛东家与俄国商团之间的事，我以为是他一时糊涂。不过早在之前，我与盛东家就签了分家契约，因此他与苏定河之间的任何约定，都与我不相干。"

众人看着这份分家契约，先是不免狐疑，接着交头接耳起来。又隔了一阵，一位东家说道："文东家，这事你干吗不早说，害得我们错怪了你。"另一位东家也拍手道："有了这份契约，所有事都清楚了。盛东家如何抉择是他的事，文东家还是与大伙站在一起。"

这些东家都是商场老手，自然不会轻信一纸契约，有人甚至猜到这契约十之八九是补签的，不过是把落款时间提前了。然而众人更清楚，假若文盛合的茶叶都归了俄商，那才是败局已定。此时帮文知雪脱困，就是让所有人抓住救命稻草，哪怕睁眼说瞎话，也得为文知雪帮腔。

德盛魁茶庄的韩东家看过契约，起身说道："分家契约上写得明白，文盛合的棉布、水烟生意归盛东家，茶叶生意归文东家。按这契约，茶叶的事不是盛东家可以做主的。好比张三李四随便签个字，说把德盛魁的茶叶卖掉，我能认这个账吗？"

"当然不能！"所有人都知道自己在鬼扯，所以一个比一个嗓门大，借以掩饰心虚。

众人你一言我一语，再没人理会盛宇峰。盛宇峰坐在椅子上，面色铁青，两眼盯着文知雪，目光中有委屈与愤怒，更有迷茫与陌生。

这还是令自己一往情深的知雪妹妹吗？她竟会用如此冷酷残忍的方式对待一个深爱她的男人？没错，两日前的晚上，文知雪找到自己，声言要与俄商力抗到底。文知雪拿出这份分家契约，让盛宇峰签字。但她当时有言在先，说这纸契约只是后手，万一与苏定河对簿公堂，或许用得着。文知雪更信誓旦旦地保证，契约里面的内容只是做样子，文盛断不会分家，契约也不会被公之于众。她甚至许诺，在西商会馆聚会时，会替盛宇峰在众人面前缓颊。

然而今天，文知雪却迫不及待地拿出契约，让整个山陕商帮传阅，使自己成为众矢之的。盛宇峰不敢相信，这样龌龊的手段会出自文知雪之手。

文知雪以坚毅的目光扫视前方，却唯独不敢看盛宇峰一眼。她心中当然有愧，用诈术让对方签下契约，接着违背承诺，将契约公布于大庭广众之下，这种手段用在任何一个人身上都欠厚道，遑论是对自己爱惜有加的盛大哥。

两日前，文知雪犹疑不决，只因盛宇峰对自己一往情深。好言相欺在前，公然翻脸于后，实在于心不忍。然而最后关头，恰是这一往情深让文知雪做出了决断。

文知雪明白盛宇峰对自己的深情，但越是如此，越觉得有负于对方。文知雪与盛宇峰有兄妹情谊，却绝无男女之爱，两人不可能走到一起。盛宇峰苦苦依恋，白白耽误了青春年华。这样下去，不仅误人误己，更有负于文盛两家的世交。毕竟自己的哥哥文知桐妻妾成群，文家早已有后，盛叔叔却只有盛宇峰一个儿子，盛宇峰终身不娶，难不成让盛家绝后？若真是那样，自己才无颜去见盛叔叔。为了盛宇峰好，就得当机立断，让他彻底死心。若果能如此，担下恶名又如何，让盛宇峰恨自己又怎样?

更何况，要说服盛宇峰答应分家，谈何容易！这个误入商场的情种，才不会在乎银子多寡，也没有那么多利益算计，他只想与文知雪在一起。除了趁这个机会让盛宇峰懵懵懂懂地签字画押，实在想不出其他办法。

文知雪只好残忍一回，下一次狠手了。她不敢看盛宇峰的眼睛，只在心中默念：“盛大哥，此生不求你谅解，只盼你能幸福。”

文知雪眼眶有些湿润。她赶紧忍住，清了清嗓子，用坚定的语气说：“文盛相合，财源广进，如今分开，亦希望各自珍重。这是文盛两家的事，知雪自会处理妥当，不劳各位费心。但盛东家与苏定河签的东西，我断不能认。”

“当然不能认！盛宇峰干的事，让他自己了断。”周围又是一阵吵闹声。

所有人的声音在盛宇峰心中都无足轻重，他的眼睛始终盯着文知雪，无奈却得不到任何回应。绝望中，盛宇峰站起身。忽然，他咆哮起来：“文知雪，你好狠心！”从前盛宇峰甚至没想过自己会用这种语气同文知雪说话。

这一声咆哮似乎能掀翻屋顶，所有人目瞪口呆地望着盛宇峰。文知雪心中的堤坝几乎要溃决，但她一遍遍地告诫自己，绝不能一时心软，否则将功亏一篑。她将情绪压制住，冷冷地说：“好聚好散，没什么大不了。兄弟登山，各自努力，望你好自为之。”

文知雪口中的每一个字，都像一把尖刀插进盛宇峰的胸膛。他终于崩溃了，开始放声大笑，笑声令人不寒而栗。猛地，他一脚踢翻椅子，推开周围人，朝门外奔了出去。

文知雪心头在滴血，脸上却装作若无其事，她道：“盛东家就这脾气，狂放不羁惯了。”随即，她又悄悄吩咐段运鹏道：“跟出去，千万别让盛大哥出什么事。”

在场的老江湖们大多已看穿文知雪的把戏，但只要能把祸水推到盛宇峰身上，便是柳暗花明又一村，哪还计较其他。他们相互打着圆场，很快言归正传：“文东家，事情弄明白了，接下来生意怎么做？”

文知雪说：“与托里尔、苏定河等人没什么好谈的，坐困归化更非上策，组成商团的事应加紧筹备。还是那句话，不入虎穴焉得虎子。”

又有人说：“组成商团这件事，还请文盛合主持。”

文知雪摆手道：“文盛已分家，再没什么文盛合了。新商号的名字，我一时还没想好。再者出了这档子事，也怪我没早点把分家的消息告诉大家，说来难辞其咎，哪还有脸承担重任？”

有人以为文知雪在客气，又说了一番恭维的话，但文知雪坚称自己无法主持大计，又说若有人领头，自己必听从差遣。

见文知雪态度坚决，又有人拱德盛魁茶庄的韩东家。韩东家摆手说：“我不行。”

“韩东家，你就不要推辞了，”文知雪说，“你做主事之人才是众望所归。”

“我何德何能，文东家错爱了。”韩东家虽还在推辞，却用余光瞟蒙元亨。

蒙元亨装作没看到，低头喝起茶。又隔了一会儿，有人主动问：“蒙东家，大伙都表了态，你怎么看？”

蒙元亨“哦”了一声，才说：“你们是什么态度？这茶味道不错，我顾着品茗，没听清大伙的话。”

今日这会馆简直成了戏台，人人都在演戏，倒也不在乎蒙元亨多几句唱词。蒙元亨装睡，就有人假装来敲门：“蒙东家处变不惊，果真有大将风范。刚才大伙的意思，是推举韩东家。”

蒙元亨犹豫了一下，说：“就按大伙的意思办吧。”

韩东家终于不再推辞，而是追问道：“蒙东家，若我来主持商团，你可愿助我一臂之力？”

蒙元亨答道：“你是众人所推，我自然会鼎力相助。”

“好！”韩东家欣喜道。

大事商议下来，众人陆续离开。出了会馆，罗兵忍不住问道：“就德盛魁那点小本生意，怎么莫名其妙地让韩东家成了主事之人？”

蒙元亨苦笑道：“时势造英雄嘛。”

罗兵仍不解，说：“组成商团是你的主意，论实力，瑞成祥也比德盛魁强多了，你干吗要让给他？”

蒙元亨反问：“今天会馆里唱了两出戏，你没看明白？”

罗兵说：“第一出戏自然是文盛分家，这谁不明白。文知雪来了个挥泪斩马谡，把盛宇峰抛出来。”顿了顿，他又说：“斩马谡是出老戏了，不过今天却看出了新名堂。敢情诸葛亮是猫哭耗子假慈悲，他不斩马谡，就得自己承担败战之责。杀个替罪羊，高兴还来不及，有啥好哭的！”

蒙元亨哈哈大笑，道：“你斗大的字不认得几个，道理却看得透彻。”

罗兵也笑起来，说：“别夸我，这第二出戏，我还不懂呢。”

“第二出戏更精彩。”蒙元亨说，“文知雪既要与我联手，又要假他人之手。”

见罗兵仍不解，蒙元亨说：“两日前说什么大路朝天各走一边，文盛合与瑞成祥绝不合作的，正是文知雪。但形势比人强，文盛分家之后，文知雪元气大伤，再想以一己之力独撑商团，断无可能。这种时候，她自然希望瑞成祥加入进来。”

罗兵说：“联手就联手呗，咱们也不反对，和韩东家有什么关系？”

“人家怨气未解，恨意难消啊！”蒙元亨说，“文知雪还是忘不了当年泾阳之事，她可以在乌兰布通救我一命，但要在商场上与我携手，却无可能。再说若由她主持商团，再拉我入伙，她两日前所说岂不成了笑话？”

罗兵笑道：“她倒想得美，既要里子，又放不下面子。”

蒙元亨说：“所以她坚持不肯主持商团，而把韩东家拱出来。韩东家邀我相助，她正可顺水推舟。”

罗兵恍然大悟，道：“原来他俩是套好招的。文知雪再三推辞，拱韩东家上来，就是要逼你表态。”

“这出双簧唱的！”蒙元亨停下脚步，叹了口气。从文盛分家到礼让韩东家，文知雪的分寸拿捏得恰到好处，不愧为叱咤风云的商场女杰。只是如今的文知雪与当年的知雪妹妹实在有着天壤之别，那时的她冰雪聪明，现在却聪明尤胜，冰雪消融。

3. 小小的归化城门懒得去轰，我们撞开的是京师大门

自打在西商会馆商议之后，组织商团的事便紧锣密鼓地展开了。当着外人的面，文知雪精力旺盛，意气风发，可一人独处时，却变得喜怒无常。丫鬟偶尔不小心弄出一点动静，她也要发一通火。

今日，文知雪巡视完仓房，又把自己锁在屋里，丫鬟们都不敢进去。就这样坐了半个时辰，房门被推开，宋元河与段运鹏一前一后走了进来。两人还没开口，文知雪便问道："盛大哥怎么样了？"

宋元河说："这几日他要么待在屋里，要么去城中的小酒馆把自己灌得酩酊大醉。"

文知雪面色凝重，说道："但愿他能尽快振作起来，否则……"话到此处，她便说不下去，只是重重叹了口气。

"对了，你们有什么事吗？"回过神来，文知雪又问。

宋元河掏出一封信，说："大爷从泾阳来信了，他说家里压箱底的银子，不能就这么分出去。"

文知雪瞟也没瞟信，就说："我给他去信，不是同他商量。叫他按我的意思办。"

宋元河面露难色，说："大爷的脾气，你不是不知道。"

文知雪站起身说："我再写一封信，你带着信回泾阳。告诉大哥，要么照我说的办，要么把银库的钥匙交出来。"

宋元河口中的大爷，自然是文知桐。按照契约，文盛合的生意由两家对分，

但文知雪没打算全按契约来办。除了应归盛家的生意，她又写信给大哥，让他把文家大院的银子大部搬到盛家，算是一种补偿。文知雪心想，盛宇峰醉心于金石篆刻，对生意并不在行，多给他一些银子，他好歹手头能宽裕些。

见文知桐不愿意，文知雪自然来气。不过以她如今的地位，若宋元河带着亲笔信回到泾阳，文知桐纵然一万个不乐意，也只能照办。

文知雪低头给大哥写信，同时问道："小段，你有什么事？"

段运鹏说："咱们组织商团的消息让俄国人慌了神，苏定河昨日派人来说，希望双方再谈一次，他们愿意用一张皮毛换十五担茶叶。韩东家问怎么答复。"

正如蒙元亨所料，文知雪推出韩东家，既是不愿在面子上认输，也是扫除与瑞成祥合作的障碍。韩东家名义上主持大计，实则听命于文知雪。她一边写信，一边说话，两不耽搁。"他们越慌，越说明咱们打中了七寸。让老韩回话，就说再打个对折，一张皮毛换八担茶叶，或许还能谈。"

文知雪将信写好交给宋元河，转头又对段运鹏说："告诉老韩，无论托里尔如何答复，组织商团的事都不要耽搁。即使归化城里的生意有转机，俄国也一样要去。"

"明白。"段运鹏答道。

文知雪在房内踱步，又问："蒙元亨那边如何？他的茶叶到归化了吗？"

段运鹏说："我们的人领着他走京羊道，茶叶前日已运到。"

文知雪点头说："这次的赴俄商团中不能少了蒙元亨，但我们不必与他直接联系，凡事请韩东家出面。"

文知雪的答复很快被传到驿馆。一听文知雪开出的条件，苏定河就骂道："这个婆娘最不是东西！"

小托里尔已经沉不住气了，说道："要不要答应她？"

苏定河说："不行！按这个价，咱们根本没赚头。"

小托里尔顿时火冒三丈，道："现在还想着赚钱，你是不是疯了！能从这鬼地方脱身，我就要感谢上帝了。"

苏定河劝道："不能急，越是这种时候，越不能让对方看出咱们慌张。"

“你当然不急，”小托里尔道，“你和岳江南做的是无本生意，亏了也不干事。我可是借钱做的这桩买卖。这些钱，有的是西伯利亚将军老爷的，有的是借的高利贷，要是还不出，我脑袋就得搬家！”

苏定河瞥了小托里尔一眼，说：“你这么说就没意思了。自打做这桩买卖起，咱们就是一根绳上的蚂蚱。”

尽管一旁有翻译，小托里尔还是听不懂“一根绳上的蚂蚱”是何意，他摇头问道：“什么？什么蚂蚱？”

苏定河懒得解释，说道：“总之在这种时候，不能急吼吼的。即便要答应，也不能这么快。若是我们轻易答应一张皮毛换八担茶叶，没准她还会砍价。”

这话小托里尔倒是能听懂，点头说：“也是，不能这么快答应。”接着，他又叹道：“清国的商人太奸诈！”

苏定河思忖了一会儿，说：“再等三天吧。三天之后，岳东家那边也该传来消息了。若情势没有改观，只能答应文知雪。”

“妈的！”苏定河又愤愤骂了一句，吐了口痰。

接下来的三天，苏定河与小托里尔简直度日如年。第三天一大早，苏定河就遣人去城外，期盼岳江南有书信传来。可直到日暮时分，也没等到任何消息。

申时一过，归化城门紧闭，城内各家各户陆续燃起烛灯。小托里尔彻底绝望了，瘫坐在椅子上说：“明天派人过去，说我们答应文知雪的条件。”

苏定河仍不甘心，说：“要不再等等？”

“不能再等了！”小托里尔斩钉截铁地道，“再等，老子真回不去了。”

“来人！”小托里尔灌下一大杯伏特加，大喊道。

小托里尔原本是想招呼人进来，安排明日见文知雪之事，但门一推开，他便惊住了。苏定河朝门口张望，也站起身道：“你……你们怎么来了？”

门口传来岳江南的笑声，小托里尔的兄长托里尔站在岳江南身后。岳江南一边朝里走，一边说：“不是叫‘来人’吗？我们这就来了。”

小托里尔一把抓住哥哥，说：“你们什么时候到的？”

托里尔说：“刚到，一进城就来驿馆了。”

苏定河说：“城门不是早关了吗？你们怎么进的城？”

岳江南笑得愈发得意，说：“区区一道城门，是开是关有何打紧！明代大将蓝玉远征蒙古，大获全胜，班师经过喜峰口，守城官兵推说时辰已晚，不肯开城门。蓝玉一怒之下调来大炮，轰塌了城门。”

见岳江南志得意满的样子，苏定河猜想事情必有转机，心情也放松下来，说道：“难道你们也用大炮轰塌了归化城门？”

岳江南哈哈大笑，说：“小小的归化城门懒得去轰，我们撞开的是京师大门。”

比起弟弟小托里尔，托里尔的身材瘦弱些，眼睛却很大，一对蓝眼睛炯炯有神。他是个不苟言笑之人，没有岳江南那般喜欢打趣，他一五一十地说道：“我们与赵明舟大人一同前来，赵大人身上有令牌，守城官兵一见，赶紧开门相迎。”

苏定河追问：“赵明舟亲自来了？”

岳江南坐下来，喝了一杯热茶，说：“自西伯利亚分别之后，你们朝归化来，托里尔与我去办了一桩大事。之后，我们又绕开归化，直奔京师而去，面见了索相。”

“这不，为保万无一失，索相让总管西征前线粮台营务的赵明舟大人陪我们一同来归化。”岳江南喝完茶，将空杯子捏在手里，翻来覆去地把玩着。多年来手持折扇让岳江南的手闲不下来，总得抓个东西。可惜那把陪伴他多年的折扇已经掩埋于乌兰布通的荒草下，只能随手抓个物件替代。

妻子蒙佩文的死是岳江南心中无法抹去的痛，令他追悔莫及，永世不忘。更不可饶恕的是，自己或许是这场惨祸的始作俑者。假如他不去见乌日乐，不说出那番利害得失，乌日乐就不会杀心骤起，蒙佩文也不会为救蒙元亨而犯险……

乌兰布通一战过后，岳江南身陷大牢，连妻子的后事也无法料理，直到出狱后才得知蒙元亨将罗世英与蒙佩文的棺椁一起运回了保宁。连心爱之人的最后一面也见不了，岳江南是何等愧悔交加！保宁府远隔千里，不知今生能否看一眼佩文的坟冢。每每想到此处，岳江南简直心痛得锥心刺骨。

岳江南只好找出蒙佩文的遗物，与自己最钟爱的折扇一起埋葬于荒草之下。嘉陵山水、风陵渡口、繁华泾阳、塞北荒原……两人一同走过，也情系于此。这个世上，岳江南只对蒙佩文付出过真心，未来将不会再有人令岳江南情为所动。

可怜蒙佩文带走了岳江南心中最后一丝温情，独留下这个男人用百倍的冷酷去面对这个令他绝望的世界。

茶杯继续在岳江南手中翻转，他道：“归化的城门早就关上了，里面的人出不去，外面的人进不来。文知雪与蒙元亨觉得，打开这道门的钥匙在俄国。可惜他们错了，真正的钥匙在京师。”

岳江南又说：“索相宴请我们时，托里尔说得直截了当，希望朝廷出面促成归化城内的交易。索相是只老狐狸，他说自己不便对归化的事指手画脚。不过他也表示，朝廷不希望大清商人远赴俄国。”

小托里尔听得两眼放光，苏定河更是兴奋地拍起桌子，说：“太好了！大清商团远赴俄国正是文知雪的撒手锏，破了这个撒手锏，她就彻底没招了。”

苏定河又说：“朝廷有这个态度，咱们胜局已定。在京师扳回局面，花了不少银子吧？”

岳江南说：“睡觉在驿馆睡，吃饭都是别人请客，哪用花银子？托里尔老兄更厉害，除了对索相稍微客气些，对好些个王公大臣，都直接扔出一副臭脸。”

“那都是你教我的。”托里尔接过话茬，“进京之前，岳先生吩咐得清楚，说清国的大员们不缺几张笑脸，缺的是火药枪，而火药枪在咱们手里。”

“怪不得！”苏定河终于明白了，“这么说，你们真把大事办成了。火药枪呢？现在在哪里？”

托里尔不紧不慢地说：“火药枪已经离开西伯利亚，正在草原上。我用皮毛换茶叶，清国商人不乐意。好得很，那就用枪来换。”

岳江南北上俄国，为的是采购火药枪。让苏定河先南下，自己与托里尔留在西伯利亚，要去办的大事也是搞火药枪。如今让索额图发话，命赵明舟星夜兼程赶来归化，凭的还是火药枪！

岳江南十分清楚，山陕商帮非等闲之辈，仅靠一出空城计，恐怕难以稳操胜券。最稳妥的办法还是弄到火药枪，再用这些火药枪向朝廷施压。强龙不压地头蛇，洋人千里迢迢而来，未必斗得过大清商人。但大清商人绝不敢违抗朝廷的命令，只要搬出朝廷这座大山，就能镇住归化城的大小商帮。这就叫一物降一物！

正因如此，俄国商团启程南进时，岳江南与托里尔没有同行，他们留在了冰天雪地的西伯利亚，继续寻觅做成这桩买卖的定海神针。岳江南毕竟与俄人打过交道，有托里尔助阵，更是如虎添翼。他俩尝试了各种手段，终于大功告成。

靠着用重金行贿一位哥萨克将军，对方终于点头答应，把军中三千条老旧火药枪卖给托里尔。火药枪一旦到手，岳江南便不用深入俄国腹地，就能回去交差。他一面细致安排，让人将火药枪缓慢押运回国，一面与托里尔星夜兼程，直奔京师而去。

一路上，岳江南已获悉归化城内的动向，知道文知雪、蒙元亨欲组织商队。但岳江南自知利器在手，老神在在。托里尔到了京师，一面吹捧大清帝国的文治武功，声称渴望与清国商人通商，一面也威胁说，一旦归化的生意搞砸，火药枪便不知何时才能运到。

清军正在西北与噶尔丹激战，前线缺的便是火药枪。圣心焦虑不已，索额图深知，再搞不来火药枪，便是自己当差不力。索额图几乎没有犹豫，就答应了托里尔的条件。他还命赵明舟疾驰归化，全权办理中俄通商事宜。

岳江南将手中的茶杯放下，又抓起一个苹果说："大局已定。剩下的事赵明舟会办好，我们只管分银子。"说完，他狠狠咬下一口苹果。

4. 女本柔弱，为商则刚

“赵大人，什么是信票？为何突然冒出这个东西？”距离驿馆不远的地方便是赵明舟下榻之处，当他说出朝廷将行信票制后，文知雪激动地站了起来。

赵明舟抿了一口茶，说：“刚才我说得够清楚了，中俄通商是大事，朝廷不能放任不管。大清的商人要去俄国，岂能说走就走，必须向地方官申请，再由地方报理藩院与户部核准。通过之后，颁发信票，方能成行。”

“大家都是明白人，别扯这些官样文章。”文知雪道，“赵大人，我就问两句话。第一，信票制早不施行晚不施行，为何偏偏在我等即将启程时冒出来？第二，我们提出申请，朝廷会批吗，何时能批？”

“都是自己人，我就打开天窗说亮话了。”赵明舟抖了抖袖子，说道，“你们提出申请，无论是理藩院还是户部，都不会核准。”

文知雪无言以对，一直没开口的蒙元亨缓缓说道：“弄出一个信票来阻挠商团赴俄，无非是要归化商人接受城下之盟。朝廷这样做，究竟是为什么？”

赵明舟没有隐瞒，说出了岳江南、托里尔进京以及三千条火药枪的实情。说罢，他又比画着手指头道：“我知道你们吃了亏，但两国友好乃长远大计，权当为国相忍。”

文知雪反驳道：“我实在不明白，一桩生意与两国友好有何相干？商团远赴俄国，不也是为两国友好？再说我跟赵大人禀报过，托里尔商团非俄国官府所派，甚至托里尔压根就不是俄国人。”

赵明舟摇头说：“托里尔为哪国人，商团是否为官府所派，都不重要。重要的是，他手里有三千条火药枪。”

赵明舟今日所言，也证实了蒙元亨之前的猜测，岳江南与托里尔早已狼狈为奸。他愤愤地说：“托里尔不过一个江湖骗子。岳江南挟洋自重，更是可恶！”

蒙元亨从椅子上站起来，又说：“朝廷何必受他们要挟？若准许商团赴俄，我们照样能采购回火药枪。”

“没错！”文知雪罕见地附和蒙元亨道，“岳江南能做成的买卖，没道理我们做不成。三千条老旧火药枪算什么？我定为朝廷购回上万条崭新火药枪。”

“远水解不了近渴。”赵明舟说，“托里尔这三千条火药枪，他自己也承认是老旧枪械，但无论怎样都是现成家伙，一运到，就能送往西北前线。”

“只要朝廷首肯，商团可以立刻启程，一定在最短时间内采购回火药枪。”蒙元亨仍在争取。

“来不及了，前方军情似火，一刻也等不得。我这个总管西征前线粮台营务的大臣不能等，索相不能等，皇上也不能等，那些正在西北浴血奋战的将士更等不起。”赵明舟表情肃穆，他太清楚前线战况，太了解这批火药枪意味着什么。

文知雪已慌不择言：“噶尔丹穷途末路，未必非得靠几千条火药枪才能剿灭！”

“文东家，军国大事用得着你来教我吗?！”赵明舟冒火了，“火药枪早一日到，就能早一日大功告成，也能少死成千上万的人。比起这些，一桩买卖算得了什么！”

自打在保宁府相识，蒙元亨与赵明舟几乎无话不谈，筹办西征粮饷，文知雪与赵明舟也合作默契，两人还没见过温文尔雅的赵明舟如此动怒。

赵明舟站起身，气呼呼地在屋内踱步。“我来归化，不是与你们商量，而是传达朝廷旨意。”

“从此刻起，组织商团的事马上停下来！”停下脚步，赵明舟以不容置疑的口吻命令道。

蒙元亨涨红着脸，一语不发。文知雪沉默了一阵子，说道：“事缓则圆，未必急在一时。可否容我飞马进京，再向索相禀报，一切凭索相定夺？”这是文知雪能使出的最后一招了，近来她与索额图走得很近，连茶叶生意里也有索府管家老蔡的干股。文知雪希望见到索额图，说服他改变主意。

“你去也无用。”赵明舟冷冷地说，“我临走时，索相专门交代，大事议定不可再改，任何人都不必去京城见他。”顿了顿，赵明舟又说：“索相还当着我的面，把管家老蔡叫来重重责骂了一顿，说军国大事容不得下人指手画脚。”

赵明舟的话虽隐晦，文知雪却能听明白。是啊，比起西征成败、圣上恩宠，区区银子算得了什么？索额图能算明白这笔账，自然不会投鼠忌器。可惜归化城中的商人，便是索额图不再顾忌的“器”。

“索相还让我带句话给你们，”赵明舟重重说道，“忍字头上一把刀，何况顶在咱们头上的是三千条火药枪。”

蒙元亨表情苦涩，冷笑道：“这一仗，咱们败了，没有败在岳江南手里，更没有败给洋人，而是败给了朝廷。”

赵明舟瞥了蒙元亨一眼，说：“说这些置气话于事无补。归化城中的商人，以二位为首，我一来就约见，也是希望你们带个头，马上把组织商团的事停下来。”

文知雪眼中已噙着泪水。“赵大人，你以前是商帮中人，踏足官场后，还因出身备受冷遇。但你精明过人，勇于任事，实为官场难得之干才。你说句公道话，朝廷这般作践我等商人，换作当初的你，会做何想？”

文知雪这话自是戳中了赵明舟的痛处，自己也是商帮子弟，知道商人的艰辛。他何尝不知文知雪委屈，但国事在身，不允许自己有任何怜悯之情。赵明舟说：“你们的难处我清楚，但朝廷的难处又有谁来体谅？噶尔丹不被剿灭，终究是心腹大患。就在咱们说话这会儿，多少将士在西北前线风餐露宿，他们中的不少人将埋骨他乡，无法再看一眼亲人。朝廷太需要火药枪了！”

赵明舟缓和了一下语气，道：“归化的事朝廷心里有数，日后定会补偿。尤其是你们二位，财力雄厚，此番亏的银子也多。本官统筹西征粮草事宜，虽不说刻意偏袒，但一定会对你们的商号格外关照。”

“赵大人，这不是银子的事！”文知雪说，“我心里实在憋得慌。来归化大半年，与俄国人斗智斗勇，最后却因朝廷一句话，我等自缚手脚，伸出头让别人砍！”

“道理我讲得够清楚了！”赵明舟的语气也很强硬，“总之，不该做的事不做，不该说的话不说。”

“明白。”文知雪知道事情已无转圜余地，哀叹道，“赵大人只管回去复命，骂名我们来背。”

赵明舟点头说：“这才是总商该有的气度。”

赵明舟来去匆匆，只在归化停留了一晚。接着，施行信票制的消息不胫而走，所有人都气得跳脚，却无济于事。

没有了赴俄商团，大清商人等于自绝后路，只能任人宰割。小托里尔甚至喊出一张皮毛换二十五担茶叶的条件，摆明了要把大清商人榨干。

但很快，俄国商团又传出消息，说托里尔否决了弟弟的主张，所有交易还是照老规矩进行，一张皮毛换二十担茶叶。托里尔并非良心发现，只是听了岳江南的建议。岳江南说，凡事满招损，做生意也得见好就收，不能吃干抹净。一张皮毛换二十担茶叶，只是让大清商人无利可图，人家权衡一番，只能摸摸鼻子自认倒霉。杀到一张皮毛换二十五担茶叶，那就是亏本买卖。兔子急了还咬人呢，何必呢?

尽管一方赚得盆满钵满，另一方心不甘情不愿，但皮毛换茶叶的贸易终究在归化做了起来。俄国商团门前车水马龙，大清商人签下契约后唉声叹气。与其说这是一桩生意，不如说是一场受降礼。

文知雪一连几日把自己锁在屋内，闭门谢客。商场之败已无可挽回，但她不甘心的是败得如此窝囊。分明胜券在握，却要拱手让人。早知如此，当初何必对盛宇峰那般绝情?

敲门声响起，段运鹏走了进来，垂着头说道：“刚才托里尔派人过来，问咱们的茶叶换不换，还说他们怕是等不及了，要打道回府。”

“得志便猖狂。”文知雪冷笑一声，说，“你去回话吧，就说这一仗我们认输。茶叶不换给他，难不成还运回关内？不过别着急，茶叶重新打包，得耗些时日。”

段运鹏点头答应，正要离开，文知雪又把他叫住说：“茶叶打包得如何了？”

段运鹏说：“吩咐下去几日了，事情一直在做，只不过进度慢了些。”

文知雪问：“为何会慢？”

段运鹏叹了口气，道："这回在归化吃瘪，大伙心里都不痛快，想着这些茶叶要交到托里尔手上，干起活来就没从前卖力。"

文知雪拍了下桌子，想要说些什么，但话到嘴边又吞了回去，只挥了挥手，示意段运鹏出去。屋内只剩下文知雪一人，她不停地踱步，最后停在铜镜前，凝视着镜中的自己。

在商号里，文知雪早已一人独尊，一言九鼎。对一个温婉的大家闺秀来说，这绝非天性使然，而是不得已为之。她曾听过一句话，女本柔弱，为母则刚。自从执掌商号，她懂得了另一番道理：女本柔弱，为商则刚。在尔虞我诈的商海，没有人怜香惜玉，一介女流要寻得立足之地，必须拿出刚强手段。

刚才听完段运鹏的话，文知雪本想发火。令行禁止乃商号规矩，事情吩咐下去，断没有拖拉的道理。遭遇大败，所有人更应奋发作为，岂可萎靡不振？但这通火，文知雪实在发不出来，因为过去几日，自己身为东家，就没能做出表率。文知雪把自己锁在屋内，脸上写满失望委屈，这种情绪自然会传递给下属。众人相互影响，整个商号都笼罩在一股败战氛围中。

胜败乃兵家常事，可以认输，但不能服输。身为东家，更得以身作则，只有东家先振作，商号才能有主心骨。一个弱女子遭受这等委屈，大可以在屋里痛哭一场，但女东家却得第一个奋起。女本柔弱，为商则刚，刚强不是霸道，是泰山崩于前不变色的镇定，是逆境中愈挫愈勇的坚韧。

文知雪再瞧着铜镜中的自己，连日来愁眉不展，妆也没化，憔悴了不少。她轻摇一下头，高声招呼门口的丫鬟："来人！给我梳妆！"

文知雪梳妆完毕，又挑选了一件鲜艳的单衣穿上，几日来第一次踏出房门。在众人的簇拥下，她健步来到仓房巡视。

仓房门口，伙计、杂工们正忙着重新包装茶叶。见到文知雪，他们立刻迎上来道："东家，你来了。"

"辛苦了。"文知雪招呼着众人，又拿过新的封纸瞧了瞧。只见封纸大气雅致，上面的"西达诚"三个字遒劲有力。之前的封纸上印着文盛合的记号，如今文盛分家，文盛合不复存在，文知雪给商号取了新的名字——西达诚。

文知雪拿起一盒新包装的茶叶，拆开后闻了闻，皱眉道："味道有些不对。"

段运鹏也闻了闻，说："只是放久了，沾了潮气，并无大碍。"

文知雪又问："像这种受潮的茶叶，多吗？"

段运鹏答道："不多，连两成都不到。"顿了顿，他又说："假如再多些，反倒是好事。"

文知雪盯着段运鹏说："做茶叶买卖，不是最怕受潮吗？"

段运鹏说："平常的买卖，自然担心茶叶受潮，可如今茶叶是卖给托里尔那帮浑蛋，有潮气，过秤时会重一些。"

听完段运鹏的话，文知雪沉思良久。猛然，她将手上的茶叶摔下，高声喊道："都给我停下！"

文知雪扫视一圈，说道："无论茶叶是否受潮都不加辨别，全用新封纸包起来，是不是这样？"

见众人点头，文知雪说："那好，麻烦诸位再辛苦一回，把受潮的茶叶挑出来。"

众人面面相觑，段运鹏忍不住问道："把受潮的茶叶挑出来，干什么用？"

"但凡受潮的茶叶，通通不要。"文知雪说得异常坚定。

"东家，这是为何？"段运鹏几乎吼了起来。

文知雪缓缓说道："做买卖最讲诚信，不能让这些受潮的茶叶砸了西达诚的招牌。不仅受潮的茶叶一概不要，而且标重一斤的茶叶，都按一斤一两的分量包装。"

文知雪又说："你们知道新商号为何叫西达诚吗？外人素来用'西商'称呼山陕商帮，故而取一个'西'字；'达'字则是为了纪念家父；最后一个'诚'字，则是告诫商号的所有人务必诚实做人，诚信经商。"

段运鹏听不进这番大道理，急得跳脚。"东家，诚信经商也得因人而异吧，对托里尔、岳江南这帮奸诈之徒讲诚信，就是迂腐！按照他们定的价格，咱们本就吃亏，若把受潮的茶叶清除，再按一斤一两的分量包装，可真要亏个底朝天！"

文知雪轻轻拍了拍段运鹏，说："你说得没错，一张皮毛换二十担茶叶，咱们本就吃亏。既然赚不了银子，那就赚口碑、赚信誉，让俄国人知道，西达诚的茶叶口味最好，分量最足。”

文知雪又把目光投向伙计们，说道：“这回咱们上了托里尔的当，还要为托里尔精挑细选茶叶，换谁心里都不舒服。”

“但事情不能这么看。”文知雪话锋一转，“这些茶叶不是给托里尔喝的，而是经由托里尔销给俄国的千家万户。若是托里尔自个儿喝，别说受潮，就是有毒我也不管。”文知雪很会调节气氛，原本严肃的众人被她这句话逗得哄堂大笑。

笑声刚落，文知雪就接着说：“既然茶叶最终是到俄国民众口中，咱们就得想法子，让人家认咱们这块招牌。他们爱喝西达诚的茶叶，日后瞅准西达诚的茶叶去买，甚至咱们卖得比别家贵，还有人愿意掏腰包，这生意就算扳回来了。”

“明白了！东家这是在放鱼饵，钓大鱼。”段运鹏说道。

今日这番话当真是文知雪的肺腑之言，她不由得多说了几句。“都说兵者，诡道也。不懂得用计谋，没法打仗。但只用诡计，平常不训练士卒，不练好身手，十个孔明也打不了胜仗。商场亦是如此，尔虞我诈难免，但商道绝非诈术，要有奇谋良策，更要货真价实。”

文知雪讲透了这番道理，商号里众人的士气也被她重新鼓动起来。文知雪扭头问段运鹏：“重新包装茶叶要多久？”

段运鹏答得干脆：“咱们加班加点，两日内一定完成。”仓房内外终于出现了热火朝天的景象。文知雪并未急着离开，又细细巡视，还不时与伙计们交谈。

就在这时，远处升腾起一股烟火。段运鹏第一感觉是哪里失火了，他立刻叫人去查看。不一会儿，有伙计跑回来，上气不接下气地禀报道：“烧了，全烧了！”

段运鹏扯过伙计说：“说清楚点，什么烧了？”

伙计说：“蒙元亨把茶叶烧了，就在城外，火苗冲到了好几丈高。”

段运鹏先是一愣，接着对文知雪说：“难道蒙元亨也学咱们，把受潮的茶叶烧掉？”

文知雪还未答话，伙计又说：“不是，蒙元亨把所有茶叶都烧了！”

这一下，文知雪与段运鹏都惊呆了。

5. 人是英雄钱是胆

每到晌午时分，盛宇峰就会坐进归化城中的一家小酒馆。他已是熟客，不用招呼，店小二便麻利地端上两样小菜与四壶老酒。小二知道这位豪客酒量惊人，往往能从中午喝到深夜，盘中的菜没动几筷子，酒却一滴不剩。这位客人出手阔绰，扔出银子来，从不用找零，但若是谁闯入包间，搅了他的清净，他一定会勃然大怒。

盛宇峰吞下一大杯酒。这酒很烈，仿佛一把利刃，从喉咙一路刺向胸口。他却很喜欢这种感觉，又斟满第二杯酒，灌进口中。

归化商场的跌宕起伏已同自己无关，盛宇峰早就不想留在此地，但又没有更好的去处。他既不愿回泾阳，更没有游历天下的兴致。此时，酒便成了他最好的朋友。一天之中，大约只有上午是清醒的，但这也是最痛苦的时刻。一幕幕往事浮上心头，越想越苦涩，所以必须来到酒馆，急着将自己灌醉。只有酩酊大醉，走在街头大喊大叫，烦恼才会远去。

两杯烈酒下肚，盛宇峰的脸微微泛红，他又倒上第三杯酒。这时，包间门被推开，传来一个南方口音的声音："好酒岂可独享。"

店小二跟着跑了进来，一个劲地赔不是："客官，我说了不让他进来，却拦不住。"

今日被搅了清净，盛宇峰倒没有暴怒，他冷笑道："黄鼠狼给鸡拜年，岂是耗子能拦住的。"

店小二虽迎来送往，低声下气惯了，但被人如此奚落一番，心头也憋着气。

他白了盛宇峰一眼，说："客官，你这是怎么说话的。"

盛宇峰的脾气顿时上来了，他一巴掌拍在桌上，道："老子就这么说话，你爱听就听，不爱听就滚！"

来人拍了拍店小二，说："盛兄脾气暴躁，小哥多担待。"他又掏出银两，对小二说："加点酒菜，今日我与盛兄好好把酒言欢。"

"岳江南，"盛宇峰盯着来人，目光阴冷，"你是来看笑话的吧。没关系，我今日这副模样，你想笑便笑。但我有今日，全是拜你所赐。"

岳江南抖了抖袍子，坐在板凳上。他斟满两杯酒，自己举起一杯，说："今日不请自来，还望盛兄见谅。"

盛宇峰丝毫不给面子，将杯中酒倒在地上，说："你硬要坐这儿，我拦不住，但咱们之间无酒可喝。"

"这是怎么说的？"岳江南满饮一杯，将杯子放下，"刚才盛兄不是说有今日是拜我所赐，不谢也就罢了，为何竟口出恶言？"

盛宇峰瞅着岳江南说："到了这般田地，难道还要谢你不成？"

"到了哪般田地？"岳江南笑着问。

盛宇峰憋不住火气了，吼道："你少在这里惺惺作态！"

岳江南摇头道："我原以为你是明白人，所以诚心前来道贺，不承想有人身在福中不知福。"

盛宇峰斜着头说："你脑袋发昏了吧？"

"我脑袋清楚得很。"岳江南又斟满两杯酒，"过去这半年多，试问归化城中谁可笑看风云？除了满载而归的托里尔，就只有盛兄你了。"

岳江南竖起大拇指说："你先把茶叶高价换给托里尔，接着审时度势，让文盛分家，又免受文知雪战败的拖累。"

这一回盛宇峰倒没把酒倒掉，而是冷冷地说："你眼里是不是只有银子？"

岳江南放下酒杯，说："敢问盛兄，你眼里是不是只有文知雪？"

盛宇峰一下子站起来，说："这跟你有什么关系！"

岳江南微微笑道："别激动，你喜欢文知雪的事众人皆知，不必大呼小叫。可是，文知雪喜欢你吗？"

盛宇峰怒目圆瞪，说：“我和她之间的事，与你无关！”

岳江南并未示弱，反而加重语气道：“文知雪究竟喜欢谁？你告诉我！”

盛宇峰攥紧拳头，鼓起腮帮，却吐不出一个字来。岳江南说：“你不必骗自己，大方承认吧，她爱的是蒙元亨。”

“你今天来，到底要干什么？”盛宇峰一把揪住岳江南的衣服。

岳江南捏住盛宇峰的手说：“我不过说了句实话，冲我撒野有什么用。”

盛宇峰慢慢松开手，岳江南趁势把他摁回凳子上，说道：“没错，我眼里只有银子，你眼里只有文知雪。但你想过没有，银子与文知雪并不矛盾。”

“你知道吗，”岳江南又说，“当盛兄在酒馆痛饮狂歌之时，蒙元亨干了件大事。他将商号的茶叶付之一炬，接着策马南下离开归化，让所有人目瞪口呆。”

盛宇峰不屑道：“蒙元亨做什么，关我屁事！”

岳江南坐回凳子上，说：“蒙元亨烧茶叶玩的是哪一出，一时半会儿我也没猜透，但仅是这份豪气，就令人肃然起敬。阁下醉生梦死，与之相比，当真高下立判。我若是文知雪，也不会喜欢你！”

“姓岳的，你到底要说什么?！”盛宇峰的怒火再次被点燃。

岳江南缓缓说道：“自古美女爱英雄，谁喜欢一个窝囊废。蒙元亨算得上英雄，哪怕顶着杀父之仇，文知雪也对他爱恨交织。盛兄恰好少了这股英雄气，纵然一往情深、百依百顺，也不能虏获芳心。”

“你是来教我的吗？”盛宇峰的目光中带着挑衅之意。

“鄙人确有好为人师的毛病。”岳江南跷起二郎腿道，“曹孟德说，夫英雄者，胸怀大志，腹有良谋，有包藏宇宙之机，吞吐天地之志者也。这话说得太大。要我说，商场中人赚到银子就是英雄，没银子就是狗熊。既然美女爱英雄，赚到银子便是英雄，那么银子与文知雪就不矛盾。”

盛宇峰轻蔑地说：“别以为所有人身上都是铜臭味。”

“铜臭味？错了！”岳江南说，“酒让男人勇，色让男人雄，财让男人豪，势让男人威。没了铜臭味，还是男人吗？人是英雄钱是胆，这才是至理名言。”

岳江南又说：“就说文知雪吧，她是富家千金，不在乎哪个男人多赚几两银子，人家看重的是那份纵横捭阖，聚拢天下之财的豪气胆略！”

盛宇峰打量着岳江南，说：“别说得云山雾罩的，有什么话直说。”

岳江南呵呵一笑，抽出一根乌木烟袋杆，悠闲地点燃旱烟，又在翡翠烟嘴上吸了几口。自打没了折扇，岳江南总觉得手里缺点什么。他本没有抽烟的癖好，可为了过手瘾，加之近来心情烦闷，烟瘾渐渐大起来。

岳江南吐出一口烟，说：“我想与盛兄携手合作，做一桩大买卖。”

盛宇峰漫不经心地摇头道：“你能有什么大买卖？”

岳江南说：“我知道，中俄通商是文知雪给索相献的策。这的确是一桩大买卖，纵然第一单生意有些波折，后市依旧可期。而我要做的，正是大买卖中的大买卖。”

盛宇峰很不喜欢对方说话的风格，不耐烦地说：“你能不能痛快点，别绕圈子！”

岳江南说：“以物易物是大买卖，以钱生钱就是大买卖中的大买卖。如今中俄两方贸易，大多以物易物，用茶叶、丝绸交换皮毛。此乃便宜行事，却弊端丛生。谁都明白，皮毛有优劣之分，茶叶因产地、种类不同，价值也相差甚远。笼统以一张皮毛换多少担茶叶，实为不得已而为之。”

盛宇峰虽对做生意不感兴趣，但耳濡目染多年，也绝非门外汉。他说：“钱生钱？你的意思是开钱庄？”

“是，但并不全是。”岳江南说，“开钱庄只是第一步。你想啊，别说中俄通商，光天南海北的商人齐聚归化，兜里的银子便五花八门，有人揣着小锭，有人是大锭，有人是碎银，还有人是铜钱，另外银两成色也千差万别。这样一来，生意如何做？若有钱庄从市面上收取旧银并兑换成规格统一的新银，这些难题便迎刃而解。”

盛宇峰问：“开钱庄只是第一步，接下来还有哪几步？”

岳江南胸有成竹地说：“还要开当铺与账局。我说过，中俄通商是大买卖，日后除了归化，还有库伦、张家口，这些商埠都会繁荣起来。商贾难免有手头吃紧或急需银两周转的时候，有当铺、账局出借银两，生意才能活络。”

岳江南又说：“就说这一回，若有当铺与账局，大清商人就不至于一败涂地，大不了将手里的货押出去，多付些利息，不必急着贱卖给托里尔。”

盛宇峰夹了一口菜吃，说道：“你与托里尔狼狈为奸，不是刚从大清商人身上搜刮了一笔嘛。这生意做得风生水起，干吗这山望着那山高，心急火燎地另起炉灶？”

“商人嘛，有更赚钱的生意，没道理不去做。”岳江南轻描淡写地说道。其实自打与托里尔联手，他就明白寄人篱下乃权宜之计。这桩生意分账时，还与托里尔闹出些不愉快。

盛宇峰放下筷子，说：“听上去是桩好生意，只是这么好的生意，干吗把天机泄露给我？”

岳江南笑起来，道：“英雄惜英雄嘛！”

“扯淡！”盛宇峰说，“我看你是惦记我手头的银子。既是钱生钱的买卖，没本钱可不成，尤其是开钱庄、当铺、账局，全得垫大笔银子。岳兄虽经商多年，但一败于泾阳，二败于乌兰布通，这回当托里尔的狗腿子，估计也没捞到多少现银，手头并不宽裕。”

岳江南点头道：“盛兄一语点破，我也不必遮掩。”

盛宇峰哈哈大笑，道：“如你所说，商场中有银子的便是英雄，像你这般没银子的，又是什么？”

岳江南抖了抖烟杆，说：“手里有银子的是英雄，一时囊中羞涩却有本事赚来银子的，自然也是英雄好汉。”

盛宇峰斜视着岳江南，眼神中似有嘲弄之意，只听岳江南继续说：“做钱生钱的生意，手头没银子不成，可光有银子，照样行不通。譬如开当铺，没有八面玲珑、眼光老辣的朝奉验货估价，送上门的货该当多少银两，你知道吗？”

“我明白你的意思。”盛宇峰说，“从前明以来，钱庄、当铺在江南遍地开花，经营这些生意，无人可与徽商相比。但天下徽商何其多也，不止一个岳江南。”

岳江南点头一笑，道：“你不愧为商帮子弟，稍微用点心思，谈起生意也头头是道。但别忘了，咱们是在归化开钱庄、当铺，而不是别的地方。没有中俄通商，归化的生意便无从谈起。因此做这些生意，必得熟悉大清与俄国情形。盛兄以为，天下除了岳某，还有谁更合适？”

岳江南颇为得意，继续说：“以账局为例，它不同于当铺，往往只凭着对借贷者信誉的信任就得借出银两，也因没有抵押，所以利息最高，获利最丰。中俄两边的商人，做哪些生意可以借，哪些不能借？这些事情，盛兄应当不如在下了解吧。”

盛宇峰用筷子轻敲桌面，道：“如此说来，你也算条英雄好汉。”

“我说过，咱们是英雄惜英雄。”岳江南说，“我需要银子东山再起，你也不能在酒馆蹉跎岁月，得让文知雪见识一下盛兄的英雄本色。”

岳江南放下烟杆，又举起酒杯说：“咱们满饮一杯，如何？”

这一回盛宇峰没把酒倒在地上，但也不肯举杯。岳江南问：“怎么，盛兄还有顾虑？”

盛宇峰说：“这么大的事，我总不能立刻答复你吧。”

“这是自然。”岳江南说，“你大可以仔细权衡，做生意哪能强买强卖。”顿了顿，他接着说：“买卖来日方长，今日先浮一大白。”

盛宇峰摆手说：“这些日子酒喝得太多，今日不喝了。再把自己灌醉，又没功夫想事情了。”

“盛兄不喝，我喝。”岳江南脸上露出微笑，将杯中酒一饮而尽。

第三章

何为天下

1. 三个伙计干五个人的活，领四个人的工钱

马车行进在路途中，蒙元亨拉开布帘，黄河与中条山伴行左右，抬眼即见。才下过雨，岚翠扑裳。

浩荡的黄河从龙门跃出，一路奔腾，雷霆万钧。直到奔流至中条山的龙首处，迎面被群山阻拦，桀骜不驯的黄河才终于变得温柔。接着，它掉头向东，穿中原，过齐鲁，驰骋千里，汇入大海。

黄河变得温顺起来的转折处，正是扼秦晋要津的风陵渡口。风陵渡一侧，兀立着一座山峰，临河高耸，鸟瞰四野，仿佛振翅欲飞的凤凰，故而名曰凤凰山，山的最高处名曰凤凰咀。

蒙元亨从归化南下，留下大队人马在后头，只带着父亲与罗兵等数人一路疾驰，未有耽搁。行至风陵渡，蒙元亨却停住脚步，让罗兵带着伙计去集镇打前站，自己陪着父亲登上凤凰咀。

登高俯视，潼关、太华、崤函历历在目，气势澎湃，风物万千。“落日黄尘起，晴沙白鸟眠。”蒙元亨不禁吟出金人赵子贞的诗句。

“光有景致，尚不足以成就风陵渡之美。”一旁的蒙顺说道，“风陵渡声名远播，其原因更在于往来两岸，交通便利，战时为兵家必争之地，平时南北商贾穿梭其间。赵子贞的这首诗，最后一句便是‘挽输今正急，忙煞渡头船’。”

高处风大，蒙元亨给父亲披上一件轻薄披风，说道：“你在埋怨我烧掉茶叶？”

蒙顺语气和蔼地说道：“从归化出发，一路上你话很少，似有心事，足见你

对于烧掉茶叶也未释然。”

蒙元亨轻叹一声，终于承认道：“是有些心事，但不是茶叶，而是索相。”

“我要跟你说的，正是这个。”蒙顺说，“你比我能干，短短几年便创立瑞成祥，生意蒸蒸日上。烧掉茶叶固然可惜，但远不至于伤筋动骨。可你想过没有，逞一时之勇将茶叶付之一炬，京城的索相会怎么看？”

蒙元亨又叹了一口气，道：“父亲也以为我烧掉茶叶是意气用事？”

蒙顺说：“商场上受挫，归化城中的商人谁都一肚子气。但你与其他人不同，因为对方阵中有个岳江南，这口气你更难咽下。”

蒙元亨说：“岳江南昔日对我说，商人不应同银子怄气。不能因人废言，这话在理。”

蒙顺盯着儿子说：“既然如此，何必把茶叶全烧掉，还声言宁可亏银子，也绝不与岳江南做买卖？须知茶叶事小，开罪索相事大。”

蒙元亨轻摇着头说：“岳江南只是个幌子，茶叶我正是烧给索相看的。”

蒙顺更是诧异，道：“你怎么和当朝宰相斗上气了？再说人家可对你不薄呀！”

蒙元亨迎着风，俯视脚下的黄河。“我还有自知之明，不敢招惹权臣。索相于我蒙家也算有恩，我更不能恩将仇报。但是，我只想规规矩矩地做生意，不愿靠在哪棵大树下。”

蒙顺拉高语调道：“索相这样的大树，不是谁想靠就能靠上的。”

蒙元亨微笑道：“昔日父亲携重金进京，不就替文善达靠上索相这棵大树了嘛。结果如何？古往今来，有几个权臣能善终？今日权倾天下，明日人头落地，王朝恨事，班班可考！当初文善达被逼得走投无路，老泪纵横时，说过一句话：大树底下，寸草不生。”

蒙顺渐渐明白过来，说道：“你烧掉茶叶，是要疏远索相？”

蒙元亨点头道：“世人皆以为瑞成祥的生意由索相庇护，而我也与索相过从甚密，长此以往，祸福难料。当然，索相位高权重，区区一个商人是顶撞不起的。我只能趁这个机会，用岳江南做幌子，驳了索相的面子。”

蒙顺吁了一口气，道：“索相的面子，是能随便驳的吗？”

蒙元亨说：“所以这次才是为数不多的机会。我与岳江南的事索相清楚，这次烧掉茶叶，他也会怪我意气用事，但还不至于雷霆震怒。再说，索相只是不让大清商人赴俄，并没说如何处置茶叶。我这样做，还不算公开顶撞，应不会犯大忌。”

蒙元亨背着手，继续说：“最近我留意了京师动向，看上去风平浪静。索相自然会记着我的气，以后也会疏远我，但不至于大加挞伐。这就够了，当不了座上宾，也不做眼中钉，岂不甚好？”

蒙顺打量着儿子，半晌后才说：“你这番道理，为父也不知对错。”

蒙元亨眺望着远方，说：“在归化时，我与周先生长谈过，这些也是受他启发。此番归来，周先生婉拒索相，抛弃高官厚禄，执意回扬州经商。”蒙元亨目光所及，波涛奔涌，苍山连绵。他知道，一路向东，山的后面是辽阔的中原大地，跨过中原，便是淮河之滨，再往东去，就是扬州。不知周弘毅父女是否已归故里？与自己朝夕相伴多年的周琪，此刻又是什么模样？

蒙顺忆起共历风霜的难友周弘毅，也感叹道：“周先生有大才！他这么做，自有道理。”

将藏在心中多时的心事一吐为快，蒙元亨觉得畅快，说道：“商人赚银子无可厚非，但仅知银子就落入俗套，收敛欲望才是避险之道。索额图疏远我，我无非少赚些银子而已，没什么可惜。当年的文善达，已然富甲一方，却不知满足，最终引来大祸。回想起来，即便不要那张官茶批文，不做官茶生意，也无损他关中首富的地位。”

提及旧事，蒙顺也感慨颇多，说道：“满招损，谦受益，明白取舍之道，才能以柔克刚。”

蒙元亨抬手指着脚下的黄河，说：“父亲说得没错，以柔克刚，是为大智也！就像这黄河之水，在上游时奔腾不息，桀骜不驯，看似雷霆万钧，其实不过留下黄土地的千沟万壑而已。直到此处掉头向东，变得温顺起来，才让数省民众得以穿梭，更绵延千里，灌溉润泽了两岸大地。”

蒙顺激动地拍着儿子说：“这些年为父不能照顾你，让你吃了不少苦，所幸你百炼成钢，当真成熟了。”

日渐西沉，风更大了，父子俩下了凤凰咀。蒙元亨说：“罗兵已在客栈安排好，咱们在风陵渡歇息几日，可好？”

蒙顺不解道：“过了风陵渡，就是八百里秦川。风陵渡虽繁华，毕竟比不得西安、泾阳。再使一把劲，去西安歇脚不好吗？”

蒙元亨苦涩地摇头说：“我与世英就是在风陵渡相识的。”

蒙顺立刻明白过来，点头说：“可怜世英这姑娘，为蒙家传宗接代，为救咱们父子，更命丧乌兰布通，我却连她的面也没见上。”

“别说了。”蒙元亨打断了父亲，眼眶有些湿润。

当晚，一行人住在风陵渡。时隔多年，当初在里面围炉夜话的那家客栈换了店东，客栈里里外外都重新装饰过，但蒙元亨仍一眼认出哪间房是罗世英住过的，记得那夜众人围在火堆旁，各自坐在什么位置……蒙顺听着蒙元亨的话，拉着孙儿应瑞的手，百感交集。罗兵在一旁，咬牙切齿地道：“佩文妹子与岳江南那个王八蛋，也是在这里认识的。”一听这话，蒙顺老泪纵横，捶胸顿足。

用过晚餐，大家回房休息，蒙元亨一个人走出客栈，行走在万籁俱寂的小径上。近旁黄河滔滔，夜空凝月冥冥，蒙元亨一边走，一边又吟起了那句诗：纵死侠骨香，不惭世上英。此刻，百里之外的泾阳想必落花无声，千里之外的乌兰布通已空山寂寂，但我的世英却再也回不来了。

蒙元亨就这样走着，不知走出了多远，折返后又接着走，如此往复，直至曙光微露。回到房内，他依旧未睡，默默坐在椅子上。今夜自当无眠，只有几行男儿泪……

一行人在风陵渡待了整整三日，直到第四天才准备启程西进。正在整理行装时，一个身材挺拔、容貌清秀、操四川口音的年轻男子走入客栈，向店小二询问这几日是否有一队人马前来住店，为首的两人，一人操陕西腔，一人说湖南话。

店小二想到蒙元亨一行，朝楼上指了指。正在收拾行李的伙计听见楼下的动静，探出头来一瞅，立刻叫道：“辛雨，怎么是你？”

楼下的年轻人大喜过望，说：“终于找到你们了！东家呢？”

伙计答道：“快上来吧，东家与我们在一起。”

来者叫赵辛雨，这些年瑞成祥生意兴旺，招了不少新伙计，赵辛雨正是其中之一。过去岳江南招伙计时，讲究五湖四海，在泾阳短短数年，分号里就有上百名伙计。岳江南还自夸说韩信统兵，多多益善。蒙元亨招伙计则保守得多，一般不招外人，而是由熟人推荐。蒙元亨认为，伙计贵在忠诚精干，不在人多。最好三个伙计干五个人的活，领四个人的工钱，如此皆大欢喜。

岳江南招来的伙计，若被认为有才干，很快便会被赋予重任。蒙元亨的伙计则不同，所有新人先在保宁府总号干上一年，无论有多大本事，都要从卸货、打扫门堂、记账这些小事做起。赵辛雨是前年来的商号，在保宁府干了一年，又被派到打箭炉，协助何瑞源经营川藏间的茶马生意。

赵辛雨奔上楼去，见到蒙元亨，忙着请安。罗兵一把扯住他说："你小子怎么到这儿了？你不在打箭炉吗？"

赵辛雨答道："大半年前，我从打箭炉动身，回到了保宁。这几日在西安，专门候着东家一行。"顿了顿，他又说："一个月前收到东家的信，我估摸着该到西安了，却总等不到人。我唯恐路上有什么事，便一路往东寻来。"

罗兵拍了下赵辛雨的肩膀，说："爷们福大命大，哪会有什么事！"

蒙元亨问："何掌柜叫你从打箭炉赶回来，有什么事吗？"何掌柜自然是指何瑞源，如今他是瑞成祥的掌柜，常驻打箭炉。

赵辛雨说："不光我回来了，何掌柜也回了保宁。"

"什么？他也回来了？"蒙元亨有些吃惊。茶马互市是瑞成祥的起家生意，留何瑞源镇守打箭炉，正是要他守土有责。没有蒙元亨的命令，他为何擅自离开？

蒙元亨的第一直觉是打箭炉出了什么状况，他道："咱们立刻上路，有什么事边走边说。"

离开风陵渡，人马继续西行，赵辛雨将事情一一道来。大约一年前，传教士苏乐西敲开了瑞成祥打箭炉分号的门。何瑞源见到苏乐西，又惊又喜。苏乐西不仅是蒙元亨的老友，当初更说动德让土司出手相救，让瑞成祥在打箭炉站稳了脚跟。

苏乐西是个坐不住的人，在打箭炉住了一段时间，便想着继续西行，去西藏那片雪域高原看一看。何瑞源走过西行之路，深知其中艰险，极力挽留。但苏乐西说自己来清国好些年了，走遍名山大川，却一直没去过西藏，不愿留下这个遗憾。

何瑞源苦劝无果，想着苏乐西一大把年纪，此去凶险莫测，心中满是不舍。不承想，一年多光景，苏乐西安然无恙地归来，何瑞源自然喜出望外。

与苏乐西一同来的，还有一位三十多岁的洋人，长得人高马大，一头金发尤其扎眼。苏乐西介绍说这位洋人来自英吉利，名叫什么什么约翰，反正没人记得住这一长串名字。所幸这家伙取了个中国名字，叫作白浩夫。

苏乐西说，他在去西藏的途中认识了白浩夫，白浩夫生在英吉利，十多年前来到印度。两人一见如故，聊得很投机。西藏并非白浩夫的目的地，他打算借道藏南峡谷前往打箭炉，会一会清国瑞成祥商号的东家。苏乐西告诉白浩夫，瑞成祥的东家叫蒙元亨，如今并不在打箭炉，不过自己与蒙元亨是好朋友，可以帮忙引见。

别说当初何瑞源听得如堕五里雾中，就连如今行进在秦晋驿道上的蒙元亨，心中也大惑不解。一个英什么利的洋人，竟知道瑞成祥，还要千里迢迢来拜访！

赵辛雨继续说，白浩夫不大会说中国话，通过苏乐西翻译，何瑞源总算明白了，原来白浩夫也是商人，是英吉利在印度一家商号的掌柜。“对了，洋人不把商号叫商号，而叫公司。还有，洋人的掌柜叫大班。”赵辛雨说起洋人这些名堂，既感到新奇，又带着戏谑。

“他来做什么？”蒙元亨问。

赵辛雨接着讲下去：“白浩夫自称在印度时，见到从西藏流入的茶叶，包装上印着瑞成祥的记号。再一打听，得知茶叶是由打箭炉运入西藏的。白浩夫便想着与瑞成祥联络，将更多的茶叶运往印度。”

蒙元亨不自觉地摇起头，说：“印度人喜欢喝咱们的茶吗？”

赵辛雨说：“印度人喜不喜欢喝不清楚，只是听白浩夫说，英吉利人喜欢喝茶。他打算先把茶叶运到印度，再由印度装船，运回他老家英吉利。”

“装船？”蒙元亨对外面的世界十分陌生，“在归化与俄国人打交道时，从他们嘴里听说过英吉利，应当有这么个地方。只是一南一北，印度与英吉利应隔得挺远。难不成中间有条什么河，从印度流到英吉利去？”

赵辛雨说："不是河，是大海。白浩夫说，船从印度起航，要航行好长时间，驶过这个海、那个海，最后才到英吉利。"

"那就是隔得很远喽？"蒙元亨又问。

赵辛雨点头说："说有几万里路。"

"这生意怕是没法做。"蒙元亨说，"从中原到打箭炉有几千里，从打箭炉到西藏拉萨还有几千里，从拉萨到印度，估计也有几千里。最后再在海上航行几万里？做这种生意，什么时候才能见到银子！"

"何掌柜当初也是这个意思，觉得没法做。"赵辛雨说，"但那个白浩夫死缠烂打，说这是发大财的机会。还说英吉利对茶叶的需求量，将十倍于川藏之间的茶马生意的交易量。"

"洋人的话，信它作甚！"蒙元亨刚在归化吃了托里尔的亏，对洋人，尤其是洋商，几乎有一种本能的反感。

赵辛雨说："口若悬河之辈，何掌柜见得多，不会被白浩夫几句话给糊弄住。但白浩夫最后说，只要瑞成祥供应茶叶，他可以先付银子。"

"先付银子？"蒙元亨将信将疑。

"对！"赵辛雨说，"白浩夫承诺，茶叶从打箭炉起运时，即付一半银子。"

都说空口白话，没听过空口白银，人家拿出白花花的银子都不怕，自己怕什么！蒙元亨心里掂量起来，又问道："那个叫白……白什么的，能要多少茶叶？"

赵辛雨说："瑞成祥目前销往西藏的茶叶，一年大约有两万担，白浩夫说他第一批货就要这么多。"

"一批货就这么多？还给一半现银？"蒙元亨有些惊喜。

"没错，他是这么说的。"赵辛雨十分肯定。

蒙元亨骑在马上，托着下巴，说道："没准真是一笔大生意，难怪瑞源亲自回来一趟。"

赵辛雨笑着说："不光何掌柜回保宁了。"

蒙元亨赶紧问道："还有谁？苏乐西也跟着一块儿来了？"

赵辛雨答道："苏先生的确来了，还有白浩夫，他非跟着我们一块儿来。"

"他倒是很急。"蒙元亨微笑道，"无论怎么说，人家千里迢迢而来，且不论生意，待客之道总得有。"他勒住缰绳，扭头问坐在车内的父亲："要不咱们赶一赶？"

这番对话，蒙顺大致听见了，他说："你有事先去忙，不用管我。好不容易回到关中，我有些事要办。"

蒙元亨不放心，说道："你这么大年纪，一个人怎么成？"

蒙顺笑起来，道："我在关外苦寒之地一待就是那么些年，整天吃不饱穿不暖，不一样挺过来了。回到家乡，一切熟门熟路，有什么不成？"

蒙元亨又问："你究竟有什么事？我让人替你办了不成吗，非自己去？"

蒙顺摇头说："我在泾阳几十年，总有些老朋友。还有文老东家，我想去他坟前祭拜一下。"

"伯父，你去他坟前干什么？"罗兵不大理解蒙顺的想法。

蒙顺笑了笑，说："有些事，你还不大懂。文老东家虽害过我，但也有恩于我。"

如今的蒙元亨大概能明白父亲的心境，他沉默了一会儿，说："你执意要待上一阵子，就随你吧。我留下两个伙计，照顾着你。没想到我们父子团聚不久，又要分别。父亲多多珍重！"接着，他转过身，命令道："其他人跟着我，不进西安城，快马加鞭回保宁！"

2. 一幅绘制于明代的《坤舆万国全图》，在蒙元亨面前展开

蒙元亨策马南下，走米仓道，翻大巴山，一路疾行。二十多天后，暌违日久的嘉陵山水便出现在眼前。

蒙元亨没有进城，而是带着儿子应瑞先上了城郊的锦屏山。花木错杂似锦，两峰连列如屏，罗世英与蒙佩文便长眠于此山之间。当时蒙元亨身在北国，棺椁运回保宁府，一切后事只能托人料理，今日才第一次见到妻子与妹妹的坟冢。他让儿子跪拜，自己静静站立，良久无言。

当初从打箭炉回到保宁府，蒙元亨看中了城内的一块地，花重金买了下来，打算兴建宅院。此后风云骤起，索额图急召蒙元亨北上。再之后，就是乌兰布通的血雨腥风、归化城内的一波三折，建新宅的事耽搁下来。今日蒙元亨又回到老宅居住，见到宅中的一草一木，难免睹物思人。这一晚，他捧着白居易的《长恨歌》，不知读了多少遍。尤其是“归来池苑皆依旧，太液芙蓉未央柳……”这一段，真是每个字都写中了自己的痛处。

“芙蓉如面柳如眉，对此如何不泪垂。”“迟迟钟鼓初长夜，耿耿星河欲曙天。”“天长地久有时尽，此恨绵绵无绝期。”少年不识愁滋味，为赋新词强说愁。而今识尽愁滋味，蒙元亨终于读懂了《长恨歌》，却留下一生长恨，锥心刺骨。

当然，蒙元亨不是唐明皇，一个是暮气深重的帝王，一个是朝气蓬勃的商人。他明白，对亡妻的思念应藏于心底，自己还得全身心投入商场，去迎战一个

又一个惊涛骇浪。

回到保宁休息了一日，蒙元亨整理好心绪，第二日，他便来到商号，迎候老友苏乐西以及那位素未谋面的白浩夫。

何瑞源领着苏乐西与白浩夫走了进来。苏乐西还是传教士打扮，与蒙元亨热情地打着招呼。白浩夫入乡随俗，穿了一套中国普通绅士的服装：酱色土布长袍，黑底起金色团花缎面马褂，戴一顶黑呢瓜皮帽，帽子底下还晃动着一根长长的辫子。他深陷下去的蓝色眼睛、高高隆起的鼻梁，以及架在高鼻上的金边玳瑁眼镜，则表明自己来自异邦。那条长辫子，稍微留心一下，便知是假的。

白浩夫拱手作揖，问候道："久闻蒙先生大名。"

蒙元亨客气道："白先生过奖。来，请坐。"

坐下后，几人闲聊了几句。蒙元亨心里犯起嘀咕，当初听赵辛雨说白浩夫不会说中文，可今日一见，此人中文不算太差，口音里还带着一股浓浓的川味。

当蒙元亨抛出疑问后，苏乐西解释道："白浩夫真是一个语言天才。他会说英语、意大利语、印地语，来到清国一年时间，居然就能开口讲中文。他的中文是在四川学的，自然有一股辣味。"

蒙元亨竖起大拇指道："了不起！"

白浩夫笑得很腼腆，说道："把人扔到一个陌生环境里，谁都是语言天才。"仆人端上茶，白浩夫抿了一口，称赞说："贵国的茶当真沁人心脾。"

听到白浩夫点评茶，蒙元亨正好言归正传："白先生远道而来，是为了茶叶生意？"

"没错！"白浩夫放下茶杯，挺直腰板说道，"清国的茶叶远近闻名，我在印度经商时，有幸见到了瑞成祥的茶叶。此番前来，正是想与蒙先生携手，一起把贵国的茶叶销往欧洲。"

"欧洲？不是说英吉利吗？怎么换地方了？"在归化受挫令蒙元亨对洋人始终存着戒心，即便有老友苏乐西引荐，他对白浩夫也不是毫无提防。见对方说话前后矛盾，蒙元亨自以为抓到了破绽。

白浩夫先是一愣，接着说："英吉利正是在欧洲。"顿了顿，他又补充说："就好比四川在大清国。"

一旁的苏乐西说道："他说得没错。欧洲有很多国家，诸如英吉利、法兰西，还有俄国，都在欧洲。"

蒙元亨有些尴尬，看来自己地理知识匮乏，闹了个笑话。白浩夫倒主动打圆场："以瑞成祥的实力，我们两家联手，自然不会仅盯着英吉利。欧洲人口众多，我相信他们都会喜爱来自东方的茶叶。"

见有人替自己解围，蒙元亨本想顺势脱身，但转念一想，知之为知之，不知为不知，打肿脸充胖子不过掩耳盗铃而已，不如索性大方承认，甚至不耻下问。他轻咳一声，说道："不怕诸位笑话，外面的世界究竟是什么样子，我真不清楚。今日遇见高人，正好请教。照你们说，俄国也在欧洲了？"

蒙元亨的坦率令白浩夫有些意外，也让他对这位清国商人添了些好感。白浩夫答道："是的，俄国在欧洲。"

"那我有些不明白。"蒙元亨说，"若俄国与英吉利同在一洲，应相隔不远才对。我在北边时，知道俄国紧邻蒙古草原。可打箭炉与蒙古南北相距甚远，这不是南辕北辙吗？"

苏乐西与白浩夫心里虽明白，却不知怎样才能简单明了地讲清楚。还是苏乐西先开口道："英吉利与俄国相距不算远，但也不能说近。"

蒙元亨又问："这么说，欧洲很大了？"

白浩夫答道："欧洲并不大，从地图上来看，与大清国差不多吧。"

"那我更不明白了。"蒙元亨今日铁了心请教。

"是这样，"苏乐西说，"我们生活的地方其实是一个圆形的球，每个国家只是这个圆球上的一部分。无论往南还是往北，最终都会回到一个地方。"

"球？"这一下，不光蒙元亨，旁边的何瑞源、罗兵都纷纷面露惊诧之色。

这时，白浩夫站起身说："光这么讲，一时半会儿真说不清楚。所幸我给蒙先生的礼物中有一张地图，咱们把地图摊开，照着图来说。"

苏乐西顿时兴奋起来，说道："你有地图，怎么不早说？"

白浩夫携带的地图很大，将两张桌子拼在一起，才将整张图放下。"这里便是大清国！"苏乐西指着地图说道。

大清的地图，蒙元亨是见过的，他伸出手指头，说道："保宁府应该在这个位置。”

“没错。”苏乐西说。

蒙元亨再把眼光放到大清国之外，只见欧罗巴、亚细亚、地中海、大西洋、尼罗河……一个个地名那般陌生，自己闻所未闻。地图中还有注释，比如介绍南美洲一个叫伯西儿的国家时，注释写道：“伯西儿，此言苏木。此国人不作房屋，开地为穴以居，好食人肉，但食男不食女，以鸟毛织衣。”看到这一段，何瑞源与罗兵皆忍俊不禁。

蒙元亨没有笑，而是说：“这幅图如今平摊着，如果立起来，再包一下，刚好是一个圆球。方才你们说的，便是这意思吧？”

“蒙先生聪明绝顶！”白浩夫说，“在打箭炉，我也给德让土司看过这幅图，可他无论如何都弄不明白。蒙先生却一点就通。”

蒙元亨摇起头，说：“中国人素来以为天圆地方，天圆如张盖，地方如棋局。我们所处的地方，便是天下。照这幅图，天圆地方之说便站不住脚了。”

苏乐西说：“东方人认为天是圆的，地是平而方的，自己的国家就在天下的中央。但很遗憾，这个看法其实是错误的。既然世界是一个圆球，球体是无头无尾的，就没有什么所谓的中央之国。中国只是亚细亚的一部分，亚细亚也只是五大洲的一部分。”

“何以为证？”蒙元亨拉高声调，“难道就凭一幅图？找来几个画师，像这种图可以画成百上千幅。”

“有人证明过。”白浩夫说，“早在一百多年前，一位葡萄牙的船长率领船员完成了环球航行，他的经历足以证明世界就是一个圆球。”

“环球航行？”蒙元亨觉得难以置信。

“没错。”苏乐西说，“这位船长一路向西，历时三年多，最终又回到出发地。这件事在欧洲尽人皆知。”

蒙元亨彻底震惊了，一时说不出话来。隔了半晌，又听苏乐西说：“这幅地图是白浩夫从欧洲带来的，我在打箭炉见过，没想到他又带到了这里。不过，白浩夫未必知道这幅地图制于何地，出自何人之手。”

白浩夫顿时来了兴趣，问：“这幅图有何来历？”

苏乐西说："这幅图的蓝本出自利玛窦传教士之手。明朝万历年间，利玛窦来到中国，正是在中国期间，他制成了《万国图志》。此后，明朝太仆寺少卿李之藻又根据这幅《万国图志》绘制出《坤舆万国全图》。多年以后，《坤舆万国全图》才流传回欧洲。"

苏乐西又说："《坤舆万国全图》与一般欧洲人绘制的世界地图明显不同。欧洲地图是把大西洋一分为二，《坤舆万国全图》则把太平洋一分为二，如此一来，中国起码在图中居于世界中心。"

蒙元亨更讶异了，道："这幅地图竟然绘制于明代，出自传教士与朝廷官员之手？"

对于利玛窦的生平，苏乐西如数家珍，他说："万历二十九年，利玛窦进京，将地图献于明神宗。《坤舆万国全图》制成后，明神宗又下诏摹绘十二份。"

"这些事情，为何我从未听说过？"蒙元亨追问。

苏乐西耸了耸肩，说："这的确是真实的历史。为何如今人们极少提及，以至于元亨这样的饱学之辈都没听说过，我便说不清楚了。"

蒙元亨的目光始终停在地图上，口中喃喃自语："明代就有人绘制出这样的地图，这都过了近百年了，怎么……怎么……"

这时何瑞源插话道："白先生，你说茶叶在印度装船，再海运到欧洲。具体怎么走？"

白浩夫指着地图说道："茶叶可由陆路运抵印度，在阿拉伯海的一处港口装船。随后，船队起锚南下，跨越印度洋，经过非洲最南端的好望角后，即进入大西洋。在大西洋中朝北航行，便能到达英吉利。"

蒙元亨听着白浩夫的话，又端详着地图，不一会儿却摇起头，说道："白先生，这不是故意绕路吗？从地图上来看，大清的茶叶若北上运往俄国，再由俄国运到欧洲，可比海运近多了。"

"你看看，"蒙元亨指着地图的下沿，"先南下再北上，去那个什么好望角绕一圈，起码绕了上万里路。"

看着蒙元亨一脸认真的样子，白浩夫真想笑，看来清国人的地理知识简直匮乏到了极点，纵然是蒙元亨这样的人中龙凤，也会问出如此幼稚不堪的问题。不过，对蒙元亨的率真与虚心，白浩夫又抱持尊敬。比起许多不懂装懂、自以为是，甚至故步自封，将一切新鲜事物斥责为歪理邪说的大清子民，此人无疑好太多了。

白浩夫说："比起陆运，海运即便绕道，依旧便捷太多。陆地上有高山、峡谷、大河，道路崎岖不平，海上则是一马平川。就说川藏间的茶马古道吧，有些路可以走大车，有些路靠马帮，有些路需仰仗牦牛，有些路非得人挑肩扛。一路下来，货物不知要分装多少遍，遇上九拐十八弯，好几天都在一座山里打转。海运却不同，茶叶在印度装船，中途不必再费周折，船只直行即可，不会走冤枉路。"

"如此说来，大海当真是一条坦途。"想起北上蒙古、西行打箭炉的种种艰辛，蒙元亨有感而发。此刻他心中更有一丝遗憾，从小到大听无数人夸耀过大海辽阔，却从未一睹大海真容。蒙元亨长在保宁，其后辗转泾阳、蒙古、打箭炉等地，均是内陆。年少时外出游学，离大海最近的一次是到了济南府，当地人说再往东走上几日，便能看见大海，可惜最后还是与大海失之交臂。他日有机会，一定要去大海之滨极目远眺。

想到这些，蒙元亨猛然生出一股低落之情。自打投身商海，自己便立下大志，商者无疆，要做天下的生意。然而，一个连大海都没见过的人，能做天下的生意吗？更讽刺的是，在见到白浩夫带来的地图之前，自己一直以为天圆地方。

"谢谢你送的礼物，实在太珍贵了。"蒙元亨一面道谢，一面命人将地图卷起来。接着，他请白浩夫重新入座，问道："这茶叶生意，不知白先生打算如何做法？"

白浩夫说："之前我与何掌柜谈过，第一批货便要两万担。茶叶从打箭炉起运，即付一半银子。"

对方开出的是一个极其诱人的条件。蒙元亨却面无表情，说道："鄙号成立不过几年光景，毕竟比不了那些百年老店。短时间内筹措两万担茶叶，未必办不到，但也绝非易事。"

白浩夫说："我相信蒙先生，没有什么事能难倒你。"

"过奖了。"蒙元亨说，"白先生来中国有些日子了，想必听说过陕、晋、徽三大商帮。天下商人以这三家为执牛耳者，在陕西泾阳、山西太原，以及苏杭等地，比瑞成祥有实力的商号所在多有。你若采购量大，不妨与其他商号联络，我怕鄙号实力不济，耽误了先生的买卖。”

何瑞源与罗兵顿时瞪大眼睛，哪有像蒙元亨这样，将送上门的生意往外推的？白浩夫却连连摆手，道：“我千里迢迢而来，是真心诚意想与蒙先生做生意。”

“当真令在下受宠若惊。”蒙元亨拱了拱手。他端起茶杯，轻翻了两下杯盖，接着又把茶杯放下，说：“可否多问一句，白先生何以对鄙号如此垂青？”

白浩夫耸了耸肩，说：“蒙先生这样的商人真是有趣，对送上门的银子还忧心忡忡。”

“我信奉一条，”蒙元亨微笑着说，“胜败乃兵家常事，但胜败的道理不可不察。自己凭什么赚来银子？这一点务必弄清楚。若不清楚，赚来的银子迟早会加倍流出去。”

白浩夫点头道：“由这番话可知，蒙先生是一位踏踏实实的生意人。”

“真人面前不说假话，”白浩夫的中文水平的确突飞猛进，张口即来，“在大清国，比瑞成祥实力雄厚的商号或许有很多，但熟悉川藏商路的，恐怕只有瑞成祥。在我看来，筹措几万担茶叶不难，假以时日，谁都能做到。但让茶叶顺利穿越西藏，我只对瑞成祥抱有希望。”

蒙元亨将手叉在胸前，盯着白浩夫。隔了一会儿，他放开手，哈哈笑道：“白先生快人快语，说话不拐弯抹角。”

“没错！”蒙元亨说，“若论财力，三大商帮中有许多商号在瑞成祥之上，但说到川藏之间的商路，没人比我更熟悉。当初我在打箭炉待了好几年，离开后，何掌柜又一直留在当地，与藏区的富商大贾，还有那些高僧大德、土司将军，多少有点交情。”

白浩夫笑起来，说：“所以我找对了人。”

蒙元亨站起身，说：“两万担茶叶，我一定尽快筹齐。”

白浩夫高兴得拍起手来，接着又伸出右手。对白浩夫的举动，蒙元亨觉得有些怪异，一时无所适从。白浩夫意识到，清国人并不习惯西方的握手礼，自己一时高兴，把这茬忘了。他收回右手，改为抱拳作揖。苏乐西笑起来，向蒙元亨介绍了西方的握手礼。

蒙元亨说：“握手礼是你们的，我不习惯。作揖是我们的，你也不习惯。拥抱想必是咱们共同的礼节，今日谈成了一桩大生意，就拥抱一下吧。”

“好！”白浩夫上前几步，与蒙元亨拥抱在一起。

3. 不产丝的山西潞安却能织出天下三大名绸之一

白浩夫是个风风火火的人，商议好生意后，便急着回打箭炉了。蒙元亨也信守承诺，加紧筹备茶叶。

这天，蒙元亨正在商号内处理事情，一名伙计跑了进来，说道：“东家，老太爷到了。”

蒙元亨赶紧起身，匆匆往家里赶。父亲还是当年的脾气，说要回泾阳，谁也劝不住，如今招呼都不打一声，就来到保宁。

父子相见，自是激动不已。蒙元亨见蒙顺身边带着两个人，一男一女，男的四十多岁，穿着灰布长袍，瞧打扮像个读书人；女的正当及笄芳华，一张鹅蛋脸，眉清目秀，头上没有首饰，脸上不见粉黛，既有一股水灵劲，更透出难得的纯朴之气。

不待蒙元亨发问，蒙顺便介绍道：“这位曾先生是我的挚友，有名的关中大儒。这是他的女儿曾兰，出身书香门第，知书达理，还弹得一手好琴。”

曾先生名叫曾仕诚，操一口关中口音，他摆手道：“蒙老哥过奖了。一个秀才，当了几十年塾师而已，哪敢称什么大儒。”

蒙顺说：“贤弟切莫自谦。我走南闯北见过不少人，知道许多塾师都是饱学之士，就学问来说，并不比举人、进士差多少，只是命运不济、科场不顺而已。就品性来说，他们终日诵读圣贤教诲，没受外面酱缸的污染，持身清白，更不可与官场、商场中人相提并论。”

蒙顺这番话大概说到了曾仕诚心坎上，他点头道：“虽不能兼济天下，毕竟读了些圣贤书，以舌耕养家糊口，一分一文来得堂堂正正，花起来心安理得。”

既是父亲的朋友，蒙元亨自要以礼相待，他吩咐用人备餐。蒙顺却说：“饭得吃，但也要吃得合口味。这些日子托曾贤弟的福，见识了他女儿曾兰的手艺。今晚，就让小兰给我们做关中的面食。”

好久没吃关中的面食，蒙元亨真有些嘴馋，但他又说：“曾小姐来者是客，怎好麻烦人家？”

蒙顺笑着说：“我与他们不见外。”

“蒙东家不必客气，”曾兰微微一笑，露出洁白整齐的牙齿，“蒙伯伯喜欢吃我做的面食，当晚辈的高兴还来不及，哪会麻烦。”说完，她便转身出门，问用人厨房在哪儿。

当晚，蒙顺父子吃着曾兰做的面食，赞不绝口。父子俩酒量挺大，曾仕诚酒量却不行，喝了几杯便满脸泛红。蒙元亨大致看出来了，曾仕诚是一位规规矩矩的教书匠，为人有些木讷。父亲当年是文盛合大掌柜，整日结交的不是官员，便是商场巨富，不知如何与曾先生有了交情?

吃过晚饭，蒙顺又将蒙元亨叫到房内，问道：“你觉得曾先生如何？”

蒙元亨愣了一下，说：“你不是说曾先生是你的挚友吗，怎么还问我？”

蒙顺笑着说：“那是客套话。我与他认识不过个把月，感觉他书读得多，人也实诚。”

蒙元亨同意父亲的看法，问道：“既然刚认识不久，你把人家大老远请来保宁做什么？”

蒙顺坐下来，说：“当初在西安城外分手，我说有事要办，除了见一见老友，给文老东家扫墓，我心头还有件事。”顿了顿，他又说：“咱们家应瑞快六岁了，到了该读书的年纪。孩子的学业可是比天还大的事！”

蒙元亨明白了父亲的用意，说道：“还是父亲想得周全。这些年，应瑞跟着我东奔西走，遭了不少罪，到了如今这年纪，是该安心读书了。”

蒙顺说：“所以呀，我把曾先生请来，让他为应瑞启蒙。”

蒙元亨点着头，脸上却有些难色。蒙顺问：“怎么，你有顾虑？”

蒙元亨说：“应瑞学业的事我一直惦记着，前几日还去拜访了嘉山书院的山长，山长答应让应瑞去那儿念书。”

蒙顺在保宁多年，知道嘉山书院的名气，他满脸欢喜道：“能去嘉山书院，自然是好事。”

蒙元亨说：“如此一来，岂不是让曾先生跑了冤枉路？这样吧，我多备些银子，将他们父女送回泾阳。”

“别！”蒙顺赶紧摆手，“应瑞去嘉山书院念书固然不错，但家里不妨再请一位老师。学问这东西，还怕多了！”

对于下一代的教育，父子俩都异常关心。让曾先生在家里督导，也是好事一桩，蒙元亨答应道：“我明日去物色一处房子，供曾先生父女日常起居。”

蒙顺又摆手说：“另找一处房子大可不必。咱们的宅子虽老旧些，但住下他们父女二人绰绰有余。就让他俩住这儿吧，朝夕相处，正好辅导应瑞学业。”

蒙元亨思忖了一下，觉得不妥，说道：“曾小姐毕竟是姑娘家，恐怕不方便。”

“小兰好着呢！”蒙顺说，“我把她当亲闺女。都是一家人，没什么不方便。”

“对了，”蒙顺接着说，“小兰也是我请来的老师。”

蒙元亨笑起来，说：“家中有一位老师就够了，哪用得着两个。再说，也没见姑娘做老师的。”

蒙顺说：“小兰可弹得一手好琴，正好让她教应瑞琴艺。当初在保宁府时，你与佩文都拜过师，学得一手琴艺。琴棋书画，文人四友，应瑞不能比你差吧。”

见父亲坚持，蒙元亨只好说：“我明日让人收拾房间。”

“对喽！一家人又在一起了。”蒙顺欣慰地笑起来。

曾氏父女就此住了下来。应瑞与曾兰很是投缘，相处十分融洽，整日一口一个“兰姐姐”。一次，蒙顺板起脸，教训孙儿道：“应瑞，小兰是你的长辈，怎么能叫姐姐？”蒙应瑞精灵得很，立刻说道：“古人说，一日为师，终身为父。曾先生是我的老师，自然是我的父辈。兰姐姐是曾先生的女儿，就是我的平辈。”这席话说得蒙顺接不上来，只能哈哈大笑。

就在一家人其乐融融时，蒙元亨与英吉利商人白浩夫的生意也进展顺利。蒙元亨按照约定筹齐茶叶，何瑞源押运着茶叶，历时数月抵达打箭炉。虽说路上艰苦依旧，但瑞成祥经营茶马生意数载，沿途还有其他商号相帮，比起当初，已容易许多。

不久之后，何瑞源收到白浩夫的信，说除了加大茶叶采购量之外，还希望瑞成祥筹集大批丝绸，经由这条商路运往印度。何瑞源大喜过望，将这封信转回保宁府。

蒙元亨读到这封信时，正是隆冬时节。冬季四川虽不比蒙古草原天寒地冻，但那股混着湿气的阴冷也让人难熬。不过，这封信却令蒙元亨心花怒放，他围着火炉激动地转了几圈，停下脚步后，又吩咐道："去，请大哥与赵襄理过来！"

罗兵在商号内并无职务，但所有人都知道他是东家的左膀右臂。蒙元亨称呼其为大哥，下面的人叫他大爷。赵襄理则是那日在风陵渡迎候蒙元亨的赵辛雨，蒙元亨见他精明干练，把他留在了保宁总号，还提拔他为襄理。商号内自东家以下，分别为掌柜、协理、襄理，赵辛雨来瑞成祥不过四年，就做到了襄理，让不少人羡慕有加。

看完白浩夫的信，罗兵也手舞足蹈。"把丝绸生意做起来，无异于开辟了一个财源。银子不咬手，谁会嫌多！"

赵辛雨放下信，说："是桩好生意，但真要做起来，还有许多难题。"

蒙元亨问："你且说一说，有哪些难题？"

赵辛雨整理了一下思路，说："第一大难题即是货源，去年为筹集茶叶，已使出浑身解数。四川本是产茶区，邻近的陕西、两湖亦有茶叶，各省茶商多少会给些面子。"

"丝绸却不同。"赵辛雨接着说，"之前销往藏区的绸缎不多，商号对丝绸生意并不熟悉，要筹措如此多的货，绝非易事。"

蒙元亨赞同赵辛雨的分析，但还想考一考他，便说："不能因为不熟悉就不赚银子吧。只要肯出价，总能买回丝绸来。"

赵辛雨有些紧张，但很快平静下来，缓缓说道："天下有三大名绸，分别是杭缎、蜀锦、潞绸。杭缎产量最多，产自杭嘉湖一带，历来是徽商的财源。潞绸产自山西潞安，由晋商经营把持。蜀锦是咱们四川的丝绸，早在汉唐时就声名远播。不过可惜，明末战乱令四川遭受生灵涂炭之灾，蜀锦不复昔日光景。如今要买丝绸，只能从徽商与晋商手里买。”

“讲得头头是道，还说对丝绸生意不熟？”罗兵夸奖道。

赵辛雨说：“大爷抬举了，我只知道些皮毛而已。”

“山西人的确会做生意。”听了赵辛雨的话，蒙元亨有感而发，“养蚕缫丝，进而将丝织成丝绸，天下名绸有杭缎、蜀锦、潞绸，可天下名丝只有湖丝与阆茧。湖丝产自浙江，阆茧就是咱们保宁府所产，偏偏不产丝的山西潞安却能织出潞绸。”

赵辛雨说：“潞绸的原料大多取自阆茧。上点岁数的蚕农都听过一句话：东南之机，三吴、闽、越最多，取给于湖丝；西北之机，潞安最工，取给于阆茧。”

蒙元亨说：“若是蜀锦风光依旧，白浩夫要采购丝绸，大可就地筹集。可惜四川打了几十年的仗，织机没了，那些能工巧匠更不知去哪儿了。”

蒙元亨沉思了一阵子，说：“目前只有两条路，其一是去山西潞安采购，其二是去江南。”

“当然是去潞安。”赵辛雨说，“山西毕竟距四川近些，从保宁出发去西安，再到潞安，快马不过十余天。此去江南却千里之遥，三峡水道险滩暗礁甚多，未见得比翻越秦岭轻松。”

罗兵虽读书不多，但当过镖师，对地理还算熟，他赞同赵辛雨的主意，可旋即又摇头说：“近归近，事情却不好办。”

蒙元亨明白罗兵的忧虑，说道：“你是说文家？”

“没错。”罗兵说，“文家本是山西人，在晋商中一呼百应。据我所知，潞安有不少织机是文家的，此刻去找人家，人家未必会答应。”

蒙元亨眉头紧皱，说：“我不是要谁帮忙，而是要掏钱买东西。”

“要我说，这就是请人帮忙。”罗兵素来快人快语，“这几年天下没出什么乱子，大多数人吃得起饭了，市面上也繁盛起来。无论江南还是山西，都不为丝绸销路发愁。此时咱们找上门，要采购这么多丝绸，小作坊想赚银子赚不去，大户肯卖就是帮忙。”

蒙元亨沉吟了一会儿，说：“死马当成活马医，我还是给文知雪写封信，希望她能抛弃成见。另外，我再给周叔叔写封信，请他想想法子。”

“对呀！怎么把周先生忘了？”罗兵笑起来。自归化一别，周弘毅带着女儿南下扬州，重新投身商海。周家早年是扬州巨富，在徽商中素有威望，周弘毅又是做过相府谋士的人，眼界、人脉更胜当年。回到扬州短短光景，生意便做得风生水起。

“两条腿走路吧。”蒙元亨说，“如果文知雪答应，那最好不过。实在不行，只能以高价从江南购进丝绸。”

4. 事不过三，康熙要第三次御驾亲征

泾阳文家大院里，文知雪读到蒙元亨的信时，心头微微一颤。这手小楷写得真漂亮呀，笔迹也是那么熟悉。当年，蒙元亨给自己写过许多信，谈游学天下的见闻，谈胸中的理想抱负，倾诉思念之情。在信中，蒙元亨会称呼她“知雪”或“雪妹”，见字如面，其情殷殷。如今还是蒙元亨的信，称呼却变成了“文总商”。

文知雪摆出一副冷冰冰的表情，把信递出去，说：“你们都看看吧。说说有什么想法。”

屋内沉默了一会儿，已是商号协理的段运鹏开口说道：“蒙元亨开口就要采购一万匹丝绸，开价也不低。”

文知雪冷笑一声，说：“看来他最近发达了。”

段运鹏说：“摆在眼前的赚钱机会，似乎不该错过，只是……”

“只是什么！”文知桐打断段运鹏的话，“能赚银子就行，别翻过去的老皇历了。岳江南说的话没错，有钱不赚，王八蛋！我们已经当了冤大头，就别当王八蛋了。”

“胡说些什么！”尽管文知桐是大哥，身为当家人的文知雪依旧毫不客气地训斥。

文知桐不服气地道：“当初文盛分家，你非把文家压箱底的银子送给盛宇峰。如今盛宇峰与岳江南两人哥俩好，开在归化的钱庄日进斗金，咱们却过得苦哈哈。”

“又没缺着你吃喝，叫什么苦！”文知雪发起脾气来。文知桐黑着脸，却不敢顶嘴。

“大爷误会我的意思了。”段运鹏说，“我并非旧事重提，而是担心赚钱的机会未必抓得住。这么说吧，再赚钱的生意，没本钱也做不成。”

一旁的管家宋元河说道：“是呀，再好的佳肴，也得自个儿有胃口吃。”

宋元河解释道：“这些年，咱们的重心放在北边的茶叶生意上，潞安的作坊压缩了些。偏偏赶上丝绸销路旺盛，仅有的织机只能勉强应付，再供货给蒙元亨，怕是力有不逮。”

文知桐说：“只要蒙元亨肯出价，咱们可以多上些织机嘛。”

段运鹏接过话来说：“加购蚕丝，多雇工匠，还有添置织机，都得花银子。蒙元亨再出得起价，也得见着丝绸再付钱吧，之前还不得咱们先砸银子。如今商号的现银并不宽裕。”

段运鹏的话说到了点子上。商场上现金为王的道理自古如此，文盛分家后，现银大都给了盛宇峰，文知雪手头竟有些拮据。

宋元河试探着说：“若蒙元亨真有诚意，可否让他多付些订金，这样或许能周转过来。”

“不行！”文知雪断然拒绝，“我不是怕在蒙元亨那儿丢了面子，而是担心如此一来，外面就会知道咱们缺现银。”

文知雪毕竟是掌舵人，考虑得更周详。文盛分家之后，所有人都觉得，西达诚继承了文盛合的衣钵，谁家缺银子，西达诚都不会缺银子。商场上，所有人都认为你不差银子，就比金银还宝贵。反之，大伙都觉得你缺银子，就会有一堆麻烦。

听到这些，文知桐忍不住说：“外人以为文家富得流油，只有咱们知道，好多事咱们是打肿脸充胖子。祸根就是在文盛分家时种下的，还有与俄国人的茶叶生意，屡屡被人家压价，根本没赚着钱。如今知雪又学岳江南，在归化开了钱庄，照样吃力不讨好。”

对这个糊涂哥哥，文知雪一般懒得理会，但今日文知桐的话或许反映了一部分人的焦虑，身为东家，自己倒要讲个明白。文知雪说：“做生意不能鼠目寸光。与俄商的茶叶生意被压价没错，但只要打响西达诚的招牌，让俄国人喜欢上咱们的茶叶，银子终究会赚回来。这半年，托里尔加购西达诚的茶叶，就说明连他都知道，咱们的茶叶最好卖。”

文知桐并不服气，道：“茶叶价格被砍到了底，你还坚持货优量足，换作我是托里尔，也会买西达诚的茶叶。”

文知雪说：“喝茶是会上瘾的。我只担心咱们的茶口味不佳，无法让饮者上瘾，从不担心赚不到银子。”

文知雪抿了一口茶，接着说：“至于开钱庄，不是和谁斗气，而是确有商机。岳江南心术不正，眼光却毒辣得很。中俄贸易日渐繁盛，两边的商人都需要钱庄。”

文知桐摇头道：“你是眼光长远，种子都播下去了，但家里总得留点余粮吧，别整个青黄不接。”

不因人废言，文知桐“青黄不接”的提醒有道理，做生意，手头没现银可不成。对于蒙元亨信中说的事，文知雪也有了决断，她道：“商号现银不多，不能全砸进织机里，得留给更重要的生意。我会给蒙元亨回信，回绝他。”

文知桐叹了口气，说：“不知紧日子何时是个头啊！要不是靠着替西征大军筹措军粮的生意，勉强有些周转的现银，局面更不敢想象。”

文知雪瞥了哥哥一眼，让他别再说泄气话。接着，她又说：“茶叶、钱庄生意撑上一阵子，自会好起来。替西征大军筹措军粮，既能挣现银，更是军国大事。接下来有大仗要打，不能有一点疏忽。”

宋元河问：“皇上去年刚亲征噶尔丹，按说该休整一阵子，怎么又要打仗？”

文知桐噘着嘴说：“这个噶尔丹剿了好几年，怎么还没剿灭？天天打仗，何时是个头？”

文知雪说：“整日战火不断，老百姓受不了，皇上也烦了，所以才要一鼓作气。”

文知雪毕竟是帮办西征粮饷总商，知道的消息更多，她说：“噶尔丹一败于乌兰布通，二败于昭莫多，如今已是穷途末路。皇上很快又要御驾亲征，剪灭这个心腹大患。”

“御驾亲征？”段运鹏若有所思道，“当年平定三藩，南方激战了好几年，皇上可一直稳坐紫禁城。如今为了一个噶尔丹，皇上已亲征两回，怎么还有第三回？”

“事不过三。”文知雪说，“朝廷上下都铆足了劲，这次一定要剿灭噶尔丹。若三次御驾亲征还不能收获全功，怕是交代不过去。”

段运鹏脸色凝重起来，说道：“看来有一场恶战。”

文知雪说：“兵马未动，粮草先行，索相给我来信了，要我务必认真办差。大伙准备一下，隔几日便动身去归化。皇上与那么多大臣都亲赴战阵，我身为总商，也不能再待在泾阳。”

保障西征大军粮草不是一桩普通生意，所有人立刻打起精神，文知雪又吩咐了一番。离开书房时，只见段运鹏脚步沉重，连回了两次头。文知雪询问，他又摇头说没事。

隔了半个时辰，段运鹏重新走进书房。正在批阅文书的文知雪放下笔，说道：“我就看你心头有事，有什么话，坐下说吧。”

段运鹏搓着手说：“我有个主意，不知是否行得通。”

“什么主意？”文知雪问。

段运鹏说：“方才在这里，东家说了两件事，一件是筹措粮草，一件是商号现银有些紧张。其实这两件事……”他说到一半，停了下来。

文知雪说：“商号现银再紧，也不会缺收购粮草的银子。再说西征乃军国大事，户部拨银子不敢拖延，不至于让咱们垫太久。”

“我不是担心这个。”段运鹏摆手道，“我的意思是说，没准能趁这个机会赚回一大笔现银，让商号的日子好过些。”

文知雪不解道：“筹措军粮的生意做了好些年，获利多少大致能算出来，还有什么法子能赚回一大笔现银？”

段运鹏沉吟了一会儿，才说道：“除了军粮，市面上的粮食更多。”

文知雪顿时明白了，段运鹏的法子是在筹措军粮之外，另囤积一批粮食。市面上粮食少了，加之战火一起，粮价必然飞涨，到时再高价抛出。

文知雪下意识地摇头道："炒高粮价，发的是国难财。再说我是总商，更不该做这种生意。"

段运鹏说："我也知道东家菩萨心肠，但战事一开，咱们不炒，自有其他人炒，粮价一样会往上蹿。去年朝廷大军北出瀚海，与噶尔丹大战，岳江南趁机在归化做高粱霸盘，让高粱价格涨了一倍，狠狠赚了一笔。"

"说到总商，我更不服。"段运鹏说，"山陕商帮里，除了咱们，马天行老东家也是总商。这些年，马家可没少干这种生意。外面都在传，去年的高粱霸盘就是马天行与岳江南联手做的。"

"外人胡言乱语，不用理会。"文知雪脸上镇定，心头却不是滋味。

段运鹏说："囤积粮食的生意，关键就在于消息灵通。说到与索相的交情，对前方军情的掌握，谁也不如咱们，最后却让那帮家伙发财，心里真不是滋味。"

文知雪没有搭话，段运鹏又说："此番远征，朝廷志在必得，噶尔丹困兽犹斗，双方都下了血本，必是一场恶战。前方战事越激烈，后方粮价越节节攀升。"

文知雪起身在屋内踱步，缓缓说道："向蒙元亨供应丝绸原是稳赚不赔的买卖，但咱们连拿出购置织机的银子都够呛。囤积粮食，耗费的银两只会更多。"

见文知雪有些心动，段运鹏趁势说："丝绸生意回本慢，今年购了织机，赶上好年景，织上一两年方能回本。做粮食生意只需几个月时间，抓住这波行情，立刻能收到现银，因此大可以借银子。以咱们的信誉，借银子不难。"

文知雪坐回椅子上，说："借银子炒粮价，太冒险了！"

段运鹏说："若不是商号现银吃紧，我也不会想这法子。东家高瞻远瞩，茶叶、钱庄生意日后必有大成，但目前的难关总得先过去。"

段运鹏这话说中了文知雪的心事。自打文盛分家，商号现银便周转不灵，全靠自己拆东墙补西墙。茶叶、钱庄生意假以时日，必有收获，但远水不解近渴。若能发一笔意外之财，压力便小多了。但是……

文知雪依旧举棋不定，挥了挥手，说："你先出去吧，容我想一想。"

5. 如今是锦上添花，将来没准能雪中送炭

文知雪启程北上，奔赴归化，她的回信也到了保宁。见文知雪回绝了这桩生意，蒙元亨无奈地摇头。

所幸周弘毅的回信也到了，他不仅一口答应提供丝绸，还提出更大胆的设想。周弘毅说，江南丝绸销往海外，大多是与荷兰人交易，做生意讲究有备无患，若能与英吉利人搭上线，如今是锦上添花，将来没准能雪中送炭。

蒙元亨不禁感叹，荷兰人把持商路日久，多条路子彼此制衡，周叔叔所虑深远！

周弘毅又说，江南距四川遥远，长途运输耗费巨大，非长久之计。四川乃天府之国，所产阆茧精细光润，不输湖丝，当年蜀锦更是与杭缎、潞绸齐名，只是战乱让丝业凋敝。不妨从江南挑选能工巧匠远赴巴蜀，教导川人重操旧业。江南巧手与川中阆茧珠联璧合，或能重振蜀锦。信末，周弘毅还说，自己与蒙家渊源深厚，他日保宁的丝绸作坊，也希望两家携手经营。

蒙元亨拍案叫绝，自己怎么没想出这等法子？授人以鱼不如授人以渔，复兴蜀锦远比去江南采购划算。周弘毅提出携手经营，乃商场上再正常不过的条件，自己当然不会介意。

收到信后，蒙元亨茅塞顿开，晚上回到家，与父亲蒙顺又聊到此事。蒙顺也说周弘毅乃商界奇才，前些年被耽搁了，如今龙入大海，必能搅动风云。

父子俩正聊着，窗外传来一阵琴音。这琴弹得真好，蒙元亨初听便觉惊艳，再细听，整个人几乎入迷。琴音曼妙，时而像保宁府外嘉陵山水的雾岚，绵绵

的、悠悠的；时而像薄暮时光关中黄土地上升起的炊烟，婷婷的、袅袅的；时而又像初夏季节塞北草原上吹过的和风，暖暖的、熏熏的……闻音生情，蒙元亨竟觉得有人在撩拨自己的心弦。

蒙顺一脸诧异，问道："莫不是应瑞在弹奏？"

蒙元亨笑着摇头，说："这岂是一个小孩能弹奏出的？再说这几日嘉山书院没有讲学，曾先生带着应瑞外出郊游，不在家中。"

"瞧我这记性。"蒙顺点着头说，"曾先生与应瑞不在家，那定是小兰在弹奏。"

"应当是她。"蒙元亨也想到了曾兰。

"走，我们一起去看看。"蒙顺提议道。

父子俩来到曾兰屋门口。琴音骤停，曾兰走了出来，欠身行礼道："一个人闲来无事，弹奏几曲。琴艺粗劣，搅了二位的雅兴。"

蒙元亨说："你太客气了，这琴弹得当真好，听得我入迷了。"

曾兰客气道："蒙东家谬赞。"

蒙顺立刻纠正道："小兰，我都说多少回了，咱们是一家人，叫蒙大哥便是。"

"是。"曾兰答应道。

蒙顺哈哈大笑，说："古人云，凡音之起，由人心生也。又说情动于中，故形于声，声成文，谓之音。我看你俩可算知音了。"

"不敢。"曾兰脸上露出羞涩之意。

"既是知音，不如合上一曲。"蒙顺说，"你俩四手联弹，让我饱饱耳福，可好？"

曾兰没有说话，蒙元亨推辞道："我这琴艺，怎敢与小兰合奏！"

蒙顺坚持说："一家人在一起，弹琴助兴，有什么敢不敢的。"

蒙元亨只好答应。三人走进屋内，蒙元亨撩起袍子，坐到琴旁，问："父亲想听什么曲子？"

"《凤求凰》吧。"蒙顺说道。

曾兰脸庞通红，蒙元亨连连摆手，说道："父亲喝多了，弹什么《凤求凰》，我看就弹一曲《春江花月夜》。”

曾兰附和道：“听蒙大哥的。”两人就此弹奏起来。或许是第一次联弹，两人配合不算默契。

接下来的一段日子，蒙元亨用心打理丝绸生意。商号里顺风顺水，家中却遇到了麻烦事。这几日，他索性没回家，推说生意忙，住在商号里。吃过午饭，蒙元亨原本打算小憩，结果父亲找来了，身旁还跟着蒙应瑞。

见儿子眼睛泛红，似乎刚哭过，蒙元亨问道：“怎么了？”

蒙应瑞哇的一声又哭起来：“兰姐姐要走了。”

蒙元亨并不意外，“嗯”了一声。蒙应瑞哭得更伤心了：“我问兰姐姐为何要走，她说没脸待在这儿。”

“别哭了！”蒙元亨板起脸，“这是大人的事，你一个小孩别掺和。”

“他怎么就不能掺和？”蒙顺开口道，“人家小兰照顾应瑞无微不至，两人处得甚为融洽。应瑞这些年受了多少苦，好不容易有个疼他的人，却留不住。”

蒙元亨闷坐了一会儿，说：“没人要她走嘛。”

“这话你也好意思说！”蒙顺显然是动怒了，“小兰虽不是大户人家的姑娘，却也是书香门第出身，要的就是一个脸面。你这么做，人家怎么留下来？”

“我又没做什么，都是你自作主张。”蒙元亨罕见地责怪起父亲。

蒙顺更来气了，道：“我自作主张，还不是为了你！”

父子俩争执的，正是前几日之事。蒙顺以家长身份正式向曾仕诚提亲，希望蒙元亨与曾兰喜结连理。曾仕诚说要问一问女儿的意见，隔了几日，回话说曾兰答应了。蒙顺喜不自禁，为了这一天，自己可谋划了好一阵子。

父子在归化重逢后，眼见蒙元亨思念亡妻，心事重重，蒙顺焦虑不已。儿子还年轻，事业更如日中天，身旁太需要一个体贴他的人。

蒙顺回到泾阳，见过曾兰后，欢喜不已。这姑娘知书达理，家世清白，他日或能成为蒙家的好儿媳。不过，蒙顺也知儿子用情至深，贸然提出续弦，恐适得其反。思虑再三，他只得用心安排一番。先带着曾氏父女南下，既为应瑞寻了好师傅，又让元亨与曾兰朝夕相处。再以传授琴艺为由，让曾兰照顾应瑞，自己还能从旁观察。曾兰日后不仅是蒙元亨夫人，更是应瑞继母，两人是否相处融洽，是蒙顺无比关心的事。

一切都照着蒙顺的设想进行，曾仕诚尽心辅导应瑞学业，蒙元亨与曾兰琴声唱和，俨然成了知音。更令他喜出望外的是，曾兰照顾应瑞体贴入微，孩子简直离不开这位“兰姐姐”。

自以为水到渠成，蒙顺便向曾家提亲，接着又把这个既成事实摆到蒙元亨面前。殊不料蒙元亨坚决反对，说自己无续弦打算，他待曾兰如妹妹一般，并没有男女之情。

蒙顺碰了一鼻子灰，生性腼腆内向的曾兰更觉得没脸待下去。蒙顺又气又急，与蒙元亨吵了好几回架，今天又带着应瑞来兴师问罪。

蒙顺气呼呼地说：“走吧，咱们都走！小兰走了，曾先生也留不住，我也回泾阳去！”

蒙应瑞还小，其他事不懂，一听爷爷也要走，便哭得更伤心。蒙元亨不好对父亲发火，就拿孩子出气：“都说别哭了，还哭什么！”

听见爷孙三人杠上，罗兵推开房门，走了进来。他抱起应瑞说：“小子，有啥好哭的。有舅舅在，谁也不会欺负你。”罗兵又唤来一个伙计，让他陪少爷出去玩。待应瑞走远，罗兵合上房门，说：“都说家和万事兴，家里乌烟瘴气，生意还怎么做？尽管世英不在了，但我们还是一家人，有些话我得说。”

罗兵沉吟了一会儿，说道：“蒙叔叔，今天这事你做得欠妥。应瑞一个小孩懂什么，你把他带来，不是添乱吗？再说了，世英是我妹子，也是应瑞亲娘，一个小屁孩哭着嚷着叫亲爹给自己找后妈，我这个当舅舅的看着，心里也不是个滋味。”

“罗兵，你……你……”蒙顺一张脸煞白，但话到了嘴边，又咽了回去。为了让蒙元亨续弦，蒙顺真是操碎了心。前几日，他找了罗兵，希望罗兵能劝一劝蒙元亨。罗兵本是答应的，可这会儿怎么责怪起自己？

“别急，我话还没说完呢。”罗兵接着说，“让应瑞搅和这事，我以为不妥，但元亨应当找个伴，这事没错。”

一听这话，蒙顺提到嗓子眼的心终于落了回去。罗兵长吁一口气，说：“世英是个古道热肠之人，好交朋友，爱打抱不平。但说到男女之情，她这辈子只爱过元亨。”

罗兵说起妹妹，语调伤感。“自风陵渡相识，她与元亨一见钟情，后来远赴漠北，南下保宁，两人一直不离不弃。直到在乌兰布通，世英原本能活下来，可她硬是拿自个儿的命去救元亨。”

一桩桩往事，哪一桩不刻骨铭心？蒙元亨默默听着，蒙顺也为之动容，叹道：“世英这女娃子不容易，咱蒙家亏欠她呀！”

“自打嫁给元亨，她就是蒙家人，有啥亏欠不亏欠的。”罗兵说，“她一个女人家，心里惦记的只有元亨与孩子。生时惦记，死了也惦记！她盼着这两个人平平安安，只有他们好，她心里才能踏实。”

罗兵又说：“一个大男人，身边没个女人照顾可不行。应瑞这孩子年纪小，更得有人体贴关照。这些日子，我也在观察曾兰，这丫头本性纯良，尤其是对应瑞一片真心。元亨娶了她，我这个舅舅不担心应瑞受欺负。”

“罗兵的话说到我心坎上了。”蒙顺捶着大腿，说道，“元亨，你就算不为自己考虑，总得替应瑞着想吧。”

蒙元亨摇了摇头，道：“我当真无心此事。”

“元亨，”罗兵加重语气，“我是世英的娘家人，最懂世英心思。她肯为你去死，就是想让你过得好。如今你一个人孤零零的，整天除了生意还是生意，连个说知心话的人都没有，这叫过得好吗？”

罗兵接着说：“如今你发达了，惦记你银子的女人多的是，有些整日挖空心思在你跟前搔首弄姿。那些个狐狸精，我看着就难受。当然了，你洁身自好，还没同她们搅和到一起。但咱们都是男人，保不准哪天不小心栽进去。真有那么一天，我替应瑞担心，更为妹子害臊。如今难得有曾兰这么好的姑娘，让她照顾你，呵护应瑞，大伙心里踏实。”

听着罗兵那句“咱们都是男人”，气头上的蒙顺竟想笑。他忍住没笑，依旧板着脸，说道：“罗兵话糙理不糙。你才三十出头，总得找女人。蒙家正室夫人的位置可不是什么人都能坐的，让那些心机太重的女人进家门，就是祸害一大家人。你早日明媒正娶曾兰，正好断了一些人的非分之想。”

“有些事急不得，你们不要这般苦苦相逼。”蒙元亨仍在推辞，但语气似有松动。

蒙顺深知打铁趁热的道理，说道：“不是我们逼你，而是小兰就要走了。她这一走，可真追不回来了。”

“小兰不能走，”罗兵说道，“无论如何得留下她。”

“这事就这样定了。”罗兵直接说道，“下个月，大伙来喝喜酒。大婚之后，元亨、曾兰、应瑞，还有我，咱们一起去给世英扫墓，让她放心。”

“我也去。”蒙顺说，“扫墓时叫上我，我这个做长辈的该好好给世英上几炷香。”

“你们，你们……”见蒙顺与罗兵一唱一和就把事情敲定了，蒙元亨显得很无奈，但终究没再激烈反对。

第四章

高粱霸盘

1. 文知雪为五百斤的巨银取名“没奈何”

蒙元亨与曾兰的婚事就这样定下来了。蒙元亨打算一切从简，蒙顺却不同意，他说这桩婚事本是续弦，搞得太寒酸，对不起曾兰。蒙元亨拗不过父亲，只得答应。

婚礼的事自有人张罗，这天，蒙元亨回到家中，捧起书正要读，便听见敲门声。用人打开门，穿着传教士袍子的苏乐西走了进来，手上拿着蒙元亨与曾兰大婚的请柬。自打陪白浩夫来到保宁，在蒙元亨的挽留下，苏乐西便住了下来。

一见面，苏乐西便拱手道：“恭贺！”

蒙元亨笑着说：“到时记得来喝杯喜酒哟！”

苏乐西耸了耸肩，说：“我今日正是来辞行的。我要出趟远门，恐怕等不到你大喜之日了。”

蒙元亨说：“我知道先生云游四海，在一个地方待不久。但你真要走，也得等喝了喜酒再走。”

苏乐西说：“咱们是相交多年的朋友，我也想沾一沾喜气，无奈事情太急，得立刻动身。”

“什么事？”蒙元亨问，“你要去打箭炉还是泾阳？”

“都不是。”苏乐西答道，“这一趟北上归化。”

“去归化？做什么？”蒙元亨追问。

苏乐西说：“昨日收到知雪的信，说有桩急事，让我看到信后立刻动身。”

“究竟什么事？”蒙元亨问得更急。

苏乐西做出无奈的表情，说道："信中没说，我也不得而知。"

不知为何，蒙元亨心中有一股不祥的预感。他缓缓说道："苏先生有事，我也不便久留。我让伙计准备快马，你路上用得着。"

苏乐西起身告辞，蒙元亨呆坐在椅子上，良久才反应过来。此刻他的思绪不禁飞到千里之外的北国，文知雪到底有什么事……

大约五个月前，文知雪从泾阳出发，一路疾行抵达归化。大战在即，作为清军粮草转运基地，归化也笼罩在一股紧张的气氛中，街道上不时有军马飞驰而过，城外驻扎着几十座军营，运送粮草的车队一眼望不到头。

文知雪身为总商，第一桩要紧的事便是协办大军粮草。一到归化，她便马不停蹄地巡视城内仓房，还与朝廷派来的官吏核对账本。第一批粮草起运之后，压在文知雪肩上的担子总算轻了些。这一天，文知雪将归化西达诚钱庄的掌柜找来，询问钱庄的经营近况。

掌柜姓乔，是文家的山西祁县老乡。乔掌柜先表了一番功劳，讲自己如何兢兢业业地打理钱庄，接着又叫起苦来，说岳江南开的汇鑫钱庄，背后有盛宇峰的银子，气势咄咄逼人。

段运鹏听后，不满道："就你这点出息，难怪比不过人家！"

乔掌柜苦笑道："段协理教训的是。但钱庄生意不比其他，谁底子厚，谁就占得先机。比起岳江南，咱们原本就吃亏。"

文知雪开口道："乔掌柜说的这些难处我知道，但让你当掌柜，就是要你排忧解难。叫苦不必了，说说接下来的打算吧。"

乔掌柜说："西达诚虽现银吃紧，但这块牌子，外面还是认的，这也是汇鑫钱庄所不及之处。咱们稳扎稳打，三年内当能与汇鑫并驾齐驱，五年之后或可后来居上。"

"当然，"乔掌柜又说，"要达成目标，还得请东家拨些银子来。只要现银充足，何惧岳江南！"

文知雪瞟了乔掌柜一眼，笑了起来，说："说着说着，怎么又叫苦了？拨不拨银子是东家的事，甭管有多少银子，都把生意打理得井井有条，才是称职的掌柜。”

乔掌柜面有惭色，说道：“是我办事不力。”

“你是忠厚之人，我不愿苛责。”文知雪说，“银子我日后会拨来，如今却没有。但我有个点子，或许能帮上你。”

“什么点子？”乔掌柜满是期待。

文知雪说：“你方才说，钱庄生意比的是谁家底子厚。这话没错，但也有例外。”她站起身，在房内踱步。“做生意是赚别人的银子，但凭什么能赚？就凭替别人排忧解难。如今南来北往的商人把银子放进钱庄，图的是方便。咱们能否动些脑子，让存银子的人再方便些？”

“比方说吧，”文知雪又说，“来归化做生意的人，只是把银子暂存钱庄，日后终究要运回故乡。咱们不妨考虑周到些，帮人家运银子。”

乔掌柜原本满怀期待，听后却皱起眉头，说道：“替客人运银子的主意，岳江南早就想出来了。”

文知雪说：“没错，这点子是岳江南第一个想出的，其他钱庄也在学。但是，有样学样可不成，终究要有自己的绝活。”

“这可难呀！”乔掌柜叹道，“钱庄统一为客人找镖局运银子，比起商人们单独运，已便宜了不少。岳江南想出这招后，钱庄生意火得不行。后来岳江南又加码，承诺镖局运一千两银子，钱庄自掏腰包补贴十两。如此一来，客人运银子的开销更低了。”

文知雪笑了笑，说：“岳江南贴运费给镖局，你怎么不去学？”

乔掌柜摇着头说：“岳江南的做法是砸银子拉客人，仗的是财大气粗。咱们手头现银紧，怎敢硬拼？”

“怎么不敢！”文知雪坐回椅子上。

乔掌柜欣喜地问：“东家要给钱庄拨银子了？”

“别高兴，没银子拨给你。”文知雪说。

“没银子怎么去贴给镖局？”乔掌柜一脸疑惑。

文知雪说：“前几天，我去巡视仓房，顺道看了熔铸厂。之所以会有钱庄生意，原因就在于各地银两成色、制式不同，交易起来不方便。将银两放进钱庄，由熔铸厂炼成统一的白银，再用这些白银做买卖，就方便多了。”

文知雪接着说：“在熔铸厂，我问师傅们铸过最重的银子有多重，有人说是十两，有人说是五十两，还有说一百两的。我又问他们，假若铸五百斤的银子，能行不？”

乔掌柜更迷惑了，说：“铸五百斤的银子干吗？搬都搬不动，拿到市面上更没法用。”

“瞧你这脑袋！”段运鹏说道，“你都说出来了，这银子既搬不动，更没法用，难道就不会再往下想想？”

乔掌柜想了半天，仍摇头。段运鹏说：“假若把这五百斤的巨银从归化运回山西，路上会发生什么事？”

乔掌柜终于恍然大悟，道：“这银子搬不动，用不了，路上的劫匪也没奈何。这样一来，连镖局也不要，运费自然降下来。”

段运鹏说：“像这样的巨银，只能用特制的大车运。土匪窝里没有熔铸厂，他们抢去也没啥用。”

乔掌柜拍掌道：“先在归化铸出巨银，运回山西后，再熔成一般银两。这银子只在咱们手里有用处，其他人真是没奈何。”

文知雪点头说：“这几天，我一直想给五百斤重的银子取个名字，方才听乔掌柜说了两次‘没奈何’，我看就叫‘没奈何’吧。”

段运鹏与乔掌柜哈哈大笑，道：“这名字好！”一边笑着，乔掌柜一边打趣道：“有了东家的奇思妙想，归化城的镖局可以关门了。”

文知雪闻言，脸色为之一变，说：“我担心的正是这个。”顿了顿，她又说：“一桩生意，光自己发财，却让别人关门，恐非长久之计。镖局都关门了，不是逼着人家落草为寇吗？土匪越来越多，五百斤的银子也未必保险。”

段运鹏收起笑容，说：“凡事不要做绝，给别人一条路走，也是给自己留退路。”

“你有什么主意？”文知雪问。

被文知雪一问，段运鹏真冒出个主意，他道：“有了‘没奈何’，咱们不用镖局沿途护送，运费省了不少。但顾及镖局的活路，咱们不妨还是掏点银子，镖局不用出人，只需让咱们挂他们的旗子。”

文知雪立刻明白了段运鹏的意思，说：“虽不用一路护送，但仍可给镖局一些银子，咱们的车上仍挂镖局的旗子。有了这面旗子，路上毕竟方便些。真有什么事，也可请镖局出面解决。”

段运鹏说：“咱们即便掏些银子，也可比从前省不少。镖局不用劳师动众，出面旗子便可坐地收钱，也不会损失多少。”

“这主意不错，就这样办。”文知雪当即决定。

三人继续聊着钱庄生意，这时有一个伙计进来禀报道：“东家，外面有人找。”

段运鹏问：“谁呀？”

“是……是……”伙计结结巴巴。

文知雪厉声问道：“究竟是谁？”

伙计说：“是盛东家，哦不，是盛宇峰。”

文知雪坐直身子，说：“过去盛宇峰是咱们东家，如今他还是其他商号的东家，你叫盛东家没错，不必改口。”接着，她又低头盯着账簿，说道：“请他稍候吧，我忙完再见他。”

盛宇峰在外面枯坐了半个时辰，文知雪才出来。两人相见，表情有些尴尬，最后还是盛宇峰先开口道：“近来还好吧？”

“还好。”文知雪说，“盛大哥，你呢？”

“还行。”盛宇峰撇了撇嘴，说，“你虽把我撵了出去，但给了不少银子，生活过得去。”

“那就好。盛……”话说到一半，文知雪突然改口，“如今咱们各自有生意，我还是叫你盛东家吧。盛东家今日登门，有何指教？”

“非弄得这般生疏吗？”盛宇峰冷冷一笑。

“好吧，我有话直说。”见文知雪不愿回答自己的问题，盛宇峰叹了口气，说道，“近来归化的高粱价格飞涨，是何道理？”

文知雪心头一紧，脸上却很平静，说道：“大战在即，后方物价涨一些，不足为奇。”

盛宇峰哈哈大笑，笑声中透出一丝阴冷。笑完，他双目瞪住文知雪，说道：“这么多年了，知雪妹妹还当我是三岁小孩吗？”

文知雪并未躲闪盛宇峰的目光，她缓缓说道：“刚才说了，咱们不宜再互称兄妹。盛东家有什么话直说便是，谁也不敢拿你当小孩。”

“我倒要请教文总商。”盛宇峰的目光咄咄逼人，“几个月来，一直有人在市面上收购高粱，据称这伙人都操着山西口音。”

“是吗？”文知雪说，“归化的晋商很多，凭口音这一条，很难说明什么。”

“更奇怪的是，”盛宇峰又说，“被高价收购的高粱有些竟囤在官仓。若非总商默许，谁有这么大胆子？”

文知雪心中一惊！唉，机关算尽，到头来仍百密一疏，被人抓住了把柄。当初在泾阳，段运鹏献上高粱霸盘之计，文知雪虽不情愿，但想着商号现银吃紧，唯有高粱霸盘生意获利最快，几番权衡之后，她勉强答应了。文知雪顾虑自己的总商身份，许多事都假他人之手，不想这囤货的仓房却露出了马脚。

文知雪故作镇静，说：“大战在即，民生困苦，囤积居奇已是发不义之财，若有人胆敢用官仓囤货，自当严查。”

盛宇峰似笑非笑，说：“这话说得漂亮，只是别自个儿都不信。”

“我再说一次，”文知雪已决定硬撑下去，“囤积高粱乃发不义之财，本商号绝没参与。”

盛宇峰笑了笑，说：“尽管文总商不肯以诚相待，我仍愿开诚布公。”他端起茶抿了一口，接着说道：“战火纷飞，物价飞涨，对有眼光的商人来说，却商机无限。真人面前不说假话，前几次归化城中的高粱霸盘，岳江南与我都参与了，还赚了不少银子。”

“你干吗告诉我这些？”文知雪问得漫不经心。

盛宇峰加重语气道：“都在一条船上，何必遮遮掩掩。不管你认不认，我都清楚，文总商手下的人正在囤积高粱，与我们干着同样的勾当。”

文知雪沉吟了一会儿，说：“是岳江南让你来的吧？”

盛宇峰点头说：“正是。”

文知雪浅浅一笑，说："真想不到，如今你们哥俩好。"

盛宇峰说："人在江湖，多个朋友没什么不好。"

文知雪把茶杯端在手上，说："他让你来，究竟是什么意思？"

盛宇峰说："咱们已在一条船上，不妨一起划桨。"

"怎么个一起划法？"文知雪问。

盛宇峰说："高粱霸盘讲究的是低买高卖，最怕不齐心。最近你们囤积高粱，把价格炒高了不少，害得我们花了许多冤枉银子。日后抛售时，若再竞相杀价，损失就更大了。既然都是求财，何妨联手来做？"

"你变了。"文知雪看着盛宇峰，叹了口气。

盛宇峰两手一摊，说："人每时每刻都在变。"

文知雪摇着头说："从前的盛宇峰，绝不会为银子求人。今日的你，张口闭口都是银子。你与岳江南混在一起，变得与他一样，眼中只有银子，没有是非。"

盛宇峰带着怒气道："这一切都是被人逼出来的！我本将心向明月……"

"不要说了！"文知雪打断盛宇峰，"过去的事，我不想提了。今日你来了，我有两句话送给你。"

"请说。"盛宇峰斜着头。

文知雪说："第一句，囤积居奇之事，一概与我无关。"

盛宇峰显得很失望，说："咱们之间弄这么假，有意思吗？"

"假不假的，我只能这么说。"文知雪说，"还有第二句，别跟岳江南搅和在一起，此人心术不正，你跟着他，必吃大亏。想一想乌兰布通吧，他对自己老婆都下得去手，何况他人？"

说完之后，文知雪拉高语调，补上一句："后一句绝对发自肺腑。"

2. 高粱霸盘的生意，关键在一个霸字

汇鑫钱庄的后堂内，岳江南、盛宇峰与苏定河围坐在一起。盛宇峰说完与文知雪面谈之事，岳江南摇头冷笑，苏定河忍不住骂道："给脸不要脸的婆娘！"

见盛宇峰狠狠瞪了苏定河一眼，岳江南赶紧劝道："老苏，咱们不是第一回同文知雪打交道，不必这么激动。"

屋里沉寂了一会儿，苏定河重新开口道："大路朝天，各走一边，不与文知雪联手，高粱霸盘一样能做。"

"说得有道理。"盛宇峰大概觉得刚才的举动不太礼貌，想借着这声附和来弥补一下。

岳江南举着烟杆，摇起头说："高粱霸盘的生意，关键在一个霸字。开头霸住货源，后面方能霸住价钱。过去就是靠这个霸字，咱们才赚回了银子。如今文知雪挤进来，互相杀价在所难免。失了这个霸字，买卖就是另一种做法。"

"今时不同往日。"苏定河说，"文知雪的底细，别人不清楚，咱们可知道。别看她排场不小，兜里的现银没准不多。她砸这么多银子收购高粱，我敢肯定，她是举债而为。真和文知雪干一场，鹿死谁手还未可知。"

"不可！"岳江南摆手道，"咱们的目的是赚银子，不是和谁斗个你死我活。若斗垮了文知雪有银子赚，大战一场无妨；若损人不利己，没必要节外生枝。"

岳江南又说："这番道理，我想文知雪也明白。她纵然不愿联手，也断不会贸然开战。一旦两家掐起来，高粱霸盘立刻成了高粱崩盘。"

“也只能这样了，彼此心照不宣吧。”苏定河叹了口气，“虽说有个搅局者，但只要这个局还在，银子就有的赚。”

“这个局自然在，而且比前几回场面更大。”盛宇峰说，“此番远征，朝廷调动数十万人马，筹集的粮草、器械不计其数，注定是一场惨烈无比的大战。”

岳江南笑着说：“大战好呀，大战之下才有大行情。前方战况越激烈，高粱行情炒得越高。”

盛宇峰分析道：“皇上御驾亲征，不获全胜，哪有面子班师？噶尔丹命悬一线，怎么也得拼一下。就说那些打归化城经过的士卒，哪个不是打算拼命？”

“宇峰说到朝廷大军经过归化，我正好想到一件事。”苏定河说，“乌日乐已到城外，我与他见过一面。恶战在即，他也是提心吊胆。老岳，你要不要见见他？”

“乌日乐到了，你怎么不说一声？我与他是多年的老朋友，自然要聚一聚。”岳江南表面热情，心里却在咒骂，只盼老天开眼，这场恶仗中，最好把乌日乐打死！

岳江南与乌日乐，原本就是以利相交。妻子蒙佩文的死，更令岳江南耿耿于怀。无论怎么说，妻子是惨死在乌日乐刀下，这笔账记在乌日乐头上，绝错不了。乌兰布通一战之后，乌日乐跟随清军打过几场恶仗，但敛财的本性丝毫未改，不仅在战场上大肆搜刮，见归化钱庄生意红火，还死皮赖脸非要入伙。

若是噶尔丹的弯刀长了眼睛，最好一刀剁了乌日乐，既替蒙佩文报了仇，从此更不必同谁分银子，当真一举两得！

正是怀着这种让对方不得好死的愿望，岳江南坐进归化城中的一家酒馆，与乌日乐来了一场老友相聚欢。

岳江南、苏定河、盛宇峰在酒馆等了半个时辰，乌日乐姗姗来迟，嘴里还骂骂咧咧。苏定河问出了什么事，乌日乐说出了原委。昨晚，乌日乐手下的军士酒后轮奸了一个黄花闺女，乌日乐得知后，训斥了几句，也没往心里去。在他看来，此番西征是硬仗，将士们把脑壳别在裤腰带上，搞一个婆娘算多大点事？这种事在他队伍中经常发生，最多花点银子摆平，若是地方官不依不饶，以他的脾气，真敢把队伍拉到官府门口。

不承想，昨晚被糟蹋的女子不是一般人，人家的伯父是清军大帅费扬古的幕僚。这下事情就闹大了，领头的士兵被拉出去砍头，其余人挨了军棍。

“大战在即，为一个婆娘寒了弟兄们的心，这仗还他妈怎么打！”乌日乐越说越火大，一巴掌拍在桌上。

苏定河问：“这女的长得咋样？那么多兄弟都瞄上她了？”

乌日乐呸了一声，说：“奶子都还没长好，脸上还有几颗麻子。换作是我，一点兴趣都提不起来。我也搞不懂这帮兔崽子是咋想的，难不成真是当兵三年不见女，硬把母猪当貂蝉？”

乌日乐这一说，桌上笑起来。笑声中，苏定河内心感慨，乌日乐真是饱汉不知饿汉饥，自己倚红偎翠，饱食终日，哪知弟兄们的憋屈。盛宇峰则想起了一首曲：“兴，百姓苦；亡，百姓苦。”大军征伐，王图霸业，受苦的始终是老百姓。岳江南则想到了另一层：这世上哪有什么公平，连个被糟蹋的女子都分三六九等，她若不是摊上有权势的伯父，当真连喊冤的地方都没有。

吞下几杯酒，苏定河问：“将军何时开拔？”

乌日乐面色凝重，道：“很快，就在这两三日吧。”

“这么快？”岳江南说。

乌日乐摇着头，情绪低落。“这次让老子打先锋，自然走得急。”

“好事嘛！”盛宇峰想恭维乌日乐几句，“能打先锋的，都是深得主帅信任的。乌日乐将军此战功成，他日必加官晋爵。”

“好个屁！”乌日乐摔下筷子，骂道，“这仗打得稀奇，被派去当先锋的，全是像老子这样姥姥不疼舅舅不爱的。平时被克扣粮饷、军械，现在却要往前冲。那些牛气哄哄的八旗兵，全他妈缩在后头！”

“怎么会这样？”岳江南知道，乌日乐是降将，在清军中战力平平，让他突前，实在令人诧异。他接着说：“历次西征，都是铁帽子王麾下的八旗军打头阵，其他人还没机会。”

乌日乐的脸色更难看了。“这次不比以往，此战将是惊天动地的生死决战。上面的意思是要咱们这些老弱残兵当炮灰，先耗掉噶尔丹的火力。”

岳江南“哦”了一声，看似脸色沉重，其实心里乐开了花。乌日乐真去当炮灰，那才遂了自己的心愿。这一战，灭了噶尔丹，宰了乌日乐，正儿八经双喜临门。

苏定河给乌日乐夹了一筷子菜，说：“将军足智多谋，心思活泛得很，这一回就没想着动点脑筋，再打一场聪明仗？”

乌日乐又是一阵长吁短叹，说：“前头是狼，后头是虎。若是在前头耍小聪明，八旗军的红衣大炮第一个轰的就是我。”

“唉，早知今日……”乌日乐话说到一半，自个儿打住了。他虽满腹苦楚，但形势所迫，吐苦水也得担心隔墙有耳。

盛宇峰举起酒杯，说：“将军福大命大，必会吉星高照。”

乌日乐满饮一杯，又拉着岳江南的手说：“是福不是祸，是祸躲不过，上阵厮杀，生死交给老天爷。只是我万一回不来，妻儿老小还望岳东家关照。尤其是我的那些银子，全放在你的钱庄里与高粱生意上。”

岳江南心中窃喜，脸上却异常严肃，说道：“将军切莫这么说，等你回来，咱们还在这儿畅饮。至于银子的事，这么多年了，你还不放心吗？”

“好！够朋友！”乌日乐再敬岳江南一杯。

岳江南吞下酒，登时一股暖流从喉咙进入胃里，全身上下说不出地舒坦。

3. 一代枭雄暴毙阵前

旌旗蔽日，万马奔腾，康熙亲率大军踏上西征之路。在西北荒原升腾起的战火硝烟，一时笼罩在整个大清帝国头顶上。所有人都翘首期盼西征捷报，归化城中的高粱价格更节节上蹿。

这天，岳江南上午在钱庄清理账目，下午又去高粱仓房巡视，直到傍晚时分，他才约上盛宇峰一同听小曲。自中俄通商，归化市面日益景气，持续数年的西北战事又给作为粮草转运中枢的归化带来一种畸形的繁华。西去东归的大军，南来北往的客商，让归化的客栈、酒肆生意火爆，连江南的歌姬也不远千里北上，靠着吹拉弹唱在这座边陲之城谋一份生计。

城西的酒肆里刚来了一个苏州唱班，岳江南经常光顾这里，借着丝竹之音寄托思乡之情。今晚唱的是昆曲《吴越春秋》，讲述的是范蠡与西施的爱情故事。岳江南尤其爱听这曲子，在他看来，范蠡不仅是春秋时期的名臣，更堪称中华商人的鼻祖，千古巨富与旷世佳人缠绵悱恻的爱情故事，怎能不令自己这个商场后辈动容？他一边听着，一边轻抖烟杆，合着韵律。

一名伙计走了进来，在岳江南耳旁说了几句。岳江南旋即脸色一变，起身离座。原本兴致颇高的盛宇峰也跟了出去，问道："出什么事了？"

岳江南脚步匆匆，说："乌日乐那边有信使过来，说是有十万火急之事。咱们立刻赶回商号。"

回去的路上，两人面色沉重。盛宇峰托着下巴说："照时间来算，西征大军应当还没与噶尔丹接上火，此时能有什么急事？"

“莫非……”盛宇峰欲言又止。

“莫非什么？”岳江南追问。

盛宇峰说：“那日在归化，乌日乐忧心忡忡，莫不是他的话一语成谶？”

“你说他死了？”岳江南这般指望着，但一想又觉得不对，“如你所说，朝廷大军还没与噶尔丹遭遇。仗都没打，不至于死人吧。”

盛宇峰说：“战场形势瞬息万变，咱们可料不准。没准噶尔丹派出奇兵偷袭，或是在什么地方设伏。”

岳江南点了点头，他真盼着盛宇峰的预言成真。两人回到商号，见门口拴着三匹马，因为跑了远路，每匹马都虚脱到不行，眼睛通红，像是充了血。

走进里屋，只见一个穿着土布袍子、寻常百姓打扮的人正在大口喝水。苏定河引荐道：“这位兄弟就是乌日乐将军派来的。”

岳江南问：“为何就你一人？”

信使说：“就我一人呀，哪里不对？”

岳江南说：“门口拴着三匹马，我以为来了好几个弟兄。”

“别提了！”信使摆着手说，“人就我一个，马一开始有六匹。将军严令我路上不准休息，哪怕把六匹马全跑死，也要尽速赶到归化。还好，从科布多到归化，上千里路，只累死了三匹马。”

所有人闻言心头一紧，岳江南问：“信呢？”

信使说：“没有书信。事关重大，将军让我记下之后转述给各位。”

“快说！”众人的心绷得更紧。

信使猛灌一口水，接着说出了一件十万火急之事。众人听后，无不大惊失色。屋内沉寂了好一阵子，岳江南才把烟杆摔在桌上，狠狠骂道：“谁叫你这时候死！”

信使所说之事，当时知之者甚少，不过后世史书中却有详尽记载。康熙三十六年，清军层层设围，将噶尔丹困在科布多一带。昔日草原上一呼百应的天之骄子，此刻已穷途末路。

康熙率军过黄河后，又派了两名准噶尔降将去往噶尔丹帐中，既是好言劝降，也是下达最后通牒：“限尔七十日内还报，如过此期，朕必进兵矣。”强烈的自尊心让噶尔丹毫不犹豫地中断了这次会面，他让人传话，说麾下十万雄师正列阵以迎清军，要在科布多血战到底。

然而实际上，噶尔丹哪还有十万雄师？久历战阵的他深知，自己的残兵败将一旦遭遇清廷的虎狼之军，立刻就有灭顶之灾。忧心如焚的他病倒了。更令人意想不到的是，就在发病当晚，杀伐决断、野心勃勃的一代枭雄走完了自己五十三年的人生旅程。

关于噶尔丹之死，有人说是暴毙，有人说是服毒自尽，但这些已不重要。总之，以噶尔丹为首的准噶尔军事集团，在大清帝国的强大攻势面前，终于土崩瓦解。噶尔丹死后，部属夜焚其尸。接着，几个亲信以及噶尔丹之女率残部降清。

身为清军前锋，整日忧心忡忡，以为将拼死一战的乌日乐在第一时间掌握了敌营动向。当噶尔丹残部前来乞降时，他唯恐有诈，还命军士严阵以待。后来确信噶尔丹已死，乌日乐终于松了一口气。欣喜若狂的他以福将自居，这一趟被当炮灰，没想到阴差阳错抢了头功。

但高兴了没多久，乌日乐又锁上愁眉。人们囤积高粱，不就是担心战火波及，噶尔丹垮得如此快，后方高粱行情岂不是会崩得很惨，尤其这高粱霸盘里还有自家银子。

胆大妄为的乌日乐竟把准噶尔乞降的消息扣了整整两天，只推说事关重大，自己不敢有丝毫疏忽，需反复确认无误，方能奏报上峰。另一面，他派信使飞马驰往归化，将这个消息通报给岳江南，让其早做处置。

岳江南听完信使的话，先是埋怨噶尔丹不争气，接着立刻拍板道：“往外抛高粱，一刻也不能耽误！”

“是得赶紧抛货。”苏定河附和说，“咱们千算万算，没算到噶尔丹就这么死了。乌日乐把噶尔丹的死讯压了两天，再加上飞马报信争取的时间，咱们最多比外人早十五天知道消息。十五天后，这个消息就会在归化传开。到时，囤在手里的高粱想抛也抛不掉了。”

岳江南点上烟，皱着眉，又说：“手里的货得立刻抛，不过明早不妨吃进一批高粱。”

盛宇峰犯糊涂了，说："不是说抛货吗，干吗还吃进？"

岳江南抽了一口烟，缓缓吐出来，说道："《孙子兵法》里有一句话：故能而示之不能，用而示之不用，近而示之远，远而示之近。也就是说，大军要进击，不妨摆出撤退姿态；大军要撤退了，也可先攻击一番。"

苏定河点头说："没错！咱们抢着吃货，引得其他人跟进，到时才好抛。"

岳江南思忖了一下，说："咱们手里的高粱那么多，真要抛出去，寻常百姓想接也接不住。只能先把行情炒起来，让其他商户跟着抢货，咱们才能脱身。"

岳江南一说其他商户，苏定河与盛宇峰就都想到了文知雪。苏定河说："形势千钧一发。其他人得知消息，大约在十五天后，文知雪可不一样，她是总商，又和索额图走得近，怎么着十天之内也能听到风声。也就是说，留给咱们的时间只有十天。"

"这十天，每一刻对我们来说都性命攸关。"岳江南神情凝重，开始与苏定河商讨起接下来的行动步骤。

"这不是把文知雪往火坑里推嘛！"沉默许久的盛宇峰突然冒出一句话。岳江南与苏定河的商讨戛然而止，两人面面相觑。

今日事发突然，岳、苏二人只顾着自救逃生，却忘了盛宇峰与文知雪的纠葛。怎么着，这小子难不成情花毒发作，又要犯浑？苏定河大声说道："宇峰，你这话什么意思？难不成要给那婆娘通风报信？你别忘了当初她是怎么把你撵出来的！"

盛宇峰每每听苏定河骂文知雪"婆娘"，就觉得无比刺耳。今日他终于冒火了："老苏，你一把年纪的人，能不能积点口德！文知雪是把我撵出来了，但也给了我银子。没有这笔银子，咱们的钱庄生意还不知道在哪儿呢！"

苏定河急得跳脚，道："你要是敢把消息透出去，别怪老子不客气！"

盛宇峰彻底被激怒了，站起身吼道："你能把我怎么样?！"

岳江南赶紧劝道："都是自己人，别伤了和气。"他抖了抖烟灰，对苏定河说："老苏，你消消火，先出去一下，我有话同宇峰说。"

苏定河摔门而出，口里骂道："这个蠢蛋迟早把我们都害了！"

屋里只剩下两个人，岳江南拍了拍盛宇峰的肩膀，说："别同老苏一般见识。这家伙年轻时出去寻花问柳，弄了一身病，害得老苏家在他这里断了根，从此他便恨上了全天下的女人。这些年他一门心思做生意，整个人早掉进钱眼里了，哪里懂什么风花雪月、男女之情。”

岳江南重新点燃一袋烟，继续说道：“我知道你的心思。当初文知雪那般绝情，你岂会没有怨恨，但毕竟是爱了多年的女人，怎忍心痛下杀手？”

“岳兄懂我。”无论真情假意，岳江南的话都说到了盛宇峰的心坎上，他仿佛找到了知音，“文知雪待我虽无情，却有义。要我推她进火坑，我心里不是滋味。”

“宇峰呀宇峰，这些年你过得太苦了。”岳江南叹道，“如今你不能再让自己这么苦下去，得狠下心做一个了断。”

盛宇峰说：“你也劝我以大局为重，不用在乎文知雪？”

“误会了。”岳江南说，“我自认也是一个用情至深之人，我心里明白得很，世上哪有什么利刃能斩断情丝。我是劝你毕其功于一役，有情人终成眷属。”

盛宇峰疑惑地看着岳江南，说：“你让我把消息透给文知雪？”

岳江南摇头说：“你把消息放出去，她自然会感激你，却未必会嫁给你。”

“你到底什么意思？”盛宇峰追问。

岳江南缓缓说道：“情到深处，就得兵行险着。噶尔丹已死的消息，你绝不能透出去，还得让文知雪误以为前方战况激烈，大量吃进高粱。等她觉察出不对时，你还得加码，让全归化的人都知道她在高粱霸盘生意上栽了跟头。到时，必会有人去钱庄挤兑，文知雪拿不出银子，文家多年的基业就将毁于一旦。”

故意隐瞒已是推人进火坑，放消息让人去钱庄挤兑，简直是要把事情做绝。盛宇峰盯着岳江南，过了半晌才说：“这是干什么？非把她逼上死路？”

岳江南笑了笑，说：“一个人只有被逼上死路，才明白回头是岸的道理。”

“到那时，文知雪命悬一线。”岳江南拉高声调道，“钱庄一垮，她的那些茶叶、丝绸、棉布生意全得跟着遭殃。文家几代人的心血就将断送在文知雪手中。而你是唯一能拯救她的人，只要你拿出银子，帮她渡过危机，她的商号就能撑下去。”

“当初文盛分家，以后成了一家人，文盛合可以再立起来嘛。”岳江南呵呵笑起来。

盛宇峰沉默了一会儿，摇头说：“这一招太损了吧。”

“宇峰老弟为何如此迂腐？”岳江南做出一副痛心疾首的样子，“都说美女爱英雄，知道什么是英雄吗？量小非君子，无毒不丈夫。这些年，你对文家小姐掏心掏肺，为什么得不到人家的芳心？就是因为少了一股英雄气。”

岳江南又说：“你看看人家蒙元亨，他可是活活把文知雪的老爹整死了。当初在泾阳，为了给文善达下套，他居然把文知雪当成一颗棋子。那才真叫一个狠呀！可结果呢？文知雪偏偏对这种人念念不忘。”

盛宇峰陷入了痛苦的挣扎，他哭丧着脸说：“这样岂不是乘人之危，逼着人家嫁给我？”

“这不正是你朝思暮想、求之不得的？”岳江南说，“试问，你不乘人之危，能娶到文知雪吗？”

“知雪性子硬，不会轻易服软。”盛宇峰的话已暴露了自己的心思。

岳江南微微一笑，心想已大功告成。他慢悠悠地说：“乘人之危能否管用，关键看危到什么地步。所以呀，你得好好帮我，让文知雪多吃进高粱。她手里囤的高粱越多，你的胜算才越大。”

“我能做什么？”盛宇峰问。

岳江南收敛起笑容，眼中射出阴冷的光，说道：“你再去找文知雪，厚着脸皮重提合作之事。”

岳江南的算盘，盛宇峰自然清楚。文知雪早已拒绝合作，再去人家也不会答应。此举只不过是为了让文知雪消除戒心，加之岳江南摆出抢购高粱的架势，文知雪势必会跟进。所有一切，几乎都是泾阳棉花大战的翻版，只不过与岳江南联手的人变成了盛宇峰，文家的当家人也不再是文善达。

盛宇峰点了点头，他的心中有不忍，有苦涩，有怨恨，有怜惜，更有憧憬……

4. 要救人于水火，就得先让人陷入水深火热之中

苏定河说，不出十日，文知雪就会得知噶尔丹败亡的消息。这实在低估了文知雪。到了第八日，文知雪便已接获消息，西征大军不战而收全功。

但无论如何，毕竟晚了八天。战场上，八天之间早已天翻地覆；商场上，八天时间更足以令一代大商陷入绝境。文知雪猛然发觉，成千上万斤高粱压在手上，行情崩盘在即，自己中了别人的计。

此刻大多数人尚不知噶尔丹的死讯，仍以为西北战事进行得如火如荼。趁着最后的机会，文知雪还想玩一把击鼓传花，把烫手山芋扔出去，找个更倒霉的下家接盘。盛宇峰却不肯给她这个机会，他要救人于水火，就得先让人陷入水深火热之中。

岳江南的高粱抛出之后，盛宇峰立刻放出噶尔丹败亡的消息，归化顿时举城狂欢，庆贺朝廷荡平巨寇，高粱行情也随之雪崩。紧接着，文知雪做高粱霸盘血本无归，西达诚危在旦夕的消息不胫而走。那些将银子放在西达诚钱庄的人，还有借银子给文家的人，无不提心吊胆，挤兑瞬间即至。

此刻的文知雪哪还掏得出现银！挤兑风潮愈演愈烈，已到了不可收拾的地步。不过几日工夫，西达诚钱庄的招牌便被砸了个稀巴烂，文知雪被堵在院子里，连门都出不去。

这一日，段运鹏在外面应付了几个债主，好不容易抽出身来，又拖着沉重的步子来到文知雪的书房。

文知雪见他额头上有一块淤青，问道：“怎么，他们竟动手了？”

“没事。”段运鹏说道。

“还说没事，快坐下。”文知雪一面拉段运鹏坐下，一面吩咐丫鬟拿药水。

段运鹏一时激动，竟拉住文知雪的手说：“千错万错都是我的错，当初我就不该提出做高粱霸盘的法子。你怎么责罚我都行！”说完，段运鹏意识到失态，赶紧将手松开。

文知雪微微一怔，接着苦笑道：“商号出事自是东家担责，轮不到一个协理来扛。高粱霸盘是我决定做的，怨不得旁人。”

文知雪从丫鬟手中接过药水，给段运鹏擦伤处。擦完之后，她说：“你不必担心，咱们家底厚实，绝不会被这点小钱难住，只不过现银周转碰上些麻烦，挺一挺便会过去。”

处变不惊，激励士气，自是东家应有之姿。但文知雪的心思，并不全如对底下人宣扬的那般。她十分清楚，商号实力雄厚，真把家底掏出来，不仅能弥补高粱霸盘的亏空，应付挤兑风潮也绰绰有余。但是，商场上最在乎现银，掏不出银子，那么没钱就是没钱，过不去的坎就是过不去的坎。古今中外的商人，一旦现金断流，就只能死在当下。

表面镇定的文知雪，连日来其实处在极度焦虑与恐惧中。她十分清楚，商号正面临生死大考。

文知雪与段运鹏正说着，外面传来嘈杂之声。声音越来越近，房门被撞开。一眼扫去，只见盛宇峰闯了进来。丫鬟们跟进来，忙不迭说道：“我们说了不让他进来，他却不听。”

文知雪挥了挥手，道：“你们退下吧。盛东家要来，你们拦不住。”

盛宇峰抖了抖袖子，关切地问：“知雪，你怎么样？听说局面不大好？”

“少在这里惺惺作态！”文知雪没有答话，段运鹏却忍不住吼道，“商号有今日，不正是拜你所赐。前几日，你三番五次登门，说什么联手合作，实则是在使诈。”

“别说了。”文知雪淡淡地说，“无论别人如何放饵，只要自己上钩了，那便是学艺不精。”

“你这么说，当真叫我无地自容。”盛宇峰摇头一叹。

丫鬟们退出去，宋元河听闻动静，走了进来。以盛宇峰的公子哥脾气，他从前对这位年长的老管家谈不上有多尊重，今日却换了个样子，殷勤招呼道："宋叔叔，您的身子骨还是那么硬朗。"

宋元河走近，拍了拍盛宇峰的肩膀，坐到椅子上，说："论身份，咱们尊卑有别；论年纪，你叫我一声叔叔，我还当得起。既然你把我当长辈，今日我就倚老卖老一回。"

盛宇峰笑着说："我与知雪都是您看着长大的，您有什么话就说，咱们听着呢。"

"那我就啰唆几句。"宋元河点了点头，"你父亲盛寺山与知雪的父亲文善达情同手足，这才有了文盛合。文盛相合，财源广进，自此成就山陕商帮的一段佳话。正所谓天下大势，分久必合，合久必分，商场上分分合合也正常，但无论如何，做人得讲良心。"

宋元河又说："文盛分家时，是有一些风风雨雨。我私下对知雪说过，毕竟是一家人，这么对宇峰，是否太过分。但知雪有她的一番苦心，况且文家压箱底的现银都给了你。为这事，其他人不是没意见，知雪硬是顶住了，还与知桐拌过几次嘴。这些日子文家现银周转不畅，根子实则是在那时埋下的。知雪从没说什么，所有事情她一人承担起来。"

"但回头看看，你做事对得起良心吗？"宋元河话锋一转，"明知高粱行情要崩了，你一声不吭也就罢了，还伙同岳江南一起下套，故意把咱们往死里整。你对得起文盛两家几十年的交情吗？对得起知雪给你那么多白花花的银子吗？"

盛宇峰脸上红一阵白一阵，头不自觉地低了些。这样对文家，当真是要被人戳脊梁骨的。但是，他心想：这么做，我愿意吗？别说什么文盛两家是世交，就说对面的知雪妹妹吧，我哪天不是含在口里怕化了，捧在手里怕摔了，如此冷酷地对待心爱之人，我就好受？

若是以往，盛宇峰没准会羞愧难当，灰溜溜地走人。但今日盛宇峰却提醒自己，事已至此，不能再有丝毫心软。若是退缩，那就会前功尽弃。为了心爱的文知雪，只能把事做绝。旁人怎么看，哪怕用最不堪的字眼骂自己，都不必在乎。

盛宇峰平复了一下情绪，强挤出一丝笑容，说："宋叔叔说得好，文盛就是一家人。当初知雪给我那么多银子，这份情义我记着呢。如今知雪有难，我不是来了吗，需要多少银子，说句话便是。”

宋元河狐疑地看着盛宇峰，说：“此话当真？”

盛宇峰说：“现在都什么时候了，哪有心思开玩笑。”

宋元河说：“要渡过目前的难关，起码得准备六万两银子。”

盛宇峰答得很干脆：“没问题。”

沉默许久的文知雪终于开口了：“没有白给的银子。你有什么条件，直说吧。”

“条件就一个。”盛宇峰说，“正如宋叔叔所言，天下大势，分久必合，合久必分。文盛两家原本就不应分开，如今更到了复合的日子。两家重新聚到一起，我的银子就是你们的，哪分什么彼此。”

宋元河问：“你是说重建文盛合？”

盛宇峰说：“文盛合自然要重建，但仅此还不够。我与知雪年纪不小了，正可结秦晋之好。”

此话一出，宋元河惊诧地看着盛宇峰，半晌说不出话。隔了好一阵，宋元河才举起手，指着对方道：“你竟然在此刻逼婚！”

“老宋，这不是逼婚。”盛宇峰说，“我与知雪两情相悦，原本就是众人皆知的事，借此机会成婚，没什么不好。当年文盛相合成就了山陕商帮的一段佳话，如今两家后人结为连理，自是顺理成章。”

“放屁！畜生！”一旁的段运鹏突然像一头暴怒的狮子，破口大骂起来。他一边骂着，一边揪住盛宇峰的领口，挥出两记拳头。所有人都没料到段运鹏竟会动粗，盛宇峰猝不及防，额头与鼻梁上结结实实地挨了两拳，鼻血淌了出来。

情急之下，盛宇峰顺手抓起桌上的茶壶，朝段运鹏砸过去。段运鹏原是身材瘦弱、文质彬彬之人，可今日不知哪来的力气，竟一掌劈烂茶壶，手上顿时涌出血来。他全然不顾手上的伤，攥紧拳头又扑过去。

“别打了！”文知雪一巴掌拍在桌上。宋元河上前拉开了两人。

段运鹏依旧青筋暴起，怒目圆睁。盛宇峰抹了抹鼻孔下的血，冷笑两声，说道：“流这点血算什么！这些年来，我心里无时无刻不在流血。现在挨几拳，总好过日复一日的煎熬。”

盛宇峰的情绪愈发激动，大吼起来：“打呀，接着打呀！为了知雪，打死我，我也认了。”

盛宇峰又走到文知雪面前，说：“知雪，我心里只有你，为了你，我什么都不怕。这些年来，我对你百依百顺，到头来得到了什么？走到今天这一步，也是没办法。我是吃了秤砣铁了心，一条道走到黑了！”

文知雪微微抬起头，语气出奇地冷淡：“你究竟想怎么样？”

盛宇峰不自觉地闪躲了一下文知雪的眼神，接着壮起胆子直视对方，说道：“我想怎么样，你心里清楚。三天之内，务必给我一个答复。只要你答应，银子自会运到钱庄门口。”

“我要是不答应呢？”文知雪说。

“你可以不答应，我也不必掏银子。那就让文家几代人的家业毁在你手上吧！”盛宇峰对文知雪用了威胁的语气，这还是平生第一次。

“宇峰，你怎么变成了这样？你的良心让狗吃了吗？”宋元河忍不住骂道。

盛宇峰摇了摇头，说：“你不懂。问世间情为何物，直教人生死相许。”

宋元河痛心疾首，眼睛都有些泛红，说道：“你这样做，就能得到知雪的心吗？”

盛宇峰哼了一声，说：“纵然得到她的人，得不到她的心，也总比两头都落空要好。”

“你走吧。”文知雪站起身，缓缓说道。

盛宇峰还想说什么，文知雪打断了他：“不是说三天之内给你答复吗，让我考虑考虑。”

5. 答应盛宇峰，不过委屈文知雪一人；让岳江南得逞，就是让家族蒙羞

文知雪坐在镜子前，梳妆的丫鬟立在一旁。“一梳梳到尾，二梳白发齐眉，三梳儿孙满地。”丫鬟梳着头，口中还念念有词。接着是放铳、放炮仗，大红灯笼开路，沿途一路吹吹打打。一对新人来到堂屋，司仪高声喊道：“拜高堂！”坐在椅子上的高堂竟是文善达，父亲脸上冷如冰霜，看不到一丝喜气。

文知雪心中一惊：父亲，你怎么来了？她再仔细瞧去，父亲的面孔有些扭曲，眼睛里布满血丝，嘴角、鼻孔都在渗血，一如当年死时的模样。“爹！”文知雪忍不住唤了一声。一切顿时烟消云散……

这是在做梦吗？半躺着的文知雪扭了扭脖子。不对呀，此刻还是下午，况且自己并未入睡。但是，哪有什么新人拜堂，方才那一幕幕情境分明都是虚幻的。

她又看了看面前的托盘与油灯，顿时明白了：芙蓉膏真是好东西，能让人飘飘欲仙，直入幻境。

文知雪继续斜躺着，手指捏住针尖来回搅动一块胶状物。随着搅动，胶状物的颜色慢慢变化，从深棕色转成茶色。就当它快要变硬的时候，文知雪把它裹在一根针上，再取来一个陶瓷器具。器具有一茶勺那么大的圆口，中间削了个洞出来。她把针上的胶状物塞进洞里，任那胶体迅速变硬成形。

文知雪此刻正在吸食芙蓉膏。所谓芙蓉膏，即是鸦片。明末清初，中国吸食鸦片之人已不少。那时的人还未将鸦片视作毒品，只当成令人玩物丧志的奢侈品。但凡清白之家，既不屑于沾上那玩意，更消费不起。商帮中人财大气粗，有

些东家老爷与公子小姐偶尔要吸上几口，甚至还攀比炫富。文善达对芙蓉膏深恶痛绝，自己从不吸食，还立下规矩，商号上下但凡有吸食者，即刻除名。在生命的最后几年里，文善达身子骨十分虚弱，有人劝他吸一吸芙蓉膏，没准会好受些，却遭他厉声呵斥。

文知雪接掌商号后，千斤重担压在她肩上，精神长期处于焦虑中。一次偶然的机会，她吸了几口芙蓉膏，顿觉神清气爽。但她不敢忘记父亲的训诫，只是躲着人偷偷吸，不让下人们知道。

但今日，文知雪没打算顾及太多。就在午后，她在书房里备好烟具，堂而皇之地吸起来。她拿起一截打磨过的竹竿，竹竿一头有个大圆洞，镶着银色雕纹，然后把陶瓷器具固定在圆洞里，竹竿另一头喂进嘴里。文知雪手持竹竿，让圆洞处悬在油灯的火苗上，深深地吸了一口……

烟雾缭绕中，文知雪又回到了大婚之时。烛光闪烁，有人掀开自己的盖头。文知雪害羞地低下头，浅浅地笑了笑。对面的人轻声唤道："知雪。"文知雪抬起头，看见了一张模糊的脸庞。她叫了声"蒙大哥"，忽然，脸庞变得清晰起来……

烟雾越来越淡，文知雪从幻境中醒来。她苦笑着摇头，幻境终究是幻境，永远无法成真。回头下望人寰处，不见长安见尘雾。

房门被推开，宋元河走了进来。他被烟雾刺激，下意识地捂住了鼻子，再一看文知雪身旁的油灯、烟枪，不禁一惊，道："东家，你……你怎么……"

文知雪今日在书房吸食芙蓉膏，本就不想再避讳，她伸了个懒腰，说："困乏得很，吸几口提个神。"

宋元河知道芙蓉膏不是好东西，本想劝文知雪戒掉，但话到嘴边又咽了回去，只是叹了一声，说："我知道东家难，但再难也得挺住呀！"

文知雪站起身，问道："钱庄那边怎么样了？"

宋元河一副欲言又止的样子，文知雪摇了摇头，说："其实何须多问，如今有银子一切好说，没银子谁也无力回天。"

宋元河说："这几日我与小段找了不少人，可都借不出银子来。"

文知雪坐到椅子上，说："在商言商，换作别家是这光景，我也不会借银子。”

“你也不必太忧心，办法总会有……”宋元河说。

“没时间了。”文知雪打断了老管家的话，“如今这局面，顶多再撑个四五天。若没有银子，不仅归化的钱庄会垮，还会殃及太原、泾阳、兰州的商号。”

房间里顿时陷入沉寂。隔了一会儿，宋元河挥了挥手，说：“烟味太重，我把窗子打开透透气吧。”

文知雪不置可否，窗子一开，一股冷风吹进来，她不禁打了个寒战。文知雪披上衣服，缓缓说道：“如今能拿出银子的，是不是只有盛宇峰？”

宋元河一怔，说道：“无论如何，你都不该委屈自己。”

文知雪微闭眼睛，说：“不委屈自己，又能怎样？”

“咱们还不到山穷水尽的时候。”宋元河说。

“你有什么法子？”文知雪问。

宋元河说：“当初老东家临走时，给了我一万两银子。那时文盛合风雨飘摇，这银子是他老人家硬抠出来的。”顿了顿，他又说：“这件事谁也不知道。老东家交代，若文盛合救不活，我便拿着这银子照顾好你和知桐。后来，东家力挽狂澜，文盛合凤凰涅槃，这事我便没提过。”

文知雪望着宋元河，脑海中浮现出父亲文善达的样子。他是叱咤风云的一代大商，更是一位心疼孩子的慈父，即将撒手人寰，还在为儿女考虑。

宋元河说：“一万两银子虽说救不了商号，但足够让一家人衣食无忧，所以我说东家不必委屈自己，大不了买卖不做了，当个寻常地主老财，快快活活过日子。”

沉吟片刻，文知雪说：“盛宇峰给出三日之限，今天是最后一天吧。”

宋元河说：“那小子的鬼话，不必理会。”

文知雪苦笑了一下，挥手道：“你出去吧。”

房内只剩下文知雪一人，她忍不住又把托盘端过来，点燃了油灯。然而，她的手触碰到烟枪，又不自觉地缩了回去。唉，幻境终究是幻境，现实再残酷，也必须去面对。文知雪吹熄了油灯，让自己的头脑保持清醒。

文知雪正襟危坐，又一次思索起应对之策。但很快，她绝望了。如今这局面，已无力回天，哪还有什么应对之策！

“爹，女儿对不起你！”文知雪长叹一声，脑海中浮现出父亲的音容笑貌。父亲是个大人物，所有人都见识过他硬汉的一面，但只有文知雪知晓这位硬汉心中的柔情。他无微不至地照顾病榻上的妻子，尽心呵护儿女。甚至到了生命的最后时刻，在愤懑与屈辱中挣扎，他心中放不下的仍是一双儿女……

父亲临终时的话语在文知雪脑中挥之不去。父亲说，若非形势所迫，绝不愿把自己推到台前。但为了文盛合，为了文家的列祖列宗，只能委屈自己了。

“爹，我受点委屈没什么，是女儿不孝，让您受委屈了！”这是文知雪心底的嘶喊。若非自己为情所困，文盛合或许不会败得那么惨，父亲也不会撒手人寰。

商号是父亲的心血，将商号发扬光大是父亲的遗愿。为了父亲，自己还有什么不能做？若商号毁在自己手里，有何脸面见列祖列宗？当初为了儿女私情，已经害了父亲，如今再不肯挥剑斩情丝，当真辜负了父亲的殷殷期许。

在这一刻，文知雪认为自己懂得了父亲。当初构陷蒙顺，父亲难道不委屈吗？但为了商号，个人的委屈算得了什么！

泪水挂在脸庞上，很快变得冰冷。文知雪心中开始计算，若拒绝盛宇峰，就是回绝掉白花花的银子，钱庄就完了，整个商号也完了。不难想象，岳江南正等着自己垮掉，到时他就能将归化的钱庄、茶庄尽数收入囊中。可怜文家几代人付出心血，却为一个南蛮子作嫁衣。“姓岳的，你想得美！”文知雪目光阴森，面色如灰。

无论怎么说，盛宇峰总比岳江南好太多。答应盛宇峰，不过委屈文知雪一人；让岳江南得逞，就是让家族蒙羞。文知雪的泪水止住了，与泪水一样被止住的还有情感的波澜。儿女情长已不重要，救回商号才是当务之急。

夜幕降临，对于未来，文知雪已有主意，但她心底却有说不出的悲凉。她没有食欲，只是点燃油灯，举起了烟枪。父亲曾说，那些吸食芙蓉膏成瘾的人被称为烟鬼，最被人瞧不起。文知雪摇了摇头，心想：想必我变了，变成了我从前最瞧不起的那类人。

6. 岳江南左右逢源，靠的是挟洋自重，如今洋人却成了泥菩萨

在文知雪幻境中出现过的婚礼场景终于成为现实。没有欢天喜地的热闹，倒是有些冷清。屋内连个大红喜字也没贴，只高挂一个十字架。从保宁府风尘仆仆而来的苏乐西主持了这场婚礼。

文知雪说自己已入洋教，婚礼就得按照教徒的习俗来办，还指定让苏乐西千里迢迢赶来主持。盛宇峰虽不乐意，最终也答应了。仪式非常简单，除了苏乐西与一对新人，只有几位至亲在场见证。

仪式结束后，文知雪与盛宇峰回到房内。内心的成就感冲淡了盛宇峰对这场寒碜婚礼的不满，他痴痴地看着文知雪，眼神中透着说不出的激动。

“盛东家……”文知雪先开口了。

“知雪，”盛宇峰打断道，“咱们都成婚了，别叫我东家。还像以前一样，叫我盛大哥，好吗？”

文知雪愣了一下，说：“以后就叫你宇峰吧。”

“好啊！”盛宇峰点了点头。

“宇峰，你知道我为何执意要请苏先生来？”文知雪问。

盛宇峰淡淡一笑，说：“多年老友，请他来沾沾喜气自是应该。”

文知雪摇头道：“你没说实话。”

盛宇峰沉吟了一会儿，说：“有些实话我不愿说，你既想听，那我姑且说了吧。你请苏乐西来，搞个什么教会婚礼，大概是存心寒碜我，不想把这桩喜事办

得风风光光。”

“但我不在乎。”盛宇峰又说，“我对你如何，苍天知道。你是我唯一挚爱的女子，往后也是我的妻子，我会呵护你、照顾你，哪怕豁出这条命。”

文知雪仍摇头，道：“结婚是两个人的事，那些繁文缛节我的确不喜欢，但请苏先生来，绝不是为了寒碜谁。”

“那是为何？”盛宇峰问。

文知雪说：“苏先生将传播上帝福音视作毕生志业，按咱们的话说，他是能驱除邪魅的得道高人。我请他来，是想让他帮一帮你，赶走你心中的魔鬼。”

“荒谬！”盛宇峰脸色一沉，但旋即又挤出一丝笑容来，“你对我有误会，这不怪你。时间会冲淡一切，再冰冷的雪，也会被真情融化。”

文知雪冷冷一笑，说：“没想到苏先生到了归化，却把我说了一通。他说心中有魔鬼的何止盛宇峰，文知雪的魂魄也被魔鬼偷走了。”

文知雪说的是实情，苏乐西到了归化，得知事情原委后，毫不客气地批评了文知雪一通，说她不应委曲求全。苏乐西得知文知雪吸食芙蓉膏后，更是怒不可遏，说一个教徒抽鸦片，简直是亵渎神灵。

说到这些，文知雪的表情无比怅然。盛宇峰低着头，默默无语。新婚之夜，哪还有一丁点喜庆……

此时此刻，在归化城中的一家酒馆内，段运鹏已不知灌了多少酒下肚。他原本喝酒上脸，今日却一反常态，面色卡白。见一壶酒见了底，他高喊道：“小二，上酒！”

“别喝了。”不见小二上前，头发花白的宋元河却走了过来。

“怎么是你？”段运鹏问道。

宋元河拍了拍段运鹏的肩膀，说：“东家让我来看看你，她担心你出事。”

段运鹏鼻子有些泛酸，说：“东家……东家今夜不是洞房花烛吗，干吗还管我？”

宋元河摇头叹息道：“我不知道他俩这洞房花烛夜究竟如何过。”

段运鹏一拳砸在胸口上，竟哭了起来。“是我对不起东家，当初不做那狗屁高粱霸盘，就不会有今天！”

宋元河让段运鹏别喝，自己却拿过酒壶，猛灌了一口酒，说：“说这些都没用。有些事就是命中注定的，人力岂可左右？”

段运鹏哭得更伤心了，愤愤骂道：“盛宇峰这个王八蛋！”

宋元河又喝了一口酒，说：“东家有东家的命，咱们有咱们的命。谁都得认命，命里有的始终会有，命里没的一味强求，只会害人害己。”

宋元河放下酒壶，语重心长地说：“我与你父亲当年是好哥们，这些话我对他说过，可惜他没听进去，但愿你能听懂，不要重蹈覆辙。”

“多谢宋叔父，我知道自己的命。”段运鹏低下头。唉，心底最深处的秘密还是被宋元河窥见了。这也难怪，宋元河见过多少大风大浪，什么事能瞒过他。不知从何时起，段运鹏对文知雪有了一种特殊的情愫，他也说不清这是穷小子对富家千金的仰慕，是弟弟对姐姐的依恋，还是癞蛤蟆对天鹅的单相思。正因如此，看着文知雪嫁给盛宇峰，自己才会痛彻心扉。但宋元河说得对，东家是东家，伙计是伙计，两者泾渭分明，东家可以宽厚以待伙计，伙计却不能有一丝非分之想。

宋元河又说：“事到如今，也别去埋怨盛宇峰了。这小子是干了缺德事，但不管怎么说，他深爱着知雪，日后大概不会做出对知雪不利的事。”

“谅他也不敢。”段运鹏点了点头。

宋元河说：“所以呀，咱们还得尽心竭力辅佐东家，早日翻过这一页去。”

“老宋！”宋元河正说着，忽然听见身后有人招呼。回头一看，竟是苏定河与岳江南。

苏定河说道：“还是老祖宗的规矩好，婚礼办得热热闹闹，周围人也能讨杯喜酒喝。文东家信了什么洋教，一切照洋人的规矩办，害得咱们只能自己出来找酒喝。”

段运鹏原本就心情烦闷，见苏定河说话夹枪带棒，一下子摔碎了酒杯，道：“就算喝喜酒，也是请人喝，不会请狗喝！”

苏定河也火了，吼道：“姓段的，你骂谁呢?！”

岳江南拉住苏定河，劝道：“今日毕竟是盛兄大喜的日子，别节外生枝。”岳江南又唤过小二，说：“这两位是我朋友，酒钱记在我头上。”

“不必了。”宋元河掏出银子扔给小二，接着又拉起段运鹏说，“咱们喝得差不多了，走吧。”

望着两人的背影，苏定河又骂了几句，岳江南冷冷一笑，摇了摇头。岳江南与苏定河转身坐进包间，等了一会儿，走进来两个戴皮帽、穿长袍的男子。两人将皮帽摘下，才见是金发碧眼的洋人。

托里尔兄弟往来归化做茶叶生意，穿着打扮已入乡随俗，中文也说得日渐流利，唯有喝伏特加的习惯改不了。托里尔捧出一瓶伏特加，一边斟酒一边问：“老苏，你这趟去北京顺利吗？”

苏定河刚从京师回来，他摇着头说：“这几年去了无数趟京师，就数这趟最晦气。”

“快说说。”小托里尔顾不上喝酒，忙问道。

苏定河说：“索相是见着了，但他的态度不冷不热，对咱们的生意更是一口官腔，说什么公事公办。”

“都公事公办了，还找他干吗！”托里尔先骂了一句，接着又说，“你是不是吝啬银子了？”

苏定河摇头说：“索相不缺咱们这点银子，把你我身上的血放干，都不够人家塞牙缝。”

托里尔又说：“我们洋人都知道，索相有个心爱的女人，叫什么来着？据说走这女人的门路，比找索相还管用。”

苏定河看了岳江南一眼，叹了一口气，说：“这路子我试过了，走不通。”

苏定河这个眼神的意思，托里尔兄弟不明白，岳江南却心知肚明。菊儿是周弘毅的小姨子，当年岳江南假托周弘毅之名去笼络蒙元亨，这事菊儿也知道了。她听说苏定河是岳江南派来的人，气不打一处来，没给一点好脸色。

岳江南点燃烟，猛吸了两口，缓缓说道：“方才这些话都没说到点子上。索相态度转变，不是因为银子。”

“那是为什么？”托里尔问。

岳江南说：“中国有句话，叫作兔死狗烹，鸟尽弓藏。只要噶尔丹不死，咱们就始终是索相的座上宾；噶尔丹死了，咱们就没用了。”

托里尔是个聪明人，立刻明白了岳江南的意思。是啊，当初去京城，自己予取予求，凭的就是手里的火药枪。如今噶尔丹死了，朝廷没了劲敌，火药枪便不值价了。

“噶尔丹这一死，估计归化城的生意就要换一种做法了。”岳江南吐出一口烟，脸上写满焦虑。托里尔昔日在大清国横着走，仗的是火药枪；我岳江南能左右逢源，靠的也是挟洋自重。如今洋人成了泥菩萨，自己的处境更不妙。

托里尔脸色阴沉，说道：“依我看，文知雪结完婚，就要鼓捣茶叶涨价了。”

岳江南说：“这没有悬念，换作咱们是文知雪，也会这么干。”

“妈的！”托里尔骂起了已一命呜呼的噶尔丹，“这家伙太没出息了，几下就让人给灭了。早知如此，真该多卖些洋枪给他，让他好歹撑一阵子。”

苏定河喝了一杯伏特加，说：“文知雪不仅有索额图撑腰，更靠着出卖色相，把盛宇峰的银子骗到了手。咱们在归化的生意，一靠洋枪，二靠盛宇峰的银子，如今两样都没了。”

小托里尔埋怨道：“岳先生当初就不该让盛宇峰去逼婚。现在倒好，人家进了洞房，回头就要对咱们下手。”

“你懂个屁！”岳江南虽一直与托里尔兄弟合伙，但因为分成的事，心中积怨甚深，只是碍于大局，没有撕破脸。见小托里尔指责自己，岳江南毫不客气地呛回去：“什么事都分个轻重缓急。当初是什么状况？高粱行情崩盘在即，若不能及时抛货，立马就会血亏。盛宇峰那个情种，谁知道会干出什么蠢事。幸亏我想到这一招，才稳住他，否则今天咱们连酒都喝不上。”

小托里尔被人训了一通，本不服气，想要争辩，却被兄长制止了。托里尔说：“能从高粱霸盘中全身而退，都是岳先生筹划得当。不知你接下来有什么打算？”

岳江南说：“噶尔丹毕竟死了，还想像从前那样，仗着朝廷有求于咱们，处处压着清国茶商，怕是不行。不过，中俄通商是桩大生意，我就不信文知雪一家能独吞，怎么着也还有咱们的一席之地。”

岳江南用烟杆敲着桌子，说：“我想再进京一趟。索相那儿还得去，即便他不肯像过去那样帮咱们，也起码不要刁难咱们。另外，不能在一棵树上吊死。京城里公子王孙、六部九卿多的是，我抱着白花花的银子上门，就不信没人收。”

托里尔笑起来，说：“岳先生亲自出马，局面定会有转机。”

第五章

南风正暖

1. 生意不熟不做，关键在于里面的细枝末节

当文知雪与盛宇峰过起同床异梦的生活时，在千里之外的保宁府，蒙元亨也当上了新郎。与文知雪寒碜的婚礼不同，蒙元亨与曾兰的婚礼办得热热闹闹，搭戏台子、大宴宾客、闹新房……一样不少。蒙顺一大把年纪了，整日忙前忙后，旁人劝老爷子休息，他却笑得合不拢嘴，说："儿子结婚，老子就该忙活。"

一片喜庆中，只有一个例外，便是刚来保宁府不久的周琪。当初周弘毅提到与英吉利商人的丝绸生意大有可为，自己愿鼎力支持。还说保宁府的阆茧天下闻名，可招募江南的能工巧匠入川，就地取材，教导川人织出上好的丝绸销往西洋。上个月，周弘毅在江南招募的工匠终于到来。令人意外的是，周琪也随众人到了保宁。

蒙元亨曾与周琪朝夕相处，归化一别，对其甚是挂念。见到周琪，蒙元亨心中自有说不出的欢愉。他几步上前，本想抱一抱周琪，最后却撤回手，只拍了拍她的肩膀。如今的周琪不再是当初那个古灵精怪的小姑娘，她已出落成婷婷少女，笑靥如花，肤白如雪，鹅蛋脸上一对小酒窝，美丽动人。男女有别，蒙元亨是个极重礼教规矩的人，只好忍住激动之情。

罗兵不像蒙元亨，他一把抱住周琪，松开后，又是捏脸蛋，又是扯鼻子，两人亲热得不行。闹腾了一阵，罗兵说："你来得正好，赶上了蒙大哥大喜的日子。"

"怎么了？"周琪心中一紧，问道。

罗兵说："你还不知道吧，蒙大哥又给你找了位嫂子，叫作曾兰，待会儿你

就能见到。”

周琪的眼泪唰地一下出来了，周围人不明就里，劝都不知如何劝。隔了一会儿，罗兵才问：“蒙大哥续弦是好事，你哭什么？”

周琪好不容易止住了眼泪，支支吾吾地说：“我……我听说蒙大哥的喜事，想……想到了世英姐姐。”

罗兵真信了这话，又一把搂住周琪，说道：“好妹子，世英姐姐没白疼你。”

周琪所说的不全是真心话。她与罗世英关系亲密，思念之情自然有，但她今日之泪却是为自己而流。周琪第一次见蒙元亨时，还是个天真无邪的少女。此后家庭突遭变故，颠沛流离中，蒙元亨如父如兄陪伴她左右。到了情窦初开的年纪，自己对蒙元亨的爱已无法抑制。

少女的心思虽不是所有人都懂，却逃不过父亲的慧眼。周弘毅从关外归来，与女儿相处后，大抵看出了端倪。他急着离开归化回扬州，一来是为了重振家业，二来也是想让周琪与蒙元亨分开一阵子。周弘毅一厢情愿地以为，时间与距离将冲淡一切，远隔千里之后，女儿炙热的情感将慢慢冷淡下来。

然而很快，周弘毅就发觉自己错了。与蒙元亨分别后，女儿变得郁郁寡欢、茶饭不思，整日将自己锁在屋里，抚摸着蒙元亨之前送给她的物件。她唯一兴致勃勃之时，就是蒙元亨有书信寄来的时候。无论是谈生意还是谈其他琐事，周琪总会从父亲那里将信拿走，一个人不知看多少遍。周弘毅忧心女儿，还给她引见了几位江南才俊，希望她回心转意，无奈她通通嗤之以鼻。

周弘毅打心底里反对女儿与蒙元亨在一起，一来两人差了十多岁，二来周琪乃名门之后，去给蒙元亨续弦，终究有些委屈。但周弘毅非迂腐顽固之人，渐渐也想通了。能与心爱之人长相厮守，受再大的委屈都不算什么，真要心不甘情不愿地嫁作他人妇，才是委屈自个儿。既然女儿一片深情，自己索性放手吧。趁着双方合作丝绸生意的机会，周弘毅交给女儿一件差事，让她率工匠入川，并可留在保宁府监工。周琪自是兴高采烈，周弘毅却在心底长叹一声，女大不中留，留下结冤仇。父亲只能做到这一步，未来的路就靠你自己走了。

周琪欢天喜地地来到保宁府，不想却遭当头一棒——朝思暮想的蒙大哥竟然成婚了。泪飞顿作倾盆雨，为的只是心上人。

到了晚上，蒙元亨宴请周琪，除了蒙顺、罗兵等人，曾仕诚、曾兰父女也来作陪。周琪的情绪已平复下来，虽是一副闷闷不乐的模样，但起码没有哭哭啼啼。所有人只以为她舟车劳顿，故而话不多，没往其他地方想。

几天之后，周琪恢复了平常模样，还督促工匠赶织丝绸。她看上去是个开朗活泼、敢说敢做的女子，内心深处却有腼腆的一面。关乎男女之情的事，她绝不会轻易透露。再说能来到保宁府，与心爱之人朝夕相伴，即便不能倾诉衷肠，也比在扬州受相思之苦好太多。她甚至想，此生就在蒙大哥身旁，做一个照顾他的妹子也心甘情愿。

蒙元亨结婚后，一家人其乐融融，生意也顺风顺水。在保宁府织出的丝绸，质地不输江南的，白浩夫喜出望外。无数茶叶、丝绸从保宁府出发，越川康之地，跨茫茫雪原，最终到达印度。又过了几个月，曾兰怀孕了。这是蒙顺日夜祈盼之事，他整日欢天喜地，甚至给未出生的孙儿取好了名字。

一切都那么美好，直到一条消息传到保宁，瞬间打破了蒙家上下安静的生活。

天下大势，牵一发而动全身。这条令蒙元亨无比震惊的消息，依旧与那位兵败而亡的草原枭雄噶尔丹有莫大关系。

噶尔丹是蒙古人，一生纵横草原，但他的青少年时期是在西藏度过的。噶尔丹十岁时去往西藏学习佛法，到二十六岁时，因为准噶尔部内讧，噶尔丹被允许还俗，以王子身份返回准噶尔。此后他扫平政敌，一统漠西蒙古，还四处征伐，开创一代霸业。因为青少年时期的渊源，噶尔丹及其部属始终与西藏上层保持着联系。

噶尔丹兵败身亡，清军收抚其残部时，从他们口中得知了一条有关西藏的惊骇消息：五世达赖在十多年前已圆寂。掌管大权的桑结嘉措秘不发丧，对外宣称五世达赖要长期坐静，修炼密法，一切事务由自己代为处置。桑结嘉措甚至找到帕崩喀寺一个与五世达赖容貌相似的喇嘛，此人偶尔会穿起达赖的服装，在宝座上摆摆样子。

西征途中的康熙得知这一消息，既震惊，又怒不可遏。他颁下诏书，严厉斥责桑结嘉措：“厄鲁特降人告曰，达赖喇嘛久已脱缁矣”，“尔以久故之达赖喇嘛诈称尚存”！诏书末尾，康熙甚至表达了不惜一战的态度：“发云南、四川、陕西等处大兵，如破噶尔丹之例，或朕亲行讨尔，或遣诸王大臣讨尔。”

谁能料到，西北的硝烟刚刚散去，西南的天空就战云密布。云南、四川等地的清军频繁调动，摆出一副挥师入藏的架势。桑结嘉措见天子震怒，惊恐不已，连忙派代表进京请罪。

经过一番斡旋，康熙的怒火似乎平息了，进军西藏之事没了下文。但桑结嘉措隐瞒五世达赖死讯长达十多年的行为，还是引发了西藏上层的巨大分歧。几派人马互相猜忌，进而发展到兵戎相见的地步。

一连串变故带给蒙元亨一个最直接的影响：经营多年的川藏贸易遭遇冲击，经由西藏通向印度的商路也被阻断。从保宁府到打箭炉，仓房内堆积如山的茶叶、丝绸，一下不知该运往何方。

蒙元亨陷入深深的忧虑。为掌握局势动向，他命何瑞源速返保宁。何瑞源久在打箭炉，与西藏人士交往颇多，从他口中或许能知晓更多情形。

历经数月奔波，何瑞源回到保宁。蒙元亨立刻把相关人等召集到一起，先听何瑞源介绍情况，再谋划对策。

何瑞源刚说完，蒙元亨便问：“你与德让土司谈过没有？他什么看法？西藏的局势究竟还会乱多久？”

何瑞源答道：“对于目前的局势，德让老爷也忧心忡忡。我与他长谈多次，他说各方已势同水火，这场纷争估计几年内都难以平息。”

何瑞源又说：“茶马生意大不如前，与白浩夫的买卖更难以为继。西藏各派剑拔弩张，忙着打仗，路上不太平，货物没法运到印度。”

蒙元亨又问：“白浩夫还在印度吗？他怎么看？”

何瑞源摇了摇头，说：“他目前在何处，我不得而知。从前大概每隔一个月，我就会收到白浩夫的信，如今已半年没有音讯。”

蒙元亨心头更紧了，连一封书信都寄不到，遑论那么多货物。看来这条好不容易开辟的商路当真走不通了。

“你有什么主意？”蒙元亨盯着何瑞源问道。

何瑞源说：“如今这局面谁都想不到，但不幸中的万幸是，咱们同白浩夫做生意，向来是他先付一半银子。也就是说，纵然货砸在手里，也不至于亏太多。为今之计，只能东方不亮西方亮，在其他地方想法子，把货卖出去。”

赵辛雨若有所思地说：“咱们手里的货不少，去哪儿想法子呢？”

之前一直没说话的罗兵开口道：“实在不行就北上归化，杀他个回马枪。都说扫平噶尔丹后，归化的茶叶行情大涨，文知雪发了大财。既然有行情，咱们也去分一杯羹。”

蒙元亨摇头说：“做生意要看行情，但不能只看行情。归化行情虽好，却不是每个人都能赚到银子。”自己当初执意南归，正是因为不想去蹚浑水。如今众所周知，文知雪身后是索相。据说另外几家大茶商后面的水也深得很。

没错，归化的茶叶行情大涨，文知雪赚得盆满钵满。殊不知为了这一天，人家砸了多少银子，布了多久的局。都说生意不熟不做，关键就在于里面的细枝末节。如同茶马生意，蒙元亨能赚到银子，其他人未必能。

何瑞源说：“去不去归化另说，总之白浩夫指望不上，咱们手里的货仅在四川卖，也卖不完。”

商议了好一阵子，依旧没有对策，所有人不免沮丧。蒙元亨说：“情势越急，越要沉着冷静。今日议不出法子不必强求，大家都回去琢磨一下。反正瑞源回来了，咱们多碰几回，总能找出破解之道。”

2. 文知雪质疑司马迁编故事，蒙元亨却从《史记》中发现蜀身毒道

商议完后，时辰已不早，蒙元亨没什么食欲，索性不去吃晚饭，直接回到书房。如今蒙元亨的书房内除了有经史子集、书法字画，还有一件特别醒目之物——白浩夫送给他的地图。蒙元亨将这幅地图挂在墙壁上，不时会瞅一瞅。

今日苦思良策无果，他又对着地图发起呆来。这时，房门被推开了。蒙元亨一人在书房时，不喜欢别人打扰，他没好气地说："没招呼就别进来！"

"是我。"门外传来曾兰怯怯的声音。

"是你呀。有什么事吗？"蒙元亨收敛起脾气，淡淡地问道。

曾兰已身怀六甲，挺着个大肚子，手里捧着碗，缓缓走进来，道："我看你没吃东西，就煮了一碗面条。"

"放下吧。"蒙元亨随口说道。妻子有孕在身还下厨做饭，毕竟辛苦，他又补了一句："麻烦你了，谢谢。"

曾兰把碗放下，说："咱们是夫妻，你这般客气，我听着反而难受。"

蒙元亨不知如何回，心头更有一丝愧疚之情。对这桩婚事，他起初是不情愿的。曾兰是个好女人，但无论怎样，自己有感激之意，却没有对罗世英或文知雪那般的炽烈情感。这段时间忙于生意，对怀孕的妻子也谈不上有多关心，每日只是例行公事般问一问：夫人身体还好吧？曾兰方才的话，似乎是在埋怨自己。

蒙元亨强迫自己站起身，拉住曾兰的手说："小家伙还听话吗？没让你吃苦头吧？"

曾兰咧开嘴笑了，说道："就数他不听话，每日乱踢乱动，让我不得安生。"

蒙元亨也笑起来，又扶妻子坐下，说："近来事情多，没好好陪你。今晚不干别的事，咱们好好聊聊天吧。"

"好啊！"曾兰点着头，显得有些激动。

说是聊天，可房内又沉寂下来。他俩平日交谈不多，一时竟找不到什么可聊的。无奈之下，蒙元亨端起碗扒拉了几口面条，说道："味道不错，好吃。"

"你喜欢就好。"曾兰点了一下头，接下去也不知说什么。

隔了一会儿，曾兰说道："咱们聊聊世英姐姐吧，听说她的功夫可厉害了。"

蒙元亨愣了一下，说道："她的武功是不错，连我都不是她的对手，还被她揍过好几次。"

曾兰扑哧笑了，说："娘子打相公，这可是稀奇事。"顿了顿，她又说："文小姐呢？她是什么样的人？我在泾阳听人说过，文小姐的容貌倾国倾城。"

蒙元亨望着曾兰，说："你知道的事可真不少。"

曾兰说："毕竟进了蒙家的门，许多事自然会听人说。"

"知雪本性纯良，可惜命途多舛。"蒙元亨摇起头，叹了口气。归化的事，前些日子已传到保宁。得知文知雪迫于无奈嫁给盛宇峰，蒙元亨心中一阵怅然。

曾兰说："我没见过文小姐，却见过她的字。那一手字真漂亮！"

蒙元亨有些诧异，说："你怎么会见过知雪的字？"

曾兰说："这几日我陪应瑞读书，见他正读《史记》，便拿过来看了看。家中的《史记》是你从泾阳带来的，这书想必也是文小姐所赠，上面还有她的批注。"

"有这回事。"蒙元亨不禁回忆起当年与文知雪琴音相合、诗书相赠的情景。

"书房里的书，叫应瑞别乱动。他要读书，去外面买便是。"蒙元亨说道。

"好的。"曾兰微微一怔，"这事不怨应瑞，是我一时大意。"

看到曾兰的表情，蒙元亨又觉着这话有些过分。自己不愿其他人翻阅文知雪所赠之书，叫曾兰做何感想？换作罗世英，大概早翻脸了。曾兰处处委屈自己，反倒让蒙元亨过意不去。

蒙元亨临时编了一段话，算是弥补。"你别误会，我没其他意思。知雪的许多见解虽然独到，却是一家之言。应瑞还小，太早接触这些，未必是好事。”

蒙元亨这话虽是临时起意说的，却不是凭空捏造。文知雪当年在书中批注，他更是记忆犹新。“就说这本《史记》吧，她在批注里说，司马迁笔下的许多故事或许也是道听途说，甚至闭门造车编出来的。如陈胜年少时在家乡耕作，对旁人说‘苟富贵，无相忘’，还感叹‘燕雀安知鸿鹄之志’。这些事，司马迁凭什么知道得如此详细，仿佛他就在现场？要么是陈胜发达后自己编的，要么是太史公小事不拘，加上这段话，让整篇故事更精彩。”

蒙元亨与曾兰无话可聊，说起文知雪却滔滔不绝。他继续说：“她还举了个例子。秦始皇东巡，刘邦与项羽夹在人群中，看到气派的仪仗队伍，感慨不已，分别说了一句话。刘邦说的是‘大丈夫当如此也’，项羽说的是‘彼可取而代也’。”

曾兰问道：“这两句话有什么问题吗？”

“知雪认为有问题。”蒙元亨说，“与陈胜的情况类似，当时的刘邦和项羽均为无名之辈，他们夹在人群中说的话，司马迁如何得知？”

蒙元亨又说：“知雪曾说，这两句话将二人的性格刻画得惟妙惟肖，项羽霸气外露，刘邦更懂中庸之道。同时，这两句话又精准地预示了历史走向。说‘彼可取而代也’的人，果真攻入咸阳推翻了秦朝；说‘大丈夫当如此也’的人，最终成就了帝业。”

“知雪说，正因这两句话太精彩，太有先见之明，所以《史记》更像演义，不像历史。”蒙元亨笑着说。

曾兰说：“文小姐的见解看似离经叛道，却令人不知如何反驳。从小父亲就教我读《史记》，我却没想过这些。”

蒙元亨说：“她的话对不对，谁也说不清，所以我不想让应瑞接触这些。应瑞这个年纪的孩子，还是老实读些经典名篇，把基础扎牢。将来若能从书中悟出什么道理，那是他的造化。”

蒙元亨素来重视儿子的教育，说到这里，他又问：“《史记》中的那些名篇，应瑞能背下吗？”

曾兰点头说：“应瑞天资聪颖，小小年纪，已能大段背诵原文。”

蒙元亨欣慰地点了点头。曾兰又说："最近几日，应瑞在看《史记》中的《大宛列传》。《大宛列传》讲述了西域许多国家、部落的山川地理、物产习俗，在许多人看来是《史记》里最枯燥的部分，偏偏应瑞看得津津有味。我爹还笑话说应瑞不愧出身商人之家，从小就有行商天下的抱负。"

蒙元亨笑得更开心了，说："应瑞与我不同。我从小没打算做生意，只想征战沙场，为国建功，故而《大宛列传》只浏览过几遍，倒是《项羽本纪》这些倒背如流。应瑞有经商天赋，据说如今他拨算盘的本事快赶上一些伙计了。"

笑过之后，蒙元亨的脸色忽然凝重起来，他若有所思地说："《大宛列传》似乎讲到过印度。"

曾兰虽没有文知雪那般的见解，但她自幼在父亲的督导下读书，对许多书籍烂熟于心。她立刻说道："印度在那时被称作身毒。《史记》中没有单独记录身毒，但在描述大夏国时，有所提及。"

"没错！"在曾兰的提醒下，蒙元亨也想了起来。

曾兰背诵起《史记》的原文："骞曰：'臣在大夏时，见邛竹杖、蜀布。问曰："安得此？"大夏国人曰："吾贾人往市之身毒。身毒在大夏东南可数千里……"以骞度之，大夏去汉万二千里，居汉西南。今身毒国又居大夏东南数千里，有蜀物，此其去蜀不远矣。今使大夏，从羌中，险，羌人恶之；少北，则为匈奴所得；从蜀宜径，又无寇。'"

"我记起来了！"蒙元亨从椅子上蹦起来，欣喜地说，"《史记》的确这样写过。"

"怎么了？"曾兰不明就里。

"是这样……"蒙元亨噼里啪啦地说了一大通，或许因为过于激动，或许因为讲得太抽象，总之曾兰一头雾水。

"这样跟你说吧。"蒙元亨瞟见书房内的地图，灵机一动，决定比照着地图给曾兰解释。

他走到地图前，手指着西安，道："这里就是大汉帝国的首都长安。"接着，他的手朝西划了出去。"当年，张骞的队伍从长安出发，过大宛、康居、大月氏，到了大夏。大夏应该在西域的一个地方。在那里，张骞见到了产自四川的邛杖、蜀布。张骞得知常有蜀商在滇越国做生意，四川物产从滇越国流入身毒，再由身毒销往大夏。”

蒙元亨指向印度，说道：“原来早就有一条经滇越国通往身毒的商道。滇越国在云南，身毒便是如今的印度！”

蒙元亨在房内走着，越说越激动。“汉武帝乃千古一帝，张骞更是不世出的奇才，但可惜的是，他们并不知道天下长什么样子，更没看到这幅地图。从地图上来看，四川的邛杖、蜀布经云南流入印度，再被卖到西域，不是什么值得大惊小怪的事。”

听到这里，曾兰渐渐明白了，她说：“近日你忧心忡忡，家里人也在议论，说货物销往印度遇到了麻烦。你的意思是，货物本不必经过西藏，可由云南运抵印度。”

“对！”蒙元亨拍了拍脑袋，“我呀我，把年轻时读过的《史记》还给先生了，书中早有记述之事，我却忘了。”

“我也辜负了这幅地图。”蒙元亨又说，“我不知看过多少遍地图，最简单的事居然没看出来。你瞧，从四川去往印度，最近的路正是要经过云南，走西藏反倒绕圈子。”

蒙元亨摇了摇头，轻松笑起来，道：“这事也得怪白浩夫。这小子当初喝的茶叶是从西藏流入印度的，他又借道西藏进入四川。一来二去，所有人都钻进了牛角尖，以为这是必经之路。”

曾兰兴奋地说：“这么说来，商号的难题解了！”

蒙元亨脸上写满自信，说道：“千年前汉朝人能走通的商道，没道理我走不通。”

3. 千年前张骞没能走到身毒，今日就让我蒙元亨试试

保宁府瑞成祥总号内，当蒙元亨说出南下滇省的主张时，许多人大吃一惊。

“别忙着议论，”蒙元亨挥了挥手，说道，“南下是大事，不妨再多听一会儿。”接着，他把目光投向赵辛雨。

赵辛雨赶紧起身。这几日，他奉命查阅了许多典籍，正是为了在此刻说明情况，供众人决断。赵辛雨清了清嗓子，不疾不徐地说了起来。

原来，自四川南下，过云南而抵达印度的商路古已有之，被称为“蜀身毒道”。千百年来，这条道路上马蹄声声，人影幢幢。蜀锦、蜀布、邛竹杖、枸酱、铁器等天府之国的物产，由此源源不断地进入南亚。当然，此刻赵辛雨还不知道，又过了几百年，这条蜀身毒道拥有了另一个响亮的名字——南方丝绸之路。

赵辛雨介绍道，蜀身毒道的路线有多条，在不同时代，商贾们选择的路线也不同。自明代起，商队大多走“通省大道”——由成都南下西昌，过会理，渡金沙江进入云南，再经蒙姑、云峰、会泽到达昆明。走完通省大道，在昆明休整几日，商队重新出发，由云南进入缅甸，在缅北重镇八莫转向西行，抵达印度。

赵辛雨还讲到了蜀身毒道的典故。从张骞口中得知蜀身毒道后，汉武帝兴奋不已。此前由长安去往西域各国，必得经过铁马嘶鸣的匈奴的地盘。若能从四川开辟一条南下之路抵达身毒，再由身毒去往西域，就避开了匈奴的势力范围。

因此，回到长安不过三年的张骞又接下了开通蜀身毒道的令牌。张骞经剑阁道来到天府之国，并派出四路人马从不同方向朝身毒进发。四路人马一路磕磕绊

绊，走了几千里，已到达夜郎国与滇越国，但因各种原因，终究没抵达身毒。此后不久，得知匈奴来犯长安，张骞掉转马头，回到了帝国首都。

蒙元亨命人临摹了一幅世界地图，挂在商号里。赵辛雨一边说着，蒙元亨一边在地图前踱步。待赵辛雨说完，蒙元亨停下脚步，说：“你们怎么看？”

蒙元亨决心南下，所有人都瞧得出。伙计们自然不敢拂逆东家的意思，纷纷叫好。蒙元亨得意了一会儿，又皱起眉头。父亲蒙顺最近常告诫自己，东家身旁若没几个说真话的人，便会成为骄兵，古往今来，骄兵必败。蒙元亨一手创立瑞成祥，享有无可置疑的权威，但长此以往，怕再难听到真话。蒙元亨坐回椅子上，和蔼地说道：“好听话别说了，有什么不同看法倒可提出来。”

得到蒙元亨的鼓励，有几人提出了意见，大多是南行要携带多少粮草和药物、需要多少运货的骡马、货物如何转运等。蒙元亨认真听着，有时还会插话，并提笔记下关键之处。

“这几条都提到了点子上。还有什么？”蒙元亨今日是打算广开言路了。

之前一直没说话的何瑞源站起来，说道：“我来说说吧。”

“好啊！”蒙元亨说，“你是掌柜，这正是你该说话的时候。”

何瑞源说：“我要说的，恐怕与诸位都不一样。”顿了顿，他又说：“各位所说，无外乎让南行尽可能顺畅些，我却以为压根不必走这趟。”

见掌柜提出与东家截然不同的主张，其他人都不说话了。蒙元亨说：“你是怎么想的？说具体些。”

何瑞源说：“蜀身毒道古已有之，近年来却衰落了。其中原因，辛雨刚才分析了。自打明末天下大乱，先是蜀地屡遭屠戮，接着云南又孤悬于外。南明小朝廷的几拨势力先后盘踞云南与朝廷为敌，大大小小的仗打了几十年。吴三桂平定云南后，那里成了国中之国，针插不进，水泼不进，生意更难做。前些年，吴三桂造反，叛军北上入川，走的就是通省大道。路上全是杀气腾腾的兵马，哪还有商贾？这条商路衰败多年，连过去行走其间的商贾都早就不走了，咱们人地两生，走起来谈何容易。”

蒙元亨说：“南下开辟新路自然会遇到艰难险阻，但一有难处就畏缩不前也大可不必。当年重走茶马古道，比如今难得多，最终不也大功告成。天下事哪样不难，银子岂那般好赚！”

“东家提到银子，正是我接下去要说的。”何瑞源说，“所谓商路，就是做生意的路，而做生意归根结底是为了赚银子。冒着风险南下，这笔账算不过来。如今西藏局势生变，那些茶叶、丝绸一时无法出手，但毕竟白浩夫付了一半银子。咱们再想点办法，与川陕、湖广等地的商号联络，顶多价格上松一松，亏不了太多。”

何瑞源又说：“一旦南下，就是另一番局面。若一切顺利，自然可喜可贺；若中途遭遇变故，无法到达印度，可就亏大发了。一面是小输当赢，稳稳当当；另一面是前途未卜的豪赌。为何非选后者？”

何瑞源说完，屋内显得异常安静。不少人都在寻思，何掌柜说得有道理，原本稳扎稳打赚银子，何必弄成富贵险中求？但南下是东家的主张，自己没有何掌柜的威望与资历，可不敢公然唱反调。

蒙元亨盯着地图看了许久，方才开口道：“何掌柜说的不无道理，仅以一单生意而论，冒这么大风险不值。但这样做岂是为了一单买卖？咱们所求的是做天下的生意。”

蒙元亨接着说：“印度不过是中转之地，咱们的货到了印度，还会装船入海，远渡重洋。”他一面说着，一面望着地图左上方那个叫欧罗巴的地方。那里是苏乐西、白浩夫的故乡，据说欧罗巴的人正狂热追捧着来自东方的丝绸、茶叶。

蒙元亨加重语气，说道：“去往印度的商路也是行商天下之路，这条路一断，咱们便到不了天下，眼光只能局限于川陕、湖广一隅，顶多抬头望一望江南与蒙古。如此局面，我实不甘心！”

东家把话说到这个份儿上，其他人已没法反对。何瑞源低着头，沉吟半晌，接着站起身，说道：“打心里说，我依旧认为这个险冒得太大。但这么多年来，咱俩意见不一致时，听你的总错不了。这次也一样，照你说的办，我愿率商队去蹚出一条路。”

蒙元亨走到何瑞源身旁，拍了拍他的肩膀，说道：“不愧是我的好兄弟！但这一次我打算亲率商队出发。我离开保宁期间，商号的大小事宜由你全权处理。”

“这可不行！”何瑞源摆手道，“今时不同往日，当初走茶马商道时，咱们无牵无挂，拍拍屁股就走人。如今瑞成祥这么大个摊子，事情千头万绪，离不了你这个掌舵人。”

蒙元亨说：“若东家出门一趟，商号就乱成一锅粥，那这样的商号离关门也没几天了。瑞成祥已上正轨，一切照规矩办，离了谁都行。”顿了顿，他接着说：“张骞出使西域，行程上万里。当年我也见识过西北大漠的飞沙走石，但说起来，终究没张骞走得远。如今又给了我一个机会，张骞没能走到身毒，且让我试一试。”

蒙元亨又凝视着地图，说道：“这一趟，我不只是去见白浩夫，更想亲眼看一看天下，你就别同我抢了。”

所有人都听出来了，东家已不把此番南下当成做一桩生意。何瑞源点头说：“你这倔脾气，你决定的事，谁也拦不住。好吧，你放心去，我看好家。”

罗兵此刻说道：“你让瑞源看家，这个安排妥当。但你不会把我也撂在保宁吧？”

蒙元亨哈哈笑起来，说道：“千里南下，怎能少了你这位纵横江湖的镖师？你跟我一块儿去，再挑选一些身手好的弟兄，为商队保驾护航。”

“当初在乌兰布通血战的老弟兄，都留着呢。这一路上，谁敢抢咱们的货，就是抢着去投胎。”瑞成祥的生意蒸蒸日上，罗兵手下也训练出一支令人闻之色变的镖队。这些镖师不仅身手矫健，好些个还经历过乌兰布通山谷里的生死搏杀。别说对付一般土匪毛贼不在话下，即便像当年那样遇上布日古德这般狠角色，罗兵也敢掰一掰手腕。

“何时出发？”罗兵又问。

蒙元亨说：“下个月初八是良辰吉日，就在那一天启程，如何？”

何瑞源似乎有所顾虑，道：“这么急呀？”

蒙元亨说：“这一趟，货是现成的，不用特意准备。下个月初八走，时间应当很宽裕。”

何瑞源欲言又止，罗兵抢着说：“货是没问题，只是下个月二十几日是曾兰生产的日子。要不咱们等一等？”

“对，我也是这个意思。”见罗兵把话说破，何瑞源赶紧附和。

蒙元亨这才意识到曾兰快要生产了，这几日脑子里尽是生意，竟把妻子临盆的大事忘了。唉，自己这个丈夫太不称职了。他正想接受罗兵的建议，把出发日期推迟，却又迟疑起来。下月初八启程，不仅能赶上良辰吉日，更能赶在汛期前渡过金沙江。一旦推迟十来天，汛期到了，大队人马恐怕就得困在金沙江畔。

小兰，只能对不起你了，谁叫你嫁作商人妇呢？蒙元亨狠下心，道：“生孩子的事，我留下也帮不上什么忙。当年世英生应瑞时，我也不在她身旁。”

“当初是当初，现在不同了嘛。”罗兵依然反对。

蒙元亨主意已定，说道：“下月初八启程，日子不能变。”

何瑞源与罗兵互相看了一眼，苦笑道：“行吧，你说怎样就怎样。”

大事议定后，蒙元亨又在商号里忙碌了一整日。到了傍晚，他回到家中，径直来到卧房。曾兰赶紧起身，说道：“元亨，吃饭了吗？”

“我在商号里吃过了。”蒙元亨扶妻子坐到床边，关切地问，“这几日身体可好？”

曾兰揉着肚子说：“小家伙越来越不老实了。”

蒙元亨也坐到床边，说：“不老实就对了，指定又是个活蹦乱跳的大胖小子。”

曾兰笑起来，说：“我也希望给蒙家生个胖小子。”

天色愈发暗下去，用人端来洗脚水，曾兰要蹲下去给蒙元亨洗脚。蒙元亨一把拉住她，说：“你挺着个大肚子，蹲下去多不方便。今晚，我给你洗脚吧。”

曾兰连声推辞，蒙元亨坚持道：“咱们是两口子，怎么不能给你洗脚？”

蒙元亨一边给曾兰搓着脚，一边说：“还有一件事……”下月初八启程之事已定，但真要对妻子说，蒙元亨又觉得开不了口。

曾兰主动说道：“你是不是要说南下的事？”

蒙元亨抬头看着曾兰，说：“你知道了？”

曾兰点了点头，说：“下午周琪来看我，都告诉我了。”

蒙元亨吁了一口气，说：“我也想留下来陪你，只是汛期就快到了……”

曾兰少有地打断丈夫的话，说："男儿志在四方，你是个干大事的人。家里有这么多人已经足够了，你不必耗在这儿。"

"话是没错，不过……"今日蒙元亨说过，自己留下来也帮不上什么忙。但他心里明白，此时陪在妻子身旁，即便什么事都不做，对妻子也是莫大的慰藉。

曾兰说："我听人说，当初你去打箭炉时，世英姐姐已怀有身孕，为了支持你，她硬是瞒住了这消息。我不能与世英姐姐比，但也不能拖累你。元亨，你放心地去吧，我会照顾好自己。"

蒙元亨顾不得两只手是湿的，一把抱住曾兰，说："小兰，我这辈子都欠你的。"

曾兰依偎在丈夫怀中，本想大哭一场，最终还是忍住了……

4. 世上的药只能治病，哪救得了命

如今的蒙元亨已今非昔比。当初他西去打箭炉，只是实力平平的小商人，全靠赵明舟鼎力支持。如今他已是名震商帮的大人物，是瑞成祥的堂堂东家。此番南下的排场，自非从前可比。

初八是商队启程的日子，保宁城外的嘉陵江码头摆开了异乎寻常的送行仪仗。彩旗飘舞，鼓乐齐鸣，码头上临时扎起了好几座牌坊。装饰一新的货船雄赳赳地等待出发，主船的桅杆上高高飘扬着硕大无比的旗帜，猩红哈拉呢上黑绣“瑞成祥”三字，老远便可看清楚。

蒙元亨带着罗兵、赵辛雨一行人来到码头，父亲蒙顺以及留守保宁的何瑞源等人也来到江边送行。在一片热闹的鼓乐声中，蒙元亨向送行者挥手致意。

蒙元亨在人群中寻觅着曾兰的身影，却始终没有找到，甚至连岳父曾仕诚也未见踪影。罗兵明白蒙元亨的心事，说道：“要不再等等？”

“不等了。”蒙元亨说，“小兰有孕在身，江边风大，不来也好。”

蒙元亨踏过跳板，上了船。就在水手缓缓起锚的时候，只见江边一面彩旗对空挥舞了一下，顷刻间，火铳齐鸣，江面上腾起浪花。那声响，直欲震破碧空；那波浪，如同要翻卷江河。

“何瑞源这小子，就喜欢整些排场。”蒙元亨对周围人说笑，心里却对这精心的安排颇为满意。

“蒙大哥！”火铳声刚歇下来，江边便传来周琪的呼喊声，她骑着一匹快马奔至码头。

“蒙大哥，你快回来！”周琪跳下马，大喊道。

“怎么了？”蒙元亨站在船头，高声问道。

周琪上气不接下气地说：“曾姐姐难产了。”

“什么？怎么回事？”蒙元亨大吃一惊。

“一两句话说不清楚，你快下船呀！”周琪急得直跺脚。

罗兵也很着急，问道：“怎么办？让船靠岸吗？”

蒙元亨说：“商队出发是天大的事，怎可说变就变？我一个人回去，你领着大队人马出发。我处理完家中的事，便骑快马追赶。”

没等罗兵答应，蒙元亨就朝江边大喊：“伸根竹竿过来！”

江边立刻有人抬出一根竹竿。蒙元亨纵身一跃，一把抓住竹竿，几个大汉再一使劲，他便跳到岸上。

周琪上前一把抱住蒙元亨，眼泪都快掉下来了。她道：“快！快回去吧！曾姐姐她……”

“边走边说。”蒙元亨翻身上马。

路上，蒙元亨才得知曾兰昨晚突然发作，显然是提前分娩。按照商帮的规矩，商队出发前三日，所有人都要住进商号，家中的事他自然不知。周琪好几次打算来叫蒙元亨，都被剧痛中的曾兰拦住。曾兰说，商队明日就要出发，元亨不能分心。

周琪哭丧着脸说：“照曾姐姐的意思，这事就不该让你知道。但到了今早，我看情势不对，她出血太多，连产婆都吓着了。请来的郎中开了几服药，但血依然止不住。”

蒙元亨闻言心中更紧，不停地抽着马鞭。到了院子前，他跳下马，飞奔入内。进到内屋，只见曾仕诚蹲在门口，一张脸铁青，眼中噙着泪水。蒙元亨扶着岳父，问道：“怎么样了？”

曾仕诚一声未吭，指了指身旁的郎中。郎中上前一步，声音低沉地说：“孩子生下来了，是个男孩，六斤重，产婆正在照顾。只是夫人流血太多，只怕……唉！”

蒙元亨抓住郎中的手说：“拜托你一定救回小兰！银子不是问题，你开方子，再贵的药，我也去买回来。”

郎中叹了一口气，说：“蒙东家，世上的药只能治病，哪救得了命，我们都尽力了。趁夫人还有口气，进去看一眼吧。”

半个时辰前还意气风发的蒙元亨此刻内心已崩溃，他拖着沉重的步子走到曾兰床前，唤道：“小兰。”

曾兰睁开眼，想要说话，却一口气没吊上来，剧烈咳嗽起来。郎中忙活了好一阵，曾兰终于能说话了，她颤巍巍地说道：“元亨，你不必回来。”

蒙元亨使劲包住眼泪，说：“我回来看看你。”

曾兰笑了笑，说：“让我再看看孩子。”

蒙元亨连忙点头，吩咐人把孩子抱过来。曾兰想抬手摸一摸儿子，却没有力气。蒙元亨抓起她的手，放到孩子脸上，说：“你看，这就是咱们的孩子。”

曾兰的手从儿子的脸庞上滑下，声音越来越弱：“好，好！生已生了，死便死了。”

“小兰！”蒙元亨的泪水再也止不住了，一旁的曾仕诚与周琪也大哭起来。

“元亨，我知道我配不上你。我走了，你一定照顾好咱们的儿子！”曾兰拼尽全身力气，留下了生命中的最后一句话。接着，她昏厥过去，再也没有醒来。

“是我对不起你！是我对不起你！”蒙元亨抱着妻子，一遍遍大喊。从当初拒婚，到婚后尝试改变，终究一切照旧冷漠平淡，直至这次决意远行，蒙元亨心中的愧疚之情全涌上来。他只愿一切从头来过，再给自己与曾兰一次机会。可惜的是，世间事过去了便是过去了。蒙元亨紧握着妻子渐渐冷去的双手，久久不愿松开。

这时蒙顺也赶了回来，看见自己精心挑选、疼惜有加的儿媳撒手人寰，不禁老泪纵横。蒙家全无添丁的喜庆，只有素花白幔装点的灵堂、沉重黑暗的棺木。

接下来的几日，蒙元亨日夜坐在妻子的灵柩前，要么静静地烧纸钱，要么默默地发呆，素日里的灵气与才华仿佛通通不见。到了第三日傍晚，蒙顺与曾仕诚走了过来，拍了拍蒙元亨的肩膀，以示安慰。蒙元亨朝蒙顺点了点头，接着站起身，看着曾仕诚，说道：“爹，这几日你更辛苦，千万照顾好自己。”与曾兰结婚前，蒙元亨称呼曾仕诚“曾先生”，成婚后，偶尔改不了口，也会叫“曾先生”。但这几日，他从没叫错过。

蒙顺说：“元亨，人走了回不来，活着的人还得坚持住。我看你明日就上路吧，罗兵他们才走三天，你骑着快马去追，应当能追上。”

蒙元亨摇着头说：“此前我执意南去，便是对不起小兰。”

曾仕诚开口道：“你对小兰的心意，我们都看到了。留下来徒增伤悲，何苦呢？我跟你爹看法一样，你明日就出发吧。”

众人一齐相劝，蒙元亨坚持了一阵子，最终还是答应明日启程。蒙顺又说：“还有件事。曾先生说应瑞的学业进步很快，或许用不上他了，想隔些日子回泾阳去。我把他拦下了，咱们一家人，干吗要分开。”

“对！爹，你不能走。”蒙元亨看着曾仕诚，语气无比诚恳，“你不仅是孙儿们的先生，也是他们的外公。日后我在哪儿，孙儿们在哪儿，你就在哪儿，我与孙儿们给你养老送终。”

曾仕诚点了点头，说：“元亨，你熬了几晚上，明日还要赶路，今晚去休息吧，这里有我们。”

蒙元亨却说什么也不干，道：“小兰在世时，我没能好好陪她，今晚就让我再陪一陪吧。”

这回无论众人如何劝，蒙元亨都没离开，他在曾兰的灵柩前静坐了一夜。到了第二天，蒙元亨深情地回首凝望了一眼自家宅院，转身上马，踏上了漫漫南行之路。

5．吴三桂此生的败笔，就是没能战死山海关

乌蒙磅礴，壁立千仞，林木苍莽。

蒙元亨将巨大的悲痛压在心底，策马狂奔了五日，终于追上了罗兵一行人。商队在蒙元亨的率领下，越过崇山峻岭，赶在汛期前渡过金沙江，进入云南省界。紧接着，气势磅礴的乌蒙群山横亘在面前。蒙元亨命大队人马休整几日，自己带着几十号人扎进了大山中。

刚进山时，天气还算晴朗，高大树木的枝叶在初秋的细风中摇曳，红土地一阶一阶往上攀升。天的尽头仿佛被苍翠的乌蒙山截断，只留下残缺的蓝天白云。

接下来几天，阴雨绵绵，寒风瑟瑟。山间羊肠小道泥泞湿滑，所有人穿上草鞋，打着绑腿，异常艰难地行进着。

又赶了一日路，商队在半山腰处一家客栈歇脚。客栈只有一座房子，孤零零地立在松涛间，似乎风一吹，就会随着风浪飘走，不知飘向何处。

这样的客栈自然做不出精致饭菜，只炒出一大盆火把果粉拌苞谷面。看着盆内红黄相间的食物，罗兵问："啥东西？"

客栈的掌柜是个四十出头的中年汉子，长着一脸络腮胡，他殷勤地说："客官从没来过乌蒙山吧，连这都不认识。黄的是苞谷，红的是火把果，就是你们白天在路上见着的果子，红彤彤的，依地而生。"

"就那玩意呀，没想到还能炒着吃。"罗兵吃了一口，"味道不错。"

"掌柜的，"蒙元亨吃着火把果粉拌苞谷面，说道，"你这客栈墙上怎么挂着一把刀？该不是黑店吧？"

此话一出，掌柜还没答话，旁边几桌客人便神色慌张，有人竟不自觉地摸住了腰间刀剑。

掌柜哈哈笑起来，说："客官这玩笑可开不得。你瞧，把其他客人都吓住了。我哪敢开什么黑店？"顿了顿，掌柜又说："客栈毕竟开在山里，平常人不多，挂一把刀，给自个儿壮个胆。"

一个三十多岁、皮肤略有些黑的女子又端出一盆火把果粉拌苞谷面。罗兵打量了女子一眼，问："这位是老板娘吧？"

掌柜点头说："正是贱内。"

"扎西德勒。"蒙元亨问候道。

掌柜与老板娘都惊住了。蒙元亨笑着说："掌柜这客栈墙上挂的非寻常刀剑，而是一柄藏刀。我看夫人的容貌又有些像藏人，故而冒昧说了一句藏语。看这样子，在下应当没有猜错。"

蒙元亨曾在打箭炉多年，自然识得藏刀，也能说几句藏语。掌柜竖起大拇指，道："客官真是走南闯北、见多识广的高人。"

蒙元亨说："谬赞了，我只是去过打箭炉。掌柜的，你也去过那里吧，否则怎么把尊夫人娶了回来？"

掌柜点头说："许多年前去过。"

蒙元亨追问："听口音，你是本地人，从云南去打箭炉，该不是做铜马生意？"蒙元亨在打箭炉时听人说过，在茶马商道衰落的几十年间，曾有几支来自云南的商队到过打箭炉。那时吴三桂镇守云南，在乌蒙山开采铜矿，又命人将铜运至打箭炉，换回青藏高原的战马。

掌柜又是一惊，道："说客官是高人当真没错，连这些事都晓得。"接着，他又说："不瞒客官，早年我是跑马帮的，替平西王的商队运铜，到过打箭炉。后来吴三桂败了，铜马生意没法做了，才改行开客栈。"

蒙元亨笑了笑，说："吴三桂去打箭炉采购战马的事虽瞒着朝廷，但当地知道的人不少。我去过那里，听人聊起自不足为奇。"接着，他又说道："这吴三桂当真是个人物，他兵败身亡好些年了，一路上却总有人议论他。尤其是进入云南地界后，三句话绕不开此人。"

蒙元亨这话是有感而发。这些日子，他在路上不断听人谈及吴三桂，引得自己大发思古之幽情。在金沙江渡口，他还与几个秀才舌战过一番。

半个月前，在渡口的一家客栈内，秀才们兴致勃勃地说起吴三桂，说他反出云南，饮马长江后，本有上、中、下三策。上策是挥戈北上，趁朝廷立足未稳，直取京城；中策是顺江东下，占据富庶的江南，起码能划江而治；下策则是坐守湖南，等清军缓过劲来，朝廷调集大军来围剿，到时以一隅敌全国，必败无疑。可惜吴三桂无大将之才，最终坐失良机。

蒙元亨不以为然，对秀才们说："吴三桂虽算不得忠臣义士，但绝对称得上行军打仗的行家。他前半生纵横天下，当世那些一等一的名将，从皇太极、多尔衮，到李自成、张献忠，直至南明小朝廷的孙可望、李定国，都与他打了个遍，他起码没吃大亏。连一般人都知道的上、中、下策，吴三桂岂会不知？"

秀才们不服气，说："既然明知不利，为何非在湖南与朝廷决战？"

蒙元亨说："吴三桂并不想在湖南与清军决战，但天时地利逼着他只能如此。多年来，朝廷一直防着他反叛，对马匹流入云贵控制极严，云贵又不产战马，以至于他欲补充马匹，只能偷偷摸摸派商队到西藏购买，但终究杯水车薪。关宁铁骑是吴三桂起家的本钱，在云南这些年，他的本钱几乎耗光了，骑兵战力大不如前。"

"没有足够的战马，贸然深入北方平原与八旗骑兵野战争锋，无异于自寻死路。"蒙元亨说得斩钉截铁。

秀才们又问："上策不可行，那中策呢？"

北上自暴其短，起码还可顺江而下，争一个偏安局面。此前，蒙元亨也这样想，直到有一次与赵明舟彻夜长谈，当年身在长江前线的赵明舟道出了其中关键。

蒙元亨说："朝廷见吴军势盛，湖南必定不保，在撤退前，将洞庭湖上的所有船只征集起来，一把火扫掉了。没了船，还下什么江南？后来，吴三桂命人打造船只，意图组建水师。但造船需要时间，船造到一半时，朝廷已缓过气来，调集四面八方的大军将湖南围了个水泄不通。"

蒙元亨这番话，让秀才们无从反驳。接着，他又说："要我说，吴三桂就不该来云南。”

“都说云南是吴三桂的国中之国，他为何不该来？”秀才们问道。

蒙元亨说：“吴三桂此生的败笔，就是没能战死山海关。假若他死在李自成手中，自然来不了云南，最后也不会落得如此名声。”说完，他又吟起一首诗：“周公恐惧流言日，王莽谦恭未篡时。向使当初身便死，一生真伪复谁知？”

当年的风云事，如今已家喻户晓。吴三桂与李自成决裂，双方要拼个你死我活。但那时，吴三桂还没有彻底投降清廷，只是向多尔衮求援借兵，甚至发出了“乞念亡国孤臣忠义之言”的哀鸣。

接下来便是昏天黑地的山海关大战。吴三桂与李自成都押上了全部身家，在这座雄关前展开了生死搏杀。若没有八旗铁骑加入，几乎可以肯定，这场大战将以李自成惨胜告终。在最危急的时刻，吴三桂或许已经绝望。镇守多年的雄关失守在即，清军尚在百里之外，无论是否心甘情愿，自己只能一死报君王，给吊死煤山的崇祯皇帝殉葬。

偏偏在此刻，多尔衮创造了奇迹。他率八旗劲旅昼夜急行军，以不可思议的速度杀到山海关前。战局就此扭转，吴三桂的生命轨迹也从此转向。

假若多尔衮的军队行军速度慢一些，哪怕晚一天赶到，历史又将如何书写？吴三桂自是身首异处，但惨胜的李自成恐怕也无法抵挡八旗军的兵锋，更无法挽救自己失败的命运。然而，引清军入关的罪名，还会扣到吴三桂头上吗？

前明的遗老遗少会在乎吴三桂曾向李自成递降书，后来因京师府邸被抄，才愤而改变主意吗？想必不会。他们不会计较这些“小节”，只会歌颂吴三桂的孤忠。在大明帝国崩溃之际，只有平西伯这位孤臣悍将誓死不降，以一己之力血战流寇。甚至不排除吴三桂将与死守扬州的史可法并列，成为帝国最后的荣耀。

历史正是这般吊诡与有趣！

“古今多少事，都付笑谈中。管他吴三桂还是吴四桂，酒还得喝起来。”见小二提着刚温好的酒走了过来，掌柜笑着招呼。

掌柜一边给蒙元亨斟酒，一边说：“这是小店自酿的高粱酒，客官尝一尝味道。”

蒙元亨刚端起酒杯，罗兵便喊道："慢着！"

众人的目光一齐投过来，只听罗兵说道："请掌柜先尝一口。"

掌柜一怔，说道："这是什么意思？"

罗兵说："江湖佬，胆子小，怕酒里下药，请掌柜先喝一口，咱们才放心。"

掌柜笑起来，说："客官真把这儿当黑店了。"

"少废话，快喝！"罗兵吼道。

掌柜端着酒，正在犹豫，他老婆走过来，一巴掌将酒杯拍在地上，厉声道："看在你们远道而来的分上，咱们以礼相待。既然不领情，就算了，这生意不做也罢！"

罗兵冷笑道："我看是心中有鬼吧。"接着，他又端起一杯酒，递到掌柜面前，道："这酒你不喝也得喝。"

掌柜板起脸，说："这就是欺负人了。"

罗兵一耳光扇过去，骂道："欺负的就是你！"掌柜挨了一耳光，勃然大怒。旁边几桌人也拔出刀剑，恶狠狠地扑上来。

罗兵往后退了几步，说道："果然是家黑店。"说罢，又哈哈大笑起来。这笑声放肆，且中气十足，不禁让蒙元亨想到了当年沙漠中的布日古德，那是经历过血雨腥风的猛士对小毛贼的一种蔑视与嘲讽。

笑过之后，罗兵挥舞起大刀，吼道："弟兄们，今日好好过回瘾！"

此番南下，罗兵带着近百个武士护卫商队。这些人要么是身手矫健的武林好汉，要么曾在军中效力。其中好几个蒙古汉子当年在布日古德帐下听令，布日古德残部降清后，为了挣银子，他们便跟了蒙元亨。

瑞成祥商队的大部分人马在山外休整，跟着蒙元亨进乌蒙山的三十多号人是从护卫队中精挑细选的，个个武艺高强，以一当十。

对方不过十来人，且武艺差着好大一截，很快败下阵来。有两人当场毙命，其余的被绑了起来。只有一人冲出客栈，一溜烟跑了。蒙元亨瞧见有人逃走，便交代说："让他去通风报信。"

过了半个时辰，外面响起马蹄声，一圈圈火把将客栈围住。已被五花大绑、满脸淤青的掌柜冷笑道："天堂有路你不走，地狱无门偏来闯。现在后悔已来不及了。"

罗兵打开窗户瞧了一眼，回头说道："我的妈呀，足足好几百人！怎么办？"

掌柜又笑起来，道："立刻把我放了，再把银子留下，可饶你们小命。"顿了顿，他又说："我知道各位是练家子，但双拳难敌四手，就你们这点人，无论如何都占不到便宜。"

罗兵点了点头，说："言之有理，双拳难敌四手，好汉不吃眼前亏。"

掌柜的气焰更加嚣张，他吼道："啰唆什么，还不快给老子松绑！"

"他娘的，你还来劲了！"罗兵不再演戏，凶相毕露，又一耳光扇过去，"谁说老子要用拳头？睁开你的狗眼，好好长长见识！"

罗兵转头对手下说："养兵千日，用在一时。弟兄们，把洋玩意用起来。"

这时，有四人搬出两只木箱，打开箱盖，只见十几条擦得锃亮的火药枪躺在里面。商号如今生意兴旺，蒙元亨也舍得花银子，出高价购买了这些火药枪。罗兵领着手下在嘉陵江边日夜操练，打烂的稻草人不计其数。今晚眼瞅着要冲真人开枪，弟兄们一个个兴奋不已。很快，火药装填完毕，黑洞洞的枪口伸向窗外。

罗兵手指前方，信心满满地说："两排交替射击，先射骑在马上的，再射周围。"

"慢着！"蒙元亨说，"那个大胡子是盗匪头子，一定先把他射倒，但不能伤人性命。"

罗兵这下犯难了，挠着头说："一阵乱枪要打死谁不在话下，可伤人不伤命却不敢保证。"

蒙元亨训斥道："平时不是吹嘘百步穿杨吗，怎么这会儿掉链子?！"

虽说这洋枪火力强大，但要百步穿杨，任谁也做不到。那时，膛线工艺还没有普及，来自西洋各国或俄国的火药枪还没有膛线。膛线可以让弹头高速旋转，使弹头出膛后，仍能保持既定的方向。没有膛线的枪支，射击精度是无法保证的。

罗兵正在犯难，蒙元亨转回身招呼了一声。立刻，一个个头不高、黝黑精瘦的老者走了过来。蒙元亨拉过老者叽里呱啦地说了几句，老者瞅了瞅外面，又点了点头。周围人一句没听懂，只有被绑住的掌柜老婆听得目瞪口呆，脸色发白。

蒙元亨说的是藏语，而这名老者正是昔日德让土司帐下的第一神箭手。当年在折多山，神箭手一箭射中蒙元亨的手臂，才让阿旺次仁中了苦肉计。离开打箭炉时，德让忍痛割爱，将神箭手送给了蒙元亨。从此，他便为商号效力。神箭手一把年纪，刀剑功夫平平，在护卫队中领的银子却很多，许多人不服气。今日，他正好亮出绝活，让周围人见识一番。

神箭手独自爬上屋顶，找好位置，接着便拉弓放箭。只听嗖的一声，利箭不偏不倚，正中领头盗匪的左臂，他惨叫一声，跌下马来。

“漂亮！”蒙元亨禁不住喝彩。罗兵赶紧下令：“给我打！”

顿时枪声大作，弹雨横飞。一通扫射之后，对面有几十人栽倒在地。慌乱之中，盗匪竟连熄灭火把都忘了。这可给了神箭手机会，他挪动位置，接连又射出三箭，每一箭的力道都奇大无比，中箭者脑浆迸裂，眼球凸出，死状令人惊悚。

眼看盗匪阵脚已乱，罗兵第一个冲出去，抡起大刀一通乱砍。后面又跟上来十几号人，每人各执兵器，均如狼似虎，凶神恶煞。可怜这帮山贼几百号人，最后扔下几十具尸体，其他人通通束手就擒。

罗兵擦拭着刀上的血迹，恶狠狠地说：“押他们去官府，还得走几天山路，浪费咱们粮食，不如就地砍了！”

蒙元亨还未答话，手下便有几人高喊：“听大爷的，砍了！”这些个家伙，过去哪个手里不拎着几条人命，进入商号后，好长时间没杀人，手当真痒得很，刚才一顿砍杀仍没过足瘾。

“不忙。”蒙元亨制止道。他走了过去，目光投向领头盗匪，道：“听口音，你是贵州人。”

对面的人吓得直哆嗦，说：“我是贵州人，打小家里穷，迫不得已在三省交界的乌蒙山落草为寇。”

蒙元亨又瞟了瞟掌柜，说道：“你就是金大伦吧，听说你还考过秀才，怎么干起这种勾当了？”

蒙元亨说得没错，掌柜名叫金大伦，出身书香之家，早年做过马帮生意，后来在乌蒙山开起了黑店。他通常不亲自动手，只负责传递消息，由附近的盗匪动手。事成之后，双方分赃。

金大伦昂起头说：“你什么都清楚，难不成是官府的？”

蒙元亨说：“我没有吃皇粮的福分，不过自己做买卖养家糊口而已。路过会理时，我听人说乌蒙山中匪患猖獗，还有一个叫金大伦的黑店掌柜，与山中盗匪素有勾结，所以特地来会一会。”

“碰上你，我认栽，只求一个痛快死法。”金大伦低下头，面如土灰。

蒙元亨笑了笑，说：“这个要求怕是没法满足你。”接着，他转头命令道：“把刀放下，再取些银子来。”

蒙元亨又说：“今晚只是一场误会，可惜刀剑无眼，让好些兄弟白白送了性命。拿些银子去，好生把他们埋了。”说完，他把银子扔了过去。

盗匪们一脸错愕，也不敢去捡扔在地上的银子。蒙元亨拾起银子，递了过去，又说：“我乃瑞成祥商号的东家蒙元亨，是个买卖人。走上千里路，绝不为杀人结怨。今日之事，就当大水冲了龙王庙。日后兄弟们若手头紧，尽可说一声，我定当资助。”

“但丑话说在前头，”蒙元亨话锋一转，“我拿别人当朋友，别人就不能拿我当冤大头。朋友有难处，我当尽绵薄之力，可谁要硬抢，我手里的火药枪也不认人。”

转瞬之间，蒙元亨便从怒目金刚变成了慈悲的活菩萨。这一切都在蒙元亨的盘算中。自打踏上南下商路，便听闻云、贵、川三省交界的乌蒙山土匪横行，偏偏此处又是南行的必经之地。这些盗匪连官府都剿不尽，又岂是自己能扫平的？未来行走这条商路，总不能每趟都带上几百人的护卫队，遇事便真刀真枪干一场。唯一的办法便是恩威并施，让乌蒙山的土匪晓得，瑞成祥商队不好惹。

正因为这样，蒙元亨才把大队人马留在后面，只带着几十个身手好的弟兄进山。说穿了，这一趟是为日后行商扫除障碍。

今晚挑在金大伦的客栈动手，也是刻意为之。金大伦开黑店，必与山中盗匪有颇多交道。蒙元亨左手拎着血淋淋的人头，右手捧上白花花的银子，既降伏了金大伦，更通过他广而告之，让盗匪从此别打瑞成祥的主意。

蒙元亨这一招果然奏效，领头盗匪千恩万谢，说道：“以后在乌蒙山，谁敢动蒙东家的商队，我第一个不答应！”

金大伦接过银子，也拍着胸脯保证道：“我一定拜托其他兄弟，日后碰上插着瑞成祥旗帜的商队，务必放行。谁敢动蒙东家的货，便是存心找死。”

6. 中华开海，这可是百年一遇的壮举

穿越险峻的乌蒙山后，商队在昆明停留数日。接着，他们一路向西，过大理、永昌（今保山）、腾跃（今腾冲），离开大清国境内，进入缅甸。

在缅北八莫，行进了数千里的商队终于停下脚步。蒙元亨来到八莫后，白浩夫从印度派来的信使已等候在此。白浩夫说，得知蒙元亨辗转数千里，为他运来丝绸、茶叶，他不胜感激。为迎接贵客，他已从印度动身，朝八莫奔来，不日便将抵达。

终于与白浩夫恢复了联系，蒙元亨心情大好。奔波了数千里的商队，正好可以在这座异域小城休整一番。待在八莫的日子里，所有人都颇为惬意。每日天还没亮，蒙元亨就来到大金塔旁，绕着金塔走一圈，处处可见信徒们在礼佛、诵经。大金塔底部平台四周还立有缅甸人用来计算生肖的八种动物的雕像，每个动物雕像后面有一尊佛像，佛像下面是一坛清水。与清国不同，此处前来朝拜的善男信女会把鲜花编成的花环挂在佛像颈上，然后用勺子舀水淋在佛像身上。相传这样浴佛可以洗去身上的晦气，给家人带来好运。

八莫的小竹楼也颇具特色。下层高七八尺，四无遮拦，仅有几根梁柱，牛马可拴束于梁柱上。屋顶向两边倾斜，一般无窗。屋顶用茅草铺盖，梁柱、门板、楼板全用竹制成。屋里的家具很简单，凡桌、椅、床、箱、笼、筐，也全用竹制成。村落大都依山傍水，村外榕树蔽天，村内竹楼鳞次栉比。

美丽的伊洛瓦底江更如一层轻纱般迷人。江水悠悠，弯弯曲曲，岸上山峦起伏，悬崖陡峭，两岸高大繁茂的热带雨林中，经常可见几人才能合抱的大树。傍

晚时分，缅甸人在江上捕鱼。扁舟上摆着一个蒙元亨从前不曾见过的圆锥状大竹笼，这就是缅甸人的捕鱼工具——罩鱼笼。

这些年，蒙元亨踏遍千山万水，中原的皇天后土，塞外的碧草蓝天，一次次震撼他的心灵。如今呈现在他眼前的南关晓月，又是一番别样情趣。驻足此地，他真切地感受到天下之大，更生出感慨：天下如此多娇！

来到域外，蒙元亨还多了一层思索。中国的文人士大夫，大多对外面的世界不闻不问，但那些引车卖浆者，早就用脚行走天下。譬如在八莫，蒙元亨见到不少汉人，有从云南过来的，还有从更远的贵州、四川、湖南来的。为了生计，他们跋涉千里来到这里，或许此生不会再归故国。可惜目不识丁的他们无法记录下自己的生活，中华帝国的饱学之士更不会关心这些贩夫走卒。

在八莫待了大半个月，终于等来了白浩夫。在伊洛瓦底江畔的一栋小竹楼中，分别有时的两人终于重逢。然而第一眼，蒙元亨竟没认出老朋友。与自己梳着辫子，一身长马褂的打扮不同，白浩夫用素色纱巾包头，下身穿着长裙。这是地道的缅甸人打扮，包头的纱巾叫“岗包”，长裙叫“帕索”。

白浩夫张开双臂，用中文说道：“蒙先生辛苦了，你果真是诚信之人。”

蒙元亨这才认出白浩夫，不禁笑起来，说道：“当初在保宁相见，你穿着大清国的服饰，如今在缅甸，你又是一身缅甸人装束。”

白浩夫耸了耸肩，说：“大概是我的黄头发、蓝眼睛太扎眼了，来到东方，只能入乡随俗。”

“不！”蒙元亨说，“商人原本就该入乡随俗。连当地风俗都无法融入，还做什么生意？”

蒙元亨又说：“看来我太僵化了，赶明儿我也去置办一身缅甸人的服饰。”

白浩夫为蒙元亨斟茶，说道：“自打西藏出事，咱们之间便断了音讯。没想到呀，蒙先生竟然千里迢迢把货押运过来了。你这般重信义的商人，令我佩服！”

蒙元亨抿了一口茶，说：“做生意嘛，自然得讲信义。我收了你的订金，竭尽全力把货送到是本分。也算运气好，一路上没遇到太多波折。”

白浩夫虽舟车劳顿，兴致却很高，他道："当初在印度见到贵号的茶叶，又得知茶叶来自西藏，便一路追到西藏，后来又一口气从西藏来到保宁，殊不知还有另一条路可走。"

蒙元亨点头说："此番西藏动荡，导致商路被阻，看似是坏事，其实最后成了好事，逼着咱们走通了蜀身毒道。我之所以亲率商队，也是因为想探一探路上情形。这一路走来收获不小，即便日后西藏稳定下来，商队也应走云南这条路。"

"从四川到八莫，"蒙元亨又说，"我自个儿走了一趟，心中有底。从八莫到印度，据说道路也还通畅，但毕竟是听闻，没有十足的把握。你从印度过来，这条路情形如何？"

白浩夫说："这一路走来很畅通，货物运输没问题。"

"那就好！"蒙元亨兴奋地说，"功夫不负有心人，咱们的生意还能继续做下去。"

白浩夫却摇起头，说："蒙先生一路辛苦，走通了这条商路。不过，这条路的用处或许已不大。"

蒙元亨盯着白浩夫，问道："出了什么事？"

"的确有事，不过是好事。"白浩夫笑着说，"丝绸、茶叶生意一片红火，断没有停下来的道理。其实，你不跋山涉水来找我，我也会去找你。"

蒙元亨听出了一些眉目，问道："你打算到清国来？难不成你发现了另一条路？"

"当然。"白浩夫将杯中茶一饮而尽。

"什么路？"蒙元亨追问道。

白浩夫拍了一下手掌，道："哎呀，这一趟没带地图来，都不知怎么跟你说。"

蒙元亨说："你就在桌上简略比画出来，我能听懂。"说罢，他摆弄起桌上的茶杯。"这个茶杯代表保宁，这个茶杯代表印度，这个茶杯就代表八莫。大致方位应当和我摆的差不多。你且说说，还有什么路可从印度到达清国？"

"你看好了。"白浩夫伸出手指头，从代表印度的茶杯处向南指，再拐一个大弯，最终落在代表保宁的茶杯附近。

白浩夫正想解释，蒙元亨摆手说：“别忙，让我想一想。”隔了一会儿，他说：“我大致明白你的意思了。你是说走海路，在印度出海，南下印度洋，向东穿过马六甲海峡，再北上南海，最终抵达清国海岸。”

白浩夫大吃一惊，道：“你把我送你的地图都记在脑子里了。”

蒙元亨对那幅地图爱不释手，在保宁府时日夜观摩，说把整张图记在脑子里，或不是夸大其词。蒙元亨又盯着桌上的茶杯，巨大的地图仿佛已浮现在眼前。接着，他摇起头，说道：“走海路固然是条捷径，但朝廷早有海禁之令，片帆不得下海，不得出洋。白先生远渡重洋，到了清国东南沿海，如何登陆上岸？我的货又如何出洋？”

白浩夫笑了，说道：“我做生意走了许多地方，也见识过不少事。恕我直言，任何禁海令都愚不可及，更是一纸空文。就说贵国的禁海令吧，已施行多年，但依然有不少丝绸、茶叶销往海外。”

“你是说走私？”蒙元亨说。

白浩夫说：“东南沿海的商民多年来冒死将货物运出海，荷兰的船队就停在外海，等着货物。”

白浩夫说的确是实情，朝廷的海禁之令颁布多年，但要说“片帆不得下海”，那也是自欺欺人。蒙元亨就听周弘毅说过，安徽所产的丝绸，还有福建武夷山的茶叶，便有不少通过走私流入海外。

蒙元亨仍下意识地摇头，说道：“私通外洋风险太大，经商还应谨慎。”

白浩夫说：“蒙先生是大生意人，走稳当些是对的。不过，咱们正巧赶上好时候，不必冒什么风险了。我得到确凿消息，清国已废除禁海令。”

“什么？禁海令废除了？”蒙元亨显得无比惊讶。

“千真万确。”白浩夫说，“这种事，我岂会开玩笑？”

白浩夫说的果真不是玩笑话。自明入清，中华帝国一直以闭关锁国的形象示人。多年后，国力衰弱，沦落到任人宰割的地步，病根就在于此。然而，在长达百年的封闭中，也有过特例，那便是康熙年间的全面开海。

入关后，清廷实行空前严格的禁海政策，比明朝更甚。这缘于马背上的民族对大洋的恐惧，更是出于封锁台湾郑氏政权的现实急迫性。斩断大陆与海洋的联系，断绝以海为生的郑成功所部的经济来源，才是对他们的最有效的打击。尽管康熙曾以胜利者的姿态，写下“四镇多二心，两岛屯师，敢向东南争半壁；诸王无寸土，一隅抗志，方知海外有孤忠”的挽联，对曾经的敌人郑成功不吝褒扬，但在获得胜利之前，他又展现出巨大的毅力与冷酷，不惜付出东南半壁江山工商凋敝，民不聊生的惨重代价，以置对手于死地。

康熙最终如愿收复台湾，实现了江山一统。同时，八旗铁骑南平三藩，西征噶尔丹，大清帝国的赫赫武功让所有挑战者为之胆寒。天下平定，是时候让百姓休养生息了，尤其是在取得了一连串胜利后，紫禁城里的圣主也拥有了面向大海的自信。

康熙颁下谕旨，设立江、浙、闽、粤四海关负责管理海外贸易事务。这是中国历史上正式建立海关的开始，亦是清朝海疆政策转变的标志。

蒙元亨仔细听着，在确定白浩夫所说无误后，他猛地一拍脑袋，说：“朝廷开海禁的事，我还不知道，你远在印度，却一清二楚！”

白浩夫说：“我比你早得到消息，不足为奇。其一，走海路便捷许多，由陆路从保宁府去京城，比起乘船从清国到印度，后者更快。其二，朝廷开海之事，内陆百姓大多不知就里，甚至没人议论，我在印度港口遇见的都是靠海吃饭的人，自然会关心此事。”

蒙元亨认为这番分析在理，更感受到海路的便捷。莫说传播一条消息，就是运输成千上万的货物，漂洋过海也比翻山越岭快不少。

蒙元亨兴奋起来，说道：“中华开海，这可是百年一遇的壮举，让咱们赶上了。咱们真得好好谋划，做一桩大买卖！”

在这栋简陋的小竹楼中，肤色、样貌、语言、文化截然不同的两位商人兴致勃勃地讨论起天下的生意。最终，他们达成一致意见：瑞成祥在广州设立分号，江南、四川的丝绸，湖广、川陕的茶叶，皆可运往广州。白浩夫的船队也将在广州靠岸，装载上货物后，再驶向茫茫大洋。

蒙元亨是个说干就干的人，他一拍桌子，说道：“事情就这么定了！我这就打道回府，把今日商量的事情安排下去。”

白浩夫说："你来都来了，不妨跟我去一趟印度。"

若是空闲，蒙元亨真想跟白浩夫去一趟印度。那个陌生的国度，那个《史记》中称为身毒的地方，究竟是何样，不妨亲自去看一看。只是如今有要事在身，恐怕抽不出时间。他摇了摇头，说："要在广州设立分号，还要调运丝绸、茶叶，事情千头万绪，我恨不能插上翅膀飞回去，实在没空去印度走一遭。"

白浩夫笑着说："你若是担心这个，倒大可不必。我邀你去印度，并非仅是让你参观我的码头、货仓，而是打算与你一同前赴清国。海运是桩大事，我定要亲自走一遭。若蒙先生能同行，自是再好不过。"

蒙元亨明白了白浩夫的意思，他是想让自己先去印度，再从印度登船，走海路归国。白浩夫又说："你走陆路回去，耗费的时间只会更多，没准我都到广州了，你还在路上。"

既能节省时间，又能看一眼自己神往已久的海洋，蒙元亨当即答应道："好啊，那咱们就一道漂洋过海，走一走海上商路。"

第六章

海运之争

1．康熙南巡前，想起了蒙元亨

浩渺的海洋上，帆船星星点点，仿若一粒粒微尘。其实，白浩夫的帆船并不小，长三十丈，宽约十丈，船上还立着六根桅杆与十多面风帆，若摆在陆地上，足有四五层楼那么高。这样的帆船共有十多艘，在大洋上一字排开。只不过与一望无垠的大海相比，这一切都显得那么微不足道。

蒙元亨站立在船头，早没了眺望海景的兴致，倒生出一股烦躁。他问水手道："广州还有多远？"

水手答道："如果天气好，再有两三天就能到。"

蒙元亨吁了口气，心想总算熬到头了。一旁的罗兵说道："走海路虽说节省时间，但也忒无聊了。一连几十天，除了大海，就没看到过其他东西。"

刚在印度登船时，蒙元亨心里有说不出的激动。只在梦中见过的大海，终于出现在眼前！大海辽阔，万舸争流，那是何等壮丽的景象！

但很快，蒙元亨胸中的万丈豪情就变成了胃里的翻江倒海。他连吐了几天，什么东西也吃不下，浑身没有丝毫力气，只能瘫睡在床上。他一度以为，自己的命就要丢在海上了，再也回不了故国。

好不容易战胜了晕船，无边无际的寂寞又把每一个人笼罩。初看壮美无比的海景，后来简直让人腻味到了极点。从印度洋到马六甲海峡，再到南海，景致几乎没变过，除了一眼望不到头的海水，就是海水一眼望不到头。

赵辛雨笑嘻嘻地凑了过来，说道："大爷这是发牢骚。要我说，还是走海路舒服。"

“舒服个屁！”罗兵骂道，“活该你小子全身发痒。”

赵辛雨自幼长在嘉陵江边，水性极好。前些日子，趁着晴空万里、风平浪静，他按捺不住跳进海里，好一阵扑腾，畅游之后爬上船，还大呼过瘾。可海水不比江水，不一会儿，他便觉得全身黏糊糊，伴着难忍的瘙痒。水手们取出船上的淡水，替赵辛雨清洗了身子，症状才缓解了一些。原来，海水盐分高，人在里面泡了，必得用清水洗净。长年在海上跑的水手哪个不是水性了得，没事却绝不往海水里扎。

赵辛雨虽说吃了亏，但依旧对海路赞不绝口：“且不说省时间，光一艘船装的东西，就顶得上几十辆大车装的。上了船只管吃饭睡觉，哪像陆路要翻山越岭，累得上气不接下气。”

罗兵说：“这话倒是真的。闲了这么久，身上都长膘了，上了岸真得好生活动活动。”

赵辛雨笑道：“不如趁着在船上，先活动一下脑筋。”

罗兵脸上顿时有了喜色，说：“你们几个臭小子，成天惦记我的银子。”

赵辛雨说：“不怕输得苦，只要不戒赌，这话可是大爷教的。”

“好！”罗兵说，“离到广州还有几天，我就不信不能把之前输的银子赢回来。”

这些日子实在无聊，罗兵领着一帮人在船上赌得昏天黑地。见赵辛雨邀约，他欣然应允，两人笑呵呵地钻进船舱。

蒙元亨对打牌没兴趣，只好一个人回舱看书。所幸这一趟带的书不少，得以让他打发无聊时光。这些日子，蒙元亨看书多是一目十行，但对于与大海有关的内容，却会认真钻研一番。

如此读书，收获却也不小。原来，自己正行进其间的这条航道并不是新鲜事物，更非洋人发明，而是古已有之。

隋唐时期，广州已是世界闻名的东方港市。唐代在广州设置了管理海外贸易的官员“市舶使”，一时外商云集。唐代诗人刘禹锡来到广州，惊叹之余，留下“连天浪静长鲸息，映日帆多宝舶来”的诗句。

从广州往来印度的航线，在《新唐书》中即有提及。据记载，当时中国东南沿海有一条通往东南亚、印度洋北部诸国、红海沿岸、东北非和波斯湾诸国的海上航道，即所谓的“广州通海夷道”。明代郑和下西洋，也到过印度，并记录下当地的风土人情。

然而，从明代中期开始的海禁让中华帝国逐渐疏远了海洋。连自诩读万卷书、行万里路的蒙元亨，也对大海知之甚少。想到这些，对朝廷的开海之策，蒙元亨多了一份憧憬。

天公作美，最后几日的航行异常顺利，船队提前一天驶过伶仃洋，作别多日的故国出现在眼前。蒙元亨再度激动起来，胸中充满大干一场的豪情壮志，船还没靠岸，便找来罗兵等人，安排接下来的事情。他让罗兵快马奔回保宁府，调集商队南下，又让赵辛雨去湖广采购货物，自己则留在广州，筹建瑞成祥广州分号。

帆船戛然停下，所有人身子一震。大伙以为靠了岸，兴奋不已。蒙元亨第一个走出船舱，罗兵跟在后面，笑哈哈地说：“上了岸，我得先去洗个澡，这一身臭味，我自己都闻不下去了。”

走上甲板，却见船依旧停在海上。罗兵问道：“怎么回事？前面就是广州港，干吗停下？”

白浩夫眺望着前方，淡淡地说道：“清国海关传来消息，说荷兰商船马上就到，让我们先停在港外。半个时辰后，待荷兰商船进了港，咱们再进去。”

罗兵归心似箭，没好气地道：“什么事都有先来后到，分明是咱们先到，干吗要等别人？”

白浩夫无奈地摇头，说：“这是老规矩了。荷兰商人来清国经商好些年了，很多时候都会被高看一眼。”

蒙元亨说：“跑了上万里路，也不急在这一会儿，等一等吧。”他正要走下甲板，对面划过来一条舢板。远远望去，上面站着几个兵丁，正向这边挥手。

待舢板驶近，一个兵丁喊道：“你们是英吉利商船吗？”

白浩夫用中文答道：“是的。”

兵丁又问：“有一个叫蒙元亨的，是瑞成祥商号的东家，在这条船上吗？”

罗兵抢着说："找蒙东家何事？"

兵丁不耐烦地说："你老老实实作答就是，管这么多做什么！"

自己的船被拦在港外，罗兵本就憋着火，见兵丁颐指气使的模样，更来气，吼道："你不说清楚，我凭什么告诉你?！"

这时，蒙元亨走到船头，拱手作揖道："军爷，在下便是蒙元亨，不知有何事？"他心里更是在打鼓，自己头一回来广州，官府怎么就找上门来?

兵丁换了一副脸色，说道："原来你就是蒙东家，失敬。兄弟们等了一个多月，只知你会乘英吉利商船过来，具体是哪一艘，却不晓得。"

蒙元亨更觉奇怪了，说道："不知军爷有何差遣？"

"让你们的船先进港，上岸再说。"兵丁说道。

"不是要等荷兰商船吗？"罗兵说。

"你们的船先到，理应先进。"兵丁说，"再说上峰有令，接到蒙东家，立刻请进城里。"

两个月的海上航行让所有人疲惫不堪，听说能立刻登陆，大家无不欢欣鼓舞。黄皮肤的瑞成祥伙计，金发碧眼的白浩夫，还有皮肤黝黑的印度水手，都在大喊大叫。

朝廷虽已开海，外夷却不能入广州城。下船后，蒙元亨跟着官员忐忑不安地进了城，白浩夫等人留在码头装卸货物。

直到傍晚时分，蒙元亨才骑着马回到码头。一下马，他便急匆匆地说："船队里哪艘船跑得最快？我得用一下。"

白浩夫指了指一艘船，接着问道："你用船干吗？"

蒙元亨说："我要去江宁，连夜动身。"

"怎么了？"白浩夫一脸惊诧。

蒙元亨说："让他们先准备，具体情形我待会儿告诉你。"

蒙元亨又把罗兵与赵辛雨唤来，说道："事情有变，我得赶去江宁。回保宁送信的事，叫一个信得过的伙计去。大哥可去湖广采购货物，辛雨留在广州把分号建起来。还有几件事，得赶在我出发前商议下来。"

照蒙元亨的安排，众人忙活了半天，快船也装上了食物与淡水。蒙元亨松了口气，这才缓缓道出原委。今日他进了广州城，直奔府衙见到了知府大人。知府大人说，京城传来谕旨，让蒙元亨即刻赴江宁。

原来，康熙数月前离开京师，龙船一路南行，驶往风光秀美的江南。启程之前，康熙对索额图言道："蒙元亨如今在哪儿？朕下江南时，想见一见他。"皇上有旨，索额图岂敢怠慢，立刻飞马传书至保宁，让蒙元亨赴江宁候驾。不过蒙元亨并不在保宁，一年多以前便踏上了蜀身毒道。

圣谕煌煌，蒙元亨却不在，蒙家上下急得不行。恰巧这时，蒙元亨有书信寄回保宁。他说自己随白浩夫去了印度，并且会经海路返回广州。蒙顺上奏官府，召蒙元亨见驾的谕旨便发来了广州。

蒙元亨询问广州知府皇上何时从京城出发，在江宁待多久。知府说："从邸报上得知，皇上三个月前离京，沿途巡视河工，又在扬州逗留了一阵子。此刻圣驾应在杭州。江宁乃南巡最后一站，估计得待上半个月。"

蒙元亨算着路程与时间，焦急不已。他说："从广州去江宁，多是经英德、曲江，到达南岭脚下的韶关，再穿行五岭中最东边的大庾岭。这一路山高路险，旅途十分艰苦。出了广东地界，到了江西南安军后，赣江支流章水能通行小船，方才舍陆登舟。赣江一路北行，在星子县注入鄱阳湖，小船也得顺流而北，横渡烟波浩渺的鄱阳湖，来到庐山脚下的湖口，由湖口进入长江。再在长江中航行近千里，才能抵达江宁。"

"没错。"知府说，"本官当年南下，走的就是这条路。这是由中原通往南粤的古道。怎么，你之前走过？"

"我没来过广州。"蒙元亨说，"只是当年读史，深为文天祥的浩然正气所感动。文丞相在广东海丰被俘，便是经由这条古道被押解至元大都。几百年来，路线没怎么变。"

蒙元亨自幼喜好地理，别人读书只背下文天祥的诗句，他却要探究一番文天祥自南粤北上，穿行整个中国大陆的线路。原以为日后指挥千军万马驰骋沙场时会用上地理之学，没想到因为父亲的冤案，他只能投身商海。更阴差阳错的是，这些地理知识又在行商时派上了大用场。

两人相交，往往几句话便知对方斤两。广州知府先前虽也客气，但只是因为有谕旨在，心里依旧把蒙元亨当个土财主。听了这番话，知府知道蒙元亨博闻强识，起码是个儒商，他拱了拱手，道：“蒙东家才学过人，令人敬佩。”顿了顿，他又说：“你是担心路上耗时太久，无法赶到江宁？”

蒙元亨说：“不是担心，而是肯定无法赶到。此去江宁，最快也得两个月。到那时，皇上早已回銮。”

知府搓着手说：“那如何是好？”

蒙元亨双眉紧锁，那幅巨大的地图再次浮现于脑海。此刻，他仿佛一只展翅雄鹰，翱翔于九天之上，俯视身下的山川大地、江河平原。猛然，他有了主意，说道：“我有办法！顶多二十天便能赶到江宁。”

知府颇为惊讶，道：“什么法子？”

“走海路。”蒙元亨说，“沿着广东、福建、浙江外海一路北上，再由松江府进入长江。”

知府毕竟在领风气之先的南粤为官，对海路多少知道一些，他说：“朝廷开海之后，走海路的船逐渐多起来。不过，那些都是运货的船。北上的官吏、赶考的学子，大多还是由陆路翻越大庾岭出广东。海上风浪大，毕竟没有陆地上安全。”

“没事。”蒙元亨说，“从印度到广州我都走的是海路，这一段自不在话下。”

“何时动身？”见蒙元亨心意已决，知府问道。

蒙元亨说：“既是陛下召见，自是越快越好，我今晚就动身。”

2. 开海还是禁海？山陕商帮与徽商意见相左，太子党与八爷党也杠上了

刚在大洋上漂了两个月的蒙元亨，仅在陆地上待了几个时辰，就又扬帆出海。因为是精心挑选的快船，加之蒙元亨催促，因此船走得特别快，仅用了十多天，便到达了江宁下关码头。

码头上熙熙攘攘，周围修葺一新。随行的伙计问："东家奉圣谕而来，码头上怎么没有官员迎接？"

蒙元亨笑了，说道："从广州出发的信使想必还在路上，咱们却已经到了江宁，自然没人迎接。"

伙计又问："现在去哪儿？"

这十多天，蒙元亨虽不再晕船，但心中却七上八下。皇帝召见自己，究竟所为何事，务必先打听一下。可找谁打听？自己去国一年多，朝中发生了什么大事，心中全然无数。蒙元亨冥思苦想，终于想到了一个人，那便是周弘毅。

但凡圣驾南巡，江南徽商必鞍前马后效力。按照邸报上的行程，江宁乃圣驾北返前的最后一站，自有徽商在此迎候，周弘毅此刻多半应在江宁。他在朝中人脉广阔，与自己也交情深厚，无疑是最佳人选。

蒙元亨知道周家在江宁有一处宅子，他沿途打听，来到周府门口。一路上，不少江宁百姓议论天子南巡。有人说，皇上前日就该到江宁，怕是路上耽搁了，迟迟没见到；也有人说，天子已提前北返，江边渔民远远看着龙船趁着夜色驶过长江。听到这些，蒙元亨的心又揪了起来，自己千里迢迢赶来，可别扑个空。

在周府门口，蒙元亨被拦下了。他在海上漂了两个多月，不仅邋遢，更臭味熏人。以这副模样求见江南巨富、徽商大佬，难怪被拒之门外。蒙元亨只好说：“我从保宁府来，与周先生是好朋友。周琪姑娘在保宁，她托我来看望父亲。”

用人见蒙元亨能说出周琪之事，才将信将疑地将他带进院子。周弘毅在江宁的时候不多，此处宅院比不上扬州府邸富丽堂皇，但院内小桥流水，树影婆娑，也别有一番雅趣。

用人说周弘毅外出了，让蒙元亨在客房稍坐。半个时辰后，门外传来脚步声。周弘毅在扬州过着养尊处优的生活，腿疾也好了许多。他回府后听说保宁来人了，还带来了女儿的口信，便急匆匆奔了过来。

“元亨，怎么是你？”推开房门，见到衣衫不整的蒙元亨，周弘毅大吃一惊。

蒙元亨起身行礼道：“周叔叔好。”接着，他问道：“皇上到江宁了吗？街上的百姓七嘴八舌，什么说法都有。”

周弘毅请蒙元亨坐下，接着说道：“早知皇上召见你，但听说你身在域外，以为你赶不回来，哪知你脚上长着风火轮！放心吧，你来得正好。半个月前，圣驾驻在杭州，原本昨日到江宁，可路过苏州，临时停了下来。五日之后，陛下才到江宁，还要在此住上半月。”

周弘毅非寻常百姓，他的消息自是准确无误，蒙元亨悬着的心终于放了下来。陛下五日后才到，自己正好有充裕的时间准备，面圣之事不至于太过仓促。

周弘毅说：“琪儿上回写信来，说你去印度了。一路上情形如何？从印度到江宁，路途应当很远吧，你怎么赶回来的？”

蒙元亨哈哈一笑，说起了这一年多的经历。周弘毅一边听着，一边吩咐用人送来新衣服，给蒙元亨换上。接着，两人移步至书房，用人沏上上好龙井，还端来几盘干果。当蒙元亨说到自己从印度登船，漂洋过海回到广州，又一路向北赶赴江宁时，周弘毅听得愈发仔细，还不时打断发问。

蒙元亨说了一大通，难免口干舌燥，本想端起茶抿一口，但茶到嘴边，又停住了。他迫不及待地问：“皇上召我到江南，所为何事？”

周弘毅笑了笑，说：“方才你滔滔不绝，讲自己跋山涉水，纵横数国，花了半个时辰。但要说起这一年多来的国中之事，怕是一个时辰都说不完。”

蒙元亨把茶杯放回桌上，说：“国中出了什么事？”

周弘毅说：“国中之事，都是你的几位老朋友惹出来的。”

“老朋友？”蒙元亨越发迷惑。

“容我慢慢道来。”周弘毅抿了一口茶，不疾不徐地讲起来。他虽操着一口软绵绵的徽州口音，但所说之事却风云变幻，惊心动魄。

一切事情还要从文知雪与盛宇峰在归化成婚说起。文知雪委身下嫁，救回了商号，文盛重归一家。文盛合的旗帜，又飘扬在从江南到塞北，从清国到俄国的万里商道上。但那一头，岳江南却慌了神，虽说自己在高粱霸盘中胜出，但文盛复合后，必成自家劲敌。尤其是噶尔丹败亡了，朝廷不再急需火药枪，自己玩了多年的挟洋自重手段怕是难以为继。

当文知雪与盛宇峰新婚无宴尔、同床却异梦之时，岳江南星夜奔赴京师，希望寻找新的靠山。在索额图那里，岳江南无疑吃了闭门羹。紧接着，归化又传来意料中的坏消息。朝廷不再干预茶市，大清茶商终于能扬眉吐气一回。文知雪率先大幅提价，其他茶商纷纷跟进。

岳江南穿梭于京师的王侯将相府邸，银子送出不少，事情却进展不大。许多人都说，文知雪是索相的人，从前索相发话，自能约束住她，如今索相却在为她撑腰，其他人岂敢造次。

然而，一次偶然的机会让岳江南柳暗花明。他住在徽州会馆，一日，他正在屋里看书，听得外面人声嘈杂，出门一看，竟遇上了多年前认识的徽商故人。此人近来在做皮毛生意，这一趟去关外采购皮毛，打算在天津装船，走海路回江南。

自打西进泾阳，与文善达争夺棉花商路，岳江南这些年一直在黄土高原、蒙古草原与西伯利亚雪原上打转，好久没见过大海了。他惊奇地询问道：“从北边回江南，海路能走通？”

对方哈哈大笑，说台湾被收复后，朝廷渐开海禁，海面上可热闹了。“商舶交于四省，遍于占城、暹罗、真腊、满剌加、浡泥、荷兰、吕宋、日本、苏禄、琉球诸国。”从天津到江南，走海路数日可达，不仅比走陆路省时间，也比漕运便捷许多。

岳江南一听这话，顿时如获至宝。山陕商帮销往俄国的茶叶，多采自福建武夷山，走水路穿越福建、江西、湖北、河南四省，在河南赊店改行陆路，再经河南、山西，从杀虎口出关，北上蒙古草原，行程万里。若海路畅通，茶叶大可在福建装船，直抵天津码头，再经张家口进入蒙古腹地。如此一来，途中耗费大为降低。

被逼入绝境的岳江南说干就干，搭上船直奔武夷山。与蒙元亨一样，刚上船时，他晕船晕得一塌糊涂，航程过半，才勉强适应了海上生活。不过回程时，他却精神焕发，兴奋不已。与之前设想的一样，武夷山的茶叶走海路可直达天津，比起走陆路，耗费低了数倍。

因为岳江南另辟蹊径，原本一边倒的茶叶商战又变得激烈起来。山陕商帮虽经营茶叶商路多年，老本够厚，但岳江南的茶叶成本更低，双方你来我往，互不相让，茶叶大战惨烈无比。

很快，商场战火便烧到朝堂之上。文知雪率八位山陕大商进京，拜会朝中大臣，尤其是向索额图进言，希望朝廷重新施行海禁之策，不许片帆下海。公开的理由自然冠冕堂皇，什么外夷由海路而来蛊惑人心，海上风高浪急风险莫测。但实际上，文知雪的算盘很清楚，只要朝廷重新禁海，就等于对岳江南一剑封喉。

岳江南岂肯坐以待毙，也在京师四处活动。一些御史上奏鼓吹海运便捷，认为不可重行海禁之策。开海还是禁海，两种意见针锋相对。这时，皇八子胤禩又授意门人赞同开海之策。

胤禩深得康熙宠爱，且素有贤名，被称为“八贤王”。好几位皇子与朝中大臣围拢在胤禩身旁，令八爷党成为朝中举足轻重的一股势力。而太子生母是索额图的亲侄女，索额图多年来力保太子，乃太子党内说一不二的人物。索相主张禁海，八爷与其门人主张开海，隐然就同讳莫如深的夺嫡之争有了某种联系，朝中局势愈发诡谲。

听周弘毅讲完，蒙元亨沉吟半晌，才说道：“怪不得周叔叔对海上的情状那般感兴趣。”

周弘毅点头说："究竟开海还是禁海，两边吵得不可开交，正好你在海上航行了几万里，我当然想问一问。"停顿了一下，他又说："皇上召你来，或许也是为此事。海运关乎货物的流通，商人感触最深，皇上没准想问问你的看法。"

蒙元亨认为周弘毅分析中肯，但嘴上仍客气道："我人微言轻，如此大事，皇上哪会问到我头上。"

周弘毅淡淡一笑，没有吭声。蒙元亨大口喝着茶，又说道："目前的形势，太子与索相主张禁海，八爷那边主张开海。商帮中人又是什么态度？"

周弘毅说："山陕商帮以文知雪为首，都力主禁海。这不难理解，北边历来是山陕商帮的地盘，万里茶路也是人家开辟的。岳江南走通了海路，就是挖他们身上的肉。徽商中主张开海的却不少，徽商的丝绸多年来经由海路销往西洋，过去禁海，大伙只能冒险走私，还得拿出银子打点官府。如今开海，终于能光明正大地做生意。"

两人不知不觉已说了好几个时辰，眼看天色渐暗，周弘毅说："你不远万里而来，按说我得单独为你接风洗尘，但今晚的聚会早已说定，实在不好爽约。这样吧，你随我一同去。再说今晚的客人，许多也是你的熟人。"

周弘毅接着说："今晚我在秦淮河设宴，文知雪、岳江南都会来。"

"什么？！"蒙元亨大吃一惊，"文知雪、岳江南都在江宁？"

周弘毅说："官场和商场中人都琢磨着，陛下南巡之后，开海或禁海便会有定论。而这个决定，自会左右无数人的命运。过去陛下南巡，都是徽商在江南迎驾。这一次，山陕商帮的头面人物倾巢南下，目的当然是讨陛下欢心，更希望朝廷的决策能利于自己。"

"这一路当真热闹。"蒙元亨可以想见这些富商会如何用尽手段，只为博龙颜一悦。

"最有气魄的还数文知雪。"周弘毅说，"陛下游览扬州瘦西湖，随口说了一句这里挺像京城北海的琼岛春阴，只可惜差了一座白塔。结果第二天，陛下开轩一看，五亭桥旁一座白塔巍然耸立，像是从天而降。一旁的索相赶紧上奏，说文盛合东家、昔日帮办西征粮饷总商文知雪，为弥补圣上游瘦西湖之憾，连夜赶建了这座白塔。"

蒙元亨吃惊不已，说道：“文知雪一夜之间能建起白塔？”

周弘毅说：“据说陛下当天的话传到文知雪耳中，她立刻请来几名太监，让他们凭记忆把京城北海的白塔画出来。接着，又用盐包堆成塔状，外面扎上纸。虽说只可远观，不可近攀，却当真花费了不少心思与银子。徽商本是江南地主，见文知雪如此一掷千金，也自愧不如。”

蒙元亨不知应点头还是摇头，最后只“嗯”了两声。隔了一会儿，他又问：“商帮的头面人物今晚都会来吧？”

周弘毅说：“只要是这趟到了江宁的，我都盛情相邀，接到请帖的也都答应赴宴。虽说彼此在商场争锋，但天下三大商帮的头面人物能聚在一地，也是百年未有之幸事。徽商久在江南，理应尽地主之谊。”

连日奔波导致的疲惫此刻消解了一些，蒙元亨当真想会一会天下商帮的新朋旧友，躬逢百年未有之幸事。

3. 天下商帮齐聚江宁之际，岳江南的船在海上翻了

千百年来，秦淮河一直哺育着古城江宁。从东水关至西水关的沿河两岸，自东吴以来便是繁华的商业区和人口稠密的居民点，东晋以后更成为名门望族聚居之地。锦绣十里春风来，千门万户临河开。绮窗丝幛，十里珠帘，灯船之盛，甲于天下。

天下商帮齐聚江宁，周弘毅大宴宾客，一口气包下了几十条画舫以及桃叶渡周围的十几家茶楼酒肆。各大商号的东家被邀请上船，船上摆满了酒肉瓜果。随行的掌柜、襄理与协理们聚在茶楼酒肆。附近的百姓闻知商帮有此盛举，也扶老携幼，纷至沓来，把桃叶渡一带的秦淮河两岸弄得人头攒动、热闹非凡。

蒙元亨与周弘毅下了马，换乘一叶轻舟，再登上河中一条特大号的涂饰鲜艳的画舫。今晚的大宴，主宾都在这条画舫上。

天色渐黑，河中画舫点起大红蜡烛，船头、船尾高悬各种形状的彩灯，有兔形灯、鱼形灯、鹿形灯……秦淮花灯本是当地有名的传统手工艺品，此番四海巨富、豪商云集，周围店铺的老板也想借机一展才能，招徕顾客。于是，桃叶渡一带的楼房争奇斗艳般点起各式花灯，把这段秦淮河映得通亮。河中、岸上的灯火与天空中的一轮明月交相辉映，加上楼馆传出的袅袅丝弦声，造出一个诗意盎然、韵味无穷的太平盛世月夜来。

碧波轻柔的秦淮河、雕梁画栋的画舫，与一望无垠的海洋、劈波斩浪的船队，自是两重天地。在大海上漂浮了两个多月的蒙元亨，此刻坐在画舫内的红木椅上，不知为何脑中竟突然冒出李商隐的诗句：烟笼寒水月笼沙，夜泊秦淮近

酒家。

不时有人登上画舫，这些人未必与蒙元亨见过面，但彼此的名号均如雷贯耳。周弘毅一一引见，大伙抱拳行礼。又过了片刻，一叶轻舟靠拢画舫，一对男女走了上来。众人纷纷起身招呼道：“文东家、盛东家，快请！”

文知雪与盛宇峰忙着同众人打招呼，并未瞧见蒙元亨，蒙元亨从远处望去，发觉两人似乎都异常消瘦。自打归化一别，已好长日子没见。昔日的知雪妹妹已嫁作他人妇，不知她过得可好？从高粱霸盘到海运之争，可怜商场的千斤重担全压在一个女子肩上。

周弘毅拉着盛宇峰与文知雪朝里走，文知雪笑盈盈地说：“周东家果真大手笔，今日秦淮河被你一人包了吧。”

周弘毅笑道：“哪里比得上文东家在扬州建起白塔。”

“那些个俗物岂能登大雅之堂？”文知雪说，“比起白塔，陛下更看重《全唐诗》。陛下命江宁织造曹寅大人刊刻《全唐诗》，周东家联络江南士绅鼎力支持。为了帮助编修臣工收录诗文，周东家还将自家藏书阁的藏书捐了出来。提起这事，陛下赞不绝口。”

盛宇峰捧出两幅画，说：“晚辈拙作，让高人见笑了。”

周弘毅接过画，问：“落上印章了吧？”

见盛宇峰点头，周弘毅很是欣喜，赶紧将画铺开。前些日子在扬州，有江南名士邀约群贤雅聚，周弘毅第一次见到了盛宇峰。赴宴的皆风雅之辈，少不了吟诗作画。盛宇峰随手画了一幅花鸟画，令周弘毅惊叹不已，当即便想收藏此画。在座的人都知道，周弘毅虽为商贾，但书画双绝，堪称当世高手，能令他爱不释手的画，还不多见。

一旁有人说，盛东家的金石篆刻更是一绝，周东家要收藏此画，还请盛东家落上印章。盛宇峰欣然应允。

今日盛宇峰带来了两幅画，一幅是花鸟画，另一幅是近日精心绘制的雪景图，两幅都落上了印章。在盛宇峰看来，周弘毅乃大家，花鸟画非己所长，那日的画也是随手而作，故而加上一幅研习多年的雪景图，以示庄重。

将两幅画摊开，周弘毅仔细看了一遍。他是行家，一眼就看出前一幅花鸟画乃随性而作，后一幅雪景图却下了一番功夫。雪景图并不好画，盛宇峰能画到这个程度，已殊为不易。不过周弘毅却更喜欢花鸟画，因为此画透出一股罕见的灵气，雪景图固然用心，可惜灵气全无。周弘毅甚至觉得有些遗憾，以盛宇峰的天赋与画工，若钻研花鸟画，说不定早已大成，不知他为何要主攻雪景图？

祖籍陕西的扬州大盐商赵琛已须发皆白，见文知雪落座，他走了过来，行礼道："文东家，多谢你对西商子弟的大恩大德。"

文知雪扶着赵琛，说道："您是长辈，我哪受得起如此大礼。"

"受得起，受得起！"老头子笑得白胡子乱抖，嘴巴大开，嘴里缺了三颗门牙，"我与文东家第一次相见，还是多年前在泾阳。那时你还是个小姑娘，站在善达兄身旁，活蹦乱跳，机灵得不行。如今你执掌文盛合，成就更在乃父之上。这就叫青出于蓝而胜于蓝。"

赵琛又说："此番你在御前进言，为我商帮子弟谋福祉，当真功德无量。"赵琛所说乃是文知雪为西商子弟力争商籍之事，下午对蒙元亨提及此事时，周弘毅的脸色却有些黯然。

自明代起，扬州就是全国盐业重镇，陕、晋、徽商帮三分扬州盐业。商帮中人远赴扬州行商，遇到科举，自家子弟还要跋山涉水回原籍应试，自然有诸多不便。明代中期，朝廷为商帮子弟特别设置了商籍，如此便不用回原籍，可在扬州应试。

起初，商籍名额被三大商帮均分。近年来，徽商在扬州日渐坐大，已有独霸之势，连续几任扬州盐业总商均由徽商担任，商籍名额也几乎由徽商子弟独占，山陕商人气得直跺脚。文知雪到扬州后，多位山陕商帮前辈求见，说她乃西商中众望所归的人物，希望她为自家子弟仗义执言。

文知雪一夜建成白塔，圣心大悦，康熙特别将她召至御前。文知雪说了两件事：其一是力陈开海之弊，希望朝廷重行禁海之策；其二便是为山陕子弟争取商籍。对开海或禁海之事，康熙不置可否，对商籍之事却当即表态，认为宜照前例，由陕、晋、徽三家均分。

文知雪坐到椅子上，抿了一口茶，再一抬头，瞅见了蒙元亨。她顿时愣住了，端茶杯的手停在半空。盛宇峰也瞧见了蒙元亨，不由得心头一紧，想道：

“怎么到哪儿都能遇上他！”但转念一想，过去看蒙元亨不顺眼，是因为文知雪，现今文知雪已是自己枕边人，还担心他作甚？盛宇峰摆出一张笑脸，说道：“元亨，你也来江宁了。有些日子没见了，心中挂念得紧。前不久听说你把买卖做到印度去了。”

蒙元亨点了点头，说：“我今日刚到江宁。”

“好啊！”盛宇峰说，“能见到你，也算不虚此行。”

众人正聊着，又有一人走进画舫。他笑容可掬，与周围人打着招呼。周弘毅上前迎接，拱手道：“江南，你可是姗姗来迟，一会儿要罚酒三杯。”

“你发了话，我自当认。”岳江南扶着周弘毅的手，显得颇为热情。

周弘毅请岳江南入座，接着说：“你纵横海上，生意做得大。我斗胆称呼你的名讳，你不会认为我倚老卖老吧？”

岳江南是个外柔内刚的人，平素对周围人很客气，此刻面对徽商前辈周弘毅，更是谦逊有加。他说道：“周东家乃徽商中人所共仰的前辈，你能称呼晚辈的名字，是晚辈之荣幸。”

周弘毅哈哈大笑，说：“我称呼你江南，一来是我痴长你几岁，二来嘛……”周弘毅稍做停顿，指了指不远处的蒙元亨，又继续说：“听元亨说，咱俩是老朋友，当初在扬州已是忘年交。如今若叫你岳东家，反倒生分了。”

岳江南看到蒙元亨，不免大吃一惊。都说他行商域外，怎么突然到了江宁？周弘毅这话，更是挖苦自己当初撒谎。岳江南心里不舒服，脸上还得赔笑。

岳江南刚上画舫，蒙元亨就看见了他。这个当初的美男子，如今沧桑了不少，眼角有了清晰的鱼尾纹，身体也发福了。昔日从不离手的折扇不见了，换成了一根长长的烟杆。蒙元亨假装没看见岳江南，即便周弘毅提到自己，也装作在和旁边的人聊天。

见客人到齐，周弘毅举起酒杯，说道：“天下商帮会聚一堂，实乃幸事。秦淮夜月是金陵第一景，今日周某就借这方美景欢迎诸位贵客。”说罢，他将杯中酒一饮而尽，众人齐声叫好。

周弘毅又说：“贵客临门，我从苏州请来了名厨，让他们将吴下三道极负盛名的菜烧好。”

有人问："是哪三道菜？"旁边又有人说："是不是菰菜、莼羹、鲈鱼脍呢？"

"正是！"周弘毅笑着说，"各位东家见多识广，吃遍了天南海北的名菜，家中还雇着名厨，什么山珍海味在诸位面前都不值一提。但既然来到吴地，不妨尝一尝当地的味道。若不可口，还请诸位多包涵。"

"眼下正是西风肃杀之际，周东家端出这几道菜来，是想把大伙赶回老家去吗？"岳江南话一出口，画舫内一片笑声。

在座的商帮中人，有许多是自幼苦读诗书的饱学之士，故而知道岳江南所说的典故。晋代吴郡人张翰被齐王司马冏招为大司马东曹椽。张翰见政局混乱，为避祸，托词秋风起，思念故乡的菰菜、莼羹、鲈鱼脍，遂辞官归吴。从此，这三道菜便成为吴人引以为自豪的名菜。

"江南不愧为儒商，旁征博引，信手拈来。但周某绝无此意，只盼着贵客们多待些日子。"周弘毅捋着胡须，微笑着说。

画舫上的富商们过惯了养尊处优的生活，许多人对美食也颇有研究。一位晋商东家说："今晚这鲈鱼，我一吃就知是松江府所产，味道大不一样。"

一位来自松江府的徽商接过话说："做正宗鲈鱼脍，就得用松江鲈鱼。前年我上京师，一家挺有名气的馆子里也有松江鲈鱼，可盘子端上来，不用吃，一看就知不正宗。"他又指了指面前的鲈鱼脍，说："松江鲈鱼必是四鳃，而且其中两片鳃大，另两片鳃小。今晚这鲈鱼，一看就地道。"

盛宇峰也酷爱美食，说道："松江鲈鱼要出美味，还得靠蜀中姜。今日用的可是蜀姜？"

"这我就不懂了，不知厨子是否有盛东家这般在行。倘若没用蜀姜，还请多包涵，勿在诸位面前点破哟！"周弘毅的话又引起一片笑声。

"诸位快看，秦淮八艳来了！"就在推杯换盏之际，一人指着远处惊喜地叫了起来。

周弘毅等人顺着他指的方向看去，果见一队红烛燃烧、彩灯高悬的画舫缓缓地向这边划来，并传来柔曼的江南丝竹声。

这时，画舫老板走到中间，得意地说："今日天下商帮齐聚江宁，实乃百年幸事，更为秦淮月夜添了一抹光彩。周东家当初交代小人，酒菜须上最好的，画舫务必装饰一新，还得有丝竹悦耳。总之，要想尽办法令宾客尽欢，千万别替他省银子。”

这老板在秦淮河画舫上早练出了一副伶牙俐齿，他这番话，既捧了各位东家，更为周弘毅长了脸。接着，他说道：“周东家给小人的银子，去京城请十个戏班都绰绰有余。但想必京城戏班名角的戏，诸位早听腻味了，小人寻思着，既到了秦淮河，不妨听一曲《桃花扇》。”

“好啊！”立刻有人拍掌叫好。《桃花扇》所写的正是明代末年发生在秦淮河畔的故事，展现国仇家恨、缠绵爱情，实乃旷世之作。几年前，孔尚任写就《桃花扇》，立刻风靡大江南北。当时之人，要么看过书，要么听过唱段。画舫内的富商们对时下流行的《桃花扇》自不陌生，但在秦淮河上听这出戏，却有另一番滋味。他们都睁大眼睛，竖起耳朵，直欲饱餐吴越娇娃的秀色，闻听绕梁不绝的仙曲。

第一只船的船头高挑一盏南瓜形红灯，上书“李香君”三字。第二只船的船头挂着一盏方糕形黄灯，上书“顾横波”三字。第三只船挂的是一盏玉兔形白灯，上书“马湘兰”三字。依次还有柳如是、董小宛、陈圆圆、卞玉京、寇白门，果然八艳都到齐了。

“这个点子绝了！”众人竖起拇指称赞。

“好俊的婆姨们！”陕西泾阳来的胡东家早年当过镖师，读书不多，性情粗犷。他一句大白话，逗得满船人大笑。

“且听听她们唱的什么曲子。”岳江南提醒大家。笑声停下来，夜风送来一阵歌声：“秦淮夜月无新旧，脂香粉腻满东流，夜夜春情散不收。江南花发水悠悠，人到秦淮解尽愁……”

歌声婉转温丽，在柔软的水面上飘曳。歌声中，李香君、顾横波、董小宛等人翩翩起舞，河上画舫、两岸酒楼中的宾客以及站在岸边观望的人们一齐喝起彩来。

这时，其他七艳都歇下来，只有李香君对月独舞。舞了一阵，舱中又走出一位俊俏后生来，抱着李香君，做出种种依依情深的样子……

画舫上酒宴继续，一位东家问："圣驾怎么在苏州停下了？"另一人也说："当初在扬州，上头传下话，说陛下喜欢清净，让咱们一大帮人别跟着。大伙只等在江宁，不知苏州那边有什么状况。"

许多人的目光投向文知雪。文知雪放下筷子，淡淡一笑，说："干吗盯着我？"

"文东家就别卖关子了。"一位东家说，"这一路下来，只有你有幸一睹天颜，也只有你随圣驾去了杭州，若连你都不知内情，其他人更无从得知。"

文知雪说："半个月前，我是去过杭州，但那是索相召见，待了一天便回来了。苏州那边有什么状况，我哪里晓得？你们要打听，不妨问一问岳东家，他刚去了苏州。"

众人的目光又投向岳江南。他说道："我是去了苏州。有人给八爷献上太湖奇石，但皇上南巡，沿途戒备森严，走漕运不大方便，就找我去问一问能否从海路运石头。我在苏州时听人说，皇上遇见了一位故人，决定在苏州待上几日。"

此言一出，立刻有人说："给皇家运东西历来走漕运，八爷让你从海路运太湖石，那可是莫大的恩宠。"

商帮中人因为开海或禁海而争执，分成两派，话题扯到这上面，画舫内的气氛便与方才大不相同。一位泾阳的大木材商放下酒杯，说道："我就不知道了，海运究竟有什么好？陆上大伙成群结队，出了事还能彼此照应，海上一艘船孤零零的，遇上大风浪，立刻被吞掉。"

一位在江宁做丝绸生意的徽商说："前些年，海禁那般严，不还是有丝绸走私到海上？由此可见，禁海是禁不住的。实行开海，大家光明正大地做生意，朝廷也能多收些赋税，应当是好事呀！"

两方各执己见，争得越来越凶。周弘毅只能出来做和事佬："开海还是禁海，岂是咱们在这里能说清的？日后有的是谈生意的机会，今日咱们尽可放轻松些，莫辜负这良辰美景。"

周弘毅端起酒杯，挨个敬了一圈，画舫内的气氛总算缓和了一些。就在这时，一个年轻男子登上画舫，急匆匆地走到岳江南身旁，低声耳语了几句。岳江南脸色大变，起身朝外走去。都要出船舱了，他才意识到失礼，转头对周弘毅说："有件急事，我得赶回去办。失陪了。"

岳江南走得这么急，众人难免疑惑，不知出了什么事，令他如此失态。从方才开海或禁海的争论，到岳江南匆忙道别，文知雪始终一语未发，只是悠闲地瞧着河上的景致。见众人交头接耳，她终于开口道："刚才岳东家不是说了吗，他在帮八爷运太湖石。我赴宴前得到消息，岳东家的船在海上遇到风浪，翻了。"

文知雪轻描淡写的几句话，几乎将画舫掀翻了。这些东家顿时炸了锅，连番追问。文知雪惜字如金，只说是工部传来的消息，大概错不了。

周弘毅又客套了几句，果断结束了今晚的宴会。

4. 古往今来，有四位商界前辈，他们的进退去留足以警醒后世

马车穿过乌衣巷，又转了好几个弯，回到周弘毅的府邸。车上的周弘毅一直催促道：“快点！”

回到府里，周弘毅对蒙元亨说：“今日累了，你先休息吧。我还有些事要处理。”

周弘毅回到书房，立刻唤来伙计，吩咐他去打听沉船的事，又让人与岳江南联系，询问何时打捞石头，是否需要派出船只协助。

忙完之后，周弘毅依旧没有困意，一个人坐在书房里，两眼盯着闪烁的烛光，脑子里思索着接下来的局势。这时，门被推开，蒙元亨走了进来。

周弘毅问：“怎么，还没休息？”

蒙元亨说：“周叔叔不也没睡嘛。”

周弘毅笑了，说道：“今夜睡不着的人，大概不止咱们两个。”

周弘毅请蒙元亨坐下，似乎有话要说，可话到嘴边，又咽了回去，只是笑了笑，说道：“喝口茶吧。”

蒙元亨抿了一口茶，说：“今日天下商帮聚会，把酒言欢，但对于开海或禁海，却各存心思。”

周弘毅点头说：“这点事情自是瞒不过你。”

蒙元亨说：“往日周叔叔与我无话不谈，今日却点到为止。开海或禁海这等大事，你还没问我是何态度。”

周弘毅想，这个蒙元亨真是绝顶聪明，旁人的心思都逃不过他的眼睛。他缓缓说道："我不是不想问，只是唯恐问了之后彼此尴尬。"顿了顿，周弘毅接着说："我是赞同开海的。而你与岳江南之间的事，我也清楚。如今要斗垮岳江南，禁海是好机会。再者，商帮中人各执己见，徽商大多支持开海，对陕商、晋商来说，长远来看，开海也未必是坏事，但眼前却有不少麻烦。我乃徽商，你从根子上说，仍属山陕一脉。"

周弘毅用手指敲着茶杯盖，继续说："我若挑明了问你，你赞同开海便罢了，若主张禁海，与我意见相左，岂不尴尬？"

蒙元亨将双手抱在胸前，说："周叔叔不仅心思缜密，更善解人意，凡事都想着别人的感受。"放下手，蒙元亨又说："真人面前不说假话，我主张开海。"

周弘毅盯着蒙元亨，说道："你的主张有些出乎我的意料。"

蒙元亨说："若是从前，我自然力主禁海。这样一个对付岳江南，替世英与佩文报仇的机会摆在眼前，岂能白白错过？但我刚在海上走过一遭，好多事是亲眼所见，总不能睁眼说瞎话吧。白天我便讲过，无论绕道西藏还是走蜀身毒道，都远不及走海路便捷。从印度到广州，真可谓潮平两岸阔，风正一帆悬。从广州到江宁，走陆路起码要几个月，我硬是十几天就赶到了。岳江南当然可恶，但开海却是良策，更是天下商帮的机会，绝不能因人废言。"

周弘毅投来赞许的目光，说道："你放下与岳江南的血海深仇赞同开海，这样的胸襟，真如大海一般广阔。"

蒙元亨又说："方才我见伙计们从你书房进进出出，是为沉船之事吧？"

周弘毅点头说："你既有如此胸怀，我也不瞒你。我让伙计们去打探消息，也打算向岳江南伸出援手。"停顿了一下，他接着说："我对岳江南此人也不以为然，但此时此刻，帮他便是为大局出力，我只能不计前嫌。"

蒙元亨表达出理解："与岳江南的仇是私仇，赞同开海是出自公心。"

"难得呀！"周弘毅说，"我出手相助岳江南，唯恐你会不悦。现在看来，倒是我小肚鸡肠了。"

蒙元亨苦笑着摇了摇头，又端起茶杯，说道："还有一事望周叔叔赐教。"

“请说。”

“他日陛下召见，若问到开海之事，我当如何回奏？”

周弘毅双眉紧锁，面色凝重，沉吟半晌，才缓缓说道：“见到皇上，什么也别说，就咬定自己做的是小本生意，对这些事既没想过，更没主张。”周弘毅用手指敲着书桌，又说道：“这些话早在我心里了，只是之前没说出来。我是赞同开海的，你若主张禁海，我劝你三缄其口，难免让人以为我存着私心。如今你明言赞同开海，我也没了顾忌。”

蒙元亨有些惊讶，说道：“既然咱们都赞同开海，为何不照实上奏？虽说人微言轻，但能在陛下面前说上一句话，也是为开海尽份力。”

周弘毅摇了摇头，说：“若不嫌啰唆，我就对你讲一桩陈年旧事。”

“洗耳恭听。”蒙元亨说道。

周弘毅说：“索相当年对我信任有加，我入府不久，索相便交给我一件差事。索相将陛下多年来的御笔亲批汇集起来，让我逐条推敲，尤其是那些涂改过的地方，陛下为何圈掉几个字，又为何加上几个字，一处都不能放过。后来，索相还通过宫里的太监千方百计地打听陛下正读什么书，一旦得到消息，我便要立刻研读这书，读完再讲给索相听。”

谈起相府旧事，周弘毅语调温和，眉宇间却透出一股豪气。“整日看这些御批，还与陛下读同样的书，当今圣上的样子，在我眼前倒真是栩栩如生。此乃有雄才大略的君主，坚毅而冷酷，深沉而果敢，称其千古一帝，绝不为过。”

对于索额图的心机，蒙元亨不得不佩服。他感叹道：“长此以往，周叔叔与陛下虽未谋面，却神交已久。”

“只是我整日揣摩陛下，陛下哪知有我这样一号人物，谈不上什么神交。”周弘毅摆了摆手，接着话锋一转，“但我知道，陛下向来沉机默运，果敢坚决，不为任何意见所左右。越是大事，他越心意笃定。有些事看似拖而不决，并非陛下心中没有主意，他只不过是在观察周围人的反应。”

“所以，”周弘毅加重语气，“任何人都不要异想天开，以为凭几句话就能改变圣意。开海是何等大事，陛下只会乾纲独断。他不会听信文知雪的一面之词，也不会因为你蒙元亨的几句话而改变心意。”

“在揣摩圣意这件事上，索相就栽过跟头。”周弘毅继续说，“当初裁撤三藩，陛下传令朝中大臣公议。其实陛下早做了决断，甚至做好了准备，不惜一战。索相主张暂缓撤藩，皇上表面上不置可否，心中却大不以为然。倒是明珠洞察皇上的心意，不顾满朝文武反对，一个人把撤藩的调子唱得老高。正是凭着这些功夫，他才获得了陛下垂青，在短短几年内扶摇直上。”

对于索额图的为官之术，蒙元亨已叹为观止；对于康熙的帝王之术，他更有一种高山仰止的钦佩与如临深渊的恐惧。伴在千古一帝身旁，一步可登九霄云天，但一步不慎，又会跌落万丈深渊，立刻粉身碎骨。

蒙元亨面色凝重，说道：“周叔叔觉得开海或禁海，皇上已有主意？”

周弘毅说：“想必如此。既是这样，你何必冒险？万一没说中他的心思，便是自讨没趣。”

蒙元亨点了点头，对周弘毅的分析十分赞同。

“不要妄猜圣意，更不要以为凭自己的一番话能影响陛下。这只是一不可说，还有二不可说。”周弘毅接着说，“如今朝局混沌不清，开海或禁海之争背后，各种势力盘根错节。说错一句话，恐怕就会得罪一帮人，而这些人都是得罪不起的。商人和气生财，广结善缘，干吗蹚那浑水？”

周弘毅说这番话，依旧轻声细语，但在蒙元亨听来，耳畔如响起阵阵雷鸣声。是啊，开海或禁海之争背后，太子党与八爷党杀得刀刀见骨，哪一方都是惹不起的狠角色。未来的大清国，究竟是太子、八爷上位，还是其他哪位阿哥得势，谁也说不好。此时开罪任何一人，都可能会引来大祸。历朝历代的夺嫡之争，都充满血雨腥风。

蒙元亨拱手行礼道：“听了周叔叔一席话，真是茅塞顿开！”

夜色深沉，漆黑一片，周弘毅全无睡意，两眼闪烁着睿智的光芒。他说道：“历来富可敌国者比比皆是，但全身而退者不多。他们未必是败在商场上，很多是沉没于宦海的惊涛骇浪中。”

周弘毅引经据典道：“古往今来，有四位商界前辈，他们的进退去留足以警醒后世。前两人是范蠡与吕不韦。范蠡仕而优则商，辅佐越王勾践成就霸业后，挂冠而去，带着西施乘扁舟浮于五湖，纵横数国经商，享富贵荣华一生。吕不韦与范蠡截然相反，他商而优则仕，一时风光无两，终以一杯毒酒了结了性命。耗尽万贯家财，搭上一条老命，不过成全别人家的霸业，何苦来哉？”

周弘毅又说：“另外两人就是沈万三与弦高。”

蒙元亨也是博古通今之辈，他立刻接过话说：“沈万三早年与海外通商，成为江南第一富豪。朱元璋定都南京，他捐资修筑了三分之一的城墙。之后，沈万三飘飘然不知所以，又提出用自家银子犒劳三军。朱元璋戒心骤起，不久沈万三便被发配云南充军。”

蒙元亨继续说道：“弦高乃春秋时期的郑国商人，他去周王室辖地经商，途中遇到秦军。当得知秦军要袭击郑国时，他一面派人回国报告敌情，一面伪装成郑国特使，以十二头牛作为礼物，犒劳秦军。秦军以为郑国已知道偷袭之事，只好班师返回，郑国因此避免了亡国之祸。郑国君主要奖赏弦高，他却婉言谢绝，继续去做他的生意。”

蒙元亨感慨道：“弦高明白伴君如伴虎的道理，懂得急流勇退；沈万三却把君王当成了可以交心的兄弟，最终自食恶果。”

“你孤身引噶尔丹东进，才有乌兰布通大捷，功劳或不在弦高之下。只有像弦高那样，功成不居，谨守分寸，才能保全富贵。”周弘毅长叹一声，既是为蒙元亨，也是为自己。

蒙元亨点头说：“陛下召见时，我一定谨记周叔叔所言。”

周弘毅又说：“这几日，我看你清净不了，三大商帮中，必有人上门做说客，希望你助一臂之力。”

蒙元亨思忖了一阵，说道：“相见不如不见。我就躲起来，闭门谢客，落得一个清闲。”

5. 朝廷党争之下，蒙元亨连沉默的机会都没有

第二天，蒙元亨搬出周府，住进了一处偏僻客栈。每天晚上，周弘毅会派人过来，还带来许多名帖。这些名帖都是三大商帮的头面人物所寄，希望登门拜访蒙元亨。周弘毅推说蒙元亨外出访友，自己也找不到他。蒙元亨深感庆幸，多亏周弘毅指点迷津，自己才没跳进是非旋涡。

又过了两日，蒙元亨睡了一个懒觉，起床后随便吃了些早点。这时，伙计匆匆跑来，说道："东家，不好了！"

蒙元亨扭了扭脖子，问道："怎么了？"

"船被扣了！"伙计说，"跟着我们从广州北上的那条船，在下关码头被兵丁扣了，船上的人也被抓走了。我去问缘由，他们说外夷船只驶入内河，有违朝廷律令。"

蒙元亨立刻意识到自己疏忽了。当初船驶到松江府长江口时，水手就提醒过，说清国虽开了海禁，但外夷船只驶入内河，仍有诸多不便，最好换一艘船，再继续前往江宁。可惜当初蒙元亨急着赶路，没在乎这些。

蒙元亨问伙计："你没同兵丁讲清楚吗，我奉圣谕而来，为赶到江宁，不得已借用外夷船只？"

"我说了。"伙计说，"领头的参将说，果真如此，倒情有可原。但口说无凭，这事得东家亲自出面证明。"

蒙元亨的心稍微放了下来，他起身道："咱们这就去一趟。"

蒙元亨走出客栈，上了马车，说："去两江总督府。"

马夫正要赶车，伙计说道：“东家，不是两江总督府，是江宁将军府。扣咱们船的不是绿营兵，而是江宁将军帐下的八旗兵。”

“你说什么？八旗兵？”蒙元亨吃了一惊。入关后，大清朝廷在全国设立了十四个驻防将军，如西安将军、广州将军、成都将军等，乃统辖各地八旗军的最高将领。江宁将军的职责便是指挥整个江南地区的八旗军，其地位尤其显赫。江宁将军与两江总督均是一品大员，互不隶属。总督负责两江地区的民政、财政，也能调动绿营军，但驻扎在江南的满蒙八旗军的指挥大权，只在江宁将军手中。

清朝入关之初，便有汉人出任各省督抚。前些年，于成龙总督两江，成为天下疆臣楷模。到了晚清，汉人任督抚更司空见惯，曾国藩、左宗棠、李鸿章、张之洞、袁世凯等人，皆在督抚任上开创出一番事业。但有清一代，担任驻防将军的始终是满人，而且大多为出身上三旗的皇亲贵胄。

令蒙元亨想不通的是，江宁将军虽地位尊贵，但向来不会插手地方事务。去下关码头扣外夷的船，何须堂堂八旗劲旅出马？

蒙元亨一时顾不上许多，直奔位于明故宫外的江宁将军府。通报之后，一名身披甲胄、腰挎长剑的军士将蒙元亨引入府内，让他在屋内候着，一会儿有上官来问话。

约莫一炷香工夫，房门被推开，蒙元亨立刻起身准备行礼。但一看进来之人，却惊得合不拢嘴，哪有什么上官，竟是文知雪！

文知雪笑了笑，说道：“没想到咱们会在此相见。”

蒙元亨半晌才回过神来，说：“这是怎么回事？”

文知雪坐下来，说：“不必大惊小怪。我只想见一见你，但在周弘毅那里却寻不见你人。没办法，只好劳动江宁将军。”顿了顿，她又说：“自打泾阳棉花大战后，这还是我头一回主动找你。”

蒙元亨心中有一股不祥的预感，但还是挤出笑容，说道：“你要见我，直说便是，何必弄出这么大阵仗？怪吓人的。”

这时有人端茶进来，文知雪递过一杯给蒙元亨，说：“见你可不容易。这些日子，三大商帮的东家、掌柜，都扑了空。”

蒙元亨摇着头说：“你跟他们自然不一样。”

“没什么不一样，”文知雪冷冷地说，“都是无事不登三宝殿。”

文知雪抿了一口茶，又把茶杯放下，说道：“当然了，大家行事方法或许不同。许多人只知登门求见，我却琢磨起另一件事。秦淮月夜相聚，你对旁人提到，上个月二十一日你还在广州。我顺着往下想，短短十多天，你怎么就现身江宁？想来想去，大概只有一个办法，便是走海路。”

蒙元亨既佩服文知雪聪颖，更有些惊讶，一直对开海持反对态度的文盛合东家原来对海路并不陌生。

文知雪接着说：“我派人去下关码头，询问最近是否有从海路来江宁的船。正巧，那艘外夷船停在码头煞是显眼，没费什么劲就打听到了。”

蒙元亨苦笑道：“所以说嘛，你和其他人不一样。”

“许久不见，你怎么瘦了？”蒙元亨说这话，既为缓和气氛，也是出于真心。自打在画舫重逢，蒙元亨就对文知雪的身体有些担心。

“没事，或许生意上太累了。”其实郎中早就让文知雪务必戒掉鸦片，否则身体将一日不如一日。但这些事，文知雪绝不会告诉别人。

蒙元亨还想寒暄几句，文知雪打断了他：“此番我找你的目的，你应当清楚吧。”

蒙元亨虽心知肚明，却装糊涂道：“不太清楚。”

文知雪哼了一声，道：“这几日，周府的门槛都被人踏破了，你也躲了起来。就这样还说自己不清楚？我方才说了，这可是自泾阳棉花大战之后我头一回找你，我不想听你打哈哈。对于开海或禁海之争，你怎么想？”

蒙元亨犹豫了一下，摇头说：“这件事，我不懂呀。”

文知雪双目直视蒙元亨，说道：“不要忘了，江宁将军的人已把你的船扣下。船上的人说，你一年多以前从保宁去了印度，接着走海路回到广州，又从广州北上赶赴石头城。之前你若说自己对海上之事一概不知倒也罢了，如今你可是漂洋过海之人，总不能再装糊涂吧。”

对于文知雪咄咄逼人的态度，蒙元亨很不适应。唉，今日的文知雪身上少了温婉率性，却多了女东家的深沉霸气。他思忖了一阵，说道：“你希望我是什么态度？”

“什么叫我希望？蒙元亨，你忘了乌兰布通，忘了佩文与罗世英吗？”文知雪厉声质问道。缓和了一下语气，她又说：“乌兰布通的事你清楚，岳江南即便不是罪魁祸首，也难辞其咎。岳江南把全部身家押在海上，一旦朝廷禁海，他便走到了穷途末路。如今正是扳倒岳江南，替你的亲人报仇的良机。”

提及乌兰布通之事，蒙元亨心中像被人捅了一刀。隔了半晌，他才想出了一个看似周全的回答：“我与岳江南有仇不假，但正因这样，无论我如何表态，都难免授人以柄。”

“你什么时候变得这样谨小慎微？”文知雪说，“当年，是谁为了报父仇，孤身一人与山陕商帮开战，把我文家逼上绝路？蒙元亨，难道只有姓文的才是你的仇人，你只对我文知雪下得了狠心？”

文知雪发完一通火，接着说：“为了中俄万里茶路，文盛合砸了不少银子，付出了好几年心血。沿途更有无数挑夫、驼队、客栈、驿馆，就靠这条商路过活。岳江南弄出海运，就是砸所有人的饭碗。他这样干，能不激起众怒吗？”

蒙元亨默默听着，但他对文知雪的话并不赞同。海洋辽阔，开海不是只对岳江南一人开。海路岳江南走得，别人也走得。海运便捷是明摆着的事实，更是大势所趋。商人做生意，只能顺势而行，岂可逆势而为？

见蒙元亨始终不说话，文知雪叹了口气，说：“看来我是听不到你的真心话了。”她掏出一封信来，又说：“不知此人开了金口，你是否还一语不发？”

蒙元亨接过信，瞟了一眼字迹，便有一种大祸临头的感觉。这信是索额图写来的，内容简明扼要，就是要蒙元亨利用面圣的机会，直陈开海之弊，呼吁朝廷重新禁海。

蒙元亨把信交还给文知雪时，手竟不自觉地抖了一下。文知雪接过信，立刻付之一炬。蒙元亨看着燃烧的信纸，问道：“江宁将军这里，也是索相打的招呼？”

文知雪点了点头，说：“我何德何能，岂敢劳驾江宁将军。索相说，两江总督虽也是自己人，但总督下面还有巡抚、藩台，其中不乏明珠党徒，若走漏了消息，就麻烦了。请江宁将军出面，事情就简单多了。江宁将军府里全是旗人，不会有谁出去嚼舌头根。”

文知雪整理着衣袖，继续说道："索相寄这封信时，还让我带句话给你。他说开海弊端太多，有违祖宗家法。元亨虽为商贾，但向来尽忠国事，乌兰布通之役更毁家纾难，相信此刻必能再进忠言。"

蒙元亨面无表情，心中却翻江倒海。原以为沉默是避祸的唯一机会，可权倾天下的索额图却要夺走这个机会。以索相的权势，他纡尊降贵开了口，自己还能拒绝吗?

蒙元亨终于说道："索相要我怎么做，我照办。"

"话已说到这里，不妨再透个底给你。"文知雪说，"索相原本不想同你打这个招呼，他认为事情不急于一时。但最近几天，形势急转直下。皇上南巡途中，把海关官员痛骂了一顿。岳江南的船又沉了，船上还装着八爷的石头。若能再添一把火，便可促成大局。"

蒙元亨垂着头说："明白。"

文知雪目的达成，起身便要走。蒙元亨叫住她，道："船！我的船还被扣着。"

文知雪这才意识过来，笑着说："我会和将军说，请他们立刻放人。这船停在下关码头毕竟扎眼，让他们赶紧离开吧。"

6. 这世上的病最难装，有人装不像，有人又弄假成真

离开江宁将军府，蒙元亨没回客栈，径直来到周弘毅府中。周弘毅有些惊讶，道："你怎么回来了？"

蒙元亨摇着头说："躲不下去了。"

"怎么回事？"

"文知雪找到我了。"

"你怎么说的？答应她了？"

见蒙元亨点头，周弘毅一拍腿，着急道："元亨，你怎能开口答应？"接着，他又叹了口气，说："你呀你，终究磨不开昔日情面。"

蒙元亨坐到椅子上，说："我并非分不清轻重之人，可如今不只文知雪，索相与江宁将军都出面，我能怎么办！"

"到底怎么了？"周弘毅追问。蒙元亨神情沮丧，缓缓道出今日之事。

"难怪。"周弘毅听完，也面色凝重，"江宁将军扣了你的船，索相又寄来亲笔信，换作谁，都无路可躲了。"

蒙元亨说："妄言开海之事，恐有明日之祸，但与索相硬顶，大祸立刻临头。"

周弘毅若有所思地说："以索相之尊，他竟邀你出手相助，倒是出乎意料，更可见太子与八爷之争已何等惨烈。"

蒙元亨情绪更加低落，说道："我紧赶慢赶，跑来江宁干什么？早知如此，还是该走陆路，此刻还在江西的大山里打转，哪会卷入这是非旋涡！"

事已至此，无可挽回，周弘毅只能宽慰蒙元亨几句：“你也不必悲观，无论怎么说，太子毕竟是储君，索相更是权势熏天，换作其他人，想攀附还找不到路子。”

蒙元亨却摇起头，说：“谁想攀附谁去攀附，我是唯恐避之不及。别说朝局混沌不清，纵然他日太子登上大位，对我、对索相也未必是好事。那些有拥戴之功的权臣，有几个能善终？秦始皇一杯毒酒赐死吕不韦，先帝爷更是将多尔衮挫骨扬灰。”

周弘毅轻叹一声。是啊，别说太子失势，索额图跟着倒霉，就算太子成了皇帝，对厥功至伟的索额图来说，也未必是福。兔死狗烹，鸟尽弓藏，新君诛杀旧臣可是不绝于史的。官场之险恶远胜于商海！

但周弘毅嘴上还得说些好听的，他道：“别多想了。面圣在即，你还得保重身体。”

蒙元亨还是摇头叹息。就在此时，他脑子里突然蹦出一个主意，虽说来不及仔细推敲，毕竟似有一线生机。蒙元亨站起身，问道：“皇上何时到江宁？”

“应当就这一两天吧。”周弘毅说。

蒙元亨说：“麻烦周叔叔帮我打听圣驾到江宁的具体时间，一定要准确无误，并且提前半天告诉我。”

周弘毅说：“这个不难。皇上到江宁后，先去祭拜明孝陵，接着才进城。圣驾到了明孝陵，我自然能得到消息。”

“好！”蒙元亨说。

“你有什么打算？”周弘毅问。

蒙元亨面色凝重，道：“到时你就知道了。”

当天晚上，蒙元亨来到街上，敲了好几家店铺的门，终于买回五只火盆与一个洗澡用的浴桶。周府的用人觉得奇怪，蒙东家买浴桶，大概是想好好洗个澡，但眼下还没入冬，买火盆用来做什么？

第二天，周弘毅传来消息，说圣驾下午将抵达江宁。蒙元亨立刻将自己关在屋里，紧闭门窗，裹上厚厚的棉被，又让用人将火盆点起来。院内放置的浴桶中加满凉水。

不多时，屋内已热不可耐，其他人受不了，纷纷走了出去。蒙元亨却咬牙挺着，还把棉被裹得更紧。见浑身衣服湿透，他才走出门，一头扎进凉水中。如此这般，蒙元亨反复折腾了两三遍。

之后，蒙元亨打发走用人，一个人躺到床上。对于自己的身体，他向来自信，平常风里来雨里去，旁人早受不了了，但他只要回家打一套拳，出身汗就好了，连姜汤都不必喝。不过这一次，蒙元亨唯恐自己身体太强健，他盼着风寒侵入，就像盼星星、盼月亮。

蒙元亨的担忧有些多余，纵使是铁打的身子骨，也禁不起这番折腾。过了中午，他已头晕眼花，上吐下泻，一病不起。

周弘毅听说后，连忙赶了过来。他一看，就明白了蒙元亨的用意，叹道："何苦遭这份罪！"

蒙元亨已烧了个把时辰，一张脸通红，他挥了挥手，说："不用管我。风寒会传染，你快出去吧。"

周弘毅苦笑道："你倒是聪明，专挑会传染的病得。如今即便陛下要见你，御医也会拦着。"

病榻上的蒙元亨竟笑出来，说道："真如此，便值了。"

周弘毅说："你虽年轻，身子骨结实，但也不能大意。还是请郎中开服药吧。"

蒙元亨狠下心来，说："不能让这病好太快，真遇到妙手回春的名医，来个药到病除，我就白忙活了。"

"你身体能行吗？"周弘毅有些担心。

"没事！"蒙元亨说，"周叔叔说了，我还年轻，病上几日能挺住。"

蒙元亨态度坚决，不让郎中来，周弘毅也没办法。可到了第二天，蒙元亨的病情越发重了，高烧不退，吃不下东西，最后整个人竟昏了过去。

昏睡中的蒙元亨一直做着噩梦。他梦见凶狠的狼群扑过来，一只只张开血盆大口；又梦见自己掉进水里，手脚被捆住……若是平时，一场噩梦会使人惊醒，但此刻的蒙元亨却挣扎着醒不过来，只能忍受一个个噩梦，任凭巨大的恐惧与无力感笼罩着自己。

不知过了多久，他又做了一个梦，梦见有人端来一碗毒药，硬往自己嘴里灌。他拼命抵抗，想把药吐出来。这一吐，蒙元亨终于醒过来。睁眼一看，当真有人给自己灌药，面前的被子还被喷出的药弄湿了。

“总算醒了！”一个郎中打扮的人欣喜说道。

周弘毅快步走过来，扶着蒙元亨，道：“你小子总算醒了！你可是睡了整整两天，再睡下去，御医都不知怎么办了。”

蒙元亨全身瘫软，脑子里的弦却绷得很紧。“御医？什么御医？”

周弘毅说：“陛下听说你病了，特意嘱咐你好好将息。索相也惦记你，专门请孙御医来瞧你的病。”

蒙元亨这才明白，周弘毅说每一句话都是有的放矢，在给自己传递消息。索额图派御医过来，恐怕不仅是出于关爱，更是想一探究竟。可怜自己刚驱走梦中豺狼，又要面对世上虎豹。虽说已一病不起，但自己每说一句话，每做一个动作或眼神，仍须小心谨慎。

孙御医说：“只要人醒过来，治起来就容易了。之前他一直昏睡，药喂不下去，才麻烦。我只能给他头顶扎针，再让人把他的嘴撬开，强灌一点药进去。好歹这招见效，人醒过来了。”

蒙元亨朝孙御医点了点头，颤巍巍地说了声谢谢。接着，他假装咳嗽一声。蒙元亨本想装出一副病重的模样，孰料这世上的病最难装，有人装不像，有人又弄假成真，他身体本就虚弱，这一咳竟止不住，越咳越厉害，整个胸口都扯着痛。最后，一口痰从嘴里吐出来，才算止住咳。

孙御医过来为蒙元亨把脉，说道：“把痰咳出来是好事，这病又松了些。”

旁边的人都在高兴，唯独蒙元亨仰视着须发皆白的孙御医，总觉得他是来监视自己的，既警惕又心虚。这一来，顿时背后好几股大汗飙了出来。孙御医又一喜，说道：“蒙东家果真身体强健，寻常人得这病，醒来后几个时辰都不一定能咳出痰，出汗更得等上半天，而你仅用一刻钟，就把两件事都做了。”

蒙元亨点了点头，心里却更慌张，他最怕的就是这病好太快。真是邪了！假装咳嗽，结果咳出痰来；心中发虚，又把汗逼了出来。蒙元亨一遍遍默念：汗水呀汗水，你行行好，停住吧。可惜人能憋住尿，还没听说谁能憋住汗，蒙元亨越慌张，汗出得越多。孙御医喜上眉梢，病榻上的人却叫苦不迭。

孙御医开了几个方子后便告辞了，周弘毅送走孙御医，又回到房内。蒙元亨愁眉紧锁，道："这药我不能吃。"

周弘毅说："病得这么重，还不吃药，你小子不要命了？"

蒙元亨摇着头说："御医开的方子若是灵验，才麻烦。"

"不行！"周弘毅说，"你这样扛着，身体哪受得了？若你在我府上有个三长两短，琪儿还不找我兴师问罪。在她心里，你可比什么都重要。"

周弘毅说这话也是想提点蒙元亨一下，让他明白周琪对他一往情深。但蒙元亨心急如焚，顾不上这些，挣扎着说："我真没事。"

周弘毅拍了拍他，说："我知道你担心什么，放心吧，这一关你算过了。孙御医的方子再灵，你这病也得三五天才能痊愈。皇上后天就要启程北返，无论如何，你是赶不上了。"

蒙元亨问道："圣驾两日前才到江宁，怎么就要走？"

周弘毅说："皇上的事，谁能清楚？听说京城那边有什么事，所有人都要提前赶回去。"

蒙元亨仍不放心，说："消息确凿吗？"

周弘毅说："昨日两江总督衙门的人亲口告诉我的，他们的消息应错不了。方才我向孙御医打听，他也证实了。"

"好啊！"蒙元亨忽然面色好转，人也坐了起来，"我没见着陛下，索相交代的事，自然无从讲起。"

周弘毅点了点头，说："所以这药熬出来，你放心地喝吧。"

汤药还不知在哪儿，蒙元亨的身体似乎已好了大半。

7. 平遥城里没有一条断头路，商人永远要为自己留退路

康熙声势浩大的南巡告一段落，江宁城中却几人欢喜几人愁。官场上，有人圣眷正隆，官符如火，也有人惹得龙颜大怒，正为自己的仕途忧心忡忡。齐聚石头城的天下商帮的头面人物大多散去，有人得意，也有人焦躁不安。

圣驾离开后，文知雪又在江宁待了十多天。她绝非留恋江南山水，而是在等待最后的消息。外面早就传开了，说皇上渡长江北返时，在龙船上再次召见了浙江海关官员。此前在杭州，康熙已历数浙江海关的种种不是，此番召见，更是对海关官员劈头盖脸一顿痛斥。海关官员下跪请罪，其状惨不可言。

然而，当龙船驶入运河后，康熙喝退浙江海关的人，又说了一句："开海之事要谨慎，但不妨继续办着。"

所有人这才恍然大悟，皇上之前那般表态，不过是统御天下的帝王之术而已，他早已乾纲独断，定下开海大计。消息传来，徽商欢欣鼓舞，以文知雪为首的山陕商帮却陷入巨大的失落。

但文知雪还没死心，她要等最后的消息，没准能有逆转的机会呢？毕竟，龙船上不过随口一句话，朝廷的谕旨还没颁发。

今天，索额图的信寄到了江宁，她迅速拆开，看完后立刻面如死灰。盛宇峰、宋元河、段运鹏等人围了上来，纷纷问道："怎么说？"

文知雪把信往桌上一扔，摇头道："大局已定，大势已去。"

盛宇峰说："咱们等的是朝廷谕旨，索相的信依旧不是谕旨呀。"

文知雪说："等的是谕旨没错，但索相的信哪一次不比谕旨更准？况且信上

也说了，谕旨十日内就会颁发。”

“我就想不明白了，”盛宇峰说，“陛下既然决意开海，为何在杭州时要痛骂浙江海关官员，还历数开海的种种弊端？”

所谓当事者迷，答案揭晓前，许多事云遮雾罩，只有尘埃落定，才能看清楚。到了今日，以文知雪的聪明，她当然对今上的帝王之术了然于心。文知雪说道：“这是给人找台阶下。索相与那么多大臣都力主禁海，而索相背后又有太子。陛下不把海关的人骂一顿，岂不是告诉天下人，索相的主张荒谬至极？把人骂了，好歹给太子与索相一点面子，说明他们的主张还是有些道理的，只不过这些道理不至于让朝廷禁海。”

盛宇峰又骂道：“蒙元亨这个滑头，关键时刻装病躲起来！”

宋元河是个忠厚之人，他虽觉蒙元亨病得蹊跷，但还是说道：“没准他真病了，索相派的人去看过，说他病得不轻。”

文知雪摆了摆手，说：“蒙元亨真病假病不重要。现在看来，陛下当日在杭州痛骂海关的人时，心意已定了。即便陛下召见了蒙元亨，他也照索相的意思说了，陛下也不会改变主意。”

“现在怎么办？”宋元河说，“一旦开海之策不变，岳江南的船在海上跑着，他的茶叶就比咱们的便宜许多。”

“其他商号有什么动作？”文知雪思忖了一下，说道。

宋元河说：“几天前，风声刚传出来时，他们便在找后路，无非舍陆路走海路。有人说了，海上岳江南走得，咱们也走得。”

“岳江南走得，咱们也走得。这话倒有意思。”文知雪把目光投向段运鹏，“你在海上兜了一圈，今天可以说说。”

文知雪反对开海最为激烈，但从没忘记为自己找后路。她记得年少时随父亲回山西老家，父亲带她去了平遥。父亲说，祁太平（指祁县、太谷、平遥三县）十年九旱，更是山西难得的不产煤的地方。但正是这贫瘠土地逼得人们外出经商，才造就了威震天下的晋商。平遥城形似一只乌龟，有聚财之寓意，城里的道路四通八达，且没有一条断头路。父亲当时有感而发：“出门做生意，任何时候都要给自己留条活路，不能把自己逼上绝路。”

文知雪记下了父亲的教诲，在海运之争最为激烈时，自己虽力主禁海，却无时无刻不在搜集有关海运的消息，甚至派段运鹏去海上探了一回路。

段运鹏说："我联系了好几家船行，大家都是做买卖的，不会拒绝送上门的生意。船老大说，文盛合的茶叶若改走海运，他们乐于相助。"

"多亏知雪留了后手。"盛宇峰说，"事到如今，咱们也不能硬撑，改走海运吧。"

文知雪说道："这可不是一句话的事。一旦改走海运，陆上的客栈、驼队、镖局怎么办？咱们这一改，无异于断了人家的活路。"

宋元河说："我知道东家菩萨心肠，但该争的咱们都争了，实在是胳膊拧不过大腿。"他又说："其他商号都在打海运的主意，咱们也得加紧。海上的船毕竟有限，让别家的货把船占满了，咱们的货就没地方堆了。"

文知雪凝神思索了片刻，说道："先别急，咱们喝喝茶吧。"她吩咐人泡茶，还特别叮嘱道："就泡小段带回来的茶叶。"

众人草草喝了几口茶，又投来焦急的目光，等着文知雪拿主意。文知雪放下茶杯，问道："这茶喝着如何？"

见众人没反应，文知雪说："再喝一口，仔细品一品。"

又品了一阵子，盛宇峰说："这茶是文盛合的吗？"

段运鹏答道："当然。"

盛宇峰说："味道像，但又不像。"

"哪里不像？"文知雪追问。

盛宇峰说："似乎带了点咸味。"

"你喝出来了。"文知雪说，"我喝这茶时，也觉得不对。"

宋元河之前心思不在品茶上，这会儿又认真品了几口，说道："嗯，有股咸味。是泡茶的水有问题吗？"

文知雪说："用院子后面的井水泡的，虽不算好水，但不至于弄出一股咸味来。"

盛宇峰盯着段运鹏，说："小段，这茶是从哪儿带回来的？"

段运鹏说："我奉东家之命，走海路去了俄国。茶叶确是文盛合的，跟着我一道去了俄国，又被带了回来。”

盛宇峰说：“难道茶叶到了俄国，味道就变了？”

文知雪说：“重新泡一壶，你们再品一下。”

换上茶，众人又品了起来。盛宇峰说：“这味就对了，咸味没了。”宋元河也在一旁点头。

段运鹏说：“这茶也是我从俄国带回来的。”

宋元河一脸不解的表情，说道：“怪了，都是文盛合的茶叶，也都是从俄国带回来的，味道怎么差这么多？”

文知雪说：“小段这趟走得远，还是让他给你们讲吧。”

段运鹏说：“遵照东家的意思，我去时走的是海路，从福建上船到天津，再转陆路穿过蒙古草原，抵达西伯利亚。回来时随商队走陆路，从杀虎口进入关内，再穿行晋、豫、鄂数省。之前你们喝的是走海路带到俄国的茶叶，后面喝的仍是经陆路运到俄国的茶叶。”

听到这里，宋元河双眉紧锁，盛宇峰端着茶杯，说道：“走海路与走陆路运到俄国的茶叶，味道竟会不一样。”

文知雪说：“这几天，我一面等朝廷的消息，一面将小段带回的两种茶叶尝了好多遍。可以肯定地说，绝不是哪一袋茶叶出了问题，而是两种茶叶的味道当真差别甚大。”

段运鹏说：“东家以为，海水是咸的，走海路的茶叶或许是受了潮，里头便带上了咸味。我想，也只能是这个原因。”

“知雪，你想怎么做？快说吧！”盛宇峰说道。

文知雪站起身，在屋内踱步。“关于开海或禁海之争，无论我还是岳江南，都把它当成了毕其功于一役的生死战。若朝廷禁海，岳江南的生意没的做；若继续开海，我也只能改弦更张。现在看来，事情未必这般简单。”

文知雪接着说：“走海路节省时间，运费也便宜，但茶叶味道要打些折扣。走陆路耗时费力，茶叶味道却上乘。”

“还是你细心。”宋元河若有所思地说，“世间事向来不会那般绝对，现在看来，海运与陆运各有利弊。”

盛宇峰想了想，说："你的意思是，咱们继续走陆路？"

"对！"文知雪答得斩钉截铁，"这一仗，我不能灭掉岳江南，但他也不要以为我会就此吞下苦果。"

宋元河提醒道："走陆路的茶叶虽说味道好些，但价钱毕竟比走海路的高。"

文知雪说："这正是咱们接下来要做的事。我打算把卖到俄国的茶叶涨价，只要价钱上去了，哪怕运费高些，也能赚银子。"

"涨价？"宋元河有些讶异。岳江南仗着海运的优势不断杀价，令对手头痛不已，此刻文知雪竟要涨价！

文知雪坐回椅子上，说："关于涨价之事，我思虑了很久，迟迟下不了决心。幸亏小段走这一趟，让我把许多事想明白了。"

"小段走这一趟怎么了？"宋元河不解地问。

段运鹏接过话来说："当初在归化，托里尔压低茶叶价格，许多人为赚银子，只能以次充好。东家执意坚持咱们得卖好茶叶。正是得益于此，许多俄国人喜欢上了文盛合的茶叶，说它是一块金字招牌，亦不为过。这些年，咱们的茶叶一直卖得比别家的贵。在俄国，还有一种说法，殷实之家才喝得起文盛合的茶叶。据说西伯利亚总督还将文盛合的茶叶送给了俄国皇帝。"

段运鹏又说："岳江南开辟海路，运过去的茶叶价钱更便宜，让俄国的茶叶价格降了不少。但无论别家的茶叶价格怎么降，咱们都基本维持原价，销量也没跌太多。"

盛宇峰渐渐明白了文知雪的意思，说道："甭管青菜怎么便宜，吃山珍海味的人都不会去街上捡青菜。岳江南的茶叶便宜，爱占便宜的人早去捧场了，剩下的都是不差银子的主，他们更在乎口味。"

文知雪点了点头，说："天下的生意不是一家能做完的，有人织绫罗绸缎，就有人织粗麻布；有人街边搭棚煮拉面，就有人在酒楼里烹制美味佳肴。既然自家茶叶的味道摆在那儿，咱们就扭住绫罗绸缎、山珍海味的生意，爱占便宜的，由岳江南去应付。"

"此刻涨价，正逢其时。"文知雪又说，"过去山陕商帮的商号皆走陆路，现在他们改走海路，茶叶在海上受潮，还能保证口味的，只剩文盛合。物以稀为贵，好东西卖贵些，天经地义。”

盛宇峰原本因朝廷赞同开海而沮丧不已，此刻却兴奋起来，说道：“这步棋让知雪走活了！”

宋元河说：“当初咱们忌惮海路，是怕岳江南大肆杀价。听东家一席话，只要应对得当，就不怕他。”

文知雪说：“不怕他杀价，就怕他不杀价。那些发咸变味的茶叶价钱越低，咱们的茶叶才越买得起价。”

在座的都是商场老手，听文知雪一说，自然明白其中的意思。富人穿绸，穷人穿布，若绸与布一个价，岂能满足富人的虚荣心？

“没想到呀，”宋元河说，“本以为开海是坏事，这么一弄，却成了好事。”

“谈不上好事，只是结局不太坏。”文知雪说，“若朝廷禁海，山陕商帮独霸万里茶路，这自然是上策，也是我梦寐以求的，只可惜形势比人强。步人后尘改走海路，实乃下策。我不过是想出了一条中策，让海路、陆路并行不悖，算是与岳江南打了个平手。”

“这次算他走运，”提起岳江南，文知雪仍心有不甘，愤愤不平，“与他的新仇旧恨，留着日后了结。”

“知雪太客气了。所有人都觉得，朝廷施行开海，就是咱们惨败了。如此不利局面，竟让你扳成了平局，这就是大胜！”对于自家夫人，盛宇峰从不吝溢美之词。

文知雪淡淡地说：“有人说，海上宽得很，岳江南走得，其他人也走得。要我说，天地宽得很，商道宽得很，他走他的海路，我走我的陆路。”

第七章

初涉铜务

1．天下的铜，一大半在云南

晴空湛蓝悠远，阵阵凉风吹来，美丽的长江两岸，风光更加动人。病去如抽丝，身体逐渐痊愈的蒙元亨作别江宁城，乘船溯江而上，向着分别多时的保宁府进发。

与单调枯燥的大海不同，长江两岸的景色每时每刻都在变化。白天，群峰披上金甲，阳光在水面上跳跃，长江变得热烈了，像一条金鳞巨蟒；晚上，江风吹起波浪，岸边的渔火接连亮起，使长江像眨着眼睛，沉沉欲睡……

无论景致如何不同，蒙元亨总想起一句诗：两岸猿声啼不住，轻舟已过万重山。当年李白自白帝城顺流而下，今日自己则逆流而上，两人心境却相通。见识了辽阔的大海，经历了石头城的暗潮汹涌，蒙元亨也越过了万重山。

船驶过重庆，进入嘉陵江水道后，蒙元亨的心情却沉重起来，越往前走，他的脸绷得越紧。两年了，自己纵横大江大海，生意又上了一层楼，保宁府却多了一座坟冢。他想起了小兰，想起了世英。十年生死两茫茫，不思量，自难忘。千里孤坟，无处话凄凉……

保宁码头上，迎接蒙元亨的人很多，他简单招呼了一下便离开，上了城郊的锦屏山。曾兰与罗世英的墓紧挨着，可怜两位佳人，与自己阴阳两隔。

第二天，蒙元亨起了个大早。次子蒙应恩已两岁了，这名字是爷爷蒙顺取的，让他勿忘母亲曾兰的生育之恩。蒙元亨亲自照料应恩，一会儿抚着孩子入睡，一会儿笨手笨脚地给孩子喂饭，还要换尿布。此刻的蒙元亨，丝毫不像一位叱咤风云的大商，只是一个慈爱的父亲。

接下来的几天，蒙元亨除了照顾应恩，还细心检查了长子应瑞的学业。家里人都说，孩子像母亲，应瑞个性率直，有股天不怕地不怕的劲，就像罗世英；应恩虽说年纪尚小，但不会像有些孩子那样吵闹个没完，长辈抱起他，他总是一副笑呵呵的样子，就像温婉贤惠的曾兰。听到这些，蒙元亨既开心，也添了一丝悲伤。

休整了几日后，蒙元亨来到商号。一旦忙起生意，他又夜以继日。这天傍晚，他正在账房核对账目，有伙计禀报道："东家，外面有人找。"

"谁呀？"蒙元亨问。

伙计说："我问了，他没说，只说是你的朋友。"

蒙元亨的生意越做越大，一来不是随时都能抽出时间，二来该有的架子还得有，他有些不耐烦，说道："去问清楚。以后没问清楚，别来通报。"

隔了一会儿，伙计又来禀报说："外面的人说他叫赵明舟。"

蒙元亨闻言，赶紧起身，一路小跑出去。出门一看，果然是赵明舟，他今日没穿官服，只穿了一件灰布长衫，身旁也没有随从。蒙元亨行过礼，又把伙计训了一顿："你连赵大人都不认识吗？他可是咱们保宁府的父母官！"

伙计挨了骂，连赔不是。赵明舟笑着说："别怪他。刚才我与这位小兄弟聊了，他是顺庆府人，两年前才到保宁。那时我早已离开，他哪会认识我？"

蒙元亨将赵明舟迎进屋内，亲自斟上茶，说："赵大人不是到云南去了吗，怎么突然来到保宁？"蒙元亨在江宁时便听说，剿灭噶尔丹后，赵明舟因筹措粮饷有功，官升一级，进京在户部任职。前不久，他又被外放云南布政使。布政使掌管一省民政、财政，地位仅次于督抚，距封疆大吏仅一步之遥。赵明舟乃捐官出身，能走到今天这个地步，实为官场特例。

赵明舟抿了一口茶，说道："我一个月前从京城动身，原本想在江宁见你，可到了江宁，听说你已溯江西返。船过三峡快到重庆时，我忽然想来保宁府看一看，便拐进了嘉陵江。"

蒙元亨点头说："保宁的山山水水都铭记着赵大人的功绩，你是该回来走一走，看一看。"

赵明舟在宦海沉浮多年，当过比知府小的官，也当过比知府大的官，却唯有做保宁知府是真正主政一方，他对此地怀着深厚情感，不禁感慨说："今日走了一圈，保宁确比过去繁华了。"

"对了，"赵明舟说，"听说你在江宁大病了一场。看你这样子，身体已好了吧？"

蒙元亨微微点头，说："好了。"接着，他又说："赵大人在保宁待几天？"

"究竟待几天，就得看你了。"赵明舟放下茶杯，说，"我这趟来保宁，既是故地重游，也是找你化缘。"

蒙元亨笑呵呵地说："赵大人说笑了，你一个堂堂布政使，哪用找我化缘。"

赵明舟摇了摇头，说："云南布政使是个苦差使呀！云南本是边陲之地，汉夷杂处，经济凋敝。南明余孽和吴三桂，先后盘踞云南几十年，兵连祸结，征战不断，更是留下一个烂摊子。"

蒙元亨两年前去云南走过一遭，知道赵明舟所言非虚。大战之后，百废待举，到处都需要银子，偏偏云南又是穷得叮当响的地方。

蒙元亨说："沧海横流，方显英雄本色。越是苦差事，才越得要赵大人这样经世致用的干才来干。朝廷派你去云南，可谓慧眼独具。"顿了顿，他又说："赵大人放心，你既然开了口，我一定竭尽全力相帮。"

"够朋友！"赵明舟哈哈笑起来，"不过你放心，我不是让你捐银子，只是借银子。"

一听借银子，蒙元亨更紧张。他宁愿捐银子，虽说有去无回，但对方不至于要价太高。沾上借字，数额必定大增，况且有借有还这话在官府身上未必适用。

只听赵明舟继续说道："我来云南之前，一直有件事想不通。都说云南穷，可吴三桂怎么富得流油，府中金银财宝无数，还能养出一支虎狼之师？"

蒙元亨说："吴三桂不是一般人，从山海关打到昆明，一路上缴获多少宝贝，自然富可敌国。"

赵明舟摆了摆手，说："许多人都这样想，我却不以为然。再大的家业也经不起坐吃山空，吴三桂镇守云南二十年，手下几十万兵马，真要吃老本，早就吃空了。"

蒙元亨说："吴三桂当年位高权重，朝廷也得给他面子，每年户部拨的饷银，大概也是一个财源。"

赵明舟笑着摇头，说："我说点秘闻，咱们哪儿说哪儿丢，出门不认。朝廷为了鞭挞吴三桂忘恩负义、狼子野心，自然对外说多年来拨饷供应吴三桂大军，养着这头白眼狼。可我在户部时查阅了历年档案，发现拨给吴三桂的军饷不仅远比外界传的少，还经常被克扣。朝廷可不傻，哪会掏自己的银子替吴三桂养兵马。"

蒙元亨来了兴趣，问道："那吴三桂的兵马是靠什么撑着？"

"云南是穷，但有样东西多，就是乌蒙山里的铜。"赵明舟缓缓说道。

蒙元亨当初在乌蒙山里转了好些时日，听当地人说起过，这里铜矿富集，沿途也见过废弃的铜厂，想必数年前，这里的铜矿开采热火朝天，为吴三桂提供了不少军饷。他渐渐明白了，说道："云南的铜才是吴三桂的财源。"

赵明舟说："天下的铜，一大半在云南。大清入关后，朝廷严禁开矿采铜。但云南乃国中之国，吴三桂不遵朝廷之令，执意在自己的地盘开采铜矿。这事外面都清楚，却奈何不得他。"

蒙元亨想到了昆明北郊的铜殿，有感而发道："我上次去云南，在昆明停留了几日，还去了北郊鸣凤山，看了太和宫金殿。名为金殿，实则是铜殿，整座宫殿全由铜铸成。这座号称天下最大的铜殿，正是康熙十年吴三桂镇守云南时所建。吴三桂这么阔气，当真其来有自。"

"所以我说，云南是捧着金碗讨饭吃。"赵明舟加重语气，"只要朝廷准许开采铜矿，云南财政必将大为改观。"

蒙元亨说："禁铜令可是朝廷大政。据说前明时允许各地开厂采铜，那些产铜的山中聚集着几千条精壮汉子，甚至还有矿工造反。朝廷严禁采铜，也是因为有前车之鉴。"

赵明舟说："天下未稳之时，这些担心并非多余。不过如今，大清国势如日中天，八旗劲旅无敌天下，再担心矿工聚众闹事，实在没有必要。"

蒙元亨问："这么说，朝廷答应开铜禁了？"

赵明舟点了点头，说："离京前，我上了一道折子，直言现今连海禁都开了，在开矿采铜一事上，似乎没必要因循守旧，故步自封。”

赵明舟接着说：“朝廷采纳了我的建议，同意在云南试办铜务。”

“好事呀！”蒙元亨既为赵明舟高兴，更隐约发觉了其中商机。

“自然是好事，但巧妇难为无米之炊。”赵明舟说，“开采铜矿不是一句话，得投下去真金白银。乌蒙山的铜矿大多已荒废，重新开采，耗费的银两不是一笔小数，仅以云南的财力，无论如何都承担不起。”

蒙元亨明白赵明舟的意思，说道：“所以赵大人来借银子。”

赵明舟跷起二郎腿，说：“遍观西南诸省的商号，生意做到瑞成祥这般大的还找不出几家。你带个头，我再去找其他人。借的银子由云南官府作保，他日铜矿一开，连本带利归还。”

蒙元亨思忖了一下，说：“赵大人说云南是捧着金碗讨饭吃，我倒觉得，如今你是揣着银子借钱。”

“怎么说？”赵明舟问。

蒙元亨说：“哪用得着四处借钱，借不借得来且不论，光这利息，便付得冤枉。要我说，开矿采铜何须官府亲力亲为，既然朝廷同意在云南试办铜务，官府何不允许商人进山采铜？赵大人不必问谁借银子，相反，谁要来云南采铜，先给官府交一笔银子。”

允许商人采铜，这倒是个大胆的主意，倘真如此，官府不必掏一两银子！赵明舟初听颇为兴奋，但想了想，又摇头说：“上谕说得明白，铜务攸关国计民生，只能由官府主持。”

“主持并非事必躬亲。”蒙元亨说，“赵大人在官场扑腾了几十年，更难得的是早年经商，深知实务，许多话在你面前讲，我便放开胆子了。你说，凡是跟银子沾边的事，一旦交到官府手中，是否总会有人上下其手？”

赵明舟苦笑道：“只要我在云南一天，就会把底下人看紧。但要说一尘不染，谁也没这个本事。”

蒙元亨又问：“同样一件事，交给商号来办与交给官府来办，谁办得利索？”

赵明舟说：“商号的东家为自己赚银子，自然尽心竭力。吃皇粮办公差，难免有人得过且过混日子。”

蒙元亨说：“我虽不懂采铜，但也明白，乌蒙山的铜再多，也不是随便一锄头下去就能挖出来的。找矿、开采、运输，凡此种种，一样都马虎不得。这事纵使交给商号来做，也没有马到功成的把握，何况官府中还有人存着其他心思。”

赵明舟仔细听着，眉头微皱，似乎在认真思索。蒙元亨趁热打铁道：“开矿有风险，尤其是在找矿时，一旦看走眼，砸下去的银子只能打水漂。交给商人来做，这些风险自由商人承担。官府只管照价收铜，既省去大笔开销，更稳赚不赔。”

赵明舟似乎被说动了，说道：“风险由商人自担，官府倒省心了，这路子未尝不可一试。”旋即，他又说：“这事我定不了，还得先到昆明，奏报云贵总督。想必总督也不敢擅自决断，只能上奏朝廷，恭请圣断。”

2. 今日，我打算不问鬼神问苍生

乌蒙群山环抱中的云南东川府，一度因铜而兴，在三藩平定，朝廷严令禁止采铜后，这里很快萧条下来。东川府的雨断断续续地下了几日，今日尽管仍阴云密布，雨毕竟歇了。蒙元亨出了客栈，坐上马车，去往城西的一条小巷。

三个月前，蒙元亨率众从保宁启程，又一次踏上南下之路。周琪嚷嚷着要一道来，蒙元亨拗不过，答应了。可临行前几天，周琪接到父亲周弘毅的信，说她的姨娘、深得索额图宠爱的菊姑在京城生了大病。索额图遍请名医，菊姑的病仍不见好。周弘毅打算去探望，让女儿也从速进京。周琪虽渴望与蒙元亨同行，却也忧心菊姑的身体，最后只得北上。

商队渡过金沙江，进入乌蒙山区后，蒙元亨即与大队人马分开，带着罗兵及十多个伙计，在大山里转了一个多月，接着又在东川府住下来。

马车在巷口停下，巷子太窄，马车进不去。蒙元亨只得下车，这时天空中又飘起细雨，伙计忙替东家撑开伞。蒙元亨摆了摆手，示意不必撑伞，径直朝巷内走去。

巷子深处摆着一个字摊，一块白布招牌迎风飘动，上面绣着阴阳八卦图，还写着“鬼谷为师”四个字。一位老者坐在字摊后，他双目失明，手中弹着一把胡琴，凄凉的琴声似在向风雨诉苦。

蒙元亨坐到字摊前，琴声戛然而止，老者说道：“想不到这天气还有人来。”

蒙元亨说道：“整个东川府，谁不知叶先生大名。真是晴好天气，算命的人得排到巷口，哪轮得上在下？”老者名叫叶凤来，是东川府有名的算命先生。

“过奖了。”叶凤来一面说着，一面收好胡琴，“把生辰八字报上来。”

蒙元亨说道：“生辰八字记不得了，能看手相吗？”

叶凤来微微一笑，说：“客官是想考我吧。行，今天就看手相。”

蒙元亨伸出手去，不过当叶凤来伸手来摸时，他又把手缩了回去，只在桌上留下一袋银子。叶凤来摸到银子，说：“客官真是大方，但我不可无功受禄。”

蒙元亨说：“唐代李商隐有诗云：‘可怜夜半虚前席，不问苍生问鬼神。’今日，我打算不问鬼神问苍生。”

“问苍生？”叶凤来笑了，“那你可问错地方了。”

“不会错。”蒙元亨说，“我来贵地已有些时日，都打听清楚了，看相算命对先生来说不过雕虫小技而已，你还有一个本事，就是能看出哪座山里埋着铜。”

叶凤来一怔，说道：“这本事如今派不上用场，看相算命还能混口饭吃。”

“叶总镶过谦了。”旁边一人开口说道。

叶瞎子又是一惊，道：“谁在说话？”

说话的正是当年在乌蒙山被蒙元亨绑住的黑店掌柜金大伦。重返乌蒙山后，蒙元亨急需一个办事利索又熟悉当地情况的人，他一下就想到了金大伦。当初为商队安全布下的线，不料有了更大的用处。金大伦虽没挖过矿，但早年跑马帮做过铜马生意，对铜厂知悉颇多。尤其乌蒙山中的土匪，好些个还是当年的矿工，金大伦与他们多有交道。

比如眼前的叶凤来，便是金大伦推荐的。叶凤来早年从北方流落至东川府，此人虽双目失明，但精通阴阳五行，更能凭山势、草木辨别铜矿成色。照规矩，每一座矿厂都有一位镶长，负责辨察矿脉。当年乌蒙山中的四大矿厂，镶长由叶凤来一人兼任，因此被称作总镶。吴军战败，昆明城破后，叶凤来被捕入狱，被关了大半年。所幸他只负责开矿，从没加入叛军，朝廷才没有深究。此后官府严禁采铜，叶凤来回到东川府，以看相算命为生。

金大伦笑着说：“叶总镶，在下金大伦，当年靠跑马帮做铜马生意混饭吃，你自然认不得我。不过，你的大名却如雷贯耳。”顿了顿，他又介绍起蒙元亨：“这位蒙东家，乃四川保宁府瑞成祥商号的东家，如今朝廷要在云南试办铜务，他便来到此地。”

蒙元亨接过话说："冒昧打扰，着实唐突，方才那袋银子算是见面礼。我诚心向前辈请教，愿有以教我。"

叶凤来揣下银子，淡淡地说："多谢了，请回吧。"

一旁的罗兵看不下去了，说道："黑道白道，讲个公道！你这人好不讲理，收下银子，却叫我们回去。"

叶凤来说："拿人钱财，替人消灾，这道理我自然懂。蒙东家捧着银子上门，我也说了实话，还要怎样？"

罗兵素来是一副暴脾气，他生气道："什么实话，我怎么没听见？都说睁眼说瞎话，我今天算开了眼界，瞎子说瞎话！"

"不得无礼！"蒙元亨喝退罗兵，"叶先生，恕在下愚钝，你所谓指点迷津之语，我实在不明白。"

"回吧——我说的就是这句话，言简意赅，蒙东家不应该不懂呀。"叶凤来说，"蒙东家敢碰铜矿生意，想必也是家大业大。但我劝一句，这生意不是一般人能做的，早早脱身为妙，别来蹚浑水。"

叶凤来又说："虽只有两字，却是我多年经验之谈，我自问对得起这银子。"

罗兵心中冒火，强忍住了。金大伦心里也嘀咕，这钱也忒好挣了吧！蒙元亨微微一笑，客气地说道："只要先生开了金口，这银子便花得值。不知能否再说详细些？"

叶凤来点燃旱烟，抽了起来。"一山宝气钟千古，四野炉烟绕万年。这说的就是当年乌蒙山开矿时的盛况。但真要采铜，岂是一句诗那么简单？建起一座铜厂，耗银少则十万两，多则二十万两。况且铜厂不比作坊，银子砸进去，未必能炼出铜来。"

叶凤来继续说："当年未有商人采铜的先例，山中铜厂皆为吴三桂所建，他砸下数不清的银子，又令近万军士卸掉盔甲，进山当矿工，可开头好几年却进展甚微。"

蒙元亨说："万事开头难，遇到一些挫折也在意料之中。"

叶凤来摇头说："不知蒙东家的财宝可比得了当年的平西王？他能命麾下近万军士进山找矿，你又能招募多少工匠？以平西王之势，尚且万事开头难，一般人恐怕只有开头，撑不到结尾。"

金大伦知道当年的事，说道："叶总镶只说了一半，漏掉了另一半。当年，吴三桂为采铜之事震怒，改派亲信大将胡国英任云南铜政总务。这胡国英不懂采铜，却是个杀人不眨眼的魔头。他招募镶长，限期勘测矿山，但凡拖延，立斩不饶。短短一年时间，胡国英就杀了十多个镶长。"

金大伦又说："直到叶总镶临危受命，几个月时间就勘测出一座大铜矿。至此，整个云南铜政有了起色。"

"这些陈芝麻烂谷子的事，你都打听到了。"叶凤来笑起来。

金大伦趁热打铁，又送上奉承话："那时大伙可是把叶总镶传得神乎其神，说你有天生神眼。"

好话总是谁都爱听，叶凤来的眉毛舒展开来。他说道："谁都没有天生神眼，何况一个瞎子。只不过一件事干久了，摸索出一些门道。拿勘测矿山来说，首先要审度山势，最好是层峦叠嶂、势壮气雄、重关紧锁、堵塞坚牢之地。同时，还得辅以阴阳五行之学，铜深埋于地下，贵阴忌阳，贵藏忌露。接下来是找寻苗引，去寻找那些与铜矿伴生的花草树木。当然了，有些铜矿中兼有铁矿，亦能以磁石寻之。找到矿石后，再用火焰辨矿法观察煅烧矿石的颜色，一般认为，唯红火为上，乃铜之光。以此审别藏量多寡、品质高低，决定是否值得大举采炼。"

蒙元亨全神贯注地听着，一旁的伙计还掏出笔来记下这些话。叶凤来抖了抖烟杆，笑着说："记下来也是白费功夫。这些事听着简单，若无经年积累，只是按图索骥，便是竹篮打水一场空。"顿了顿，他又说："就说这个火焰辨矿法吧，考的是眼力。有人一眼便知真伪，有人始终瞧不出名堂。而我又与一般人不同，我是瞎子，看不见火的颜色，只能用鼻子去闻矿石燃烧的气味。"

蒙元亨十分兴奋，说道："天下事说难也难，说易也易。若请先生出山，必能事半功倍。"

"这话就外行了。"叶凤来摆了摆手，"蒙东家既知我当过镶长，想必听过'七长治厂'之说。每一座铜厂，自厂主以下，由七长共治，镶长不过是其中之一。"

"七长治厂"这话，蒙元亨近日来多次听说。但凡铜厂，都设有镶长、炉长、硐长、炭长、锅长、课长、客长等七长，七人各司其职，一座铜厂方能运转。比如，镶长需谙熟地质水文，辨察矿脉走向，找准矿藏位置；炉长是冶炼负责人，要随时观察炉膛火色与炉烟变化，指令除炉渣、除炭灰等；硐长负责矿洞内的开采与采矿安全；炭长需保障燃料供应……

“勘测只是开头，接下去还有开采、冶炼。术业有专攻，对这些事，我并不了然。”叶凤来继续说。

蒙元亨说：“采铜炼铜之事，自是众人拾柴火焰高。不知先生能否登高一呼，召集旧部共襄盛举？我知道，近年朝廷不准开矿，大伙空有一身本事，施展不出。如今铜禁已开，正好大展拳脚。”

蒙元亨说得甚是激昂，叶凤来却面色平静，说道：“炼过炉子的人都知道，炉火不能歇。火一旦歇了，再想点起来，就难了。”

雨渐渐大起来。此时巷内走进来一男一女，男的身材挺拔，女的步态轻盈，身段婀娜。待两人走到近处，才看清男的约莫二十岁年纪，女的十七八岁。

女子打着伞，长着一张俊俏的瓜子脸和一对细长的柳叶眉。她说道：“爹，雨又落起来了，天气也凉，早点收摊回去吧。”男子站在一旁，容貌亦颇为英俊，鼻梁高挺，一双丹凤眼炯炯有神。

叶凤来笑呵呵地说：“你们都来了。好，咱们就回去。”

蒙元亨听金大伦说过，叶凤来膝下有一儿一女，儿子叫叶长青，女儿叫叶筑紫。不过，这对儿女并非叶凤来亲生，而是收养的。罗兵忍不住多瞅了叶筑紫几眼，心里念叨着：“叶凤来相貌平平，就算眼睛不瞎，也好不到哪儿去。真要是亲生，哪能生出这么个美人坯子。”

叶凤来站起身，说道：“该说的我都说了，时候不早了，儿女们又来接我，告辞了。”

蒙元亨侧身让开，说：“多谢赐教，受益匪浅。改日再登门求教。”

叶筑紫打着伞，叶长青扶着父亲，缓缓走过狭长的雨巷。看着三人的背影，罗兵摇着头说：“他就这么走了？”

蒙元亨说：“刘备三顾茅庐才请动孔明，咱们才来一趟，急什么。”

雨越下越大，伙计又为东家撑开伞。蒙元亨朝巷外走去，边走边说：“咱们也该动身了。耽搁了这么久，赵大人怕等不及了。明日启程，奔赴昆明。”

3. 他们既是刀口上舔血的悍匪，也是经验丰富的矿工

从东川府到昆明，还有五百多里路。蒙元亨等人骑上快马，连赶了几日路。抵达后的第二天，蒙元亨便去布政使府拜见赵明舟。

赵明舟已是一省大员，公务更加繁忙。他一大早便出去巡视滇池疏浚工程，傍晚才回来。见到在府内等候了一整天的蒙元亨，赵明舟热情招呼，又问：“瑞成祥商队一个多月前就到了昆明，你怎么这会儿才来找我？”

蒙元亨说：“过了金沙江，我就与大队人马分开了，先在乌蒙山实地探访，又在东川府住了些时日。”

赵明舟笑起来，说：“你这是要大干一场的架势。”

两人进了书房，赵明舟端起茶抿了一口，又对蒙元亨说：“别光顾说话，你也品一品这茶。从前普洱茶我喝得不多，到了云南，才发觉它真是好东西。”

蒙元亨细细品了一口，布政使府中的普洱的味道的确比市面上的茶叶更醇正。赵明舟放下茶杯，说：“来得早不如来得巧，你虽在路上耽搁了一个多月，却赶上了好时候。”

蒙元亨心中一喜，问道：“朝廷有消息了？”

赵明舟点头说：“到昆明后，我把邀商人采铜的打算奏明总督，他起初有些顾虑，但最终还是同意与我一道联名上奏。半个月前，朝廷的上谕到了昆明，准云南所奏。”

“好啊！”蒙元亨兴奋不已。这些日子，自己最担心的便是此事。若朝廷仍严禁商人采铜，那么所有准备都变得毫无意义。现今东风已至，便可放开手脚干

起来。

"具体章程有哪些？"蒙元亨又问。

赵明舟说："采铜这等大事，官府不能撒手不管。每座铜厂，官府都要派出驻厂监督。"

蒙元亨心想，商号投银子挖矿，挖不出矿便亏自家银子，真不知那些对矿业毫无所长的官老爷来干什么，又有什么本领监督？这些人来了，于正事毫无助益，自己还得像供菩萨一样供着他们。有些心术不正之徒，恐怕更要借机搜刮一番。不过，这些只是小事，花的也是小钱，不必过于纠结。蒙元亨强装出高兴，说道："来一个监督好，官府放心，我们也安心。"

"另外，"赵明舟又说，"除了收保金，还要对商人办的铜厂课三成的税。"

蒙元亨心里一紧，顿觉口中的普洱苦涩无比。他放下茶杯，争辩道："赵大人，税这么高，买卖没法做啊！"

赵明舟笑起来，说："元亨，你是知道的，我早年经商，入仕后也一直操持实务。想糊弄我，没那么容易。"

"这哪是糊弄？三成税，确实太高。"蒙元亨说。

赵明舟说："我承认三成税不低，铜厂赚头会少一些，但还不至于无利可图。挖矿可是从地里刨银子的生意，天下还有什么买卖比这赚得多？况且章程不只是针对你一人，所有来云南的商人都得按这个章程办。你要是觉得高，有的是愿意的人。"

"实不相瞒，"赵明舟说，"这几日，总督大人与我接到许多信，京城的王公大臣们推荐了不少商人，都要来云南做铜矿生意。若是没银子赚，他们干吗来？"

蒙元亨心里叫苦，碰上赵明舟这样精明的干吏，真未见得是好事。他叹了口气，说："你这样说，我还能怎么办？只愿官府一视同仁，不厚此薄彼。"

"你是明事理的人。"赵明舟说，"云南穷啊，到处需要银子。就说采铜这事，朝廷并非做的是无本生意。不课一点税，日子过不下去。"

蒙元亨苦笑道："一两银子不掏，挖矿失手的风险也不用朝廷担，等商人炼出铜来，坐收三成税。这不是无本生意，什么才是无本生意？”

“这个账我倒要跟你算清楚。”赵明舟说，“我赴昆明上任时路过乌蒙山，当地百姓对匪患怨声载道。土匪如今打家劫舍，一旦铜厂建起来，还不惦记这块肥肉？要想让商人安心采铜，官府就得先清剿匪患。这动刀动枪的事，难道不花银子？”

保境安民本就是官府的职责，赵明舟这个理，蒙元亨并不认。但提到清剿匪患，他正好有事要奏。蒙元亨坐直身子，说：“乌蒙山匪患不除，铜矿生意便做不下去。我在山中探访一月有余，对匪情也知道一些。”

“说来听听。”赵明舟说。

自打两年多以前路过乌蒙山，蒙元亨就与山中的土匪有交道。此番探访，得益于金大伦的引荐，他还去了几个山寨，与山大王们喝酒吃肉。当然，这些经历不方便对赵明舟讲。

“乌蒙山位于三省交界处，历来有盗匪出没。但近年来匪患如此猖獗，还得从一个人说起。”蒙元亨微皱眉头，思绪仿佛回到乌蒙群山中。

蒙元亨说的这个人，正是当年的云南铜政总务——吴三桂的爱将胡国英。早在山海关时，胡国英便投奔吴三桂，多年来随吴三桂南征北战，是吴倚重的大将。当初吴三桂在乌蒙山开采铜矿，一度进展不力，便把胡国英派来坐镇。胡国英对铜务一窍不通，却谙熟有功必赏、有过必罚的驭下之术，更不惜祭出重典，连砍十几个找矿不力的镶长的人头。最终，他靠着铁腕手段，让云南铜政进入鼎盛时期。

胡国英手下有四员虎将，号称四大金刚。吴三桂反出云南，欲与大清争夺天下。胡国英自然重披战袍，率四大金刚冲锋陷阵，转战数省与清军鏖战。胡国英虽是悍将，但终不敌八旗劲旅，自岳阳撤退时，他的一只胳膊被砍掉。清军进逼云南，胡国英困守东川府，城破后满门被俘，数月后与两个儿子一同被押赴昆明问斩。

胡国英手下的四大金刚，一个战死长沙，一个在东川城破时自尽而亡。剩下两人，分别是邓虎与赵远志，他们突出重围，率残部钻进乌蒙山落草为寇。如今乌蒙山中的土匪有大小十几支队伍，最厉害的便是邓虎与赵远志的两支队伍，他们各有上千人马，几乎不把一般官兵放在眼里。

听蒙元亨说完，赵明舟面色凝重，说道："你在乌蒙山这一个多月没白待，情况探得很准。射人射马，擒贼擒王，要剿灭乌蒙山的匪患，首先要拿下邓虎与赵远志这两个吴三桂旧部的余孽。"

赵明舟继续说："乌蒙山地势险要，又处在川、滇、黔三省交会之地。过去剿匪，三省各自为战，以致功败垂成。我打算上奏朝廷，请求三省联剿，一举扫除匪患。"

可以想见，铜厂的炉火还未点燃，乌蒙山中便要战火遍布。而这绝非蒙元亨乐见，他缓缓说道："恕在下直言，对土匪历来宜剿抚并用，甚至剿不如抚。"

赵明舟听着这话，没有反应。蒙元亨又说："尤其为了日后的铜政大计，更不宜轻动刀兵。胡国英当年率军进山开矿，后来三藩乱起，这帮人又跟着他出滇征战。不妨这样说，邓虎与赵远志的手下，既是刀口上舔血的悍匪，也是经验丰富的矿工。"

赵明舟轻轻敲着茶杯盖，说道："你打算招安这些人，让他们重操开矿旧业？"

蒙元亨很有分寸地说："是剿是抚全由朝廷定夺，哪轮得到我来打算？我只是觉得，若能妥为安置这些人，云南铜政将少走一大截弯路。"

赵明舟哼了一声，说："没有这伙人，云南铜政就要走弯路，这话过头了吧？"

蒙元亨说："这话虽不中听，却是实情。开铜矿之事千头万绪，其中最紧要的就是招募熟手。可朝廷多年来严禁采铜，天下虽大，熟手却不好找。"

近些时日，蒙元亨的心思都花在铜务上，虽离精通差了十万八千里，但也能说出些门道。他先说到吴三桂开采铜矿之初，要么选矿有误，要么冶炼有差，总之诸事不顺。接着，又把从叶凤来那里听来的有关找矿的事说了一遍。蒙元亨还从别处学到许多与采铜相关的学问，比如采掘铜矿有火烧水泼法、凿眼射水法、打眼爆破法等几种方法，各种方法有何优劣，遇到成色不同的铜矿，该如何选择……

赵明舟全神贯注地听着，待蒙元亨说完，他赞道："你是有心人，短短一个月就成了铜务专才。隔几日，我要请你过来，好好给全省官员讲一课。”

蒙元亨连忙摆手道：“使不得，这可是出我洋相。我不过是现学现卖，哪敢称专才。再说一句不敬的话，赵大人过去很少接触铜务，听我讲这些或许觉得新鲜，真要在行家面前，便是笑话。若让我亲自来做，更是无从下手。”

赵明舟素以实干著称，听蒙元亨一讲，觉得言之在理。他沉吟了一会儿，说道：“如此说来，这帮家伙还是有点用处。”接着，他又摇头说：“你呀你，总给我出难题。先是要让商人采铜，接着竟要让朝廷赦免土匪，一件事比一件事棘手。”

蒙元亨笑着说：“我这都是为了让咱们尽快炼出铜，让云南财政不再拮据。”

赵明舟说：“这件事我可做不了主，还得上奏朝廷。”

4. 哪有杀了宋江、卢俊义，却让李逵、燕青为朝廷效命的道理

东川府外的一个山沟里藏着一座青叶观。道观不大，三间草房，一圈竹篱，院内沿篱笆种了一溜葫芦藤。青藤翠叶间，小葫芦给破败的道观增添了几许生气。

这日午后，叶长青与叶筑紫兄妹搀扶着父亲叶凤来，来到青叶观前。院内，一个老道士正与一个少年下棋。这少年十多岁年纪，长得眉清目秀；老道士却奇丑无比，脸上全是伤疤，一边眉毛很长，一边没有一根眉毛。看样子，老道士曾在火灾中毁了容。除了面目丑陋外，老道士还断了一只胳膊。

一声清脆的棋子落盘声响过，老道士笑着说："这一盘你输了吧。"

少年站起来，盯着棋盘看了一会儿，点头说："我认输。"接着，他又说："一盘不算，再下一盘。"听二人对话，少年说的是东川本地话，老道士说的云南官话中夹着北方口音。

老道士和蔼地笑起来，说："再下一盘可以，但之前说过，谁输了，就得玩个把戏。"

"没问题！"少年爽快地答应。说完，他从旁边一株小树上取下一只鸟笼，放在棋盘上，笼子里装着两只灰色野鹁鸪。少年把笼门打开。

"鹁鸪会飞走的。"老道士提醒道。

"我看它们能飞多远。"说话间，两只鹁鸪都飞出了笼子。少年从口袋里取出两枚梅花镖来，然后叫一声"去"，第一枚镖从手里飞出，直向鹁鸪追去。眨

眼工夫，一只鹁鸪坠落下来，尾巴上插着一枚小小的梅花镖。

鹁鸪还在地上挣扎，少年遗憾地说道：“这镖偏了点，没击中要害。”接着，他又射出第二枚镖，却听得哐当一声，镖从空中落下来。原来，老道士用左手抓起一枚棋子弹出去，不偏不倚击中了飞镖。

少年回过头，只见老道士板着脸，说道：“我叫你玩个把戏，没叫你玩这个。”

少年说：“跟着师父学了飞镖，就想露一手。”

老道士说：“谁是你师父？咱们只是玩伴。再说我教你飞镖乃防身之用，你岂能滥杀生灵？”

少年低下头，老道士叹了口气，说：“若是平时，非得好好教训你一通，今日有客人来，暂且饶过你吧。”尽管叶凤来一行还在篱笆外，但老道士早发觉了他们。

叶凤来朝院内走来，老道士问候道：“身体又不舒服吗？”

叶凤来说：“最近胸口闷得慌。”

“到屋里去，我给你瞧瞧。”老道士将叶凤来引入自己居住的草房。

少年与叶长青兄妹坐在院内的石桌旁，叶长青笑着说：“有段日子没见，功夫又长进了。只是道长还不肯收你这个徒弟吗？”

少年有些沮丧，道：“这些年我一直跟着道长，他悉心教授我武艺。但无论我如何央求，他就是不认这师徒名分。”

叶长青又说：“那梅花镖挺漂亮，给我瞅瞅行吗？”

“有什么问题。”少年掏出梅花镖，一脸得意之色。

叶长青与少年把弄着飞镖，叶筑紫却捧起受伤的鹁鸪，埋怨道：“你也是，学了飞镖，干吗拿一只鸟练手？”见鹁鸪的身体还在抖动，她又说：“鹁鸪还没死，给它涂点药，再包扎一下，看能不能救活。”

少年懒洋洋地说：“这只鹁鸪怕是救不活。”

叶长青原不在意鹁鸪死活，一门心思玩弄着飞镖，但听叶筑紫一说，立刻放下飞镖，说道：“不管能不能救活，都不妨一试。”他让少年取来药，小心翼翼地给鹁鸪涂伤口。叶筑紫蹲在一旁，一会儿瞅着鹁鸪，一会儿又看一眼正在为鹁鸪治伤的哥哥。

老道士的草房里甚是简陋，除了一副“扫来竹叶烹茶叶，劈碎松根煮菜根”的对联，再没有任何摆设。但屋内收拾得很干净，几乎一尘不染。

老道士拿出一方薄薄的棉垫，平放在茶几上，让叶凤来伸出手搁在上面，自己微闭双眼，不再说话，默默切脉。许久，老道士示意叶凤来换一只手，又切起来。这时，他说道：“你身体好得很，没什么毛病，是有心病吧？”

叶凤来说：“前几日，有个叫蒙元亨的人来找过我。”

老道士若有所思，说道：“蒙元亨？这名字有些耳熟。”

叶凤来说：“他是四川保宁府瑞成祥商号的东家。”

老道士点头说：“就是那位川藏大商，据说生意做得挺大。前些年，他到过乌蒙山，用火药枪把一帮小毛贼打得屁滚尿流。”

“没错，就是他。”叶凤来说，“他问了我许多开铜矿的事，看样子是打算在乌蒙山开矿。”

老道士说：“朝廷开了铜禁，这消息早传开了。商人重利，掺和一下不奇怪。”

“我怎么办？”叶凤来说，“蒙元亨让我帮他，我如何答复？”

老道士不再切脉，思忖了一会儿，念起一句诗：“行到水穷处，坐看云起时。”顿了顿，他又说：“早已山穷水尽，但如今是否云起，仍不明。棋盘上可以先声夺人，人世间不妨行稳致远。”

“多谢指点。”叶凤来说。

老道士说：“你整日给别人算命，我哪能指点你。”他这一说，两人都笑了。

“不能让你白走一趟。”老道士又说，“我还是给你开服药，回去调养一下吧。”

“好！”叶凤来点头道。

又聊了一会儿，老道士送叶凤来一行出了道观。回来后，少年低头走过来，说道：“方才叶姑娘让我给鹁鸪涂药，想救活它，可最终还是没救活。”

“好好埋了它吧。”老道士摇头说，“难得这女娃一片善心。”

老道士缓缓朝屋内走去，一边走一边叹道：“天地不仁，以万物为刍狗。”

一连几日，蒙元亨都忙着给四川友人写信借银子。建铜厂得花不少银子，蒙元亨心里有准备，但到了云南后，才发现耗费之巨超乎自己的想象。建一座铜厂，动辄需十万两银子，若建三四座，就得备好五十万两银子。此外，赵明舟提出课三成税，又增加一笔负担。蒙元亨仔细算过，以瑞成祥一家之力，怕是做不下来这桩生意，只能向人借银子。好在众人对开铜矿颇有信心，加上蒙元亨多年的信誉，弄些银两来周转，尚不算太难。

今日一早，蒙元亨来到新建的瑞成祥云南分号，亲自教导刚入商号的伙计。中午时，衙门来人，说赵大人有请。蒙元亨心想，上次说的事大概有消息了。他赶紧往布政使衙门赶。

进了衙门，得知赵明舟正在会客，蒙元亨便在偏厅等候。过了两刻钟，听到动静，是赵明舟在送客，蒙元亨便走出偏厅。与客人一打照面，蒙元亨吃了一惊。客人有两位，一位长得虎背熊腰，看官服是武将；另一位则是苏定河。

还是苏定河先开口说话，他道：“蒙东家，没想到咱们在昆明遇上了。”

蒙元亨淡淡地说：“咱们有些年头没见了。”

苏定河说：“是呀！上回岳东家去江宁，把我留在京城。后来我才知道，秦淮月夜好不热闹，蒙东家也在。早知你在江宁，那一趟我说什么也要去。”

这时，赵明舟说道：“蒙东家与苏掌柜是熟人，我就不介绍了。这位是湖南提督帐下总兵官多尔哈将军。”

多尔哈是旗人，平素将好多同僚都不放在眼里，听说蒙元亨只是个商人，微微点了一下头，便转身离开了。

“苏定河怎么到云南了？”一进赵明舟的书房，蒙元亨便问道。

赵明舟说：“铜矿这块肥肉可不是只有你一人盯上，苏定河千里迢迢而来，也是为这个。多尔哈是与苏定河一道来的，对外说是协助云南官府剿匪。待矿厂开起来，多尔哈手下的士卒还会留下许多转为矿工。”

蒙元亨说：“苏定河挺阔气嘛，来云南开矿还拉总兵做帮手。”

“岂止一个总兵。”赵明舟笑了笑，说，“苏定河的东家是岳江南，岳江南后面更有大人物。为了铜矿生意，八爷专门给总督大人打过招呼，让云南官府妥为关照。”

蒙元亨心头掠过一阵阴霾，不想在这山高皇帝远的边疆之地，仍是冤家路窄。

“你放心，”赵明舟说，“但凡在乌蒙山设铜厂的商人，官府都会一视同仁。若说关照，也是关照所有人。”

蒙元亨点头说：“有赵大人在，我有什么不放心的。”

赵明舟抿了一口茶，说：“上回你说的事，我与总督商量过了。”

蒙元亨果然没猜错，他不由得往前一倾，问道：“怎么说？”

“我原本以为此事须上奏朝廷，但总督说，云南地方就能定下来。”赵明舟慢悠悠地说，“乌蒙山中的盗匪虽罪孽深重，但其中大多数人是遭人胁迫，只要迷途知返，朝廷当然能网开一面。”

蒙元亨很兴奋，若朝廷能招安乌蒙山的盗匪，无异于开辟了一条捷径。他正高兴，却听得赵明舟话锋一转道：“不过，像邓虎、赵远志等匪首，是万万不可轻饶的。”

赵明舟继续说：“总督大人说了，首恶必办，胁从不问。放那些小喽啰一条生路，云南地方可做主。邓虎、赵远志等人在必杀之列，若上奏朝廷宽赦他们，就是自讨没趣。”

蒙元亨明白了，这些久历宦海的官僚绝不会担上被朝廷斥责的风险，去为几个土匪头子求情。对邓虎、赵远志等人只能剿，对其他人也谈不上抚，只是缴械不杀，宽待俘虏。

蒙元亨摇着头说：“梁山泊招安，一百单八将一个不落，哪有杀了宋江、卢俊义，却让李逵、燕青为朝廷效命的道理？若是首恶必办，就是要硬剿到底了。”

赵明舟沉下脸，说道：“此事已定，不必再说。”

蒙元亨不得不接受现实，他心烦意乱，口舌也干燥起来，便习惯性地端起茶杯。

“端错杯子了。”赵明舟提醒道。

蒙元亨脑子有些乱，端茶杯时竟没仔细看。他赶紧道歉：“不好意思，怎么拿了大人的茶杯。”

“我的茶杯在这儿。”赵明舟指了指面前的茶杯，笑着说，“你不是端了我的杯子，而是端了苏定河的杯子。”

原来，这茶虽放在蒙元亨面前，却是先前给苏定河沏的。蒙元亨进书房时，仆人还没来得及换茶。蒙元亨笑着摇头，连说失礼。

“失礼的是我。”赵明舟说，“太忙了，居然忘了吩咐人换茶。”

赵明舟吩咐了一声，立刻有仆人进来。看着仆人将茶杯端走，蒙元亨脑海中又浮现出这位故人的样子。好些年过去了，苏定河变老了，但在自己眼中，他依旧是令人生厌的模样。不过这时，蒙元亨脑中竟冒出一个主意。又思忖了一阵子，他一拍大腿，道：“对呀，怎么把他忘了！”

赵明舟问：“你怎么了？”

尽管有京师权贵替苏定河打招呼，但蒙元亨坚信自己与赵明舟的关系非一般人可比。在赵明舟面前，他没有隐瞒，照实说出了想法。

赵明舟仔细听着，脸上没有表情。

5. 东家手下养那么多人，不仅要帮东家做好事，还要替东家做坏事

东川府城西的一条小巷中开着一家豆花店，店主姓孟，是个三十出头的寡妇。孟氏皮肤白皙，模样乖巧，被称作豆腐西施。都说寡妇门前是非多，但敢到孟氏门前寻事的人却不多。街坊邻居们晓得，孟氏的男人刚走，她就在外面勾搭了一个野汉子。这人五大三粗，一脸横肉，一看就不是好惹的家伙。

今日下午没什么生意，孟氏早早关了铺子，一个人在屋里做针线活。忽然，背后伸出一双手，先抱住她的腰，再一把捏住她丰满的乳房。孟氏吓得尖叫，后头那人却笑起来。一听这声音，孟氏便忍不住骂道："狗东西，不知道敲门吗?！"

后头的男人说："别说你家墙这么矮，就是再高些的墙，老子也能一跃而过。"

孟氏转过身来，用手指戳了一下男人，说道："你就是贼性不改。"

男人亲了孟氏几口，喘着气说："我不偷东西，只偷人。"

孟氏浪笑着说："一个寡妇还怕被人偷不成，就怕你身板不结实，开头猴急，到了半夜就蔫了。"

"那咱们就试一试。"男人把孟氏摁到桌子上，急吼吼地扒下裤子。

刚做了几下，就停住了。孟氏微微发红的脸贴在桌面上，她嗲声嗲气地唤道："干吗停下？快呀，使劲！"

后面的人还是没反应，孟氏有些来气，骂道："你个天杀的，不会这么快就

完了吧！”一边骂着，一边回头去看。哪知这一看，顿时吓得魂飞魄散。没等孟氏惊叫，一只大手就捂住了她的嘴。

孟氏被披上衣服，绑到了外面的马车上。男人下身还光着，脖子上架着亮晃晃的大刀。“你小子色胆倒不小。”对面过来一人，笑嘻嘻地说道。

“你们知道老子是谁吗？敢在太岁头上动土，不要命了！”虽被绑着，男人仍恶狠狠地骂道。

来人是罗兵，他说道：“汤老五，我知道你是土匪头子邓虎的手下。今天绑的就是你！”

汤老五愣了一下，说：“你是官府的人？”

罗兵说：“我这辈子什么饭都吃过，就是没吃过官家饭。”

汤老五瞪着罗兵道：“那你抓我干什么？”

为何抓汤老五，罗兵自然不会说。前几日，蒙元亨通过金大伦得知，这个汤老五与东川府的孟寡妇勾搭了好几年，每隔半月会来孟寡妇家幽会一次。他便派罗兵前来，想从汤老五身上下手，干一件大事。

“别废话！”罗兵说道，“老老实实回答我的问题，否则对你不客气！”

“呸！”汤老五一口唾沫差点吐在罗兵脸上。

罗兵心想，不给你点颜色，你是不知道厉害。罗兵嘿嘿一笑，道：“嘴还挺硬，简直密不透风。那老子就给你放点风。”

立刻过来四人，两人撬开汤老五的嘴，一人扯住他的舌头，一人拿着大铁钳，几下工夫，便硬生生拔掉了他的两颗大牙。

汤老五疼得晕了过去，满口吐着血水。一瓢凉水泼过去后，汤老五才醒过来。罗兵抓起他的辫子，目露凶光，道：“我知道你不是善茬，但老子也不是吃斋念佛的。接下来打算怎么玩？”

汤老五脸色煞白，用哀求的目光看着罗兵，说：“求求你，放过我吧！”

“这就对了嘛！”罗兵拍了拍汤老五的脸……

汤老五与孟寡妇在东川府受尽折磨，从湖南远道而来的总兵多尔哈连日来却在昆明过着纸醉金迷的日子。除了苏定河殷勤备至，蒙元亨也是三日一小宴，五日一大宴，将多尔哈哄得舒舒服服。

几顿酒喝下来，多尔哈知道蒙元亨不是一般的生意人。兵部的年遐龄大人，还有那位官职不如父亲大，脾气却比父亲大得多的少将军年羹尧，都与蒙元亨交情匪浅。一次酒宴上，赵明舟还提到皇上南巡时专门召见蒙元亨。骄横惯了的多尔哈对蒙元亨渐渐客气了许多。

这日晚上，蒙元亨又在昆明大观楼附近的一家酒坊款待多尔哈。赵辛雨早早等候在楼下，接到多尔哈后，殷勤地将他扶上楼。

赵辛雨是几日前从广州赶来昆明的。在广州建立分号的事，赵辛雨办得漂亮。第一批由总号发过去的货，已在广州登船起运。如今昆明急需人手，蒙元亨便飞书将赵辛雨召过来。

当初在江宁，周弘毅闲聊时说，东家手下养那么多人，不仅要帮东家做好事，还要替东家做坏事。如今，蒙元亨对这话感触更深。比如联络乌蒙山的盗匪，还有绑架汤老五，当然是坏事，这些事不能亲力亲为，就得交给金大伦与罗兵去办。又比如对这个多尔哈，蒙元亨实则厌恶至极，陪着吃饭已属勉强，再去伺候他开心，更是难上加难。所幸有赵辛雨，许多事可由他来办。

一进门，多尔哈就说："蒙东家，你太客气了。"

蒙元亨点头说："应该的。"

多尔哈又说："你呀，让我说什么好呢？其实你不必如此破费。"

"将军不知说什么好，索性就不说。咱们喝酒听曲，将那些俗事抛到一边去。"赵辛雨哈哈笑道，招呼歌姬们进来。

多尔哈口中说的是蒙元亨献银之事。蒙元亨一眼就看出多尔哈是贪得无厌之徒，话里话外都惦着银子。然而，不行贿是蒙元亨的原则，犯不着为多尔哈破例。但要让人家做事，不给甜头也不行。蒙元亨以多尔哈部远道而来，剿匪辛苦为由，以商号的名义捐出一笔银子。多尔哈欣喜之余透出一个意思，不妨私下直接把银子给他，省得那么麻烦。蒙元亨却假装糊涂。劳军毕竟正大光明，至于银子捐过去后，多尔哈如何克扣截留，就跟他没关系了。

歌姬连唱了几首曲子，这些精挑细选的歌姬千娇百媚，看得多尔哈心花怒放。赵辛雨趁势在一旁劝酒，多尔哈来者不拒，兴致高涨。待酒兴稍微歇下来，多尔哈问：“蒙东家，开铜矿的事在云南闹腾有一阵子了，为何至今没见矿厂建起来？”

蒙元亨说：“开矿之事千头万绪，哪有这么简单？我算动作快的，也不过刚把建厂的地方选好。”

多尔哈问：“你把矿厂位置选在什么地方？”

蒙元亨说：“马颈子沟。”

多尔哈听后，表情凝重起来，说道：“马颈子沟是否有铜我不知道，但那地方却不太平。那个叫邓虎的，据说是乌蒙山最大的土匪，经常在马颈子沟一带出没。官兵剿了几次，都无功而返。”

赵辛雨接过话说：“谁说不是呀！所以还得仰仗将军的神威。”

多尔哈搂着歌姬，说道：“有什么事，尽管说。”

赵辛雨说：“我们都是本分的生意人，哪敢去招惹强盗，还望将军拨出一支人马，驻扎在马颈子沟附近。盗匪一听将军的威名，便不敢造次了。”

多尔哈微微一笑，说：“我们当兵吃粮，保的是大清江山。尽管咱们是朋友，但也不能公私不分，去给你们看家护院。”

赵辛雨说：“将军言重了。我们纵有天大的胆子，也不敢劳驾你看家护院。只不过将军此番前来是要荡平山中盗匪，乌蒙山那么大，人马在何处驻扎，还不是你一句话的事。”

蒙元亨说道：“将军公私分明，令我等敬佩，但这件事实则公私兼顾。有将军庇护，我们早一日挖出铜来，云南财政状况就能早一日好转，朝廷也会高兴。”

多尔哈想了想，问道：“马颈子沟能挖出铜来？”

蒙元亨说：“开矿这种事，哪能说得准？前些日子我找人去看过，只能说希望很大。”

多尔哈终于松口，说道：“既是公私兼顾，我就帮这个忙。”

蒙元亨与赵辛雨一同起身行礼，道：“多谢将军！”

隔了几日，多尔哈便传令下去，说要进山剿匪。全军正在收拾行装，苏定河急匆匆地赶来了。一见多尔哈，他便说道："将军，你干吗丢下昆明的市井繁华，去山沟里吃苦？"

多尔哈说："王命在身，岂敢贪图享乐。"

见多尔哈打起官腔，苏定河更急了，说道："不是说好三省联剿，多路并进吗？其他兵马尚未到齐，你何苦冒进？"

"老苏，赚银子我不如你，怎么行军打仗也要你来教我？"多尔哈板起脸来。

"我没那意思。"苏定河摆了摆手，接着又叹了口气，"我只是觉得，这一趟辛苦了将军，却便宜了蒙元亨。"

多尔哈笑了，说道："我明白你的心思，你担心我去马颈子沟替蒙元亨看家护院，却把你冷落一旁。"

苏定河嘿嘿一笑，说："将军重情重义，自不会是那种人。"

"当然不是。"多尔哈说，"蒙元亨虽对我不错，但那小子迂腐得很，远不如你老苏。再说当日在京城，我可是当着徐老板与岳东家的面拍了胸脯的。"

岳东家自然是岳江南，徐老板是京城一家钱庄的老板，此人颇有背景，哥哥是八爷府的管家。到京城后，岳江南投靠八爷门下，与徐老板也打得火热。

近来，岳江南的海运生意十分红火，又趁势将钱庄开进了京城。所谓冤家路窄，这一次，他又遇上了劲敌文知雪。当年在归化，两人就在钱庄生意上较量过。文盛复合后，文知雪的风头一时压过岳江南。后来，岳江南开辟了海上商路，几乎令整个山陕商帮俯首称臣，钱庄生意自是越发兴隆。但没料到，文知雪并未像其他人那般改走海路，而是坚持由陆路运输茶叶。到最后，岳江南的茶叶价低量大，文知雪的茶叶价高质优，中俄茶路上两人平分秋色，归化的钱庄生意也在伯仲之间。

几乎是同时，岳江南与文知雪都把钱庄开进了京城。岳江南凭海运发了大财，今非昔比。文知雪家底雄厚，在茶叶生意上也算勉强扳回一城。双方在朝堂上也各有强力靠山，这一战当真是棋逢对手。

当云南方面希望朝廷允许商人采铜的折子传到京城时，岳江南立刻从中嗅到了商机。钱庄做的是银铜生意，谁能拿下更多铜矿，谁就能占得先机。岳江南以为，眼看双方在京城的钱庄大战难分胜负，不妨另辟蹊径，从云南的铜矿下手，这才是釜底抽薪之策。

因此，岳江南派苏定河不远千里奔赴云南，还走了徐管家的门路，让多尔哈以剿匪名义赴滇相助。岳江南在多尔哈身上花了大把银子，加上徐管家的面子，多尔哈在京城时保证，一定竭尽全力相助。

多尔哈此刻提到岳江南，让苏定河稍稍放宽了心，想必此人不至于收钱不办事。苏定河笑眯眯地说：“岳东家前几日来信，说是在酒肆里遇到几个姿色过人的女子，已花重金买下，正送往长沙将军府上。”

多尔哈在长沙的宅子也是岳江南相赠，如今又献上美姬，他心里乐开了花，嘴上却还要推辞一下：“使不得！岳东家这是何必！”

苏定河奉承道：“将军戎马一生，百战建功，是得寻个温柔乡享受一番。”

多尔哈笑着点了点头，缓缓说道：“我这人苦日子过惯了，享不享受倒无所谓，只是不能忘记下面的弟兄，这些年他们随我南征北战，将来总得找个安身立命之所。”顿了顿，他又说：“我来云南，既是助你们一臂之力，也是给兄弟们找条出路。这些年，天下太平了，朝廷养不了这么多兵马，整天嚷嚷裁撤士卒。若云南的铜矿开起来，兄弟们当矿工，好歹也能有口饭吃。”多尔哈说这番话倒不全是虚情假意，他自己吃肉喝汤，总得给属下一点骨头，否则谁替你卖命？

“当然，这是咱们早说好的。”苏定河说，“打完云南这一仗，将军回湖南过神仙日子，那些不愿走的弟兄就留在矿厂。享荣华富贵谈不上，起码衣食无忧。”

多尔哈说：“所以说嘛，甭管蒙元亨怎么套近乎，我胳膊肘也不会朝外拐。”

苏定河的眉毛终于舒展开，但接着又不免疑惑，他道：“既然如此，你怎么还去帮蒙元亨？”

多尔哈说：“来云南开矿的富商中，蒙元亨算是有本事的，他选定在马颈子沟建厂，自有道理。打仗讲究兵贵神速，做生意也得快人一步。人家都把矿厂位置选好了，你还窝在昆明，行吗？”

苏定河渐渐明白了，说道：“将军不光是进山剿匪，也是占地盘。”

多尔哈说："我把队伍开进去，剿不剿匪另说，起码马颈子沟那一带，谁也不敢来惹事。蒙元亨能在那里开矿，你为何不能？"

"这才是螳螂捕蝉，黄雀在后。让蒙元亨先勘测出个好地方，咱们跟着去便是。"苏定河笑逐颜开。岳江南对采铜之事十分看重，近日不断来信催问。苏定河一无所获，心中不免焦急。多尔哈这一招，没准真能奏效。

多尔哈说："蒙元亨前几天就到了马颈子沟。你也抓紧些，赶紧带人过去。"

苏定河点头说："将军放心，我随后就到。"

6. 摩天岭上，退路已成绝路，生日变了祭日

蒙元亨与苏定河带着各自的人马，在马颈子沟附近的山头上搭起帐篷。两边都在日夜赶工建炉灶，地下也凿开几个洞，但一时却没见着铜。

多尔哈驻扎在附近，山中生活枯燥无比，幸亏苏定河常带着酒肉前来。这天中午刚过，多尔哈又与苏定河喝开了。多尔哈骂骂咧咧地说：“都快半个月了，怎么还没挖出铜来？”

苏定河说：“开矿的事，哪有那么容易，别说半个月，半年内有所成，我就谢天谢地了。”

多尔哈说：“但愿吧。只是日后你们发了大财，可别忘了我。”

“那哪能！”苏定河说，“吃水不忘挖井人，若没有将军，我在乌蒙山连个立足之地都没有。”

两人正喝着，一名军士拿着一封信奔入帐内，禀报道：“将军，紧急军情！”

多尔哈不屑一顾地道：“还以为是当年平三藩、征噶尔丹呢，如今天下已太平，不过有几个小毛贼，哪来什么紧急军情！”多尔哈连信都懒得看，说道：“你说与我听吧。”

军士看完信，说道：“东川的地方官前晚抓到一人，乃悍匪邓虎之亲信。据其交代，今晚邓虎摆寿筵，赵远志等人将来祝寿，地点就在邓虎的老巢，距马颈子沟不远的摩天岭。两大匪首聚在一起，正是剿灭的良机。我部距摩天岭最近，总督大人命将军即刻发兵荡平盗匪。”

多尔哈的酒醒了一些，他想了想，说："摩天岭地势险要，易守难攻，这不是让我去啃硬骨头吗？"

军士说："信中说，会把抓获的邓虎亲信押来军中，让他带路。"

多尔哈摇了摇头，说："之前官军攻上过摩天岭，但除了抓到几个小喽啰，匪首全溜了。这次不会又扑空吧？"

军士不敢答话，多尔哈站起来，在帐内踱步。不多时，又一名军士进帐禀报道："总督手令。"

多尔哈接过手令，仔细看起来。里面的内容与之前相差无几，就是让多尔哈速整所部，围攻摩天岭。不过，一品大员寄来亲笔令，意义自是非同一般。

多尔哈再也不敢怠慢，立刻传令道："集合人马！"

苏定河看到手令，上前道："祝贺将军！倘若将军今日一举歼灭匪首，那可是大功劳。"

多尔哈没这么乐观，说道："有向导引路，围住摩天岭或不难。不过，官军早就攻上过那里，每次都说有确凿情报，邓虎就在老巢，结果那帮家伙却像长出翅膀一般，硬是不见了。"

多尔哈又说："有总督手令，这一仗只能打。但抓不抓得到人，就看天意了。"

当多尔哈率军逼近摩天岭时，在岭下的山谷内，罗兵正带人布置火药。见火药布置完毕，他又把汤老五拎过来，指着洞口说："是这里，没错吧？"

罗兵手下全是一帮凶神恶煞的家伙，早把汤老五折磨得没了脾气，他点头说："错不了，就是这里。"

罗兵点了点头，又把周围人叫到一起，吩咐说："咱们在山谷内听着，别着急。等山顶上响起喊杀声，再燃火药。"

"照大爷说的办。"所有人齐声答道。

这一个多月来，蒙元亨在下一盘大棋，今晚便是收官之时。得益于金大伦的刺探，蒙元亨得知东川城内的孟寡妇与汤老五有一腿，两人还定时幽会，罗兵奉命绑了汤老五。从此人口中，蒙元亨最想知道两件事：其一，邓虎行踪究竟如何？其二，为何官军屡次攻上其老巢摩天岭，都一无所获？

汤老五禁不起严刑逼供，说出了一切。原来，邓虎一伙曾在乌蒙山开矿多年，不仅熟悉地形，更是开山凿洞的能手。他们在摩天岭下挖出一条秘道，一旦官军攻势太猛，所有人便从秘道溜走，风头过后再杀回来。

此外，邓虎即将年满四十，早就说好庆贺一番，赵远志等人也会前来。利用寿筵之机动手，正可毕其功于一役。

心中有底后，蒙元亨先将多尔哈诱至马颈子沟，再放出消息，让官府抓了汤老五的手下。此时官府调兵遣将，自然第一个想到距摩天岭最近的多尔哈。

若是从前，即便多尔哈攻上摩天岭，邓虎也能从秘道逃之夭夭。但今天，他恐怕没这个福气了。罗兵带人在秘道口埋上火药，只待时机一到，便炸毁秘道。可怜邓虎的救命稻草已被人割掉，自己却浑然不知。

多尔哈不仅与苏定河勾结甚深，他手下的好些士卒日后还要留在乌蒙山替苏定河挖矿。若此战大功告成，蒙元亨便是借刀杀人，邓虎的残部会把账记到多尔哈头上，自然不愿替苏定河效力，自己置身事外，正好招抚他们。

罗兵带着人静悄悄地埋伏在山谷中。夜风渐凉，四下寂静，晦暗的月色中似乎带着些许血影。戌时刚过，岭上便传来厮杀声。渐渐地，刀剑相撞之声往高处去了，山谷中的罗兵听在耳里的声音越来越小。

罗兵明白，声音越小，岭上的厮杀就越惨烈。一开始，两边的人马尚在半山腰，躲在山谷中的罗兵自然听得真切。声音变小，说明官军已攻上山去。一方剑已出鞘，必要见血而还；另一方困兽犹斗，殊死一搏。两边大概已杀红了眼。

罗兵将一人唤来身旁，说道："到时候了，点火吧。"

很快，洞内传来一声巨响，一股尘土喷了出来，罗兵等人顿时变得灰头土脸。罗兵拍着身上的尘土，不禁想到了山洞另一头的邓虎。两人素未谋面，但此刻罗兵分明看到了对方的脸，那是一张被恐惧与绝望扭曲的脸。当邓虎带着手下奔向秘道，打算再一次金蝉脱壳时，才发现退路已成绝路，生日变了祭日……罗兵心中叹道："人在江湖，身不由己，邓虎呀邓虎，要怪就怪你命不好，老子也不想下这个狠手。"

汤老五怯生生地走过来，说道："大爷，你说的我全照办了。"

罗兵点了点头，说：“放心，我是讲信用的。”他掏出一包银子，扔了过去，道：“带上你的姘头，赶紧走吧。有多远走多远，再也不要回乌蒙山。”

汤老五接过银子，千恩万谢，一溜烟跑了。

多尔哈此刻已上到摩天岭，他挥舞着火把，命令士卒向前拼杀。多尔哈打了一辈子仗，但像今晚这般顺利的，真不多见。先由向导带路，神不知鬼不觉地来到山下。接着，山上正举行寿筵，哨兵心不在焉，官军轻松摸上山，直到半山腰，才遇上像样的抵抗。

土匪毕竟是土匪，虽然邓虎、赵远志的手下当年曾身经百战，但落草为寇久了，早已不是昔日的雄师劲旅。秘道被堵住的消息传来，所有人都慌了神，有人四下逃散，有人就地放下武器。赵远志死在乱军之中，邓虎见大势已去，只能束手就擒。

官军大获全胜，正志得意满时，赵明舟派人上山，传令不得杀俘，将所有人押往东川府候审。多尔哈此刻的心思全在搜寻财宝上，也不在乎这帮俘虏，随口说道：“照赵大人说的办。”

7. 三藩余孽竟靠“宰白鸭”脱身

一辆马车正在路上飞奔，孟寡妇坐在车内，罗兵给的那袋银子被她紧紧抱在怀中。汤老五坐在车头，奋力挥舞马鞭。

马车越走越慢，最后竟停了下来。孟寡妇在里面催促道：“快走呀！干吗停下来？”

外头没人答话，孟寡妇探出身子，拍了拍汤老五，说：“怎么了？”

她这轻轻一拍，汤老五竟从车上滚了下去。再仔细一瞅，孟寡妇顿时尖叫起来。原来，一枚飞镖正中汤老五鼻梁，他的鼻孔、眼角都在淌血，人已断了气。

没等孟寡妇回过神来，只听得嗖的一声，一枚飞镖从她的太阳穴刺入。可怜这对野鸳鸯，就这般抛尸荒野。

不多时，走过来一人。他从二人尸体上拔出飞镖，再扯下一块布，擦拭镖上的血迹。揣好飞镖，又从马车上取走银子……

汤老五一命呜呼，他昔日的同伙更难逃厄运。邓虎以及十多个被俘匪首在东川府大牢蹲了几日，便被拉出去斩首示众。此外，牢中还关押着几百个小喽啰。这些人如何处置，一时议论纷纷。当地百姓都说，若全部杀掉，小小的东川府真得经历一场血雨腥风。

除了山中盗匪，叶凤来也身陷囹圄。在东川府，当年替吴三桂开过铜矿的人所在多有，这些人难免与邓虎、赵远志有千丝万缕的联系。盗匪被荡平后，东川立刻兴起大狱，许多人被抓走，说要清查他们这些年来是否通匪。

叶凤来被抓后，叶长青、叶筑紫两兄妹十分着急，却苦于没有门路营救父亲。这日，兄妹两人早早来到监牢外，想探视父亲，最后没见着人不说，还被牢头训斥了一顿，只能垂头丧气地回家。

拐进小巷，他们发现家门口停着一辆马车。帘子掀起，蒙元亨跳下车来，拱手道："叶兄弟、叶姑娘，我等了快半个时辰了。"

叶长青皱起眉说："你来做什么？"

蒙元亨笑着说："我来告诉你们一则好消息。"

"如今能有什么好消息？"

"你们可是去探望叶先生？"

"正是。"

"这就对了！我带来的正是关于叶先生的好消息。"

叶筑紫有些讶异，问道："我爹怎么了？"

蒙元亨说："看在来者是客的分上，能否让我进去一坐，咱们慢慢说？"

"快请进！"叶筑紫赶紧开门，把蒙元亨迎入宅内。蒙元亨环视了一下这座小宅，比普通人家的房子宽敞些，却远算不得豪奢。他抿了一口叶筑紫沏上的茶，说："这些日子，因为剿匪之事，东川府人心惶惶。叶先生早年虽在矿上干过，但这些年一直安分守法，不想连他也被牵连。"

蒙元亨一脸恳切，心中却有些惭愧。叶凤来之事当年便有定论，他只是一个镶长，从未参加叛军，与乌蒙山的土匪自然没有联系。只不过蒙元亨走了门路，请官府一定把叶凤来抓走。

蒙元亨想请叶凤来出山，官府先抓，自己再救，便是一份人情。蒙元亨也觉得这么做有欠光明磊落，但自己已非当年的一介书生，许多事身不由己。就如同对待邓虎，该出手时绝不含糊，更不能有妇人之仁。

叶长青不愿听蒙元亨绕圈子，着急地问："你不是说有好消息吗？"

"对，有好消息。"蒙元亨说，"朝廷开铜禁，有利于国计民生，荡平土匪后，百姓更应安居乐业。当务之急是建立铜厂，而不是深究细枝末节。鄙人与东川府地方官前几日同去昆明，求见了布政使赵明舟大人。我们的意思是，既然邓虎、赵远志等匪首已伏诛，对其他人似可网开一面。"

蒙元亨继续说："赵大人菩萨心肠，原不想大开杀戒，见我等言之在理，当时便答应了。”

叶筑紫十分开心，说：“这么说，我爹没事了？”

“当然。”蒙元亨说，“就连那些误入歧途的小喽啰，只要洗心革面、重新做人，朝廷也能给他们留条活路。像叶先生这样本是良民的，朝廷自然不会追究。”

叶长青也很兴奋，但仍有些不放心，说道：“那为何今日我们兄妹去监牢，牢头仍是一副凶神恶煞的样子，说里面关的人是死是活，谁也说不准？”

“小小牢头知道什么。”蒙元亨说，“在昆明见过赵大人后，我先赶了回来。东川知府有其他公事，晚几日才回来，下面的人自然不知道消息。”

叶长青又问：“那我爹隔几日就能回到家中？”

蒙元亨点头说：“待知府回到东川，自会按赵大人的意思办。”

“蒙东家真是个热心肠的人！”叶筑紫投来感激的目光。

蒙元亨笑道：“举手之劳，何足挂齿。等叶先生出狱那一日，我与你们一同去迎接。”

五日之后，叶凤来果然走出了监牢。一对儿女早已等候在外，赶忙上前搀扶住父亲。叶筑紫关心地问：“爹，在里面没吃苦吧？”

叶凤来拍着女儿的肩说：“官府没用刑。其他的嘛，反正我一个瞎子，什么也看不见，无所谓好与不好。”

叶凤来虽眼睛瞎，耳朵却异常灵敏，他觉察出旁边还站着人，便问道：“还有谁来了？”

蒙元亨上前一步，道：“在下蒙元亨，恭贺先生平安归来。”

叶筑紫说道：“爹，蒙东家是个好人，他去昆明替所有被关押的人求情。他不愿我和哥哥担心，把消息先告诉了我们。”

蒙元亨让出马车给叶凤来父女坐，自己与叶长青走在前面。东川府不大，不一会儿便到家了。蒙元亨把叶凤来扶下车，说道：“你们家人团聚，我就不打搅了，改日再登门拜访。”叶凤来没有答话，走进了自家小院。

叶凤来在家休息了几日，便想要出门逛一圈。叶筑紫说要陪着父亲，叶凤来摆手道：“我有一根竹棍，赛得上好些人的眼睛。再说东川这地方，摸着也能走几圈。”

见父亲坚持，叶筑紫答应了。叶凤来拄着一根竹棍出了家门，但他没在城内闲逛，而是径直出了城，来到青叶观。

青叶观中的老道士见到叶凤来，问道：“怎么一个人来了？”

叶凤来说：“以往让人陪着，并非离了谁不行，只是让你有机会多瞅筑紫几眼。”

道士淡淡一笑，一副气定神闲的模样，说道：“进来吧。再晚到一会儿，我便出门了。”

“出门？你有什么事吗？”叶凤来问。

道士说：“有点事，但不打紧。”他又将青叶观内的少年唤来，道：“这是我准备的香蜡纸钱，为祭奠一位故人。客人来了，我走不开，你拿着这些东西往北走几里地，找个僻静处烧了吧。”

少年拎着香蜡纸钱出门而去，道士把叶凤来引入屋内。叶凤来忙不迭地问道：“这几日风云突变，我们该怎么办？”

道士虽只有一只手，却十分熟练地泡好茶，将杯子放到叶凤来面前，说道：“上回你来，我说‘坐看云起时’，没想到云真的起了，还如此快。那个蒙元亨非等闲之辈，他一手搅动了乌蒙山的风云。”

叶凤来吁了一口气，说：“你也觉得这一连串事与蒙元亨脱不了关系？”

“当然。”道士面色凝重，说道，“蒙元亨先借多尔哈之手除掉邓虎、赵远志等人，再假仁假义地求官府赦免其他人。如此一来，所有人都把仇恨记在多尔哈头上，却对蒙元亨感恩戴德。这帮人可是当年开矿的老伙计，蒙元亨得他们相助，简直如虎添翼。”

道士又说：“据说多尔哈手下的士卒，有许多会留下来帮苏定河挖矿。这个苏定河，简直蠢到家！多尔哈剿了邓虎与赵远志，他们的手下自然恨死了多尔哈，更不愿同多尔哈的士卒共事。乌蒙山中的熟练矿工，将尽数为蒙元亨所用。”

叶凤来沉吟了片刻，说：“你说的这些我也想到了，但这毕竟只是猜测，并没有证据。”

道士冷笑一声，道：“那晚在摩天岭，邓虎本可从秘道脱身，秘道却塌了。而把秘道告诉蒙元亨的，正是汤老五。”

“怪不得！”叶凤来若有所思地说，“从头到尾没见着汤老五，大家还以为他那晚进城去了，后来听见风声不对，溜走了。”

道士摇头道：“他是想溜，可惜没走了。”

叶凤来问：“怎么回事？”

道士说：“方才你看见的那些香蜡纸钱，便是给汤老五备的。在逃往四川的路上，他中了飞镖，见阎王去了。”

“飞镖？”叶凤来一下站起来，“你杀了汤老五？”

“这种人，难道不该死吗？”道士语气冷漠。

叶凤来重新坐下来，默不出声。道士从怀中取出飞镖，抚摸了几下，放到桌上，说：“我杀汤老五，不光是替邓虎兄弟报仇，也是帮蒙元亨收场。”

叶凤来愈发不解，只听道士继续说：“蒙元亨这一招借刀杀人玩得漂亮，可惜他终究缺了些狠劲。日后能揭穿这套把戏的唯有汤老五一人，留下此人，后患无穷。”

“你为何要帮蒙元亨？”叶凤来又问。

叶凤来这一问，屋内顿时沉寂下来。过了好久，道士才缓缓说道：“我不是帮蒙元亨，而是帮自己。”

叶凤来一怔，一只手握紧竹棍，道：“你要……”

道士语气平和，却有一股不怒自威之势，他道：“我是一个早就该死的人，苟延残喘至今，等的就是今天。这个蒙元亨，我等他很久了。”说话间，道士目光如电，这目光中，既有百折不回的坚韧，更透出历经世事的沧桑感。都说面由心生，这目光岂是一个普通的山中老道所能拥有？

没错，这个毁容断臂、隐居林下的老道原是一位叱咤风云的大人物，他就是胡国英，吴三桂帐下的猛将，当年杀伐决断的云南铜政总务。

胡国英乃辽东人士，十几岁投军做了吴三桂的亲兵。明崇祯十四年，松锦之战中，孤悬关外的锦州被清军围困，危在旦夕。蓟辽总督洪承畴临危受命，率军解锦州之围。这一战，皇太极投入了倾国之兵。“悉发清蒙之兵，年十五以上，一律随军出征。”内忧外患的大明帝国也砸上最后的家底，八大总兵、十三万人马随洪承畴出关，解锦州之围。双方都像歇斯底里的赌徒，要进行一战定国运的豪赌。

到了八月，皇太极亲赴前线，又命人断了明军的粮道。无奈之下，洪承畴召集八大总兵，决定分头突围。当时还是亲兵的胡国英披上吴三桂的铠甲，率数百骑兵冲出战壕，以一己之力拖住八旗精兵，吴三桂才得以率主力冲出重围，撤回山海关。

松锦一战，明军惨败。八大总兵中，仅吴三桂一支人马保存住了实力。胡国英也因此深获吴三桂信赖，在军中平步青云。

日后的一片石大战中，李自成的侄儿，号称一只虎的制将军李过，率大顺军精锐奔袭山海关以西。胡国英奉命迎战，双方大战两日夜，不分高下，直杀得天昏地暗。

吴三桂归降大清后，胡国英随大军恶战千里，从山海关杀到昆明府。吴三桂镇守云南，为解决军饷问题，决定开铜矿。此事一度进展不力，直到胡国英受命出任云南铜政总务，局面才开始改观。

吴三桂反叛后，胡国英率军出滇，虽一马当先，不减当年之勇，但终究抵挡不住，大势已去。血战岳阳，他被砍掉了一只胳膊。后困守东川府，最终城破被俘。胡国英手下的四大金刚，一人战死，一人自尽，另两人落草为寇，便是邓虎与赵远志。

东川城破，胡国英与两个儿子被押赴昆明。胡国英原在必杀之列，但他与其他人不同，他经营乌蒙山铜矿多年，自家流金淌银，即便是三大商帮中的顶尖人物，也未必有他这般富有。

胡国英散尽毕生财富，最终用一只“白鸭”换回了性命。在清代，有一句内行人才懂的话，叫作“宰白鸭”。所谓“宰白鸭”，并非杀鸭子，而是让人顶替死刑犯赴刑场。“白鸭”，即顶替者当场毙命，真正的死刑犯却逍遥法外。

“宰白鸭”需要找到与自己容貌相似之人，更得买通官府。即便是一般的人命官司，这样做也得担上天大的风险。而胡国英这种叛军悍将，居然借“宰白鸭”脱身，只能让人感叹有钱能使鬼推磨。

胡国英脱身之后，便在青叶观隐居下来，整日深居简出。几年前，青叶观遭遇火灾，他再一次死里逃生，一张脸却被烧毁。经此一劫，胡国英却因祸得福，因为面容一毁，这世上便再没有人能认出他。

胡国英并没有死，知道此事的人少之又少。即便是邓虎、赵远志，也以为主帅死在了昆明刑场上，不知他藏身青叶观。

叶凤来是唯一的例外。这缘于两人的渊源，更是胡国英有心布下的迷魂阵。

胡国英幼年家贫，父母早亡，全靠村里的一个算命先生将他抚养大。胡国英视这位算命先生如父亲一般，而叶凤来正是这位算命先生的独生子。

吴三桂降清后，胡国英随军南下。谁知叶凤来家中突遭横祸，叶父得罪了一名八旗军官，被当街打死，官府捉了叶凤来，将他投入大狱。

胡国英闻讯，千里疾驰而回，劫狱救下叶凤来，还命人扮成刺客，杀了八旗军官全家，替叶父报了仇。此后，叶凤来被胡国英安顿在一座中原小城，每月寄来银两。他叮嘱叶凤来，不要向人透露他们的关系。起初，他只是担心杀害八旗军官一事败露，不料后来，这种安排派上了大用场。

胡国英出任云南铜政总务，网罗有一技之长之人进山寻矿，若有进展，必重赏；但凡延误，立斩不饶。不到半年时间，他就杀了三五个镶长。重压之下，镶长们人人自危，但找矿之事当真进展神速。一年多时间，这些镶长群策群力，绘制出乌蒙山矿藏图。

拿到图后，胡国英大喜过望，旋即又起杀心。他封锁矿藏图的消息，并借口找矿不力，将这些镶长尽数屠戮。经历了多年沙场征战，见惯了血雨腥风的胡国英深知，生逢乱世，谁都靠不住，命运只能掌握在自己手中。这份矿藏图得来不易，更价值连城，断没有白白送人的道理。一旦将图交出去，谁都能当铜政总务，岂不是给别人作嫁衣？

为了圆谎，胡国英密召叶凤来前来，让他自称能找到铜矿，并委任其为镶长。叶凤来本是算命先生，讲起阴阳五行头头是道，加上胡国英手上有矿藏图，他只需依样画瓢。一时间，乌蒙山的铜矿开采欣欣向荣，叶凤来被人吹捧成无所不能的高人。当然，叶凤来始终遵照胡国英的叮嘱，对两人多年的生死交情闭口不提。所有人都以为，他们是在乌蒙山因开铜矿而相识，之前并无私交。

为保护叶凤来，或者说为保住得来不易的矿藏图，胡国英自是处心积虑。他不让叶凤来参与任何叛乱之事。三藩之乱爆发，胡国英率军出征前，还免了叶凤来的镶长之职，替他撇清关系。

“帅爷，你打算怎么做？”多年来，叶凤来对胡国英了解颇深，他清楚，胡国英此刻已打定了主意。

胡国英说：“杀了汤老五，蒙元亨借刀杀人一举便没了破绽。他一定会趁热打铁，招募矿工进山挖矿，也会请你出山。”

叶凤来点头说：“我出狱那天，蒙元亨亲自来接我。这几天，他虽未登门，却派人送礼过来。”顿了顿，他又说：“这小子机关算尽，可惜瞒得了别人，却瞒不过帅爷法眼。”

胡国英说：“蒙元亨自非善类，但为了打鬼，不妨借道钟馗。再说了，若蒙元亨没点手段，在乌蒙山立不住脚，也不配与我合作。如今蒙元亨邀你出山，你可以答应。关于铜矿的事，你知道的说，不知道的问我，总之要让蒙元亨发一笔大财。”

“就这么帮蒙元亨？”叶凤来不解道。

胡国英沉吟了半晌，说：“这一切不是没有条件。”

“什么条件？”叶凤来追问。

胡国英双眉一扬，逐字说道：“让蒙元亨娶筑紫。”

叶凤来再一次被惊到，说道：“不妥吧！蒙元亨已三十多岁，听说还娶过两次妻，筑紫还是黄花闺女，太委屈她了。”

胡国英斩钉截铁地说：“婚姻大事，父母做主。这桩婚事对筑紫来说的确委屈，但我都不在乎，你担心什么？”

叶凤来摇头叹道：“这么多年来，我可一直把筑紫当亲生女儿。”

胡国英拍了拍叶凤来，说：“好兄弟，辛苦你了！”顿了顿，他又说：“多亏你帮我存下这一脉骨血，也让我有了东山再起的希望。这是唯一的机会，只能忍痛割爱。”

“非要这么做吗？”叶凤来瘫坐在椅子上。

胡国英语气坚定，道：“非这么做不可！”

屋里又沉寂下来，两人相对无言，脑海中翻涌着许多往事。当年，两人一番畅饮之后，胡国英让叶凤来给自己摸手相，还说叶凤来的父亲是神算子，他想瞧一瞧叶凤来有没有学到父亲的本领。

叶凤来仔细摸了摸胡国英的手，顿时吓得大气都不敢出。胡国英让叶凤来直说无妨，叶凤来才缓缓说道：“你杀孽太重，怕是命中要绝后。”

换作其他人，胡国英没准会剁了对方，但这话从叶凤来口中说出，他只是沉默了片刻，便笑嘻嘻地说：“你们这些人，就喜欢故弄玄虚。”

之后此事再没人提起，直到有一天，胡国英找到叶凤来，说自己在外面有一个相好，还怀上了孩子。叶凤来不解，这事与自己何干？胡国英说：“你曾说过我会绝后，这话不可全信，但也不能一点不信。我是在刀口上舔血的人，一辈子杀人无数，想杀我的人也不少。不怕一万，就怕万一，活在乱世，留条后路总不会错。”

胡国英又提到，当年他追杀张献忠余部，曾听人说起，张献忠之所以大开杀戒，就是因为不想有人识得自己的庐山真面目，他日万一失败，还能隐姓埋名，聊度余生。自己虽不必学张献忠，但不妨未雨绸缪。

胡国英打算，等孩子出生后，就把孩子扔到街上，让叶凤来捡回去好生抚养。外人并不知晓叶凤来与自己的关系，孩子的事更无从得知。即便有事，也不会受到牵连。

叶凤来答应了胡国英，那日他特意去街上走了一圈，捡回一个弃婴。叶筑紫的生母为此事耿耿于怀，整日吵闹不休，胡国英一狠心，索性把她也杀了。正如汤老五被灭口一般，唯有死人才能让胡国英彻底放心。

三藩平定后，叶凤来一语成谶。胡国英与两个儿子均被俘，押往昆明大牢。他能用“宰白鸭”的法子逃出生天已属侥幸，再想救两个儿子，是万万不能的。世人皆不知叶筑紫身份，她自然幸免于难，成为胡国英在这世上仅存的骨血。

胡国英让叶筑紫嫁给蒙元亨，用意再清楚不过。他主宰云南铜矿开采多年，即便当年为活命散尽家财，手中依然攥着一把能打开宝库的钥匙。这世上，没人比他更熟悉乌蒙山的铜矿。

然而，钥匙终究只是钥匙，还得寻一个能用钥匙开宝库的人。以胡国英的身份，他绝不敢自己开设铜厂。况且，如今他也拿不出开设铜厂的几十万两银子。所幸蒙元亨到来，他有财力，有手腕，胡国英需要的正是与这种强者合作。

让亲生女儿嫁给蒙元亨，是胡国英能想出的最好办法。有自己相助，蒙元亨必能赚得盆满钵满。而自己掌握的矿藏宝藏，也能神不知鬼不觉地传给子孙后代。

叶凤来深知胡国英的个性，见事情已无转圜余地，只好说："既然你已经决定，我便照着做。"

胡国英点了点头，又细细交代了一番。

第八章

乌蒙磅礴

1. 水至清则无鱼，铜至纯则无用，天下事竟是一个道理

距叶夙来出狱已过去半月，蒙元亨带着罗兵、赵辛雨、金大伦一起来到他家中。这一趟，蒙元亨是要正式邀请叶夙来出山相助。

叶夙来请客人坐下，又让叶筑紫沏茶。接着，他挥了挥手，对女儿说："我与客人有事要谈，你出去吧。"

一边品茶，叶夙来一边说道："听说东川牢里关着的人陆续被放了出来，许多人还被蒙东家网罗去了。这些人都是熟手，有他们相助，自是不错。"

蒙元亨说："是解了些燃眉之急，但想让铜厂兴旺起来，还远远不够。"

"这倒是。"叶夙来点了点头，"邓虎、赵远志的手下，以当年的矿工居多，爆破、凿岩是好手。但他们毕竟是粗人，做细活差了些。我之前说过七长治厂，炉长、炭长等人才是矿厂的脊梁。可做到长的，多是读书识字之人，身上也有一技之长，真正落草为寇的并不多。"

蒙元亨问道："如何才能找到当年的七长？"

叶夙来掏出一张纸，说："这些天，我让人写了个名单，里头的人大多还健在，且就在云南。找来他们相助，事情便能推进一步。"

蒙元亨接过名单，如获至宝，说道："有先生帮忙，事情便好办多了。"

叶夙来微微点头，又问："马颈子沟的铜厂，蒙东家还要继续开下去吗？"

当初在马颈子沟设铜厂，用意是引诱多尔哈。如今目的达到，铜厂开与不开，倒在其次。但这些话不能对外讲，蒙元亨只好说："马颈子沟的铜厂所获寥寥，这采铜之事当真不易，还需先生这样的高人点拨。"

叶凤来虽说是冒牌货，但耳濡目染多年，又得胡国英点拨，讲起话来绝不外行。他道：“马颈子沟那地方我清楚，地下是有铜，但铜厂却不能设在那儿。”

蒙元亨问：“既然有铜，为何不能设铜厂？”

叶凤来说：“乌蒙山有铜的地方多的是，却不是每处都适合建铜厂。咱们采铜干什么？当然是铸造钱币。铸币所用之铜大概有三种，分别是红铜、青铜与黄铜。所谓青铜、黄铜，不单是颜色不同，里面的成分也大不相同。青铜是在冶炼时加入锡或铅，黄铜则是加入锌。”

蒙元亨是个一点就通的人，他当即反应过来，说道：“天地有正气，杂然赋流形。世间万物，妙就妙在一个杂字。咱们说是采铜，实则采的不光是铜，还得兼顾铅、锌等。水至清则无鱼，铜至纯则无用。”

“蒙东家果然是聪明人，立刻举一反三。”叶凤来说，“所以铜厂选址既要考虑到能出铜，又不可离锌矿太远，否则来回折腾，徒增成本。马颈子沟有铜不假，但附近却没有合适的锌矿。”

蒙元亨颇为兴奋，说：“叶先生不愧为行家，一下就说到了点子上。”接着，他又问：“叶先生以为铜厂建在何处为宜？”

叶凤来说：“你们带地图了吗？”

“带了。”赵辛雨赶紧答道，并在桌上铺开地图。但他心里在嘀咕，一个瞎子看得了地图？

“你们把我的手牵着，指一指哪里是马颈子沟。”叶凤来说完，蒙元亨牵着他的手指到马颈子沟的位置。

“东川府又在何处？”叶凤来接着说。

就这样，叶凤来在地图上指出了三个地点，又画下一个圈，说道：“摩天岭以西，北起青龙嘴，南至庙子湾，这个圈内适合建铜厂。”

叶凤来画出的采铜区域，实为胡国英相告。但他这盲眼指图的本事却让众人惊诧，敢情此人早已将乌蒙山的地图藏在胸中，方才让旁人牵着手，不过是确认地图比例而已。一旦知道了地图比例，便能指出任何位置。

佩服之余，蒙元亨说：“这个圈很大，方圆近百里，而且里面没有老矿。”

叶凤来坐回椅子上，说：“我听说了，最近乌蒙山拥入不少采矿商人，有人图方便，就在老矿上复挖。这些老矿都是当年吴三桂挖过的，现在再去挖，固然能挖出些东西，但残羹剩饭终究吃不久。我画的这个区域内都是富集新矿，足以让蒙东家挖个一二十年。”

听说是富集新矿，罗兵馋得流口水，急道：“叶先生不愧是高人，但这个圈能否再画小点？”

叶凤来把身子往后一靠，干笑了几声，说：“再画小一些也行，只是……”

蒙元亨心想，叶凤来今日肯掏出名单，又画出一个圈，想必是同意出山，而自己还没谈报酬，人家或许是有顾虑。他抿了一口茶，说：“叶先生今日一番话，让我茅塞顿开。还望日后能与先生朝夕相处，凡有不解处，都能向先生请教。”

叶凤来说：“如蒙不弃，愿尽绵薄之力。”

蒙元亨说：“好！能请动先生，是我的荣幸。先生不辞辛劳相助，我理当有所回报。每年向先生支付五千两银子，不知可否？”

叶凤来呵呵一笑，道：“蒙东家果然大气，这报酬远胜朝廷命官一年的俸禄。”

蒙元亨笑着说：“应当的。”

“不过，”叶凤来话锋一转，“我一把年纪了，用不了这么多银子。”

蒙元亨说：“先生有什么话，但说无妨。”

叶凤来说：“我一把年纪了，辨察矿脉的本事再不教出去，怕要失传。蒙东家天资聪颖，我想把这些本事传给你。”他坐直身子，又说：“我的本事传内不传外，只要咱们成了一家人，什么都好说，我一两银子不要。否则，千金不换！”

“一家人？啥意思？”罗兵忍不住问道。

叶凤来说：“小女筑紫待字闺中，听闻蒙东家前些年丧偶，如今仍是一人。我以为，我们两家不妨……”

蒙元亨顿时愣住了。赵辛雨与金大伦直想笑，费了好大劲才憋住。罗兵憋不住，一口茶喷出来。不管怎么说，叶筑紫也是个大美人，知书达理，正当妙龄。叶凤来倒好，不仅要帮蒙元亨开矿，传授他找矿的本领，还要白送一个黄花闺女！

叶凤来也觉得如此提亲很冒昧，但事已至此，顾不得许多，便又直接说道：“除了娶筑紫，还有一条。听说蒙东家在四川老家有两个儿子，你生意做得大，其他事我管不了，但日后这铜矿生意，只能传给筑紫的孩子，也就是我的亲外孙。”这个条件，当然不是叶凤来开出的，而是胡国英，他朝思暮想的就是将乌蒙山的铜矿宝藏传给子孙。

“这是什么道理?！”罗兵可是蒙应瑞的亲舅舅，哪听得下这话，立刻反驳道，“八字还没一撇，你倒想得远！就算元亨娶了你女儿，就能保证她生出大胖小子来？”

罗兵虽是粗人，话却说到了要害。叶凤来涨红了脸，情急之下，脱口道：“无论生男生女，都得继承铜矿生意！”

“笑话！”罗兵说，“要是生不出来呢？你着急嫁女儿，我还担心她是不是有啥毛病呢！”

“放屁！”屋门被踹开，叶长青怒不可遏地站在门口。

罗兵拿眼一瞟，轻蔑地道：“怎么着，还想动粗呀？我长这么大，见过抢亲的，没见过硬塞女人的。”

叶长青气急败坏，一个箭步冲上来，眼看一耳光就要扇下去。罗兵身手敏捷，轻轻一晃，用手扣住对方手腕。

“不得无礼！”蒙元亨喝道，“咱们是客人，有这样的做客之道吗？还不放了叶公子。”

罗兵松开手，笑着说：“我和叶兄弟开个玩笑。”

叶长青却不领情，挣脱后大骂道：“滚！都给我滚！筑紫不会嫁给蒙元亨，你们不要痴心妄想！”

蒙元亨见叶长青如此激动，以为是罗兵的话刺激到了对方，拱手道：“事出突然，容我等先告辞，回去商议一下。”

叶凤来沉着脸说：“蒙东家商量好了，告诉我一声。还是那句话，一家人什么都好商量，否则免谈。”

待蒙元亨一行离开，叶凤来也起身朝里屋走去，一边走一边埋怨叶长青道：“你小子往后可不许这么冲动！”

“爹！”叶长青的情绪仍十分激动，他大吼道，“你干吗让筑紫嫁给那个蒙元亨？”

叶凤来停下脚步，侧过头，教训道："我自有考虑，你不用管！"

叶长青说："不行！筑紫不能嫁给他！"

叶凤来从没见过儿子这样对自己说话，他愣了一下，缓和了语气，说道："对方出言不逊，你生气可以理解。但那个罗兵就是个大老粗，何必与他一般见识？从头到尾，蒙元亨并无一句恶语。"

叶长青上前几步，拉住父亲的手说："爹，我求你，不要把筑紫嫁给蒙元亨。"

叶凤来说："男大当婚，女大当嫁，我替你妹妹找个好人家，有什么不可以？"

叶长青急得快要哭出来，道："筑紫根本不喜欢蒙元亨！"

叶凤来耐着性子说："现在或许不喜欢，日后接触一段时间，自然就喜欢了。"

"我说不行就不行！"叶长青又吼了起来。

"放肆！"叶凤来说，"长兄如父，那是说爹妈死了之后。我还没死，筑紫的婚姻大事，轮不到你说三道四！"

叶长青摇着头，痛苦地说："筑紫谁也不能嫁。我……我喜欢她。"

"你疯了，"叶凤来的身子不禁抖起来，"竟说出这种不顾伦常的话！你是她哥哥，世上有哥哥娶妹妹的吗？"

尽管人们都知道叶长青与叶筑紫并非叶凤来亲生，两人也不是亲兄妹，但这种事，毕竟不能每日挂在嘴上。正因如此，多年来，叶长青只能将对叶筑紫的爱深藏心底。

这让生活中的叶长青充满矛盾，他一面对妹妹体贴照顾，无微不至，另一面又无比厌恶妹妹与哪个男人亲近，甚至会因此勃然大怒。在痛苦的煎熬中，叶长青等待着一吐心声的机会。只是这机会始终没有出现，或者说自己还缺些勇气。但他也宽慰自己说，两人还年轻，一切不妨慢慢来。

今日叶凤来提出筑紫婚嫁之事，瞬间将叶长青逼到了墙角。他再也顾不得许多，将淤积心中多时的情感倾泻而出："我与筑紫不是亲兄妹，当然可以有男女之情。我喜欢她，愿意照顾她一生一世。"

"逆子！"叶凤来一耳光扇下去，心中更充满惊恐。若是从前，长青坦言喜欢筑紫，两人要在一起，叶凤来或许能接受。毕竟两人不是亲兄妹，真在一起服侍自己终老，一家人共享天伦之乐，也不失为一桩美事。但今时已不同以往，筑紫已成为胡国英计划的一部分，长青若痴迷于儿女私情，就是坏了胡国英的大计。胡国英杀人如麻，连筑紫亲娘都下得去手，哪会在乎一个叶长青?

叶长青哪知道父亲的苦心，只以为自己激怒了父亲。虽挨了一耳光，但将憋了许久的话一吐为快，竟有种如释重负之感，他胆子更壮了，说道："爹可以打我，但我对筑紫的心不会变。"

"还不住嘴！"叶凤来气急败坏。事到如今，儿子喜欢谁不打紧，但自己不能看着儿子拿性命开玩笑。

叶凤来随手抓过一把剪刀，吼道："这件事永远不许再说，否则我剪掉你的舌头！"

叶长青也豁出去了，道："爹就是割断我的喉咙，我也要说！"

叶凤来的手在发抖，他生气道："好！今天我就割断你的喉咙！死在我手中，总好过死在别人手中。"

"爹，你干吗？"叶筑紫推开门跑了进来，一把抱住父亲。

叶凤来扭过头，说："你怎么来了？"

叶筑紫哽咽道："我一直在门外，你们说的话，我全听见了。"

叶凤来赶紧说："别听你哥瞎说。"

"我没瞎说，我说的都是心里话。"叶长青坚持道。

叶凤来性情温和，今日却暴怒。他扔掉剪刀，又从厨房里拿出一把菜刀，一副要劈了叶长青的模样。叶筑紫见势扑到叶长青身上，高喊："爹，你要杀哥，就先杀我吧！"

叶凤来平常连杀只鸡都不敢，哪有杀人的胆。他举着刀，全身抖个不停，最后扔下刀，重重跺了一脚，转身离开了。

叶筑紫此刻还扑在叶长青身上。两人小时候一起嬉闹，甚至在一张床上就寝。年纪大了，叶长青心中爱意渐浓，但苦于男女有别，不敢与妹妹太过亲近。今日筑紫扑在他面前，一股沁人心脾的香气令他沉醉。被压抑许久的爱意无法克制，他情不自禁地抱住对方。

被叶长青一下抱住，叶筑紫脸上泛起红晕，想要挣脱开。"哥，你干什么？"

叶长青赶紧松开手，叶筑紫低着头跑了出去。

2. 我生平最恨被人要挟

蒙元亨回到客栈，心里很烦乱。罗兵却笑起来，道："你怎么不开心呀？眼看就要做成一笔大买卖，人家还白搭一个闺女。"

蒙元亨没好气地道："你感兴趣，你自个儿去。"

罗兵还是笑呵呵的，说道："如果叶凤来跟我说，愿意帮我找矿，条件就是娶他女儿，我立马答应。他女儿咱们都见过，又不是什么丑八怪，那是正儿八经的美人坯子。"

赵辛雨插话说："大爷别忘了，人家可有两个条件，不仅要娶他女儿，还要把铜矿传给他外孙。"

罗兵骂骂咧咧道："做他的白日梦！这一条无论如何不能答应。别忘了，我可是应瑞的亲舅舅。还有老二应恩，也是个乖孩子。凭什么让叶筑紫生的孩子独占铜矿！"

"行了！"蒙元亨板着脸训道，"现在不是插科打诨的时候。"

蒙元亨这一训，众人都不讲话了。隔了一会儿，蒙元亨问道："如今这局面，你们看怎么办？"

罗兵重新开口道："我方才正说呢，你却说我插科打诨。我的意思很清楚，可以答应叶凤来的第一个条件，但铜矿只传给他外孙，他想都别想。"

蒙元亨皱着眉说："这种事是能拿来交易的吗？"

罗兵说："你若是有家室，或有了心上人，再要你娶叶筑紫，未免强人所难。但自打曾兰过世，你一直未娶。你总不能一个人过一辈子，反正还要续弦，娶叶筑紫也不错。”

蒙元亨把目光投向赵辛雨与金大伦，说：“你们说呢？”

金大伦跟随蒙元亨时间不长，这种事不好多嘴。赵辛雨也不敢像罗兵那样想到什么说什么，他先把话在脑子里过了一遍，才婉转地说道：“这件事，咱们不妨换个角度去想，假若叶凤来没有辨察矿脉的本事，只是一个普通人，他今天主动提出想把女儿嫁给东家，这事又当如何？”

见蒙元亨没有反应，赵辛雨接着说：“叶筑紫咱们都见过，的确是个大美人。当然了，以东家的身份，娶个如花似玉的名门之秀不在话下，像叶筑紫这样的小户女子，是有些门不当户不对。不过，我在东家身边这些年，知东家并无门第之见。罗夫人与东家相识于江湖，乃患难夫妻，曾夫人也非出身豪门。”

罗兵大口喝着茶，说：“读过书的人说话就是不一样。我的意思与辛雨一样，反正娶了叶筑紫不吃亏。但话从他口中说出，便中听了许多。”

蒙元亨思忖了一会儿，说：“假若叶凤来只是提亲，不以其他事要挟，无论答不答应，都得谢他一番美意。但两件事搅在一起，情形便不同。我生平最恨被人要挟。”

“那你说怎么办？”罗兵反问。

蒙元亨说：“叶凤来不是给了份名单吗，先把人找来。三个臭皮匠，赛过诸葛亮，这些人也熟悉铜务，群策群力，未必就不行。”顿了顿，他又说：“我暂时不想见叶凤来，罗兵性子急，一言不合便吵起来，最好也别去。大伦，你毕竟能与他套上交情，不妨跟他磨一磨。”

“人家可开出了条件，我怎么磨？”金大伦问。

蒙元亨说：“如今我是有求于叶凤来，但他也离不开咱们。建一座矿厂，起码要十多万两银子。没有银子，一切都是空话。告诉叶凤来，不能胃口太大，一上来就打起将铜矿传给自家子孙的算盘。若觉得五千两银子太少，可以再出个价，甚至双方用分成的办法也能商量，总之别把婚姻大事搅和进来。”

金大伦点头说：“我去试一试。”

夜色已深，周围一片寂静，仿佛一根针掉下来都能听见。叶筑紫的女儿心碎了一地，却无人与诉。

叶筑紫独坐窗前，眼神呆滞，眼中还含着泪水。晚饭时，她又与父亲吵了一架。她说自己谁也不嫁，只愿一辈子服侍爹，叶凤来却还是苦苦相逼。向来温顺的叶筑紫发火了，朝父亲吼起来：“蒙元亨都不答应，我干吗硬贴过去？还要不要脸！”

叶凤来也说得斩钉截铁：“蒙元亨那边我会想办法，你管好自己的事！”父女两人不欢而散，叶筑紫跑回房间，抱头痛哭了一场。

隔了一会儿，房门被推开，叶长青走了进来，身上还带着酒气。

叶筑紫揉了揉眼睛，轻唤道：“哥。”这声“哥”她叫了十几年，不过如今叫在口里，却有种说不出的味道。

叶筑紫闻见叶长青身上的酒气，说：“你以前不喝酒的。”

叶长青说：“心里闷得很，喝了几口。”

“喝口茶吧。”叶筑紫倒上一杯茶，递了过去。

叶长青接过茶，欲言又止，最终还是鼓起勇气，道：“不知你怎么看我？”

叶筑紫的脸颊红了，低着头不说话。叶筑紫早知道叶长青非亲哥哥，长久以来，自己对他也有一种特殊的情愫，但一个女儿家，又碍于兄妹名分，哪好意思开口？有时，叶筑紫还会强迫自己这样想：哥哥对我好，那是兄长呵护我，千万莫有非分之想。

因此，当亲耳听到叶长青说喜欢自己时，叶筑紫既惊讶又欣喜，甚至还有点埋怨叶长青：这话为何不早说出来？

两人相差不过几岁，均是涉世未深之人，甚至可以说天真烂漫，否则也不会彼此暗恋却不自知。叶长青见筑紫沉默，不晓得这是女孩子害羞，竟以为对方拒绝，一时急得面红耳赤。

借着酒劲，叶长青说道：“难不成你真要嫁给蒙元亨？”

叶筑紫直摇头，说：“谁说的？我宁死不嫁给他！”

叶长青又说：“爹可说了，蒙元亨有的是银子，嫁给他，就能享尽荣华富贵。”

叶筑紫噘起嘴，说：“我才不稀罕谁的银子。”

“我就知道你不是那种人。”这几日来，叶长青脸上终于有了笑容。

“不过，”叶长青又说，“爹吃了秤砣铁了心，要拿你去与蒙元亨做交易。”

“别说得这么难听。”叶筑紫说。

“事实就是这样。”叶长青说，“蒙元亨手里有银子，加上爹找矿的本事，就能发大财。让你嫁给蒙元亨，再让他把铜矿传给你俩的孩子，叶家就能世世代代享用这笔财富。”

叶筑紫沉默了。她虽然心地纯良，从不费心思钩心斗角，但也觉得叶长青分析得在理。隔了一会儿，她才问：“我该怎么办？”

方才叶长青只是心情烦闷，懵里懵懂地闯进叶筑紫的房间。不过这么聊下来，他的酒好像醒了，脑子里竟蹦出一个主意。他道：“咱们走吧！”

“走？去哪儿？”叶筑紫颇为吃惊。

“远走高飞，去一个没人认识我们的地方。”叶长青说，“你若是留下，爹一定会逼你。你不愿嫁给蒙元亨，也不愿忤逆爹，只能两头作难。”

叶长青这是要让两人私奔，叶筑紫的脸更红了。叶长青又说：“我喜欢你，但绝不会像爹那样强迫你。未来咱们逃了出去，一切照你的意思办。你若愿意，咱们是夫妻；你若不愿意，咱们就还是兄妹。不管怎样，我都会一辈子照顾你。”

叶筑紫沉吟了半晌，还是摇起头，说道：“咱们若走了，爹怎么办？他一把年纪了，身边不能没人照顾。”

叶长青说：“扔下爹一人也是迫于无奈。再说朝廷开了铜禁，以爹的本事，跟着谁都能吃香喝辣。蒙元亨一上门，不就开出五千两银子的价嘛。”

叶筑紫还在犹豫，叶长青说：“有五千两银子，爹可以买座大宅子，请好几个用人，咱们没什么可担心的。再说等上几年，一切风平浪静了，咱们还能回来，到时一家人又可以开开心心地生活在一起。”

叶筑紫似乎心动了，问道：“什么时候走？”

叶长青激动地说：“事不宜迟，马上就走！”

“别！”叶筑紫说，“让我再考虑几日。”

叶长青着急道："好些事夜长梦多，拖上几日，就走不了了。"

叶筑紫说："无论如何，过了今夜再说。爹这几天有些咳嗽，我刚抓了药回来，还没来得及煎。"

"筑紫，"叶长青急得直跺脚，"这种事真等不得！药可以连夜煎好，放在灶台上。"

叶筑紫终于狠下心，道："行，我先去煎药，再给爹留一封信，省得他担心。"

3. 镖打鸳鸯

从自己家到青叶观的路，叶凤来不知走过多少回，全在心里记着，即便比起双目明亮之人，也不会走得慢多少。但今日，他一路跌了好几跤，连滚带爬地来到青叶观。

刚到门口，叶凤来便大喊道：“帅爷！”

正在院内扫地的少年一脸疑惑，问：“叶先生，你在喊谁？”

叶凤来意识到失言，改口说：“我找道长。”

胡国英走出来，眼神有些阴森，说道：“叶先生身子哪里不舒服？进来吧，贫道替你瞧瞧。”接着，他吩咐少年道：“别扫地了，上山砍些柴。”

少年说：“屋里还有柴。”

胡国英说：“晚上炼丹要用，那些柴不够。”

进到屋内，胡国英瞪了叶凤来一眼，说：“大呼小叫干什么！”

“出事了！”叶凤来一副惊魂未定的样子。今日一早，他发现家里没人，灶台上放着一碗药，碗下还压着一封信。叶凤来当即预感事情不对，连忙揣着信出了门。他找来一位街坊，请人家读了信。

这信是叶筑紫写的，她知道父亲眼睛看不见，只能找人读信，因此写得颇为隐晦，只说自己与哥哥年纪大了，不愿拖累家里，要出去闯荡一番。叶凤来听完信，顿时面如土灰。

“究竟怎么回事？”胡国英问道。

叶凤来这才将这几日的变故说了出来。自己谋划了好久之事，竟被一个愣头愣脑的情种搅局，胡国英气不打一处来，说道：“出了这么大的事，为何不早说？”

叶凤来有意瞒着胡国英，是担心胡国英动杀心，他摇头说：“我以为小孩子就是闹一闹，不会当真。”

叶筑紫不仅是自己的亲生女儿，更是整个计划中最重要的一环，若叶筑紫跑了，一切便前功尽弃。胡国英站起身，道：“他们跑不远，我这就去把他们追回来。”

胡国英拉开抽屉，取出几枚飞镖。叶凤来听见胡国英取飞镖的声音，一把抓住他，说：“帅爷，你不会伤害长青吧？”

胡国英甩开叶凤来，从后院牵出马车。叶凤来跌跌撞撞地爬上车，央求道：“带上我吧。”

夜空繁星点点，山中凉风刺骨。叶长青生起火，又把一件衣服披在叶筑紫肩上。他关切地问道：“感觉好些了吗？”

“没事，好多了。”叶筑紫嘴上这样说，却禁不住打了个寒战。从下午开始，她便觉得身子不舒服，全身发凉，额头摸起来滚烫，瞧这样子是风寒侵入。

叶长青颇为自责，说道：“这几日光顾着赶路，没注意你的身体。”

连日来风餐露宿，远不比家中安逸，但叶筑紫却有一种从未有过的幸福感。她说：“一点小病，你不要担心。”

叶长青说：“你身子不舒服，我不敢走太快，今晚只能在这荒郊野岭歇息一下。明日到了镇上，请郎中来替你好好调养几日。”

见叶筑紫点了点头，叶长青又问：“还冷吗？”

叶筑紫眨了眨眼，说：“带的衣服都披在我身上了，再冷也没办法了。”

“我抱着你吧。”叶长青搂住了叶筑紫。

叶筑紫依偎在叶长青肩头，心头热乎乎的。她望着满天繁星，说：“你知道哪颗是牛郎星，哪颗是织女星吗？”

“不知道。你问这干吗？”叶长青说。

叶筑紫柔声道：“你说咱们会不会成为牛郎、织女？”

“别瞎说！”叶长青说，“咱们一辈子都要厮守在一起，永不分开。”他把叶筑紫抱得更紧，叶筑紫咯咯笑起来。

两人正说着，忽然传来一阵风响，像是一件锐器擦着耳朵飞了过去。接着，哐当一声，锐器砸中岩石，掉落在地。叶长青又惊又怕，隔了半天，才怯生生地喊道：“谁？”

胡国英走了出来，冷冷地说：“你俩跑得真快，险些就追不上了。”

这几日，胡国英沿途打听，一路急追，今晚追上两人，心中的石头总算落地。远望见火堆旁的叶长青，他毫不犹豫地掷出飞镖。以胡国英的镖法，叶长青绝无活命的道理，幸亏一旁的叶凤来听见动静不对，忙上前一推，才让飞镖偏差了毫厘。

叶凤来推胡国英时跌了一跤，此刻他奋力爬过来，抱住胡国英的大腿，说：“路上你可是答应放长青一条生路的。”

叶筑紫看清了对面的人，惊呼道：“爹！道长！你们怎么来了？”

叶凤来带着哭腔说：“都是你俩干的好事！还不快跟我回去！”

叶筑紫患了病，加之受了惊吓，声音细弱，但语气却很坚定。她道：“爹，该说的话我在信中都说了，我不想嫁给蒙元亨，宁愿跟着哥哥浪迹天涯。”

叶长青站起身，说道：“爹，你何必苦苦相逼，让我们走吧。”

胡国英冷笑一声，道：“你也听见了，不是我要杀人，是有人执迷不悟。”说完，胡国英又掏出一枚飞镖。

叶长青不知内情，在一旁都看傻了，往日慈眉善目的青叶观道长为何变了个人？他捡起一根木棍，比画着说：“道长，此事与你无关。你要干什么？”

叶凤来清楚胡国英的个性，知道叶长青已命悬一线，又奋不顾身地扑过去抱住胡国英，说：“帅爷，求你放长青一马！”

胡国英一把推开叶凤来，说：“我只答应放你儿子一马，但这人是你亲儿子吗？他就是一个野崽子，二十年前便该死！你干的好事，别以为我不知道。他不姓叶，而姓冯，对吧？”

“原来……原来你什么都知道。”叶凤来一时目瞪口呆。众人皆知叶长青是叶凤来养子，却不知他亲生父亲是谁。不料，这些事胡国英早就一清二楚。

叶长青不明就里，连珠炮式地发问："你为何说我姓冯？我亲生父亲是谁？你为何追我们？"

胡国英扭过头，说："臭小子，你不知道的事还多得很。好吧，让你死个明白……"

"帅爷，别说！求你别说！"叶凤来打断胡国英的话。叶长青一旦知道了所有事，断没有活命的道理，胡国英是绝不会留下活口的。

胡国英没有理会叶凤来，一口气说了个痛快。叶长青先是吃惊，接着双眼通红，眼中似乎有烈火在燃烧。

从胡国英口中，叶长青得知了自己的身世。叶长青的生父姓冯，是南明永历皇帝朱由榔的近臣。吴三桂攻入缅甸，逼迫缅王交出永历帝。次年，永历帝在昆明被绞死。

叶长青的生父从乱军中逃脱，带着家人隐姓埋名住在东川府。后来行迹败露，吴三桂急令胡国英前往捉拿。胡国英抓了冯家十几口人，哪会留一个活口？那时，叶长青只是襁褓中的婴儿。

偏偏叶凤来在东川府时，住得离冯家不远，见冯家遭此灭门惨祸，心有不忍。尤其是看叶长青机灵可爱，他更动了恻隐之心，便将孩子救回家中。

叶长青紧握木棍，问道："你一个道士，怎么知道这么多？爹为何叫你帅爷？你究竟是谁？"

胡国英冷笑不语，叶凤来声嘶力竭地喊道："长青，别再问了！"

"帅爷，帅爷……"叶长青先是喃喃自语，接着惊呼道，"以前乌蒙山的人把胡国英叫作帅爷。你就是胡国英！你没死在昆明，而是躲进了青叶观！"

叶凤来彻底陷入绝望，胡国英冷笑一声，道："你说得没错。"

杀害自己全家的仇人就在眼前，叶长青顿时血气上涌，挥舞着木棍向胡国英砸来。两人武艺悬殊，不过，像叶长青这般既不讲章法也不要命的打法，胡国英倒很少见。他不得不连退几步，况且对方逼得太近，他一时没有掷出飞镖的机会。

胡国英躲过一棍，站稳了脚。他见叶长青扑得太猛，身子露出了破绽，索性将飞镖当作匕首，斜插进对方的左臂。叶长青惨叫一声，将木棍丢在了地上。胡国英踢飞木棍，又用左手锁住叶长青的脖子。

胡国英力大无穷，左手使劲捏下去，叶长青脸色发青，眼看就要断气。这时，叶筑紫瞅见地上有一枚飞镖，正是之前击中岩石那一枚。她本是手无缚鸡之力的弱女子，情急之下，顾不得许多，捡起飞镖刺向胡国英。

当年岳阳血战，胡国英被清军砍掉了一只胳膊。如今他一只手锁住叶长青的脖子，再没有第二只手防身。若是别人，他或能用脚踹过去，挨踢者非死即伤。但见是叶筑紫，他唯恐伤到亲生女儿，不敢发力，只好稍微一侧身，躲过要害，用肩膀硬生生地挨了一镖。

黑夜里，叶凤来了解周围局势比双目明亮者更胜一筹。他知道叶筑紫刺伤了胡国英，便飞身扑过去，道："筑紫，千万不能伤他！"

"这样的恶人，为何不能伤？"叶筑紫推开父亲，又要刺第二下。

情急之下，叶凤来喊道："他是你亲生父亲！"

叶凤来这一喊，叶筑紫呆住了，站在原地动弹不得。胡国英松开手，将叶长青推到地上。他看着叶筑紫，眼中流露出罕见的慈爱之情。

叶长青趴在地上，吃惊地打量着周围的人。万万想不到，这个丑道长竟是杀人不眨眼的魔头，而自己的至爱又是杀父仇人之女！霎时间，叶长青也反应过来，胡国英今晚是断不会手下留情的，而自己岂是他的对手？活命要紧，他翻身起来，不顾一切地夺路而逃。

"哪里跑！"胡国英立刻掷出飞镖，这次虽没旁人碍手，但自己有伤在身，飞镖只击中叶长青的大腿。叶长青惨叫一声，摔倒在地。

胡国英忍着伤，掏出匕首走了过去。叶凤来从地上捡起一枚飞镖，大喊道："住手！"

胡国英回过头，恶狠狠地说："干吗？你也要杀我吗？"

叶凤来说："不敢！灭家之仇是帅爷替我报的，这辈子我只能当牛做马报答帅爷。"

"那你要干什么？"胡国英问。

叶凤来说："长青虽不是我亲生的，但二十年来，我早已把他视为亲生儿子。今日他铸成大错，怕是难逃一劫，但请帅爷赏具全尸，把他活埋了吧。否则，我就用此镖插进自己的喉咙。没有我，你的大计恐怕也难以成功。”

胡国英哼了一声，说：“横竖都是死，怎么个死法，有何关系？”

叶凤来说：“多英俊的一个小伙子，被人割下脑袋，面目狰狞地死去，死后被抛尸荒野，还被飞禽走兽糟蹋，叫我如何忍心？留下全尸，好好埋了他吧。”

叶凤来说得动情，这情既有与叶长青的父子之情，也有与胡国英几十年的交情。胡国英犹豫了一下，说：“尽管多此一举，还是依了你吧。”

“不要！”叶筑紫大喊道，冲向叶长青身边。

胡国英知道自己要杀叶长青，叶筑紫必不肯，因此早有准备。他掏出一根银针，轻轻朝叶筑紫脖子上一刺。针上涂着药，叶筑紫昏了过去。

胡国英上前绑住叶长青，又在周围找了块空地，开始刨土。只见他挥动单臂，一时大汗淋漓……

4. 只要是买卖，就能还价

蒙元亨回到房内，步子有些沉重，面色更是阴沉。底下的伙计分头行动，将叶凤来给的名单上的人找了来。他一度怀抱希望，但接连几天交谈下来，他的心情并不轻松。

名单上的人，个个都是货真价实的专才，当年也都跻身七长之列。蒙元亨原本想，众人群策群力，或能绕开叶凤来。但交谈之后，大家众口一词，说在乌蒙山开铜矿，离了叶凤来，势必会多走一大截弯路。

一位炭长说，叶凤来是总镶长，乌蒙山的矿藏分布，没有人比他更清楚。况且，叶凤来脑子里藏的东西，也是当年吴三桂投入上万人力与数不清的银子，还有死在胡国英刀下的那些冤魂，一起换来的。

这位炭长说，找矿这种事，只要肯砸银子，当然可以从头来过，最后也能有收获，但究竟要花多长时间，就不好说了。如同当年，镶长们勘测地形，认为某个地方有铜，便投入人力、财力开挖。挖了一阵子，发现没有铜或矿石品质不高，再换个地方。如此反复试错，山中矿藏分布才一日日清晰起来。叶凤来之所以厉害，也是因为前人之功。

另一位炉长说，术业有专攻，建矿厂好比做一顿大餐，七长中，有人负责切菜配菜，有人负责烹饪，镶长则是负责找食材。没有镶长确定矿厂位置，后面的戏就没法唱。

听了这些，蒙元亨愈发忧虑了。乌蒙山采铜这出戏，看来真不能少了叶凤来，但偏偏人家胃口太大，开出的条件出奇地高。

蒙元亨正在发愁，罗兵走了进来。蒙元亨头也没抬，随口说道："你来了。"

罗兵是个笑口常开的人，今日却面色严肃，他道："原本我让赵辛雨与金大伦一起来，但他俩胆子小，都不敢来，我只好硬着头皮上了。"

蒙元亨一听便明白了罗兵的来意，苦笑着说："他们怕什么，我又不吃人。"

罗兵没直接说叶筑紫的事，而是说道："我让辛雨查了账本，咱们来云南这些日子，已耗了几万两银子。矿厂还没正式开，他日矿厂开起来，银子更止不住。"

罗兵的意思，蒙元亨自然明白，他叹了口气，说："若找对矿厂位置，花出去的银子就都能赚回来。"

"是啊！"罗兵说，"开矿这生意像一场豪赌，与咱们之前那些买卖大不一样。况且，咱们还借了不少银子。若最后挖不出铜，拿什么去还？"

蒙元亨说："说来说去，还是让我接受城下之盟。"

罗兵缓缓说道："叶瞎子的确贪得无厌，远不如他女儿那般可爱。"

蒙元亨说："叶凤来不仅要我娶他女儿，还要我把矿山生意只传给他外孙，这事能答应吗？若是答应了，其他孩子怎么看？我有何脸面见世英与曾兰？"

说到这里，罗兵也来气了，道："这事绝不能答应！"

屋内沉寂了一会儿，罗兵倒上一杯茶，递给蒙元亨，说："我觉得吧，你是个读书人，许多事磨不开脸面。尤其是对叶筑紫，你始终把这当成一件婚姻大事，而不是一桩买卖。"

蒙元亨没有说话，罗兵继续说："婚姻大事讲究你情我愿，毕竟捆绑不成夫妻。若当成婚姻大事，许多事就没法谈；若当成买卖，那就没啥不能谈的。这些年，你谈的买卖还少吗？人家坐地起价，你也能就地还钱。"

蒙元亨问："怎么个还法？"

罗兵说："他开的价是嫁女传铜矿，咱们不妨还一个，娶女儿可以，但传不传铜矿另说。"

罗兵笑起来，又说："只要叶瞎子答应了这一条，你把如花似玉的叶筑紫娶进门，当真不亏。"

蒙元亨说："这一条，叶凤来怕不会答应吧。"

罗兵说："生意嘛，慢慢谈呗。"

蒙元亨犹豫了一会儿，终于让步，说道："可以让金大伦去谈一回，只要是我的孩子，日后自当继承家产，但绝不能厚此薄彼。"

"当然！"见说服了蒙元亨，罗兵颇为兴奋，"就按这个去谈。"

叶凤来又来到青叶观，他还没开口，胡国英便问道："筑紫怎么样，还好吧？"

叶筑紫回到家中后大病了一场，病好之后郁郁寡欢，整个人消瘦了许多。叶凤来叹了口气，摇着头。

胡国英追问："前几天不是说她已肯吃东西，气色也好多了？"

叶凤来说："没错。之前筑紫不吃东西，郎中开的药也全被她倒掉。前几日，她整个人变了，开始吃东西，也按时吃药。"

胡国英不解道："那你为何还唉声叹气？"

叶凤来欲言又止，胡国英催促道："有什么事就说。"

叶凤来终于说道："见筑紫仿佛变了个人，我很纳闷。直到郎中来找我，说筑紫有事瞒着家里人。"

"究竟有什么事？"胡国英皱紧眉头。

"唉！作孽呀！"叶凤来长叹一声，"郎中替筑紫把脉，发觉她怀了身孕。"

"什么？！"胡国英惊得站起来，"怀了身孕？谁干的？"

叶凤来说："我问了筑紫，她一开始只是哭，什么都不说，后来终于承认，与长青私奔那几日，两人把持不住，有了鱼水之欢。"

"孽障！"胡国英重重坐回椅子上，仰天长叹。他是叶筑紫的生父，也是她肚中孩子的外公，可这孩子的亲生父亲又被自己所杀。恩怨纠葛，真是剪不断，理还乱！更要命的是，叶筑紫还肩负重任，要替胡国英传承乌蒙山铜矿。若被人发觉她怀了身孕，还如何嫁给蒙元亨？

胡国英一狠心，说："这孩子不能留，必须做掉！"

叶凤来并不惊愕，脸上却有悲戚之色，他道："自己的亲女儿，你下得去手？"

胡国英说："我这么做，也是为了她。"

叶凤来摇头说："若做掉这个孩子，怕更没法说服她嫁给蒙元亨了。她甚至说，若敢动孩子，她便了断自己。”

“她只是说说而已，别信。”胡国英说。

“她可是你的女儿，身上流着你的血，性子烈得很。把她逼急了，她什么事干不出？”叶凤来急得拉高语调。这些日子，他将丧子之痛埋在心底，一遍遍苦口婆心地劝说叶筑紫。然而，叶筑紫只是冷眼相对，甚至骂他为虎作伥。叶凤来没有责怪叶筑紫，因为她无法明白自己与胡国英几十年的主仆之情、兄弟之义。叶凤来也试着体谅胡国英的处境，他多年忍辱偷生换来今日，不能容许有任何意外。但是，绝不能让胡国英做掉叶筑紫腹中的孩子，否则局面真就无法收拾了。

叶凤来这句话让胡国英的怒火小了些，他说：“这姑娘这点像我。”顿了顿，他又说：“那你说怎么办？总不能看着她的肚子一天天大起来。”

叶凤来也焦头烂额，道：“这些年我对你言听计从，你尚且没主意，我哪有什么法子？”

胡国英问：“蒙元亨那边呢，有什么消息？”

叶凤来说：“金大伦找过我，说蒙元亨答应娶筑紫，但未来铜矿继承不能独厚一支。”

“混账话！若不是为了铜矿，我岂会这般委屈筑紫？”自己一个如花似玉的女儿，竟被别人百般嫌弃，讨价还价，胡国英焉能不恼怒？

叶凤来一脸无奈，说道：“现在的问题是，即便咱们答应蒙元亨，筑紫也誓死不从。”

胡国英那张被烧得面目全非的脸也不能让他掩饰住焦虑，他站起身，在屋内踱步。最终，他停下脚步，说道：“如今只能便宜蒙元亨了。筑紫怀上了孩子，时间不在我们这边。”

叶凤来说：“可筑紫不答应怎么办？”

胡国英说：“今日我跟你一同回去，劝劝她。”

叶凤来慌忙说道：“你打算干什么？”

胡国英说：“放心，我只是去劝筑紫，不会对她腹中的孩子怎样。”

叶凤来将信将疑地道：“你说话算话？”

胡国英知道，叶凤来心中有怨气，对自己的话大概也不怎么信了。他说：

“叶长青是前明余孽之子，筑紫可是我亲生女儿，两人能一样吗？你放心吧！”

傍晚时分，叶筑紫的房门被推开，胡国英端着一碗药走了进来。叶筑紫瞟了自己亲生父亲一眼，说：“你来干什么？”

胡国英脸上现出少有的笑容，说道：“我来看看你。快，把药喝了吧。”

“我不用你管。”叶筑紫将药推到一边。

胡国英坐下来，缓缓说道：“听说你不愿嫁给蒙元亨，为什么？”

“没有为什么，不愿意就是不愿意。”叶筑紫话中带着火气。

胡国英耐心说道：“蒙元亨这人你见过，仪表堂堂不说，还是天下闻名的大商。你嫁给他，真可谓天作之合。”

叶筑紫冷笑道：“我喜欢的人已经死了，我这辈子不会再嫁人。”

胡国英摇头说：“那个野崽子不值得你这样。”

叶筑紫火气上冲，道：“你这个杀人魔头，将来一定会遭报应！”

胡国英笑道：“杀人魔头？我就是杀人不够多，才沦落到今天这地步。当年北伐，多少兄弟死在路上，我的胳膊也被人砍掉。别人杀起人来更狠，所以才坐拥天下。若为父能杀赢他们，早就攻下京城，绘像凌烟阁了。”

胡国英这番道理，叶筑紫既不懂，更不会认同。她吼道：“你说的这些我不想听！”

胡国英又说：“你知道，乌蒙山中藏着多少财富，为了这笔财富，我花了多少心血！只有你嫁给蒙元亨，这些财富才能回到咱们手中。”

叶筑紫不屑道：“说来说去都是为了银子。”

“是为了银子，却不是为了我！”胡国英拉高声调，“我早就该死，苟活至今，为的是什么？即便你嫁给蒙元亨，穿金戴银，吃香喝辣，又与我何干？像我这种人，只能在青叶观的几间草庐里聊度残生，不敢奢望与谁同享富贵。”

胡国英这几句话倒是实情，以他的身份，他是绝不敢抛头露面、招摇过市的。无论女儿日后如何大富大贵，他都只能远远看着，连父女相认都不可得。“我做这么多，都是为了你呀，孩子！你是我在这世上仅存的骨血，理应继承我的一切。我是堂堂云南铜政总务，没有我，就没有乌蒙山的矿厂。你是我的女儿，理当享尽荣华富贵！”胡国英越说越激动。

“别说了！”叶筑紫大喊道，“你就是个魔鬼，别指望我会帮你！”

胡国英摇了摇头，又沉吟了一会儿，说道：“既然如此，就别怪我狠心！把这碗药喝了吧。”

叶筑紫警惕地问：“这是什么药？”

胡国英冷笑道：“堕胎药。”

叶筑紫既惊又怕，道：“你……你要干什么？”

胡国英说：“这还不明白吗？你一个黄花闺女，竟然怀上了孩子，成何体统！”

叶筑紫指着胡国英道：“你敢动孩子，我就和你拼命！”

“你拿什么来拼？拼得过吗？”胡国英轻蔑地说。

叶筑紫的身子不禁发抖，她道：“那……那我就死在你面前！”

胡国英笑了，说：“死就死吧。你也知道，你娘亲就是死在我手里，我还会在乎别人吗？你不嫁给蒙元亨，对我就没什么用了。要死要活，悉听尊便。”

叶筑紫呆在那里，隔了一阵子，才哽咽道：“求求你，放过孩子吧！你已经杀了他父亲，就放过他吧！”

看着女儿这般模样，胡国英也心如刀绞，但他告诉自己，此刻决不能心软，否则便前功尽弃。他一把抓住叶筑紫，说：“给不给这孩子一条生路，全在你一念之间。”

“你到底要……要我怎么做？”叶筑紫已泣不成声。

胡国英直视女儿，道：“嫁给蒙元亨，而且要快！到时，这孩子就是蒙元亨的，一切神不知鬼不觉。”

叶筑紫目瞪口呆。胡国英又说：“你不是爱叶长青吗？这孩子可是他的骨血！好好待这孩子，将他抚养成人，叶长青在九泉之下也会瞑目。未来让这孩子继承乌蒙山的铜矿，不是皆大欢喜的事吗？”

叶筑紫抬起一双泪眼望着胡国英，咬牙说道：“你的心肠真歹毒！”

胡国英又感到一阵揪心之痛，但他不能退缩。他恶狠狠地说：“要么除掉你肚子里的野种，要么嫁给蒙元亨，只能选一个！”

屋内沉寂了好久，叶筑紫终于缓缓说道："好，我答应嫁给蒙元亨，但有一个条件。"

胡国英大喜过望，说："什么条件？你说。"

叶筑紫说："长青被活埋在荒郊野外，太可怜了。把尸首挖出来，打一副好棺椁，厚葬他。"顿了顿，她又说："我还要挑几件自己喜欢的衣服与首饰，埋在他的棺椁内。"

这个条件对胡国英来说自是不难办到，但他吁了口气，说："这是何苦！"

叶筑紫敛起泪水，坚定地说："无论我嫁给谁，我的心都只会伴着长青。"

"我照你说的办。"胡国英摇了摇头，"凤来说你性情刚烈，很像我，但你这般儿女情长，却不似我。"

叶筑紫抬头看着窗外，语气冷漠得令人害怕，她道："如果有来世，我宁愿变成猪狗，也不愿当你的女儿。"

胡国英想要发火，但还是忍住了，他长叹一声，推门而去。

胡国英履行了承诺，进入乌蒙山中，找寻到活埋叶长青的地方。这一趟，叶凤来、叶筑紫说什么也要跟着，胡国英只好答应。

胡国英命人挖土，很快，尸体就现了出来。已过去好些时日，尸体早已腐烂，一股恶臭扑面而来。胡国英到近处瞅了瞅，只见尸体皮肤上满是绿斑、水泡，整张脸已辨认不出。不过从衣服来看，此人应是叶长青。

胡国英又在尸体的手臂、大腿处摸了摸，叶长青被活埋前挨了两镖，尽管尸体已腐烂，但伤口还是能辨察出来。

叶筑紫不顾一切想冲过来，胡国英叫人拦下，道："别过来！你一个女娃子，看了会睡不着觉。"周围帮手的人只当二人兄妹情深，一边拉住叶筑紫，一边劝个不停。

叶凤来听人说了尸体的情形，先是木讷地站在一旁，然后又将手中的竹棍往地上戳个不停，唉声叹气。

胡国英命人收敛起尸体，装入棺椁内，运回东川府埋葬，又刻上墓碑。对外则说，叶长青进山时不慎跌落悬崖，年纪轻轻便撒手而去。

5. 明知地下水太多，还把第一座矿厂设在九龙塘

“一梳梳到尾，二梳白发齐眉，三梳儿孙满地。”妇人一边替叶筑紫梳头，一边高声念道。窗外细雨蒙蒙，叶筑紫穿着大红色的新娘装，双眸似水，却带着一股冰冷感。

不一会儿，外面传来鞭炮声，接着又是刺耳的唢呐声。旁边的人欣喜道：“蒙东家迎亲的队伍到了。”叶筑紫闻言，淡扫蛾眉，眼中噙着泪珠。有人拿过一张红帕盖在她头上，她嘴唇微微一动，低头凝噎。

大喜之日，新娘一脸哀怨，所有人只当她舍不得父亲。新郎这边，脸上也看不出一丝笑容。在蒙元亨心中，这是一桩迫不得已的买卖。

胡国英以腹中孩子相威胁，终于逼叶筑紫就范。另一边，叶凤来答应了金大伦的条件，双方先成婚，日后铜矿继承不必独厚一支。叶凤来还提了一点，蒙元亨不缺银子，迎娶自己的女儿一定得风风光光，来不得半点马虎。

叶凤来执意要求大操大办，倒不是贪图虚荣，而是求一个名正言顺。另外，这场婚礼男女两边皆不情不愿，脸色自然好不到哪儿去，再不砸银子烘托些气氛，恐怕真要凄凄惨惨戚戚，令人笑话了。

有了银子，动静自不会小。迎亲的马车从巷口排到巷尾，路旁还铺上了花，寒风卷着花香刺得人头晕。邻近叶家宅子的树上系着红绸带，人群涌动，人们比肩继踵，个个伸头探脑，要瞅一瞅东川府难得一见的婚礼。

蒙元亨之前结过两次婚，这无疑是最盛大的一场婚礼，但他心中却不是滋味，一路无精打采，话也没有。直到拉起新娘，穿过屋子要拜天地了，周围人夹

道祝贺，他依旧板着脸。

一片嘈杂声中，蒙元亨听见新娘盖头下传来抽泣声，这声音越来越大，简直让人发毛。一旁的妇人赶紧拍着叶筑紫，劝道：“新娘，刚才已经哭过了，你的一片孝心大伙都知道了。马上要拜天地，可不能再哭。”

所有人簇拥着新郎、新娘进入喜堂，只见正中位置放着一把红木椅，叶凤来身着一袭鲜艳的绸缎衣，坐在椅子上。闹腾了好久的唢呐声停了下来，周围人顿时安静了。片刻之后，赞礼者大喊：“见礼，奏乐！”瞬间，再次鼓乐齐鸣，一阵阵叫好声不断。

“一拜天地！”蒙元亨与叶筑紫双双下跪。

“二拜高堂！”两人再次跪下，朝着叶凤来磕头。叶凤来笑着点头，伸出手要把这对新人扶起来。旁边的人都吆喝道：“老太爷坐好就是，你起身可坏了规矩。”

叶凤来心情激动，顾不上什么规矩，他左手扶着叶筑紫，右手搭住蒙元亨，说道：“但愿日后一切都好。”

出于礼节，蒙元亨握住叶凤来的手，道：“多谢叶……”他本想叫叶先生，发觉不妥，可一声“爹”怎么也叫不出口，索性把话打住。

忽然，叶凤来一怔，左手松开，右手紧紧握住蒙元亨的手。旁边又有人起哄道：“岳父疼女婿呀，握住手就不愿松开！”

蒙元亨尴尬地笑起来，叶凤来却顾不得这些，将两只手都握了过来，时松时紧，又在蒙元亨手板心摸个不停。叶凤来的脸色越来越青，脸上再没有之前见到新人时的笑颜。

蒙元亨低声问：“怎么了？”

叶凤来这才反应过来，摆头说：“没什么，没什么。”

夫妻对拜之后，拜堂仪式毕，由两个小童捧龙凤花烛导行，新郎执彩球绸带引新娘进入洞房。昏暗的新房内，绣花绸缎被上早铺好了红枣、花生、桂圆、莲子，寓“早生贵子”之意。

蒙元亨抽出先前藏在靴中的用红纸裹着的筷子。他踌躇了一下，拿筷子挑起新娘的盖头。一阵粉香扑鼻而来，特意装扮了一番的叶筑紫更加漂亮，只是表情冷漠，眼睛因为哭泣略微发肿。

蒙元亨把盖头放到床边，强笑道："你休息一会儿吧，我还要出去陪大伙喝酒。"叶筑紫有一种如释重负的感觉，连忙点了点头。

蒙元亨这一出去陪客人，兼迎来送往，便是几个时辰。过了掌灯时分，才回到新房。他喝了不少酒，一身酒气，一进屋就嚷道："给我倒杯茶来！"

叶筑紫愣了愣，极不情愿地起身。蒙元亨嫌叶筑紫动作太慢，自己倒好茶，吞了一口，又踩着醉步走到床边。

叶筑紫用一种复杂的眼神打量着对面的男人。她心中有爱，但爱的不是蒙元亨；她心中有恨，却也说不上是恨蒙元亨。叶筑紫压抑着满腔愁绪，漂亮的瓜子脸上挤出一点妩媚与柔情，轻声说道："时候不早了，咱们早点歇息吧。"

话一出口，叶筑紫恶心得自己都想吐。她在心里不停地骂自己贱，干吗急不可耐地把身体献给一个陌生男人。但她又不得不这么做，一切都是为了腹中孩子。看着蒙元亨，叶筑紫不免心生怜悯。她心想，咱们无冤无仇，但我只能对不起你了，给你戴上一顶被天下男人视为遭受奇耻大辱的绿帽子，让你来背这口锅。

"歇息吧。"蒙元亨点了点头，倒在床上。他没脱衣服，只一把搂住叶筑紫，说话也有些结巴："今……今天喝太多了，他们尽灌……灌老子的酒。"不一会儿，传出呼噜声。

叶筑紫费了好大劲，才把蒙元亨的衣服脱掉。接着，她把自己脱得一丝不挂，扑到蒙元亨身上。她的泪水夺眶而出，但她却没有发出一点声音。

第二天，叶筑紫起了个大早，将昨晚用过的被子拿出去洗。蒙元亨打着哈欠问："你一大早起来洗被子干吗？"

叶筑紫脸上泛红，说："脏了当然得洗。"

蒙元亨说："这些都是新置办的，哪里脏？"

叶筑紫有些心虚，但还是装出一副羞涩模样，说："你喝醉了，自然什么都不记得。昨晚你可……可坏了。"

蒙元亨看了叶筑紫一眼，笑道："春宵一刻值千金嘛！"

叶筑紫娇滴滴地说："以后可不许这样，把人家折腾得受不了。" 说完，她腼腆地低下头，心中却有说不出的厌恶。

蒙元亨缓缓站起身，说道：“接下来的一段日子，我没空陪你。我今日要去昆明，来去得半个月。回来之后，又要进山忙矿厂的事。”

“哦。”叶筑紫顿觉轻松，点了点头，“今日就要走吗？之前怎么没听你说？”

“昨天接到的消息，官府找我有点事。”蒙元亨答道。

蒙元亨草草吃了几口饭，便说自己没胃口。叶筑紫将碗筷收走，又帮蒙元亨收拾行装。蒙元亨拿起书来看，余光偶尔会扫向叶筑紫。他的酒量出奇地好，昨天喝那点酒，离酩酊大醉远得很。自己不过是假装醉酒，想避过与叶筑紫的肌肤之亲。他倒不是嫌弃人家，而是心中的疙瘩没解开。蒙元亨记得太清楚了，自己故意发出呼噜声，接着叶筑紫贴上来脱掉两人的衣服，然后便什么也没有了……可是，她为何要说谎呢?

婚后第二天，蒙元亨突然去了昆明。叶筑紫独守空房，倒遂了她的意。叶凤来每天会来看望女儿，彼此强迫着聊上几句。这一日，他看望完叶筑紫，掉头去了青叶观。

进入观中，胡国英问：“筑紫还好吧？”

“就那样吧。”叶凤来只能这般回答。

“蒙元亨呢？”胡国英又问。

叶凤来说：“婚后第二天，他去了昆明，说要半个月才回来。”

本是新婚宴尔，却留下叶筑紫一人，胡国英摇了摇头，说：“商人重利轻别离。”

叶凤来说：“蒙元亨走之前来找过我，催问矿厂之事。”

胡国英心头更不是滋味，说：“他这个新郎官真是心不在焉，眼里只有银子。”

叶凤来问：“接下来该怎么办？”

胡国英打开柜子，取出厚厚一摞图册，放到叶凤来面前。他道：“这里面详细记录了乌蒙山的山体走势、水文地质、四季气候以及矿藏分布。当年我招募的那些镶长，个个都是精通找矿的专才，他们花了好多功夫才编纂出这些东西。”

“唉！”叶凤来的语气中透出一股悲悯之情。可怜这些镶长辛辛苦苦记载这么多，到头来却成了胡国英的刀下鬼。

“这图册当真价值连城。”胡国英说，“开矿是实务，不是一般的读书作文。没有平西王投入上万人马，耗费几十万两银子，任凭镶长们想破脑袋，也编不出这些东西。镶长们辨察矿脉，觉得什么地方铜矿富集，便挖下去。若有所获，自会详细记录；若扑了空，也得总结分析。如此反复，才有了这套图册。”

胡国英手掩图册，说：“把它们交给蒙元亨吧。”

叶凤来说：“蒙元亨对这图册自会爱不释手，但要钻研透彻，起码得几年工夫。眼下还需告诉他哪里最宜开矿，他心急火燎地等着呢。”

“这是当然。”胡国英早有准备，轻松地说，“你就告诉他，第一座矿厂建在九龙塘。”

“九龙塘？”叶凤来想了想，说，“怕是不妥吧。”

胡国英哈哈大笑，说：“对于开矿之事，你原是装模作样，如今怎么也成行家了？”

叶凤来摇头说：“帅爷莫要取笑，我跟着你这么些年，好歹耳濡目染，了解了一些。九龙塘这地方我记得，之前有人提议在此设厂，你还派人勘测过，最后却否决了。”

叶凤来继续说：“据我所知，九龙塘这地方确实埋着铜，但要命的是，地下水太多。要知道，地下水多可是挖矿的大忌。”

胡国英微笑道：“你这总镶真不是白当的，简直能以假乱真了。不过，假的毕竟是假的。你照我说的去做，日后自会明白。”

6. 众人担心的状况还是发生了，一场矿难袭来

大腹便便的总兵大人多尔哈走进昆明闹市的一家酒肆，他已是满身酒气，上楼梯时还打了个酒嗝。店小二憋住气，不让臭味熏到自己。再走几步，店小二殷勤地笑起来，说道：“将军今晚又赶了几台酒吧。”

多尔哈点点头，说：“之前喝了两轮，这里是最后一场。”

“您可是大忙人！”店小二忙着引路，“就在前面，苏掌柜已候了您半个多时辰。”

此番来云南剿匪，多尔哈心里惦记的是银子，压根没想过建功立业。然而，红运当头，挡都挡不住，剿灭悍匪的头功竟砸到自己头上。摩天岭一役，赵远志命丧当场，邓虎被俘，为祸乌蒙山多年的两股土匪均栽在自己手里。

这一来，多尔哈立刻成了大功臣。朝廷通令嘉奖，云南百姓将他吹捧上天。眼看就要班师回湖南，大大小小的宴请不断。今晚最后一台酒是苏定河做东。比起春风得意的多尔哈，苏定河的境况可差多了。开矿之事迟迟不见进展，那些熟练的技师、矿工全被蒙元亨网罗去了。岳江南隔三岔五地从北京写信来，已有责怪之意。

见到多尔哈，苏定河赶紧起身相迎，道：“多将军，总算把你等到了。”

多尔哈客气道：“不好意思，前头耽搁了，来晚了些。”

苏定河笑着说：“将军能来就是给我面子。”

苏定河知道多尔哈的喜好，早安排了美艳动人的舞姬。多尔哈一边畅饮，一边挑逗身旁的舞姬，乐在其中。酒到中途，多尔哈举起酒杯，回敬苏定河道：

“此番来云南，最高兴的就是结交了你这个古道热肠的朋友。我的那些弟兄，日后就托付给你了，还望你好好待他们。”

苏定河端起酒杯，面露难色。多尔哈问：“怎么，有什么事吗？”

“的确有事。”苏定河点了点头，挥手让舞姬退下。

屋内就剩下他们两人，苏定河放下酒杯，说道：“当初来云南时，将军便慷慨允诺，日后留下一帮兄弟协助苏某开矿。将军此举，当真令人感激不尽。不过如今，事情并不像之前想的那般。我有个不情之请，将军能否让所部士卒随你回湖南？”

“老苏，你这是什么意思？”留下一部分士卒进矿厂，这是双方早就说好的事。苏定河突然反悔，多尔哈自然不痛快。换作其他人，估计他就拍案而起了，但他吃了岳江南不少银子，不太好一上来就与苏定河撕破脸。

“将军息怒，容我慢慢道来。”苏定河夹了一筷子菜放进餐盘，又放下筷子，说起自己的苦衷。

当初多尔哈安排一部分士卒留在云南，可谓皆大欢喜。矿厂初创，正是用人之际，这些士卒体格强健，干起活来是把好手。但摩天岭一役后，苏定河发觉不对劲。土匪残部多为矿厂熟手，自己也想把他们招募进来，可摩天岭的梁子结得太深，他们听说多尔哈的士卒日后也在矿厂里，纷纷转投蒙元亨。

苏定河说的这番道理，多尔哈自然明白，但他有自己的心思。南征北战多年，眼看天下太平了，跟随自己多年的兄弟怎么办？不给他们找个安身立命之处，难道用自家银子隔三岔五地去接济？

苏定河的请求，多尔哈断不会答应，他冷冰冰地说：“苏掌柜，留下士卒本是帮你，现在看来是热脸贴冷屁股了。”

“将军切莫这么说。”苏定河吁了一口气，“你的恩情我全记着，日后矿山生意好了，少不了你的。”

提到银子，多尔哈的脸色好了一些。苏定河又缓缓说道：“不瞒将军说，走到今天这一步，有时我都在想，咱们是不是中了蒙元亨的借刀杀人之计？”

“放屁！老子会中他的计？”多尔哈骂道。

苏定河摇头说：“蒙元亨这人我知道，铁石心肠，诡计多端。”

“老苏，你想太多了。”苏定河说的这些，多尔哈并非全无察觉，摩天岭那一仗打得太顺，他自己也觉得透着邪劲。但他不愿往深了想，他既不愿承认自己着了别人的道，更不能让自己剿匪的功劳有一丁点瑕疵。

毕竟是面对自家金主，多尔哈不能太不给面子。他吞下一杯酒，缓和语气道：“我知道你有难处，但我也有难处。朝廷天天说要裁撤军队，这帮兄弟跟我回湖南，也没有什么好去处。再说当初说好的事，突然变卦，我没法向下面交代。”

屋内沉寂了一会儿，多尔哈忽然眼前一亮，说：“老苏，你不必垂头丧气，矿厂这一仗还没打完，你干吗先认输？”

苏定河苦笑道：“是没打完，但别人已占了先机。据说蒙元亨已把矿厂位置选好，我却仍一头雾水。”

多尔哈说：“还记得马颈子沟吗？咱们不妨如法炮制一回。你让蒙元亨先选矿址，最后他去哪儿，你便跟着去哪儿。如此一来，这先机不也是你的。”

苏定河仍摇头，说：“马颈子沟那一趟，不是没捞着嘛！”

多尔哈真想骂人，马颈子沟就是蒙元亨给他们下的套，当然捞不着！但这话又不能说，一说便是承认自己中了借刀杀人之计。他想了想，说道：“我是带兵打仗的，兵法上说兵无常势，水无常形，有时还可反弹琵琶。当年在湘潭的一个山沟里，我设伏灭了吴三桂上千兵马。两个月后，老子又在同一个地方设伏。对方心想，朝廷的军队不可能在同一个地方两次设伏，便大摇大摆地走进来。这一下，让兄弟们好一顿砍杀。”

“一招鲜，吃遍天，说的就是这个理。”多尔哈又说，“你就跟着蒙元亨，整天盯着他。他在哪儿安营，你就在哪儿扎寨；他挖你就挖；他建炉子，你也建炉子。看他还有什么先机。”

苏定河仔细听着，觉得似乎有道理。再回头想想马颈子沟，虽说自己没捞着，蒙元亨不也没挖出铜来吗？只要紧跟着，就不会被甩开太远。但苏定河还是有顾虑，他道：“老这样跟着人家开矿，似乎不合商场规矩。”

多尔哈说：“为了赚银子，谁他妈管规矩！”顿了顿，他又说：“蒙元亨敢来找麻烦，我留下的这帮兄弟可不是吃素的。有人不服气，就拉出来练练。”

“他若是向官府告状呢？”苏定河问。

多尔哈笑了，说：“咱们都知道蒙元亨与赵明舟的交情，但赵明舟再偏袒，也不敢动你苏掌柜，谁不知道你是八爷的人。”

苏定河皱起眉头，想了好久，嘴里缓缓吐出三个字：“九龙塘。”

“什么？”多尔哈没听明白。

苏定河说：“蒙元亨的矿厂就设在那儿，看来我也得走一遭了。”

昔日荒凉的九龙塘近来拥入上千矿工，整日人声鼎沸。通往山外的狭窄道路上，几十辆大车进进出出。

今日一大早，九龙塘愈发热闹。天刚蒙蒙亮，鞭炮声便响个不停。大红绒布盖在案桌上，桌上供奉着关帝与另一尊雕像，据说是乌蒙山山神。雕像两旁是香炉和上供的烤乳猪、鲜美水果，案桌后面摆着挖矿用的铁器，也用红布遮盖着。

今日是选定的良辰吉日，按照矿厂的规矩，所有人都要焚香祷告，接着正式开工。蒙元亨几日前从昆明回到东川府，连家都没回，就带着人马一头扎进大山里。把矿厂设在九龙塘，七长不乏异议，他们说九龙塘地下水太多，于开矿不利。叶凤来却坚称，地下水远没那么可怕。当年的总镶长发了话，他的资历与声望让其他人暂时闭了嘴。

蒙元亨是读书人出身，即便弃文从商，仍是虔诚的儒家信徒，他向来反感那些怪力乱神之术。听说这场开矿仪式，不仅所有人要焚香下跪，还要杀鸡公、跳大神，他一度有些反感。不过叶凤来说，矿工下到又黑又窄的矿洞内，仿佛到了另一个世界。水淹、中毒、塌方，矿工随时都有性命之虞，下去一次，无异于在鬼门关走一趟。将矿石从洞内运出的坑道，甚至被矿工称为“阴司路”，只有走完“阴司路”，见到外面的阳光，才算回到了人世间。

乌蒙山中的小孩都知道一句话，“口吃阴间饭，脚踏阴司路”。“阴司路”通常极窄，矿工背着几十斤重的矿石，根本挺不直身板，遇到岩石狭缝路段，只能匍匐着爬过去。

叶凤来以为，在这般严酷的环境中，矿工根本无法主宰自身命运，只能祈求鬼神庇护。蒙元亨身为东家，办一场隆重的祭神仪式，带头虔诚祷告，实则是让矿工们安心。甚至不妨说，这是在拜那些豁出性命替东家挣银子的穷苦弟兄。

蒙元亨对叶凤来已无任何好感，但不能因人废言，他以为这番话在理。所以，今日的仪式，自己很上心。鞭炮从早上便放个不停，待时辰到了，他第一个上香祈祷，并虔诚下跪，朝着神像叩首。紧接着，所有人跪成一片，口中念念有词。

蒙元亨为矿工制作了统一的新衣服——麻布褂配布短裤，褂上还有口袋装旱烟盒子。根据工种不同，着装也略有差异。比如炼铜的炉工，为防铜液火星溅到，会系着羊皮短围腰。下洞挖矿的工人，头上多了包头。矿洞内漆黑一片，照明全靠矿工自带的亮壶。矿工劳作时，肩扛手拖，哪能空出手来拿亮壶，许多时候只能用嘴衔着。后来有人发现，可以把亮壶挂在包头上，如此便方便不少。

仪式结束，蒙元亨又把七长召集到一起议事。人刚到齐，一名年长的硐长就抢先说道："前几天，我让兄弟们试着挖了几下，发觉土质松软。再挖下去，一定会涌出水来。"

所有人的目光投向叶凤来。九龙塘这地方是他选的，而且他言之凿凿地说地下水问题不足惧。一名炉长也忧心忡忡地说："照往常的经验，这地方出水的概率很大。"

叶凤来自己也觉得九龙塘不是开矿的首选地点，可胡国英坚持，他也没办法。此刻，他只能硬拗下去："你们不要自己吓唬自己。"

"叶总镶，"都是老伙计，许多人还按叶凤来当年的头衔称呼他，"你不会看走眼吧？"

叶凤来笑着说："我一个瞎子，想看走眼还没那本事。"

众人一听这话，都笑了。唯独硐长笑不出来，他道："我没你们那么轻松。你们都在地上，我身为硐长，得带弟兄们下矿洞走'阴司路'。真涌出水来，淹不着你们，我第一个遭殃。"

蒙元亨拿到叶凤来交出的矿藏图册后，便如饥似渴地研读。对于挖矿，他远算不上精通，却比从前了解不少。对这几日的情况，蒙元亨也感到不乐观，他面色凝重地说道："叶先生，有把握吗？到时涌出水来，可十分棘手。"成婚之事，蒙元亨心里原本就有疙瘩，加之叶筑紫的反常举动，更让他生疑，这声

"爹"当真喊不出来。后来，他想了个说辞，说在矿厂得公私分明，自己仍称呼叶凤来"叶先生"。

叶凤来坚持道："放心。浅层有水，洞挖深了，水便不见，这种情况也是常有的。"

叶凤来说得笃定，其他人便不好再质疑。炉长又提到另一件事，他说："苏定河的人在附近挖矿，这不合规矩呀！"

一名炭长也抱怨道："昨日我让弟兄们去附近劈些上好的树木，以备炼炉之用。苏定河的人也在收集木料，两边发生口角，险些动手。"

苏定河尾随而至的事，让蒙元亨十分气恼。不过，当罗兵要带人过去理论时，他还是把他们拦下了。如今正是紧要关头，若双方大打出手，难免节外生枝。再说，赵明舟也写信来说苏定河此举的确不合规矩，但人家有靠山，加之这不是什么作奸犯科之罪，官府不好出面。他只能请蒙元亨忍一时之气，放眼长远。

今日手下又提起这事，蒙元亨压住火气，劝道："邯郸学步，东施效颦，吃亏的是自己。咱们好好挖矿，不必理会他。"

硐长说："东家，苏定河这么干，不仅坏规矩，更有隐患。两边的矿厂挨得太近，一起往下挖时，若不小心挖到一处，没准会塌陷。"

蒙元亨想了想，说："派个人去，把情况告诉苏定河。要讲明了，若是塌陷，两边都倒霉。"

一番布置之后，所有人各司其职，矿厂上下一片热火朝天的景象。但连挖了十几日，情势却越来越不妙。

从挖出的矿石来看，九龙塘确是铜矿富集之处，但越往下挖，涌出的水越多。叶凤来所说的只是浅层有水，挖深了水便退去的情形始终没有出现。所有人都忧心忡忡，只有叶凤来依旧乐观，说坚持下去，局面很快会好转。

这日天气异常炎热，山中蚊虫又多，蒙元亨焦躁地坐在帐篷里，本想眯一会儿，却怎么也睡不着。忽然，听见远处传来一阵骚乱声，他赶紧走出帐篷，见众人都往矿洞口奔去。

金大伦慌慌张张地跑过来，说道："东家，不好了！刚才地下岩石中涌出一大股水，十几个矿工被困在下面。”

蒙元亨脸色一变，道：“快！赶紧救人！”

所幸矿厂内的工人均是经验丰富的熟手，事发时虽一阵慌乱，但很快就拿出了应对之策。众人先伸了几根长竹竿到矿洞内，又朝着竹竿不停地吹风，这样就能把氧气送进洞内，防止下面的人窒息。到了傍晚时分，矿洞内的水总算排出了一些，几个身手矫健的矿工绑着亮壶下到洞内，费尽九牛二虎之力将被困的人营救了出来。

淹水时，硐长就在洞内，被困了几个时辰，他脸色苍白，身子瑟瑟发抖。旁边的人赶紧递上一壶酒，让他暖暖身。几口酒下肚，他脸色好了一些，耳畔却传来哭声。原来，清点人数后发现，有四个弟兄没被救出来，想必已凶多吉少。

硐长一把砸碎酒壶，骂道：“叶瞎子呢，给老子滚出来！之前说过多少次，不能再挖了，他非咬卵，把咱们的命不当命！”

7. 主帅无须事必躬亲，只需懂得选将之道

硐长这一喊，众人才回过神来，这一下午竟没见着叶凤来的影子。蒙元亨也一肚子气，问道："叶先生呢？他去哪儿了？"

金大伦站出来答道："叶先生昨日说他身体不适，回东川府去寻一位郎中。"

蒙元亨没好气地道："早不病晚不病，偏偏这时候病！"

其实，叶凤来没生病，或者说只是有心病。此刻，他坐在青叶观中，忙着向胡国英讨要对策。他毕竟在矿厂泡了许多年，这几日听闻开凿矿洞的情形，预感到大事不妙，水淹迟早会发生。自己一路嘴硬，真出了事，却不知如何是好。

见叶凤来焦头烂额的模样，胡国英笑起来，说："怕什么！不就是淹水嘛，多大点事！"

叶凤来说："帅爷，矿洞内淹水可是要出人命的。"

胡国英淡淡地说："不就是死几个人嘛，从前矿厂里死的人还少吗？"

叶凤来真坐不住了，连珠炮似的发问："就算不在乎人命，蒙元亨那里如何交代？淹水之后，九龙塘的矿还继续挖吗？之前砸的那些银子，是不是全打水漂了？"

"九龙塘的矿当然要继续挖。"胡国英答得斩钉截铁。

叶凤来简直怀疑自己的耳朵，他道："继续挖？怎么个挖法？"

"兵来将挡，水来土掩。"胡国英胸有成竹地说，"那点地下水，只能难住别人，却难不住我。"

“别人？”叶凤来似乎明白了些什么，“你故意选九龙塘，就是给别人下套，比如苏定河之类……”

胡国英点头说：“今时不同往日。从前我是云南铜政总务，整个乌蒙山只有我一家。现在开了铜禁，阿猫阿狗都能进山采铜。那个苏定河便鬼得很，挨着咱们建矿厂，指望分杯羹。”

“做他的白日梦！”胡国英不屑道，“他的小算盘，我早就料到了，所以选了九龙塘，要学一学关云长，来个水淹七军。”

叶凤来心中仍有许多疑惑，他说：“这样做虽把别人淹了，但自己也遭殃。”

胡国英说：“九龙塘一带铜矿富集，只要把淹水问题解决，必能采出好铜。”

叶凤来追问道：“怎么排水？你有法子吗？”

胡国英说：“矿洞淹水的情形，当年遇到过，也有几个法子。比如让人背着皮囊下洞运水，或是装上几十根水龙，昼夜不断地抽水。不过，九龙塘地下水太多，这些法子未必管用。”

叶凤来目瞪口呆，道：“闹了半天，你下的这剂毒药，连自个儿也没有解方！”

胡国英又笑了，说：“我是云南铜政总务，又不是镶长、炉长，为何屁大点事都找我要解方？”

矿洞淹水事关一座矿的存废，哪里是屁大点事，叶凤来已急得说不出话来。只听胡国英继续说道：“当年山海关大战，李自成几十万人马扑过来，咱们才几万人，心里却没慌过。平西王那时还是总兵，他得到探报，说李自成的侄儿李过正率闯贼军中最精锐的老八营骑兵从西面包抄山海关。”

回忆往昔峥嵘岁月，胡国英难掩一股豪情，中气也足了一些。他说：“大帅把我叫到跟前，拨给我几千人马，让我迎战李过。至于何时打，怎么打，大帅却没说。他只有一句话，让我钉在阵地上一动不动，确保侧翼安全，使我军主力能够在山海关前放手与闯贼决一死战。”

“这才是帅才！”胡国英叹道，“主帅无须事必躬亲，只需懂得选将之道。他知道派出胡国英，山海关西面的阵地便牢不可破。仅此一点，足矣！”

最后，胡国英说：“如何排掉地下水，我也没有现成法子。但我知道，那帮老兄弟足可信赖，只要他们用心，就一定能有办法。而苏定河手下的虾兵蟹将只能望水兴叹。另外，让蒙元亨多找老沈头商量，此人性格怪僻，多年来不得志，但在排水上有些招数。”

叶凤来知道老沈头，他早年在矿厂当过硐长，后来在一次水淹矿难中处理失当，被撤了职。此人生性孤僻，三天两头与周围人闹别扭，到最后，竟没人愿同他一起下矿洞。无奈之下，他转行做了炉工，在炉长手下干些杂活。

叶凤来将信将疑地说：“老沈头有办法？”

“做主帅的还需记住一条：用人不疑，疑人不用。”胡国英端坐在椅子上，仿佛回到了当年。

第二天，叶凤来回到矿厂，得知昨日淹水的事，心里免不了一震。蒙元亨一肚子气，连句客气话也没有，直接问道：“接下来怎么办？”

叶凤来演了几十年的戏，应对起来倒驾轻就熟。他捋了捋胡须，说：“最要紧的事就是保密，不能泄露消息。”

蒙元亨不解道：“这种事遮盖起来有何用？”

叶凤来说：“咱们淹水了，苏定河那边没准还挖着。不让他淹一次，如何说得过去？”

蒙元亨何等精明，一听这话，便反应过来，道：“你故意选九龙塘，就是料到会有人跟来？”

叶凤来笑了笑，说：“我这番苦心，终于有人明白了。”

蒙元亨说：“苏定河被淹怕是躲不了，但咱们怎么办？”

“咱们和苏定河不同。”叶凤来说，“矿厂里的弟兄都是熟手，当年也遇到过矿洞淹水之事。将七长找来认真合计一下，总会有办法。”

昨晚蒙元亨已将七长找来商议，也想出了两招。其一是寻找附近有裂缝的岩层，将水引去排放；其二是安设水龙。所谓水龙，就是一种抽水器，将大长竹筒顶端竹节通一孔，挖去其心，再用一根比竹筒稍长的木棍，上端置横把手，下端置皮碗，插入竹筒中，向上抽拉，排除洞内积水。在讨论安设水龙时，还有人提出，竹筒毕竟太细，抽出的水有限，可将整木掏空制成圆筒形水龙，再用油调石灰将缝敷严。

“叶先生，我此刻更想听听你的办法。”排水的法子都用上了，时间也过去了一天，效果却不大理想。蒙元亨指望着叶凤来能有妙招。

叶凤来摇头说：“术业有专攻，我的专长是辨察矿脉，对于洞内排水，我不如其他人有办法。”

蒙元亨感到失望，甚至恼怒。他心想，你把大伙带到九龙塘，说这是给别人挖的一个陷阱，可你自己掉下去怎么办，难道没想过吗？排水难题不解决，矿就没法挖下去。蒙元亨简直不明白，这是聪明反被聪明误，还是原本就蠢得令人发指！

蒙元亨再没有礼贤下士的风度，也没拿叶凤来当岳丈，他训斥道：“当初是你选的九龙塘，如今却说没办法！”

叶凤来两手一摊，说：“排水之事，我真不在行。”顿了顿，他又说：“你不妨找老沈头问问，他或许有主意。”

蒙元亨对老沈头有印象，摇头说：“他不是烧炉的吗，还懂排水？”

叶凤来这才说起老沈头多年前当过硐长，后来遭遇波折，从七长之一变成了一个炉工。蒙元亨将信将疑，去把老沈头找了来。

胡国英的确知人善任，他推荐的老沈头，平常没见有多大本事，但说到排水，却头头是道。蒙元亨于矿务未必精通，但识人辨人的眼光早已练就。他惊喜地发现，这个倔强且古怪的老沈头或许能派上大用场。他以东家的身份向老沈头郑重表态，若能化解排水难题，定会重赏，日后还会重用。

老沈头憋屈了许多年，终于能担当重任，就像打了鸡血一般。他没日没夜地在矿洞口转悠，观察排水进展，甚至不顾众人反对，只身下到洞内待了一阵。

三天之后，老沈头终于拿出办法。他认为，治水向来堵不如疏，排水也是这个道理。地下水每时每刻都在涌出来，纵然安设十几个水龙，排水速度仍不及。老沈头提出，再挖几个新矿洞，采用新旧矿洞连通法排水。如此一来，相当于舍弃几个矿洞专做排水之用，其他矿洞就能继续开采。

老沈头的主意，有人赞为奇思妙想，有人认为风险太大，再挖几个矿洞又失败，怎么办？蒙元亨思考一晚，决定试一试。若排水难题不能解决，之前投的银子就全泡汤了。再挖几个洞，耗费不过数千两银子。就算是赌博，也是以小博大。

老沈头带着人在周围挖出新矿洞。接下来，便要将几个矿洞连通，让水流入废洞中，这也是成功的关键。将矿洞连通的前一晚，蒙元亨几乎没合眼，不停地在帐篷里走来走去。他甚至想去上几炷香，祈祷神灵庇佑，最终还是忍住了。在这一刻，他终于理解了那些在神像前虔诚祷告的矿工，那是一种无法掌握自身命运的深深无奈。

凿通矿洞时，蒙元亨故意没去现场，而是留在帐篷内。直到罗兵等人兴高采烈地跑进帐篷，告诉他大功告成，矿洞里的水正退去，蒙元亨才站起身，奔向洞口。

又过了几个时辰，洞中的水排去了大半，蒙元亨问："水排空后，可以继续采矿了吗？"

周围人点头称是，蒙元亨又拉过老沈头问："你说呢？"

"东家放心，若不能采矿，费这半天劲干吗！"老沈头答得铿锵有力。

"好啊！"蒙元亨重重拍着老沈头的肩膀，所有人更是欢呼雀跃。

蒙元亨战胜了地下水，矿厂里又是一番热火朝天的景象。与他相邻的苏定河却没这般幸运。苏定河的矿厂前几日也发生了水淹，所有人手足无措，自救毫无章法，最终十几个矿工被困在洞内。

为了排水，苏定河还派人混进蒙元亨的矿厂，想偷学几招。然而，安设水龙、新旧矿洞连通法等说着容易，真上手来做，许多过筋过脉之处，哪里是生手能完成的？最终，苏定河只能接受现实，撤出九龙塘。

矿石开采出来，接着便是冶炼。蒙元亨找来炉长，说道："马上就要炼铜了，据说最关键的便是鼓风。"

炉长很佩服东家勤学苦读的劲头，不过短短数月，已能说到点子上。他答道："东家说得一点不错。炉中火苗升起后开始鼓风，需得调度时段，把握轻重。如用力过轻，风力不足，炭火不强，会使矿石含浆，结于炉壁。若用力过猛，会使炭矿提早下坠至炉底，渣质多，出铜少。"

蒙元亨点了点头，说：“你们都是熟手，我自然放心。不过，这次挖出的矿石品质很高，我想用‘对时火’来炼，行吗？”

炉长面露难色，没有作答。蒙元亨说：“你有什么话，但说无妨。”

“对时火”是一个术语。炼铜炉一架风箱需三人推拉，半个时辰轮换一次，由六人组成一班，通常六个时辰后换另一班接替。一个昼夜换两班炼成的铜，即为用“对时火”炼成的铜；两个昼夜换四班，叫“板凳火”；三个昼夜换六班，叫“二四火”；四个昼夜换八班，叫“人牌火”。做菜可以细火慢炖，炼铜却要大火急攻。冶炼时间越短，说明冶炼技术越高超，炼出的铜品质也越高。用“对时火”炼出的铜，品质、纯度都是最高的。

炉长说：“炼‘对时火’的铜，需得好矿石、好炉子、好炭料。”

蒙元亨摇头说：“你还说漏了一个。”

炉长问：“哪一个？”

蒙元亨说：“想炼出‘对时火’的铜，除了好矿、好炉、好炭，还得一等一的工匠，四者缺一不可。而你们正是一等一的工匠。”

炉长说：“谢东家夸赞。九龙塘采出的矿石品质不错，东家舍得花银子，新建的炉子也极好。不过这一带的树木潮湿，恐怕算不得好炭料。”

蒙元亨笑着说：“炼铜时，七长之中，最要紧的就是炉长与炭长。我已经将炭长打发出去，让他赶紧运些好木料回来。绝不能因为炭料耽误了炼铜。”

炉长明白了东家的决心，说道：“只要有好炭料，我定竭尽所能炼出‘对时火’的铜，不负东家厚望。”

“我等着你们的好消息。”蒙元亨投来期待的目光。

五日之后，炭长运回上好的木料，冶炼开始了。只花了一昼夜，炉中矿石熔化，渣质从火门除尽。铜液质量大，沉于炉底，浮在铜液上的炼渣灰质量小，从土门流出。看到这番景象，所有人都明白，矿厂第一炉铜便是“对时火”的铜，真可谓旗开得胜。

不少人感慨道：“当初吴三桂派人采铜，整整四年才炼出‘对时火’的铜，没想到咱们第一炉就炼成了。”听了这话，蒙元亨也喜上眉梢。

炉长亲自拆开金门泥封，此时炉内铜液闪烁，光彩夺目。再用米泔水、泥浆浇泼，炉内发出刺耳的爆裂声，铜液骤然冷却，表面凝固一层。用铁钳揭出凝固的铜液，然后用松针、糠壳盖住，再置于水中冷却，毛铜便成形了。

矿厂出铜乃可喜可贺的大事，晚上，蒙元亨设宴庆功。在九龙塘这荒僻之地，找不到好食材，桌上的菜也简单。不过，蒙元亨下令将山外运来的几十坛好酒全部开封，晚上务必开怀畅饮。

蒙元亨心情大好，酒喝得特别多。尽管自己酒量很好，仍免不了脑袋有些发胀。正在这时，一个穿长布褂的年轻人举着火把跑进矿厂。罗兵定睛一瞧，此人乃蒙元亨东川宅子中的仆人。罗兵问道："黑灯瞎火的，你跑山里来干吗？不怕被野兽吃了？"

年轻人答道："家中有事，派我来通报东家。路上走岔了，耽搁了时间，这会儿才到。"

"什么事？"蒙元亨问。

"大喜事！"年轻人咧着嘴说，"前几日夫人身体不适，府中人担心得不行。后来郎中来瞧，说夫人有喜了。"

"恭喜东家，今日真是双喜临门！"旁边的人纷纷道贺。叶凤来一怔，旋即强装镇静，笑眯眯地捋起胡须。罗兵趁着酒劲凑到蒙元亨跟前，说："你和叶筑紫就同过一晚房。你可是百步穿杨，够厉害的。"

蒙元亨本有些发胀的脑袋此刻仿佛炸裂一般。他没有感到任何喜悦，反而有一种前所未有的羞辱感。那晚的事，他记得太清楚了，自己压根就没碰过叶筑紫。所以说，这孩子并不是自己的。对任何一个男人来说，这都是无法接受的奇耻大辱。蒙元亨瞟了一下叶凤来，连一刀捅死他的心都有了。出铜带来的喜悦烟消云散，蒙元亨甚至觉得，今天遭遇了人生中最大的一场挫败。

蒙元亨真想把酒杯砸碎在地上，拂袖而去，但最终还是克制住了。他告诉自己，此事需从长计议，既不能傻乎乎地被戴上一顶绿帽子，也不能将家丑外扬，弄得满城风雨。蒙元亨抬起手，向道贺的人致谢，接着推说自己喝多了，先行离去。

8. 皇商来到昆明，要做别人做不了的生意

众人都劝蒙元亨回家看望怀孕的妻子，他却坚持在矿厂待了好几日，将手头的事处理完，才返回东川府。一进家门，正好撞见叶筑紫。“你回来了？”叶筑紫轻声问道，目光中似有一丝慌张。蒙元亨假装没听见，径直回到屋里。

不一会儿，叶筑紫端上一杯茶。蒙元亨将茶放到一旁，问道：“听说你怀孕了？”

叶筑紫脸上的表情很不自然，她微微点头。冷不防瞅见蒙元亨犀利的目光，她赶忙把头低下。“怎么了？”隔了一会儿，她怯怯地问道。

“没什么，既然怀孕了，就好生休息。”蒙元亨语气冷漠。

连日来，蒙元亨胸中翻腾着熊熊怒火，哪怕是面对叶筑紫这个弱女子，也恨不得一耳光抽过去。然而此时，他又有些犹豫。倒不是心软，而是眼前的叶筑紫眼神惊慌，举止透着心虚，分明是个连谎话也说不圆的人，他实在难将种种龌龊勾当与这样的人联系在一起。

蒙元亨打定主意，做出了断前，要先把事情弄个水落石出。他冷漠以对叶筑紫，私下派人多方探听。

派出去的人回报说，叶筑紫家教甚严，除了父亲与哥哥，很少与其他人接触。不过有仆人说，叶筑紫外出给叶长青扫墓时，曾遇见青叶观的老道，她很生气，直接将人轰走了。

蒙元亨还得知，叶凤来常去青叶观。九龙塘矿厂淹水，他称病返回东川时，也去了青叶观。还有人看到叶凤来那日健步如飞，丝毫不像有病的人。

从这些事情中，蒙元亨依旧理不出头绪，脑子更乱了。但他觉得，那座青叶观里，以及面目丑陋的老道士身上，或许藏着不少秘密。蒙元亨起心动念，要去青叶观走一遭，会会老道士。

这日一大早，他命人牵出马车，正要出发，官府的差役来到府上。差役掏出一封信，说赵明舟大人让蒙东家即刻赶赴昆明。

赵明舟有急事，蒙元亨不敢怠慢，青叶观之行暂且作罢。他回屋收拾好几件衣服，坐上马车，快马加鞭地朝昆明赶去。

来到昆明，蒙元亨径直去了布政使衙门。赵明舟正在处理公文，见到蒙元亨，起身道："你倒挺快。走吧，咱们这就去五华山，路上边走边说。"

云南布政使衙门在城中甬道街，原是明代黔宁王沐英府邸。五华山位于昆明北部，吴三桂镇守云南时，居住于此山。由甬道街至五华山，明清两代云南王统治西南半壁江山时的政治中枢相隔倒不远，坐轿骑马两炷香工夫便能到。

路上，蒙元亨才得知赵明舟急着召见，是因为钦差大臣巡视云南铜务，指名要见他。而这位钦差大臣，无论是赵明舟还是蒙元亨，都十分熟悉，便是户部侍郎李一功。

李一功当年乃明珠党徒，一度红得发紫。索额图复出后，他见风使舵当了墙头草，勉强保住官职，官运却大不如前，这个户部侍郎当了许多年，再也没法更上一层楼。当然，李一功毕竟是卿贰大臣，此番奉旨出巡来到云南，仍是尊贵无比。

钦差大臣的住所，是当年吴三桂为爱妾八面观音修建的别院。吴三桂兵败后，此地亦遭毁坏，近年才被修葺一新。院子地势绝佳，向窗外望去，南疆名城的景色一览无遗。

寒暄了几句后，李一功便摆出钦差派头，说："明舟，你先回去。这一趟巡视铜务，我就想听一听商民的心声。有你在，人家难免会有所顾忌。"

赵明舟只好退下，偌大的屋里就剩下李一功与蒙元亨。蒙元亨素来厌恶李一功，此刻更不自觉地警惕起来。李一功换上笑脸，和蔼地问道："听说你的矿厂炼出铜了？"

蒙元亨小心答道："没错，那是前不久的事。"

李一功点头说："索相一直惦记你，他若得知你炼出铜，一定会很开心。"

蒙元亨做出一副感激的表情，说："劳索相牵挂，惶恐之至。"

李一功抿了一口茶，说："这一趟，还有几位老朋友与我一同来，请他们出来见一面吧。"

老朋友？是谁？蒙元亨心里一紧。片刻后，只见房门被推开，一男一女走了进来。蒙元亨按捺住惊讶之情，起身招呼道："文东家、盛东家！"

进来的两人正是文知雪与盛宇峰。秦淮河一别，又过去几年，他俩更消瘦了。尤其是文知雪，尽管化了淡妆，仍难掩苍白脸色，令人看着不免心疼。

盛宇峰拱手还礼，文知雪点头一笑，说："听说蒙东家在乌蒙山发了大财，可喜可贺。"

李一功命人上茶，接着说道："你们老友重逢，想必有许多话要说，正好我有几件公务要处理，你们先聊，我就不陪了。"

蒙元亨这才明白，李一功召见自己，并非关心铜务，而是为文知雪登场做铺垫。蒙元亨端起茶杯，摇着头说："上回是江宁将军，这次是钦差大臣。文东家不愧为皇商，随便一动身子，都要一二品大臣抬轿。"

一年前，文知雪入籍内务府，成为名副其实的皇商。这件事当时震动商帮，天下皆知。此刻，她端起茶杯，笑了笑，说："谁帮谁抬轿，你心里明白，用不着开这种玩笑。"

文知雪并未喝茶，她把杯子放下，道："早说来昆明，可惜菊夫人仙逝，我帮着料理后事，耽搁了时日。"

"可惜了。"蒙元亨面色凝重。菊夫人即索额图的爱妾菊儿，她香消玉殒的消息，前些日子已传到云南。菊夫人病重时，周弘毅与周琪前往探望，后来周琪又留在京城照料姨娘。菊夫人最终不治，周琪悲痛万分，写信告知了蒙元亨。

蒙元亨与菊夫人仅在西安有过一面之缘，但此番菊夫人逝去，却让蒙元亨心头笼罩上一层阴影。索额图对菊夫人宠爱有加，菊夫人又感激蒙元亨当年照顾周琪。只要菊夫人在，便有人在索额图身边替自己转圜。日后，怕再没有这样的人了。

索府的丧事，风光场面不难想象。文知雪身为一介商贾，竟能参与其中，足见索额图对她的信任。她这个皇商，当得越来越有滋味了。蒙元亨既为她高兴，心中也藏着一丝忧虑。

“赵大人知道你们来昆明吗？”蒙元亨问道。

“我们来的事，目前只有李大人知道，没去惊扰地方官。”盛宇峰语气平缓，却有一股得意之情。在京城皇商眼中，云南地方官大概没什么了不起。

“找我什么事？”蒙元亨又问。

文知雪接过话来说：“这一趟，本不是非见你不可，甚至能不见，最好不见。可惜没办法，到了昆明才晓得，这事非找你不可。”

“到底什么事？”蒙元亨心里打鼓。

文知雪缓缓说道：“我们想与蒙东家携手发财。”

蒙元亨不解道：“怎么个携手发财？”

盛宇峰说：“这一趟，我们带着银子来，打算将银子投进你的矿厂，双方携手合作，盈亏共担。”顿了顿，他又说：“听说为了开矿，你借了不少银子。现在好了，我们投银子进来，你正好可还债，从此一身轻松。”

“开什么玩笑！”蒙元亨的语调陡然升高。

蒙元亨尽力压着火，心中的火苗却越烧越旺。真是岂有此理！自己辛苦建起矿厂，好不容易炼出铜来，滚滚财源就在眼前，此时却有人来入伙，逼自己分一半出去。这哪里是做生意，分明是抢劫！

文知雪端坐在椅子上，脸上挂着笑容，说道：“我明白你的心思，这事换谁都不乐意。方才我说了，起初我并不想找你。”

文知雪缓缓说起自家生意。如今京师的钱庄生意，文知雪与岳江南平分秋色，两家争斗不断，水火不容。钱庄做的是银铜买卖，天下的铜一大半在云南，谁能掌握云南的铜矿，谁便能占得先机。这个道理岳江南懂，文知雪自然也清楚。眼看岳江南派人到云南开矿，文知雪忧心忡忡。

文知雪虽然焦急，却不想步人后尘，而是谋划着后发先至。她说动索额图，才有了李一功此番南下巡视铜务这一遭。文知雪的算盘打得精，与其自己砸银子开矿，费时费力且前途未卜，不如等别人炼出铜来，再去分一杯羹。如此，既稳当可靠，又事半功倍。

记得父亲文善达说过，做别人做不了的生意，方能赚大钱。进山开矿这生意，谁都可以做，蒙元亨可以，岳江南可以，其他人也可以。然而，仗势欺人硬插一脚的生意却没几人做得。因为不是每个商人都能帮办西征粮饷，都能在扬州一夜建成白塔，都能御前见驾一睹龙颜，都能操办相府菊夫人的丧仪……只有她文知雪，才是名震天下的皇商！

蒙元亨听完，明白了文知雪那句“并不想找你”的意思。敢情她手里攥着银子，背后有着靠山，甭管乌蒙山中谁先炼出铜，她都要来强行入伙。偏偏不巧，自己跑得最快，成了别人眼中的猎物。

盛宇峰重新开口道：“我们可是带着十足的诚意来的，就等蒙东家点头。”

文知雪又说：“我知道，眼看矿厂已炼出铜来，你不愿别人插一脚。我保证，我绝不插手矿厂的经营。我也相信，有你盯着，我对自己的银子没啥好担心。”

蒙元亨沉吟了半晌，终于说道：“你们这手段确实厉害，但我提醒你们一句，记得当初在泾阳，文老东家说过，大树底下，寸草不生。朝堂上的生意虽有厚利，却也步步惊心。”

“蒙元亨，”或许是做贼心虚，一提到文善达，盛宇峰就迫不及待地跳出来，“你怎么好意思说当年的事？不是你，文叔父也不会……唉！”

提起父亲，文知雪心头一震，但她努力克制住，脸上没有显露出任何表情。隔了一会儿，她才说：“多谢提醒。但我也知道，这些年，无论是钱庄生意还是茶叶生意，岳江南都咄咄逼人。他有什么后台，大家心知肚明。若不是索相撑腰，文盛合怕早被人家吞掉了。”

文知雪冷冷一笑，接着说：“说起来，岳江南这头恶狼可是你引入泾阳的。后来，你自个儿也被咬得不轻吧。”

盛宇峰已迫不及待，说道：“既然咱们都是泾阳出来的老人，你就给句痛快话！”

蒙元亨被逼到墙角，也横下心来，他道：“这样强买强卖，当然不成！”

“你……你……”盛宇峰指着蒙元亨，有些气急败坏。他真想骂一句给脸不要脸，但彼此都是有身份的人，他还是忍住了。

文知雪倒气定神闲，她淡淡地说：“蒙东家执意不肯，我也没法子。但钦差李大人那边，烦请你自己去交代。”

蒙元亨最讨厌被人威胁，立刻顶回去：“我老老实实做生意，用不着向谁交代！”

“是吗？”文知雪笑着说，“听说你矿厂里可有不少残余土匪，好些还是三藩逆党，这也叫老老实实做生意？”

近来家里的烦心事不少，今日又被文知雪苦苦相逼，蒙元亨终于忍不住了，愤怒地拍起桌子，道：“这是什么话！土匪头领早已伏法，其他人弃恶从善。赦免他们为矿厂所用，不仅赵大人许可，连云贵总督也答应过。”

文知雪不客气地说：“你说我强买强卖，自己提起云贵总督，却好大派头。不过，李大人奉旨巡视，眼里只有皇上，没有旁人，他连总督都能参。”

蒙元亨的愤怒与无力感都达到了极点。赦免土匪余党之事，李一功的确能参一本。当然，一个户部侍郎未必能参倒堂堂封疆大吏，但别忘了，他背后可是权倾天下的索额图。别说一个云贵总督，当年富甲天下的两江总督进京，还在索府门前被管家刁难了一顿，传为天下皆知的笑谈。索额图真要过问赦免土匪余党这事，又会生出无数麻烦。

正当局面陷入僵持，李一功回来了，他笑呵呵地说：“你们老友重逢，一定相谈甚欢吧。”

蒙元亨本想告辞，李一功却说：“留下来吃顿便饭。我找你来是询问铜务，刚才有事耽搁了，正好边吃边聊。”

李一功这样说，蒙元亨自不好推辞。然而到了饭桌上，李一功依旧对铜务只字不提，反而与盛宇峰聊起金石。两人都是行家，聊得兴高采烈。蒙元亨被晾在一旁，显得无比尴尬。

李一功发话说酒可以打住了，盛宇峰便不再敬酒，而是问道：“李大人何日返京？”

“差事没办完，回去可在索相那里交不了差。”李一功笑道，“再说昆明是个好地方，四季如春，气候宜人。如今北国天寒地冻，我就在昆明舒舒服服地过个年，待天气暖和了再北返。”

“好啊！”文知雪也笑起来，“李大人多留几日，可是云南全省的福气。”

蒙元亨当然明白，这是一种无声的压力，正强逼着自己低下头颅。

第九章

权臣末路

1. 铜矿生意这一局，人人都在玩螳螂捕蝉，黄雀在后，岳江南却要做最后的黄雀

李一功说得没错，此时京师正冰冷刺骨。今年冬天冷得奇怪，不是那种大雪纷飞、北风呼啸，动态的寒冷，而是不下雪、不起风，静悄悄的天寒地冻。

岳江南府中的琴房内烧着火炉，正中摆放着两张七弦琴。岳江南手抚的那一张是“崩雷”，另一名模样俊俏的年轻女子正弹着“雨霆”。

这两张七弦琴乃当年蒙顺所制，“崩雷”琴给了儿子蒙元亨，“雨霆”琴给了女儿蒙佩文。在泾阳分别时，蒙元亨又将“崩雷”琴交给岳江南。乌兰布通大战之后，岳江南将自己的折扇与蒙佩文的遗物合葬在幽幽荒草之下，唯独带走了这两张琴。

前些年，从冰天雪地的西伯利亚到碧波万里的东海，岳江南辗转南北，居无定所，两张琴只能寄存别家。这几年，茶叶、钱庄生意日渐红火，岳江南在京城购置了宅子，还专门布置出琴房。闲暇时，他会弹奏几曲，琴声从耳畔飘过，往事如烟，如泣如诉。

今日岳江南心情烦乱，拨弦的手越来越快，一不小心，弦断了，琴声戛然而止。他微微叹了口气，那一边与他联弹的女子紧张得不行，赶紧站起身。一名家丁走过来，教训道：“怎么搞的？这么不小心！”

是岳东家拨断琴弦，我有什么办法？女子满腹委屈，却不敢说一句话。岳江南摆了摆手，说：“小姑娘弹得不错，不怨她。今日不弹了，带她下去，多给些银子。”

岳江南推开琴，仰坐在椅子上，闭目养神。下面人不敢打搅，路过时，都蹑手蹑脚。约莫过了半个时辰，一名家丁走进琴房，低声说道："客人到了。"

岳江南张开眼睛，立刻换上一副表情。他小跑着来到门口，先双手抱拳，接着又打了个千，道："贵客临门，蓬荜生辉呀！"

来者是徐文锐、徐文林兄弟，哥哥是八爷府的管家，弟弟乃京城富商，近来一直与岳江南合伙做买卖。徐文林笑呵呵地说："老岳，你这么客气干吗？前几天托里尔来北京，咱们不是刚聚过嘛！"

"不一样。"岳江南说，"上回是给托里尔接风，今日是老友相聚。所以，我没在外面找地方，而是安排家宴。"

徐文锐迈步朝里走，说道："家宴好，外面人多嘴杂，反而不舒服。只不过，这顿饭本该我请岳东家，你立了大功，八爷也称赞有加。"

"那可不敢当。"岳江南笑得更灿烂。

宾主落座后，下人们开始上菜。徐文林看着桌上的菜，说："老岳，你家厨子不错嘛，瞧这菜做的。"他夹了一口菜吃，放下筷子又说："这味道吃着还蛮熟悉。"

岳江南说："虽是家宴，也得精心准备。听说徐管家爱吃城中醉仙居的菜，我特意找来这家的厨子，请他做了一顿。"

徐文林竖起大拇指，说："老岳真是讲究人。"

这时，下人端上一盘糟熘鱼片。这道菜乃京系名菜，身为南方人的岳江南并不喜欢，但听说徐文锐去醉仙居时经常点，便叫厨子烹制。岳江南殷勤地给徐文锐夹菜，徐文锐点头致谢，却不动筷子。

"怎么，不喜欢？"岳江南问道。

徐文锐漫不经心地说："厨子手艺不错，可惜鱼不对。"

"哪里不对？"弟弟徐文林问道。

徐文锐说："做糟熘鱼片，应当用天津近海所产的鲮鱼。"

"没错，这就是鲮鱼，我派人专门去天津买的。"岳江南知道徐文锐养尊处优，挑剔惯了，对这顿饭颇为上心。

徐文锐摇头说："做这道菜，得用一斤半左右的鲮鱼，肥了不行，瘦了也不行。而且只能在立秋之后、立冬之前吃，过了季节，鱼便没那个鲜味了。醉仙居的人见过我前些日子常点这道菜，却不知我自打立冬后就没再吃过。”

“讲究！这才是真讲究！”岳江南心里不以为然，嘴上却还得恭维。

徐文锐不吃这季节不对的鲮鱼，抿了一口茶。放下茶杯，他问道：“苏定河把人看好了吧？昨天八爷还说，昆明若不行，就把人送到湖南多尔哈那里。”

岳江南说：“我对苏定河说过，若把人看丢了，他也不用回来了。将人送到湖南，还得折腾上千里，不如留在昆明保险些。”

徐文锐思忖了一下，点头说：“就让他留在昆明吧。这小子可是天上掉下的宝贝，一定得看好喽！”

他们口中说的这个人，正是叶长青！一个分明死了，却还活着的人！一个知道太多秘密，能瞬间逆转局势的人！

让叶长青起死回生的是叶凤来。只不过，死而复生的叶长青却把父亲也蒙在鼓里。

当日在乌蒙山，叶凤来知道胡国英杀心已起，不得已走出一步险棋。他央求胡国英给叶长青留具全尸，便是要留下最后一丝希望。叶长青被活埋后，胡国英一行折返回东川。路上，叶凤来瞅空溜出来一小会儿。他将所有银子交给路旁乞丐，并指明方位，让乞丐赶紧去将叶长青刨出来。

将生死大事托付给素不相识的乞丐，叶凤来也知希望渺茫，但这是他唯一能做的。他不可能有更精密的部署，甚至来不及去想叶长青一旦活过来，会怎样。叶凤来只是出于二十年的父子之情，本能地希望儿子活下来。

偏偏这乞丐是个守信之人，拿人钱财，便尽心尽力为人做事。他竟真找到了活埋之地，将人挖了出来。乞丐拿走自己的报酬，又将剩下的银子交给叶长青，并将叶凤来的话转告给他。叶凤来让儿子赶紧离开，永远不要回来。

叶长青千恩万谢，但两人分别时，他从背后勒死了乞丐。看着垂死挣扎的救命恩人，叶长青没有丝毫手软，那一刻，他杀死了乞丐，也杀死了曾经的自己。

曾经的叶长青，天真单纯，血气方刚，在养父膝下无忧无虑地成长，唯一的秘密就是暗恋着叶筑紫。直到那一晚，胡国英的梅花镖刺破了这一切。原来，二十年前，自家有一桩血海深仇；二十年后，刽子手又对自己举起屠刀。此仇不报，誓不为人！

在叶长青看来，这世上已没人可以相信。叶凤来派人来救自己，固然是因为父子情深，但父亲若真值得信任，胡国英就不会追过来，自己也不会险些丧命。这个乞丐同样无法相信，一旦消息走漏，胡国英定会毫不迟疑地动手。在这一点上，叶长青倒是信了仇家的话，只有死人才可靠。他勒死乞丐，换了两人的衣服，又比照自己身上伤口的位置，在乞丐的尸体上狠刺下去。最后，他将乞丐推进那个自己被埋的洞中，重新掩上土。

正因为冷酷决绝，叶长青才得以隐藏至今。否则，在蒙、叶二人成婚前，叶筑紫让胡国英重新安葬叶长青时，一切便已暴露。那时，叶凤来怀着无比复杂的心情。不过，尸体被挖出来后，他死心了，也彻底被骗了过去。叶凤来只以为乞丐没找到这地方，或是干脆拿着银子跑路了。

叶长青穿上乞丐的衣服，又在乌蒙山附近转悠了一些时日。其间，他得知了叶筑紫与蒙元亨成婚的消息。这对他又是一次打击，有养育之恩的父亲不可信，深爱的女人也背叛自己。叶长青心中的仇恨之火更加炽烈，心却越发冷了。

叶长青明白，凭一己之力，无法报仇。他曾想过报官，又唯恐蒙元亨与云南官府勾结太深，到时便是自投罗网。他也想过进京告状，揭发胡国英，但手里的银子实在不多，无论如何走不到京城。万般无奈之下，他找到了苏定河。

叶长青早就听说苏定河在京城有背景，能耐不小，况且此人与蒙元亨势同水火。敌人的朋友是敌人，胡国英把女儿嫁给了蒙元亨，故而蒙元亨极有可能是自己的敌人。敌人的敌人就是朋友，苏定河要对付蒙元亨，因此他大约会是自己的朋友。

叶长青主动找来，说出了所有真相。因为矿厂淹水而焦头烂额的苏定河先是大吃一惊，接着大喜过望。他明白，淹水不过是小事一桩，蒙元亨与三藩余孽搅和到一起，才是惹上了大麻烦。他率领人马从山中撤出，对外说是采矿失利，实则却迫不及待地将消息飞报京城。

对于苏定河在云南屡屡失手，岳江南原本颇为不满，但接到消息后却欣喜若狂，说老苏挖出个宝贝，比那些矿石值钱多了。通过徐文锐，事情很快被捅到八爷府中。这位“八贤王”也喜形于色，说岳江南立了大功。

徐文锐喝酒上脸，刚几杯酒下肚，就满脸通红。岳江南摸着酒杯，问道：“徐管家，咱们捏着这么个厉害武器，干吗还不用出来？”

徐文锐没看岳江南，而是盯着桌上的糟熘鱼片，说：“你们生意人眼里只有银子，八爷下的可是一盘大棋。”顿了顿，他又说：“文知雪去了云南，想必你知道吧。她走这趟，目的何在？”

徐文林说：“这不是司马昭之心，路人皆知嘛！她自然是为了铜矿。”

“她会怎么做呢？”徐文锐又问。

岳江南说：“现在开矿肯定晚了，据我得到的消息，文知雪会入伙现成的铜矿。她拉上李一功，正是狐假虎威，为了办事方便。”

“岳东家果然是聪明人。”徐文锐说，“假若文知雪去云南摘桃子，她会摘哪颗？”

“当然是蒙元亨。”徐文林不假思索地答道，“老苏说过，蒙元亨的矿厂进展最顺利，这颗桃子又大又甜。”

岳江南双眉一扬，拍掌道：“妙啊！文知雪摘桃子，徐管家却在钓鱼。”

徐文锐摆手道：“我哪有这本事，钓鱼的是八爷他老人家。”

徐文林天分不高，做生意赚银子全靠哥哥庇护。方才哥哥与岳江南的一番话，自己竟没听明白。钓什么鱼？怎么钓？他糊里糊涂。徐文锐耐心给弟弟解释，八爷不仅想要铜矿，更想趁机斗太子。如今蒙元亨与胡国英扯上关系，已成瓮中之鳖，不足为虑。只要把事情抖出来，蒙元亨立马完蛋，乌蒙山的铜矿唾手可得。而文知雪此刻摘桃子，实则是往火坑里跳，那颗桃子看上去鲜美无比，里面却藏着剧毒。暂且将叶长青的事捂住，让文知雪把桃子摘下来，再一网打尽。文知雪背后是索额图，索额图背后又是太子，如此一来，既夺下了铜矿，又把祸水引向了太子。

岳江南说：“看这日子，文知雪应该到昆明了。”

徐文锐点了点头，说：“好啊，等她进了火坑，咱们再放火。”

三人志得意满，哈哈大笑。徐文林又说：“哥，这件事之后，你可得关照我与岳东家的生意。”

徐文锐夹着菜说：“只要赶走了蒙元亨与文知雪，乌蒙山中最好的矿厂还不都给你们留着。”

“谢谢哥！”徐文林喜笑颜开。岳江南却敛起笑容，说道：“有件事还想与徐管家商量。乌蒙山那鬼地方，我不想去了。”

徐家兄弟吃了一惊，徐文林问道：“老岳，啥意思？有银子你不挣？咱们辛辛苦苦撵走其他人，为的是什么？”

岳江南说：“银子当然要挣，但未必非去乌蒙山。”

徐文锐放下筷子，说：“你究竟是什么意思？”

岳江南说：“胡国英的案子捅出来，必会天下震动，恳请徐管家向八爷建言，趁此机会奏请朝廷重行铜禁，任何人不得去乌蒙山开采铜矿。”

徐文锐一脸狐疑，问道：“这么做对咱们有什么好处？”

岳江南说：“百姓生计，货物流通，离不了铜。我大清的铜，一大半在云南。然而大清以外，还有别的地方产铜。”

徐文林插话说：“这个咱们都知道。前些年禁止采铜，大清的铜多从海外运来，民间称洋铜。洋铜中，又以日本铜最多。”

“正是日本。”岳江南说道，“去年我到过日本，见了德川幕府的几位大人物，他们对洋铜生意很感兴趣。”

徐文锐渐渐明白了一些，若有所思地说：“大清不再采铜，全部依赖洋铜。你又做着海运买卖，日后做起洋铜生意，岂不是日进斗金？”

“没错，就是这意思！”岳江南面对徐文锐时，大多装出唯唯诺诺的样子，但说到此处，他不禁语调高亢。岳江南心想，论行商做生意，你这个家丁奴仆给我做伙计都不够格。

岳江南接着说：“做生意讲究扬长避短。此番去云南，既无天时地利，又失了人和，故而事事不顺。苏定河来信跟我说，矿洞淹水他束手无策，蒙元亨却轻松化解。还有炼铜，人家通常要炼几天，蒙元亨一个对时就炼出铜来，品质还高出许多。总而言之，咱们毕竟是生手，硬干下去，只会自暴其短。纵然赶走了蒙元亨，也未见得就能一路坦途。”

岳江南越说越兴奋："回到海上，就是咱们的强项了。我经营海运多年，做起洋铜生意，自是熟门熟路。"

徐文锐之前奚落岳江南，说生意人眼中只有银子，不过此刻说到银子，他也双眼放光，简直快流口水。徐文锐敲着筷子说："岳东家这招高呀！不去山沟沟里打转，就在你熟悉的海上，便能大把大把地赚银子。"

徐文林更是竖起大拇指，说："这才是天下最大的铜矿。大清国需要的铜全靠咱们从海上运回来，想不发财都难。"

徐文锐主动举起酒杯，与弟弟一起敬岳江南。岳江南满饮一杯，不免生出顾盼自雄的豪气，他道："铜矿生意这一局，人人都想做黄雀，最后却个个是螳螂。"顿了顿，他又说："蒙元亨借刀杀人，让老苏吃了大亏，这便是第一场螳螂捕蝉，黄雀在后。接着，文知雪又来了第二场，等着蒙元亨炼出铜，她从半道上杀出来，坐享其成。别忘了，还有胡国英，这老贼更厉害，看似不动声色，却要把乌蒙山的铜矿传给他的子子孙孙。"

徐文林点头说："你这几句话，算是把乌蒙山的风云点透了。"

徐文锐笑道："可惜了，这帮家伙终究只是螳螂。一旦朝廷重行铜禁，他们便会发现自己白忙活了。最后的黄雀，还是岳东家！"

2. 年羹尧眼里的杀气，只有胡国英能读懂

迫于无奈，蒙元亨只能答应文知雪的条件，带着满腔委屈签下了契约。今日，云贵总督上五华山拜见李一功，中午李一功设宴，回请云南官员。文知雪与蒙元亨都受邀出席。望着满桌佳肴，蒙元亨提不起半点兴趣，甚至有些反胃。

午饭之后，蒙元亨下了山，肚子却咕咕叫起来。他随便走进一家小店，点了碗酸辣米线。百姓的家常饭菜，自己倒吃得香。

一碗米线下肚，身子热乎乎的，蒙元亨正想结账，邻桌传来声音："刚才的银子不用找了，帮这位客官一起付了。"

谁要帮自己结账？蒙元亨顿时诧异。尤其是这声音，听着竟有些耳熟。他回头一瞧，不禁喊出声来："亮工，怎么是你？"

一位面目清秀，眉宇间却透出与年龄极不相符的沉稳之气的青年站起身，笑呵呵地说："蒙大哥，乌兰布通一别，好些年没见了。"

来者便是年羹尧，字亮工。两人上一次见面，还是在乌兰布通。那时康熙在金帐中召见蒙元亨，年羹尧却在帐外受皮肉之苦。当天晚上，蒙元亨带着药前去探望，年家父子感激不已。

蒙元亨拍着年羹尧的肩膀，感慨道："一眨眼工夫，当年泾阳城中的小亮已成英武挺拔的将军。"顿了顿，他又说："你怎么在昆明？前些日子我还听赵大人说，皇上钦点你出京，去广西整顿绿营兵。"

年羹尧说："我本是要去广西的，船行驶在湘江上，收到四爷的信，让我来云南一趟。我心想正好，来云南还能见着蒙大哥。"

如今朝局混沌，文武百官若不与哪位阿哥搭上线，简直无法立足。年羹尧投入四阿哥胤禛门下并深获信任，乃朝野皆知的事。蒙元亨不便多问四爷派年羹尧来云南有何事，只是欢喜地点头说："一别多年，终于又见着了！"

"这里不是说话的地方。"蒙元亨拉着年羹尧说，"走，去我昆明的商号里坐坐。"

年羹尧爽快地答应："好啊！"

两人久别重逢，自有说不完的话。已到五更天，年羹尧打着哈欠说道："蒙大哥，听说你在东川府娶了一位年轻貌美的嫂子。"

这是蒙元亨的心病，又实在是家丑不可外扬。这段时间，一来要与文知雪周旋，二来眼不见为净，他索性待在昆明，没回家。蒙元亨随口应了一声，又把话题岔开。

年羹尧却扭着不放，说："你的喜酒我没赶上喝，这一趟到云南，务必得去见一见嫂子。"

"不必了。"蒙元亨赶紧推辞。

"这就是你不对了，"年羹尧说，"我去拜见嫂子，你干吗拦着？"

"另外，"年羹尧又说，"我也想去乌蒙山，看一看那里的矿厂。既然要路过东川府，正好去你府上拜访。"

蒙元亨无法再推辞，旋即又警惕起来，道："怎么，四爷也对矿厂感兴趣？"

年羹尧哈哈一笑，说："放心吧，我不会像文知雪那般横刀夺爱。"

蒙元亨叹道："你刚来云南，怎么什么都清楚？"顿了顿，他又说："你要去东川，我自当陪着。咱们何时动身？"

年羹尧说："这会儿不早了，赶紧眯一会儿。上午起了床，吃过饭就走。"

"这么急？"蒙元亨说。

年羹尧说："行军打仗这些年，养成了急性子。"

两人休息了几个时辰，便朝东川府进发。奔波几日，终于到了东川。府里人见东家突然回来，一时手忙脚乱。蒙元亨一进家门，心情便烦躁起来，训了下人几句，接着问："她怎么不在？"

好几人不知东家在问谁，呆站着不知如何作答，所幸有个机灵家丁猜出这是问叶筑紫，答道：“东家回来前，夫人急着出门了，说是去青叶观。”

又是青叶观！蒙元亨心头一紧。此前自己本想去那里一探究竟，却被召到昆明。叶筑紫为何急匆匆赶去青叶观？那座道观中，究竟藏着什么不可告人的秘密？

“叫她回来。”蒙元亨命令道。

年羹尧却说：“哪有让嫂子赶回来见我的道理，咱们一起去青叶观吧。”不待蒙元亨答应，他便朝外走去。

无论是年羹尧还是叶筑紫，今日的举动都颇为反常。蒙元亨追上去，一把拉住年羹尧，说：“你告诉我，究竟有什么事？”

年羹尧沉下脸，说：“走吧。到了青叶观，什么都清楚了。”

看到年羹尧的反应，蒙元亨的心揪得更紧了。可无论怎么追问，对方都不再多说一句。蒙元亨怀揣着不安，坐上马车朝青叶观而去。

此刻，青叶观已笼罩在恐怖与肃杀之中。早在清晨时分，一切尚如常。观中少年吃过早饭，照例打扫起院落，胡国英坐在石凳上闭目养神。

忽然，观外传来急促的脚步声，叶凤来拄着竹棍，脚步匆匆地走进观内。胡国英睁开眼，问道：“你不是在矿厂吗，怎么跑这儿来了？”

叶凤来喘着粗气说：“不是你叫我过来，说有急事吗？”

胡国英双眉一皱，警惕道：“我什么时候叫你来了？”

叶凤来说：“昨日一大早，矿厂突然进来一人，说是你派来的，让我速来青叶观。我立马动身，赶了一天一夜才到。”

恰在这时，观外又传来马车声响。少年探出头一看，立刻咧开嘴笑道：“筑紫姐姐，好久没见你了。”

叶筑紫慌忙问道：“我爹呢？”

少年用手一指，道：“在里面。”

叶筑紫见到叶凤来，着急问道：“爹，你怎么样，没事吧？”

叶凤来摸不着头脑，说：“我没事呀。”

叶筑紫说：“没事你干吗骗我来这儿？”

叶凤来更糊涂了，说："我骗你什么了？"

叶筑紫说："不是你派人过来说自己在青叶观突发重症，人都快不行了吗？"

"没有的事！"叶凤来断然否认。

胡国英的眉头皱得更紧了，但他毕竟是从血泊中杀出来的人，大场面见多了。他沉住气，一把拉过叶筑紫问道："谁去通知你的？人呢？"

叶筑紫说："就在外头，还是他驾着马车载我过来的。"

胡国英吩咐少年道："去，把观外的客人请进来。"

少年应了一声，出去一看，马车上早已没人。正在纳闷，远处飘来一个身影。来人越走越近，少年定睛一看，不禁大叫："鬼！有鬼！"

少年吓得躲回观中，胡国英拍着他的头说："傻孩子，世上哪有什么鬼！"说完，他又朝外面喊道："老夫的刀下之鬼太多，不知哪一位上门讨债，还请现身！"

一阵阴森的笑声响彻山林，叶长青走入观内，一双通红的眼睛瞪住胡国英，道："多行不义必自毙，你的末日到了！"

见到叶长青，叶凤来与叶筑紫惊得合不拢嘴。胡国英倒还镇定，根本不拿正眼去瞅叶长青，只淡淡问道："谁救了你？"

叶长青冷笑道："能救我的，只有我自己。"

叶筑紫此刻方才回过神来，一下扑到叶长青身边，说："你……你没有死？"

叶长青看着叶筑紫，目光柔软了一些，但一见她挺着大肚子，脸又冷下来。他道："我福大命大，没死在你爹手中。"

"当日没死，今日却难活。"说着，胡国英便要掷出梅花镖。

突然，嗖的一声，胡国英的肩膀被一支箭射穿，鲜血直往外涌，镖也掉落在地上。霎时间，不知从哪儿冒出百十号人，举着刀剑将青叶观团团围住，还有人纵身跃上屋顶，手中端着火药枪。

纵使胡国英有天大的本事，此刻也只能束手就擒。见仇人被绑住，叶长青得意地大叫："这等恶贼，还不就地正法！"

旁边一个领头的却说："都别动，等着！"

叶长青不解道："等什么？"

“等年大人。”这人目不斜视，语气冰冷。

年羹尧此番赴云南，实则肩负着特殊使命。当初，八爷门人指使御史以密折奏报天子，揭发胡国英之事。康熙怒不可遏，当场将太监递来的茶水掀翻在地。接着，他又速召几位皇子与大臣御前议事。

来到御前的，除了皇太子、大阿哥、四阿哥、八阿哥，还有陈廷敬、张廷玉等几位近来圣眷正隆的臣下。倒是索额图没来。康熙听闻索额图的侧夫人病逝，说他心情哀伤，当安心调养一段。近来商议好几件大事，都不见索相。

看完密折，皇太子与大阿哥立刻表态说此案骇人听闻，需彻查严办。两位皇子虽态度相似，心中所想却截然不同。大阿哥自是兴奋不已。密折中提到，文知雪奔赴云南，牵扯进矿厂之事。文知雪的靠山是太子与索相，如今正好查个天翻地覆，灭一灭太子的气焰。皇太子心中则叫苦不迭，但正因这层关系，更不能稍有迟疑，授人以柄，只能摆出大义灭亲的姿态。

对于查案，八阿哥所言不多。他只是提到，由胡国英一案可知，民间开矿弊端甚多。当年朝廷施行铜禁，就是因为数千壮汉集聚山林，稍有意外，便会滋生事端。云南地处偏僻，吴三桂在当地盘踞多年，难保乌蒙山中的矿工不会生出异心。八阿哥主张朝廷重行铜禁，一劳永逸杜绝后患。

四阿哥平素话就少，今日康熙召对，他更是三缄其口。议到深夜时分，康熙的怒火已消退很多，他将密折轻放一旁，说自己累了，此事容后再议。

仅隔了两日，康熙又单独召见四阿哥。两人谈了些什么，外人不得而知，但不久康熙便下旨，命四阿哥全权处理云南一案。随后，正泛舟于湘江的年羹尧收到了从京城发来的六百里加急密令，四阿哥命他即刻西进云南。

年羹尧手持密令赶到昆明，先从苏定河手中接过叶长青，仔细审问了一番。接着，他一面与蒙元亨结伴而行，一面让手下在青叶观布下天罗地网。

蒙元亨乘坐马车来到青叶观，立刻被这肃杀之气惊住。走进观内，又见叶凤来与一个老道士被绑着，他慌张问道：“到底怎么回事？”

年羹尧唤过叶长青，说：“你来说吧。”

一见叶长青，蒙元亨更吓了一跳，此人不是死了吗，怎么站在这里？随着叶长青的讲述，蒙元亨终于明白过来，该惊讶的事太多，叶长青的死而复生不过是小菜一碟。原来，叶总镶是个冒牌货！原来，胡国英一直活着！原来，叶筑紫是胡国英的女儿！原来……

蒙元亨呆呆地立在那里，一句话也说不出来。叶长青对年羹尧拱手道："年大人，咱们之前说好的，我爹虽有罪，却是身不由己，你也答应放他老人家一马。如今你的手下不由分说就把人绑了，不大好吧！"

年羹尧点了点头，说："手下人办事鲁莽，莫要见怪。"

叶长青上前给父亲松绑，叶凤来抓住他的手说："还有筑紫，你一定要救救她。"

叶长青犹豫了一下，说："筑紫现在是蒙元亨的人，咱们何必多事。"

叶凤来气得举起手，想一耳光扇过去，但还是忍住了。他放下手，走到蒙元亨面前，哀求道："求你救救筑紫！她毕竟是你妻子，肚子里还怀着你的骨肉。"

蒙元亨仍呆立着，既没开口求年羹尧，也没拆穿叶凤来的谎话。听完叶长青刚才的话，蒙元亨已猜到，叶筑紫曾与叶长青私奔，那么她肚里怀的大概就是叶长青的孩子，而叶长青却不知情。蒙元亨自是恼怒，但转念一想，整件事情里，叶筑紫完全是身不由己。她并非水性杨花之人，也没有爱慕虚荣，只是想和自己心爱的人厮守而已。可惜，这点卑微的要求竟成了奢望，从出生那一刻起，命运就没有掌握在她自己手中。所以，蒙元亨一时也不知道到底该不该出手相救。

叶凤来急得不行，一下跪倒在年羹尧面前，道："大人，此事与筑紫毫不相干！"

年羹尧瞥了叶凤来一眼，冷冷地说："你还有心思替别人求情。"

胡国英一直被绑着，伤口在淌血，这时他高声喊道："这位大人，此间个个都在求你，老夫可否也求你件事？"

年羹尧问道："你求我什么？"

胡国英说："替我松绑，再给我一把剑，让我杀了叶长青。这小子二十年前就该死，留下便是不祥之物。"

叶长青气急败坏，骂道："真是狗嘴里吐不出象牙，死到临头还胡言乱语！"

年羹尧微笑道：“你觉得我能答应你吗？”

“当然。”胡国英竟也露出笑容，“他们都在为难你，只有我这一条，对你来说不过是举手之劳。”

“这话怎么说？我不大懂。”年羹尧摇着头说。

胡国英说：“不要忘了，老夫也是从死人堆里爬出来的。几十年来，大小战阵经历无数，杀的人成千上万。有一种眼神，我再熟悉不过。这种眼神既不亢奋，也不暴戾，甚至看不出一丁点怨恨，只有刺骨的冷漠。不过，这种眼神才是最可怕的，因为这便是所谓的杀气。今日老夫从你眼中分明就能看出这股杀气。”

胡国英又说：“若老夫没看错，今日你是要大开杀戒的。他们一个个婆婆妈妈，要你饶过这个，放走那个，岂不是让你为难？老夫借剑一用，先宰一个，只图自己快活，也替你省了麻烦。”

年羹尧打量起胡国英，良久才说道：“曾经沧海难为水，落难的英雄毕竟不是可怜虫，前辈身上的一股豪气竟不减当年。”

“拿剑来！”年羹尧喝道。旁边人递上剑，他拔剑出鞘，朝着胡国英挥舞过去。胡国英身上的绳索立时被斩断，皮肉却无伤。

年羹尧举起剑，毕恭毕敬地递过去：“此乃晚辈佩剑。晚辈剑下虽不及前辈那般血流成河，不过西征路上，也曾杀得准噶尔骑兵鬼哭狼嚎，上千敌军士卒的脑袋被砍。但愿此剑不会辱没前辈的名声。”

胡国英接过剑，问道：“西征噶尔丹？如此说来，你是费扬古的部下？”

“正是。”年羹尧答道。

胡国英指着自己的残臂道：“费扬古当年将岳阳围得水泄不通，我的一只胳膊便是在突围时被砍下。”

年羹尧说：“西征时，晚辈听大帅言道，岳阳之战后，吴军里多了一位独臂将军，骁勇善战更胜从前。两军再战长沙，独臂将军单手擎弓，用嘴咬弦放箭，竟一箭射中大帅的坐骑。”

胡国英哈哈大笑，道：“没错，那正是我！”

年羹尧不是来抓胡国英的吗，怎么还递剑给他，甚至与他相谈甚欢？众人一时看傻了。其实，这便是两代名将，或者说两个杀人魔头之间的惺惺相惜，寻常人是看不懂的。

胡国英拿着剑，昂首阔步地来到叶长青面前。叶长青吓得脸色苍白，大喊道："你要干什么？年大人，快救我！"

胡国英恶狠狠地说："我刚才的话，你没听懂吗？年大人今日杀气腾腾，观内之人怕是一个也别想活。我仇家无数，自知难逃一死，却不想死在你这窝囊废手中，否则真是死不瞑目！"说完，他挥动长剑，叶长青连一声叫唤也没发出，便血溅五步。

叶凤来扑倒在地上，抱着叶长青哀号道："我的傻儿子！爹叫你永远别回来，你就是不听！"

胡国英挪动脚步，又抬起剑，对准叶凤来胸口。此刻叶凤来已万念俱灰，帅爷说得没错，今日年羹尧定要大开杀戒。他抱着儿子的尸体，摇头叹道："咱们都该死，可筑紫是无辜的呀！"

提到叶筑紫，胡国英忍不住老泪纵横，朝叶凤来吼道："就因为你存有一念之仁，才有今天！"

"这都是天意。"叶凤来惨笑一声，将脸对着蒙元亨，说出了一件压抑心中多时的事，"都怪我大意，直到筑紫成婚那天，才摸到蒙元亨的手。唉，大错铸成，无可挽回。此人手相富贵无比，只是命太硬，老婆都会被克死。之前他克死了两个老婆，如今又害了筑紫。"

胡国英转头朝向蒙元亨，目露凶光，接着叹了口气，说："我也想杀了你，可惜你与年大人一同前来，想必生死不操控在我手上。"

年羹尧笑了一声，说："你还算明白。"

"死了好呀！"趁胡国英不备，叶凤来纵身向长剑撞去，任凭长剑刺穿自己的胸膛。

"兄弟！"见叶凤来死在剑下，胡国英大吼起来，接着又蹲下身子，抚摸叶凤来的脸。猛然，他站起身，举起长剑，逼向叶筑紫。叶筑紫眼见父亲与叶长青惨死，原本呆在那里，此刻吓得尖叫起来。蒙元亨抢上前来，挡住胡国英道："你要干什么？她可是你亲生女儿！"

"滚开！"胡国英暴怒道，"她已难逃一死，死在我手里，总好过被别人糟蹋！”

胡国英挥剑一劈，逼退蒙元亨，接着将剑架到叶筑紫脖子上。他眼中布满血丝，手抽动了几下，最终扔下剑，长叹一声。

年羹尧走上前来，捡起剑说道：“前辈虽英雄盖世，但手刃亲生女儿，毕竟难为你了。”

胡国英对年羹尧拱手道：“年大人，再求你一件事，让老夫走在前头。我实在不忍见到亲生女儿身首异处。”

“这个好说。”年羹尧刚答应，立刻便有几人围上来，刀剑齐刷刷地对准胡国英。

“退下！”年羹尧喝退手下，说道，“若晚辈早生几十年，自当手提雄兵，与前辈沙场一决雌雄，那时即便将前辈千刀万剐，也绝不手软。不过今日我兵将众多，前辈却孤身一人，实在胜之不武。既如此，请自戕吧。一代名将的生死，岂可操于他人之手？”

年羹尧一边说着，一边擦拭手中宝剑。叶凤来父子的血迹被擦拭干净，宝剑再一次寒光四射。他递过剑，说了声“请”。

胡国英点了点头，说：“江山代有才人出，后生可畏呀！你埋怨自己晚生了几十年，我却感慨自己早生了几十年。真想领着关宁铁骑那帮老弟兄，与少将军沙场争锋，杀个痛快。”

胡国英举起剑，面朝北方，单膝跪地。那是故乡的方向，山海之滨，漫天大雪！那是投军之地，英雄少年，初露锋芒！在那里，自己与关宁铁骑登上荣耀的巅峰，数万大军孤悬于外，守卫着大明帝国北疆。还是在那里，他们击败了李自成，接着挥师南下，兵锋横扫大半个中国。

“大帅，末将来了！”人生最后一声呐喊，胡国英留给了对自己有知遇之恩的吴三桂。接着，他引剑自刎，倒在了地上。

胡国英杀别人都是一剑毙命，杀自己时手上却少了些劲道，一剑下去，身子还在挣扎。年羹尧使了个眼色，立刻有人上前补刀，并割下胡国英的头颅。拎着胡国英的头颅，年羹尧叹了口气，说：“此人忠勇可嘉，却毁在一个贪字上，若不是惦记乌蒙山的铜，或许真能终老山林，更不必搭上亲生女儿的性命。”年羹尧将头颅扔给手下，说：“收拾好了，还得拿回去交差。”接着，他的目光射向叶筑紫。

“亮工，求你放过她，她可是我妻子！”蒙元亨大喊起来。接着，他又央求道：“她肚子里怀着我的孩子，放过他们娘俩吧！”眼见方才的惨剧，蒙元亨突然决定尽力救下苦命的叶筑紫。为此，他不惜吞下一个男人遭受的奇耻大辱。

年羹尧一把抓住蒙元亨，道：“你醒醒吧！知道自己摊上什么事了吗？留下这个活口，许多人都得死！”年羹尧将蒙元亨往后一推，立刻上来几人，死死摁住蒙元亨。

“求你放过我吧！”叶筑紫求饶的声音无比细弱。

年羹尧捏着叶筑紫的脸蛋，说：“看在蒙大哥的分上，给你一个体面的死法。”

“求求你放过我吧！”叶筑紫整个人已崩溃，翻来覆去就是这句谁都知无用的话。

年羹尧挥了挥手，道：“拿绸带勒死，留下全尸。”

很快，走过来两人，用绸带套住叶筑紫的脖子。再一使劲，叶筑紫双脚开始挣扎，整张脸变得狰狞。

蒙元亨不忍看叶筑紫的脸，本能地低下头。然而，就在低头的瞬间，他看见了叶筑紫已出怀的肚子。那肚子在动，颤了一下，又一下。天哪！这分明是腹中胎儿在挣扎！直到叶筑紫断气，肚子似乎还在动着……

尽管与叶筑紫从没有真正的爱情，这孩子也与自己没有任何关系，但看到这样惨绝人寰的一幕，蒙元亨的内心仍旧崩溃了。

3. 京师将有巨变

年羹尧下令处死了陪伴胡国英的少年，又一把火烧了青叶观，才率众离开。蒙元亨被推上马车，帘布被拉上，车内一团漆黑。他只知马车在走，至于去向何处，他不知道，也没去问。

就这样走了两日，马车停在一家客栈的小院内。蒙元亨被赶下车，有人拽着他，进入一间屋里。年羹尧懒洋洋地坐着，面前放着一壶茶。他示意众人退下，接着提起茶壶，倒上一杯茶，推给蒙元亨，说："听说这一路上你一句话都没说。就不想问一问，接下来去哪儿？"

蒙元亨蜷坐久了，一边活动手臂，一边摇头道："纵然我开口问，你手下也不会说，何必多此一举。"

年羹尧笑了，说："你倒是明白人。"止住笑容，他换上一副凝重且带着些许歉疚的表情说："叶筑紫死了，我知道你心里不好受。"

蒙元亨脸上抽搐了一下。曾经，自己深深厌恶叶筑紫，然而当真相大白时，他的心境却变得复杂起来。无论如何，她都是一个苦命的女子。但这些隐情，蒙元亨不愿对任何人提起，只能长吁短叹。

年羹尧以为蒙元亨还在心疼老婆孩子，说道："只有叶筑紫死了，你才能得救。"

"这一趟来云南，你究竟是做什么？"蒙元亨终于发问。

年羹尧说："当初我告诉过你，是四爷让我来的。"

蒙元亨皱着眉头说："胡国英的事，四爷也知道？"

“何止四爷。”年羹尧抿了一口茶，说，“太子与众位阿哥，还有皇上，全都知道了。叶长青把事情捅了出去，这可是通天大案。”

年羹尧又说：“皇上将事情交给四爷处置。我在湖南时接到四爷手令，才星夜奔赴云南。刑部公文很快也会到昆明，派钦差大臣李一功查办此案。”

蒙元亨双眉皱得更紧，他道：“四爷从未管过刑部，此事为何交给他处置？刑部让李一功查案，你怎么把人全杀掉？”

年羹尧微微一笑，说：“不愧是天下大商，不问则已，一问就问到点子上。”顿了顿，他又说：“此案若不是交到四爷手上，你纵有十个脑袋，也不够砍。”

蒙元亨不解道：“难道四爷要救我？”

“四爷不是救你，而是救许多人。”年羹尧正襟危坐，说起深宫大殿内那场不为人知，却攸关许多人性命的奏对。

当初，康熙召见众位皇子与大臣，唯独皇四子胤禛沉默不语。此后，康熙单独召见四阿哥，他方才吐露心声。四阿哥认为，此案骇人听闻，牵连甚广，但正因为这样，更不宜兴起大狱。

四阿哥以为，太子与八阿哥的人均介入铜矿生意，深究下去，恐怕投鼠忌器。更要命的是，昔日究竟是谁胆大妄为，放了胡国英一条生路？当年攻入云南剿灭三藩的八旗勇士，皆是大清功臣。但可以肯定的是，也是这些声名卓著的勋臣宿将，干出了令人震惊的龌龊勾当。胡国英一案翻出来，天下人会怎么看？难道那些被朝廷表彰的功臣勇士竟贪图银两，与吴三桂所部余孽串通一气，造假欺瞒圣上？

四阿哥的话无疑说中了康熙的心事，剿灭三藩是自己一生引以为傲的功绩。吴三桂纵横天下，当年一路追杀李自成、张献忠，击破明军残余力量。就连多尔衮、鳌拜都对此人忌惮三分，听凭他雄踞西南，建起国中之国。这样的一代枭雄却败在自己手中，不正说明康熙乃远迈前人的千古圣君！君臣一心建起的功绩与殊荣，绝不允许有一点瑕疵。

见四阿哥有此见识，康熙欣慰不已，当即令四阿哥妥为处置此案。四阿哥清楚，此事已被掀了出来，还得让刑部行文，令钦差大臣奉旨彻查。但另一边，可派亲信赶赴云南，趁着公文没到，先把事情办了。于是，才有了年羹尧的云南之行。

蒙元亨听完，说道："案子被人揭发出来，朝廷不查不行，却又不愿深查，所以让你来云南杀人灭口。"

年羹尧点了点头，说："现在你明白青叶观内的情形是怎么回事了吧。"

蒙元亨神情呆滞地说："胡国英罪有应得，其他人却是无辜的。"他又想起了青叶观内的那场杀戮，连声叹道："太惨了！太惨了！"

年羹尧说："我杀人只问他该不该死，从不管他是否无辜。这世上哪有那么多无辜之人。"

蒙元亨沉默了半晌，又盯着年羹尧说："这几天我一直在想，那日为何单单胡国英能看出你眼里的杀气，原来你们是一路人。"

年羹尧淡淡一笑，说："还是说说以后吧，恐怕得委屈你一下。"

年羹尧招呼了一声，有人拿来手铐脚镣给蒙元亨戴上。年羹尧说："咱们已到昆明城外，刑部公文也该到了。这案子毕竟牵涉到你，戏得演下去，我要把你交给钦差大臣。"

年羹尧又拍了拍蒙元亨的肩膀，说："不过放心，你不会有事。青叶观内的情形，我自有一套说辞应付过去，这案子也注定查不下去。李一功审你，你什么都别说，他便拿你没办法。"

北国寒风刺骨，春城昆明却绿意盎然。一辆马车行进在郁郁葱葱的五华山道上，车中的人面色阴沉，心事重重。

马车即将到达钦差大臣驻地，盛宇峰打破沉默道："只要跟蒙元亨沾上边，就没好事。一桩稳赚不赔的买卖，硬是生出许多波折。羊肉没吃着，还惹了一身骚！"

发了一通牢骚，却没见文知雪搭话，盛宇峰忍不住又说："你想好了，真要去替蒙元亨求情？这时候合适吗？"

文知雪明白盛宇峰的担心，文盛合入伙矿厂，实则也牵扯进胡国英一案。自打刑部公文到了，自己为避嫌，搬下了五华山。但她心意已决，断不会更改。

盛宇峰说："我就不明白了，你为何总袒护此人？当年在乌兰布通，你说自己担任总商，职责所系。如今又为什么？"

文知雪瞥了丈夫一眼，淡淡地说："我不会袒护任何人，只知维护文盛合。如今救蒙元亨，正是为文盛合。"顿了顿，她又说："御史揭发的胡国英一案，关键人物全死了，案子根本查不下去。李大人却把蒙元亨扣住，一个多月不放人，完全是多此一举，自找麻烦，也不知他怎么想的。更关键的是，蒙元亨前途未卜，矿厂上下人心惶惶，还怎么采铜？别忘了，如今矿厂里可有文盛合的银子。"

"总之，你怎么说都有理。"盛宇峰并不信妻子的话，却也不愿争论下去。

文知雪与盛宇峰到了五华山别院，又等了半个时辰，李一功才现身。他的气色看上去不大好，盛宇峰的问候话才说几句，就被他打断："有什么事直说吧，咱们不必客套。"

文知雪接过话说："此番前来是为蒙元亨。不知大人为何还扣着他？"

李一功说："本钦差奉旨查案，案子查清之前，扣一个人有什么大惊小怪。"

"这案子还能查吗？"文知雪已今非昔比，即便面对李一功，也直来直去。

李一功倒不生气，只是打量着文知雪，说："为何不能查？"

文知雪说："年羹尧从东川府归来，就向李大人禀报，说自己接到四爷手令，唯恐人犯逃脱，星夜驰往昆明，先行缉拿叶长青，再去往青叶观。两方对质之下，叶长青吐露实情，说自己爱慕叶筑紫，见叶筑紫嫁作他人妇，便因爱生恨，编说辞故意陷害。在青叶观中，叶长青得知自己形迹败露，兽性大发，不仅杀了养父与叶筑紫，连无辜道士也没放过。最后，他畏罪自杀，自焚于道观之中。"

李一功端着茶杯，冷笑道："年羹尧这小兔崽子，撒谎也不动脑子。"

文知雪也笑了，说："这世上的话，原没什么真假可言。无论年羹尧的说辞如何漏洞百出，有一点千真万确，那便是他拿着四阿哥的手令。李大人身为堂堂钦差，人就在云南，可你得到刑部公文的时间却在年羹尧动手之后。年羹尧敢在青叶观大开杀戒，绝不是自作主张。"

李一功没有说话，只是将茶杯放下。文知雪又说："年羹尧这番鬼话，连三岁小孩也骗不过，但这鬼话背后的用意，却连三岁小孩都清楚。朝廷就不想把这案子查清楚……"

"观棋不语，文东家慎言。"李一功打断了文知雪的话，"连三岁小孩都清楚的事，老夫于宦海沉浮几十载，难道看不透吗？"

"大人教训的是。"文知雪点着头，也觉得自己说得太多。这些利害关系，李一功大概早就盘算过。可既然如此，为何还不结案？

文知雪又说："局势已然这样，大人为何仍扣住蒙元亨，而不早些脱身？"

"你以为我吃饱了撑的！"李一功的火气似乎上来了，说话也失去了卿贰大臣的气度，"我早想结案，让那个蒙元亨快些滚蛋，却被一件事拖住手脚。"

盛宇峰好奇道："什么事？"

李一功的脸色愈发阴沉，隔了好一会儿，他才说："有些事本不应张扬，但你们不是外人，今日正好一起合计一下。"

盛宇峰更着急了，说："到底什么事？"

李一功缓缓说道："扣住蒙元亨，是索相的意思。"

文知雪与盛宇峰大吃一惊，问道："为何？"

李一功说："刑部公文刚到，索相就寄来一封信，信中说让我借查案之机，逼蒙元亨交出乌蒙山矿藏图册。"

文知雪闻言，面色凝重，沉思起来。盛宇峰却兴高采烈地说："索相高瞻远瞩，咱们瞎忙活一通，竟把这茬给忘了。有了矿藏图册，接下来的事就好办了。"

"好办什么！"李一功说，"你们知道吗，赵明舟被革职问罪了。"

文知雪搬下了五华山，人也变得闭塞，她惊讶道："什么时候的事？"

"我前天从云贵总督口中得知的，"李一功说，"谕旨大概隔几日就到昆明。"

文知雪又问："赵明舟被革的自然是布政使之职，问的又是什么罪？"

"这话问到了点子上。"李一功说，"赵明舟被革职，是因为擅开铜禁，谋划欠周。还说他操持铜务期间，处事操切。"

文知雪不由得皱紧细长的眉毛，说："赵明舟倒台不打紧，关键是这罪状……"

李一功哼了一声，说：“明摆着的事还看不出来，这是让赵明舟做替罪羊，证明朝廷开铜禁乃听信谗言。接下来，自然要重行铜禁。”

“什么?！”盛宇峰一下跳了起来，“重行铜禁？这趟云南，咱们岂不是白来了？之前投下那么多银子，也打了水漂！”

文知雪也不由得拉高声调，说：“朝令夕改，朝廷做事岂能这般儿戏！当初开铜禁，可是白纸黑字昭告天下的，我等商人响应朝廷号召，带着银子来到云南。如今却说之前的话不作数，大大小小的商人亏那么多银子，该找谁去？”

李一功教训道：“都什么时候了，眼里还只有银子！”

盛宇峰涨红着脸说：“亏的不是你家银子，你当然不心疼。再说除了银子，还能有什么事？”

李一功清楚文盛合这单生意赔了，也懒得同盛宇峰计较，他缓和了一下语气，说：“你们就不能把索相让我扣住蒙元亨的事与朝廷施行铜禁联系起来想想？”

文知雪陷入沉思，盛宇峰想了半天，摇头说：“这两件事八竿子打不着呀。”

“怎么打不着，每竿子都打在索相头上。”李一功压低声音说，“皇上的心思是早些结案，索相却非要我扣住蒙元亨。禁铜令一颁，那些个图册就是废纸，索相却要我为一堆废纸忙活。”

“你是说索相没猜中皇上的心思，也没料到朝廷会这么快禁铜？”文知雪说。

李一功叹了口气，说：“若连陛下的心思都猜不中，连朝廷大政都料不准，索相还是索相吗？”

“李大人多虑了吧。”文知雪心头已七上八下，却还在宽慰李一功，“圣心无常，谁能未卜先知？当初开海或禁海之争，索相不也猜错了。”

李一功沉默了片刻，摇头说：“不对！我可是听说，近来好几场重要廷议，索相竟没能参加。况且当年开海或禁海之事，索相没猜中，别人也没猜中，全是皇上乾纲独断。这次却不同，有人似乎提早得到了消息。”

李一功站起身，在屋内踱步。“你们都知道吧，苏定河一个月前带着人马撤出了云南。他是就此认栽了，还是得到了什么消息？”

李一功谈的是朝局，但文知雪深知，自己的许多银子正是从朝堂上赚来的。“李大人觉得京师有事？”她不免忧心忡忡。

李一功说：“昨日我接到户部公文，上面不仅有尚书的落款，还有大阿哥的。这些年来，皇上命众皇子管部，却从未让阿哥签署公文。我问了云贵总督，他接到的公文上也有阿哥们的签名。”

“还有更令人不解的。”李一功又说，“掌管户部的原是八阿哥，现在签名的却是大阿哥；四阿哥向来管内务府，如今却签着吏部公文；八阿哥的名字，又出现在兵部公文上。”

“阿哥们各自掌管的部变动了？”盛宇峰说。

李一功坐回椅子上，说：“应当是这样。但所有管部阿哥一起变，实在太突然。”

文知雪说：“你没给索相去信问一问？”

“这些事情，如何好问。”李一功随口搪塞道。他是一个久历宦海的老官僚，见惯了康熙朝权臣的起落。经验告诉他，京师或许出了大事，越是这种时候，越得学会自保。眼看朝局不明，此时再给索额图去信，没准就是自投罗网。李一功不敢问索相，也不敢问任何一位权臣。他只是给家中带去消息，让夫人将平日里与朝中权贵交往的信件尽数销毁。

“唉！”李一功又是一声叹息，“怎么在这当口，咱们耗在云南？这鬼地方距京师千里之遥，消息往来不便，完全两眼一抹黑。”

文知雪思忖了一会儿，打定了主意，说道：“既然朝廷重行铜禁，我只能认栽，云南也没必要再待下去。我把手头的事安排一下，尽快北返。”她没忘今日来此的目的，又问道：“蒙元亨如何处置？”

李一功答道：“放了吧。日后索相若问起，就说朝廷禁铜，此人手上的图册没用了，留着反而是烫手山芋。”

4. 索额图诚本朝第一罪人也

元宵刚过，京城各衙门便恢复办公。官吏们来到衙署，依旧说着吉利话。有嘴碎的人，还会议论几句一波三折的云南铜政与骇人听闻的胡国英案。街上人来人往，引车卖浆者为生计奔波，满城一片繁华景象。

然而，京师不同于一般地方之处就在于一堵权力的高墙将这里分割成两个世界。升斗小民照常过日子，甚至那些五六品的京官也忙着年后的迎来送往，诗酒相会。权力高墙之内，平日养尊处优的王公亲贵与一二品大员却忧心忡忡，胆战心惊。李一功的预感没错，京师出了大事！什么重行铜禁，什么胡国英案，与此事比较起来，似乎都不值一提。

除夕前，康熙在畅春园设宴，君臣欢聚一堂。索额图也到场了，依旧是一派雍容华贵、礼绝百僚的宰相风度。席间，康熙亲自敬了索额图一杯酒。康熙说这杯酒是敬索额图，也是敬天下臣工，没有臣工们尽忠国事，就没有大清的煌煌盛世。敬天下臣工的酒，让索相一人独饮，这是何等殊荣。索额图激动得老泪纵横，双膝跪地，山呼万岁。

不过，自那以后，索额图再没现身，去给他拜年贺节的各部堂官、外省督抚以及商帮巨子，通通吃了闭门羹。有人说索相身体微恙，也有人说他在闭门读书。很快，一条消息在极小的圈子内流传，说索额图被带去了宗人府，每日接受讯问，其状惨不可言。

元宵当晚，康熙召见即将返回草原的蒙古王公。一位王公壮着胆子问起为何不见索额图，康熙淡淡地说了一句："索额图诚本朝第一罪人也。"

康熙朝被罢黜的王公大臣不少，大多数人能退隐林下，得以善终，甚至像当年的索额图那般，沉寂之后，还有东山再起的机会。不过，被康熙钦点为“本朝第一罪人”，索额图是头一个。此话从皇帝口中说出，足见天子之怒，索氏一门两朝为相的风光已走到尽头。

蒙古王公听见这句话，吓得面色惨白。惊恐之余，他也有疑惑，一位追随圣天子数十载的股肱之臣，何以就成了“本朝第一罪人”？蒙古王公的疑惑，康熙看得出来，他更清楚，这也是天下人的疑惑。从擒鳌拜、平三藩，到收复台湾、征讨噶尔丹，索额图无役不予，功勋卓著。这样一位权倾天下，门生故吏遍布朝堂的勋臣，何以一夕之间便成为阶下囚？

天下人需要时间适应，康熙也需要时间解释清楚这一切。因此，索额图倒台的消息并未明发各省各部，只在一个小圈子内流传。康熙正慢慢吹风，同时令驻扎在京师周围的军队频繁换防，还调整了各位管部阿哥的职权……

岳江南自不是升斗小民，消息甚至比好多京官还灵通。他很早便知悉此事，并忙着计算如何在这场天翻地覆的朝局变动中攫取最大的利益。

元宵节后，岳江南又把八爷府的管家徐文锐邀到自家宅邸。几杯美酒下肚，岳江南打听起来：“索额图垮台了，太子是否有事？”

徐文锐略带遗憾地说：“照目前的局势，皇上是要保太子。”顿了顿，他又说：“不过，太子这跤摔得够呛，日后在朝中几无奥援。”

岳江南举过火，点燃烟，吸了一口，说道：“徐管家伺候八爷多年，鞠躬尽瘁，这一回也得趁势而起才行。”

徐文锐摆着手说：“谢你吉言，但我一个奴才还得有自知之明。虽说索额图垮台了，他的党羽也得一个个收拾，朝堂上确实空出不少位置，但我既没有科场功名，更没有军功，总不能让八爷保举我当官吧。”

岳江南吐出烟雾，笑道：“那些个官职岂能入徐管家法眼？看着谁顺眼，安排他去当这官便是。”

徐文锐淡淡一笑，心中却不无得意，好多人在外头开衙建府，瞧着人模狗样的，还不是靠自己一路拉拔。

岳江南说：“我说趁势而起，绝非让您案牍劳形，自讨苦吃，而是发一笔大财。”

徐文锐说：“朝廷禁了采铜，一切如你所愿。这财还发得不够大？”

岳江南呵呵笑了两声，说：“这财是发得不小，但人岂会嫌银子多？另有一笔大买卖就在眼前，做成了，便可世世代代享尽荣华富贵。”

“什么买卖？”徐文锐问。

岳江南放下烟杆，说：“文盛合呀。文知雪攀附索额图，天下皆知，趁如今这局势，正好收拾她，将文盛合收入咱们囊中。文家是山陕商帮第一巨富，收文家之财，难道不是大买卖？”

徐文锐明白了岳江南的意思，他思忖了一番，摇起头道：“买卖虽大，却不好做。我跟八爷提过，斗垮索额图是斩断了太子臂膀，再吞下文盛合就是缴了太子的钱袋。不过，皇上对文家似乎印象不错，事情没那么简单。”

岳江南说：“文知雪在扬州一夜建起白塔，自然讨得圣上欢心。不过，有件事若抖出来，她立时万劫不复，找什么靠山都不顶用。”

徐文锐将信将疑地看着岳江南，听他缓缓说出自己的打算。徐文锐先是兴奋，继而又疑惑道：“乌日乐不是要被斩首了吗？他还能有这用处？”

岳江南说：“原本是将死之人，遇上这当口，用处倒来了。”

徐文锐仍不放心，说道：“凭乌日乐的一张嘴，就能定文知雪的罪？”

岳江南说：“放心，人证物证一样不少，保准把案子弄成铁案。”

徐文锐问：“何时去办？”

“越快越好。”岳江南说，“趁文知雪远在云南，咱们先下手为强，不给她辩白的机会。”

徐文锐点了点头，说：“你去办吧。见乌日乐的事，我来安排。”

第二天，岳江南拎着上好的酒菜，去往紫禁城南边的大理寺监牢。清代不设五军都督府，也废除了锦衣卫，故皇城南侧偏西位置的衙署重新做了调整。自北向南，由明代的后军都督府、太常寺、通政使司、锦衣卫更改为銮仪卫、太常寺、都察院、刑部、大理寺。如今的大理寺便位于锦衣卫旧址处。

有徐文锐打招呼，大理寺一路放行。路过监牢内院时，岳江南瞥见院中有棵大榆树。他忽然想到，这大概就是一百多年前杨继盛被关押在锦衣卫时，亲手种下的那棵有名的大树。岳江南在心中呸了一声，乌日乐这个奸贼，竟然与名垂青史的杨忠愍关在一起，实在是辱没先贤名声。

乌日乐惹上这场杀身之祸，一半是自作孽，一半也是拜岳江南所赐。半年前，乌日乐的部下哗变，起因是他克扣军饷。朝廷震怒，下令兵部彻查。乌日乐慌了神，连忙进京疏通关系。他知岳江南这些年生意做得风生水起，结交了不少达官显贵，便求到岳江南这里。不料此举竟是请鬼拿药单，彻底把自个儿断送了。

像乌日乐这种人，无论如何也不能理解岳江南对蒙佩文的一片深情。在他看来，当年杀了蒙佩文是帮所有人解套，岳江南应当感谢自己才对。女人这东西，天底下多的是，有啥好稀罕的。然而，岳江南却记着这笔账，昔日隐忍不发，如今白捡一个报复的机会，哪肯错过。

岳江南一面答应替乌日乐疏通关系，一面又提醒他说："外人都知道咱俩的关系，你把多年积攒的银子放在我钱庄里，太扎眼。朝廷派人来查，当真一查一个准。"乌日乐听来觉得有道理，问该怎么办。岳江南说："赶紧把银子取走，另外找一家可靠的钱庄存放，避过风头再说。"

赃银离了自家钱庄，岳江南撇清了关系，就能大胆设局，把乌日乐往死里整。他串通一位富商与一个江洋大盗，让大盗赶着大车，将富商家里的银子也存进那家钱庄。接着，富商贼喊捉贼，报案说家中遭了贼，金银被窃。徐文锐给顺天府尹打招呼，说此人乃自己朋友，务必限期破案。大盗早逃出京城，捕快很快查出金银下落，查封了钱庄。这一来，也顺带起获了乌日乐的赃银。岳江南一箭双雕，既整垮了一家钱庄，又坐实了乌日乐的贪墨行径。可怜那个乌日乐，死到临头还不知着了谁的道。

狱卒打开牢门，岳江南走了进去，席地而坐。见乌日乐大口吞着酒肉，他故作惆怅道："想不到咱们会在这里见面。"

乌日乐嘴里嚼着肉，说道："老岳，还是你够朋友，黄泉路上也让老子做个饱死鬼。"

岳江南又叹了一口气，说："运气这东西，真是没法说。不知哪个挨千刀的江洋大盗非得在这时候行窃富商，还把银子放进同一家钱庄，害得你跟着倒霉。”

乌日乐摇着头说：“像我这种人，朝廷从没信任过，今日不出这事，明日还有其他罪名。”

岳江南心想，这几句倒是明白话，只可惜明白得太晚了。他又说：“家里的事安排好了吗？”

乌日乐仍摇头，说道：“我这样子，哪还能安排家人。”接着，他伸出一双满是血迹与油污的手，拉住岳江南说：“兄弟，念在多年交情的分上，你若能照顾我的家人，下辈子我一定当牛做马报答。”

岳江南捂住乌日乐的手，叹了口气，说道：“这些日子我四处托人，但将军的家人还是被判充军流放，未来到了边塞之地，怕是少不得吃苦。”

乌日乐一脸绝望。牢中沉默了片刻，岳江南重新开口道：“我今日来，实则是给将军支着，若将军敢冒一回险，事情或许还有转机。”

乌日乐立刻说：“快说！老子横竖难逃一死，还有什么险不敢冒。”

岳江南凑拢身子，低声说：“我记得你曾说，文知雪送过你银子。”

“是呀。”乌日乐说，“文盛合经营茶路，给所经之地的将军都孝敬过银子。钱不多，拢共不到一千两。”

“别说这么少呀，更别说送银子只为做生意。”岳江南嘴角掠过一丝冷笑。

乌日乐问：“那怎么说？”

岳江南把声音压低，说道：“你曾率部驻扎古北口，距京师很近。你就说，这银子是索额图让文知雪给你的。一旦朝中有事，你只听索相调遣，甚至可挥师入京。”

尽管连日来所受的皮肉之苦让乌日乐的身体虚弱到极点，但一听这话，他还是惊得蹦起来，道：“老岳，你嫌我一个脑袋不够砍?！”

“小声点，”岳江南一把将乌日乐扯到地上，“别一惊一乍的。你仔细想想，揭发出这事是不是大功劳，转机是不是就来了？”

“你脑袋昏了吧！”乌日乐仍觉得一切是天方夜谭，“这么说，不光是诬陷文知雪，更是针对索相。我家那几十条人命，禁不起索相手指一捏。”

岳江南说：“我脑袋没昏，是你关在牢中，消息太闭塞。实话告诉你吧，索相垮台了，与你一样身陷囹圄。墙倒众人推，落魄的凤凰不如鸡，还怕他作甚！”

乌日乐倒吸一口冷气，说：“你没诓我？”

岳江南说：“就凭我一个商人，我活得不自在了，去招惹索相？”

乌日乐思忖良久，又问：“我这么做，能保住家小？”

岳江南说：“纵然索相走了麦城，也轮不到你我落井下石。今日我来说这事，背后自然有人撑腰。敢对索相下手的人，还不能保你的家小吗？不仅家人无虞，甚至连自个儿的命都能救回来。”

“真的？”乌日乐显然动心了。

岳江南觉得做人不能太昧良心，否则乌日乐变成厉鬼夜夜缠着自己也麻烦，便又说道：“家人的事，我可以打包票。至于你嘛，毕竟判了斩刑，能不能救回来，还得看造化。”

“能救回家小，这买卖就不亏。”乌日乐下了决心，说道，“你要我怎么说，我就怎么说。”

“好啊！”岳江南拍掌道，“我随身带着笔墨，你就照我说的写。”

岳江南口中念着，乌日乐趴在地上奋笔疾书。不过，当岳江南说到文知雪给自己送银一万两时，乌日乐还是搁下笔，说：“捉贼捉赃，抓奸抓双，不能空口白话吧。你说文知雪给我送了一万两银子，银子在哪儿？”

岳江南笑着说：“这就不是你操心的事了。到时不仅有赃银，还会铁板钉钉证明是文知雪所送。”

5. 从一桩假案牵扯出无数真案

乌日乐按照岳江南的交代，在死牢里举报了文知雪，并说银子藏在京郊老宅中。此事本就是无中生有，所谓赃银，更是狸猫换太子。岳江南提前安排，将一个硕大无比的“没奈何”放入老宅中。

“没奈何”乃当年文知雪在归化所创，将五百斤的银子熔铸成一个巨球，这个巨球虽说价值连城，但沿途土匪搬不动、用不了，当真没奈何。

眼看“没奈何”管用，其他钱庄自有意模仿，然而在熔铸技术上，却与文盛合相差甚远。普通银锭底部有“蜂窝”，这是银液在冷却过程中迅速释放的氧气被挤压在底部形成的气泡，气泡撑出的空腔即所谓的“蜂窝”。平常用的银锭，底部有“蜂窝”并无大碍，但要熔铸五百斤的巨银，非得克服“蜂窝”，否则便难以聚合。文盛合内一位叫周世葆的工匠技艺精湛，一举攻克这个难题，令后来者望尘莫及。

此外，熔铸必有损耗。将普通银锭铸成“没奈何”，运抵之后，再熔铸回普通银锭，虽说运输方便，却多了一道损耗。周世葆独创秘法，将损耗降到令人不可思议的地步。其他商号无此技法，若贸然模仿，光是白银损耗，便吃不消。

久而久之，“没奈何”成了文盛合的招牌，但凡市面上的“没奈何”，皆出自文盛合。岳江南曾借他人之手，以运送银两为名，弄回一个“没奈何”。当初他的本意是让工匠照着实物好生揣摩，以便依样画瓢，但一帮人研究了半天，却所获寥寥。不想今日，这个“没奈何”派上了大用场。老宅中的“没奈何”，加上乌日乐的供词，足够以假乱真。

照乌日乐的供述，这可不是一般贿银，而是索额图笼络将领图谋不轨的铁证。供词递上去不过数日，京师、太原、泾阳、归化等地的文盛合钱庄悉数被抄。文知雪平日结交权贵，花去大把银子，更有许多大官将自家银子放在文盛合。这一查下去，自是拔出萝卜带出泥，甚至从一桩假案牵扯出无数真案。传送六百里加急文书的快马也从京师向南直奔，朝廷命川、黔、滇三省官军即刻缉拿文知雪与盛宇峰。

其时，文知雪已离开昆明北返，来到金沙江渡口。碰巧江水上涨，渡口关闭，文知雪只得耽搁下来。不想一泻千里的金沙江竟成为她跨不过的天堑，四川提督派兵等在对岸，从昆明来的追兵也到了。两边都想抓住文知雪抢功，但她没过渡口，还算在云南境内。一番交涉之后，文知雪被云南官兵缉拿，锁上镣铐押解回昆明。

遥想当年，文氏先祖在山西祁县创业，筚路蓝缕，又经过几代人耕耘，方有威震山陕商帮的文盛合。然而，这个大清帝国商场上的庞然大物，轰然倒塌只在一夕之间。

昆明四季如春，五华山青翠依旧。在郁郁葱葱的山道中，又行进着一辆马车。只不过，车上的人变成了蒙元亨，身陷囹圄的人换成了文知雪。朝廷颁布禁铜令后，矿厂生意无以为继，蒙元亨赔了个底朝天。矿工们的饷还欠着，马夫也雇不起，他自己坐在车头，挥鞭驱赶着车子。

来到李一功住所前，蒙元亨拴住马，请人通报。他在门外候了大半个时辰，进了院内又枯坐许久，李一功方才现身。李一功没穿官袍，着一件绸缎马褂，手中捏着一对福禄球，脸色阴沉，且带着倦意。

李一功坐下后，转起福禄球，问道："朝廷禁铜令已颁，矿厂也关门了，你怎么还在昆明？该不是连回家的盘缠都凑不齐吧？"

蒙元亨坐了许久，连口茶水也没有，只能轻咳一声，润一润嗓子，说道："生意是赔了，但回家的盘缠还有。"

李一功不阴不阳地说："在家千日好，早点归家不是坏事。尤其是云南这地方，当真不宜久留。胡国英能走却不走，非留在乌蒙山，结果招来灭门之祸。文知雪走慢了点，过不了金沙江，又被逮了回来。”

蒙元亨猜不透李一功的心思，只能谨慎答道：“文知雪就算过了金沙江，也还是会被抓。至于胡国英，我只知他当年死在了昆明刑场。”

李一功冷笑一声，说：“你小子口风倒紧。不过你放心，胡国英的事，谁也没空追究。”李一功这话倒是实情，胡国英一案，他已上奏朝廷，就按年羹尧的说法了结。因为索额图的倒台，朝堂上人心惶惶，谁也没空理这些事。

譬如李一功自己，近日烦心的全是如何与索额图撇清关系。自己毕竟曾是明珠的人，还被索额图穿过小鞋。这些往事一定要大书特书，广为宣扬。至于近年见风使舵，改换门庭，哪怕跳进黄河也要洗清。

李一功不关心胡国英旧案，蒙元亨更不愿提，他拱了拱手，切入正题：“李大人，草民留在云南，是要送给你一件东西。”

“什么东西？”李一功问得无精打采。

蒙元亨说：“乌蒙山矿藏图册全在我马车上，大人可命人取来。”

李一功摇了摇头，说：“当初我把你扣了一个多月，你咬定说没这东西，怎么如今变出来了？”

蒙元亨淡淡一笑，说：“此一时彼一时也。”

“想干什么，直接说吧。”李一功手中的福禄球停止了转动。

蒙元亨又拱手道：“李大人乃钦差，正奉旨审理文知雪一案。唯愿大人高抬贵手。”

“这件事呀！”李一功笑了笑，说，“你方才说过一句话，我正好将它回赠给你：此一时彼一时也！朝廷颁了禁铜令，那些个矿藏图册全成了废纸，你舍得送，我还没工夫搬。”

蒙元亨低下头，隔了半晌，才抬起头来，说道：“若能救下文知雪，在下即便散尽家财，亦在所不惜。”

李一功重新转起福禄球，说：“之前听闻大清商人中，唯蒙元亨独树一帜，声言从不行贿。怎么如今竟行贿本官？”

蒙元亨一时语塞，不知如何作答。李一功轻叹一声，说：“都说蒙元亨精明过人，眼中只有银子，不想你也是重情重义之辈。”

“不过，”李一功话锋陡转，手中的福禄球停止转动，被重重搁在桌上，“往日蒙元亨散尽家财或许有点东西，如今你矿厂关门，债台高筑，拿什么家财来散？望梅止渴、画饼充饥那一套可不灵。再说了，真要散尽家财，文家比你有钱。他们自己都救不了自己，还能指望别人救？”

蒙元亨素来厌恶李一功，但不得不承认，他这几句话并非虚言。文知雪遇上了大灾，自己几乎是明知不可为而为之。但事到如今，还是得拼一拼。他站起身，恳求道：“当年在泾阳，李大人救过文善达。如今在昆明，还指望大人再施援手。”

“当年之事从你口中说出，当真令我意外。”李一功摇着头说，“那时拉你父亲蒙顺做替罪羊，逼得你为父报仇，创下这番事业。一切恍如昨日。”

李一功用手指敲着桌子，继续说道：“我问你，当年文家与索额图的关系，比之今日如何？”

“不可比。”蒙元亨心情沉重地答道，“文善达连索额图的面都没见过，文知雪贵为皇商，时常出入相府。”

李一功又问：“今日索额图比之当年，又如何？”

蒙元亨已没有答下去的力气，只是叹息一声。李一功替他回答道：“当年无论朝臣如何弹劾索额图，陛下始终未发一语，如今陛下却说索额图是本朝第一大罪人。”

“所以说，”李一功面色凝重地说，“今非昔比，文知雪在劫难逃。”

屋内沉寂下来，蒙元亨低着头，双手放在腿上，整个人似瘫了一般。过了好久，蒙元亨撑住椅子，站起身，向李一功告辞。

“慢着！”李一功说道，“你我都救不了文知雪，但有人或许可以。”

“谁？”蒙元亨问道。

李一功双目无神，缓缓说道：“去吧！此人想见一见你。”

6. 寂寞离亭掩，江山此夜寒

云南臬台衙门监牢共有两道门，墙高狱深，里面又分普通牢房和死囚牢房。盛宇峰虽未被判刑，但身犯重罪，已被关入戒备森严的死囚牢房。监牢中间过道布有铁丝网，网上挂有铜铃，若有犯人逃跑，便会触响铜铃。过道尽头是狱神神龛，神龛下的墙基处有个小洞，是尸体的出口，犯人在狱中病死或被打死，不能从大门抬出，只能从这个小洞拉出去。

蒙元亨穿过过道，来到死囚牢房门前。死囚牢房双门双墙，门上画有狴犴，狴犴是龙的儿子，长得却像老虎。据说龙生九子，子子不同，狴犴专门掌管刑狱。牢房内的盛宇峰戴着手铐脚镣，披头散发，但他动作还算敏捷，见有人来，立刻站起来。

见是蒙元亨，盛宇峰缓缓说道："你来了。"

"来了。"蒙元亨点了一下头。

两人沉默下来，狱卒催促道："有什么话赶紧说，纵然是李大人打了招呼，蒙东家也不能在死囚牢待太久。"

"明白。"盛宇峰抬手朝狱卒致谢，"烦劳小哥出去一下，我有几句话想单独跟蒙东家说。"

狱卒犹豫了一下，转身而去。隔着冰冷的铁栏，蒙元亨说道："李一功说你想见我。"

盛宇峰往前一步，脸贴在铁栏上，说："对。"

蒙元亨问道："听说你能救文知雪？"

盛宇峰说："她是我妻子，我当然能救她。"

"怎么救？"蒙元亨追问道。

身上的镣铐太重，盛宇峰站一会儿便觉得吃力，只能用双手拉住铁栏。他说："胡国英是怎么活下来的？"

"'宰白鸭'，找个替身冒充。"蒙元亨眉头紧皱，摇着头说，"这法子行不通。有胡国英的前车之鉴，朝廷必会严加甄别。再说了，胡国英当年是在昆明行刑，你们却是刑部明文要求押解京城的。到了京师，那么多人认识你们。"

"你说得没错，所以绝不能让知雪回到京师。"盛宇峰说。他惨笑一声，接着说："陛下已处死索额图。一代权相尚且性命不保，我等断没有活命的道理。既然是死，在哪儿死都无所谓，但有人却不愿知雪回到京师。"

"谁？"蒙元亨还是没弄懂。

盛宇峰冷笑着说："听说你带着矿藏图册去求过李一功，那注定是徒劳。我才懒得去求李一功，我只告诉他，老子到了京师，什么都要说。从他当年包庇文善达，到近年收了文家数不清的银子，还有为虎作伥，替索额图办事，一样不落，全说出来。"

"我还告诉他，"盛宇峰面目狰狞，目光凶狠，可以想见他向李一功摊牌时是何等孤注一掷、穷凶极恶，"别指望杀人灭口。我们是刑部索要的重犯，一旦不明不白地死了，他断然脱不了干系。他身上的索党嫌疑还未洗清，此时出这种事，就是自寻死路。"

蒙元亨说："李一功的确不愿见你们被押往京师，但他也没胆子违抗圣旨，将你俩就地处决吧？"

"两个是没胆子，所以，我与知雪中间只能活一个。"盛宇峰的目光中同时透出绝望与希望，他压低声音，缓缓说出自己的打算。

盛宇峰的计划与当年胡国英的"宰白鸭"颇为相似，却变通了许多。李一功需先偷放走文知雪，再找来一具女尸，挂在牢房里。接着，对外说文知雪畏罪自杀。从昆明到京师千里之遥，路上得颠簸几个月，尸体运到京师时，早已腐烂，根本无从辨认。

盛宇峰则会被押往京师，还要亲口证明妻子死在昆明牢中，验尸时，自己亦亲眼所见。当然，对李一功的种种不法行径，他将守口如瓶。

蒙元亨清楚，自己能出现在此处，说明李一功答应了这桩交易。这个盛宇峰，当真是个痴情种！临到最后时刻，仍不惜一死保全对方。这份爱，百折不回，山高海深。不知道他算不算个好人，但应当是个好丈夫。

狱卒在过道那头探出脑袋，意在催促。蒙元亨只能挑紧要的问："你要我做什么？"

盛宇峰说："逃出去之后，知雪不能抛头露面，身上更没有银子，她在昆明人地生疏，需有人相助才行。我想来想去，只有你能帮他。"

蒙元亨明白了盛宇峰的意思，说道："只要她人出来，我会安排好一切。"

自己即将赴死，盛宇峰倒没多害怕，提到文知雪的未来，他却忧心忡忡。"昆明非久留之地，京师、泾阳、归化等地，认识她的人太多，更不能去。天下之大，不知道何处是她的容身之处。"

蒙元亨想到了一个地方，说道："你放心，我会找一个地方，既没人认识她，也不会让她觉得孤单。"

"我信你。"盛宇峰露出了笑容，接着又摇头道，"咱们斗了一辈子，真想不到最后会把知雪托付给你。"

盛宇峰这话让蒙元亨百感交集，他轻叹一声，说："知雪嫁给一个肯为她去死的人，没嫁错。"

盛宇峰的身体哆嗦起来，他两手紧握住铁栏，道："若是知雪能亲口对我说这话，我便死而无憾。"

盛宇峰哆嗦得越来越厉害，目光也变得游移，但他坚持着说道："还有一件事，请你告诉知雪。文叔父的死，不光因为你，我也是帮凶。"

"什么?！"蒙元亨大吃一惊。

盛宇峰忍受着身体上的痛苦，将当年在泾阳隐瞒不报，害得文善达输掉棉花大战的事说了出来。蒙元亨震惊不已，过了片刻，才问道："都这时候了，干吗还提这事？"

"我就要死了，不想这辈子有任何事瞒着知雪。"盛宇峰说完这句话，倒在地上，身子剧烈抖动起来。

“你怎么了？”蒙元亨唤了几声，盛宇峰没答应，表情十分痛苦。

蒙元亨慌忙叫来狱卒，问道：“他是不是得病了？”

狱卒瞥了盛宇峰一眼，说：“没得什么病，就是鸦片烟瘾上来了。这几天都这样，隔一会儿就好了。”

蒙元亨惊问道：“你说什么？他抽鸦片？”

狱卒冷笑道：“别看他们两口子在外头人五人六的，其实都是鸦片鬼。我听女监的人说，他老婆鸦片烟瘾更大，一天要发作好几回。”

当初文知雪先染上鸦片，成婚之后，盛宇峰并未体会到真正的幸福，日子过得郁闷，也有样学样。两人在一起多年，文知雪始终没怀上孩子。郎中劝说，若想怀上孩子，两人就得一起戒掉鸦片。盛宇峰一度决心戒掉，文知雪却变本加厉抽得更厉害。她压根不想为盛宇峰生孩子，甚至以此作为一种报复。

“时辰到了，你快走吧。”狱卒驱赶着蒙元亨出了监牢。

三天后的戌时初刻，一辆马车从西门驶出昆明城，又往前赶了几里路，在一个僻静处停了下来。蒙元亨早已等候在此处，身后还站着罗兵与金大伦。

尽管四下漆黑，蒙元亨却不敢用火把，只在手上捧着一根细蜡烛，烛光抖动着。马车上跳下一人，说道：“人带出来了，就在里面。”

蒙元亨掀开车帘，用蜡烛照去，只见文知雪蜷缩在车内，头发凌乱，面容憔悴，哪还像昔日的一代大商。文知雪并不清楚这一切，只记得被人强灌下一碗药，接着便昏了过去。醒来时，已在车上。

“这是在哪儿？我死了吗？你怎么在这儿？”文知雪有太多问题。

这许多事，哪是一时半会儿能说清的。送文知雪出来的人催促道：“这里离昆明很近，不是说话的地方，赶快走吧。”说完，他把文知雪搀下车，掉头而去。

文知雪上了蒙元亨备好的马车，继续向前进发。在车内，蒙元亨才将事情的来龙去脉告诉了她。

“宇峰！”文知雪唤着丈夫的名字，眼中噙着泪水。这些年来，她不知自己是否一直记恨着盛宇峰，但可以肯定，自己从没爱过他。身为妻子，文知雪没为丈夫亲手煮过一顿饭，织过一件衣服，端过一盆洗脚水，更不肯为丈夫生儿育女。然而，正是此人，在最后关头不惜一死，将生的希望推了过来。文知雪心中与其说充满感激，不如说有一股深深的愧疚。泪水流过脸庞，她哽咽道："我不值得你为我这样做。"

蒙元亨大体能明白文知雪的心情，他轻叹道："这么多年过去，咱们都变了，只有盛宇峰从未变。他做任何事情，无论好事坏事，都是为了你。"

"到了京师，宇峰一定得死吗？"文知雪问道。但话刚出口，她又觉得这一问实在多余。目前的局势下，自己不必心存一丝侥幸。

蒙元亨不愿文知雪太伤心，岔开话题说："我安排好了，你去打箭炉吧。那里乃川藏交会之地，没人认识你。德让土司是我的老朋友，他会好生关照你的。苏先生也在打箭炉，还在那里建起了一座教堂。"

"从云南去打箭炉，路不好走吧？"文知雪说。

蒙元亨说："这条路我也没走过。原本想着先将你带回四川，再由四川赴打箭炉，只是风声太紧，转道四川未免冒险。所幸商号里有个金大伦，他早年跑马帮，走过滇藏商路。我让他陪着你，定能顺利抵达。"

"还有一件事，盛宇峰让我一定告诉你。"照盛宇峰的交代，蒙元亨说出了当年棉花大战中的隐情。最后，他又说："我问盛宇峰为何说出这件事，他说这辈子不想有任何事瞒着你。"

文知雪的泪水再次夺眶而出，无数情绪一股脑涌上心头，有懊恼、悔恨、宽恕、怜惜……

忆及往事，文知雪叹道："那时文盛合风雨飘摇，父亲把担子交给我。可最终，文家几代人的事业却毁在我手上。"

蒙元亨劝道："你已经尽力了，不必责怪自己。"

"你的日子也不好过吧？"文知雪又说，"朝廷重新禁铜，你的瑞成祥还能撑下去吗？"

蒙元亨没有回答，只是说："生意的事你别管，先把自个儿的小命保住。"

"你能帮我给宇峰收尸，好好葬了他吗？"文知雪问。

蒙元亨说："我让京师的朋友办这事。"

“谢谢！”文知雪重重地说道。

马车一直向前，已驶出昆明几十里，黑夜即将过去，天边泛起一层鱼肚白。蒙元亨将车帘掀起一角，瞅了瞅外面，说道：“天亮以后，我就得回去。接下来，金大伦陪着你。”文知雪点头答应，但神情更加憔悴。

“不舒服吗？”蒙元亨问道。

“没……没事。”文知雪答得有气无力。

看着文知雪的模样，蒙元亨极不情愿地掏出一包用牛皮纸包住的东西，说：“这是我托人买的烟土，你路上或许会用到。”

文知雪既惊讶又羞愧，蒙元亨却心碎到极点。他突然一把拽住文知雪，说：“到了打箭炉，把这东西给我戒了！记住，你的命是盛宇峰用他的命换回来的，你得好好活着。”

蒙元亨跳下马车，递给金大伦一包银子，说：“大伦，说来惭愧，银子不多，只够你俩到打箭炉路上用。我给德让土司与苏乐西先生写了信，他们是念旧之人，到时会再给你些银子。”

金大伦清楚，禁铜令一颁，蒙元亨的生意一败涂地，就是这点银子，也是东拼西凑来的。他慷慨说道：“东家，我的命是你救下的，切莫说什么银子。”蒙元亨拍了拍金大伦的肩膀，投去感激的目光。

此刻，天逐渐放亮，树上的鸟儿倾诉着哀伤，清晨的微风亦携来离别的凄凉。彩云之南特有的阳光斜射在每个人身上，却又感觉不到一丝温暖。寂寞离亭掩，江山此夜寒，分离的悲愁让江山被寒意笼罩，又岂是几缕阳光能驱散的？况且，这并非普通的告别，而是一场惨败之后的仓皇逃命，是生离死别。文知雪还活着，却要如死了一般。

蒙元亨掀开车帘，叮嘱道：“记住，永远不要回来。”说完，他狠心放下车帘。

7. 救急不救穷，借银子也是一桩生意

送走了文知雪，蒙元亨也踏上归途。回保宁府的路，自己走过许多次，但这一次却感到无比陌生。当年从泾阳南下，蒙元亨虽一文不名，却有着开疆拓土的万丈豪情，坚信自己将在保宁打出一片天地。很快，他就做到了。后来，无论是从打箭炉、归化还是江宁归来，他都带着凯旋的荣耀，自己是声名显赫的大商，正做着天下的生意。

不过这一回，蒙元亨彻底败了。他没有败在商场上，却败给了朝廷的禁铜令。那么多白花花的银子全打了水漂，昔日风光无限的瑞成祥如今债台高筑。蒙元亨头上裹着白布，离开云南前，他被一个愤怒的矿工用铁棍敲破了头。商号拿不出银子，矿工领不到工钱，东家挨了打，还得忍气吞声地恳请大家宽限时日。

为了赶时间，马车还留着，但身上的银子只够给马喂草料，晚上蒙元亨与罗兵要么蜷缩在车里，要么找个山洞躲风避雨。就这样，他们一路狼狈地回到保宁。

眼前的嘉陵山水清晰起来，蒙元亨的心情却更加晦暗。家乡还有数不清的债主，这帮人绝不会比乌蒙山的矿工客气半分。当初为了开矿，自己向许多四川商号借了银子，如今矿厂开不下去，拿什么来还债？蒙元亨焦头烂额，一筹莫展。

马车刚要驶入保宁城，路上闪出一人，拉住缰绳说道：“东家，你可回来了。小姐算着日子，说你这几天会到，让我在此等着。”

罗兵认得此人是周琪身边的仆人，问道：“怎么就你一人，周琪没来吗？”

仆人说：“小姐本是要来的，不过前几天，她被人抓到城中会馆了。”

罗兵问道："谁抓了周琪？"

仆人看了看蒙元亨，没有言语。蒙元亨说："是那些债主吧？"

仆人点了点头，说："不光抓走了小姐，连蒙老太爷与曾先生都被抓走了。"

蒙元亨惨笑一声，说："我回来了，他们也该放人了。走吧，咱们这就去会馆。"

在去会馆的路上，便有人指指点点议论说："这不是蒙元亨吗？他还真敢回来呀！"

来到会馆，里面已聚集了不少人。蒙元亨也不说话，径直走到中间。罗兵沉不住气，说道："如今我们回来了，还不放人！"

罗兵这一说，旁边立刻有人吼道："放人可以，先还银子！"两边都憋着火，几句话之后，竟推搡起来。

蒙元亨拉住罗兵，对周围人拱手道："欠债还钱，天经地义，大伙的心思我自然明白。但这么多人挤在一块儿，七嘴八舌的，我都不晓得该听谁的。能否请几位东家出来，咱们好好商量？"

不一会儿，众人便推举出成都茶叶行的庞东家，还有保宁府的张东家、蒲东家。庞东家抬了抬手，说："我们等候蒙东家多时，你回来就好。咱们进到里屋，合计出一个法子，也好对大伙有个交代。"

进到里屋，蒙元亨说道："大家都是老朋友，抓走家眷这事，做得有些过分了。"

庞东家吩咐人给蒙元亨上茶，接着缓缓说道："这个抓字，怕是用得不妥。蒙老太爷、你岳父，还有周小姐等人，是被众人请来会馆的，并无一丝怠慢。蒙老太爷昨天咳嗽了几声，我们忙不迭给他请郎中，郎中过来切脉，说并无大碍。讲真话，我对自家亲爹都没这般孝顺。"

"麻烦大家照顾家小，多谢了！"蒙元亨说。

蒲东家开口道："把你家人请来，的确有不得已的苦衷。前几日，外面传什么的都有。有人说你在云南亏个底朝天，直接跑去了缅甸。还有人说，你坐船出海下南洋了。"

蒙元亨哈哈笑起来，说："多虑了。如今我身无分文，怕是连跑路的银子都没有。”

庞东家沉下脸，说：“你生意亏了，大伙都不好受。但你借走大伙的银子，总该有个说法吧。”

蒙元亨扶着椅子，思忖了一下，说道：“我原本没想过逃，更不愿诓骗大伙。今日外面堵着这么多人，我的家小也被扣下，按说为尽早脱身，我大可以天花乱坠地说一通，但到头来却是空话。”

方才没开口的张东家说道：“好！我们就想听你的实话。”

蒙元亨说：“这次巨亏皆因朝廷的禁铜令。不过，瑞成祥不只有矿厂生意，给我些时日，我想办法从别处凑些银两，尽力还大伙一点。但要全部偿还，实在办不到。诸位都是生意人，知道银子是变不出来的。若是要命，眼一闭心一横的事，但这银子，没有就是没有。”

三个债主窃窃私语了几句后，庞东家说道：“大家都做了一辈子生意，知道蒙东家这话虽不中听，却是实话。你捅的娄子太大，不是一时半会儿能补上的。”

“不过，”庞东家又说，“你说先还一点，这一点是多少，几时能还？另外，剩下的银子又怎么说？”

蒙元亨说：“前些日子我在云南，总号的事几乎没过问。我着急赶回来，就是想先清一清家底。但刚到保宁就来了这里，总号的账本还没看。”

蒙元亨又说：“给我半个月时间，让我将瑞成祥的账目理一遍，到时给各位一个准信。”

张东家狐疑地说：“按说你这要求不过分，但半月中间不会有什么变数吧？”

蒙元亨知道对方在担心什么，说：“这半月我不出会馆一步，所有账本让伙计送到这里来核对。有大伙盯着，出不了变数。”

张东家嘿嘿一笑，说：“我倒不是这意思，但蒙东家愿留在这里也是好事。”

蒙元亨说：“我留下来，家人便不能再被扣着。”

“没问题。”庞东家说，“我们的债没收回来，也没银子养这么多人。”

蒙元亨千里迢迢归来，却连家门也进不了，只能困在会馆中，每日一睁眼，就有无数双眼睛监视着自己。但他不在乎这些，第一晚便倒头呼呼大睡，还说好长日子没挨过床板，总算能睡个好觉了。第二天起床，他让家人送来一碗面，饱餐一顿后，便仔细查阅起账本。

一连几日，伙计们送来好几摞账本。尽管蒙元亨吃喝如常，觉也睡得香，但心情却愈发沉重。之前他便清楚，无论是打箭炉的茶马生意，还是广州的海运生意，虽说赚了银子，但要填矿厂的窟窿，并不够。可看过账本后，他才惊觉，打箭炉与广州也没多少银子了。这一年多来，矿厂耗去了太多银两，蒙元亨不仅向外举债，还多次从别处抽调。打箭炉与广州的银两，几乎被抽空了。

生意的事情一筹莫展之际，蒙元亨又得到一个噩耗，赵明舟在返回浙江老家的船上突发疾病，病逝于长江之上。论出身、操守与才干，赵明舟均堪称大清官场上的异类，更是蒙元亨相交多年，颇为敬重的挚友。赵明舟一生追求经世致用、建功立业，最终却被朝廷论罪革职，心中的郁闷可想而知。当他带着满腔委屈与愤懑，放舟于长江之上时，或许像极了当年的杜甫。“星垂平野阔，月涌大江流”，是映入眼帘的景色。“飘飘何所似，天地一沙鸥”，则是内心的悲鸣。最终，赵明舟也像杜甫一样，折戟于江上，却没有留下光耀万古的诗章，也无法像自己的恩师于成龙那般，受尽君王的荣宠。他只是一个没有功名的捐官，一只可怜的替罪羔羊。

蒙元亨悲赵明舟之才，更悲赵明舟之际遇。唉，官场终究容不下这种人！蒙元亨甚至想，假若自己当年走上仕途，结局是否也会如赵明舟这般。这些年，蒙元亨见识了官场险恶，对自己也了解得更加透彻。混迹官场所需要的本事，自己没有多少，不容于官场的那些臭脾气，自己却有很多。

蒙元亨内外交困，无法做太多，只能朝着东方燃上几炷香，深深一拜，以此悼念故人。

半月时限将满。这天傍晚，伙计送来一封信，说是周弘毅从扬州寄来的。蒙元亨刚把信读完，周琪便兴冲冲地跑进会馆，说：“蒙大哥，听说我爹来信了？他怎么说？”

蒙元亨将信递给周琪，说：“是不是你给周叔叔去过信，害得他误会？”

周琪原本一脸兴奋，看完信，却沉下脸来，甚至有些生气。她道：“我爹怎能这样！”放下信，她又说：“我再给他写封信。”

“不必了。”蒙元亨摆了摆手。

周琪忙着解释道：“我爹不是那样的人，一定是身旁有小人进谗言。我倒要问一问，谁给他出的馊点子。”

蒙元亨说：“我没有埋怨周叔叔的意思。信中所说应该是他的本意，而且说得一点没错。”

“什么没错！”周琪说，“见死不救，自私自利！若真是爹的主意，我就要问他，平日的书都读到哪里去了？”

原来，周琪一个月前给父亲去信，说蒙元亨的矿厂生意失利，瑞成祥生死悬于一线，盼父亲出手相助，赶紧运银子过来。周弘毅给蒙元亨来信，婉拒了这一要求。周弘毅还说，商场如战场，有些仗拼到最后一刻，多个援兵就能扭转局势；有些仗却胜负已明，援兵再多，也不过是白白送死。周弘毅以为，瑞成祥已难以为继，不妨早做打算，另做他图。虽无法在商场上施以援手，但他命人押解了一万两白银上路，不日将到达保宁府。周弘毅说，这些银子是自己的一点心意，用来接济蒙家上下的生活。

蒙元亨让周琪坐下，他道：“瑞成祥是我的心血，世上没人比我更了解它。从云南到保宁，我一直寻思如何拯救瑞成祥，却一无所获。连我自己都没办法，何必指望别人。”

周琪仍埋怨父亲不肯相助：“只要我爹运来银子，把欠债还了，瑞成祥就能渡过难关。”

“你毕竟不是商人。”蒙元亨摇头道，“你想过没有，就算周叔叔运来银子，帮我还了债，我仍欠着他银子，这债又怎么还？”

周琪说：“瑞成祥还有茶叶、丝绸生意，过了这一关，以后便能赚银子还他。”

蒙元亨仍摇头，说：“矿厂砸进去的银子太多，靠其他生意，十年八年也未必能还清。”

“那就等十年八年。”周琪噘起小嘴。

蒙元亨说："送银子是人情，周叔叔这回送来一万两银子，便是天大的人情。商场上借银子却是生意，借出银子，对方十年八年还不上，这生意便做不得。老百姓都知道一句话，救急不救穷，商场上更是如此。若有一桩生意银两周转不开，我自可向周叔叔开口借银两。如今采铜被禁，生意都没了，那就不是急，而是穷。"

周琪不管这些，生气道："说了半天，还是他掉进钱眼里了！"

"周叔叔可是你爹，怎能这样说！"周琪处处维护自己，蒙元亨虽然感激，但仍要教训几句。

见周琪低下头，蒙元亨又说："经商之人，掉进钱眼里有何不对？瑞成祥有伙计与矿工，大伙都指着商号过日子。周叔叔的生意更大，底下人何尝不指望商号生意红火，自己能养家糊口？周叔叔不管底下人死活，看着银子打水漂，便不是一个好东家。"

蒙元亨继续说："若换成我，想必也会像周叔叔一样，不去做无谓的牺牲。"

周琪盯着蒙元亨，说："蒙大哥，你总帮我爹说话，但瑞成祥怎么办？你回来之前，我看过好几遍账本，现在真是没银子了。"

蒙元亨面色沉重，说："我想来想去，只能将打箭炉与广州的分号卖掉。分号的生意向来不错，只要肯卖，便会有人接手，也能拿回一笔现银。"

"不行！"周琪说，"这是杀鸡取卵。矿厂已经没了，打箭炉与广州的分号便是唯一的指望。将两家分号卖掉，往后便再没生意可做。"

蒙元亨语气低沉而坚决，他说："债比天大，还债是当务之急。若不卖分号，当真连一两银子也还不出。"

周琪说："只要生意在，终究能赚回银子。这一点可向债主们讲清楚，他们也是生意人，会明白的。"

蒙元亨摇着头说："去说服那些东家或许不难，他们也等得起。关键是商号里的伙计，还有乌蒙山的矿工，被欠了好几个月的工钱，他们拖家带口，挣的是辛苦钱，哪里耗得起？"

周琪不免情绪激动，她道："你刚说我爹的话在理，但他信中说，留得青山在，不愁没柴烧，你怎么又不听？"

蒙元亨苦笑道："伙计们每日风里来雨里去，矿工下洞采矿，把性命都搭进去了。身为东家，若连他们的辛苦钱也欠着，还谈什么青山？"

周琪还想劝说，蒙元亨摆手道："我已把信寄出去了，何瑞源就在打箭炉，很快会收到。赵辛雨与我在云南分别，此刻应快到广州了。我让他们尽快卖掉商号，得的银子先拿去补发工钱。"

蒙元亨又说："另外，把蒙家在保宁的宅子也卖了，加上周叔叔送来的银子，好歹能还一些债。周叔叔挂念我一家老小的生计，心意我领了，但我们有手有脚，维持生计还不成问题。"

"你说得轻松！"听说要卖宅子，周琪更不答应了，"两个孩子怎么办？他们住哪儿？家中没了银子，孩子怎么上书院？"

"换个小地方也能住。"蒙元亨的心情沮丧到了极点，脸上却强挤出笑容，"从来纨绔少伟男，让他们吃些苦，未尝不是好事。书院上不了，家中还有曾先生，他的学问一点不比书院师傅少。"

"蒙大哥，你想过没有，"周琪说，"不管你怎么做，债都还不完。债主们也不会因为你一家老小挤在茅草屋，就心存感激。"

蒙元亨轻叹一声，说："岂能尽如人意，但求无愧我心。都这种时候了，哪还敢奢望谁感激？人家把真金白银借给我，我却还不出，怨恨我也理所应当。"

屋里沉寂下来，隔了一会儿，蒙元亨重新开口道："瑞成祥的事，先这样吧。你何时回扬州？"

周琪惊讶得瞪大了眼，道："蒙大哥，你要撵我走吗？"

蒙元亨说："当初你来保宁，是因为咱们两家合伙做丝绸生意。如今生意没了，我自然不能留你。"

"我不走！"周琪斩钉截铁地说，"尤其在这种时候，我更不会走。"

蒙元亨笑了笑，说："若说撵你，真还得撵。即便没这些事，你也该回去了。让周叔叔替你找个好人家，我们还等着喝你的喜酒呢！"

"我没想过嫁人的事。"周琪几乎要哭出来。

"傻丫头！"蒙元亨说，"男大当婚，女大当嫁，这有什么害羞的。"

周琪涨红着脸，说道："即便嫁人，我也只嫁蒙大哥这样的人。"

蒙元亨只当周琪是口不择言，笑着说："这玩笑话可一点不好笑。"

"我没开玩笑，我说的是真心话！"周琪大声说道。

蒙元亨顿时愣住了。他打量着周琪，她年轻俊美的脸庞上挂着两行泪珠，一双明眸中哪有半分玩笑意味，分明有着炽烈的情感。蒙元亨这才醒悟，自己常把"咱们琪儿长大了"这话挂在嘴边，可打心底里，他依然把周琪当小丫头。不过，周琪真的长大了，不再是古灵精怪的小女孩，而是亭亭玉立、情窦初开的少女。

蒙元亨坐立不安，一会儿用手扶住椅子，一会儿又用手托住下巴，想要说话，却不知说什么。正当无比尴尬时，一个伙计敲门而入，送来一册账本。蒙元亨接过账本，吩咐说："天黑了，街上行人少，你送周姑娘回去吧。"

第十章

帝国铜荒

1. 失了势，是龙得盘着，是虎得卧着；势一来，便要龙腾虎跃

时光荏苒，嘉陵江日夜流淌，保宁府城郭依旧，在这片熟悉的土地上，蒙元亨又度过了四年。他不再是叱咤风云的一代大商，只是一个落寞的失败者。四年间，孔尚任的《桃花扇》愈发有名，天下传唱。在许多保宁百姓听来，《桃花扇》中那段有名的唱词“眼看他起朱楼，眼看他宴宾客，眼看他楼塌了”，不正说的是蒙元亨吗？

当年他单枪匹马来到保宁，以一己之力复兴茶马古道，接着跃马塞北，斩浪大洋，成就了一番事业，赚下了寻常人几辈子都赚不来的财富。可惜转瞬之间，一切灰飞烟灭。称雄一时的商号没了，连父亲置下的老宅也被变卖还债。一家人搬了几回地方，最终落脚在城西的一家豆腐作坊。当年不可一世的蒙东家，如今每日走街串巷卖豆腐，赚些微薄的辛苦钱。蒙应瑞、蒙应恩两个曾被无数人羡慕，以为含着金汤匙出生的贵公子，也每日起早贪黑帮父亲磨豆腐。

当蒙元亨挑着扁担沿街叫卖时，总有百姓议论：“你们知道吗，这个卖豆腐的当年做过大买卖，听说还见过皇上。”有人奚落嘲笑，也有人故作深沉，长叹一声，道：“三十年河东，三十年河西！”

今天，蒙元亨照旧很晚才回家，箩筐里的豆腐却还有好些没卖掉。蒙顺与曾仕诚，以及蒙应瑞与蒙应恩，爷孙四人正围坐在一堆黄豆旁，仔细拣着烂籽、瘪籽。第二天做豆腐要用的黄豆，头天晚上得称出来泡好。黄豆中有些烂了、瘪了的豆籽，还有收打时不小心混进的小石子、小土块，都得靠人拣出来。蒙元亨回

家晚，拣烂籽、瘪籽的活只能由爷孙四人来做。

见箩筐里还剩那么多豆腐，蒙顺皱起眉头说：“今日生意这么差，豆腐味道不行吗？”

蒙元亨脱掉身上的短马褂，一边收拾草鞋，一边说：“想买豆腐的人不少，却拿不出钱。”

这四年来，周琪一直没离开保宁。蒙元亨撵过她几次，见没什么用，索性不撵了。方才她在厨房收拾碗筷，又将为蒙元亨留的饭菜热了一下。这时，她端着碗出来，说道：“豆腐值几个钱，再不景气，人们也该吃得起。”

蒙元亨接过碗，说：“不是人们穷，而是大伙手头全是银子，没铜钱。一块豆腐才值多少钱，有人拿碎银出来，勉强还能找开，遇到太大的银子，真是找不开，生意也没法做。”

曾仕诚说：“昨日我去买酱油，也听人抱怨说市面上的铜板不知跑哪儿去了。所幸家里存着一些，元亨，明日多带点铜板，到时好给客人找补。”

“知道了，爹。”蒙元亨答应道。

蒙应瑞今日拣烂籽不怎么用心，老是拨弄身后的布老虎。蒙元亨拍着儿子说：“谁给你买的这些杂耍？”

“是舅舅！”蒙应瑞欢快地说，“他今天来看我了。”

“大哥回来了？”蒙元亨问。

周琪说：“他前晚刚到保宁，今天就过来看我们了。”

瑞成祥关门之后，罗兵也和蒙元亨一起卖过豆腐。无奈豆腐生意利薄，养不活这么多人。后来，罗兵重操旧业，又去当起了镖师。前不久，他押镖去陕西，前晚刚回来。

蒙元亨拿起布老虎说：“西安的这些个东西，是比保宁府做得精致。”

“那是！”蒙应瑞笑得很开心。

蒙元亨说：“不过你玩物丧志，连拣烂籽都不专心，罚你明早起来拉磨。”

蒙应瑞顿时沮丧无比，说：“说好五日拉一次，前日我才拉过。”

蒙元亨说：“明日是罚你的。再说你十岁了，该多做些事情，我看往后就三日拉一次。”

第二天天不亮，蒙元亨就起床了。蒙应瑞兄弟也被他叫了起来，哥哥拉磨，弟弟力气小些，负责往石磨上撒泡好的黄豆。兄弟合力，很快，乳白色的豆浆就像一道道小溪流顺着石磨往下流。

蒙元亨坐在一旁的地上，时而瞟几眼儿子，时而盯着手上的书。四年来，他一直是清晨起床，一边做豆腐，一边读书。尤其是当年叶凤来交给自己的乌蒙山矿藏图册，不知看了多少遍。蒙元亨越看越入神，身旁来了人也浑然不知。突然，手上的书被夺了去。

蒙元亨抬起头，才听见周琪气呼呼地说："你还好意思使唤孩子，自己却躲一旁偷懒！"

"没事，姑姑，我们不累。"两个孩子称呼周琪姑姑，还笑呵呵地替父亲说话。

"你们去休息，剩下的活我来做。"周琪赶走两个孩子，自己拉起石磨。刚转了几圈，便有些力气不支。

"还是我来吧，你给我撒黄豆。"蒙元亨放下书，走了过来。

周琪的脸色这才好了些，她道："前几天，我爹又寄了一笔银子过来。"

"哦。"蒙元亨点了点头，"你爹给的银子，你放着便是，我用不着。"

周琪有些生气，说："你这人怎么这么倔！自己过得苦便算了，孩子还小。"

蒙元亨说："靠这个作坊，虽说吃不上山珍海味，粗茶淡饭总是有的，饿不着孩子。"顿了顿，他又说："你说我倔，那你呢？本是千金大小姐，却离家千里，跟着我们过苦日子。"

"我愿意。"周琪说道。

桶里的豆浆越来越多，周琪问道："你就打算一辈子卖豆腐了？"

蒙元亨说："都说人生有三苦，打铁、撑船、磨豆腐。像我这样既没本钱，也没其他一技之长的，干份苦活过日子，也算自食其力。"

豆浆磨好了，蒙元亨将辫子盘在头上，使劲把桶担到屋里。屋梁中间悬着一根结实的绳子，两根扁担一样的结实木棒呈十字状固定在一起，中间是一个铁钩，钩在绳子上，木棒上拴着滤豆浆的吊单。将磨好的豆浆倒进吊单，吊单就下坠成了一个大大的布兜。

蒙元亨用两只手抓住吊单的两个角，不停地晃动，细细的豆浆便过滤出来，流到下面的大锅里。他说道：“吊单里的豆渣别扔了，放些作料炒出来，你们中午还能吃。”

周琪抱怨道：“每天吃炒豆渣，我可受不了！”

蒙元亨说：“不吃也没关系，存上几天，我抽空担去城外，卖给农户。那些养猪的人都抢着要。”

铁锅里的豆浆煮到差不多时，蒙元亨开始点豆腐。只见他掂起一只预先准备好的干净木桶，把煮好的豆浆搲到大缸里。然后，他拿起一根棍子，不停地搅动大缸里滚烫的豆浆，另一只手掂着瓦罐，向大缸里慢慢倒进卤水。很快，大缸里的豆浆开始凝固结团，那些洁白的团块大的像拳头，小的像鸡蛋，在大缸里上下翻滚。随着大缸里的浆水渐渐变清，豆腐便“点”好了。不过，这时的豆腐还是水豆腐，蒙元亨与周琪将水豆腐放到架子里压去水分，才制好了真正的豆腐。

蒙元亨闻了一下，说：“这味道真香。”

“当然了。”周琪说，“咱们用的都是上好黄豆，卤水也是拿好料配的。”

蒙元亨有些得意，说道：“做买卖就得货真价实。你没听人说吗，就算蒙元亨卖豆腐，生意也是城中最好的。”

“没听说。”周琪噘着嘴说，“我只听说有小孩不懂落魄的凤凰不如鸡是啥意思，扭着大人问。大人不耐烦了，就说去看看卖豆腐的蒙元亨，就是他那样。”

蒙元亨笑起来，说：“看来他们还拿我当凤凰，没当一般的鸡。”

“什么话到你嘴里，都成了好话。”周琪也笑了，“今日我没什么事，陪你一块儿去卖豆腐吧。”

“不用。”蒙元亨说，“这几日市面上缺铜钱，咱们没做太多豆腐。就这点豆腐，我还嫌担着轻呢。”

“对了，”说到铜钱，周琪突然想起一事，“昨晚我把家里的铜钱收拾了一下，正好给你，到时找补用。”说着，她递过铜钱。

蒙元亨接过铜钱，说：“今天你帮我做件事。柜子里有一锭银子，你拿上银子去钱庄，换成铜钱回来。”蒙元亨又叮嘱说：“通常是一两银子兑一千文铜钱，如今急缺铜钱，即便一两银子兑八百文，咱们也换。”

周琪嘟囔着说："那你可亏大了，卖好几天的豆腐，也赚不回这钱。"

"照我说的办就是。"蒙元亨担起扁担出了门。

走街串巷，沿路吆喝，蒙元亨来到城中的陵江酒肆楼下。二楼有人探出脑袋，喊道："买一块豆腐，快给送上来。"

"好嘞！"蒙元亨赶紧切好豆腐，用手捧着进了酒肆。将豆腐放到桌上，客人点头说："这豆腐看着不错，回家晚上炖着吃。"说着，客人扔出一粒碎银。

蒙元亨说："客官，没铜钱吗？"

客人没好气地说："这年头，铜钱可是稀罕东西，我只有碎银，你要不要吧？"

"瞧您说的，您给的我不要，那不是不识抬举嘛！"幸亏蒙元亨身上带着铜钱，他赶紧找补。

接过铜钱，客人笑眯眯地说："你这个卖豆腐的，嘴巴倒挺甜。"

蒙元亨刚要走，又有一人喊道："给我切一块豆腐。"蒙元亨忙不迭答应，又切了一块豆腐上来。

"放那儿就行。"客人是个二十出头、身短体胖的年轻人，他正与同桌人碰杯，一句话便应付了蒙元亨。

蒙元亨唯恐打扰客人，就站在一旁。年轻人放下杯子，扭头说："不是叫你放下吗，怎么还不走？"

蒙元亨赔上笑脸说："还没付钱呢。"

"要你一块豆腐，还付个屁的钱！"年轻人骂道，"你知道我是谁吗？"

蒙元亨摇着头。年轻人说："我爹是城东绸缎庄的许东家。四年前，你借了我爹五千两银子，到如今还差着三千两。为了这笔烂账，我爹妈没少吵架，一家人都不得安生。如今吃你一块豆腐，就算利息了。"

这四年来，蒙元亨在城中经常遇到债主。有人还算客气，有人会奚落几句，也有人免不了撒顿气。蒙元亨低下头，正打算离开，耳畔却响起一个声音："什么狗屁许东家，连一块豆腐钱也给不起吗？"

蒙元亨一听声音，便知道是周琪来了。年轻人颇为恼怒，一下子站起来。同桌有人认识周琪，赶忙拉了他一下。年轻人说："你一个姑娘家，怎么出口就骂人呢？”

“骂的就是你！”周琪说，“你们家每年有上千匹绸缎卖到江西，质地一般般，价钱还不便宜。我爹看在许东家与蒙大哥是老朋友的分上，才让手下把货接了。早知他有这么个不成器的儿子，便不要绸缎了。”

旁边人赶紧缓颊，将年轻人摁下，又招呼说：“周姑娘来了，坐下一起吃饭吧。”如今保宁府不少人都知道，蒙元亨身边有位周姑娘，人家虽然死脑筋，甘愿留在此处过苦日子，但她父亲却是有钱有势的人物。

“没心情。”周琪说，“赶紧把豆腐钱给了，我好走人。”

年轻人忍住脾气，掏出一锭银子。蒙元亨带的铜钱方才找补光了，他面露难色，道：“没有铜板吗？”

年轻人说：“只有这银子。”

蒙元亨拉了拉周琪，说：“找给他吧。”

周琪说：“我没铜钱。”

蒙元亨说：“我早上不是让你去钱庄换吗？”

周琪说：“钱庄也说没铜钱。我换不到铜钱，才过来找你的。”

年轻人又有些来劲了，说：“不是我不给钱，你找不开，怨不到我吧。”

周琪正想还嘴，被蒙元亨拉住了，他说：“你们慢慢吃，豆腐钱我不要了。”说完，拉着周琪下了楼。

这一天，蒙元亨与周琪早早回了家，倒不是因为怄气，而是市面上铜钱紧缺，像卖豆腐这种小本生意，简直做不下去。一连几天，行情都如此，蒙顺与曾仕诚见状也忧心忡忡。

又过了几日，蒙元亨难得地睡了个懒觉，没做豆腐。直到日上三竿，他才挑着一筐豆渣出门，说去城郊把积攒的豆渣卖给农户。傍晚回到家，筐里已经空了。蒙顺问：“豆渣都卖了？”

蒙元亨摇头说：“没想到乡下和城里一样，家家户户都缺铜钱。买卖没法做，我索性把豆渣送给他们了。”

曾仕诚唉声叹气，周琪问：“既然送给人家了，你怎么现在才回来？”

蒙元亨说：“我下午就回城了，去秀儿家坐了一会儿。”

“何瑞源回保宁了？”秀儿是何瑞源的夫人，周琪以为何瑞源从打箭炉回来了。

蒙元亨说：“何瑞源没在。我去拜托秀儿，让她帮忙照顾我一家老小，还向她借了一百两银子。”

蒙元亨开口借钱，的确令秀儿大吃一惊。当初将打箭炉与广州的分号卖掉时，蒙元亨只有一个条件，掌柜、伙计都不动。即便换了东家，何瑞源仍在打箭炉做掌柜。这些年，他听说蒙元亨在保宁起早贪黑卖豆腐，叫夫人来过好几趟，说要资助银两。蒙元亨硬气得很，谁的银子也不要。

不过今日，蒙元亨一反常态登门，说自己要出远门，不知何时回来，请秀儿帮忙照顾家小，还向她借一百两银子。秀儿二话不说，全答应下来。

周琪问道：“你要出远门？去哪儿？”

“去扬州，找你父亲。”蒙元亨说道。

周琪仔细打量了一下蒙元亨，竟与从前大不相同。常盘在头上的辫子放了下来，似乎还重新梳过，脸上的胡子也修剪了一番。看来，蒙元亨从秀儿那里走后，还去了理发铺。

“去扬州做什么？”周琪又问。

“你不是问我是否打算一辈子卖豆腐吗，如今豆腐卖不下去了，只能换个生意。”这四年来，笑容一直挂在蒙元亨脸上，但那只是坚毅与乐观的笑容。今晚却不同，他的笑容中竟透着得意与激动。

“你有什么打算？是不是要龙游大海，虎入深山了？”周琪也很兴奋。

“人要顺势而为。失了势，是龙得盘着，是虎得卧着；势一来，便要龙腾虎跃。”蒙元亨站起身来，拍着周琪的肩膀说，“你好久没见你爹了，这一趟跟我一起去？”

“好啊！”周琪答得欢天喜地。

蒙元亨连夜收拾行装，第二天一大早便准备动身。他穿上一件绸缎马褂，外套琵琶襟坎肩，这身衣服藏在柜子里，已好久没穿过。他大拇指上戴着一枚和田玉扳指，那是父亲昨晚给他的。四年前，家中变卖金银玉器还债，值钱的东西都卖了，唯独这枚扳指，父亲十分喜爱，偷偷藏了起来。蒙顺说，想必儿子要干大事，自己不想多问，戴上这枚扳指，图个吉祥。

蒙家老幼与秀儿都来到码头送行。随行的，除了周琪，还有罗兵。蒙元亨将借来的一百两银子交给罗兵，让他别在镖局干了，去办件大事。三人在嘉陵江上行了数日，船到重庆，便分开了。蒙元亨与周琪顺流而下，去往江南；罗兵溯江而上，西行宜宾，再弃船登陆，前往云南。

2. 改铸青钱

粉墙黛瓦青石巷，朦胧烟雨醉江南。二十四桥仍在，波心荡、冷月无声。蒙元亨与周琪泛舟而下，不到一个月，便抵达瘦西湖畔的淮左名都——扬州。

船过长江，驶进大运河时，蒙元亨问周琪："扬州分明在长江北岸，为何人们都把它当作江南？"

周琪没想过这些，只好摇头。蒙元亨说："江南究竟在哪儿，或许谁都说不清楚。到后来，但凡杏花春雨、莺飞草长、小桥流水、楼台亭阁之地，便被视作江南。而这些，扬州一样不缺。唐人杜牧咏扬州，说'秋尽江南草木凋'。宋人王安石吟唱'春风又绿江南岸'，也把扬州视作江南。明代状元杨升庵写'江都还笑宝儿憨。断肠春色在江南'，仍在说扬州。这些人当然知道扬州在江北，但扬州却是各人心中的江南。"

周琪莞尔一笑，说："就凭你这一肚子学问，当真不能一直卖豆腐。"

蒙元亨说："我的学问比起你父亲，简直不值一提。不过你一个扬州女子，对扬州实不该一问三不知。"

"我算扬州人吗？"周琪有些惆怅，"我出生在保宁，几岁时便到了京城索相府中。后来，父亲被流放，我便跟着蒙大哥四处流浪。直到现在，我还不会说扬州话。"

"那些年你吃的苦头不少。"蒙元亨叹道。

周琪说："所以我没拿扬州当故乡，我只觉得，蒙大哥在哪儿，我就该在哪儿。"听了这话，蒙元亨看着周琪，良久无语。

周弘毅提前接到了信，连着几天等候在码头。船一靠岸，他便不顾腿疾，拄着拐杖登上船，抱住女儿。回过头，他又对蒙元亨说："你看我这闺女，若不是你来一趟，我都见不上她。"

听父亲这般说，周琪心里涌起愧疚之情，在周弘毅怀中哭了起来。周弘毅拍着女儿说："好孩子，别哭。"

父女团聚，有说不完的话，蒙元亨被晾在一旁。直到第三天，周弘毅才将蒙元亨单独请进书房。周弘毅一瘸一跛，却亲自将茶端到蒙元亨面前，说道："当初我没出手相救，你不会怪我吧？"

蒙元亨赶紧起身接过茶，说："周叔叔做得对。换作我，也会这样做。"

周弘毅抓着蒙元亨的手，说："听琪儿说，这些年你过得很苦，旁人想帮你，你一概拒绝。"

蒙元亨说："我铸下大错，就该自己承担后果，谁也帮不了我。"

松开蒙元亨的手，周弘毅坐回椅子上，说："琪儿见你那般苦，自是心疼。我猜你是有意沉潜，苦其心志，劳其筋骨，只待时机一到，便龙腾千里。此番来扬州，是不是瞅准时机了？"

蒙元亨笑了笑，说："琪儿跟你提过了？"

"她说了一些，但我还想听你说。"周弘毅点了点头。

蒙元亨抿了一口茶，说："一个月前在保宁，我便发觉市面上铜钱紧缺，这一路上所见，铜荒竟愈演愈烈。"

"没错。"周弘毅说，"铜荒一来，百业凋敝，各地的铸钱局虽说日夜赶工铸造铜钱，可几乎无济于事。前几日我接到谕旨，朝廷说江南富庶，命各大钱庄收集铜器交由铸钱局铸造铜钱，不仅供应江南，还要押运十万斤铜钱进京。"

"朝廷这样做，于事无补，甚至是抱薪救火。"蒙元亨说，"周叔叔以为，出现铜荒究竟是何缘由？"

周弘毅说："物以稀为贵，反过来说，越贵的东西就越稀罕。近年铜价攀升，所有人都想囤积铜钱，更有不法者毁钱鬻铜。"

"周叔叔一语中的。"蒙元亨说，"铜荒肆虐，皆因铜价高企，有人毁钱鬻铜。”

所谓毁钱鬻铜，是银铜币制下的一种奇怪而独特的现象。一些人将市面上流通的铜钱收集起来，熔化后提炼出铜料。当铜价低迷时，这种行为无利可图，参与的人自然少之又少。一旦铜价高企，在暴利的驱动下，便会有不少人趋之若鹜。

蒙元亨一路上都在了解市面行情，他道：“我朝白银与铜钱同时流通，大数用银，小数用钱。官府明文规定，白银一两换制钱一千文。近来铜价飙升，需用一两二三钱银子才能易钱千文。一千文铜钱，大致能炼出八斤重的黄铜。以目前的铜价，八斤黄铜能卖到一两六七钱。”

“也就是说，”蒙元亨加重语气，“毁钱一千即可获利白银四五钱。如果毁钱铸造为铜器出售，利润更丰厚。如此一来，市面上的铜钱岂能不缺！”

周弘毅思忖了一会儿，说道：“你说的这些弊端，朝廷不是不知晓，故而三令五申，要各地严查毁钱鬻铜。几日前，扬州便抓了几十号人，听说还会有人脑袋搬家。”

蒙元亨说：“铜钱吃紧，货物不能流通，百姓生计艰难，朝廷自然忧心。但是，历来杀头的生意有人做，亏本的买卖没人干。只要铜价不跌，毁钱鬻铜之人便会更多，制出再多铜钱，也是羊入虎口。”

周弘毅哼了一声，说：“要天下钱庄收集铜器交由铸钱局，还是岳江南的主意。他说危难之际，商帮中人应奋力争先，为君父分忧。”

“岳江南其心可诛！”蒙元亨一拍椅子，说道，“我方才说的道理，岳江南不会不懂。明知适得其反，还要蛊惑朝廷，欺瞒世人，只因他想着保住铜价。”

蒙元亨继续说：“自打禁铜令颁布后，大清国内已无一座矿厂。铸钱所需的铜，要么由老旧铜器熔铸，要么购自日本。岳江南经营海运，几乎独占了采办洋铜的生意。他手里铜最多，也最希望铜价高企。比起那些毁钱鬻铜者，岳江南的手段更高明，用心却更险恶。”

周弘毅盯着蒙元亨，说道：“病因找到了，如何治呢？要让铜价跌下来，让毁钱鬻铜者无利可图，朝堂上那么多聪明人都束手无策，你能有办法？”

蒙元亨胸有成竹地说："论作诗词歌赋，写八股文章，我不如朝堂上的衮衮诸公，可说到铜政，我自问强过他们。过去四年在保宁，我除了卖豆腐，就是钻研铜政书籍。整整四年，我等的就是今日。"

周弘毅端起茶杯，说道："能让铜价跌下来，铜荒自然可化解，岳江南更第一个遭殃。全天下，就数他囤的铜最多。"说到这里，周弘毅顿了顿，接着又笑眯眯地道："此番你不是报私仇吧？"

蒙元亨沉吟了半晌，点头说："公私兼顾，亦无不可。我有今日，也是拜岳江南所赐，这个公道也该讨回来了。"

周弘毅放下茶杯，说道："这些年，岳江南仗着有靠山，又独占海运生意，目空一切，狂得没边了。无论是陕、晋、徽三大商帮，还是海外的夷商，他都不放在眼里，从丝绸、茶叶到洋铜，凡经他手的东西，他无不压价盘剥，敲骨吸髓。岳江南手下的一个襄理，见到那些年长的东家，竟也不知收敛，吆五喝六。"

"所以你是该出山，治一治他了。"周弘毅缓缓走过来，拍着蒙元亨的肩膀道，"今晚我带你去见一个人，你可助他一臂之力，他也能帮到你。"

开明桥乃扬州二十四桥之一，开明桥畔，坐落着两淮巡盐御史官署。巡盐御史不过七品官，但有清一代，这是出了名的肥缺。谁能当两淮巡盐御史，两江总督说了都不算，必须得紫禁城里的皇上点头。那些三四品的文臣武将，见着七品巡盐御史，也丝毫不敢造次。

到后来，两淮巡盐御史官署的称呼只见于正式公文，在盐商与扬州百姓口中，这里叫作扬州盐院，是能左右天下财富，让盐商们上天堂或下地狱的地方。七品巡盐御史，则被尊称为盐院大人。

康熙年间，有两人先后轮流兼任两淮巡盐御史，执掌天下盐务多年，一人是江宁织造曹寅，一人是苏州织造李煦。曹、李两家是姻亲，曹寅十六岁时入宫为康熙侍卫，李煦是曹寅的妹夫，在京师时做过畅春园总管。一对姻亲分别掌管江宁与苏州织造，还轮流兼任盐院大人，正是这等风光，才造就了日后《红楼梦》中的"贾史王薛"。

如今兼着两淮巡盐御史的，正是江宁织造曹寅。曹家流金淌银，曹寅早已将金银视为俗物，他爱好诗词风雅，瞧不上那些胸无点墨的盐商，却对才识卓绝的周弘毅高看一眼。尤其是当年曹寅奉旨刊刻《全唐诗》，周弘毅不仅捐出家中藏书，还号召江南士绅鼎力支持，令曹寅感念在心。

有曹寅执掌，扬州盐院这个整日与银子打交道的衙门里面却雅致无比。官署中小桥流水，还建有一座观风亭。今日，就在观风亭内，曹寅以上宾之礼宴请蒙元亨。保宁城中的贩夫走卒或许对挑担卖豆腐的蒙元亨十分轻慢，但像曹寅这种人，反而对蒙元亨礼敬有加，因为他清楚此人曾创下过何等伟业，干过何等惊天动地的大事。

满桌精致的淮扬菜几乎没怎么动，曹寅拿起手帕揩着嘴巴，说道："铸钱局的事本不是我的差事，无奈江南乃天下财源之地，铜荒一来，皇上让我盯着铸钱局那边。曹某才具有限，惶恐得很。所幸蒙先生大驾前来，铜荒如何解，愿先生有以教我。"

蒙元亨说："曹大人过谦了。以皇上的识人之明，若不是你有经天纬地的大才，也不会将万斤重担压到你肩上。"顿了顿，他又说："大人明鉴，铜荒来势汹汹，皆因毁钱鬻铜，而要杜绝毁钱鬻铜，除了施行严刑峻法，更得让不法之徒无利可图。"

曹寅说："道理是不错，究竟如何做？"

蒙元亨穷数年之功钻研铜政书籍，此刻终于派上了用场，他侃侃而谈道："市面上的铜钱，实则乃黄铜质钱，由铜锌合炼而成。黄铜质钱精美厚重，含铜量高，若是将钱熔掉，能提炼出较多铜料。如今铜价高企，有人看中了这一点，从黄铜质钱中提炼生铜，转手高价卖出牟利。"

蒙元亨继续说："黄铜质钱在明代嘉靖年间才流行开来，之前市面上的铜钱称为青钱，乃铜、铅、锡合金。青钱看着没有黄铜质钱光鲜，含铜量低，且青铜质脆，除铸镜外，不能打造别项器皿。另外，青钱中的锡不易剔除，若想熔化青钱提炼出铜，需特制的炉子，耗费大大增加。"

周弘毅在一旁说道："青钱含铜量低，熔解冶炼亦花费甚多。也就是说，即便毁钱鬻铜者毁了铜钱，炼出铜来，那也是亏本买卖。"

"正是。"蒙元亨说，"如今铸钱局正日夜赶制铜钱，大可改变工艺，不铸黄铜质钱而铸青钱。待青钱流入市面，毁钱鬻铜便成亏本买卖，铜荒或可化解。”

曹寅点着头说：“这一招倒是釜底抽薪。”“不过，”他话锋一转，“不瞒蒙先生，改铸青钱的主意，有人曾提过，最终却推行不了。如你所说，自前明嘉靖朝之后，朝廷皆铸造黄铜质钱，青钱铸造之术几近失传。我问过工匠，对方说若从头钻研，起码得要半年才能有所成。铜荒愈演愈烈，朝廷怕等不了半年。”

蒙元亨说：“大人所虑极是，指望铸钱局中现成的工匠，难免缓不济急。”停顿了一下，他又说：“所幸我识得一帮工匠，可以立马上手，铸造青钱。”

“哪有这等工匠？”曹寅既疑惑又惊喜。

蒙元亨说：“当年在云南，吴三桂不仅私采铜矿，亦曾私铸铜钱。为了节省铜料，云南的工匠便铸过青钱。这才不过十几年，当年的工匠大多健在。请他们来，立马能上手。”

曹寅大喜过望，说：“我这就给云贵总督去信！”

“不劳大人。”蒙元亨说，“此前我从保宁浮江东下时，便派人去了云南，招募擅长铸造青钱的工匠。如今人已在路上，不出一月即可抵达扬州。”

“好啊！”曹寅一巴掌拍在石桌上，“蒙先生此来，当真替朝廷解了燃眉之急。”曹寅端起酒杯，先敬蒙元亨献此良策，又敬周弘毅为国荐贤。

蒙元亨放下酒杯，缓缓说道：“铜荒的根源在于铜料紧缺，推高铜价。这个病根不除，隔一段时间，铜价还会涨上来，到时又会有人打毁钱鬻铜的主意。”

“如何治本？”曹寅问。

蒙元亨说：“老百姓都知道一句话，手里有粮，心中不慌。朝廷若要应对自如，手里就得有铜。如今大清的铜，一者靠收集老旧铜器，二者靠采买洋铜，都不稳当。大清地大物博，并不缺铜矿，只要允许开矿，一切问题便迎刃而解。”

曹寅闻言皱起眉头，隔了一会儿，双眉才舒展。他道：“蒙先生的意思我明白，但这等大事，不是我能做主的。不过，只要此番能化解铜荒，我愿为此事奔走呼吁。”

蒙元亨站起来，双手抱拳道：“多谢曹大人！”

曹寅又说：“改铸青钱之事，不能张扬出去，就得出其不意，铸钱局那边我会打招呼。此外，运送青钱进京也干系重大，沿途绝不可走漏消息。此事不知能否劳驾周先生？”

周弘毅说：“能为大人效力，是老朽的福气。”

曹寅点了点头，说：“待青钱运到北京，你便传回消息，从京师到江南，我要让青钱同时流入市面，使那些毁钱鬻铜的不法之徒措手不及。”

3. 趁岳江南手头没有现银，发动一场挤兑

一晃两月过去，在曹寅的主持下，江南数家铸钱局铸造出数十万斤青钱。周弘毅奉命押运青钱进京，蒙元亨也随行。

船队走了数日，从大运河拐入通惠河、玉河，远远已能看见万宁桥。蒙元亨还是头一回走大运河，周弘毅经营盐业，自然对大运河十分熟悉。船队从扬州出发后，他一路与蒙元亨及女儿周琪谈论两岸的风土景色。

周弘毅指着万宁桥说："此乃大运河上的第一座桥，过了这桥，便快到积水潭码头。那里是大运河的起点，从江南漕运来的物资都在那里集散，历来热闹非凡。船工们都说，挨着积水潭的烟袋斜街有一家豆腐店做的豆腐很好吃，咱们一会儿去尝尝，看比元亨做的如何。"周弘毅一说到蒙元亨的豆腐，众人都笑了起来。

下了船，周弘毅与户部的官吏办好交接，一行人便走进烟袋斜街的豆腐店，点了几碗豆腐。蒙元亨尝了一口，说："北方的水太硬，这豆腐没我做的好吃。"接着，他饶有兴致地聊起做豆腐的诀窍。

闲聊之余，蒙元亨问："曹大人说他很快也会进京？"

周弘毅点头道："他要押运江南饷银，那可是几十万两白银，一点马虎不得。到那时，若青钱之策见效，铜荒缓解，曹大人正好可替你说话，奏请朝廷再开铜禁。"

蒙元亨笑了笑，说："但愿一切顺利。"

吃完豆腐，众人去往客栈。刚进客栈，店小二就说："请问哪位客官是蒙

元亨？”

蒙元亨心中纳闷，自己才到京师，怎么就有人找？他随口答道：“我就是。什么事？”

一个小孩跑过来，说道：“有人让我送信给你。”

蒙元亨拆开信一看，顿时喜上眉梢，对周琪说：“苏先生来北京了，他约我相见。”

周琪也很高兴，说：“那咱们这就去见苏先生。”

小孩却说：“托我送信的人说只让蒙先生一人去。”

周琪噘起嘴说：“苏乐西这个洋老头，规矩还挺多。”蒙元亨笑着说：“没事，我先去见见他。反正咱们在京师还得待一段时间，有的是机会。”

蒙元亨跟在小孩身后，兴冲冲地出了客栈。穿过几条胡同，小孩在一座四合院前停住。院门是打开的，里面人声嘈杂，各色人等穿梭。这里挨着天桥，看样子里面住着不少商贩与江湖卖艺的。蒙元亨心里犯嘀咕，苏乐西从前来京师都住在教堂，如今怎么选这个地方？

走进院子，小孩拿手一指，说：“最里面那一间。”说完，便一溜烟跑了。

蒙元亨更加生疑，缓缓走了过去。推开门，只见屋里蹲着一个穿粗布衣服的女子，正背对着门搓衣服。哪怕只瞟了一眼背影，蒙元亨也立刻认出，这是文知雪。他又惊又怕，赶紧关上门，道：“怎么是你?！”

文知雪转过头，露出笑容，道：“蒙大哥，你来了。”尽管穿得简陋，更未施粉黛，但文知雪依旧十分漂亮，比之四年前，人微微胖了些，脸色红润了许多。

蒙元亨压低声音说：“你怎么敢来北京？这里不是打箭炉，知道有多少人认识你吗？”

文知雪蹲得太久，站起身扭动腰杆。她说：“我知道京师有许多人认得我，所以才选这地方住。这里全是干下九流营生的人，认识我的人都不会来这里。我来了半个月，还接了些替人洗衣服的活。”

蒙元亨又问：“苏先生呢？”

文知雪说："他本要与我同行，被我劝住，留在了打箭炉。我最好独来独往，免得出了事连累别人。"

蒙元亨仍不解，道："这信为何是苏先生的笔迹？"

文知雪笑了笑，说："我自幼研习书画，丈夫还是金石篆刻的大家，想要模仿谁的笔迹，不会太难。"

文知雪搬来一张凳子，说："我这里简陋，你将就着坐，别嫌弃。"

蒙元亨坐下来，又环视了周围一圈，说："你选的地方倒不错，一点不起眼。"接着，他又说："你来京师做什么？我不是让你永远别回来嘛。"

文知雪没有回答，而是反问道："听说你在保宁府卖豆腐，为何来京师？"

"我有事要办。"蒙元亨说。

文知雪眉头一皱，目光坚毅，说道："我也有事要办。"

蒙元亨已料到文知雪要办的事想必与自己一样，他沉吟了一会儿，说道："莫非打箭炉也闹铜荒了？"

文知雪说："全天下都在闹铜荒。昔日的瑞成祥东家能瞧出端倪，我这个当初的文盛合东家好歹还坐过山陕商帮的头把交椅，没道理浑然不觉。"

"我和你不同，"蒙元亨说，"我不是死囚。"

文知雪的脸阴沉下来，眼中射出寒光。她说："没错，我是死囚，但我有今日，都是拜一人所赐。你知道吗，四年前，文家大院被抄，我哥哥文知桐与两个侄儿被流放充军，宋叔叔一把年纪，被活活打死在牢里。还有宇峰，被腰斩于京师。那是最残酷的刑罚，把一个人的腰杆切断，一时却死不了。宇峰拖着半截身子，在剧烈的痛苦中挣扎着爬出一丈远才咽气。"

"对付岳江南的事我来办，你赶快离开，这里太危险。"蒙元亨说。

屋里沉寂了一会儿，文知雪站起身，从柜子里取出一个牛皮口袋，说道："蒙大哥，我的命是你救的，但有一样东西我得还给你。这是你当初送我的鸦片，这玩意特别耐放，四年了也没腐坏。"

"金大伦写信来，说你已戒掉鸦片。"蒙元亨脸上掠过一丝欣慰。他看文知雪的面色、体态，确实比当初好了许多。

文知雪说："从昆明到打箭炉，我身体难受极了，好几次烟瘾发作，人快死过去。但我坚持忍着，心想一定要戒掉鸦片。”

“你是个意志坚定的人。”蒙元亨点头说。

文知雪摇了摇头，几乎是咬牙切齿地说道：“不单是意志坚定，更因我记着深仇大恨！为了报仇，我必须活下来，还要戒掉鸦片。”停顿了一下，她又说：“我忍辱偷生，就是为了报仇。如今终于有机会了，难道还会怕危险吗？”

“你呀你！”蒙元亨一拳捶在腿上，他知道很难劝得了文知雪，但越是这样，他越替对方担忧。

蒙元亨脑筋一转，决定换一种方式。他说：“我已经出手了，岳江南很快就会自食恶果。事情都已安排妥当，你帮不上忙，反而是累赘。”

文知雪说：“别急着赶我走，先说说你的主意。生意的事我也在行，不比你和周弘毅差。”

“威震天下的文盛合女东家，谁敢说你不在行？”蒙元亨苦笑一声，接着说出了改铸青钱之策。他还说，十万斤青钱已押运进京，很快便会流入市面。

文知雪想了想，拍掌说道：“青钱现身，毁钱鬻铜难以为继。没人再挖空心思囤积铜钱，铜价就会大跌，够他岳江南喝一壶的。”

“当初在云南，我使劲拉你合伙，真没看走眼。乌蒙山那么多东家、掌柜，就数你最懂铜务，如今一枚青钱便解了铜荒。”文知雪笑起来。

“你还好意思说这事，那时你伙着李一功那王八蛋，硬把我逼到了墙角。”蒙元亨也哈哈笑道。自打泾阳棉花大战之后，他们已好久没这样开过玩笑。两人的笑声既畅快又深沉，既熟悉又陌生。

蒙元亨收住笑容，劝道：“我说得没错吧，青钱这一局咱们胜券在握，你就别留在京师添乱了。”

文知雪摆了摆手，说：“青钱一出，岳江南是得亏上一笔，但离扳倒他还差着一大截。”

蒙元亨盯着文知雪说：“既然你对生意在行，就该知道步步为营的道理。岳江南已然坐大，岂是一下子能扳倒的？唯有积小胜为大胜，日积月累，方可成功。此战过后，若朝廷废除铜禁，我便能重操旧业，到时再与他决一雌雄。”

“太慢了，”文知雪摇头说，“我等不了那么久。再说分明有机会一招毙命，何必给他喘息之机。”

“知雪，你应该清楚这四年岳江南已把生意做得有多大，哪有什么一招毙命的机会？”蒙元亨并不认为目前有一举扳倒岳江南的可能。

文知雪说：“岳江南的生意做得有多大，我当然知道。他用龌龊手段吞掉了文盛合所有钱庄、茶行，如今他一人几乎凌驾于三大商帮之上。”

“不过，”文知雪话锋一转，“生意做得越大，破绽就越多。尤其经营钱庄是钱生钱的生意，看上去日进斗金，但稍有不慎，便会粉身碎骨。说到铜务，你比我强，但论起经营钱庄，恐怕没人比我更清楚。”

“你有什么打算？”蒙元亨问。

文知雪说：“京师钱庄有一大进项，就是将收来的银铜卖给户部下面的宝泉局，由宝泉局铸造出新的银锭铜币。这是一桩大买卖，又是与朝廷做生意，自然没法钱货两清。通常是钱庄先交去银铜料，户部两月结一次账。当然，能做这买卖的都是大钱庄，比如之前的文盛合，还有现在岳江南的钱庄，一般小钱庄没有本钱来垫，更拖不起。”

蒙元亨仔细听着，却仍不解，他道：“这和扳倒岳江南有何关系？”

文知雪拍打着自己的粗布衣服，说：“下个月，江南的曹寅该进京了吧？”

蒙元亨略有些惊讶，道：“你连这也知道？”

文知雪哼了一声，说：“你再怎么卖豆腐，都是蒙元亨；我再怎么替人洗衣服，也是做过文盛合东家的人。差不多每年这时候，兼着江宁织造与两淮巡盐御史的曹寅就会押解江南饷银进京，户部收了银子，才和各家钱庄结账。”

文知雪接着说：“若是曹寅的饷银没到，户部没银子，京城各家钱庄的日子便不好过。”

蒙元亨说：“押运江南饷银是大事，曹寅绝不敢耽搁。”

“平常不敢，今年或许有机会。”文知雪说，“我在打箭炉时听说，西藏局势又动荡起来，朝廷有意用兵。兵马未动，粮草先行，打仗可是要花银子的。”

文知雪又说：“曹寅可以上奏朝廷，说一旦用兵川藏，便得用银子，江南饷银由长江运往四川最为便捷，若先走漕运到北京，再调拨四川，就跑了冤枉路。朝廷是否准曹寅所奏，自是两说，但这一来一去，押运江南饷银进京的时程便缓下来。”

文知雪接着说：“你与曹寅交情不够，他未必会帮你。但曹寅与周弘毅交往颇多，让周弘毅出面，曹寅或许能答应。岳江南独霸海运，在丝绸、茶叶生意上没少盘剥周弘毅，对扳倒岳江南，他会有兴趣的。”

看来文知雪当真谋划了许久，不仅谋划报复之策，更参悟人心。听到这里，蒙元亨自然明白了文知雪的打算，他缓缓说道：“钱庄生意盈亏尚在其次，最怕的就是周转不灵。岳江南刚在铜料生意上吃了亏，又被户部拖欠银子，银窖里想必没多少现银。这时放出风声，引发一场挤兑，他拿不出现银，钱庄便撑不下去。”

文知雪眼中闪过一丝兴奋，她道：“天下生意，大道相通，你虽未经营过钱庄，却把道理悟透了。”

蒙元亨默默在心中权衡着，这计策虽说大胆，却颇为可行。文知雪又加重语气道：“周弘毅虽是儒商，但儒商也是商。曹寅既是官场中人，也是皇商，多年来拿着内务府的银子替皇家做生意。你得告诉他们，岳江南一倒，那些海运、钱庄生意便能由别人接手。这等发大财的机会，不是随时都有的。”

“无利不起早，这些道理我当然要跟他们说清楚。”蒙元亨点了下头。

4. 先干掉一家小钱庄，才能让挤兑风潮更凶猛

蒙元亨回到客栈，当然不敢说文知雪来了京师，只说自己谋划出一条计策。周弘毅仔细权衡了一番，觉得大有可为。计策若成，便是不费一枪一弹做成一笔大买卖，即便失手，也谈不上有任何损失。这样的生意，何乐不为?

文知雪说得没错，能宰了岳江南这只肥羊，自家还能分到肉，众人无不摩拳擦掌。周弘毅不顾舟车劳顿，亲自赶回扬州面见曹寅，接着再走运河星夜奔回京城。

几方达成默契，一切都在有条不紊地向前推进。青钱如期入市，铜荒逐渐缓解，铜价应声而跌，但凡囤积铜料的钱庄，无不巨亏。曹寅此时上奏朝廷，一副赤胆忠心、为国分忧的样子，请示江南的饷银是否直送四川。朝廷说要商议之后再决定。这正是他们最乐见的局面，朝廷越是议而不决，岳江南便越是急得跳脚。

这段日子，蒙元亨又去找过文知雪一次，却不见她踪影，周围人说她搬走了。蒙元亨心想，文知雪不能在一个地方住太久，搬家是对的。但愿她一切顺利，已离开京师了吧。

蒙元亨与周弘毅估算时间，认为最后一击的时机即将到来。此前，他们安排了几十号人将银子存进岳江南的钱庄，到时这些人拿着字据一齐去取银子，在钱庄门口排起长龙。另外，又派人散播消息，说铜价大跌，岳江南的钱庄遇到了大麻烦。周弘毅说，积水潭码头乃大运河起点，南来北往的商人最多，消息从这里放出去，立刻能让天下皆知。

一连几日，蒙元亨都在积水潭码头布置调度，有时连饭都顾不上吃。这日傍晚，蒙元亨肚子饿得咕咕叫，才想起没吃午饭。周弘毅介绍的那家豆腐店，虽说手艺赶不上自家，也还凑合。蒙元亨来到烟袋斜街，坐进店中。

小二刚端上豆腐，旁边便蹿出一人，拍着他的肩膀说："苏先生想见你。"

"哪个苏先生？"蒙元亨警惕问道。

此人一脸严肃道："自然是你的老朋友苏乐西先生。"

蒙元亨知道，苏乐西根本没来京城，说苏先生要见自己，必是文知雪有事。唉，她怎么还没走？一口豆腐没吃，蒙元亨便跟着此人走了出去。

文知雪的新居所离上回的地方不远，如今她只能寄居在下九流人物穿梭之地，真要去了富丽堂皇之所，那些京师权贵、富商巨贾，谁不识昔日文东家？

但与上次不同，今日文知雪身边多了一个人，便是段运鹏。"知雪，你……"蒙元亨既惊讶，又想要埋怨。文知雪来京师已是危险重重，更不应见故人。

文知雪扬起头，说道："没事。这世上如果还有一个可以相信的人，便是运鹏。"

段运鹏向蒙元亨行礼道："多谢你的大恩大德。这些年，我一直以为东家死在了昆明，没想到她竟然活着，还能回来带着我们报仇。"

蒙元亨拍了拍段运鹏，转头对文知雪说："你怎么还留在京城？上回你说的事，我与周先生正在办，这里已经不需要你！"

新居所比之前好一些，除了有凳子，还有一张茶几。文知雪请蒙元亨坐下，递过一杯茶，缓缓说道："我知道你们正紧锣密鼓地干着，但岳江南非寻常人物，多我这样一个帮手，会有好处的。"

"有我与周先生，你还有什么不放心?！"蒙元亨真是急了。

文知雪说："不放心倒谈不上，只不过我想加一味作料。"

"什么作料？"蒙元亨皱着眉道。

文知雪说："青钱已经入市，江南饷银也被曹寅扣下，岳江南的日子必定不好过，我猜想你们该出手了。"

"但是，"文知雪脸一沉，语气陡转，"前几日我见了运鹏，得知一个新情况。这几年，运鹏在马老爷子的钱庄干。据他说，马老爷子也囤积铜料，这回亏了个底朝天。江南饷银未到，户部的银子拖着，他的银窖已经空了。”

马老爷子自然是泾阳大商马天行，当年山陕商帮中仅次于文善达的第二号人物。这些年，马天行把钱庄开进了京城，规模虽不及岳江南的钱庄，毕竟也是京城四大钱庄之一。

文知雪接着说：“我对岳江南的账目不清楚，但估摸着来说，他连遭重创，手头的银子必不宽裕，若遭遇挤兑，顶多撑个七八天。马老爷子远不及岳江南，他连两天都撑不过去。”

蒙元亨在商海沉浮多年，听到这里，他已明白文知雪话中暗藏的杀机：她要先攻马天行。

蒙元亨谋划多时，目的就是在市面上制造恐慌氛围，让人去挤兑岳江南的钱庄。若照文知雪所说，先攻倒马天行，那就不单是散布流言，而是造成血淋淋的现实。作为四大钱庄之一，马天行的钱庄不到两天便垮掉，人们的恐慌将一发不可收拾，挤兑风潮自然愈演愈烈。

倘若岳江南真能撑上七八天，或许还有侥幸躲过一劫的希望。但要是马天行横尸在前，挤兑怕是十几天也停不了。

文知雪这招连环杀，巧妙绝伦，却也狠毒无比。蒙元亨有些迟疑，说道：“马天行与我没有交情，也没有过节儿，你文家与马家却是世交，如今真要下狠手吗？”

“蒙大哥，你知道咱们为何都败在岳江南手里吗？就因为没他心狠。此事若换作岳江南，断不会有一丝一毫犹豫。如今为了扳倒岳江南，我谁都可以牺牲。”文知雪语气冷淡，但蒙元亨却能感受到她心中燃烧的仇恨火焰。

“没错，干吧！”一旁的段运鹏也情绪激愤。

蒙元亨盯着段运鹏说：“小段，据我所知，当年文家蒙难，是马天行看在多年交情的分上收留了你，这些年待你也不薄。如今你却把这生死攸关的消息透给知雪，让马家遭遇灭顶之灾？”

段运鹏脸上现出羞愧之色，但他旋即又抬起头，坚定地说：“当年蒙掌柜同样对我有恩，但文老东家让我干什么，我断不会有丝毫犹豫。这辈子，我就是文家的人，欠蒙掌柜与马老爷子的，我下辈子当牛做马还。”

屋里沉默了片刻，蒙元亨双目直视文知雪，重新开口道：“就按你说的办，先攻马天行，再战岳江南。但是，你也得答应我一个条件。”

“你说。”

“你得离开京师。明天就走，一刻也不能耽搁。”

“好吧。”

5. 岳江南明白，不守住潼关，长安势必不保，故而提出四大钱庄互保

京师最繁华的大街上，两家广诚德钱庄比邻而处，其中一家四年前还叫文盛合。后来，文家走了麦城，岳江南将文家的钱庄吞并过来。岳江南初入京师，钱庄沿用归化钱庄的名字，叫作汇鑫，一年前才改名广诚德。

广诚德原是苏杭八大布庄之一，也是岳家的祖业。当年岳江南千里西进，与山陕商帮争夺棉布商路，用的便是广诚德的招牌。不料泾阳一战，岳江南惨败于文知雪之手，仓皇夜奔，广诚德更是灰飞烟灭。后来，岳江南做过许多生意，也新建起不少商号，却没用过广诚德的名字。直到一年前，岳江南发话，将名下的钱庄、丝绸作坊、茶行、船行等全部改名为广诚德。岳江南自信满满，认为是时候恢复先祖荣光了。

今日一早，广诚德钱庄的伙计打开门，便看到隔壁马天行的钱庄门口围着人，显然是遭遇了挤兑。伙计们议论起来，有人说："昨晚就听到消息，说马天行的钱庄要倒闭。瞧今天这架势，想不倒都难。"还有人幸灾乐祸，说："这个马天行倚老卖老，听说去年中秋钱庄东家聚会，他竟数落了咱们东家几句。"又有人说："刚看到马天行坐着马车出了门，说是去东家府上求援。这一回，他是没打算要自个儿的老脸了。"此言一出，伙计们笑成一团。

伙计们的消息没错，此刻马天行的确已到了岳江南府上，不过岳江南忙着下棋，让马天行在前厅等候。这几年，岳江南的宅子扩大了一倍，愈发气派，他往往在宅中会见属下，面授机宜，商号反倒去得少了。

岳江南喜欢下棋，同时手边还放着一张“雨霆”琴，不时拨弄几下。他说一手不可二用，既要拿棋子，又要拨琴，实在难为自己。于是他发明了一种“活棋”：在地上画好棋盘，让三十二个年轻貌美的侍女穿上定制的衣服，举着旗子，随着自己的口令在棋盘上不停移动。

今日这盘棋，下了快半个时辰，依旧难解难分。岳江南盯着地上的棋盘，正在沉思。这时，下人轻轻走过来，说道：“马老东家让我们再来通报。”

岳江南随便划了一下琴弦，说：“急什么！让他等着吧。”

下人正要转身而去，岳江南又说：“无论马天行怎么催，都别来打搅我。反正他今日不会走，就让他多等一会儿。”接着，他又吩咐道：“苏定河与闫润鹤到了，再来通报我。那时，我也该下完了。”

又过了两刻钟，岳江南终于现身前厅。马天行、苏定河、闫润鹤三人赶紧起身。岳江南笑着点头，接着朝马天行抱拳道：“马老东家，不好意思，让你久候了。”

马天行心中有再多不悦，此刻也只能忍住，他还礼道：“今时今日，岳东家能拨冗相见，老朽已感激不尽。”

岳江南请马天行入座，接着说：“不是我架子大，而是要等苏东家与闫东家。他们到了，京城四大钱庄的东家才算聚齐。四大钱庄素来同气连枝，今日马老东家遇到难处，非得咱们四人一起商量才行。”

文盛合垮台之后，京城渐渐形成四大钱庄的局面。为首的自然是岳江南的广诚德；位居第二的是晋商闫润鹤的钱庄；苏定河前年自立门户，也建起钱庄；马天行的钱庄实力最弱，只能敬陪末座。

四大钱庄的东家，岳江南是徽州人，闫润鹤来自山西平遥，苏定河与马天行都是陕西人。由此可见，无论风云如何变幻，陕、晋、徽三大商帮执商界牛耳的局面始终维持着。

岳江南刚说完，闫润鹤就笑起来，他道：“什么四大钱庄，不过是凑数而已。我们三家钱庄合在一起，也赶不上岳东家的广诚德。”闫润鹤既是说实话，也是未雨绸缪。他心想，什么四大钱庄同气连枝，莫不是岳江南要拉上我们一块儿救马天行？反正我有心无力，没这个本事。

岳江南微微一笑，放下茶杯道：“大家都到了，我也不绕圈子。马老东家的钱庄遭遇挤兑，绝非一家之难。唇亡齿寒呀，一旦他的钱庄垮掉，咱们必受波及。”

“岳东家一语中的！”马天行竖起大拇指，此前枯坐一个时辰的怨气完全消解。

“怎么救马老东家？”闫润鹤问。

岳江南说：“下午就发布告示，言明四大钱庄互保。咱们自然要借银子给马老东家，助他渡过难关。另外，凡持有马老东家钱庄字据的，都能到另外三家取银子，他的字据咱们都认。”

马天行激动地站起身，说道：“岳东家仗义相救，请受老朽一拜！”

岳江南没看马天行，而是把目光投向闫润鹤与苏定河，说：“你们以为如何？”

苏定河低着头没吭声。闫润鹤搓着手，隔了半天才说：“这主意不错，但鄙号实力有限，哪里拿得出银子？”

“你呢？”岳江南又逼问苏定河。

苏定河毕竟与岳江南关系匪浅，他道：“当着你的面，我就直说了。自打青钱冒出来，铜价大跌，咱们钱庄的日子就不好过了。套句老话，地主家也没有余粮。”

“鼠目寸光！”岳江南说，“从青钱入市到钱庄遭挤兑，还有江南饷银被扣，你以为这只是针对马老东家？我敢肯定，背后一定有阴谋。今日若不奋力相救，明日自救亦不可得。”

苏定河说：“你说的这些我都认，但问题是我手头拿不出银子。”

岳江南挥了挥手，说：“算了，也别指望你们了。方才闫东家说，你们三家凑一块儿，也赶不上广诚德。这话是把我架在火上烤，但事到如今，我也只能认了。我借银子给马老东家，你们两家若手头紧，我也一并借。但告示还得按之前说的写：四大钱庄互保。”

“没问题。”闫润鹤与苏定河异口同声答道。他们不用掏银子，还能借来急需的银两，天下哪有这种好事。

“就这样吧。”岳江南抿了口茶，“我跟底下人打招呼，银子立刻起运。四大钱庄互保的告示，下午也发出去。”

马天行抓住了救命稻草，自是千恩万谢，闫润鹤出门时也兴高采烈。苏定河却留了下来，他道：“老岳，你这次可真玩命了，不计前嫌，一家救三家。”

岳江南哼了一声，冷笑道：“亏你还是陕西人，你难道不明白，潼关虽小，却是天险；长安虽大，却得靠潼关拱卫。我不是救三家，而是三家中任意一家倒掉，便失了潼关天险，长安亦将不保。”

“为今之计，只能如此了。”苏定河轻叹一声，接着说，“你知道吗，蒙元亨也进京了，是跟周弘毅一起来的。”

“听说了。”岳江南点了点头，“铸造青钱的主意，定是蒙元亨想出来的。他在乌蒙山跌了个大跟头，看来也学到些真本事。”

岳江南面色凝重，接着说：“从青钱入市到江南饷银被曹寅扣住，再到京城有人放出风声挤兑钱庄，所有事情都太巧合。我是不相信世上有那么多巧合的，多半是蒙元亨与周弘毅暗中捣鬼。”

苏定河也忧心忡忡，说道：“若有人存心放暗箭，挤兑风潮一时怕平息不了。”

“所以我才要发布告示说四大钱庄互保。”岳江南说，“只有让人相信，咱们手里不缺银子，一家钱庄都不会倒，挤兑风潮才能过去。”

苏定河又说：“你既要守潼关，又要顾长安，有那么多兵马吗？你手里的铜最多，这回铜价大跌，你也吃了不少亏吧？”

岳江南扶着椅子说：“我是吃了亏，但要对付蒙元亨与周弘毅，自问还有把握。他们想玩一把，我便奉陪到底。”

岳江南又说：“我自会想办法撑住，你不必担心。接下来，你只需做一件事，就是每天缠着徐文锐，让他去找八爷，务必催促曹寅早些押运饷银进京。只要江南饷银一到，所有问题便可迎刃而解。”

“好！”苏定河答应道，“虽说咱们分了家，我依旧唯你马首是瞻。”

一晃二十天过去，四大钱庄互保的消息早已路人皆知，一车车白花花的银子从广诚德运往其他三家。尽管挤兑风潮闹得人心惶惶，但四大钱庄竟一家都没倒。到了今日，朝廷又传出消息，说江南饷银先押解至北京，还命曹寅立即启程，一刻也不准耽误。渐渐地，来钱庄提银子的人少了，还有不少人将之前取出的银子又存了回来。

这日，段运鹏驾着一辆马车，来到城郊的一座尼姑庵。文知雪虽答应了蒙元亨，实则并未离开。这段日子，她寄居在尼姑庵内，时刻关注着城中动静。一路上，段运鹏愁容满面，苦心谋划许久，竟没能扳倒岳江南。不过，到了尼姑庵，他换上一副笑脸，进入文知雪的屋子，催促道："马车已备好，咱们启程吧。"

"去哪儿？"文知雪木讷地问道。

段运鹏急了，说道："之前不是说好，今日送你离开京师吗？你来了数月，不能再留了！"

文知雪仿佛没听见段运鹏的话，自言自语道："昨晚我一夜未眠，我实在想不通岳江南究竟用了什么法子渡过这一关。"

段运鹏说："岳江南毕竟不是一般人，他想出钱庄互保，当真是步好棋。"

"不对！"文知雪摇头说，"钱庄互保这一招，谁都能想出来。关键是他拿什么来保？他府上分明只有一桌菜，但铜价大跌是一桌客人，扣住江南饷银又是一桌客人，还有挤兑风潮这桌客人，三桌客人吃一桌菜，没道理还能吃下去。"

"现在说这些都没用了。"段运鹏说，"谋事在人，成事在天，你已经尽力，大概是岳江南命不该绝吧。如今最要紧的是你赶紧脱身，来日方长，还有机会。"

"假如我是岳江南，会想出什么法子呢？"文知雪还在喃喃自语。

段运鹏不由分说地拽着文知雪上了马车。不过，刚走出几里地，文知雪突然掀开布帘，说道："我想到了，岳江南只有一个法子变出这么多现银。"

"什么法子？"段运鹏问。

文知雪来不及解释，只是说："快！送我去一个地方。"

"不行，你得走。"段运鹏说。

"听我的！"文知雪以不容置疑的口气命令道。

半个时辰后，马车拐进山村小道，道边尽是黄黄红红的树叶，连茅草也被映得火亮。京郊的西山正被独特的秋景包围，与尘土飞扬、人声喧沸的市井相比，眼前的西山真是神仙居住之所。

文知雪下了马车，踏上一条青石板路，走到尽头，才看见左首有两扇带有黑油铜环的气派大门，门楣上嵌着一方水磨砖嵌字的匾额，篆书四字：莲池精舍。

“就是这里了。”段运鹏说，“去年，周世葆离开宝泉局，隐居在此处。”

“他倒会挑地方。”文知雪笑了笑，拉了两下门上的扣环，只听门内琅琅铃响。应门的是一个二十来岁的女子，穿着淡青竹布僧袍，却留着一头披到肩下的长发。

女子见到文知雪，吃惊不已，结结巴巴道：“东……东家？怎么是你？”

文知雪往里走去，说道：“我们琴儿还是这么傻。让老周出来见我。”

这个叫琴儿的女子将文知雪引到禅房，这是一座五开间的敞轩，正中铺着佛堂，东首是两间打通的客座，收拾得纤尘不染。不一会儿，周世葆跑了进来，他四十来岁，个子不高，体格却很健硕，身上穿着浅色褂子。他惊得合不拢嘴，好半天才说：“你……你怎么……”

文知雪笑了笑，喝了一口琴儿奉上的素茶，说道：“没错，我还没死，只是这些年东躲西藏，生不如死，不像老周你逍遥自在。”

这个周世葆尽管其貌不扬，却是名震一时的铸钱工匠。当年在归化，正是在周世葆的主持下，文盛合铸造出了重达五百斤的“没奈何”。后来，在文知雪的推荐下，周世葆进入户部的宝泉局，为朝廷铸造钱币。他技艺精湛，尽管只是一个炉头，却连户部二品堂官也对他客客气气。

多年来，文知雪对周世葆笼络有加。周世葆的原配夫人去世后，文知雪做媒，让自己的贴身丫鬟琴儿给他续弦。

周世葆说：“琴儿信佛，一心想找个僻静地方吃斋念佛。我也不愿待在宝泉局，便陪着她住进山里。”

“你瞧瞧，”文知雪对段运鹏说，“那些个铜块银块，老周说打就打，可遇见咱们琴儿，一样百炼钢化为绕指柔。”

段运鹏也笑起来，说：“这是琴儿的福气，也多亏了东家这位月下老。”

周世葆不想兜圈子，直接问道：“你来找我，有什么事？”

文知雪说：“有件事想向你打听一下，近来京城附近是否有人暗设铜厂，私铸铜钱？”

周世葆脸色一变，说：“铜钱只由朝廷的铸钱局制造，在京城，便只有户部宝泉局一家。私铸铜钱，不要命了，谁有这么大胆子？我躲进西山一年多，对外头的情形不清楚。即便有人做这事，我也无从得知。”

文知雪提到的私铸铜钱，正是她冥思苦想后，认定岳江南在干的勾当。在银铜币制下，毁钱鬻铜与私铸铜钱可谓一枚铜币的两面。当铜价高企时，铜贵钱贱，有人毁掉市面上的铜币，炼出铜来，牟取暴利；当铜价大跌时，铜贱钱贵，有人私下铸造铜币，用于流通，获利更是惊人。不过，比起毁钱鬻铜，私铸铜钱难度大得多。一般大户人家生起个炉子就能毁钱鬻铜，但要私铸铜钱，工序却烦琐得多，还得一等一的工匠。

朝廷铸钱，先选用至洁的象牙刻出“样钱”，经鉴定认可后，以精锡凿成一枚“祖钱”。“祖钱”往往会呈到天子案头，经正式批准，户部再铸造出数百枚“母钱”。这些“母钱”被送达各铸钱局，作为铸造铜币的模型。若有不法者私铸铜钱，也得依样画瓢，先用精锡凿“祖钱”，再铸“母钱”。通常只有财雄势大者才敢冒此大不韪。

文知雪思忖着，自己已将岳江南逼入绝境，他不可能还有那么多银子。唯一的解释便是，岳江南利用铜价大跌，铤而走险私铸铜钱，才换回救命的银子。而要私铸铜钱，则必会与宝泉局的工匠有勾结。

文知雪对周世葆说：“你的确是躲清闲不问世事，但你还有那么多徒子徒孙，但凡私铸铜钱，就不可能少得了你的人。”

周世葆说：“若有小兔崽子卷入这些事，那是自己不要命。我救不了，也管不了。”

“我没要你救，更不需你管。”文知雪说，“我只要你帮我打听清楚，私铸铜钱的铜厂建在何处，背后是谁在操控。”

“你为难我了。”周世葆摇着头说，“我避居山中日久，对外面的事一点兴趣也没有。”

文知雪莞尔一笑，说：“没想到呀，像老周你这样的人，竟也诚心礼佛，不问世事了。只不过，菩萨也需要香火钱养着。你这么大间宅子，屋里的佛器全是名贵木料所制，想必耗费不低吧！”

“怎么，你还能给我银子？”周世葆奚落道。

文知雪摇头说：“我不比从前了，拿不出银子来。再说你不是差银子的人，出价再高，怕也请不动。”停顿了一下，她又说：“但是，我能让你的银子用不踏实。”

“什么意思？”周世葆皱眉道。

“像你这样难得一遇的工匠，我为何放你离开文盛合，推荐你去宝泉局？你已去了宝泉局，不再替文盛合卖命，我为何还要百般笼络，让琴儿嫁给你？里头的原因，你应该清楚吧。”文知雪也板起脸，郑重其事地警告甚至威胁起对方。

文知雪与周世葆之间，确有一桩不为人知的交易。经营钱庄时，文知雪会定期送银铜去宝泉局，宝泉局收下银铜，过秤计数，再铸造银锭铜币。周世葆当上炉头，就握住了秤杆。他手上一松，文盛合分明只送来九两银子，却能报成一斤。昔日文盛合是京师第一大钱庄，交易数额巨大，有周世葆这个内应，每年就能多赚几万两银子。

“这事捅出来，咱们都吃不了兜着走！”周世葆气急败坏道。

文知雪说：“我一个死人，走不走无所谓。你的原配一生未育，琴儿嫁过来，立刻给你生出个大胖小子。老来得子要惜福，一家人好好过日子不行吗，非得学我？”

周世葆面色煞白，说：“私铸铜钱的事，我真不知道！”

文知雪说：“你不知道才好嘛，你若搅和在里面，我还担心连累你。反正不干你的事，他们被抓去砍头，你照旧过自己的日子。”顿了顿，她又说：“我保证，此事之后，我们永不相见，我不会再打搅你们两口子的生活。”

周世葆还在犹豫，琴儿开口说道：“东家对我有恩，若不是她收留，我十年前就没命了。今日她上门相求，定有她的道理。只要咱们还能长相厮守在一起，帮她又何妨？”

周世葆叹了口气，说：“我的那些个徒弟，翅膀都硬了，许多事瞒着我。但我放下这张老脸，应该能打听出来。给我三日时间，到时回你话。”

“好！一言为定。”文知雪起身告辞。

6. 八爷号称“八贤王”，要得这个“贤”字，就得大手大脚花银子

三日之后，文知雪待在一家客栈内，只让段运鹏去听消息。中午刚过，段运鹏便急匆匆地走进客栈，上楼梯时，震得整个楼板都在晃动。他推门而入，喊道：“东家！”

“谁是东家？”文知雪瞪了他一眼。

段运鹏意识到自己失言，改口说：“夫人，你猜得一点没错，的确是岳江南。老周还打探到他们私铸铜钱的地方，就在西山的一个山谷内，离老周住的地方不远。”

文知雪兴奋地站起来，说：“果然是他！难怪这一个月来，他手里银子源源不断，敢情他另外开了一条财路。”接着，她又冷笑道：“他开这条财路，想必也是迫于无奈。蒙元亨让他吃了一连串败仗，不走这步险棋，钱庄便保不住。”

段运鹏也笑起来，说：“他这样做，实则是饮鸩止渴。”

文知雪说：“这条财路更是邪路，没人知晓便罢，一旦捅出去，有人就得脑袋搬家。私铸铜钱，那是重罪！”

“我这就去报官！”段运鹏道。

“慢着！”文知雪想了想，说，“岳江南敢这样干，自然是仗着靠山。索相倒台后，顺天府尹与九门提督都换成了八爷的人。我倒不是说他们敢明目张胆地包庇，可哪怕走漏一点风声，岳江南都定会销毁证据，让咱们扑空。”

段运鹏说：“没错，这事一定得稳准狠，打他个措手不及，在现场人赃俱

获。不过，顺天府尹与九门提督都信不过，咱们还能找谁？”

文知雪在屋内缓缓踱步，脸色愈发凝重。“我此番进京，只想扳倒岳江南。如今抓住他私铸铜钱的把柄，倒可以多干几件事。”

“你还要干什么？”段运鹏不解道。

文知雪停下脚步，双眼射出坚毅的光，她说：“我写一封信，你立刻去送给年羹尧。”

“你疯了，竟然要见那个杀人魔头！”段运鹏吼了起来。

文知雪淡淡地说：“要灭阎罗小鬼，请出大魔头不正好。”

“不行！”段运鹏说，“你不要忘了，你是四年前就死掉的人。此时见年羹尧，不是自投罗网吗？”

“放心，年羹尧用得上我，不会对我怎么样。”文知雪说。

“那个人的心思，谁猜得透！”段运鹏仍不同意。

文知雪发火了，道：“你到底送不送？你若不送，我自己去送！”

段运鹏早已习惯了对文知雪无条件服从，他涨红着脸，眼泪都快要出来了，最终还是点头答应了。

段运鹏出去送信了，文知雪掩上门，脱掉穿了许久的粗布衣服，拿出仅存的一件绫罗绸缎衣服换上，接着又涂了些淡妆。经商多年，她经历了无数场谈判，但接下来与年羹尧的交锋，或许是她此生最重要也是最后一场谈判。既然如此，就得抖起精神，不能失了一代大商的气派。

整理好衣妆，文知雪坐到椅子上，静静等待着将要发生的一切。段运鹏说得没错，年羹尧或是他主子的心思，谁也猜不透。也许，年羹尧不会来，也没有什么谈判，只有捉拿自己的兵丁。但事已至此，唯有豪赌下去。一旦成功，自己便能了无牵挂地离开。

下午就这样过去了，天色暗下来。这时，楼梯上响起脚步声，接着房门被推开。“文东家，果然是你。”年羹尧的声音比从前更显低沉。

总算来了，文知雪稍微松了口气。她笑了笑，说：“听闻年大人春风得意，官符如火，只可惜我一个浪迹天涯之人，不敢上门道贺。”

年羹尧一个随从也没带，只有段运鹏跟在后面。他坐下来，摇头说："云南这地方真邪门，当年有个胡国英该死未死，如今又冒出一个你。"

"人算不如天算，胡国英最终还是死在大人手上。"文知雪说道。

年羹尧板起脸，说："既然知道胡国英死在我手上，你还敢自投罗网？"

文知雪扑哧笑了，道："说实话，一开始我心头真害怕，但见了大人，便放心了。我不是胡国英，只是个手无缚鸡之力的弱女子，要抓我，何劳大人亲至？如今大人屈尊来此，就说明你没想抓我，而是如在下信中所说，要做一桩买卖。"

年羹尧也笑了，说："不愧是商人，三句话不离买卖。不过，你一介女流有如此胆色，倒令人敬佩。"

"过奖！"文知雪说，"大人公务繁忙，我就不绕圈子了。我在信中写明，岳江南胆大妄为，近日私铸铜钱。铜厂所在，我也打听清楚了。"

"在什么地方？"年羹尧问。

文知雪说："别急嘛！既然是买卖，总该容我报个价。"

"放肆！"年羹尧拍着桌子道，"你还不明白自己的处境吧？"

文知雪说："我的处境自是不妙。但我也说了，若是要逮我，可派兵丁来，年大人自己上门，这就是一桩买卖。"

年羹尧打量着文知雪，缓缓说道："此时此刻，似乎是你有求于我才对。你有岳江南私铸铜钱的证据，为何不报官？因为你明白，若没告对地方，便会功亏一篑。只有找到我，才能斗垮岳江南，替文家报仇雪恨。"

文知雪说："我自是有求于年大人，但你就不有求于我吗？买卖嘛，本就是一个愿买，一个愿卖，各取所需罢了。"

年羹尧阴沉着脸，没有说话。文知雪接着说："咱们打开窗户说亮话，我文家为何落得如此下场？不就是有人觉得整垮文盛合，才能断了太子一党的金脉。如今八爷党气焰熏天，是否也同岳江南的银子有关？八爷号称'八贤王'，要得这个'贤'字，就得大手大脚花银子。天下谁人不知，岳江南是八爷门下最大的商人。"

文知雪又说："太子倒了，皇上迟迟没再立储。满朝文武都在看，未来能接掌大位的，非四爷与八爷莫属。揪出岳江南私铸铜钱一事，就是狠打八爷的脸。往后没了岳江南的银子，八爷便没法大把撒钱收买人心。”

年羹尧皱着眉细细听着，隔了一会儿，才说道：“你打算开什么价钱？莫非你想为文家平反昭雪？”

文知雪说：“放心，我也是经历过场面的人，知道朝廷的规矩。文家牵涉太子与索相一案，哪有什么平反可言。”

“那你要什么？”年羹尧问。

“两件事。”文知雪说，“第一，我哥哥文知桐与他的两个儿子被发配，吃尽了苦头。他们并非主犯，也不会有谁扭着不放，只要四爷出面，便能让他们回归泾阳。另外，朝廷查封了文家那么多田产、商号，随便划拉一两个，还给我哥哥，不求大富大贵，只求挣点活命钱，延续文家香火。”

年羹尧不置可否，只是说：“第二件事呢？”

文知雪说：“请四爷周旋，让朝廷再开铜禁。这不是为我，而是为天下苍生。由此次铜荒来看，禁铜弊端甚大……”

年羹尧打断文知雪道：“第一件事好说，第二件事就此打住。”顿了顿，他又说：“你别瞒我，废除铜禁不是为你，也不是为天下苍生，而是为蒙元亨。这话从你口中说出，岂不是坐实了当年是他救下的你？救死囚与私铸铜钱一样，都是死罪。幸好这话是我听见，换作其他人，蒙大哥就得掉脑袋。”

年羹尧又说：“从铜荒到私铸铜钱的大案，铜政已不得不改，到时朝中会有人站出来说话，轮不上你插嘴。”

文知雪醒悟过来，认为年羹尧言之有理。她说：“多谢提醒，是我冒失了。”

年羹尧点了点头，说：“如此说来，就一件事？”

“对，一件事。”文知雪说。

“那好，”年羹尧说，“这件事我答应你。不过买卖做成了，你怎么办？”

文知雪问：“你想如何？”

年羹尧说：“买卖是咱俩之间的私事，但于公，我乃朝廷命官，见到你这种本应伏诛之人，总不能无动于衷吧？”

房间里沉寂了一阵，突然，文知雪放声大笑，说道："年大人，你只是四品官吧。当年，那些比你大好几级的大人老爷，我见多了，清楚他们肚子里的名堂。所以，在我面前不必说得这么冠冕堂皇。"顿了顿，她又说："你是在担心留下一个活口，保不齐将今日之事泄露出去。"

年羹尧并没有生气，而是缓缓说道："文东家是做过总商的人，自然懂得规矩。这买卖好与不好，还得看知道的人有多少。譬如说吧，此刻岳江南大概仍以为私铸铜钱是桩好买卖，却不料杀身之祸近在眼前。"

年羹尧又说："活人是守不住秘密的。胡国英费尽心机，一个不小心，还是把自己卖了。文东家能藏多久，只有天晓得，到时让人知道咱们之间做过买卖，恐怕连你哥哥、侄儿都得遭殃。"

"是这个理。"文知雪的语气竟异常平静，"只有我死了，才能一了百了。哪怕有人翻出来，也是死无对证，年大人与你背后的人均可矢口否认。"

年羹尧不再说话，只用一种冰冷的目光看着文知雪。段运鹏觉察出不对，一把抱住年羹尧，喊道："东家，你快走！"

年羹尧稍一使劲，便挣脱开来，接着踹出一脚，将段运鹏踹到地上。"住手！"文知雪上前扶起段运鹏，"傻小子，你哪是年大将军的对手，我又能走去哪里？"

转过身，文知雪对年羹尧说："既然我要做这桩买卖，自然不会拖累别人。我都准备好了，不劳大人动手。"说着，文知雪推开门，只见里屋房梁上已悬挂着一根绳索，绳下还放着一张木凳。

段运鹏整张脸都白了，他道："东家，你要做什么？"

文知雪拍了拍段运鹏的肩膀，说："当初我离开打箭炉，只身来到京城时，就没想过活着回去。如今不仅扳倒了岳江南，大仇得报，还救出了哥哥一家人，延续了文家香火，我该知足了。"

即将走到生命尽头的文知雪脸上没有一丝惶恐，她平静地叮嘱道："我哥回来后，年大人会给他几家商号，按说一家人的生计应不成问题，但他志大才疏，并非做生意的料，这几家商号，到时由你打理。多年之后，若我那两个侄儿成器，就把商号交给他们；若不成器，商号就是你的，赚了银子分出些，让他们别冻着饿着就行。”

说完，文知雪便要走进里屋。段运鹏跪倒在地上，死死抱住她的大腿，痛哭起来。文知雪朝年羹尧微笑了一下，道：“烦请年大人将运鹏拉开，但别伤他。我死了之后，他会告诉你你想知道的一切。”

“好说。”年羹尧上前几步，拽开段运鹏，再用一只手死死摁住他。

文知雪走上凳子，缓缓将脖子套进绳索。她早料到自己会有这一天，甚至无数次问过自己，到了这一刻，脑海中会浮现出什么。也许，自己会有愧疚之情，愧对父亲，愧对丈夫，愧对蒙元亨。但自己亦可无愧地说：身为一个女人，我尽力了！尽力去完成父亲的遗命，尽力去替丈夫复仇，尽力去……自己这一生，或许正是这样矛盾，一手将文盛合推上巅峰，又亲手毁了它；在外人眼中风光无限，内心深处却从未体会到真正的幸福。

如今，这一刻真的到了！文知雪脑海中却什么也没浮现，只有一片空白。唉，这大概就是死去元知万事空吧。她奋力踹开凳子，整个人吊了起来，双脚开始挣扎……

外头的段运鹏泪流满面，却被年羹尧死死摁住。直到文知雪不再挣扎，年羹尧才松开手，问道：“私铸铜钱的铜厂在什么地方？”

段运鹏伤心欲绝，连嘴都张不开。年羹尧吼道：“你想让文知雪就这么白白死了吗?！快说！”

段运鹏哽咽地说出了铜厂所在。年羹尧朝楼下走去，两个随从立刻围了过来，他吩咐道：“去，把楼上的尸体埋了。”又有一个随从递上剑，年羹尧接过剑，佩在腰间，翻身上马，说：“我赶去西山，你去丰台大营报信，四爷的人等在那里。今晚的事，不用告诉顺天府与步军统领衙门，直接调丰台大营的兵马！”

7. 银铜之事乃国之命脉，朝廷绝不容操于商人之手

夜色已深，刑部火房内仍燃着灯。十几天前，年羹尧率军直入西山，捣毁了山谷里的铜厂，里面毫无防备，官军人赃俱获。不待天明，又有一队人马围住岳江南的宅子，富甲天下的大商立时成为阶下囚。

从那时起，岳江南就被困在这火房内。火房虽在刑部，却与囚房不同。火房原是为有罪入狱而尚未定谳的犯官准备的，自己可以开火，故名“火房”。只要把差役敷衍好了，将姬妾送进去侍寝，都是瞒上不瞒下的事。所谓刑不上大夫，能够住进火房的，皆是一二品的朝廷命官。以岳江南的身份，他能待在这里，自然是八爷关照。

岳江南铺开纸，用笔蘸着墨汁，想写点什么。自己怕是时日无多，总得交代一下后事吧。但提起笔，却一个字也写不出。昔日风光时，无数人围在身旁，到了此时，才发觉没有一人足以托付。再说了，自己无儿无女，又有什么后事交代?

岳江南正在犯愁，听得门上剥啄作响，接着呀的一声，门被推开，管火房的差役出现在门口。“岳东家，”差役打了个千，说，“三更天了，你熄灯安置吧。”

“多谢老哥，我马上睡。”岳江南赶紧吹灭了灯。监狱中，入夜只有甬道中有一盏豆大的油灯，囚房内更是一片漆黑。刑部火房虽与囚房不同，但到此时还不熄灯，也说不过去。岳江南明白，今时不同往日，能受差役这一声“东家”尊称，已是难得。若不知好歹，便要自取其辱了。

刚睡下不久，外头便响起脚步声。岳江南心中忐忑，重新爬起来。不多时，门被推开，徐文锐、徐文林兄弟提着灯笼站在门口。徐文锐是八爷府的管家，他使了个眼色，差役赶紧给火房点上灯。

徐文锐抬脚走进来，看了看屋内的摆设：桌上铺着簇新的细竹布，一个通身碧绿的四格翡翠笔格上搁着大小不等的牙管与湘竹管笔各二，另有一个置于桌上的小楠木书架，上面放着五六部书，看样子是诗文集。

徐文锐笑了笑，说："这间火房，不过是黄泉路上小做逗留的客舍，你却布置得如此富丽雅致。"

刚进来时，岳江南整日惶恐不安，十几日过去，他自知大势已去，难逃一死，人反倒平静了。他挤出一丝苦笑，说："府上的安逸日子过惯了，一时改不了。再说这辈子挣来那么多银子，到头来也不想委屈自个儿。"

岳江南又轻叹一口气，说："大概也是这安逸日子害得我有今日。当年我孤身一人西进，与整个山陕商帮大战，没觉得有多苦。后来泾阳一败，颠沛流离，流落草原，也受得了，甚至坚信有东山再起之日。可这几年，挣银子太容易，人反而懈怠了。"

岳江南接着说："现在想来，蒙元亨运青钱进京，就给我布下了天罗地网。曹寅扣着江南饷银，马天行的钱庄被挤兑，都是冲着我来的。那时，广诚德的生意自是保不住，但我若有当年的雄心壮志，大不了心一横，从头来过。可我安逸生活过惯了，不愿再折腾，又禁不住旁人怂恿，才想出私铸铜钱的下策，最终落到这步田地。"

一旁的徐文林面有愧色，多年来，他仗着兄长的关系发了大财，更与岳江南合谋了不少事。怂恿岳江南私铸铜钱的，正是他。徐文林起身抱拳，谢道："老岳你果真是仗义人，进来之后，把所有事都扛了，没牵扯一个朋友。"

岳江南摆了摆手，说："私铸铜钱是死罪，我习惯了万水千山独行，黄泉路上也不愿找人做伴。再说了，护住朋友，我还能待在刑部火房，有一天好日子便是一天。真乱咬一通，估计二位就不会来看我，此刻我正和宝泉局那帮工匠一样，在囚房里遭受皮肉之苦。"

"岳东家看事情通透。"徐文锐点了点头。

岳江南问道："我死了以后，广诚德还有那么多银子，怎么办？"

徐文锐说："这案子一出，朝廷彻查宝泉局，才发现里头早已亏空严重。平常报上来说还有多少库银，实则连一半都不到。有人上奏抄没广诚德弥补朝廷亏空，皇上准奏了。"

"好手段！"岳江南竟笑得有些轻松，"将引发铜荒的罪名扣在我头上，百姓不怨朝廷，只恨我这个奸商。如今，再把奸商的钱拿来弥补亏空，更是一举两得。"

徐文锐没有搭话，屋内沉寂下来。隔了一会儿，徐文林说道："老岳够朋友，我们兄弟也得为朋友两肋插刀。"

"怎么，我不用被凌迟了？"岳江南眼中闪过一丝希望。对他来说，生已绝不可能，求一好死便是最大心愿。一想到凌迟时，刽子手一片片割下犯人身上的肉，犯人哀号数日才咽气，自己就不寒而栗。

徐文锐说："还是判的凌迟。不过凌迟得'切八刀'，刑部只有一个刽子手会这功夫。此人前些日子病了，得休养一个月，你既是重犯，自然等不了。"

徐文锐不愧是八爷府的大管家，能想到这一招。岳江南连声感谢，又问道："能赐我自缢，留具全尸吗？"

徐文锐摇了摇头，岳江南锁着眉说："斩首也行。"徐文锐还是摇头，说道："腰斩。"

岳江南心里咯噔一下，半晌没有说话。腰斩之刑实在比斩首恐怖太多，一刀下去，人被拦腰斩断，可一时却死不了。盛宇峰便是被腰斩处死，据说他拖着半截身子，在地上爬出一丈远，凄惨之状令人毛骨悚然。还有明代大忠臣方孝孺，朱棣下令诛方孝孺十族，而方孝孺本人被判腰斩。据说方孝孺被腰斩后，仍然用手指蘸着自己流出的血书写了十二个半的"篡"字，才咽气。方孝孺写这些字时，承受了多大的痛苦，岳江南想着便心惊肉跳。

徐文锐说："腰斩也是有讲究的。有些犯人上半身被放在铺满桐油的木板上，使身上的血不会流出来，如此三个时辰都咽不了气。我打了招呼，刽子手也收了银子，行刑时，他刀锋向上移，从胸口切下，保证你立时咽气。"

"如此甚好。"岳江南一脸绝望，却又舒了口气。

徐文锐抱拳道："朋友一场，只能帮岳东家这么多了。"

"还有一件事，想麻烦二位。"岳江南恳求道。

"只要不太为难，自当效劳。"徐文锐抖了抖马蹄袖。

"不为难。"岳江南说，"我的宅子已被抄，里面有两张七弦琴，不是什么值钱玩意，也没人看得上眼。恳请二位将它们找出来，托人带着北上乌兰布通，找一处绿草如茵、风景还行的地方埋了。"

徐文锐不解道："乌兰布通大草原上，到处都绿草如茵。岳东家，你都这样了，还惦记琴干吗？"

"此事我一定办好。"徐文林一口答应下来。他知道两张琴的来历，便将岳江南的往事说了出来。

徐文锐摇着头说："想不到岳东家万花丛中过，竟是个钟情的奇男子。"顿了顿，他又说："不过可惜，尊夫人的哥哥蒙元亨却不是念旧之人。你有今日，皆拜他所赐。"

忆起蒙佩文，这些天来，岳江南头一回眼睛湿润了。他忍住眼泪，淡淡地说："我与蒙元亨的恩怨一言难尽。有一句话，你们若方便，可捎给他。银铜之事乃国之命脉，朝廷绝不容操于商人之手，哪个商人不自量力，必会粉身碎骨。当年他惨败于乌蒙山，今日我性命不保，皆因此。"

徐文林还在琢磨岳江南的话，徐文锐却拍着椅子扶手，冷冷地说："鸟之将死，其鸣也哀；人之将死，其言也善。"

8. 小商人惦记把生意做大，大商人却琢磨把生意做小

蒙元亨回到了保宁府，周弘毅也与他一道，回到阔别多年的故地。这日，一行人登上锦屏山扫墓。周弘毅扶着亡妻的坟头，俯视脚下缓缓流过的嘉陵江水，一幕幕往事涌上心间。

蒙元亨给罗世英、曾兰上香，让儿子们在坟前跪拜。接着，他又燃起一炷香，面朝北方，郑重其事地三鞠躬，再将香插入地下。周琪已知道文知雪的事，低声问道："你是在祭奠文知雪姐姐吗？"

蒙元亨神情肃穆，没有答话。这炷香自然有祭奠文知雪之意，但不全是如此。蒙元亨实则是祭奠所有北国的故人，有文知雪、布日古德，也有噶尔丹、文善达、盛宇峰，还有岳江南。这些故交、劲敌，还有所有的恩仇，都如一缕青烟，随风飘逝。

想到这里，蒙元亨又燃起一炷香，朝南方拜了拜。故人岂止在北国？彩云之南，有胡国英父女与叶凤来父子；长江之上，还有心中充塞着悲愤抑郁之情的赵明舟。不知道他们如今在天堂还是地狱，是成仙抑或成魔？

周琪看不懂蒙元亨的举动，也不再问。半个时辰后，他们缓缓下山。走在保宁街上，周弘毅说："肚子饿了，咱们去找些吃的吧。"

周琪调皮道："蒙大哥，回家给我们做豆腐吧。"

蒙元亨笑起来，说："我是没问题，只怕周叔叔的肚子等不了。"

周弘毅见前面有家饭馆，说："就这里吧。"

周琪却噘起嘴，说："这家不好吃，不去！"

蒙元亨笑了笑，说："你看去吃的人这么多，就知味道差不到哪儿去。"

周琪仍不情愿，蒙元亨拍着她说："走吧，没事。"

进了饭馆，周琪才说，这里原是瑞成祥商号，后来抵给债主，改成了饭馆。而且债主们前些年经常上门闹事，搅得蒙家不得安宁。

周弘毅听完，缓缓说道："这些年，你当真不容易。"

"总算柳暗花明。"蒙元亨咧开嘴说，"周叔叔借的银子不是已在路上，很快就要到保宁了嘛。"

周琪插话道："当初向你借银子，你说没有。如今倒好，一下就运来十几万两。"

周弘毅微笑着说："琪儿还在怪我呢。在商言商，没办法呀！若朝廷仍禁止采铜，元亨向我借银子，我依旧没有。如今不同了，闹了铜荒，又出了岳江南私铸铜钱的大案，朝廷总算明白，全靠海外洋铜，迟早会出乱子，故而下旨废除铜禁。此时元亨向我借银子，要多少有多少。"

"周叔叔做得没错，这才是做生意，也是咱商人的本分。"蒙元亨说道。

众人正说着，罗兵兴冲冲跑上来，震得楼梯嘎吱响。他先赔不是道："本来说好与各位一同去扫墓，结果半道被人拦住了。"

"哪个债主拦你？"蒙元亨以为又有债主来寻麻烦。

"好几个王八蛋！"罗兵骂骂咧咧道，脸上却笑开了花。接着，他转身喊道："你们几个龟儿子，都格老子上来！"

何瑞源第一个走上来，回骂罗兵道："你个龟儿子，也学会四川话了！"

蒙元亨见到何瑞源，又惊又喜，一拳捶了过去，说："我没说错嘛，这也是债主！当初我下扬州，还是向你老婆借的一百两银子。"

何瑞源笑哈哈地说："你再把这事挂嘴上，我可要翻脸了。"

何瑞源话音未落，又一人上了楼。蒙元亨一看，这不是赵辛雨嘛！他脱口道："你不是在广州吗？"

"昨日刚回来。"赵辛雨行礼道。

"东家！"又传来一个云南口音的声音，蒙元亨一听便知是金大伦。而在金大伦身后，还有好几名昔日的瑞成祥伙计。

“你们……你们这是约好的吗？”蒙元亨说道。

“是约好的。”赵辛雨说，“得知朝廷重开了铜禁，东家又要大展拳脚，我们从四面八方赶回来听候差遣。”

蒙元亨很激动，说道：“我知道你们这些年混得不错，而我欲东山再起，前头还有不少艰险，你们跟着我，亦前途未卜，所以我没给你们写信，不想大伙却自己来了。”

赵辛雨说：“我们混得好，全靠东家栽培。虽说在别处也能挣银子，但总不如跟着东家痛快。”

众人都附和赵辛雨，唯独何瑞源说：“他们都说好听的，我说句实话。今日回来，其一是出于多年交情，其二是因打箭炉的生意做不下去了。西藏那边又打起来了，局势动荡，打箭炉的生意一日比一日萧条。虽说跟着你前途未卜，但总好过在打箭炉坐以待毙。”

罗兵又骂道：“你个龟儿子，算盘倒打得精！”蒙元亨笑起来，说：“多少年了，你的脾气还没改。”

“我们都来了，该怎么做，请东家吩咐！”有伙计喊道。

蒙元亨说：“咱们手头要做的事的确不少，但这里不是说话的地方。”

“你还穷讲究呢！”何瑞源说，“商号早卖了，哪还有什么说话的地方？要不去我家吧。”

“去你家干吗？究竟你是东家，还是我是东家？”蒙元亨板着脸，但大伙都知道他在开玩笑，顿时笑起来。

蒙元亨说：“就去我家！咱们谈事情，让家里人做豆腐。事情谈完，刚好吃豆腐。”

十几号人一下子拥进豆腐作坊，有人坐在小竹凳上，有人站着，有人席地而坐。对瑞成祥商号的众人来说，这或许是一场最寒酸的聚会，但每个人都斗志昂扬，憋足了劲。他们就在豆腐作坊中筹划天下的生意。

蒙元亨对何瑞源说：“你辛苦赶回来，我很感动。不过，还得麻烦你再回去。”

何瑞源说："怎么，嫌我不中用？你们去挖铜，我也能去！"

蒙元亨说："采铜的事有我们就足够了，用不着你。你在打箭炉多年，没人比你更熟悉川藏商路。你若是离开，当真可惜。"

何瑞源说："刚才我不是说了吗，打箭炉的生意快做不下去了。"

"天下没有做不下去的生意。"蒙元亨说，"西藏连年战事不断，丝绸、茶叶销路固然不好，但打仗总需要药材救治伤病吧，往后咱们就少发些丝绸、茶叶，多运些药材。"

蒙元亨接着说："做生意也得有板凳坐得十年冷的韧劲。扭着熟门熟路的生意精耕细作，远好过这山望着那山高。当初咱们复兴茶马互市，多不容易，就这么丢了，太可惜。我就不信西藏的仗会一直打下去，太平日子总有来的一天。那时，咱们守住了打箭炉，还愁赚不来银子？"

蒙元亨拍着何瑞源说："若是打箭炉当真清苦，我在云南开矿有成，也会支援你银子。"

何瑞源点头说："好吧，反正我就是坐冷板凳的命。"

蒙元亨摇着蒲扇，又把目光投向赵辛雨，道："广州那边情形如何？"

赵辛雨答道："岳江南虽然倒了，但朝廷的开海令仍在，海运生意未受影响。我回来之前，白浩夫托人带话说想继续与东家合作。"

"这个洋鬼子！"罗兵骂道，"当初咱们倒霉时，他立马同岳江南打得火热，现在知道后悔了。"

蒙元亨摆着手说："岳江南那时风头正盛，海外商人要发财，自然得与他亲近，这也没什么。咱们做生意，不是同谁怄气。别说白浩夫了，俄国的托里尔前些日子不也与周叔叔联络，希望双方一起经营中俄茶路，周叔叔欣然应允。"

周弘毅笑了笑，说："是有这事。"

蒙元亨说："告诉白浩夫，合作没问题，但我有一个条件。除了走海运，还得将蜀身毒道恢复起来，一部分货物由陆路运输，从云南到缅甸，再到印度。"

赵辛雨不解道："既然海运耗费更低，时间更快，干吗还恢复陆运？"

蒙元亨说："朝廷起初禁铜，后来开禁，接着再禁，到如今又放开。反复之间，商人稍有不慎，便会倒大霉。铜政如此，海运究竟怎样，谁也说不清。我等商人无法左右朝局，便只能未雨绸缪。现在当然以海运为主，但陆运绝不可弃之不顾。”

周弘毅在一旁听着，心中生出赞许与敬佩，自己的海运生意做得大，却不如蒙元亨想得长远。看来历经风浪之后，蒙元亨愈发成熟了，连周弘毅心下也自愧不如。受到启发，周弘毅以为，保宁的丝绸作坊也得重新建起来，他日若海运有变，需走陆路，才不至于措手不及。

周弘毅正想着，蒙元亨投来目光道：“还有一事想与周叔叔商量。”

“请说。”

蒙元亨说：“当年采铜，由商号申请，官府核准后即可设立矿厂。这一次，我想变一变。”停顿了一下，他又说：“不妨由官府核准商号，颁发矿本，只有拿到矿本的商号才能进山采铜，开采、冶炼耗费由商户负担，炼出的铜只由官府收购，不得私贩他人，并且铜价官定。我想了个名字，叫‘放本收铜’。”

蒙元亨又说：“炼出的铜只由官府收购，便杜绝了私铜泛滥；铜价官定，就没人打囤积居奇的主意。”

周弘毅想了想，说：“你这主意，官府肯定赞同。但如此一来，你的利润可变薄了。都说商人逐利，干吗将自家银子拱手送给朝廷？”

蒙元亨说：“开采铜矿不同于一般生意，它攸关民生，亦为我大清国命脉所在。国之利器，不可以示人，将泱泱大国的命脉交到商人手中，朝廷岂会放心？我这样做，不单是少赚银子，更是将命脉交还到朝廷手中。朝廷能放心，生意才能做得长久。”

蒙元亨这番话与岳江南在刑部火房中所说如出一辙。当然，徐文林与蒙元亨素无交往，更没把话带到。只是两人在经历过无数惊涛骇浪后，终于领悟到这个道理。不同的是，蒙元亨悟出这个道理时，尚能安坐于简陋的豆腐作坊中，性命无虞，而岳江南明白一切时，已大限将至，无可挽回。

周弘毅沉吟良久，缓缓说道：“小商人惦记把生意做大，大商人却琢磨把生意做小。这看起来有些无奈，却是血淋淋的现实。能想到这一层，足见你已是当之无愧的天下大商。”

见周弘毅赞同自己的主张，蒙元亨站起身，走到金大伦身旁，拍着他的肩膀说："大队人马还要隔几日才出发，你可以先回乌蒙山，将当年的老伙计们招呼起来。"

"大伙早等着了。"金大伦激动地说，"当年东家散尽家财，宁肯自己过得苦哈哈，也要把大伙的工钱结清。所有人都说，只要东家回去，就还跟着东家干。"

"谢谢大家。"蒙元亨点着头说，"守着乌蒙山这座宝藏，理应让兄弟们过上好日子。"

金大伦笑着说："怎么着，东家要涨工钱？"

屋内传出一阵笑声，蒙元亨说："我的银子都是借来的，涨工钱还不是时候。不过，我替大家想了一条生财之道。"

蒙元亨接着说："铜禁废除后，前往乌蒙山的陕、晋、徽商帮中人所在多有。兄弟们的手艺没的说，闲暇时大可相助其他东家。比如镶长，可以替其他人勘测矿脉。有矿石需要冶炼时，炉长也可带人去帮一把。但愿山中矿厂，都能炼出'对时火'的铜来。"

"这也是为消除朝廷戒心吗？"金大伦问。

蒙元亨说："多几座矿厂，不会一家独大，朝廷自然更放心。另外，这些年我在想，当初采铜走的是吴三桂的路子，恨不能将整座山包下来，每座矿厂设七长，下面再养一大帮人。但是，咱们可不是财大气粗的平西王，这路子未见得就对。"

蒙元亨又说："比如凿洞的矿工，工钱就比一般工匠高，但矿厂并非每天都要凿洞。还有冶炼，不是每天都有矿石喂进炉子。每座矿厂皆养着一大票人，既耽误大伙挣银子，也增加东家的开销。"

金大伦熟悉矿厂情形，一听便明白过来，说道："东家这主意好，闲时师傅们能去其他地方挣银子，矿厂也节约了开支，一举两得。哦，不对，是三得，其他矿厂更是捡了块宝。"

蒙元亨说："总之，铜矿生意太大，别指望一家独吞，会噎着。"

"还没吃呢，怎么就噎着了？"众人正说着，周琪端着热腾腾的豆腐走过来，"你们边吃边聊，这可是新鲜出炉的豆腐。"

何瑞源拿起筷子说："这几年一直听说保宁的蒙家豆腐好吃，还没尝过，正好饱一饱口福。"

"赶快吃！往后东家做大生意了，保宁人可没这豆腐吃了。"赵辛雨这话一说，屋里又笑成一片。

又过了半个月，周弘毅的银子运到了，何瑞源、赵辛雨也离开保宁，赶往打箭炉与广州。蒙元亨带着罗兵等一干人马，将要启程奔赴云南。

这一次出发，蒙元亨自是没有张扬，一行人乘着清晨薄雾来到江边码头。罗兵眼尖，一下就看到周琪等在那里，手上还拎着包裹。罗兵问道："丫头，你来送我们，拎个包干吗？难不成准备了好吃的，让我们路上吃？"

"想得美，"周琪说，"谁说我来送你们！"

罗兵说："那你来干吗？"

周琪说："和你们一块儿去云南呀。"

蒙元亨说："你跟着我们干吗？我不是同周叔叔说好，让你与他一起回扬州吗？"

"你同他说好，又没同我说好。"周琪噘起嘴。

这时，周弘毅也来到码头。蒙元亨将周弘毅拉到一旁，说："周叔叔，我不是跟你说过了嘛。"

周弘毅摇头叹道："孩子大了，我的话她听不进去。"

前几日，蒙元亨的确同周弘毅说过，希望周琪与他一道回扬州，还说自己明白周琪的心意，但两人绝无可能在一起。周弘毅与女儿彻夜长谈，却未能说服她，周琪还执意要与蒙元亨一块儿去云南。

周弘毅起先是灰心，到最后彻底死心了。他对蒙元亨说："我也想通了，她这么大的人，自己选的路，就自己走到底吧。是好是坏，怨不得别人。"

"无论如何，"周弘毅拉着蒙元亨的手说，"好好待她，把她当自己的亲妹子就成。"

此行共有两条船，周琪兴高采烈地跳上第一条船，还招呼船家赶快出发。直到船已驶出，周琪才回过身朝父亲大喊道："爹，你保重身体，我会回扬州看你的！”

周弘毅眼眶有些湿润，他不愿在众人面前失态，催促道：“元亨，你放心去吧，我等着你的好消息。”

蒙元亨点了点头，转身几步踩过跳板，登上了船。船家伸出一根粗竹竿，正待用力，蒙元亨拍了拍船家的肩，自己接过竹竿奋力一撑，船划了出去，再一撑，船划得更远。

蒙元亨兴致勃勃地对船家说：“我在江边时，常听你们在江中唱号子。今日，我们一起唱一段如何？”

“好啊！有几日没唱，心头怪痒痒的。”船家一扯嗓子，唱了起来，“我们穿恶浪哟，嘿唑，嘿唑嘿……一起迎激流哟，嘿唑，嘿唑嘿……大家齐心协力……”

船上的伙计们未必都知道歌词，却熟悉那声带着浓郁川味的“嘿唑”。所有人都跟着唱起来：“嘿唑，嘿唑嘿……”

“嘿唑嘿！”船至江心，顺流而下，蒙元亨站在船头，面朝长空，大声吼道……

尾声

几番风雨，几度春秋。少年弟子江湖老，红粉佳人的鬓边也生出白发。转眼二十多年过去，此时已是康熙六十年的深秋时节。

保宁府外的驿道上，一个身材挺拔、容貌英俊的汉子正纵马飞奔，脚上还踏着一双崭新的官靴。已赶了数日路，但他的脸上却看不到倦容，心中更是欢喜。他心想：还有两天便是姑姑的五十大寿，我总算赶回来了。

“应瑞，跑这么快作甚！”驿道旁突然传出一个苍老却仍中气十足的声音。

“舅舅，你怎么在这儿？”骑在马上的正是蒙元亨的长子蒙应瑞，招呼他的乃是罗兵。如今的罗兵满头白发，身板却依旧硬朗。

“哥，你总算回来了！”蒙元亨的次子蒙应恩也从亭子里跑出来，一脸笑容。

蒙应瑞跳下马，拍着弟弟说：“姑姑大寿，我说什么也得回来。”他又向罗兵行礼道：“舅舅，你们是来迎我的吗？”

“你又不是小孩子，还需我们来迎？”罗兵笑着说，“你可是堂堂将军，真要迎你，起码也得保宁知府来迎，我们怕是不够格。”

“我们是来抓贼的。”蒙应恩说道。

“哪儿有贼？抓什么贼？”蒙应瑞一头雾水。

正说着，只见一队人马走近。最前面的人穿着深色马褂，见到罗兵，赶紧下马打千道：“大爷吉祥！”

罗兵瞟着他说：“你叫孙……孙什么来着？”

“回大爷话，我叫孙云轩，是赵掌柜手下。”这个孙云轩操着一口岭南口音。赵掌柜便是赵辛雨，如今是瑞成祥云南分号的掌柜。孙云轩跟随赵辛雨多年，之前在广州，两年前又到了昆明。

二十多年前，蒙元亨再度挺进乌蒙山，不仅东山再起，复兴了瑞成祥，更让自己的事业攀上了巅峰。云南的铜矿、保宁府的丝绸、茶马古道的商队、纵横南海的巨轮……瑞成祥的商旗跨山越海，陕、晋、徽三大商帮中无出其右者。

康熙五十六年，实行了三十多年的开海政策走到尽头，朝廷突然宣布禁海。天下商帮叫苦不迭，海外洋商哀号一片。所幸蒙元亨早留了后手，二十多年来一直未敢荒废蜀身毒道。禁海令一下，瑞成祥的货物得以改走陆路运往印度。众人此时才明白蒙元亨未雨绸缪的高明，无数商帮大佬更踏破保宁府蒙家大院的门槛，希望自家商队踏上蜀身毒道时，能得到蒙元亨的关照。

孙云轩正说着，马车的帘布被掀开，一个高头大马的洋人走下来。他叫霍理查，是白浩夫的属下。

这些年来，蒙元亨对周琪始终有愧疚之情，适逢周琪五十大寿，蒙元亨一改平日节俭的习惯，打算好好操办一番。天下商帮中来贺寿的商人不计其数，连远在印度的白浩夫也派霍理查来到保宁。

霍理查向罗兵行礼，罗兵懒洋洋地回了礼，说：“干吗急着走？两日之后才是寿诞。”

霍理查神情有些慌张，说道：“我还有事，等不及好日子了。所幸贺礼已送到，也面见了蒙东家。”

罗兵说：“你要走，我也不留。但听用人说，你收拾行李时，拿错了一件东西。”

霍理查脸色都变了，孙云轩说道：“不会呀，霍先生的行李都是我帮着收拾的。”

罗兵一个耳光扇到孙云轩脸上，道：“你个吃里爬外的狗东西！等明日赵辛雨到了保宁，我倒要问问他是怎么管教属下的！”

罗兵也不啰唆，大手一挥，道：“给我搜！”

伙计们一拥而上，将霍理查的行李全翻了出来。打开压在下面的一个木箱，果真在里头发现了好多茶树苗。霍理查像一个泄气的皮球，罗兵冷笑道：“多好的树苗呀，被你这样捂着，几天就得死掉。真是暴殄天物！”

罗兵命人将孙云轩五花大绑起来，接着对霍理查说：“你不是来祝寿的，而是来偷茶树苗。怎么着，你喝茶喝上瘾，就想偷走树苗，回印度自个儿去栽？”

霍理查说：“这是个误会。”

“哪来那么多误会！”罗兵板着脸说：“你回去告诉白浩夫，咱们虽合作多年，但出了这种事，怕是缘分到头了。往后大路朝天，各走一边。”

霍理查还想解释，罗兵大喝道：“滚！”

霍理查落荒而逃，罗兵押着孙云轩回到保宁城内。快到蒙家府邸时，罗兵回头说：“你们兄弟俩走侧门进去吧，来祝寿的人太多，都晓得应瑞当了将军，这一围过来，不知何时脱得了身。”

蒙家的宅子是五年前新建的，气派非凡。兄弟俩从侧门进去，直接来到后院。院中的亭台楼阁颇为雅致，还立有周琪特地命人从江南运来的奇石，不过院中房屋又是北派风格。与喧闹的前院不同，此刻后院十分清静。

蒙应恩说：“爹年纪大了，不喜欢嘈杂。这几日来贺寿的人太多，他哪见得过来，白天都叫下面的人应付，晚上宴请时露个面即可。”

下人通报之后，兄弟俩进了书房。蒙元亨已六十多岁，须发皆白，背也有些驼。他刚午睡起床，见到分别多时的儿子，显得十分高兴，搂着蒙应瑞说：“回来啦！好，好！让爹看看咱们的蒙将军！”

四年前，西藏局势动荡，朝廷决心用兵。已是封疆大吏的年羹尧赴松潘督办军务，之后又亲率大军西征入藏。

朝廷在川藏用兵，主帅又是年羹尧，于公于私，蒙元亨均应尽力襄助。他积极奔走，捐粮助饷，更让长子蒙应瑞投军，跟随在年羹尧身旁。西征路上，蒙应瑞屡建功勋，加之年羹尧有意擢拔，年纪轻轻便升为将官。

蒙元亨坐在椅子上，看着英姿勃发的儿子，感慨道："当真造化弄人！昔日我一直想沙场建功，最终却做了生意；你打小爱拨算盘，都说你是做生意的料，如今却当了将军。"

"爹，朝廷也没忘记您的功劳。"蒙应瑞喜形于色道，"我离开成都时，年大人告诉我，他奏报了您为西征大军募集粮饷之功。朝廷对您大加褒奖，还封您为骁骑将军，赏赐头品顶戴红珊瑚双眼孔雀花翎。虽说这不是实缺，但天下商帮中，被封一品将军衔的，几十年来就您一个。"

蒙元亨以为自己早没了争名逐利之心，可听到这个消息，仍不免激动。他点着头说："年羹尧亲口说的？消息确实？"

"年大人亲口说的，还能有错！"蒙应瑞说，"年大人还说，朝廷嘉奖西征有功人员时，有人嚼舌头根，说封赏之事关乎朝廷体面，一品顶戴岂可给商贾？最后皇上发话，说这个一品将军衔欠了蒙元亨几十年，该给人家了。"

"皇上，难得您还记得当年之事。皇恩浩荡！"蒙元亨站了起来，脸上写满激动，心中更有难以言说的孤寂。他自然明白皇上的心思，这个一品将军衔，早在乌兰布通之战时或许就该赏赐给自己。然而，这话皇上清楚，自己清楚，旁人却未必清楚。

时光荏苒，白驹过隙，知道当年那段隐情的人越来越少。布日古德死在了乌兰布通，噶尔丹暴毙于大漠，索额图被圈禁至死。那位卓索图王爷，听说十多年前不顾高龄与一名小妾寻欢作乐，发了"马上风"，几个时辰后不治而亡。牡丹花下死，比起其他人，好歹算善终。

还有文知雪、盛宇峰、岳江南、苏定河、乌日乐、赵明舟这些人，一个个都走了！年轻一辈的官场新贵、商场新秀，哪知道当年的事？

不光是乌兰布通的硝烟，还有泾阳的棉花大战、乌蒙山的血雨腥风……许多往事，犹在蒙元亨眼前，却没法与旁人聊。是啊，他纵横江湖，干下这些惊天动地的大事时，后辈们还在私塾里读"三人行"，这天当真聊不起来。

活得长的人，大概都会有这种孤独感，因此许多人喜欢絮絮叨叨。蒙元亨却是一个识趣的老人，他知道年轻人不喜欢翻老皇历，所以很少去提。越是如此，孤独感就越强。

面对儿子，蒙元亨也及时打住话头，转而说起现在："听说年羹尧赴兰州上任了？"

蒙应瑞说："没错，年大人已高升川陕总督。他说前方军情似火，自己不敢耽搁，否则便会亲自来保宁给姑姑祝寿。他特地让我带了礼物。"

蒙应恩插话道："都说年大人是冷面将军，但他对爹却热乎。"

唉，这又是陈年往事，与孩子们聊不着。蒙元亨淡淡一笑，说："承蒙年大人看得起。"接着，他又问："应瑞，你要跟着去兰州吗？"

蒙应瑞点头说："年大人让我跟着去。给姑姑贺寿之后，我便启程北上。"

"你不要去。"蒙元亨说，"你姑姑替你托了人，兵部会发公文，调你去湖南做总兵。有这份公文在，年羹尧也不会怪罪你。"

"为什么？"蒙应瑞甚为不解。

蒙元亨坐回椅子上，说："此番年羹尧破格擢拔你，外头已有非议，你再跟着去兰州，所有人就会把你看作年羹尧的心腹死党。无论在官场、商场，都不要去做谁的死党，尤其不要攀附权臣。"

蒙元亨接着说："八爷党这些年风光不再，倒是十四爷圣眷正隆。如今十四爷是大将军王，统率西北各路兵马。皇上却让年羹尧任川陕总督，背后的目的耐人寻味。夺嫡之争，害得多少王公亲贵家破人亡。你才几斤几两，就去搅和这些事！"这几句话蒙元亨说得异常缓慢，脑海中更浮现出一幕幕恐怖的场景：文善达吐血而亡，文知雪悬梁自尽，还有刑场上被腰斩的岳江南、盛宇峰痛苦挣扎……

蒙应瑞虽不甘心，却不敢反对。恰好这时，周琪走了进来。她身材有些发福，见着蒙应瑞，她也十分欢喜，说道："你小子出息了！"

蒙应瑞一把抱住周琪，道："姑姑，你还好吧！"

一家人聊起家常，一片欢声笑语。隔了一会儿，蒙元亨敲着书桌，表情严肃地说："你们都长大了，一家人聚在一起的机会越来越少。给姑姑祝寿之后，应瑞要去湖南上任，应恩也得去乌蒙山，跟着金大伦好好历练一下。因此，有几句话，趁着你们都在，我交代一下。"

一听父亲这样说，兄弟俩都乖乖站好。蒙元亨缓缓说道："你们两个的亲生母亲过世得早，我又长年在外，家里许多事都是琪儿照料。你们叫她姑姑，可她心里却拿你们当亲生儿子。”

蒙元亨又说：“我若活着，她自然还是你们的姑姑。我若不在了，你们就要像孝顺亲生母亲那样孝顺她。”

“是！”兄弟俩赶紧答应。周琪眼眶泛红，但她忍住眼泪，骂道：“你个癫子，大喜的日子说这些干吗！呸呸呸！你还死不了，别指望自己逃跑，把我留下。”

蒙元亨在商号内享有至高无上的权威，在孩子面前也是严父，被周琪一顿骂，他面子有些挂不住，喃喃道：“好好说话，干吗骂人呀。”

“骂的就是你！再说这些疯话，我还要骂！”周琪说道。

蒙元亨摇着头，叹了口气，说：“你是他们的姑姑，也是我的姑奶奶！”

屋里的人都笑起来。“不和你说了，外头还有许多客人要招呼。”周琪扭头便走。

待周琪离开，蒙应瑞壮着胆子说：“爹，有件事我一直想问你。这些年，姑姑一直无微不至地照顾你，你干吗不……不……”

蒙应瑞看见父亲投来的严厉目光，吓得一哆嗦，不敢再说下去。蒙应恩赶紧打圆场，端着一杯茶递过去，说：“爹，喝茶。”

蒙元亨抿了一口茶，目光变得柔和了一些。他放下茶杯，叹了口气，说道：“这件事，许多人都问过我，今日不妨告诉你们吧。”

谈起这件事，蒙元亨的语调颇为忧伤。他说：“世英为了救我，死在乌兰布通。曾兰难产去世。还有叶筑紫姑娘，与我仅有夫妻之名，竟也惨死于我面前。叶凤来说过，我此生虽大富大贵，却是克妻的命。”

蒙应恩明白了父亲的苦心，却不以为然，他道：“那些个算命先生的话，不用太信。”

“你们是没见过叶凤来其人呀，他说的话，大多应验了。”蒙元亨说，“世英与曾兰都走了。宁可信其有，也不能让琪儿冒险。”

“唉，让琪儿受委屈了！”蒙元亨越说越神情落寞。

蒙应瑞赶紧岔开话题道：“我回来路上，见舅舅撵走了白浩夫的人。这些个洋人心怀鬼胎，是该收拾一下。”

蒙应恩问：“舅舅说从此不再与白浩夫合作，那发往印度的货是不是不备了？”

蒙元亨摇了摇头，说：“货还是备着。我了解白浩夫，他会厚着脸皮再来求我。”

蒙应恩得意地说：“大清国的商号中，唯有瑞成祥经营蜀身毒道多年，白浩夫自然离不开咱们。”

蒙元亨并不开心，反而皱着眉。“白浩夫离不开我，但我也离不开他。没有他，那些个丝绸、茶叶、瓷器如何运到印度，又如何远销西洋诸国？这次是他坏了规矩，得给他一个教训。但吵归吵，生意还得做。罗兵唱了白脸，把他的人收拾了，回头再让赵辛雨唱红脸，就说底下人贪心，把事情推给孙云轩与霍理查吧。”

“没错！生意可以做，但规矩更得立起来。”蒙应瑞征战沙场而还，身上更添几分豪气。

蒙元亨看着儿子，缓缓说道：“立规矩靠的是实力，你有实力，人家才同你讲规矩。我做了几十年生意，悟出一个道理：商号的实力便是国家的实力，国运与商运息息相关。当初在归化，托里尔仗着手里的洋枪，对大清商贾予取予求。今日我能教训白浩夫，也因为大清正逢盛世，咱们有这个底气。”

“还有那年在广州，”蒙元亨又说，“白浩夫的船被拦在港外，得让荷兰的船先进港。不过这些年在海上，英吉利商船可比荷兰商船威风。据白浩夫说，在欧罗巴，英吉利与荷兰打了一仗，荷兰败了，从此大不如前。”

蒙元亨端起茶抿了一口，继续说：“朝廷重新禁海了，我大清货船再也不能纵横海上。外头发生了什么，咱们也不知道。不晓得再过许多年，后辈们面对从海上来的洋商，还能否有我今日的底气。”

“爹，你认为朝廷不应禁海？”蒙应瑞听出了父亲的忧虑。

蒙元亨曾漂洋过海，商号亦经营海运多年，他当然认为禁海未必明智。不过，他此时已不愿去评论朝廷的大政方针。蒙元亨放下茶杯，淡淡地说：“这种事情，不是我辈能左右的。”

蒙元亨又问起寿宴的筹备情况，蒙应恩一一答来。这时，一个用人进来禀报道："泾阳西达诚商号的少东家文大钧和掌柜段运鹏来为姑姑贺寿，已到院外。"

"好，好！"蒙元亨激动地站起身，"我亲自去迎他们。"

这几日，前来贺寿的富商大贾太多，蒙元亨能抽空见上一面，已是礼遇有加，像这般亲自出门相迎，还是头一回。来到门口，文大钧立刻向蒙元亨行礼道："小侄拜见蒙叔叔。"

蒙元亨扶文大钧起身，问道："你父亲呢？他怎么没来？"

文大钧说："他本打算亲自前来，可惜身体不适，只能留在家中调养。"

蒙元亨安排文大钧去客房歇息，却留下了段运鹏。两个老人关起门，聊了好几个时辰。其实，他俩都上了年纪，好久没说过这么多话，内心深处更有着同样的孤独感。时间的洪流带走了许多同伴，使他们失去了和人共话当年、缅怀青春的机会。唯有两人聚首，才能畅快地聊起大漠烽烟、泾阳旧事，聊起乌兰布通的厮杀，聊起跌宕起伏的商帮大战……

两人都困了，段运鹏打算告辞。蒙元亨记起一件事，不放心地问："文知桐得了什么病，不严重吧？"

段运鹏叹了口气，说："大爷咳嗽得厉害，最近还吐血。"

蒙元亨没再问下去，他已猜到，又一位故人怕是时日无多。他拍着段运鹏说："多亏有你，文盛合才撑到现在。"

段运鹏说："早没什么文盛合了，如今叫西达诚。"

蒙元亨苦涩地笑起来，说："对，叫西达诚，我总是改不过来口。当初在归化，还是知雪给商号取的名字，可惜后来又改回去叫文盛合。"

段运鹏说："当年我回到泾阳，大爷他们一家人也被放了回来。文盛合这名字自然没法用了，索性就把西达诚这个名号打出来。"

"大钧这孩子是块做生意的料吧？"蒙元亨问。

段运鹏说："少东家是个忠厚之人，不过论起精明，比他姑姑差得远。"

蒙元亨说："生意人就得忠厚些，太聪明了反而不好。这些年我常想，为何我能走到今天，大概就是因为我没有知雪与岳江南那般聪明……"

全卷终